Le Ruisseau des singes

Jean-Claude Brialy

Le Ruisseau des singes

roman

Cette édition de *Le Ruisseau des singes*
est publiée par les Éditions de la Seine
avec l'aimable autorisation des Éditions Robert Laffont

À Michel, qui m'a ouvert les yeux sur la vie.

À Bruno, qui m'a fait croire que j'étais plus jeune que lui.

Il était une fois un jeune homme qui croyait aux fées.

Le jour de sa naissance, un peu affolé par l'importance de l'événement, il n'ouvrit qu'un œil, pas le bon. Il ne vit donc pas les fées, ses marraines vaporeuses et scintillantes, qui s'extasiaient autour de son berceau et l'effleuraient de leurs baguettes magiques.

Un peu mélancolique, il grandit en beauté, esprit et vivacité tout ensemble. Épris de fantaisie et de rêve, il voulut devenir comédien.

Un soir, au hasard d'un spectacle, il vit une comédienne, elle lui plut. Il alla lui parler et, tout à la nostalgie d'être sans marraine, il lui demanda d'être la sienne. Elle accepta, secrètement flattée car il est de ces hommes qui croient que les comédiennes sont des magiciennes.

Il est un comédien, donc un magicien.
Et je m'y connais
Je suis marraine
Une comédienne

à mon cher filleul
sa tendre amie

Jeanne Moreau

1.

> « Il faut écrire ses Mémoires avant de ne plus en avoir. »
>
> Tristan BERNARD

Un jour, alors que je jouais *Désiré*, au théâtre Édouard-VII, Joseph Fumet, rédacteur en chef au *Courrier de l'Ouest*, et avec qui j'avais été à l'école, me téléphona et me demanda : « Est-ce que tu voudrais t'occuper du festival d'Anjou ? »

Les ombres d'Albert Camus, fondateur du festival, de Marcel Herrand, de Jean Marchat, de Jacques Charon, de Jean Le Poulain, de Michel de Ré, et de quelques autres, planaient sur ce festival prestigieux et l'idée de prendre leur suite m'impressionnait beaucoup. J'étais évidemment très flatté, mais, à l'époque, ma charge de travail était telle que je n'acceptai pas tout de suite la proposition. Des représentants du conseil général d'Anjou m'invitèrent à dîner et ils renouvelèrent leur offre. Je leur demandai encore une semaine de réflexion. En fait, deux raisons me poussaient à accepter : la qualité du festival et surtout la région, l'Anjou, avec tous les souvenirs magnifiques qu'elle m'évoquait. En effet, après une carrière dans la garde républicaine, mon grand-père paternel s'était installé en Anjou. Il adorait cette région, elle était tout pour lui. Il n'était, hélas, plus là à cette époque, mais je crois qu'il aurait été fou de bonheur de me savoir directeur artistique de ce festival.

Le paradis de Chambellay

C'est à Chambellay, près d'Angers, que je connus grâce à lui et à ma grand-mère les plus beaux moments de mon enfance. Mon grand-père avait découvert l'univers des théâtres parisiens au cours de circonstances particulières et il en parlait souvent... dans des termes qui auraient dû me faire fuir le métier ! Monté à Paris en 1900 pour entrer dans la garde républicaine, ce fils du Berry avait été bouleversé par la vie citadine pleine de tumulte et d'indifférence mais surtout par les stations interminables dans les théâtres où, debout, bras croisés pendant des heures, il devait attendre en service de garde la fin des spectacles. Il avait un jugement sévère sur les artistes, ayant aperçu, à la Comédie-Française ou à l'Opéra, les comédiennes fardées parlant haut et fort, virevoltant, entortillées de tulle, de voiles, de châles, et les jeunes premiers, le chapeau posé sur l'œil mal démaquillé, enveloppés dans de grands manteaux sombres, qui se retrouvaient dans les cafés ou les cercles où ils continuaient à jouer la comédie en fumant des cigarettes orientales. Ce monde faux, sophistiqué, aux mœurs bizarres et excentriques, avait troublé le bon sens terrien et les goûts simples de mon grand-père. Aussi, lorsque après des jeux turbulents mes jeunes cousines couraient vers lui, échevelées, il murmurait : « Regardez-moi ça, elles sont fagotées comme des comédiennes. »

Dans sa bouche, cela voulait tout dire.

Après cette expérience parisienne, mon grand-père fut d'abord muté dans le Morbihan, où il retrouva une vie plus conforme à sa nature, puis dans la région angevine, à Candé ; en 1926, il y prit sa retraite de gendarme pour pouvoir se consacrer à la vente de produits fermiers sur les marchés. La famille s'installa alors à Chambellay, grâce à un emprunt et à des économies ; c'est là que mon grand-père acheta sa maison, un ancien relais de poste qui, des années plus tard, allait devenir mon paradis.

La maison Brialy occupait le cœur de ce bourg de cinq

cents habitants, la façade principale donnant sur l'église. On entrait par un perron avec, de chaque côté, deux escaliers de pierre ceinturés par une rampe de fer qui fut longtemps grillagée pour protéger nos premiers pas d'enfants. On accédait par deux portes-fenêtres aux deux pièces principales, le salon-salle à manger et la cuisine. Celle du salon était toujours fermée, on ne l'ouvrait que pour le « grand ménage ». La véritable porte d'entrée était donc celle qui donnait dans la cuisine, endroit privilégié, le mieux chauffé, dans laquelle vivait la famille. La pièce était meublée simplement : une vaste cheminée fermée par un panneau peint, un coffre en chêne pour ranger le bois, une grande table, des chaises de paille, une cuisinière en fonte et un buffet boiteux sous lequel il fallait toujours glisser une cale. Le bureau de mon grand-père, éclairé par une minuscule fenêtre, occupait le coin de l'entrée. Là traînaient des factures, des papiers et des journaux dans lesquels lui seul se retrouvait.

Dans le salon, sur le cadran de la pendule achetée à l'Exposition universelle de 1937, deux flèches tarabiscotées indiquaient l'heure quand elles en avaient envie, ce qui obligeait tous les jours la famille à guetter le carillon du clocher pour rectifier la position des aiguilles affolées. Au sol, le carrelage jaune et marron, régulièrement lavé à grande eau, reluisait comme un parquet et émerveillait ma grand-mère : « Ça brille comme à Versailles ! » s'exclamait-elle alors qu'elle n'avait jamais visité le célèbre château. De grands bouquets de fleurs étaient dessinés sur le papier peint. Au centre de la pièce trônait la grande table ovale un peu lourde, entourée de douze chaises recouvertes de cuir clouté. Les enfants avaient droit aux coussins du divan pour se hisser à la hauteur des grandes personnes. Sur le buffet de bois sculpté étaient exposées des assiettes bretonnes anciennes en grès bleu. La belle vaisselle, les verres à pied en cristal, les couverts en argent ne servaient que le dimanche. Un lustre en cuivre, orné d'ampoules bleues et de fausses bougies, pendait au plafond et jetait de grandes ombres qui dansaient sur les murs. Sous un tableau représentant un paysage flamand, le canapé-sofa complètement défoncé était recouvert de carrés de velours noir et de pièces multicolores formant une énorme fleur imaginaire.

Mon frère et moi adorions jouer au pacha en nous vautrant sur les deux poufs en cuir rapportés d'Algérie, cadeaux de mes parents. Mais nos voyages exotiques étaient quelque peu gâchés par un infâme linoléum verdâtre qui couvrait le sol ! C'est depuis cette époque que je voue une haine tenace à la toile cirée et au linoléum, symboles, pour moi, du laid et du facile à entretenir. Un petit escalier de bois, peu commode, montait aux chambres. Hautes et glissantes, les marches grinçaient et j'avais souvent l'impression que des bêtes les rongeaient sournoisement et que l'escalier attendait mon passage pour s'effondrer.

Mon frère et moi occupions la chambre la plus grande et la plus claire. Deux fenêtres s'ouvraient, l'une sur la petite rue du Commerce, l'autre sur la Grand'Rue. Mon lit en bois, très large, était recouvert d'un édredon rouge fané. Un papier gris-bleu, vieilli et triste, imprimé de guirlandes Empire, tapissait les murs épais et de guingois. Lorsque j'étais puni, on m'enfermait dans ma chambre. J'y étais heureux. Elle était paisible, calme, et je me penchais par la fenêtre pour regarder les autres jouer au football. Je me souviens des débandades lorsque le ballon cognait les vitraux de l'église !

Mes grands-parents dormaient dans la chambre du rez-de-chaussée, une pièce toute simple avec une grande fenêtre ayant vue sur la place du village. Nous n'y pénétrions jamais. Mon grand-père y faisait la sieste après le déjeuner. Il était expressément défendu de rôder dans les parages. Au fond de la maison, l'arrière-cuisine était le lieu le plus frais en été et le plus humide en hiver. On l'appelait la « réserve ». C'était un garde-manger géant où s'entassaient casseroles, fait-tout et paniers. Le grand évier d'ardoise où l'on faisait la vaisselle était appuyé à une fenêtre condamnée qui donnait sur une petite cour intérieure.

C'est dans cette cour que se trouvait le puits où mon frère et moi puisions l'eau claire. À califourchon sur la margelle, nous nous amusions à nous flanquer des sueurs froides en feignant de nous précipiter dans le trou profond et noir que recouvraient deux planches glissantes. Chacun notre tour, nous remplissions le seau en activant la pompe de fonte qui grinçait à fendre l'âme à chaque mouvement. Une mousse verte avait envahi les pavés de cette cour toujours trempée, si bien que nous devions enfiler des sabots pour ne pas attraper froid. C'était un plaisir de patauger sur ce sol doux et moelleux, et nous adorions enfoncer les orteils dans ce tapis naturel. Sous le perron de la maison, deux arches en pierre fermées par deux portes interdisaient l'entrée des caves, domaine privilégié de mon grand-père. Lui seul en avait la clé. Il gardait jalousement ses tonneaux, ses fûts où vieillissait le vin récolté dans sa vigne. Un mur lézardé séparait la maison d'une terrasse en terre battue, devenue le poulailler-clapier, surveillé par la chienne de chasse qui régnait sur ce zoo miniature avec fidélité et dédain. Elle acceptait cette existence avec sérénité ; seule la cloche de l'église la mettait hors d'elle : au premier carillon, elle hurlait à la mort et ce sanglot long et déchirant nous arrachait les entrailles.

En face de la maison, Léon, le maréchal-ferrant, officiait dans un hangar transformé en forge. Dès l'aube, il frappait sur l'enclume d'où jaillissaient des étincelles, qui nous ravissaient autant que l'âtre où le fer fondait et l'odeur de corne. Je me souviens que, très tôt le matin, nous étions réveillés par le bruit des outils et les pas des chevaux. Au bout de la rue, dans une maison isolée aux volets toujours fermés, se terraient une femme et ses huit filles. Toujours en guenilles, les cheveux ébouriffés, le nez morveux, les yeux cernés, elles se chamaillaient en hurlant. La mère, abandonnée par un ivrogne, ne sortait que la nuit. Elle nous terrorisait. On avait l'habitude de nous menacer ainsi, mon frère et moi : « Si vous n'êtes pas sages, vous irez dormir chez la mère du coin. » L'effet était radical, on se voyait immédiatement devenir les proies des vilaines petites sorcières. Chaque fois que nous passions devant cette masure, nous filions aussi vite que des séminaristes devant un bordel.

Près de Chambellay, ma tante Odette, la sœur de mon père, habitait un moulin, le « Moulin neuf », où j'ai passé des moments merveilleux. Son mari, Raoul, un fils de boulanger devenu minotier, était un homme généreux, simple et un peu faible, qui n'avait aucune autorité sur mes cousins et moi. Ma tante, heureuse d'avoir des enfants autour d'elle, nous laissait elle aussi faire tout ce qui nous plaisait. Le moulin, avec sa grande roue qui brassait l'eau retenue par le barrage, et la maison enfouie sous la vigne vierge, entourée de remises et de greniers à blé, étaient un vrai terrain de jeux pour les enfants. Les parties de cache-cache entre les sacs de farine avec mes cousins, la cueillette de groseilles et de mûres, le ramassage de l'herbe pour les lapins et les goûters que nous prenions à la ferme, le lait crémeux, les gigantesques tartines de rillettes et les tartes aux fruits, c'était le paradis !

Mais notre grand bonheur était d'aller en barque sur la Mayenne, qui coulait en bas du village, de Chambellay jusqu'au moulin. Accompagnés de ma grand-mère, un grand panier rempli de lainages et de maillots de bain sous le bras, nous embarquions, mon frère, mes cousins et moi, et remontions la rivière jusqu'au barrage. Nous ramions chacun notre tour, nous étions maîtres à bord, c'était l'aventure, et le voyage devenait une expédition extraordinaire. Chaque fois que ma grand-mère mettait le pied sur le bateau, nous lui tenions la main pour qu'elle garde l'équilibre, et, sentant la barque qui tanguait méchamment, elle lançait : « Attention, cent kilos qui montent ! »

Jules, mon grand-père, homme trapu et solide, fils de cultivateurs berrichons, ressemblait à Picasso, avec ses cheveux blancs qui faisaient ressortir ses yeux noirs et pétillants et sa peau tannée par le soleil et le vent. Cet homme libre respirait la simplicité, il avait le sens de l'honneur et n'imposait pas ses opinions. Contrairement à sa femme, il n'allait jamais à la messe et préférait les hommes à Dieu. C'était un libéral. Sa principale préoccupation était son entourage, sa famille et sa maison. Souci que partageait sa compagne. Mince, plus grande que mon grand-père, le visage lisse et régulier, les cheveux tirés en un chignon impeccable, ma grand-mère aimait nous gâter, son seul souci étant de voir ses petits-enfants grandir et prendre des forces. À cet effet, elle nous mijotait des ragoûts et réussissait les clafoutis comme personne. Elle nous mesurait contre le mur de la cuisine en tirant des traits de couleur pour vérifier notre croissance. De trois ans plus âgé qu'elle, mon grand-père l'avait épousée à l'âge de vingt-sept ans. Elle se prénommait Jeanne, et, bien qu'une tendresse profonde liât ces deux êtres, jamais mon grand-père ne l'appelait par son prénom. Chacun avait son rôle à jouer et leur vie était organisée ainsi : elle le respectait et lui la protégeait. Mon grand-père prenait les décisions, il était l'autorité de la famille et ni sa femme ni ses enfants, même adultes, ne se seraient permis de la contester.

La réussite de leurs enfants faisait toute leur fierté. Mon père, Roger, l'aîné, était parvenu à faire l'école d'officiers d'Autun, à en sortir sous-lieutenant et à finir colonel avec la rosette de la Légion d'honneur. Mon oncle, Marcel, sorti de l'École normale, avait épousé une institutrice, était devenu directeur de cours complémentaire et avait reçu les palmes académiques. Seule ma tante, Odette, n'était décorée de rien ! Cela ne l'empêchait pas de mener une vie simple et heureuse.

L'hiver, devant la cheminée, mes grands-parents pensaient déjà aux prochaines grandes vacances, à la venue de leurs enfants et petits-enfants. Toute leur vie était conditionnée par cet événement majeur. Rien n'était assez beau ni assez bon pour nous. On engraissait les oies, on nourrissait les poules et les canards en prévision de notre arrivée. Lorsque nous étions là, mon grand-père partait vers cinq heures du matin, avant le lever du jour, faire son jardin, et, quand sonnait l'heure de la petite messe, il revenait avec sa brouette remplie de légumes et de fruits mouillés par la rosée qu'il déposait avec fierté sur la grande table de la cuisine. Je revois encore ma grand-mère préparant le petit déjeuner dans de grands bols, la cafetière émaillée sur le feu, le pain frais pétri avec la bonne farine de l'oncle et la motte de beurre de la ferme. Ma mère et ma tante s'occupaient des repas, elles épluchaient les légumes, lavaient les salades tout en bavardant joyeusement. Mon frère et moi mettions le couvert de bon cœur puisque nous avions transformé cette corvée en un nouveau jeu : un gage punissait le distrait qui oubliait quelque chose sur la table. Mon grand-père revenait à midi après avoir fait une partie de manille et allumait la radio pour entendre les informations qu'il suivait attentivement. On nous disait : « Allez jouer plus loin, grand-père prend les nouvelles ! »

Courbé, prostré, même, une oreille collée contre le pavillon du poste, il écoutait les prévisions météorologiques ou les discours politiques en savourant le plaisir d'être le seul de la famille à recevoir les messages de Paris. Il éteignait dès que la musique commençait et nous commentait les informations. Nous feignions de tout découvrir grâce à lui. Abonné au *Courrier de l'Ouest*, il était le premier à le lire de long en large et, là encore, il nous annonçait les nouvelles de la région. Il y avait ainsi quelques rituels qui n'appartenaient qu'à lui.

Les grands-parents d'Issoire

Paul et Marie, mes grands-parents maternels, habitaient en Auvergne, dans la ville d'Issoire, à une quarantaine de kilomètres de Clermont-Ferrand. Ils étaient commerçants. Mon grand-père avait un garage, il vendait, achetait et louait des voitures et tenait en même temps un poste à essence, ce qui à l'époque était plutôt rare. Il faisait également taxi, ambulance et corbillard ! Il transportait les gens jour et nuit, de la gare aux stations environnantes, le Mont-Dore, le Puy-de-Dôme, Vichy ou La Bourboule. Pendant ce temps, ma grand-mère faisait les comptes. C'était une vocation. Sans être avare, elle n'avait rien contre les petits profits et adorait gagner deux ou trois sous. Elle comptait, recomptait avec délices et application sa cassette remplie de bons du Trésor.

Bénéfice, profit, épargne était la devise de la maison. Mes grands-parents avaient eu la sagesse d'acheter plusieurs petits appartements et maisons dont le rapport leur permettait de vivre sans souci. Chez eux, pas de gaspillage, tout était conservé soigneusement.

Marie, ma grand-mère, couturière du dimanche mais très habile de ses mains, bâtissait des robes sur des patrons découpés dans *Le Jardin des modes*. Elle portait en sautoir un centimètre et les revers de son tablier étaient couverts d'épingles, ce qui explique que nous hésitions à lui sauter au cou pour l'embrasser. On aurait dit que son nom sortait tout droit d'une pièce de Labiche ou d'un roman de Zola : Mouton Chapat ! Bien qu'elle fût assez autoritaire avec ses deux filles, elle leur avait donné une éducation plutôt moderne : pour leur dix-huitième anniversaire, elles eurent droit à un gramophone et aux disques d'Yvonne Printemps et eurent aussi l'autorisation d'aller au bal le samedi... habillées de pied en cap par ma grand-mère.

Ma tante Germaine, plus jeune que ma mère, est restée célibataire toute sa vie. Coiffeuse de profession, elle s'était installée à Brioude, près d'Issoire, où elle avait ouvert un salon pour dames. Elle coiffait ses clientes les plus chics « à la mode de Paris », en s'inspirant des photos des magazines spécialisés et je me souviens des coupes courtes et ondulées avec des crans et des accroche-cœurs, la grande mode de l'époque ! Toutes les femmes en étaient folles et le salon ne désemplissait pas. J'adorais aller à Brioude. Cela sentait le fer à friser un peu brûlé, les teintures, les parfums sucrés qui se mélangeaient. C'était à la fois étrange et enivrant. Ma tante, moderne et indépendante, habitait un studio au-dessus de son salon : un grand lit par terre, des photos d'artistes collées au mur, Henri Garat et Mireille Balin, Jean Gabin, Michèle Morgan, Arletty, tout y était un peu bohème. Plutôt sportive, libre, décontractée, elle aimait l'ambiance du spectacle et, grâce à son salon, était en contact avec une faune diverse, des « originaux » comme on disait. Curieuse et gaie, elle courait toutes les manifestations de peinture et de musique. Je me souviens qu'elle buvait parfois du champagne à midi, ce qui, à l'époque, me semblait être le comble de la dépravation ! Son mode de vie marginal pour le milieu un peu étriqué et bourgeois dont elle était issue, et où j'ai grandi, me fascinait. Ma grand-mère jugeait sévèrement son existence de garçonne, prenant ma mère raisonnable et rangée comme exemple, « l'honneur de la famille ». Évidemment, j'appréciais davantage le mode de vie de ma tante.

La maison de mes grands-parents se composait d'une cuisine, petite et malcommode, d'une salle à manger avec, près de la fenêtre, le bureau de ma grand-mère et ses sacro-saints cahiers. Une petite porte donnait sur un couloir glacé sentant le caoutchouc et dans lequel on rangeait les bicyclettes. Un escalier en ciment menait aux chambres : celle de mes parents, avec un lavabo, une porte-fenêtre qui ouvrait sur l'avenue de la Gare, et la chambre de mes grands-parents, d'où mon grand-père, avec sa vue perçante, pouvait en se penchant lire l'heure à la pendule de la gare. Cette prouesse nous éblouissait. Le deuxième étage étant loué, mon frère et moi dormions au troisième. Nous jouions dans le jardin, situé assez loin de la maison, où s'élevaient deux grands garages qui abritaient de vieilles voitures noires et brillantes. Nous y grimpions et y faisions des voyages extraordinaires. Je conduisais, j'imaginais d'extravagantes destinations, mon frère en était le passager muet et ravi d'être invité.

L'Algérie : premiers souvenirs d'enfance

Mon père est né dans le Morbihan, où mon grand-père fut muté après son passage dans la garde républicaine avant de rejoindre la région angevine. De ses premières années passées en Bretagne, il garda toute sa vie un goût prononcé pour les poissons, les crustacés, l'air marin et l'océan. Étrange influence du lieu de naissance : je suis né en Algérie, et toute ma vie j'ai été attiré par la culture arabe mais aussi par les produits orientaux, olives, épices et vents chauds.

Très jeune, mon grand-père partit à la guerre et mon père dut apprendre le sens des responsabilités. À dix ans, il fut promu chef de famille et assura seul la subsistance de sa mère, de son frère et de sa toute jeune sœur. Durant ces jours difficiles, c'est lui qui rapportait le pain, le pesait, partageait les quelques œufs et les pommes de terre qui faisaient office de repas. Il fêta l'armistice en organisant dans le village une retraite aux flambeaux, arborant le drapeau tricolore, haranguant la foule, en véritable porte-parole de la liesse nationale, faisant preuve, paraît-il, d'un enthousiasme débordant et d'une gaieté que je ne lui ai personnellement jamais connus par la suite. Bon élève, il tenait à assurer d'une main de fer l'éducation de sa jeune sœur, Odette, née en 1914, qui devint, hélas pour elle, le premier cobaye de ses expériences autoritaires que j'ai à mon tour subies plus tard.

Après un passage aux enfants de troupe d'Autun, mon père fit l'école d'officiers, d'où il sortit lieutenant d'artillerie. En garnison à Issoire, ce séduisant jeune homme sportif et gradé rencontra ma mère au cours d'un bal. Plutôt raide et maladroit en civil, il était transfiguré par l'uniforme noir, les épaulettes rouges, les franges d'or et le grand sabre qui lui donnaient grande allure. Long, mince, le visage mangé par de grands yeux sombres, il n'eut aucun mal à séduire ma mère. Vive, pleine de fantaisie, aimant rire, danser, s'amuser, celle-ci ne résista pas aux charmes de l'officier.

L'union des deux jeunes gens débuta sous le signe de l'aventure. L'année où ils se marièrent, en 1932, mon père fut muté en Algérie, à Aumale, un village à quarante kilomètres d'Alger. À cette époque, les légendes les plus folles circulaient sur l'Algérie et les Arabes, dont on avait entendu parler à travers les expéditions du général Bugeaud et les messages du maréchal Lyautey. Le pays était à la fois attirant, mystérieux, angoissant, et ce mélange d'exil et d'aventure dut être très excitant pour mes parents. Ma grand-mère s'inquiétait quelque peu du danger que courait sa fille en plein désert, au milieu des sauvages, mais la présence du bel officier, sabre au clair, prêt à la défendre contre les moustiques et les Kabyles la rassura définitivement.

Mes parents embarquèrent à Marseille, à bord du bateau le *Ville-d'Alger*, en emportant dans leurs bagages leurs cadeaux de noces, en particulier celui de mon grand-père maternel : une traction avant, dernier modèle des Citroën. La traversée dura une journée entière et une nuit. Arrivés à Aumale, ils s'installèrent dans un appartement de fonction, le plus petit et le plus incommode de la garnison d'artillerie coloniale, mon père étant le dernier nommé. Ma mère aima immédiatement le climat et la vie en Algérie. Ici, les odeurs étaient très particulières : ce mélange de parfums d'huile d'olive, de tomate, de mandarine, d'orange et d'épices, cette poussière sur les routes qui n'étaient pas goudronnées ; partout il y avait cette tiédeur un peu moite qui encourageait naturellement notre paresse. La vie était facile, l'endroit privilégié, ce fut une période heureuse.

Je suis né le 30 mars 1933, pendant les grandes manœuvres. En Algérie, le printemps était tiède et doux, l'air rempli de senteurs lourdes et sucrées. Ma mère accoucha à la caserne aidée du capitaine Poulin. J'étais très laid, un véritable petit singe, avec une tête en forme de poire recouverte de cheveux noirs. Mes parents étaient tout de même fiers et contents d'avoir un garçon. La mode étant aux prénoms composés, ils m'appelèrent Jean-Claude. J'étais un enfant calme et propre, m'a-t-on raconté, réglé comme une pendule, prenant des biberons réguliers, dormant partout.

Jacques, mon frère, est né deux ans plus tard. Je vis d'abord sa naissance d'un mauvais œil, puis il devint un jouet pour moi : je m'occupais de lui, j'étais très attentif à ses cris, à ses sourires. Mon frère et moi portions des bérets marins avec des rubans noirs. Sages, tranquilles, nous aimions beaucoup le monde, passant de bras en bras et souriant aux anges. L'orgueil de ma mère était de nous voir propres, bien coiffés, la raie sur le côté, les souliers cirés, le fond du pantalon impeccable, beaux comme des réclames. Je grimpais sur les genoux des grandes personnes et, blotti contre elles, j'écoutais leur conversation, sachant, quand il le fallait, me faire tout petit. L'une de mes occupations favorites était de les observer et je devins vite le champion des grimaces. J'imitais avec facilité, je n'avais pas ma langue dans ma poche.

Premier spectacle, premier public

Ma première émotion artistique, je la dois à la radio. Je me souviens très précisément des soirs où, de mon lit, j'entendais le poste dans la salle à manger : Rina Ketty, Maurice Chevalier, Tino Rossi, Mistinguett chantaient et j'étais déjà fasciné par ces voix lointaines qui berçaient mon imagination et m'endormaient dans un sommeil de fête. J'écoutais ces musiques très gaies, les réclames, et j'avais l'impression qu'à Paris tout le monde dansait, s'amusait, que personne ne travaillait, que les gens passaient leur temps à chanter dans les rues, que c'était une ville extraordinaire où il fallait que je vive un jour.

Mon premier spectacle fut la fête des écoles à Alger. J'avais cinq ans et j'étais « perle » dans une huître ! La mer en toile de fond, six huîtres en carton bouilli sur scène, quelqu'un tirait un fil invisible et trois garçons et filles en barboteuse immaculée surgissaient des coquilles. Nous faisions mille grâces, des gestes innocents et charmants en essayant de suivre la mesure du piano tenu par notre professeur. Maquillé en Pierrot, un large grain de beauté fait au bouchon brûlé, je dansais à contretemps, très content de moi, perdu dans les nuages. Quand le rideau tomba, je me rappelle m'être glissé devant, seul, ravi, saluant comme un fou, envoyant des baisers à la foule, heureux enfin de pouvoir exprimer mon bonheur d'être sur une scène, dans la lumière, déjà grisé par les rires et les applaudissements. Un peu plus tard, on m'emmena au cinéma voir *Blanche-Neige*. J'étais fasciné, comme envoûté, les yeux écarquillés, la bouche ouverte, la respiration suspendue. À la fin de la séance, je perdis la tête et, lâchant la main de ma mère, je courus derrière l'écran guetter la sortie des artistes, les animaux, Blanche-Neige, la sorcière, les nains. On eut un mal fou à m'expliquer que tous ces personnages n'étaient que des images, qu'ils n'existaient pas vraiment. C'était trop compliqué pour moi. Je fus abominablement déçu.

Enfant, j'aimais les costumes, les déguisements et les cérémonies militaires : mon père sortait sa tenue de parade, la musique, les trompettes, les tambours résonnaient dans ma tête et j'étais emporté par les marches rythmées et triomphales. Nous allions le voir lors des concours hippiques. Nous frémissions quand il sautait les obstacles et l'applaudissions poliment, les mains gantées de blanc. Je revois encore, dans la tribune officielle, ma mère dans ses robes vaporeuses, un chapeau de paille cassé sur l'œil. Puis la fanfare s'installait dans le kiosque, et, droit comme un piquet, je battais la mesure des airs que je connaissais par cœur ; le soir, je m'endormais en rêvant de diriger un orchestre symphonique.

Nouvelle vie à Blida

Mon père, promu capitaine, fut ensuite nommé à Blida, surnommée la « Petite Rose » à cause de ses jardins. Nous habitions une maison dans la cité Combredé. Les jolies villas à un étage, toutes construites sur le même modèle, possédaient chacune un petit jardin de roses, une cour, une buanderie et un grand garage. Aux beaux jours, nous partions pique-niquer en bande au bord de la mer. Mon père, pantalon large en toile, chemise ouverte, conduisait avec précaution la fameuse Citroën et ronchonnait à cause du sable qui enrayait le moteur. Ma mère préparait le couffin, le menu étant établi une fois pour toutes : tomates, œufs durs, poulet froid, fruits et la bouteille Thermos qui coulait régulièrement, tachant les serviettes et la nappe. Nous emmenions pelles, râteaux, filets et seaux. Nous apprîmes à nager avec une planche de liège, battant des pieds dans l'écume qui éclaboussait ma mère. Mon père avait la manie des leçons. Il tenait absolument à m'apprendre à nager alors que mettre la tête sous l'eau était pour moi un supplice. Il me tenait sous le ventre, la main en creux sous la mâchoire, et, hypocritement, me lâchait. Évidemment, je coulais à pic, buvant la tasse, crachant, hoquetant, rejetant, comme un dauphin, de petits jets d'eau salée. Le capitaine n'était pas un joyeux drille. Le nez droit, l'œil sévère, militaire à la maison comme à la caserne, il aimait l'ordre et l'obéissance et il nous fallait baisser la tête... et garder le doigt sur la couture du maillot de bain !

L'hiver, lorsque nous avions été sages, mes parents nous emmenaient au ruisseau des Singes situé dans une petite vallée au milieu de la montagne. Des centaines de petits singes à demi sauvages vivaient là. Ils venaient à la rencontre des visiteurs chercher à manger ou jouer avec eux, couraient et sautaient dans tous les sens. L'endroit était pour nous un véritable paradis. Hélas, pour atteindre cet éden, il fallait parcourir une quarantaine de kilomètres en voiture, ce qui représentait pour moi un véritable enfer. Je subissais le supplice des virages et de l'odeur d'essence. Les cahots me levaient le cœur et, assis devant, la vitre entrouverte, j'aspirais à pleins poumons l'air tiède pour essayer vainement de ne pas être malade, mais à chaque arrêt je rendais l'âme. Mon frère, qui supportait très bien le voyage, me regardait avec compassion, ce qui augmentait ma rage et mon humiliation. Un vrai cauchemar ! Lorsque, enfin, nous arrivions au ruisseau des Singes, c'était la libération, le bonheur. Souvent, je repense à la phrase que mon père me répétait : « Quand tu seras grand, que tu auras fini tes études, tu feras ce que tu voudras, tu feras le singe ! », et je revois cet endroit paradisiaque.

Mon frère était calme, réservé et doux ; il pouvait rester des heures dans sa chambre à jouer avec des soldats de plomb. Moi, j'avais la bougeotte et j'aimais par-dessus tout écouter la conversation des adultes. Leur compagnie m'intéressait alors que les petits m'ennuyaient. On disait alors de mon frère : « Regardez comme il est gentil et reposant, tandis que l'autre n'arrête pas de faire le singe. » Le dimanche, à Blida, notre mère nous emmenait à la messe. Je ne comprenais pas très bien le cérémonial mais j'aimais le spectacle des bougies, de l'encens, la mise en scène du prêtre et des enfants de chœur, les chants en latin. J'étais attiré par le confessionnal, endroit mystérieux où l'on plongeait derrière un petit rideau violet, chuchotant des aveux... ou des mensonges ! Le visage dissimulé par les petits barreaux de bois, le curé ressemblait plus au diable qu'au bon Dieu. Puis, la tête baissée, le cœur soulagé, on regagnait notre banc, heureux d'avoir été entendu et pardonné. Je ne comprenais pas bien la différence entre le péché véniel et le péché mortel : pour moi, l'important était de pouvoir recommencer les bêtises sans crainte après avoir été absous !

L'atmosphère à la maison était souvent électrique – mon père ruminait ses petites contrariétés. Quand il était de mauvaise humeur, on disait qu'il avait mal au foie. La tempête couvait durant des jours puis éclatait en un orage terrifiant qui nous transformait, mon frère et moi, en petits santons, sages comme des images, silencieux et dociles... en attendant que cela se passe. L'humour et la compréhension n'étaient pas souvent de mise à la maison. La vie était tellement calme et terne qu'un petit événement nous fit vivre un suspense délicieux pendant plusieurs jours : une nuit, un homme s'introduisit dans le garage pour nous voler un tapis. Branlebas de combat, mon père surgit, revolver au poing, nous étions blottis mon frère et moi contre ma mère affolée, rêvant qu'on venait nous enlever ! Je n'osais plus aller dans la buanderie. Je voyais des ombres partout et, le soir, quand je traversais la cour, je parlais au voleur en frissonnant autant de peur que de plaisir : « C'est moi, je suis très gentil, tu sais, il ne faut pas me faire du mal, tu peux prendre tout ce que tu voudras, je ne le dirai à personne. » Quelque chose d'extraordinaire nous était enfin arrivé.

«J'aperçois la France ! »

Le déménagement à Bône, dû à une nouvelle affectation de mon père, fut une véritable fête tant nous étions contents de partir. Découvrir une nouvelle ville, un port, c'était le début de l'aventure. La mise en cartons de nos affaires dura un mois avec des ordres et des contrordres. Mon père, minutieux et maniaque, avait collé des étiquettes partout, que ma mère répertoriait dans un cahier. Abandonner nos jouets abîmés de l'enfance fut, je me souviens, un véritable déchirement. Vint le jour du départ. Entassés dans la voiture, serrés contre les cartons et les valises, nous tenions à tour de rôle dans nos bras notre petite chatte que les préparatifs avaient rendue nerveuse et agressive. À un arrêt, elle s'échappa par une fenêtre entrouverte. Ce fut le drame. Malgré nos appels et nos cris, elle avait disparu et nous repartîmes en pleurant la Minette qui avait choisi la liberté.

Le nouvel appartement de fonction donnait sur un collège de jeunes filles. Du balcon, on pouvait les admirer dans leurs jupettes blanches en train de faire de la gymnastique. L'appartement était bien exposé, clair et spacieux. Mon frère et moi allions au lycée à pied, pliés en deux par le poids du cartable, en se tenant par la main. C'est à cette époque que commencèrent mes ennuis à l'école. J'avais sept ans, et, chez moi, mes parents prenaient ma scolarité très au sérieux... tandis que je découvrais le plaisir de faire rigoler mes copains. Au stade, j'improvisais un numéro de clown, j'essayais mes grimaces, je faisais le guignol. Je grimpais sur le guichet en béton et je racontais des histoires que j'inventais en me tapant la tête contre le mur crépi, tout ça pour faire rire. Plus ils riaient, plus je me cognais, et je repartais couvert de bosses, heureux d'avoir conquis un public difficile. J'adorais faire le singe et je mimais les grandes personnes avec ce don qu'ont les enfants de copier un geste, une attitude, un trait, se transformant en marionnettes vivantes.

Bône était une jolie ville remplie de jardins. Le dimanche,

quand il faisait beau, nous allions sur les plages immenses et désertes, et, quand il pleuvait, ma mère, qui adorait le cinéma, nous emmenait voir des films. Nous aussi, nous aimions ces salles obscures et magiques... tandis qu'à nos côtés notre père sommeillait. Parfois, nous allions sur le port où des paquebots partaient pour la France. Je fixais des yeux la mer au loin jusqu'à l'infini, et je distinguais la côte, là-bas, au bout de l'horizon. Il n'y avait que moi qui la voyais, bien sûr, et j'affirmais catégoriquement : « J'aperçois la France. » Tout cela dansait dans ma tête, je me faisais tout un roman et je rêvais, moi aussi, de débarquer à Marseille. Mes parents avaient commencé leur aventure ici et la mienne m'attendait là-bas, de l'autre côté des vagues. J'entends encore la sirène des bateaux qui accostaient, je revois les femmes élégantes sortant des cabines de première classe, tout me semblait féerique !

Je passais d'une émotion à une autre et je me souviens de ma première « rencontre » avec la mort. Un jour, ma mère rentra à la maison soucieuse et triste. Comme je m'en inquiétais, elle me confia à voix basse : « Tu sais, la petite d'à côté a la typhoïde. » Cette jeune fille avait quinze ans. Ma mère lui rendit régulièrement visite et revenait pâle et préoccupée en commentant l'avancée de la maladie. Puis une voisine vint nous prévenir : l'adolescente était morte dans la nuit. Je ne savais pas exactement ce que cela voulait dire mais je ressentis un tel chagrin que pour me consoler je sublimai la mort injuste de cette enfant innocente et pure. Dans mon sommeil, je superposai le visage d'une princesse sur celui de la jeune morte, et un jeune homme la ressuscitait d'un baiser sur la bouche. Mais, au fond de moi, je savais bien que le miracle ne pouvait exister qu'au cinéma. La procession d'ombres blanches qui suivit la dépouille de la jeune fille lors de l'enterrement, le cercueil couvert de fleurs, ses camarades tenant le cordon du corbillard me hantent encore parfois. Les Arabes, eux, ont coutume de porter leurs morts sur un brancard enveloppés de linges multicolores, ils dansent, chantent, chassent les mauvais esprits et déposent le corps à même la terre. Seule une pierre blanche rappelle aux passants le souvenir du disparu. J'aime cette manière simple et naturelle de signifier la fin de la vie comme le bout du chemin.

La guerre et le retour vers la France

En septembre 1939, je rentrais de vacances en métropole lorsque la guerre éclata. Elle nous arriva de loin, étouffée, amoindrie. Le bruit des canons s'évaporait dans le ciel léger et seule la radio nous renvoyait à la triste réalité, l'effondrement d'un pays livré, prisonnier. La guerre avait lieu là-bas, de l'autre côté de la mer, et nous n'étions pas vraiment concernés, bien que nous fussions très inquiets pour les amis et la famille restés en France. Nous guettions les nouvelles, les rumeurs alarmantes ou rassurantes, mais la vie facile que nous menions n'en était pas pour autant transformée. La plage, le cinéma, le soleil, les figues de Barbarie, les oranges : la douceur du temps nous enveloppait dans une certaine tranquillité.

En 1942, nous embarquâmes pour Marseille dans l'un des derniers bateaux qui partaient pour la France. Pour nous, c'était la fête, nous avions l'impression d'entamer de très grandes vacances, la guerre était un mot barbare et indéfinissable, la zone libre, la zone occupée, tout cela semblait flou, notre seule évidence était ce grand voyage et le début d'une autre vie. Ce nouveau déménagement fut vécu avec une effervescence folle : nous aidâmes au rangement en empaquetant tous les souvenirs accumulés durant ces dix années d'Algérie. Mon père surveilla les meubles avec l'attention d'un douanier, le salon berbère acheté à l'Exposition coloniale d'Alger, les chambres à coucher... Excités comme des puces, nous ne pensions qu'à la traversée : embarquer sur un gros bateau, passer un jour et une nuit dans une cabine, bercés par les vagues. Cette perspective nous rendait euphoriques et je quittai le pays de lumière sans regret, persuadé de me rapprocher enfin de mon destin. Là-bas.

Mon rêve devenait réalité, et, ma petite valise sous le bras, je gravis la passerelle, fier comme un corsaire sûr de vivre la première page de mon existence. Hélas, à peine le pied posé sur le pont, je sentis les premiers effets du roulis et, jaune comme un coing, je dus gagner ma cabine pour ne plus en sortir. Adieu les transats, adieu les jolies dames appuyées au bastingage, adieu le grand salon des officiers, l'air salé qui caresse le visage, l'étendue infinie de la mer avec la lune qui danse sur la crête des vagues d'argent. J'avais rêvé de croisières dans les livres, je les avais vécues au cinéma, mais je fus réduit à l'état de loque que l'on dut nourrir sans cesse pour que, l'estomac rempli, je puisse supporter sans trop de mal les délices d'un voyage qui me sembla être le dernier.

Marseille sous la botte allemande

Notre arrivée à Marseille fut très mouvementée : beaucoup de bruit sur le port, les grues, les gens à l'accent chantant, c'était une foire incroyable et nous étions heureux de retrouver la France. Malheureusement, nous déchantâmes très vite. Nous nous installâmes dans un hôtel meublé triste et médiocre ; les moquettes de l'escalier usées jusqu'à la corde étouffaient à peine les savates de la femme de chambre, une brune maigrichonne qui traînait dans les couloirs à la recherche d'un pourboire incertain. Nous étions des immigrés, solitaires, abandonnés à un sort sans espoir. De plus, mon père avait trouvé un bureau désorganisé, sans chef, un radeau ballotté sur un océan de contradictions et de trahisons.

Les Allemands entraient dans les villes, ordonnant aux officiers de se soumettre et d'obéir. Tout allait trop vite, nous ne saisissions pas la gravité de la situation politique mais nous comprenions qu'une vie de privations et d'efforts commençait. Nous sentions confusément que partout s'installait le silence de la conspiration, les rues grouillantes et gaies se vidaient peu à peu, les gens, le nez baissé, le chapeau sur les yeux, le col relevé, hâtaient le pas. Tout devenait suspect, nous jouions aux gendarmes et aux voleurs sans beaucoup d'amusement. Nous refusions bonbons et sourires aux Allemands et aux Italiens, c'était notre manière de résister. L'impression d'étouffement et de surveillance perpétuelle rendait l'air irrespirable. Mon père fut arrêté et interrogé pendant trois jours et trois nuits, puis les Allemands le relâchèrent et on l'obligea à une semi-retraite. Il déambulait en culotte de cheval et veste civile, perdu et irascible, comme un oiseau blessé. Tout était prétexte à de grandes colères et nous évitions son regard sévère. Dès la fin du dîner, mon frère et moi grimpions dans notre chambre, seul refuge où il nous était permis de rêver.

La Canebière, avenue célèbre pour son activité bruyante et colorée, n'était réveillée à cette époque que par le roulement des tramways et leurs petites sonneries grêles qui brisaient l'atmosphère silencieuse et grave. Sur le port, le trafic était bloqué, les paquebots immobiles, les grues paralysées, la rade muette et mélancolique semblait attendre un appel au loin qui ne viendrait plus. Je marchais sur les quais à la recherche de Marius, de César, de Fanny et du petit bar de la Marine. Mais ils avaient disparu du paysage et appartenaient déjà à la légende. Les Allemands m'avaient volé « ma » France, ils détruisaient la vision naïve et touchante du Midi dont Pagnol m'avait fait cadeau et j'enrageais de ne pouvoir saluer Escartefigue ou Honorine.

Les tickets de rationnement, ces petits papiers de couleur qui nous permettaient de toucher notre maigre portion, envahirent notre quotidien. Jacques et moi étions en pleine croissance, et ma mère, qui espérait faire de nous des athlètes, était désespérée de nous voir constamment tenaillés par la faim. Nous prenions nos pauvres repas au restaurant et nous attendions le départ des derniers clients pour ramasser le morceau de pain ou le fruit qui traînaient sur la table. Ces larcins devinrent une habitude puis un jeu et nous excellions dans l'art de la fauche. Ma mère avait acheté un réchaud et, dans la chambre d'hôtel, elle complétait notre petit déjeuner par deux pommes de terre ou un œuf qu'elle faisait bouillir en déclenchant régulièrement un court-circuit, ce qui provoquait les foudres du gérant. Malgré tout, cette vie avait un certain charme car nos parents, plus préoccupés par leur situation nomade que par nos belles manières, avaient quelque peu relâché les rênes de notre éducation et nous étions souvent livrés à nous-mêmes.

La vie devint vite intenable dans cet hôtel et bientôt mon père prit la décision de quitter Marseille. Mes grands-parents maternels nous avaient proposé de venir les rejoindre à Issoire, encore située en zone libre. Ma mère retrouverait ainsi sa famille, et, grâce à mes cousins qui vivaient à la campagne, nous souffririons moins des restrictions. Une fois réunis et au calme, nous réfléchirions ensemble à la situation irrégulière de mon père, qui, sans renier l'armée française, ne pouvait accepter les ordres de Vichy. Le voyage fut long, fatigant, coupé d'attentes interminables et de fouilles dans les gares. Des hommes en civil, le visage fermé et dur, contrôlaient et tamponnaient nos papiers. Chaque voyageur avait l'air d'un espion, il fallait se taire et tenter de dormir recroquevillés sur des valises gonflées comme des outres qui menaçaient d'exploser à tout moment. Je n'ai jamais oublié les lumières verdâtres ou bleues des quais, le bruit lancinant des wagons qui se balançaient sur les rails, l'odeur âcre de la sueur et les regards fixes des voyageurs en fuite. Les annonces anonymes des haut-parleurs et les ordres rudes et contradictoires en allemand nous sortaient d'une torpeur où nous sombrions à nouveau avec l'unique envie de quitter ce train fantôme et de nous cacher dans une chambre chaude et silencieuse. Puis, soudain, un soleil pâle traversa les nuages, l'aube était là, et dans les champs recouverts de gel, les arbres dépouillés se confondaient avec les sémaphores. Une impression de tristesse et de désolation émanait du paysage, nous étions las, brisés, mais le voyage s'achevait. Nous étions en zone libre et j'avais froid partout.

Nouvelle vie tranquille à Issoire

La gare rose et blanc d'Issoire nous apparut comme une jeune fille émouvante dans ce matin glacial. Le quai était vide, enveloppé de brume, et seul le couinement de la lanterne rouge que le chef de gare balançait du bout des doigts rompait le silence épais. Au bout de quelques minutes, la silhouette de mon grand-père se détacha de ce brouillard humide ; nous reconnûmes la casquette, la moustache grise bien taillée et les yeux plissés de joie, éclatants comme un soleil. Tirant un diable pour les bagages, il était joyeux et s'agitait autour de nous : « Je vais m'occuper des valises, vous devez être fatigués, laissez-moi faire », et nous empilâmes notre attirail sur le chariot. Quelques minutes plus tard, nous étions au chaud dans sa vieille Renault, roulant sur l'avenue déserte qui sentait le goudron. Déjà, ma grand-mère, un châle de laine sur les épaules, nous attendait sur le pas de la porte. Nous refermâmes vite les volets de fer et nous jetâmes sur le poulet et le fromage servis à table avec une bonne bouteille de vin pour arroser cette nouvelle vie qui commençait.

À peine éclairés par la lueur de la lampe à pétrole et des bougies, nous passions des soirées à chuchoter dans la salle à manger pour ne pas attirer l'attention des miliciens qui patrouillaient dans la ville. « Encore un que les Allemands n'auront pas », sempiternelle phrase que mon grand-père prononçait à la fin de chaque repas. Jacques et moi étions heureux de retrouver notre chambre, au troisième étage. Nous dormions dans un grand lit en bois couvert d'un énorme édredon. Le soir, nous tendions le drap en forme de tente et nous voyagions en rêve, dans des pays imaginaires où régnaient la paix, le soleil... et pas l'arithmétique ! J'étais toujours le chef, et mon frère, docile et effacé, faisait office de chauffeur, de secrétaire et d'adjoint, toujours prêt à participer aux jeux fantastiques dont j'avais le secret.

Ma mère veillait à l'entretien de la maison tandis que mon père s'ennuyait dans le jardin et que nous suivions sans passion les cours du lycée. Mon grand-père travaillait beaucoup : tôt levé, il partait faire les courses en taxi et nous rapportait régulièrement des œufs, du lait, du beurre, denrées rares et hors de prix. Ma grand-mère, arc-boutée sur sa machine à coudre, nous confectionnait des costumes inusables et peu salissants. Le dimanche, elle nous traînait à la cathédrale plus pour montrer nos pantalons bien coupés et nos vestons croisés que pour nous obliger à prier pour les prisonniers en Allemagne.

Prédictions de la cartomancienne

Près de notre maison, dans un appartement aux multiples rideaux, tentures, voiles et abat-jour aux lumières tamisées, vivait une femme étrange. Drapée dans un peignoir de soie japonais, les yeux charbonneux, les joues roses, les lèvres peintes et les cheveux longs et frisés retenus par un large ruban de velours, elle passait ses journées à tirer les cartes. Il était défendu de monter la voir. Moi, j'aimais approcher les femmes fardées, aux parfums un peu lourds, différentes de ma mère, qui ne se maquillait pas. Un jour, à la suite d'un pari, j'osai frapper à sa porte et lui demandai de me dire l'avenir. Elle posa son regard de danseuse orientale sur moi, sa main longue et blanche courant sur les tarots, et me prédit une carrière artistique et une réussite sans problème. J'avais pris soin de lui raconter mes rêves fous et naïfs, et je pense qu'elle résuma mes aspirations à sa manière, poétique et troublante. Toujours est-il que je sortis de l'antre de la cartomancienne, titubant de bonheur, ému par les présages et étourdi par les parfums capiteux de l'appartement.

Le dimanche, quand il pleuvait, ma grand-mère nous emmenait à l'Éden. Elle était passionnée de cinéma et connaissait le nom de tous les acteurs. Au retour, nous revivions le film car elle le racontait en entier, n'oubliant aucun détail et critiquant le jeu des comédiens. Et elle terminait chaque fois son laïus en disant : « Si j'avais été là, cela ne se serait pas passé comme ça ! » Malheureusement, ces moments de distraction étaient rares, les journées s'étiraient, longues, monotones, et j'étais content lorsque, par chance, on me permettait d'aller à Brioude, chez ma tante Germaine. Gaie et sans complexes, elle menait une joyeuse vie de bohème, partagée entre son salon de coiffure et ses amies. Sportive et décontractée, elle me trimbalait partout, m'emmenait monter à cheval, faire du canoë et jouer au tennis.

Mon père, renfermé et nerveux, commençait, lui aussi, à trouver le temps long. Il vivait mal, se rongeait les sangs. Souffrant d'être à la charge de ses beaux-parents et inactif dans son pays occupé, il décida finalement de changer d'air et d'aller retrouver ses parents à Angers.

2.

Maison des supplices et odeur de fin du monde...

À Angers, nous habitâmes d'abord dans un quartier bourgeois et tranquille, chez une institutrice à la retraite qui nous avait laissé sa maison, au 10 de la rue Mirabeau. Ce minuscule hôtel particulier de deux étages, peu pratique mais calme, fut le décor de la période la plus difficile de mon existence. Notre mobilier étant toujours bloqué sur le port de Bône, ma mère s'organisa pour installer ses hommes dans un confort relatif. Mon frère et moi reprîmes nos études au lycée David d'Angers, en sixième classique. Mon père, devenu malgré lui officier de réserve, subissait l'histoire en se morfondant dans un exil étouffant. Nommé inspecteur de la défense passive, il devait veiller à la sécurité des civils et parer aux éventuels bombardements ou sabotages de ceux qu'on nommait « terroristes » avant de les appeler « résistants ». Cette fonction floue et sans intérêt véritable lui laissait beaucoup de temps libre et il en profita pour s'occuper activement de notre éducation. Le soir, je tremblais d'angoisse en entendant le bruit des clés dans la serrure, signe de son retour du travail. Sans un mot, il allumait la radio, écoutait les informations pendant que mon frère et moi mettions la table, puis tournait le bouton dès la fin du journal. Sombre et taciturne, il prenait place à table.

Le dîner terminé, la torture commençait. Le « beau Jean-Claude » devait lui montrer ses cahiers. J'étalais alors mes livres sur la toile cirée et j'essayais, avec plus de terreur que de conviction, d'appliquer les formules mathématiques barbares et de résoudre les problèmes d'algèbre et de géométrie sous l'œil impitoyable du commandant. Tous les soirs, ce rituel se répétait, et lorsque, vers minuit, je tombais de sommeil, mon père, afin de me tenir éveillé et de me rafraîchir les méninges, me mettait la tête sous le robinet d'eau froide du lavabo. Comme tous les ânes, je refusais catégoriquement d'avancer, je ne faisais aucun progrès, j'étais nul, et sans défense, puisque ma mère approuvait la sévérité de ces méthodes, persuadée que cette épreuve de force allait briser mon caractère entêté.

Évidemment, chaque fois que je fuyais cette maison des supplices, j'avais l'impression de quitter l'enfer pour le paradis. Mon pouvoir sur mes camarades d'école, que je charmais et amusais, était réduit à néant lorsque j'arrivais chez moi. Je devins vite aussi secret et renfermé à la maison que j'étais vif et extraverti au-dehors, mon goût pour les farces et la comédie me sauvant alors du désespoir. Je me fis de solides amitiés parmi mes camarades de classe, chez qui je trouvais l'admiration et la compréhension qui manquaient à la maison. Je me souviens de Rémi, un garçon heureux avec d'immenses yeux clairs, un petit nez en trompette, et un visage perpétuellement ouvert sur un sourire délicat et charmant. Il était l'enfant unique d'un luthier, gros homme généreux et sensible, collectionneur d'instruments anciens qui donnait l'impression, chaque fois qu'il vendait une mandoline ou un violon, qu'on lui arrachait une côte. Sa mère s'était arrangée pour transformer leur vie provinciale en une folle farandole dans laquelle elle entraînait avec bonheur son mari et son fils. Grâce à eux, je vécus chez Rémi quelques moments surprenants qui faisaient cruellement défaut à la maison.

Un autre plaisir était de me glisser chez mon ami Joseph, fils d'un compositeur, rêveur et bohème, qui campait dans un appartement immense où sept enfants turbulents et bruyants, éparpillés dans les pièces remplies d'objets inutiles, se disputaient innocemment la tendresse d'une mère attentive, véritable proue d'un navire ballotté par les remous d'une existence souvent difficile. Quel plaisir j'aurais eu à m'épanouir dans ce milieu où la musique, le chant, la lecture étaient considérés comme essentiels au lieu de bouillir dans ce quotidien étroit et mesquin que l'on m'imposait !

Les seuls événements susceptibles de briser la monotonie qui régnait chez moi étaient les alertes nocturnes. Nous descendions alors les étages quatre à quatre, une couverture jetée sur nos pyjamas, et nous foncions nous réfugier dans la cave du voisin où se trouvaient réunis une partie des habitants du quartier. Une nuit, nous fûmes réveillés en sursaut par ma mère affolée. C'était la panique. Nous nous ruâmes, étourdis, dans la rue sous un ciel transpercé par des centaines de fusées rouges, vertes ou bleues, un gigantesque feu d'artifice de 14 Juillet, sous des grondements effrayants, suffoqués par une odeur âcre et étouffante. Le temps de réaliser ce qui nous arrivait et ce fut le cataclysme, un ouragan de feu et de fumée, l'explosion infernale d'obus qui s'abattaient dans tous les sens, une avalanche de tirs d'artillerie et le ronronnement sourd des avions volant à basse altitude, lâchant leurs bombes sur la ville. Les sirènes hurlaient, les pompiers, les ambulances sillonnaient les rues où des gens hagards, en robe de chambre, couraient en criant. Nous fûmes projetés au sol et, le visage écrasé sur les pavés, nous entendîmes au milieu de ce bruit infernal des prières, des pleurs et des appels. Les minutes s'écoulèrent péniblement, puis, peu à peu, s'installa un silence angoissant, entrecoupé de gémissements et de râles. Mon père avait rejoint les secours pour aider les équipes qui dégageaient les blessés et les morts. Des ruines, du fer tordu et des murs lézardés s'effondraient dans un fracas de poussière et des brancards emportaient des corps recouverts de bâches tachées de sang – le spectacle était apocalyptique. On nous ramena enfin à la maison et, après nous avoir frictionnés d'eau de Cologne pour nous réchauffer, on nous recoucha. Mon frère et moi nous mîmes alors à trembler comme des feuilles, réalisant rétrospectivement, et pour la première fois, l'horreur de la guerre et la fragilité des vies humaines. Après cet événement terrible, mes parents prirent la sage décision de nous expédier à la campagne, chez nos grands-parents.

Retour à Chambellay

Le camion de mon oncle, rempli de farine du « Moulin », nous emporta alors vers le paradis de Chambellay, nous sauvant par la même occasion de l'enfer. Pour nous, de très longues vacances commençaient. Nous devions bien entendu continuer d'aller à l'école, mais l'instituteur, un ami de la famille, modèle d'indulgence et de patience, n'avait d'autre prétention que d'« entretenir » ce que nous avions tenté d'apprendre. Cela lui suffisait amplement. Et nous, donc ! Le printemps remplissait le jardin de fleurs et notre maître était très fier de ses plantes folles, de ce décor champêtre qui contrastait avec l'aspect si triste du lycée d'Angers. Il souriait toujours, n'élevait jamais la voix et remerciait chaleureusement chaque élève pour les quelques victuailles rapportées de la ferme qui lui permettaient d'améliorer son ordinaire. Au retour de l'école, lorsque mon frère et moi remontions la Grand'Rue, nous ralentissions le pas devant le salon de coiffure bleu où officiaient trois filles dont nous étions tombés amoureux, et nous quêtions un instant le regard ou le sourire qui conforteraient nos sentiments.

Le jeudi, nous nous enfermions dans le grenier et nous plongions dans les panières remplies de reliques que ma grand-mère appelait ses « obligations ». J'organisais des spectacles dont j'étais à la fois l'auteur, le metteur en scène et l'acteur principal, et, quand tout était au point, nous forcions ma grand-mère à assister à la représentation. La brave femme, prise en otage, restait patiemment pendant une heure sur une chaise à regarder cette improvisation bizarre. Un jour, ayant déniché sa robe de mariée dans un carton, je taillai un costume dans le tissu pour les besoins d'un tableau, le « Couronnement du roi », qui, selon moi, méritait bien ce sacrifice. Ma grand-mère faillit s'étouffer en apercevant ses dentelles en lambeaux mais elle nous pardonna et nous pria avec vigueur d'aller jouer sur la place de l'Église pour faire pénitence.

Le dimanche, mes parents venaient nous rejoindre et nous allions tous ensemble à la grand-messe. Sur le banc réservé, toute la famille s'entassait, recueillie et silencieuse, et le spectacle commençait. Précédé de quatre enfants de chœur en robe rouge et surplis blanc, M. le curé faisait son entrée. Autoritaire et précis, il gravissait les marches et ouvrait le grand livre, joignait les mains et, après une courte génuflexion, nous commandait de nous asseoir par un claquement sec des doigts qui n'autorisait aucune contestation. Cet aristocrate, élégant et fantasque, avait englouti sa fortune de marquis dans ses ornements et ses ciboires. Il célébrait la messe avec pompe et solennité. Si, par malheur, un des servants, distrait, tardait à lui tendre les burettes, il le tançait ouvertement, à voix haute, oubliant ses fonctions, et continuait en bougonnant moitié en latin, moitié en français, ce qui était véritablement irrésistible. De la même façon, il surveillait d'un regard d'aigle les retardataires et soudain, au milieu d'une prière, il dénonçait avec violence, le doigt pointé, les malheureux qui essayaient d'aller s'asseoir discrètement. Il regardait alors sa montre et, prenant les fidèles comme témoins et public, commentait sans humour l'attitude des retardataires. Raffiné, sensible, amateur d'art, admirateur de saint Vincent de Paul, il n'hésitait pas à courir les fermes à bicyclette pour réconforter une âme perdue ou soigner un malade pauvre et abandonné. Il aimait les gens simples et sans défense, et, sous son aspect bourru et tyrannique, battait un cœur généreux et tendre.

La vie que je menais était ainsi, paisible et pleine de charme. Je traînais chez le boulanger et guettais la fournée pour voir les sarments s'embraser dans le four en pierre. J'allais chez le bourrelier, qui, avec une dextérité de chirurgien, découpait, taillait les peaux pour faire des selles et des harnais. La postière, femme du secrétaire de mairie, était dodue comme une pintade. Elle avait du caractère, et, selon ses humeurs et ses caprices, la distribution des mandats devenait une cérémonie dont elle était la grande prêtresse : lorsque, dans la file d'attente, elle apercevait quelqu'un qui lui plaisait, elle n'hésitait pas à le faire passer devant tout le monde. Elle retirait son crayon planté dans ses cheveux et le pointait avec autorité vers le privilégié. Et personne ne bronchait ! Un village bien calme en vérité que celui de Chambellay, mais le débarquement devait bientôt secouer cette vie trop tranquille.

L'arrivée des Alliés et la fin de la guerre

Nous suivions les nouvelles avec excitation, elles volaient de maison en maison, suivant les commentaires et les réflexions de chacun. Les gens du bourg interprétaient l'arrivée des Alliés avec un bon sens paysan et beaucoup de naïveté. L'un avait vu un parachutiste, l'autre des résistants cachés dans une ferme, la mercière, le boulanger se transformaient en agents secrets, chacun devenait un héros. La France allait être délivrée, Chambellay était devenue le centre du monde et nous les acteurs principaux d'une tragédie nationale. Il ne nous manquait qu'un peu d'action, qui finit par arriver : deux arches du pont du village furent dynamitées par les Forces libres pour couper la route à l'armée ennemie. Nous entrions dans l'Histoire ! Le village devant être évacué pour laisser la place aux combattants, mon grand-père s'empara du commandement des opérations et décida que nous irions nous cacher dans les vignes, bien à l'abri des tirs et des balles. Cet exode miniature se transforma en partie de campagne, les uns fuyant avec des paniers bourrés de provisions, les autres avec leurs trésors. Jacques et moi tirions une charrette dans laquelle on avait fait grimper une vieille voisine impotente, et nous jouions aux cow-boys avec cette pauvre femme qui hurlait, préférant certainement subir le bombardement que finir ses jours dans un ravin ! Nous passâmes deux jours et deux nuits à camper ainsi, évitant d'allumer des feux pour ne pas attirer l'attention. Nous rampions le long des ceps de vigne comme des Indiens, et cet immense jeu organisé par les adultes nous remplissait de bonheur.

Lorsque nous revînmes au village, des Américains y distribuaient du chocolat, des cigarettes et du chewing-gum. Pour nous, ces trois mots étaient vraiment le signe de la Libération ! Dans le village, tout le monde s'embrassait, et les disputes, les fâcheries, les jalousies furent aussitôt oubliées, c'était la joie inconsciente des potaches le premier jour des grandes vacances. Une nouvelle vie commençait. Nous regagnâmes alors Angers, où la Libération fut, comme dans toutes les autres villes de France, une grande fête doublée de règlements de comptes sordides, et je garde encore la vision répugnante des femmes tondues sur lesquelles la foule en colère vidait toute sa haine.

Mon père avait rejoint la Ire armée française commandée par le général de Lattre de Tassigny, et nous étions restés, ma mère, mon frère et moi, dans un logement modeste, un peu en retrait, privés de cette liesse bien naturelle qui éclatait autour de nous.

Il fallut que je retourne à Chambellay pour connaître mon premier bal à la fête du village : une immense tente plantée dans un champ, le feu d'artifice offert par M. le comte, quelques stands de tir, une musique diffusée par deux haut-parleurs accrochés dans les arbres et ce dancing improvisé, où l'on vous tamponnait le poignet pour entrer. L'orchestre, installé sur une estrade, jouait les succès de l'époque et le parquet ciré craquait sous les pas des danseurs transpirants et joyeux. Ivre de mon premier vin blanc, sous une guirlande d'ampoules multicolores qui tremblait à chaque coup de grosse caisse, j'avais l'impression d'être l'acteur d'une comédie organisée par des gens désireux d'oublier un passé tourmenté. Le fils du cordonnier, les cheveux frisés à la zazoue, avait appris le boogie-woogie avec les Américains et il lançait et rattrapait sa partenaire avec une précision de trapéziste. Des filles rondes et rougeaudes attendaient sur le banc de bois qu'on les invite, perdaient la tête à la première valse musette et finissaient leur ronde dans les buissons voisins en poussant de petits cris étouffés et joyeux. C'était mon premier rendez-vous avec la nuit douce et tiède, et je découvrais le plaisir simple et charmant de la fête, des lampions et du vin, oubliant pendant quelques heures la vie que d'autres que nous commençaient à reconstruire.

Mon entrée au Prytanée militaire

Durant l'été 1946, nous rejoignîmes mon père à Munsingen, en Allemagne, village du Wurtemberg, où il avait pris le commandement d'un camp. Cette nomination comblait ma famille : mon père était le plus haut gradé, le patron, ma mère la femme du commandant. Elle retrouvait enfin le prestige qui lui avait fait défaut durant ces dernières années. Après six ans de difficultés, nous renouâmes un peu avec les conditions de vie heureuses de l'Algérie : un appartement confortable et la considération de tous. Munsingen était un petit village de carte postale, bordé de rivières et de torrents où nous allions pêcher. Au mess des officiers, la nourriture était lourde et riche, les gibiers nombreux, et, chaque jour, un soldat venait lire le menu avec toutes les marques de respect dues à ses supérieurs. La vie était ainsi très protocolaire, composée de rites agréablement désuets, mais l'atmosphère générale était plutôt conviviale. Nous allions de la maison au mess, du mess à la maison... Toutefois, je dus rompre rapidement avec cet univers confiné. J'avais douze ans, je devais rentrer en cinquième classique et mon père décida de ma prochaine inscription au Prytanée militaire, célèbre école d'enfants de troupe. Je fis donc mes adieux à ma mère et à mon frère sur le quai de la gare et mon père m'accompagna lui-même jusqu'à l'école.

Je me sentais à la fois écrasé par les responsabilités et d'une légèreté délicieuse : j'allais enfin pouvoir être seul, mener ma vie à ma guise ! Finis l'enfer des séances d'algèbre sous le regard de mon père et l'atmosphère étouffante de la vie familiale ! C'était la liberté, et le temps que je passerais avec mes parents durant les vacances serait l'occasion de retrouvailles chaleureuses. Cet éloignement améliorerait sûrement nos relations. Le peu d'émotion manifesté par ma mère lors de notre séparation renforça sans doute en moi la nécessité de tourner une page. Je me mis donc en route avec mon père, direction Le Mans, puis La Flèche, notre terminus. Nous arrivâmes alors dans la cour de l'annexe du Prytanée, où j'entrai comme pensionnaire.

Le Prytanée était un grand bâtiment gris, avec un parterre de gazon planté d'un mât au bout duquel flottait le drapeau tricolore. Mon père me recommanda à l'officier de ma compagnie puis m'abandonna là, en me rappelant de bien travailler, d'écrire toutes les semaines et de me comporter comme un homme. Je reçus mon paquetage comme à l'armée : un treillis, une tenue de tous les jours kaki, trop grande et tachée, et la grande tenue, celle des dimanches. Je fis ensuite connaissance avec le bâtiment du maréchal Gallieni, qui serait le mien à l'avenir. Le réfectoire occupait le rez-de-chaussée, et l'immense dortoir de quarante lits le premier étage. Chacun de nous avait droit à un petit lit en fer, à deux couvertures gris-beige, à un drap de toile, à un traversin et à une petite armoire métallique fermée par un cadenas. À cinq heures et demie du matin, le clairon sonnait, nous prenions la direction des robinets d'étain. Déjà, l'eau froide coulait dans des bacs de tôle. Nous pouvions prendre une douche – froide, bien entendu – par semaine. Nous descendions ensuite au réfectoire prendre un bol d'ersatz. Un quart d'heure de récréation, puis nous entrions en étude. À huit heures, en rang devant la salle de classe, un baraquement en bois qui ressemblait à une cabane de prisonniers, nous attendions au garde-à-vous le passage de l'inspecteur des études, surnommé « dix heures » parce qu'il marchait en équerre. Garde-à-vous à nouveau pour la présentation au drapeau, puis la classe durait jusqu'à midi. Déjeuner (je devrais dire « pâtes », puisqu'elles composaient la majorité de nos repas !) puis un quart d'heure de récréation, classe à nouveau jusqu'à quatre heures et demie, dîner frugal, appel et direction les dortoirs. À huit heures et demie, nous étions tous couchés.

L'école était dirigée par un colonel et chaque compagnie par un capitaine ou un lieutenant. Il y avait des sous-officiers, adjudants ou adjudants-chefs, et des sergents qui faisaient régner l'ordre et la discipline, sans aucune différence entre les enfants et les soldats. Les professeurs se montraient sévères, les pions étaient des militaires de carrière. Comme dans tous les lycées, nous avions donné des surnoms aux profs : « porte-avions », celui qui avait la tête longue et plate, « puceau », l'agrégé de lettres avec sa moustache en brosse, ses yeux ronds et son béret. Célibataire endurci, maniaque comme une vieille fille, il ressemblait à Michel Serrault. En fait, il était gentil et tolérant, et c'était surtout un excellent professeur à qui je dois mon amour pour Victor Hugo.

Le dimanche, nous allions à la messe, au grand Prytanée, sur la route du Mans. Précédés par la fanfare, nous traversions la ville, le képi sur la tête bien droite, jetant des regards furtifs vers les filles qui, cachées derrière leurs fenêtres, nous faisaient des signes discrets de la main. Les familles d'officiers et les professeurs avaient droit à l'accès aux galeries, seuls le colonel commandant l'école et son épouse assistaient à la messe dans le chœur. Après la messe, nous pouvions aller au cinéma en ville si le film était convenable, sinon, nous nous rendions au terrain de sport, où nous improvisions des jeux calmes. Malgré mon énergie et ma fougue, je m'arrangeais sans difficulté de cette existence monotone, rythmée par de longues marches et le fameux « une, deux, une, deux », formule magique des militaires dont je doutais qu'ils sachent compter jusqu'à trois ! De nature expansive, « grande gueule et gestes larges », je m'étais fait rapidement un public parmi mes camarades, qui m'avaient choisi pour être chef de chambre.

Pour moi, qui redoublais la classe de cinquième, cette première année se passa facilement. Hormis en mathématiques, évidemment, et en latin. Le professeur me terrorisait, j'avais de véritables crises de panique et d'angoisse durant ses cours. Il nous observait en silence et nous redoutions d'aller au tableau. Le boute-en-train que j'étais n'en menait pas large devant ce prof de latin, je n'avais plus de mémoire, tout se brouillait devant mes yeux, je ne trouvais plus mes mots. J'étais glacé ! Je me mis à haïr les matières où je ne pouvais briller, du fait des professeurs ou de la discipline, telles que les mathématiques, l'histoire, les sciences naturelles. Cette perte de crédit auprès de mes camarades renforça mon malaise. Je déployais donc d'autant plus d'énergie durant les récréations pour tenter de reconquérir mon auditoire et j'y parvins, une fois de plus, en utilisant mes talents de pitre.

Mon meilleur copain était un jeune garçon d'origine corse, Jacky Antonietti, « petite boule », très bavard et très drôle, fils d'un sous-officier de gendarmerie. Comme moi, il avait un père autoritaire, un jeune frère, et un sens de la comédie très développé : nous devînmes donc très complices. Je ne perdais jamais une occasion de faire rire la classe en inventant mille folies, les punitions me paraissant légères en comparaison du bonheur que provoquaient en moi les rires de mes camarades. Au « Silence à l'appel », lancé par le sous-officier dans la chambrée, je répondais par un « Silence au râteau », provoquant ainsi les foudres du gradé alors que mes camarades se planquaient sous les couvertures pour se tordre de rire. Le résultat ne se faisait pas attendre : « Bon, Brialy, vous prenez votre couvrante, pas un mot, et vous descendez au gnouf. » Antonietti et moi y avions notre cellule attitrée surnommée la « conciergerie » et nous y purgions nos peines avec une fantaisie digne des Marx Brothers. Dans nos prisons, nous devenions des personnages historiques, de Jeanne d'Arc à Louis XVII, en passant par le Masque de fer. Nous grattions nos barreaux avec une lime à ongles en chantant *La Carmagnole* et en feignant de soudoyer le jeune caporal chargé de nous garder. On gémissait, on se traînait dans le cachot, suppliant le geôlier d'intervenir auprès de Louis XI ou de nous délivrer de notre cage. Le pauvre garde, qui n'avait rien d'autre à faire que nous surveiller, assistait en riant au spectacle que nous donnions. Nous finîmes quand même, un jour, par purger notre peine à l'infirmerie où l'on décida, sinon de soigner, du moins d'observer les symptômes de cette folie douce qui chaque fois s'emparait de nous.

Je m'évadais de prison pour retrouver Louis Jouvet !

Parfois, il m'arrivait d'enfreindre la consigne et de me sauver du pensionnat pour aller au cinéma. Je gagnais rapidement la ville où j'avais rendez-vous avec Louis Jouvet. Le premier film que je vis en cachette était *Copie conforme*. Jouvet m'impressionnait beaucoup. Je marchais comme lui, je parlais comme lui. En classe, quand on évoquait Napoléon, le visage de Jouvet m'apparaissait... Tout était Jouvet. C'est aussi à cette époque que je vis les premiers films de Sacha Guitry, dont j'adorais la voix, la présence et l'humour. Le cinéma me montrait un monde tellement différent du mien, mystérieux et intrigant ! Malheureusement, je ne connaissais personne qui eût pu m'en parler concrètement. J'imaginais les plateaux comme un immense jardin, rempli d'ombres et de lumières, comme on en trouve au Maroc, avec les acteurs qui se promenaient en liberté dans les décors. J'imaginais une chapelle en ruine, un château fort... et puis tout à coup surgissaient Raimu, Jouvet, Pierre Brasseur, Jean Gabin ou Jean Marais ! Tout ce petit monde vivait ensemble, se tutoyait, s'aimait. Le paradis, en somme. Fasciné par les stars du cinéma, je les imitais, et Antonietti était mon premier spectateur. C'était un compagnon merveilleux, sain et généreux. Nous nous soutenions sans cesse, il était comme un deuxième frère. Je me souviens du jour où nous apprîmes qu'un camion de vin s'était renversé dans le fossé sur la route du Mans, au niveau de notre terrain de sport. Nous y allâmes en courant et revînmes ivres morts. L'alcool m'avait donné un culot et une assurance incroyables et, près des flammes du poêle de ma chambre, je me mis à jouer Jeanne d'Arc en hurlant : « Non, Cauchon, vous ne m'aurez pas ! » avant de finir à l'infirmerie où nous passâmes tous les deux la nuit avec de l'aspirine et des compresses sur le front. Dans cette même infirmerie se déroulait la terrifiante séance de piqûres. Assis sur un banc, torse nu, blottis les uns contre les autres, nous subissions en tremblant les assauts du médecin militaire qui enfonçait les aiguilles et envoyait le vaccin sans ménagement. Certains s'évanouissaient. On me demandait régulièrement de distraire les suppliciés : « Allez, Brialy, faites donc le guignol ! » Alors j'essayais quelques grimaces devant des types qui menaçaient de tourner de l'œil, mais la peur les empêchait de rire. C'est également dans ce temple de l'éther que les élèves en pleine puberté venaient se plaindre de maux imaginaires, afin de sentir sur leur poitrine ou sur leurs cuisses une main d'infirmière, la chaleur d'une femme...

Mon premier coup de foudre au music-hall

Pour les vacances, mon oncle m'enlevait de cet univers afin de m'emmener passer quelques jours à Chambellay, chez mes grands-parents. À cinquante kilomètres du Prytanée, j'avais l'impression de faire un grand voyage ! Dans la voiture, je sentais déjà le clafoutis de la grand-mère... Un grand lit pour moi seul, de délicieux repas, de multiples attentions, j'étais chez eux comme un coq en pâte. Je passais les vacances de Noël et de Pâques en Allemagne. Pour y aller, c'était en revanche toute une expédition. Je devais faire une halte à Paris, où je passais la journée chez ma tante Germaine. Le métro m'impressionnait avec son odeur tiède de cigarettes éteintes, d'humidité et de sueur, le mélange de parfums lourds et puis les grandes affiches des spectacles, les publicités, ce labyrinthe de couloirs qui résonnaient, tout me paraissait étrange, j'étais curieux et sensible aux moindres aspects de cette vie souterraine. Et, à l'air libre, les vitrines scintillantes, les gens qui avaient l'air plus gais ici qu'ailleurs – Paris était pour moi un véritable lieu de fêtes et d'indicibles promesses.

Fascinée comme moi par le spectacle, ma tante Germaine m'offrait régulièrement le cinéma l'après-midi. Un soir, elle eut la bonne idée de m'emmener voir Joséphine Baker aux Folies-Bergère. Ce fut un total émerveillement ! Les décors magnifiques, la musique langoureuse, j'eus un vrai coup de foudre pour le music-hall ! La revue était extraordinaire : une femme chantait l'*Ave Maria* dans Notre-Dame de Paris reconstituée, les costumes changeaient à tous les tableaux. Et le grand escalier ! Devant mon emballement, mes cris, mes applaudissements, ma tante fut la première à deviner ma vocation et à m'encourager dans la voie du spectacle. « Inconscience » que mes parents ne devaient d'ailleurs pas manquer de lui reprocher plus tard, blâmant ses « idées de célibataire »... Elle était moderne, enthousiaste, disponible, le vilain petit canard, en somme. C'est elle, également, qui me fit découvrir la télévision. Je la quittais pour prendre le train de nuit, gare de l'Est, voyageais en troisième classe et arrivais le matin en Allemagne, où mon père venait me chercher en voiture. C'étaient les retrouvailles avec la famille et nous repartions en France, chez les grands-parents, ou en vacances au Croisic ou à La Baule. Même pendant cette période, il fallait vivre au rythme militaire ; mon père nous réveillait très tôt, il voulait marcher, respirer : « Sens comme ça sent bon, profite bien, l'air pur, la Bretagne... T'es venu ici pour respirer. » Nous faisions tout ensemble, personne n'avait le droit de s'éloigner du groupe. Les plages étaient immenses et belles, mais il me manquait la liberté pour que je me sente vraiment en vacances.

Ma deuxième année au Prytanée se passa plus difficilement. Je n'avais que le spectacle et la comédie en tête et rêvais de tout abandonner pour partir à Paris. Les conditions de scolarité s'étaient durcies. Les punitions, les brimades pleuvaient sur nous et les bizutages par les plus grands étaient fréquents. Nous eûmes droit aux humiliations les plus variées, de la bite au cirage aux coups de ceinturon en passant par l'enfermement au cadenas dans des armoires de fer. Antonietti et moi tentions d'échapper à ces violences en recourant à l'imagination. Nous devenions des héros de la Révolution, Camille Desmoulins ou Robespierre, et subissions tous les outrages la tête haute. De même, lorsque j'allais à l'église, seul dans l'allée, je me figurais être le Dauphin en marche vers le couronnement. Je m'étais lié d'amitié avec l'aumônier qui s'occupait de nous, un homme de trente ans, gentil, simple et attentif. Il parlait peu de Dieu et de l'Église, mais il s'intéressait à nos problèmes et à nos espérances. J'étais devenu l'un de ses enfants de chœur préférés. Je me levais à l'aube pour aller servir la première messe, animé, je le reconnais, d'arrière-pensées peu catholiques. Avec tout ce que je faisais pour lui, il me semblait normal, en contrepartie, de bénéficier d'indulgences pour mes petits péchés ! Et peut-être Dieu pourrait-Il me pistonner pour avoir de meilleures notes à l'école ! Il va de soi que, lorsque les espoirs entrevus étaient cruellement déçus, le bon Dieu et moi étions un peu en froid. Mais, heureusement, si l'au-delà m'oubliait, la comédie, elle, venait toujours à mon secours.

Premiers rôles, premiers succès

Un jour, le professeur de latin nous donna à apprendre un extrait de *L'Énéide*, de Virgile. Pour une fois, je le savais par cœur. Le lendemain, je fus interrogé, et, là, le trou, le trou noir, pas un mot, rien ne sortit, rien ! Pour me tirer de ce mauvais pas, je n'entrevis qu'une chose à faire : m'effondrer par terre en simulant un évanouissement. Je fus si convaincant qu'on m'emmena immédiatement à l'infirmerie. J'étais devenu blanc comme un mort, j'avais le rôle dans la peau ! Le médecin diagnostiqua d'abord un début de méningite, puis, devant l'absence d'autres symptômes, une émotivité trop grande. Il ne fallait pas me bousculer ! Suite à cette grande scène, j'eus une paix royale. Ce succès fut pour moi une première audition réussie. Mon public y avait cru !

À cette période se produisit un événement qui me marqua profondément : le professeur de français décida de monter un spectacle pour la fin de l'année. Nous, les petits, ferions le lever de rideau. Les élèves devaient passer une audition pour l'attribution des rôles. Alors que je briguais celui de la jeune première dans *Les Deux Timides*, de Labiche, je n'obtins, à ma grande déception, qu'un rôle secondaire, celui de la bonne. Les répétitions commencèrent, et, comme par enchantement, je n'eus aucun mal à apprendre mon texte ni la moindre velléité d'évanouissement. Tout se passa pour le mieux. Je donnais des conseils à tout le monde, particulièrement à celui qui jouait la jeune première, que je jugeais fade, maladroit. J'étais jaloux, tout simplement. Arriva, enfin, le jour de la représentation devant le Prytanée réuni. Dans ce rôle assez fade de la bonne, accoutré d'une robe trop large et de bas qui plissaient, j'aurais voulu être partout sauf sur scène. En fait, je découvrais le trac. Au début de la pièce, j'étais seul en scène avec quelques phrases du style : « Mademoiselle n'est pas encore rentrée du jardin, et Monsieur, le beau Monsieur Armand, ne va sans doute pas tarder. Je le trouve très gentil, Monsieur Armand... », ensuite, les acteurs principaux entraient, je disparaissais et ne revenais que pour quelques petites répliques de temps à autre. Le rideau se leva, et, immédiatement, ce fut le triomphe. Était-ce parce que avec mon tablier et mon gros nœud dans le dos, devant ce millier de soldats, j'étais déguisé en fille ? Toujours est-il que je fus immédiatement grisé par l'accueil qui me fut fait et que je me tortillais en imitant Viviane Romance. À ce moment-là, la jeune première fit son entrée sur scène et obtint d'emblée le même triomphe ! Pâle, désespéré, je filai dans les coulisses en attendant ma prochaine apparition. Finalement, la pièce fut un véritable succès, et nous, les acteurs, pûmes jouir d'un grand prestige les semaines qui suivirent.

À la fin de l'année, le général de Lattre de Tassigny vint en personne présider la distribution des prix. Il avait une réputation terrible, on disait qu'il prenait du plaisir à humilier les officiers supérieurs. Beau comme un empereur, arrogant, très élégant, il avait une allure folle. Apprenant sa venue, l'école devint une véritable ruche, nous astiquâmes tout, les armoires, les lits, sans oublier nos mains et nos pieds, puisqu'on disait qu'il faisait enlever leurs chaussures aux officiers pour en vérifier la propreté ! Il ne visita heureusement que le dortoir des grands où le bruit courut qu'il découvrit, entre autres, des capotes anglaises et des photos pornographiques ! Quel scandale ! Orateur-né, il fit ensuite un formidable discours sur l'armée, la France, l'honneur, avec des expressions merveilleuses et touchantes. J'étais fasciné par sa prestance, imaginant Jouvet en militaire dans des discours de Giraudoux ! Rétrospectivement, je pense que de Lattre de Tassigny fut le premier grand acteur qui croisa mon chemin.

Viré du Prytanée !

En classe de troisième, j'étais plus turbulent et impossible que jamais. Antonietti et moi étions devenus des célébrités locales et ne faisions rien d'autre que profiter de nos lauriers et distraire nos camarades, prêchant partout la révolte et la contestation, en organisant, par exemple, des chahuts au réfectoire. Cette attitude et mon manque de travail eurent les conséquences attendues : je fus viré du Prytanée. On me fit comprendre qu'il valait mieux pour moi retourner en Allemagne pour que mon père me reprenne en main, que je n'avais rien à faire, avec mes obsessions théâtrales, dans un établissement destiné à cultiver le sens de l'honneur chez les fils d'officiers.

Il est vrai que le théâtre occupait toutes mes pensées. Cette année-là, j'avais envoyé une petite lettre à Louis Jouvet, comme un enfant écrit au père Noël. J'étais sûr que cette bouteille à la mer n'arriverait jamais. Un mois après, je reçus une photo dédicacée de Louis Jouvet, dans une enveloppe tapée à la machine, anonyme, mais tout de même ! La photo était signée : « Sympathiquement, Louis Jouvet ». Je pris cette lettre comme un message personnel : « Courage, Paris t'attend, je t'attends à l'Athénée. » Fort de ce premier succès, j'écrivis à la deuxième personne de mes rêves, Danielle Darrieux. Elle était belle, spirituelle, charmante, drôle, élégante, pleine de talent, j'étais fou amoureux d'elle. Je lui envoyai donc une lettre, par l'intermédiaire de *Cinémonde*, et, un mois plus tard, je reçus une photo sur laquelle était écrit : « Sympathiquement, Danielle Darrieux ». Mon imagination s'enflamma, j'étais fiancé avec elle, elle m'attendait, nous étions complices ! Je disais à mes camarades qu'elle était une amie de mes parents et, lorsqu'ils me demandaient de ses nouvelles, je potassais discrètement *Cinémonde* et je leur répondais. Elle avait un film en vue, elle ne savait pas si elle allait le faire... et autres échos glanés à droite, à gauche ! Danielle Darrieux et Louis Jouvet me tenaient par la main et la vie au Prytanée, avec le lever au clairon et les marches sur la route du Mans, n'était plus ma vie. Pour moi, cette route était belle parce qu'elle me conduirait à Paris où m'attendaient Jouvet et Darrieux. Ils me soutenaient comme deux anges gardiens perpétuellement penchés sur moi.

Parfois, je traversais de grands moments d'abattement, j'avais quinze ans, j'enrageais de perdre mon temps et je ne pouvais même pas tomber amoureux pour me changer les idées : il n'y avait pas de filles dans la pension. Alors, les soirs de mélancolie, je sortais de mon armoire ma valise en bois et les deux photos de mes stars épinglées au fond avec des punaises. Elles me regardaient en souriant et je leur chuchotais : « J'arrive... »

Ainsi, je fus viré du Prytanée. Cette mise à la porte ne m'affecta que modérément. Au fond, je n'étais pas mécontent de retrouver une relative liberté. Je débarquai à Baden-Baden, où mon père avait été nommé, avec sous le bras mon carnet de notes dans lequel figurait l'avis des hautes instances : « Il serait souhaitable que votre fils ne revienne pas au Prytanée. » La honte de la famille ! Heureusement, ce qui aurait pu tourner au tragique fut quelque peu atténué par un événement qui blessa profondément mon père : à cette époque, certains résistants de la première heure lui reprochèrent son attitude jugée « tiède » durant la guerre. Son sens de l'honneur et de la probité fut particulièrement atteint par cette mise en cause qui compromettait sérieusement sa carrière. Cette affaire fut à l'origine de son éviction de l'artillerie, son arme de toujours, et de sa nomination à Baden-Baden en tant qu'administrateur dans les transmissions. Cette nouvelle occupation et sa blessure d'amour-propre facilitèrent à bien des égards mon retour dans la famille. En quelque sorte, nous étions tous les deux limogés, l'armée nous avait causé du tort, la seule différence étant que, contrairement à lui, je méritais amplement ma disgrâce et mon renvoi.

Le cinéma... de l'autre côté de ma chambre

Baden-Baden était une très ancienne ville d'eaux, à cinquante kilomètres de Strasbourg, qui connut l'apogée de sa gloire au temps où les romantiques, Alfred de Musset, George Sand, Berlioz et tant d'autres, la fréquentaient. On y donnait beaucoup de spectacles, des concerts, des ballets, de l'opéra. Des tournées allemandes, françaises, anglaises et américaines passaient par le théâtre. La vie était facile, la ville assez prospère, les privations et les restrictions qui sévissaient en France et en Allemagne ne l'atteignaient que peu. À mon arrivée, nous habitâmes sur les hauteurs de Baden, derrière une superbe église russe, dans un petit appartement de transition, en attendant un logement plus grand. Il y avait seulement deux chambres et un petit salon, et nous prenions tous nos repas au mess en compagnie des officiers et des sous-officiers. Nous campions dans l'appartement sans avoir pris la peine de défaire les valises et les malles. Par bonheur, ce réduit jouxtait un cinéma réquisitionné où étaient diffusés des films français. Une véritable aubaine ! Le mur de notre chambre était mitoyen de la salle de projection et j'entendais les sons étouffés des voix qui me parvenaient à travers la cloison. Tous les soirs, j'allais me coucher en rêvant de m'endormir dans les bras de Marlene Dietrich ou de Michèle Morgan, de chevaucher les immensités avec John Wayne et de rire avec Cary Grant. Le dimanche après-midi, le propriétaire du cinéma, qui avait compris ma passion pour le spectacle, me laissait entrer gratuitement en cachette. Ne pouvant malheureusement pas m'absenter de la maison trop longtemps, je revenais après un petit bout de film, ressortais, en voyais une autre partie, retournais chez moi et ainsi de suite. Il me fallait bien quinze reprises pour voir un film en entier !

Je rentrai en seconde au lycée Charles-de-Gaulle, réservé aux enfants des troupes d'occupation. L'atmosphère était beaucoup plus décontractée et moins étouffante qu'à La Flèche. Mes parents, assez perturbés par leur déménagement et par leurs activités, me laissèrent un peu de liberté et je profitai de ce nouvel état de grâce. Mais je n'avais toujours pas le droit de sortir seul ni de recevoir des amis. Heureusement, parfois nous allions au cinéma, et je pouvais enfin voir un film en entier ! C'était le bonheur, un bonheur que je faisais durer chaque soir en réécoutant les répliques du film à travers le mur de ma chambre. J'avais l'impression de le revoir. J'ai ainsi entendu un très grand nombre de fois *La Bête humaine*, *Les Enfants du paradis* ou *La Règle du jeu*.

La vie de garnison suivait son cours. Les relations avec les Allemands étaient simples, une certaine complicité s'était installée entre nous et nos voisins ; mon père et ma mère, qui ne connaissaient pas la langue, communiquaient avec eux dans un charabia surréaliste. Pour mon frère et moi, qui apprenions l'allemand et l'anglais à l'école, il était possible d'échanger quelques banalités avec les commerçants et les enfants du quartier. Je n'avais guère d'amis à Baden-Baden, et j'occupais mon temps à découvrir la ville, à me promener sur les bords du ruisseau qui la traversait, à m'émerveiller devant les superbes et mystérieux palaces qui semblaient figés dans une époque révolue. Cette première année se déroula sans crise majeure... et avec le cinéma. Les grandes vacances en Anjou et à La Baule conclurent cette période ensoleillée, mais mon entrée en première annonçait une saison beaucoup plus perturbée.

3.

Comment je laissai tomber Marie-José pour Jean-Claude

À la rentrée, nous déménageâmes pour nous installer dans un appartement spacieux au centre de Baden, au 14, Luisenstrasse, la rue principale de la ville. Après avoir retrouvé ses fonctions de lieutenant-colonel, mon père était devenu adjoint du général commandant des transmissions de Baden. Pour ma part, j'entrai en première avec la première partie du bac comme sanction à la fin de l'année. À seize ans, j'étais comme prisonnier. Les seules sorties autorisées se résumaient, le dimanche après-midi, aux surprises-parties données par des enfants de militaires. Nous nous réunissions à une douzaine pour écouter du jazz entre trois et six heures de l'après-midi. Il était, bien sûr, hors de question de créer un peu d'ambiance en fermant les volets, et les parents passaient régulièrement, sous prétexte de s'assurer que nous ne manquions de rien. Dans les rapports filles-garçons, je n'étais pas très en avance pour mon âge. J'avais gardé un sens prononcé du péché mortel et du péché véniel et j'étais persuadé qu'embrasser une fille sur la bouche m'engagerait vis-à-vis d'elle pour la vie !

J'étais très sentimental, très romantique, ce qui ne m'empêchait pas d'avoir repéré une fille plus âgée que moi, qui était en classe de philosophie. Je tournais vaguement autour d'elle jusqu'au jour où, lors d'une surprise-partie, je vis un copain qui l'embrassait. Étonnamment, je ne ressentis aucune jalousie mais une grande émulation qui me fit, quelque temps plus tard, tomber amoureux de la fille d'un commandant. Elle s'appelait Marie-José. Nous marchions main dans la main, nous dansions ensemble. Je pâlissais lorsque j'effleurais ses seins et elle en devenait écarlate. Nous étions stendhaliens en diable, et je lui jouais *Le Rouge et le Noir* à longueur de journée. Un regard, un sourire, la caresse d'une main, un souffle dans le cou, quelques frissons..., il nous en fallait peu !

Cette année-là, je fis une rencontre décisive pour mon avenir. Long et maigre, pas très beau, l'œil vif et perçant, fumant une gauloise après l'autre, Jean-Claude était le fils du consul général de France. Il faisait des études de droit, était très cultivé et connaissait admirablement la peinture, la musique et la littérature. Je le rencontrai dans une de ces surprises-parties un peu chics où il attira immédiatement mon attention. Ses propos m'épataient et j'éprouvais plus de plaisir à l'écouter parler de théâtre, de cinéma et d'art qu'à me frotter contre Marie-José sur une musique langoureuse. Le père de Jean-Claude, le consul, était un homme très raffiné, très « Quai d'Orsay », mystérieux, discret et charmant, une sorte de spectre élégant. Sa femme, d'une nature assez extravagante, avait deux passions : le casino, où elle passait une partie de la journée, et ses cinq enfants. Ils habitaient une magnifique villa de trois étages gardée en permanence par une sentinelle. Tout cela m'émerveillait. Un jour que je confiais à Jean-Claude mon envie de faire du théâtre, il me proposa illico de monter une troupe. Je dis oui tout de suite.

L'idée m'enthousiasmait, mais je n'étais sûr de rien et surtout pas de moi. Saurais-je apprendre les textes de théâtre alors que j'avais été incapable de retenir *L'Énéide* au lycée ? Avais-je d'autres talents que de faire rire mes camarades de classe ? Je me voyais, à la limite, au music-hall ou dans un cirque mais je ne me sentais pas du tout fait pour la carrière des acteurs que j'admirais véritablement, pour le théâtre classique ou la Comédie-Française ! Heureusement, Jean-Claude Puau croisa mon chemin, il fut le premier à croire en moi. Il me donna confiance. J'avais quinze ans, lui vingt-trois, et il me traita en adulte. Il me parla comme Giraudoux parlait à Jouvet et transforma mes rêves en réalité. La première étape de cet apprentissage divin fut la constitution de la troupe. Il choisit notre première pièce, *Le Souper blanc*, d'Edmond Rostand : un fils de colonel et moi jouions des pierrots blancs en tutu, une élève de philo, folle d'amour pour Jean-Claude, interprétait Colombine. Jean-Claude avait réalisé le décor : un arc-en-ciel peint sur une toile. Nous donnâmes deux représentations pour une fête de bienfaisance. Ce fut un succès. Mes parents, qui s'étaient dérangés, jugèrent cela « sympathique ». Il valait mieux jouer la comédie que de traîner dans les surprises-parties en fumant, pensaient-ils... Après tout, les répétitions et les représentations ne débordaient pas sur mes heures de classe et j'avais la garantie du fils du consul général de France. Tout cela était plutôt rassurant.

Fort de notre petite réussite, Jean-Claude décida de monter *Topaze*, de Marcel Pagnol, et me proposa de jouer le rôle-titre. Jean-Claude ferait Castel-Bénac ; nous nous mîmes en quête d'autres acteurs. Suzon, la fille de mon professeur de chimie, pouvait être une bonne recrue : avec ses beaux yeux et ses cheveux blonds, elle était aussi jolie que vive et intelligente. Je lui proposai de jouer avec nous, ce qui l'excita beaucoup bien qu'elle n'ait jamais mis les pieds sur une scène. Les premières démarches consistèrent à trouver une œuvre de bienfaisance au profit de laquelle jouer la pièce, et l'association Rhin et Danube accepta d'être notre partenaire. Notre rêve était de jouer l'œuvre au petit théâtre de Baden, un vrai, cette fois, avec une vraie scène, et, là encore, nous réussîmes à convaincre son *Herr Direktor*. La date fut arrêtée, il restait à répéter et à monter la pièce. Au début, je trompais la surveillance de mon père en dissimulant le texte dans un tiroir de mon bureau. Je posais sur la table des feuilles d'algèbre et de géométrie, et je me plongeais dans mon tiroir, que je fermais précipitamment dès qu'il arrivait. Évidemment, je me fis pincer, et mon père menaça d'aller parler au consul. Je confiai mes problèmes à mon aîné, qui résolut la question : puisque je ne pouvais répéter le jour, nous travaillerions la nuit ! Commencèrent alors pour moi des heures d'attente et de suspense terribles. La vie à la maison était réglée comme du papier à musique : nous finissions de dîner vers vingt heures trente, et, le temps d'aider ma mère à faire la vaisselle, il était vingt et une heures. Ensuite, elle allait se coucher, mon frère regagnait sa chambre pour revoir ses leçons, mon père restait dans la salle à manger et bûchait sur ses dossiers, et moi je devais faire mes devoirs dans le salon. Vers vingt-deux heures, mon père venait vérifier si je travaillais avant d'aller se coucher. J'attendais alors que la porte de sa chambre soit fermée, que la lumière s'éteigne, je patientais encore un petit quart d'heure, le temps qu'il s'endorme. Puis, marchant tout doucement à cause du vieux parquet qui craquait, j'allais, le cœur battant, jusqu'au corridor où je prenais les clés de la maison dans le manteau de mon père. Je m'enfuyais en laissant la lumière allumée dans le salon. En bas de l'immeuble, le « gang » m'attendait, c'est-à-dire Jean-Claude et son jeune frère, Pierre, dans la traction avant empruntée à leur père. Et, là, nous partions comme des fous.

Mes véritables débuts au théâtre : la nuit, dans un grenier

J'étais comme dans un film, ivre, drogué de joie, j'avais une symphonie dans la tête et l'impression qu'à partir du moment où je montais dans cette voiture les réverbères de la ville s'allumaient et que la fête commençait. Jean-Claude conduisait comme un dingue jusqu'aux abords de sa maison, où il ralentissait considérablement pour ne pas affoler sa famille. Notre arrivée nocturne dans cette superbe demeure, silencieuse et mystérieuse, digne d'un film de Clouzot, m'intimidait. Le parc était rempli d'ombres, les lanternes grinçaient en dansant. Nous montions silencieusement l'escalier de marbre, longeant les tapisseries et les tableaux, puis nous grimpions quatre à quatre dans le grenier où Jean-Claude avait installé la salle de répétition, et où déjà Suzon nous attendait. Nous répétions jusqu'à trois ou quatre heures du matin. On mangeait du saucisson, du fromage, des fruits, on buvait du vin rouge et l'on travaillait ardemment dans ce théâtre miniature. Jean-Claude débordait d'enthousiasme, il nous expliquait sa vision de la pièce, chacun exprimait son point de vue, c'était le bonheur absolu.

Cette expérience fut très importante pour moi car je fis connaissance avec l'ivresse de la répétition et cette sensation unique que l'on éprouve lorsque l'on maîtrise un texte. Jean-Claude fut un guide extraordinaire, il fit mon apprentissage d'une façon rêvée. Il jouait Castel-Bénac avec intelligence et roublardise, Suzon interprétait son rôle avec justesse et beaucoup d'esprit. Une idylle était née entre eux mais ne se manifestait jamais lors des séances de travail, durant lesquelles nous étions de vrais professionnels, attentifs et concentrés. Au petit matin, Jean-Claude me raccompagnait et je rentrais chez moi la trouille au ventre, priant le ciel que mon absence n'ait pas été découverte, rongé de mauvaise conscience à l'idée des quelques heures qu'il me restait à dormir et de mes leçons que je n'avais évidemment pas apprises. En arrivant, je regardais avant toute chose la lumière du salon. Si elle était encore allumée, tout allait bien. Jusqu'au jour où, heureux d'avoir vu la lumière de la rue, je grimpai chez moi le cœur léger et, en glissant la clé dans la serrure, je sentis une autre clé à l'intérieur. La porte était fermée à double tour. Impossible de rentrer. Il ne me restait qu'une seule chose à faire : sonner. Je me souviens de m'être senti dans la peau de Humphrey Bogart. J'avais le chapeau sur l'œil, un imperméable au col relevé, et je me dis le plus laconiquement possible : « Qu'est-ce qu'il peut se passer ? Il ne peut pas me tuer ! » Je sonnai et, au bout de cinq minutes, j'entendis un pas traînant, puis la porte s'ouvrit sur mon père, le cheveu en bataille, le pyjama froissé. Tout d'un coup, j'étais à la Gestapo.

« D'où viens-tu ? »

Ne voulant pas compromettre mes copains, je tentai une échappée.

« J'avais envie de prendre l'air, je ne dormais pas et je suis parti marcher en face, et...

– Tu me prends pour un imbécile ? »

Il avait un ceinturon à la main et me flanqua une telle raclée qu'il finit par me faire avouer que je répétais *Topaze* chez Jean-Claude. Pour moi, c'était un aveu, un cri, mais aussi une façon de dire que je faisais ce que j'avais envie de faire, que je me foutais du reste et que je répéterais *Topaze* autant de fois que nécessaire. Le lendemain, il téléphona au consul général de France et lui dit : « Écoutez, je suis désolé, vous faites ce que vous voulez avec vos enfants, mais mon fils n'ira pas répéter chez vous... »

Pendant huit jours, je fus suspendu de répétition mais je continuai tout de même à apprendre mon texte en cachette et à répéter tout seul. Puis arriva le jour de la représentation. Mes parents ne pouvaient pas s'opposer à ce que je joue puisque c'était pour une œuvre de bienfaisance, mais, pour marquer leur opposition, ils ne vinrent pas. Nous jouâmes la pièce, ce fut un triomphe ! Un grand succès pour l'œuvre et une reconnaissance pour moi. Je me revois encore à l'issue de la pièce, avec la petite barbiche que l'on m'avait collée et qui me tirait la peau, j'étais le plus heureux des hommes. Depuis ce jour, j'adore porter des postiches dans les films, je pense chaque fois à ce moment de bonheur, à l'instant où je me suis plaqué la moustache et la petite barbichette de Topaze, où, pour la première fois de ma vie, j'ai eu l'impression de devenir un acteur.

Fin de l'enfance : la mort de mon grand-père

C'est à cette époque que mon grand-père maternel tomba gravement malade. Il souffrait des poumons à cause de toutes les odeurs d'essence et de gaz qu'il avait respirées toute sa vie. Folle d'inquiétude, ma mère décida de retourner en France. Mon père l'accompagna à Issoire, nous restâmes seuls, mon frère et moi, à Baden, avec toutes les recommandations de rigueur. Mes parents arrivèrent à Issoire en début de matinée et apprirent que mon grand-père était mort dans la nuit. Ma tante Germaine, dernière personne à l'avoir vu vivant, lui avait fermé les yeux. Le chagrin de ma mère, qui adorait son père, fut décuplé d'avoir manqué de si peu son dernier soupir. Au retour de mes parents, toute la maison porta le deuil. Plus question de radio, encore moins de cinéma ou de spectacles. L'atmosphère devint très lourde, presque irrespirable. N'ayant pas vécu les heures tragiques d'Issoire, mon frère et moi ne nous rendions pas vraiment compte de la perte qui venait de nous toucher. J'avais l'impression que je reverrais mon grand-père aux prochaines vacances, je ne réalisais pas bien sa disparition. Au bout de deux mois de régime, n'en pouvant plus d'être ainsi cloîtré en permanence dans le chagrin, je craquai et décidai d'aller clandestinement au cinéma. Mes parents ne nous donnant pas d'argent de poche, il me fallait d'abord en prendre dans le sac de ma mère puis subtiliser les clés de mon père. Ce que je fis sans problème. Je mis ensuite mon édredon et mon traversin dans mon lit en essayant de leur donner forme humaine, puis je partis au cinéma. Mon frère, informé de l'escapade, était terrorisé pour moi. L'opération ayant parfaitement réussi, je la renouvelai à plusieurs reprises. C'était formidable d'aller au cinéma le soir, seul, heureux et inconscient, voir des films de série B, n'importe quel film, tous les films. Évidemment, je me fis prendre à nouveau, et le scénario se reproduisit : la clé dans la serrure à l'intérieur, la porte close et la volée terrible de mon père, rendu encore plus furieux parce que j'avais volé de l'argent à ma mère et négligé le deuil de la famille. Je pris, sans doute, ce soir-là, la plus formidable raclée de toute ma vie.

Pis que cela : mon père, qui avait tiré les leçons de mes fugues à répétition, ne se séparait plus de la clé. Le soir, il rentrait, fermait la porte de la maison à sept heures et demie, gardait la clé sur lui et la déposait avant de se coucher sur sa table de nuit. J'avais l'impression d'être en prison chez moi : lorsque mon père refermait la porte sur lui, j'entendais comme une énorme serrure que l'on claquait sur ma vie. Cette claustrophobie prit des proportions terribles. Je n'eus soudain qu'une idée fixe : respirer, marcher à l'air libre. Un jour, n'en pouvant plus, je pris mes draps, les nouai ensemble comme dans les romans et m'enfuis par la fenêtre du deuxième étage. J'allai tranquillement au cinéma puis je revins sonner à la porte de la maison le plus naturellement du monde. Nouvelle raclée, bien évidemment. Mon père commença à s'inquiéter sérieusement pour ma santé mentale, ne comprenant pas que je brave ainsi tous les interdits juste pour aller au cinéma. Sans doute estima-t-il alors qu'il valait mieux contourner l'obstacle puisqu'il m'accorda le droit d'y aller seul le dimanche en matinée ! Quelle victoire !

Bien sûr, cette année-là, je me fis étendre au bac de français. Je fus donc privé de vacances et mon père m'envoya à Strasbourg dans une boîte à bac pour réviser en vue de la deuxième session.

Mort d'un maître, Louis Jouvet

Persuadé que, de toute façon, je n'aurais jamais mon bac, je ne fis pas grand-chose pendant ce mois et demi. Je passais le plus clair de mon temps à lire Flaubert et Maupassant et à déconner avec quelques copains d'internat qui m'entraînèrent, cette année-là, vers une fille chargée de mon éducation sexuelle. Le dimanche, nous avions le droit de sortir et je courais au cinéma ou au théâtre voir des opérettes. Au dortoir, nous écoutions la radio, Yves Montand chantait *Les*

Feuilles mortes, c'était l'été, le temps se prélassait. Le seul véritable bouleversement de cet été 1951 fut, au mois d'août, la mort brutale de Louis Jouvet. En pleine répétition de *La Puissance et la Gloire*, de Graham Greene, Jouvet eut un malaise, se coucha dans sa loge et mourut deux jours plus tard d'une crise cardiaque après avoir énormément souffert. Cinq mois après mon grand-père, Louis Jouvet s'en allait. Ils avaient pratiquement le même âge. Le choc fut terrible pour le théâtre français, les comédiens avaient perdu leur maître, leur guide, le « patron ». Quant à moi, je fus totalement secoué. Je n'avais jamais vu ni rencontré Jouvet, il me restait ce simple autographe, et pendant des nuits sa mort me hanta. Je ne voulais pas croire qu'on n'entendrait plus cette voix, que l'on serait privé de ce regard. Je pleurai comme un enfant... alors que je n'avais pas pleuré pour mon grand-père. Ma réaction me troubla beaucoup, je repensai à mon père et à ses craintes sur mon état mental. Autant la mort de mon grand-père était, me semblait-il, dans l'ordre des choses, autant celle de Jouvet était brutale et nous arrachait une personnalité exceptionnelle. Je fus véritablement révolté par sa disparition, et l'une des premières choses que je fis plus tard, lors de mon arrivée à Paris, fut un pèlerinage à l'Athénée, sur les lieux où Jouvet avait travaillé et vécu. En cet été 1951 disparaissait l'homme qui m'a peut-être le plus profondément marqué, sans jamais l'avoir rencontré.

Retrouvailles avec Jean-Claude : *Les Vignes du Seigneur*

À la rentrée, je ratai à nouveau la première partie du baccalauréat. En route, donc, pour une seconde année de première ! Mon père redoubla de sévérité. Jean-Claude était toujours dans les parages, il entamait brillamment sa deuxième année de licence de droit. Après le succès remporté par *Topaze*, il me proposa de monter une nouvelle pièce. J'en brûlais d'envie, mais comment faire face aux menaces de mon père et à la surveillance continuelle dont j'étais l'objet ? Aucun obstacle ne résistant à Jean-Claude, il trouva la solution. Il alla voir mon père, s'excusa de la folie de l'an passé, mit mon exaltation sur le compte de la jeunesse et lui proposa de me faire travailler à la maison. C'était un élève brillant, mon père accepta donc qu'il m'accompagne dans mes études. Évidemment, il ne fut guère question, dans nos séances de travail, d'algèbre, de sciences naturelles ou de géographie mais exclusivement de théâtre. J'avais appris Molière, Marivaux, Musset à l'école, et, brusquement, je découvrais leur théâtre avec Jean-Claude qui en parlait d'une façon si simple et si moderne que je fus fasciné.

Impatients de monter une autre pièce, nous jetâmes notre dévolu sur *Intermezzo*, Giraudoux étant l'une de nos idoles ; ne trouvant pas de jeune fille pour le rôle principal, nous nous rabattîmes sur *Les Vignes du Seigneur*. Bien entendu, mon père ne fut pas longtemps dupe de notre stratagème, et mon camarade se vit interdit de séjour à la maison, avant même que nous ayons eu le temps de commencer à répéter.

Entendre tous les soirs mon père fermer la porte à double tour comme une serrure sur ma vie, sa décision de prendre personnellement en main mes lacunes en algèbre et en géométrie, donc de nouvelles séances de torture en perspective, et maintenant cette nouvelle interdiction, tout contribuait à faire monter en moi une pression et une rage que j'avais de plus en plus de mal à contenir. Sans compter la nouvelle manie de ma mère de chronométrer le temps que nous mettions pour revenir du lycée le soir, ne tolérant aucun retard ; tout m'exaspérait. Il faut dire qu'il y avait de quoi ! Le « beau Jean-Claude », ainsi qu'ils m'avaient surnommé, était sous haute surveillance et le moindre manquement à la règle était sévèrement sanctionné. Ma vie était celle d'un enfant-forçat : école, trajet de retour chronométré à la seconde près, soupe puis corrida jusqu'à minuit ou une heure du matin avec mon père, qui comptait bien me faire rentrer, de gré ou de force, les mathématiques dans le crâne ! Mes parents avaient décidé de m'élever comme en 1880 et l'on ne rigolait plus.

Jamais je n'eus une vraie explication, une discussion ouverte avec eux, seulement des heurts, des rapports de violence qui s'accentuèrent au fil des semaines. À tel point qu'un jour, n'en pouvant plus de retenir ma rage, j'explosai vraiment. Un soir où j'étais en train de faire semblant de travailler, j'entendis mon père fermer la porte à clé comme à son habitude. Ce fut une fois de trop. Je me levai comme un fou furieux, me plantai droit, face à lui, et lui demandai sèchement :

« Donne-moi la clé. »

Très étonné, il s'exclama :

« Quoi ?

– Donne-moi la clé !

– Change de ton, s'il te plaît ! Pour quoi faire ?

– Parce que je voudrais respirer. »

Je l'entends encore :

« Respirer quoi ? Respirer qui ? Monsieur veut respirer, maintenant !

– J'étouffe, ici, alors je vais en face ! »

En face, il y avait la *Trinkhall*, lieu privilégié d'expositions.

« Je vais respirer là-bas. Je reviens dans un quart d'heure...

– Va voir dans le salon si j'y suis ! »

J'entrai donc dans le salon et, là, je cassai tout, tout ce qui me tombait sous la main, sauf un vase en cristal de Bohême auquel ma mère tenait. J'étais devenu hystérique ! Je n'oublierai jamais le visage de mon père. Pour la première fois de sa vie, il appela ma mère par son prénom : « Suzanne, viens voir un peu. » Elle nous rejoignit, et je la vis se décomposer sous nos yeux. Mon frère descendit de sa chambre, mort de peur, persuadé que j'étais devenu cinglé pour de bon. Livide et comme halluciné, mon père demanda à ma mère d'aller chercher notre voisin gendarme, mais elle était véritablement statufiée. Il prit donc le téléphone, expliqua que son fils avait perdu la tête, que j'étais un voyou et qu'il fallait d'urgence m'enfermer dans une maison de redressement. Le gendarme, qui devait être en train de dîner tranquillement en famille, est arrivé hagard et en bretelles devant la porte. Mon frère était blotti contre ma mère, qui le serrait très fort pour qu'il ne soit ni effrayé ni influencé par le contre-exemple incarné qu'il avait devant les yeux. Le pauvre gendarme, complètement terrorisé dans l'appartement de cet officier supérieur, essaya tout de même de me raisonner, avec des phrases du style : « Mais qu'est-ce qu'il y a, mon petit gars, mais qu'est-ce que tu as ? Tu ne veux pas obéir à ton papa et à ta maman ? »

C'était à la fois grotesque et ridicule. Puis le capitaine, un Corse, militaire de carrière, entra dans l'appartement, dont la porte était restée ouverte, et, le regard dur, demanda à mon père, son supérieur, ce qu'il se passait. Mon père lui dit simplement que j'avais perdu la raison. L'officier s'approcha de moi et me dit en martelant ses mots : « Il va falloir prendre des sanctions. »

Et il commença à me parler comme si j'étais à Clairvaux. Évidemment, je ne supportai pas sa leçon une seconde et je me rebiffai : « Dites donc, vous allez sortir tout de suite ! Ici, je suis chez moi, je suis chez mes parents, ce qui se passe entre mes parents et moi, cela ne vous regarde pas. De quoi vous mêlez-vous ? Veuillez me foutre le camp ! »

Je me mis ensuite à l'insulter copieusement. Le ras-le-bol prit le pas sur la peur et l'angoisse. Mes parents ne comprenaient rien, rien de ce que je faisais, rien de ce que je pensais, il y avait une incompatibilité totale entre nous, et qui se manifestait pour tout, à chaque instant : je n'aimais pas les cheveux courts, on me faisait couper les cheveux. Je n'aimais pas la couleur marron, on m'en faisait porter exprès. Je n'en pouvais plus. Leur réaction à ma crise de folie passagère fut sans surprise : je cherchais le dialogue, on me répondait maison de redressement. À dater de ce jour, bien résolu à ne plus me laisser faire, je devins insupportable. Je me sauvais quand je pouvais, je travaillais un minimum, j'inventais des histoires, je racontais n'importe quoi. Je me mettais surtout à échafauder des plans pour fuir une bonne fois pour toutes l'enfer familial.

Afin que je ne puisse pas me plaindre d'être séquestré,

mes parents acceptaient que le dimanche après-midi j'aille avec des copains et des copines à des réunions amicales. Ces jours-là, j'avais la permission de rester dehors jusqu'à sept heures du soir. Un dimanche, après une surprise-partie bien arrosée, je ne revins chez moi qu'à vingt-deux heures. La porte était fermée.

Ma mère vint m'ouvrir, affolée, les bigoudis sur la tête. Je me souviens encore de ses paroles : « Mais qu'est-ce que tu as encore fait ? Où tu étais passé ? Ton père t'a cherché partout. Rentrer à une heure pareille ! Mais tu es complètement fou ! Tu es un malade ! Tu as le diable dans le ventre ! »

Fugues à répétition

Mon père avait sorti la cravache. Je me sauvai de la maison. La libraire de Baden, une femme blonde, potelée, fardée, sentant un parfum de chez Guerlain, pleine de drôlerie, vive et intelligente, était devenue mon amie. Je l'amusais et elle me passait volontiers des livres que je n'avais pas les moyens de m'acheter. Je me réfugiai chez elle, lui racontai mes mésaventures, et elle accepta de m'héberger quelques jours malgré les problèmes que sa générosité aurait pu lui causer. Sa liberté, son indépendance me plaisaient et son ami entra avec plaisir dans la confidence. Je restai ainsi pendant trois jours à prendre des bains, de somptueux petits déjeuners, à lire les journaux et à écouter la radio en fumant cigarette sur cigarette. Et à boire du champagne ! J'étais heureux de faire comprendre à mes parents que, s'ils voulaient m'envoyer en maison de redressement, moi, je pouvais m'enfuir de chez eux.

Évidemment, dans mon entourage familial, l'affolement fut total, et, par pure compassion pour la santé de ma mère, je prévins mon frère que tout allait bien... et que je les emmerdais tous ! Jacques apporta le message à la maison et prit une formidable correction destinée à lui faire avouer où je me cachais, ce qu'il ignorait. Au bout de trois jours, je rentrai à la maison. Mes parents furent tellement soulagés de me voir revenir sain et sauf que jusqu'aux examens on me laissa tranquille. J'étais à la maison comme à l'hôtel, mes parents et moi ne nous parlions plus, la loi du silence et de l'indifférence régnait. Je passai la première partie du bac et je l'obtins de justesse. Entre-temps, je jouai *Les Vignes du Seigneur*, et la pièce fit l'unanimité. Les familles qui avaient vu le spectacle et qui connaissaient les rapports tendus que j'entretenais avec mes parents intervinrent auprès de mon père, de façon sympathique et spontanée, pour le persuader de me laisser faire du théâtre. Mais la réponse de mon père était toujours la même : « De quoi ils se mêlent, tous ces gens ? Est-ce que moi je me mêle de savoir si leur fils ou leur fille couche avec n'importe qui ? »

Ma mère était furieuse que l'on me donne tant d'importance, furieuse de passer pour les Thénardier martyrisant Cosette. En ce qui me concerne, j'avais atteint le point de non-retour, j'étais à bout de nerfs, un explosif ambulant à manipulation dangereuse. Les vacances d'été arrivèrent à point cette année-là. Nous n'aurions pas pu tenir plus longtemps sous cette pression. Nous partîmes comme chaque année, en Anjou, puis au Pouliguen avec cousins, cousines, oncles, tantes... Mon père, ayant compris qu'à Baden tout se liguait contre lui, tant les gens qui voulaient me voir faire du théâtre que « ce grand maigre » dont l'influence était néfaste, m'annonça qu'il m'enverrait à Strasbourg, à la rentrée, faire des études de philosophie chez les frères, au collège Saint-Étienne ! Pour moi, seule comptait la nouvelle de mon futur éloignement d'avec mes parents, peu importait la destination. J'avais dix-sept ans, je commençais à être mieux dans ma peau, et la perspective d'aller vivre seul à Strasbourg m'enchanta.

Les vacances furent une nouvelle épreuve : je ne supportais plus la vie en groupe qu'on m'imposait, l'interdiction de quitter les autres – tout était bon pour nous chamailler. Moi, je voulais seulement qu'on me foute la paix, qu'on me laisse tranquille dans un coin, avec mon livre. On me reprochait alors de ne pas profiter de l'air de la mer, on me forçait à me mettre au soleil, à marcher avec les autres, je n'en pouvais plus ! Je me sauvai à nouveau, je volai de l'argent et j'allai à Chambellay chez mes grands-parents. Ma grand-mère fut affolée de me voir arriver seul mais elle me chouchouta, et je me réchauffai délicieusement à cet amour qui me manquait tant là-bas. L'arrivée de mes parents fut dramatique. Finalement, je terminai les vacances enfermé volontaire dans ma chambre, sans sorties en groupe, sans promenades. Enfin seul !

En classe de philo à Strasbourg

À la rentrée, mon père vint au collège Saint-Étienne présenter sa « forte tête » au père supérieur. Il m'y laissa comme on abandonne un délinquant à la Légion étrangère, en demandant qu'on ait l'œil sur moi. Les professeurs étaient plus ou moins sévères mais tous très intéressants. Je garde malgré tout de cette époque un souvenir heureux, en particulier du père Adam, mon professeur de philosophie, un homme délicieux avec qui les rapports furent d'emblée excellents, en dépit de ma réputation. Je n'étais pas un élève très brillant ni facile, mais il me trouvait sympathique et je le faisais rire. Il était très tolérant, ne jugeait pas, avait une vision très humaine des choses et faisait de la philosophie une matière vivante. Il était profondément bon, toujours présent, toujours fidèle. Dans un autre genre, le prof d'histoire était aussi une pure merveille. Alsacien et royaliste, il nous commentait la Révolution en ne nous épargnant aucune barbarie et pleurait en racontant la mort de Louis XVI. Il imitait tout, les tambours, le grognement des canons, et mimait la reine, Louis XVI, Robespierre ou Danton. Le professeur de français, qui m'aimait bien parce que je disais correctement les vers, me demanda de lire quelques fables de La Fontaine dans les petites classes le jeudi après-midi. Mon one-man-show eut du succès. C'était une façon assez plaisante de garder un contact, même lointain, avec le monde du théâtre. Le père Adam, qui n'ignorait rien de mes passions, me donna bientôt la permission de prendre des cours en auditeur libre chez Antoine Bourbon, au Conservatoire d'art dramatique de Strasbourg. Il fut la seconde personne à m'encourager dans la voie du théâtre. Ma grand-mère maternelle lui écrivit pour qu'il me dissuade de faire du théâtre et mes parents s'étonnèrent qu'on me laisse sortir seul en ville, aller au cinéma. Mais le père Adam répondait invariablement que j'étais suffisamment mûr et responsable pour savoir ce que je devais faire, et qu'il fallait un peu me « lâcher la bride » !

« ... même le singe, si cela te chante »

À la fin de cette année, qui me parut courte, je me mis en tête de monter un spectacle de ma création : les obsèques nationales d'un scarabée. Avec quelques copains nous mobilisâmes tout le collège et les sept cents élèves suivirent l'enterrement du scarabée, cérémonie dont j'étais le maître d'œuvre. Le corps de la pauvre bête reposait dans une boîte d'allumettes que l'on avait posée sur un brancard confectionné avec des branches et un grand drap noir. J'étais Bossuet, l'évêque, le maître de cérémonie, je marchais devant, puis il y avait la famille, les dignitaires et la foule. Devant l'assemblée recueillie, je lus un discours de Bossuet, *La reine est morte*. Évidemment, le supérieur arriva à toute allure, pensant que nous avions organisé une vaste moquerie de la religion, et consigna les meneurs, à savoir mes deux amis qui jouaient les diacres et moi. Nous eûmes du mal à expliquer que seule la beauté des textes de Bossuet nous avait motivés et qu'il ne s'agissait que d'une représentation théâtrale. Nous écopâmes tout de même de deux dimanches de retenue !

Je passai mon bachot à l'université de Strasbourg, fus reçu à l'écrit et collé à l'oral. Il fallait donc le repasser en septembre, cette histoire n'en finissait pas. Visiblement, les grandes études n'étaient pas faites pour moi et je demandai « officiellement » à mon père l'autorisation de suivre des cours au Conservatoire de Paris, puisque là étaient ma passion et mon avenir. J'avais dix-huit ans, mon père me pria, avant toute autre chose, de faire mon service militaire. Cela me conduirait à la majorité, après quoi je pourrais faire ce qui me plaisait, « même le singe, si cela te chante », conclut-il.

Mort d'une femme tant aimée

Cet été-là, comme chaque année, nous partîmes en vacances en Anjou. Ma grand-mère paternelle ayant été opérée d'un cancer des intestins, nous restâmes à Chambellay plutôt que d'aller au bord de la mer. Mes parents, soucieux de sa santé, me laissèrent tranquille. Je n'étais plus l'adolescent révolté des dernières vacances, juste un jeune homme avec ses problèmes et ses aspirations qui devait partir en novembre pour le service militaire. Ma pauvre grand-mère déclinait de jour en jour, et elle ne tenait que grâce à une piqûre de morphine quotidienne. Je l'adorais, elle était la grâce et la bonté incarnées, la douceur même, je ne pouvais supporter de la voir souffrir ainsi. On l'installait dans une chaise longue en paille, bien calée dans des coussins, près d'une fenêtre, les mains croisées sur le ventre, les yeux mi-clos ; certains après-midi, je restais seul près d'elle. Je la saoulais de paroles, je la fatiguais, sans doute, mais je voulais absolument lui donner quelque chose. Souvent, je l'aidais à se relever, elle faisait le tour de la table de la salle à manger en gémissant de douleur et s'interrogeant sur ce qu'elle avait fait au Bon Dieu pour souffrir ainsi. Je crois que c'est à ce moment-là, devant cette injustice atroce faite à une femme si douce, que je pris définitivement mes distances avec la religion et tout ce qu'on m'avait appris au catéchisme.

L'attitude de mon grand-père, qui avait toujours été très pudique avec ma grand-mère, attentif mais un peu froid, s'était aussi radicalement transformée. Il essayait de faire son œil sévère et sa grosse voix pour inciter ma grand-mère à prendre quelque nourriture, mais on sentait très bien que tout était cassé en lui. Il aurait donné n'importe quoi afin qu'elle aille mieux. Pour la première fois de ma vie, je le surpris les larmes aux yeux, larmes de tristesse et d'impuissance à la fois. Les deux dernières années, à la fin des vacances, ma grand-mère nous avait dit : « Ah, mes enfants, mes petits-enfants, je ne vous verrai peut-être pas l'année prochaine. » Au moment de nous séparer, ses paroles eurent une résonance autrement tragique !

Le 8 septembre, on nous téléphona à Baden pour nous apprendre la mort de ma grand-mère. Nous partîmes aussitôt pour Chambellay. Le voyage fut un cauchemar. Mon père, qui adorait la conduite, était cette fois comme téléguidé, il roula tel un somnambule, sans un mot. En arrivant, nous garâmes la voiture sur la place de l'Église et nous vîmes tous les volets de la maison fermés. La mort était à l'intérieur et je me souviens d'avoir eu peur de ce qui allait se passer ensuite. Nous entrâmes, et ma tante se mit à pleurer en voyant mon père. Ces adultes qui pour moi avaient toujours représenté une certaine autorité étaient brisés, fragiles comme des enfants. Mon grand-père n'était pas dans la pièce, il veillait ma grand-mère. Nous passâmes dans la chambre pour embrasser une dernière fois notre grand-mère, et, là, je vis une petite momie qui n'avait plus rien à voir avec la femme que j'avais connue. En trois semaines, elle qui n'était pas bien grosse avait maigri de vingt kilos ! Il me sembla que « cette chose » n'était pas elle, et j'hésitai à l'embrasser. Comme on m'y poussait, je posai les lèvres sur son front dur et froid, mais j'étais anéanti, les jambes en coton. Mon grand-père, têtu comme une mule, refusa d'aller se reposer et les chambres furent réparties de sorte que je dormis dans son grand lit. J'en fus à la fois heureux et terrorisé. Mon frère et moi priâmes pour notre pauvre grand-mère comme jamais nous n'avions prié de notre vie, puis nous nous couchâmes. Je me blottis, me faisant tout petit contre le mur pour laisser le plus de place possible à mon grand-père. Au bout d'une heure ou deux, je ne dormais pas, il monta, se déshabilla, enfila sa chemise de nuit et se coucha près de moi. Brusquement, j'eus l'impression que ma grand-mère était là, à côté de moi, et je ne fermai pas l'œil de la nuit tant cette sensation m'effraya.

Le lendemain, ma famille s'occupa des obsèques et l'on mit ma grand-mère en bière. On l'étendit dans cette caisse qui me terrifiait, devant la famille, ainsi que cela se fait à la campagne. Au bout d'un certain temps, le menuisier et le forgeron, qui servaient de croque-morts, demandèrent s'ils pouvaient fermer le cercueil. Alors, mon grand-père, très digne, pâle et les traits tirés, s'approcha de ma grand-mère et l'embrassa sur la bouche. Je ne l'avais jamais vu embrasser ma grand-mère. Puis il éclata en sanglots comme un enfant. Cet homme que je connaissais si dur, le patriarche de la maison, se brisa tout d'un coup, trois secondes, puis se reprit aussi vite et fit un petit signe de tête aux deux hommes qui fermèrent l'abominable boîte. Après cette scène, tout se mélangea dans ma tête, l'enterrement, l'église, le cimetière, la famille, je compris seulement que cette maison ne serait plus jamais la même, que l'on ne pourrait plus rire comme avant, que tout était cassé. Cet ultime baiser fut d'une telle beauté, d'une telle dignité, qu'il me marqua profondément. Je me sentis plus proche de mon grand-père que je ne l'avais jamais été. Dès lors, il devint pour moi une sorte de héros, un modèle, et je restai très attaché à lui jusqu'à sa disparition. Les deux mois qui suivirent furent hantés par les souvenirs, les images de ces quelques jours, les moments terribles, et par le visage de ma grand-mère qui revenait sans cesse dans mes cauchemars.

Le 1er novembre, je commençai mon service militaire. Conformément aux vœux de mon père qui voulait me voir faire mon armée avant d'envisager le théâtre, je m'étais engagé pour deux ans. Il m'accompagna à la caserne d'Achern, à une cinquantaine de kilomètres de Baden-Baden, et, refrain maintenant habituel, il recommanda au colonel de ne pas rater la tête brûlée que j'étais et de ne m'appliquer aucun régime de faveur. Située dans un parc magnifique, la caserne était plutôt agréable. Il y avait un terrain de sport, un cinéma, des salles de jeux, un foyer. Les habitudes de vie, la discipline m'étaient familières depuis le Prytanée : je n'étais pas trop dépaysé. Au commencement, mes camarades me regardèrent avec un peu de méfiance : fils de gradé, pistonné, protégé, on se méfiait de moi. Ils comprirent vite que j'étais dans la même galère qu'eux. Voire pis. Tous recevaient des colis, des petits mandats de leur famille, moi, jamais rien. J'avais mes vingt-six francs par jour pour vivre, c'est tout. Heureusement, l'amitié et la générosité des uns et des autres me permirent d'améliorer l'ordinaire. La vie passait, sans grand intérêt. Au bout d'un mois ou deux, l'adjudant, qui avait eu vent de mon envie d'organiser des spectacles, me proposa de m'occuper du foyer des loisirs. C'était réellement la bonne planque ! On ne faisait rien qu'un peu de lecture, des débats, de la peinture ou des promenades les jours de repos. J'étais chargé de choisir des livres pour la bibliothèque, les films, en revanche, nous étaient imposés. Il s'agissait de vieilles reliques, restes d'un contingent du service cinéma des armées qui nous envoyait ce qui ne les intéressait plus. De temps en temps, nous tenions une sorte de salon littéraire où chacun pouvait s'exprimer, chanter ou jouer du piano. Au début on était quinze, puis, rapidement, comme tout le monde s'ennuyait, le foyer se remplit.

Pour passer le temps, je devins écrivain public. J'écrivais essentiellement des lettres d'amour dans un style assez littéraire, avec des réminiscences de Musset ou de Stendhal, pour des amoureux aussi transis qu'illettrés. Mes belles formules faisaient mouche. Évidemment, les demoiselles étaient surprises et répondaient, ravies : « Ce que c'est bien l'éloignement ! Tout d'un coup, tu deviens poète, tu ne m'avais jamais parlé comme ça ! » On venait me consulter, j'étais devenu un sage, une sorte de baromètre de l'amour, un Cyrano détaché. On me montrait des photos de filles au physique souvent ingrat censées m'inspirer, je me livrais à un petit interrogatoire sur ces inconnues, et j'écrivais en tentant de les imaginer. Cette petite mystification fit beaucoup pour ma réputation et m'évita pas mal de tours de garde, vu que je les échangeais contre ces menus services !

Le grand intérêt de cette période était d'avoir toujours un public disponible. À peine levé, j'essayais mes trucs pour faire rire ou émouvoir mes camarades, cela marchait plutôt bien, et j'en étais heureux. Après avoir été reçu à l'examen de maréchal des logis, il fut question de m'envoyer à l'école d'officiers de Tours. Je n'en avais aucune envie, et j'intriguai autant que je le pus pour entrer au service cinéma des armées. Hélas, en Allemagne, il se trouvait à Baden-Baden, dans la même caserne que mon père, mais je n'avais pas le choix. Le général commandant le train, qui avait compris que j'étais autant fait pour être soldat qu'évêque, m'aida à réaliser mon projet. Je me présentai donc à un concours de speaker pour les actualités militaires devant cinq ou six types, journalistes, profs à Sciences-po ou juristes, et je réussis mon audition. J'étais décontracté, ma voix passait bien. On me muta donc à la caserne de Baden, au service cinéma des armées. J'avais enfin un pied dans le monde du spectacle, j'étais fou de joie.

Le service cinéma des armées à Baden était formidable. Nous réalisions des reportages d'actualités sur des manifestations en Allemagne occupée, nous passions des vues de paysages allemands, la Forêt-Noire, le lac de Constance, le Rhin, etc. À mon arrivée, le capitaine qui commandait le service décida de réaliser un petit documentaire, *Chiffonard et Bon Aloi*, un court-métrage qui succéderait aux actualités pour expliquer aux soldats d'une façon amusante comment ils devaient se conduire à la caserne comme dans le civil : éviter de fumer en compagnie, se lever et saluer quand un officier entrait dans un lieu public, laisser sa place aux dames dans un compartiment, cirer ses chaussures, avoir une hygiène irréprochable, bien ranger son armoire, laver son slip le soir... J'obtins d'interpréter l'un des deux acteurs et, bien entendu, je choisis Chiffonard, le mauvais exemple, qui était de loin le plus sympathique. Quand le film passait dans les salles de cinéma, les soldats m'ovationnaient parce que je faisais tout ce qu'ils rêvaient de faire : mettre les pieds sur la table, écraser son clope n'importe où, être débraillé, sale... André, l'autre acteur, se faisait toujours huer dans son rôle de Bon Aloi !

Rencontre avec Edwige Feuillère et Jean Marais

Cette période au cinéma des armées fut des plus agréables. J'avais une petite Opel à ma disposition, je sortais en civil et je pouvais suivre ce qui se donnait au théâtre allemand de Baden. J'allais régulièrement voir la troupe en répétition. J'étais devenu ami avec les acteurs, les régisseurs, et ce lieu était maintenant ma deuxième maison. Le théâtre avait eu la riche idée d'inviter à Baden *Le Partage de midi*, la pièce de Claudel, avec Edwige Feuillère, et *La Machine infernale*, de Cocteau, avec Jean Marais. Je fus chargé de recevoir « Mme Edwige Feuillère » et « M. Jean Marais ». *Le Partage de midi* fut joué le jour de la Conférence des généraux à Baden, sommet réunissant soixante généraux et présidé par le maréchal Juin. Edwige Feuillère devait jouer devant une bonne partie de l'état-major. J'allai la chercher au train de six heures trente du matin. Elle venait de Strasbourg, où elle avait donné une représentation la veille. La gare était remplie de drapeaux pour les généraux qui arrivaient vers neuf heures trente. Je me rappelle encore de sa descente de train, très élégante dans son tailleur noir. Je me présentai devant elle et lui dis : « Madame, je suis chargé de vous recevoir et de vous accompagner jusqu'à votre hôtel et, si vous avez besoin de moi, je suis à votre disposition. » Je me souviens qu'avec cette voix grave et un peu rauque elle me répondit : « Oh ! comme ils sont gentils ! Tous ces drapeaux, ces tapis rouges... » Je n'ai pas osé la détromper. Elle se reposa dans sa chambre d'hôtel puis, l'après-midi, je lui fis visiter Baden. Nous nous rendîmes ensuite au théâtre vers dix-sept heures. Là, elle vérifia si tout était en place. La représentation était prévue à vingt et une heures. J'étais à la fois fou de bonheur d'avoir passé la journée avec ce monstre sacré et inquiet pour le soir. Pourvu que tout aille bien !

Peu avant le début de la représentation, Edwige Feuillère vint sur le plateau. Elle était superbe avec ses cheveux roux et sa très belle robe plissée beige. Elle s'adressa alors aux trois autres acteurs : « Messieurs, ce soir je vous demande d'articuler, nous sommes dans un pays étranger. » À neuf heures et quart, le maréchal Juin et les généraux n'étaient toujours pas là. Tout le monde attendait. Ils arrivèrent avec vingt minutes de retard et la pièce put enfin commencer. Edwige Feuillère joua la première partie d'une façon merveilleuse. À l'entracte, le maréchal Juin, suivi de trois ou quatre généraux, décida d'aller saluer l'actrice. J'accompagnai le maréchal devant la porte de la loge. Comme elle n'avait pas de changement de costume à effectuer, je pensais que la comédienne allait rapidement recevoir ses visiteurs. Eh bien, non, elle les fit patienter vingt minutes, le temps exact de leur retard au début de la représentation ! Ce laps de temps écoulé, elle les reçut le plus naturellement du monde, en s'écriant :

« Ah, vous étiez là ? Mais je ne savais pas ! Mais quel bonheur ! Comme c'est gentil ! Merci ! Merci ! Merci ! »

J'ai compris, ce soir-là, que le théâtre et la vie pouvaient parfois ne faire qu'un...

Vint le jour de la représentation de *La Machine infernale*. J'étais dans tous mes états. Rencontrer Jean Marais, la plus grande vedette du cinéma français, l'apercevoir simplement, tenaient du miracle. Il ne devait apparaître qu'en soirée, mais toute la journée on aurait dit que je me préparais à accueillir le Christ en personne ! Au Casino, où la pièce devait se jouer, j'allai voir les décors et les costumes qui venaient d'arriver. Je sympathisai avec Jeanne, l'habilleuse de Jean Marais, et je l'aidai à sortir les costumes des paniers. On m'aurait donné le linge du Saint-Sépulcre que je n'aurais pas été plus attentionné ! Sa loge était prête, avec une petite serviette rouge, parce qu'il aimait bien cette couleur, son peignoir sur sa chaise, ses affaires de maquillage, une petite fleur..., et puis, vers dix-huit heures, le car arriva avec les acteurs et, tout à coup, mon idole déboucha du long couloir du Casino. J'attendais un dieu, et je vis un acteur enfoncé dans son manteau de fourrure ! L'image sublimée s'était incarnée en une réalité forcément peu conforme à mon rêve divin. Je fus un peu déçu, il est vrai. Seule l'apparition subite de Jean surgissant du néant dans un halo de lumière divine aurait pu égaler mes rêves ! Il passa devant moi sans un regard et entra dans sa loge.

Le soir, juste avant le début du spectacle, il me vit traînant dans les coulisses, habillé en soldat, et me demanda :

« Qu'est-ce que vous faites là ? »

Je lui expliquai très vite qui j'étais et il me répondit :

« C'est gentil, je sais par mon habilleuse que vous nous avez aidés, c'est bien, merci beaucoup. »

Quelques minutes plus tard, juste avant d'entrer en scène, il me prit la main et me dit : « Écoutez Cocteau ! »

Cela me fit un effet incroyable, une complicité furtive mais réelle s'établit tout à coup entre lui et moi. Lui, qui me semblait tellement inaccessible, dévoilait à la dernière seconde un côté merveilleusement humain. La pièce fut accueillie par des cris d'enthousiasme. Au dîner qui suivit en l'honneur de Jean, il me taquina un peu : « Ah, vous voulez faire du théâtre ! Vous verrez, vous aussi, un jour, vous signerez des autographes ! »

Est-ce qu'il sentit à quel point sa réflexion et les perspectives incertaines qu'elle ouvrait me décontenançaient ? Toujours est-il qu'il me proposa de regagner la caserne avec le car de la troupe. Évidemment, j'acceptai avec joie et je fis une entrée mémorable à la caserne ! Nous avions tous beaucoup bu et Jean Marais avec la troupe me raccompagnèrent jusqu'au bas du bâtiment, en chantant et en riant. Je faisais partie intégrante de cette folle équipée, autant dire du grand voyage, j'étais adopté par les comédiens, j'étais l'un d'eux, je ne touchais plus terre !

Je rencontrai également Gaby Morlay et André Luguet venus au petit théâtre de Baden pour jouer *Lorsque l'enfant paraît*, d'André Roussin. Claude Larue et Guy Bertil, les deux acteurs qui jouaient les enfants, devinrent mes amis et m'invitèrent à venir les voir à Paris après le service, afin de m'aider à faire mon chemin dans le monde du théâtre. Pour moi, ce fut un espoir formidable, un pont entre Baden et le monde parisien de la comédie.

Entre-temps, avec quelques garçons et filles de l'univers militaire, je montai une petite troupe de théâtre, Le Petit Théâtre de Baden-Baden, et nous partîmes jouer dans les environs. Nous faisions tout dans l'urgence, en communauté, les décors, les costumes, c'était véritablement la « compagnie-famille », où chacun mettait la main à la pâte. Ce fut une école assez dure mais inégalable : n'ayant jamais pris de cours de théâtre, je fis là mon réel apprentissage de la scène au quotidien.

Paris, à nous deux !

Novembre 1954. Mon service militaire arrivait à son terme. J'avais réussi à économiser soixante mille francs sur ma solde, somme que je décidai de consacrer à mon installation à Paris et au début de ma nouvelle vie. Je fixai donc la date de mon départ. Ce jour-là, avant de partir, je dus assister au baptême d'une petite fille dont j'étais le parrain. Je m'échappai au moment du déjeuner, aimant mieux passer mon dernier jour avec mes parents à Baden. J'arrivais chez eux vers treize heures trente et, là, je trouvai un mot adressé à mon frère et à moi : « Puisque vous préférez les amis à la famille, débrouillez-vous. » C'était vraiment à désespérer ! J'improvisai donc un déjeuner, puis j'emmenai mon frère voir un film de Charlie Chaplin. À notre retour, vers dix-neuf heures, les parents étaient là, et pendant près de trois heures le silence fut total. Berlin-Est et Berlin-Ouest avec le mur au milieu ! Je fis mes bagages seul, sans un mot, puis, vers vingt-deux heures, je demandai à mon père, d'une voix neutre, s'il comptait aller avec moi jusqu'à la gare de Baden-oos. Tranquillement, il me répondit : « Tu as tellement d'amis, ils se feront sans doute un plaisir de t'accompagner ! »

Je téléphonai donc à mon capitaine, avec qui je m'entendais bien, et il m'envoya une voiture conduite par un ami. En l'attendant, je parlai à mes parents très posément. Je leur dis qu'ils n'avaient jamais rien entendu à ma vie, ni sans doute à la vie en général, que c'était pour cette raison que je m'en allais, et j'espérais qu'ils me comprendraient un jour et reviendraient vers moi. Sinon, tant pis pour eux. J'avais mûri ce plaidoyer pendant une bonne quinzaine d'années, il sortait enfin, sans doute un brin joué et un peu lyrique, mais l'essentiel y était.

À vingt-trois heures, j'embrassai mon petit frère et, sans dire au revoir à mes parents, je descendis avec tous mes bagages, la tête haute, drapé dans ma solitude et ma dignité. Dehors, je réalisai que je venais de briser les derniers liens qui m'attachaient encore à eux. Je ressentis alors une espèce de grand vide, un trou au ventre. À ce moment-là mon frère dévala l'escalier et me cria :

« Remonte, maman pleure, papa est triste, il faut que tu remontes, cela va s'arranger. »

Mais je ne voulais plus rien entendre.

« C'est trop tard, adieu ! »

Et je montai dans la voiture, direction la gare. Le train arrivait de Berlin, je remerciai mon copain et m'installai dans le wagon avec mes affaires. Dès que le train s'ébranla, je fus pris d'une exaltation extraordinaire. Enfin le départ ! Une nouvelle vie, la carrière ! Puis, sous la lumière un peu triste du compartiment de troisième classe, devant les visages blafards de mes compagnons de voyage, l'angoisse me reprit. Allais-je réussir à Paris, où je ne connaissais personne, supporter la vie en solitaire ? Que se passerait-il si j'échouais ? Le voyage fut très long et très fatigant. Je m'assoupis contre la portière et, à sept heures trente du matin, un type parcourut le couloir avec une petite cloche en criant : « Paris ! Paris ! » Paris, enfin ! Plein d'espoir, je descendis du train et sortis de la gare de l'Est avec mes ballots sur le dos, prêt à affronter Paris, à commencer ma nouvelle vie, ma vie tout court.

4.

Au 45, rue de Maubeuge

Je me rendis directement au 45, rue de Maubeuge, où mon ami Jean, qui avait fait une partie de son service militaire avec moi, me louait une chambre de bonne cinq mille anciens francs par mois, le temps qu'il finisse l'armée. Elle était située au huitième étage, dans un petit couloir, avec les toilettes sur le palier. Les cloisons laissaient passer tous les bruits, il y avait un sommier par terre, un lavabo sans eau chaude, une prise de courant, une ampoule, et c'était tout ! Pour rendre le lieu moins sinistre, je posai au mur, en guise de tapisserie, des bouts de toile peinte du décor du *Barbier de Séville* que j'avais joué en tournée, j'installai ma malle dans la chambre, la recouvris d'un tapis que j'avais rapporté de Baden et je sortis précipitamment car l'exiguïté de la pièce commençait à m'angoisser !

J'avais envie de faire connaissance avec le quartier, d'apprivoiser cette grande ville. Il y avait beaucoup de monde dans la rue et dans les cafés en cette fin de matinée, c'était assez vivant. Je pris mes repères, ici le bistro, là la boulangerie, et je descendis jusqu'aux Grands Boulevards. Toute cette animation, cette gaieté me redonnèrent la confiance que cette chambre lugubre avait mise à mal. J'achetai une petite lampe pince avec un capuchon sur l'ampoule, une veilleuse pour pouvoir lire, un paquet de pâtes, et je revins chez moi en fin de journée. La chambre était glaciale ; je mis en marche le petit radiateur soufflant, mais les plombs sautèrent immédiatement. Par miracle, je réussis à les remettre en fonction. Je me préparai des pâtes à l'eau puis me couchai très vite. Voilà pour ma première soirée à Paris ! Les suivantes se déroulèrent ainsi, un peu tristement. J'avais imaginé un Paris de rêve, et j'en découvrais le quotidien et le banal. J'avoue que l'indifférence et l'anonymat de la capitale me heurtèrent, moi le loup blanc de Baden ! Le lendemain de mon arrivée, j'allai déjeuner chez Pierre Lhomme, qui habitait derrière le Conservatoire. Je l'avais rencontré au service militaire, en même temps que Philippe de Broca et Jean Chabiaut. Le déjeuner avec ses parents fut agréable : toute la famille se montra prévenante et en même temps je fus heureux de retrouver ma petite chambre. Je commençais déjà à prendre goût à l'indépendance et à la liberté.

Pierre me conseilla d'aller voir un producteur, Fred Orain, avec qui il avait travaillé, et qui pouvait peut-être me dénicher un emploi. Celui-ci me reçut gentiment, me parla d'un de ses projets, un documentaire consacré au charbon sur lequel il aurait peut-être un travail pour moi. En attendant, je consultais les annonces du *Figaro* et de *France-Soir*, et finalement ce fut ma concierge qui me trouva un petit boulot. Deux heures par jour, je donnais des leçons de français à une petite fille à lunettes, pleine de boutons, pas plus disposée que moi à faire des efforts pour améliorer son niveau. Je passais donc mon temps à la regarder se mettre les doigts dans le nez, se tirer les cheveux, bâiller, se tortiller sur sa chaise... Cela m'importait peu, l'essentiel étant que sa mère me donnât quelques sous ! À midi, je déjeunais de sandwichs, le soir, je mangeais du riz ou des pâtes, accompagnées de sauce tomate... les jours de folie !

Pierre me présenta deux de ses amis, Jean Wiener et Suzanne de Troyes, qui était la monteuse de Jacques Becker, de Jean Renoir et de Marc Allégret. Jean Wiener était un petit monsieur à l'œil vif, nerveux, avec un sourire d'enfant, espiègle, malin, tout à fait délicieux. Suzanne, qui le grondait sans cesse avec tendresse, était une femme charmante, au beau regard délavé. Nous nous entendîmes tout de suite très bien. Elle me racontait les tournages des grands films avec un plaisir communicatif. Elle m'informa que Marc Allégret cherchait des jeunes gens comme moi pour son prochain film intitulé *Futures Vedettes* et me proposa de le rencontrer. J'étais fou de joie : depuis qu'il avait tourné *Entrée des artistes*, avec Jouvet, je rêvais de le rencontrer.

En attendant, je rendis visite à mes amis Claude Larue et Guy Bertil qui jouaient dans *Lorsque l'enfant paraît*, au théâtre des Nouveautés, avec Gaby Morlay et André Luguet. Comme je gelais dans ma petite chambre, j'allais chaque soir aux Nouveautés bavarder avec Claude ou Guy. Mon grand bonheur était de descendre les trois marches sur le plateau et de voir passer Mme Gaby Morlay suivie de son habilleuse portant une bouteille de champagne, dont la grande dame prenait chaque soir un petit verre pour effacer le trac. Un soir de 31 décembre, alors que je cafardais un peu après avoir passé un Noël solitaire, Gaby Morlay, pleine de charme et de soleil, s'approcha de moi et me demanda : « Vous que je croise tous les soirs, qui êtes-vous ? »

Je lui expliquai que j'étais un ami de Claude et de Guy, que je voulais être acteur, que je l'avais vue à Baden-Baden. Mon innocence la fit rire, elle me tendit son verre pour y goûter un peu de champagne. Boire dans le verre de Gaby Morlay, cela portait forcément bonheur ! Cela me porta-t-il chance ? Toujours est-il que quelques semaines plus tard, au début de l'année 1955, je trouvai du travail. Il s'agissait de préparer des enregistrements de courts-métrages sur l'acier ou le calcaire. Parallèlement, j'avais décidé de présenter le concours du Conservatoire national de Paris. Je choisis une scène du *Barbier de Séville*, que je connaissais bien pour l'avoir joué, et je fus accepté aux deux premiers tours mais recalé au troisième. Jacques Charon, qui faisait partie du jury, m'avoua plus tard que je devais cette infortune à Mlle Dussane, qui me jugeait « trop à l'aise ». Cet échec me chagrina pour mes parents, qui aimaient les écoles publiques. Je n'avais pas forcément envie d'entrer à la Comédie-Française. Pour moi, le théâtre signifiait l'insolence, la fougue, la liberté, plutôt que la scolarité, l'administration et l'ordre. Jean-Paul Belmondo, à qui le Conservatoire refusa le premier prix, démontra avec éclat les limites de cette administration théâtrale, souvent trop rigide pour contenir les véritables élans.

Les cours de théâtre

J'avais appris mon métier sur le tas, mais il me fallait tout de même acquérir un peu de rigueur. Claude Larue me recommanda un professeur, Pierre Bertin, un acteur délicieux qui donnait des cours chez lui, dans un petit hôtel particulier très cosy avec des tableaux et des meubles anglais. Pierre Bertin s'exprimait d'une voix chantante, précieuse et distinguée, il avait l'allure d'un danseur. Très érudit, il passait de Molière à Marivaux, de Musset à Boileau, et puis tout d'un coup évoquait Debussy, tout en caressant les cheveux d'une de ses petites élèves favorites. On se serait cru dans un salon du XVIIIe siècle ; Bertin me faisait l'effet d'un vieux marquis à la fois séducteur et coquin. C'était charmant... mais pas pour moi.

J'allai ensuite au cours de Maurice Escande, d'un genre un peu particulier, cette fois, puisque c'étaient les garçons qui avaient ses faveurs. Escande enseignait le théâtre avec ardeur et passion, accrochant les élèves par le cou pour leur montrer la fureur d'Oreste ou les tremblements d'Hippolyte. Les élèves étaient décontractés, mais l'atmosphère restait trop précieuse pour m'intéresser vraiment.

Après ces vaines tentatives, Claude Larue me proposa de rencontrer Jean Marchat. Sociétaire à la Comédie-Française, il donnait des cours de temps en temps. Il me reçut un dimanche après-midi au Théâtre-Français. On m'indiqua l'étage des loges, et, en montant, je vis des costumes de toutes les époques pendus dans les couloirs, les portraits des grands sociétaires, des grands auteurs. C'était impressionnant. Je demandai à un habilleur la loge de M. Marchat, et l'on me répondit qu'il jouait *Tartuffe* en matinée et qu'il ne devrait donc pas tarder à arriver. Au bout d'un moment, je vis surgir du couloir un homme avec un costume croisé bleu sombre, la rosette de la Légion d'honneur au revers, les cheveux blancs, petit, trapu, élégant, le regard bleu, légèrement parfumé. C'était lui. Il s'engouffra dans sa loge sans me voir. J'attendis quelques minutes puis frappai à la porte et le trouvai en robe de chambre de soie, son gros ventre en avant, la ceinture nouée sur l'estomac, les jambes toutes blanches et les pieds nus. C'était un peu dérisoire, ce sociétaire, qui, un instant plus tôt, avait l'air d'un général et à présent ressemblait à une grosse poupée !

Sans me démonter, je me présentai. Tout de suite, il s'excusa : « Je t'avais oublié, assieds-toi et, puisque tu es là et que tu veux être acteur, prends la brochure de *Tartuffe* et donne-moi la réplique. Je ne l'ai pas joué depuis longtemps. »

Il s'installa devant sa table de maquillage et commença à s'étaler sur la peau un fond de teint couleur ocre. Je bafouillais et lui autant que moi car il ne savait pas son texte. Parfois, je le reprenais timidement : « Euh..., je crois que vous vous trompez... » Et lui m'engueulait à moitié : « Je sais, je sais, tu ne vas pas m'apprendre ! »

Alors l'habilleur vint l'aider à enfiler son costume de Tartuffe avec les chaussures à boucle et il s'en alla. Jean Marchat mit sa perruque, il avait l'air d'une vieille femme avec sa bouche peinte, la poudre dans les rides, les yeux fardés – c'était terrible ! D'une voix mielleuse, il me pria d'attacher pour lui les pressions de son col, ses mains étant couvertes de maquillage. Je lui posai ses deux rabats blancs et il en profita pour me serrer d'un peu près. Je me dégageai maladroitement mais assez vivement et je l'entendis me dire : « Alors, on fait la prude ? »

J'étais terrorisé. C'était ma première aventure avec un sociétaire de la Comédie-Française ! Heureusement, il éclata de rire et me demanda de me rasseoir pour continuer à lui donner la réplique. Il m'invita à passer une scène après sa représentation. Je décidai de lui jouer le monologue de Don

César de Bazan dans *Ruy Blas*. J'ignore s'il fut séduit par mon talent ou ma jeunesse, mais il jugea l'audition satisfaisante. Il se montra charmant et attentionné et me proposa de me faire travailler. Cependant le petit incident dans sa loge m'avait un peu rafraîchi : il marqua mon abandon définitif des cours d'art dramatique.

La bande des *Cahiers*

C'est à cette époque que je me mis à fréquenter assidûment la bande des *Cahiers du cinéma*. Je l'avais rencontré lors d'une permission au cours de mon service militaire. Pierre Lhomme m'avait invité à Paris chez ses parents puis emmené en virée avec quelques copains à Arles, où Jean Renoir montait *Jules César* avec Paul Meurisse, Jean-Pierre Aumont et Henri Vidal. On retrouva donc ses copains un soir aux Halles. L'un d'eux avait une vieille voiture américaine, une Oldsmobile noire aux coussins défoncés. Nous nous entassâmes à huit dedans, direction le Sud. Les six autres jeunes gens de cette folle escapade s'appelaient Rivette, Godard, Chabrol, Cavalier et sa femme, Denise de Casabianca. Charles Bitsch conduisait. Nous roulâmes toute la nuit et personne ne m'adressa la parole. Nous arrivâmes au petit matin à Arles, où deux nouvelles recrues se mêlèrent à nous : André Bazin, le plus grand des critiques de cinéma, et un jeune homme qui le suivait comme son ombre, François Truffaut. Nous prîmes le petit déjeuner ensemble. J'étais fasciné par ces garçons de mon âge qui parlaient cinéma avec autant de passion. Nous allâmes ensuite rejoindre Jean Renoir et je fis connaissance avec cet homme tout rond, sorte de gros bébé, parlant et gesticulant sans cesse, qui éclatait de rire en devenant rouge comme une tomate.

Nous comptions assister au spectacle, hélas, celui-ci affichait complet. Heureusement, Jean Renoir découvrit la solution : nous allions y faire de la figuration ! Une fois habillés, nous nous mêlâmes aux acteurs interprétant le peuple, une centaine de resquilleurs que Renoir avait vêtus de toges pour qu'ils puissent eux aussi assister au spectacle ! Nous devions juste crier à Marc Antoine-Jean-Pierre Aumont : « Le testament, le testament, à mort Marc Antoine ! »

Après cette admirable prestation, nous retournâmes dans la nuit pour Paris. Si j'avais été relativement discret à l'aller, me sentant un peu l'intrus parmi cette bande de copains, au retour, je me déchaînai ! Dans l'auberge où nous nous arrêtâmes près de Lyon, je mis tout en œuvre pour éblouir la petite bande. Je leur fis un numéro, imitant à la fois le patron, la serveuse, les clients du restaurant, et tous restèrent bouche bée, se demandant si j'étais bon comédien... ou fou furieux ! Dès cette minute, ils m'adoptèrent et firent de moi leur acteur. Truffaut écrivait déjà dans *Arts*, Chabrol était à la Fox, et tous collaboraient de temps à autre aux *Cahiers du cinéma*. Nous nous fîmes la promesse de nous revoir et je repartis avec Pierre en Allemagne, certain que nous nous retrouverions pour travailler ensemble.

De retour à Paris, je commençai à fréquenter régulièrement cette petite bande qui, à présent, régnait sur les *Cahiers du cinéma*. Comprenant mon ignorance, ils entreprirent de faire mon éducation cinématographique et m'emmenèrent, de temps à autre, à la cinémathèque, chez Langlois, rue d'Ulm. Une fois par semaine, nous allions voir une exclusivité sur les Champs-Élysées. Ils me payaient ma place, en échange de quoi je devais leur prouver mon talent d'acteur. Les paris fusaient : il fallait que je fasse se retourner la file de spectateurs en attirant leur attention de façon discrète mais efficace, ou bien que je me fasse passer pour le neveu d'Antoine Pinay en annonçant à voix haute une prochaine dévaluation, ou bien encore que j'aborde une dame en lui faisant croire que je connaissais très bien quelqu'un de sa famille – j'inventais n'importe quoi pour les faire rire, et cela marchait. En revanche, quand nous allions voir des films de leurs auteurs fétiches, Alfred Hitchcock, par exemple, je me gardais bien de me faire remarquer en donnant mon avis. En effet, ils analysaient les fantasmes du réalisateur, voyaient des symboles partout, découvraient des interprétations métaphysiques auxquelles Hitchcock lui-même n'avait certainement pas pensé !

Il y avait Godard, Rivette, Bitsch et Chabrol. Truffaut nous rejoignait parfois, quand il n'avait pas vu le film en avant-première grâce à sa carte de presse. Ses passions étaient nombreuses, mais souvent il préférait passer son temps avec des jeunes femmes plutôt qu'avec sa bande de célibataires endurcis. Godard avait une vie sentimentale secrète et intense, Chabrol était le seul à être marié et il conviait rarement Agnès, sa femme, à nos réunions amicales mais fermées. Plus aisé que nous, il offrait régulièrement la séance à tout le monde. Nous nous retrouvions souvent au-dessus du café que tenaient les parents de Charles Bitsch face à la Comédie-Française. Leur appartement se composait d'une petite salle à manger, d'une cuisine minuscule et d'une chambre. Nous nous réunissions autour d'une grande table, et Mme Bitsch, qui adorait le cinéma autant que son fils, montait des sandwichs et des bières pression. Sur la toile cirée, nous préparions la révolution du cinéma français, et je peux dire que les premières gouttelettes de la nouvelle vague sont nées dans cette cuisine ! Rossellini était notre père spirituel, nous avions une immense admiration pour lui, comme pour Melville, en France. Renoir était évidemment hors concours. Les deux grands frères, Alain Resnais, qui avait déjà fait *Nuit et brouillard*, et Éric Rohmer, alors rédacteur en chef des *Cahiers*, passaient tous deux pour des intelligences supérieures.

Truffaut, Chabrol, Rivette, Godard et les autres...

Mes amis, futurs réalisateurs, reprochaient au cinéma d'être vieux, poussiéreux, de s'enliser dans des drames psychologiques, dépassés et ennuyeux, entre jeunes premiers d'avant-guerre jaunis et plus dans le coup. La jeunesse ne trouvait ses modèles que dans le cinéma américain, les figures du cinéma français ayant trop la tête et l'état d'esprit de nos parents. En clair, on s'identifiait plus à Cary Grant qu'à Pierre Fresnay ! Les scénarios prévoyaient tout, régentaient tout, il était impossible au moindre souffle de vie de s'infiltrer entre des textes trop écrits. Les équipes, comme les films, étaient lourdes, empesées, il fallait d'urgence quitter ces lieux sombres et vieillots où se faisait le cinéma de papa, prendre une bonne bouffée d'air, aller tourner dehors, cesser d'employer les acteurs imposés et s'intéresser enfin à nos contemporains, à Belmondo ou à Bardot. Les idées jaillissaient, toutes plus novatrices les unes que les autres, sur la mise en scène, la notion d'auteur, le montage, la technique. On ne pouvait plus continuer à éclairer et à photographier comme on le faisait avant-guerre, nous ne voulions plus de ces images de studio grises, sombres, sophistiquées où le temps et la vie s'étaient figés.

Il va de soi que, dans ces discussions, j'étais plus admis comme auditeur libre que comme maître à penser. Souvent, je détendais l'atmosphère un peu crispée, j'étais commis aux plaisanteries, le clown faisait son numéro. Les conversations commençaient vers dix-neuf heures trente et duraient jusqu'à vingt-deux heures, puis nous allions voir un film et les discussions reprenaient jusque tard dans la nuit. Nous aimions nous raconter des scénarios. Chabrol, qui lisait deux romans policiers par jour, avait toujours une idée originale. À vingt ans, il était comme aujourd'hui, intelligent, vif, rusé et drôle, inventant des histoires délirantes et prêt à toutes les plaisanteries. Truffaut restait silencieux mais dès qu'il ouvrait la bouche tout le monde se taisait et écoutait. Critique déjà respecté, il avait une influence sur le public et ses coups de griffe étaient redoutés par toute la profession. Godard fumait ses cigarettes en papier maïs et lançait des répliques désopilantes d'un ton sinistre. Son faux air de Buster Keaton, sa personnalité énigmatique, un rien inquiétante, et son intelligence me fascinaient. Charles Bitsch était plus réservé, il semblait épaté par les autres. Rivette était notre penseur, celui qui avait la culture du cinéma la plus approfondie, alliée à une mémoire d'éléphant. Avec son pantalon et sa veste trop large que je lui ai vus pendant vingt-cinq ans, il avait un petit côté notaire de province. Sûr de ses jugements, souvent autoritaire, il était clair et précis et avait souvent raison. Malheureusement pour lui, devant les femmes, cette belle assurance s'effondrait et il se montrait très timide. Fils de pharmacien, il était un peu trop resté dans un bocal... Se joignait également à nous Alain Cavalier, discret et sensible, au tendre regard bleu. Sa compagne, Denise de Casabianca, était monteuse de films. De temps à autre, nous allions chez Resnais, rue des Plantes, dans son petit appartement envahi de livres sur lesquels on s'asseyait. Alain était gentil, très courtois et très élégant avec ses pull-overs beiges ou gris ; il n'a pas changé. Assez rétif à l'esprit de bande, il gardait une certaine distance avec nous mais semblait heureux de rencontrer Godard, Truffaut, Chabrol, ayant très vite compris l'étendue de leur talent. Il les écoutait puis leur parlait sans conseils ni jugements, et son œil s'allumait de temps en temps avec un petit sourire moqueur.

On ne voyait André Bazin qu'aux *Cahiers du cinéma.* Je me souviens d'un homme très nerveux, un peu voûté, avec un visage creusé, un grand front, le teint très pâle, des yeux clairs et fiévreux. Extrêmement généreux, bourré d'humour, il était d'une droiture et d'une rigueur que seule égalait sa passion pour le cinéma. Dans ses enthousiasmes comme dans ses indignations, il redevenait un adolescent batailleur, ne lâchant pas le morceau, convaincu de ses choix. Il aimait beaucoup Truffaut, qui était devenu son fils adoptif et spirituel. François, d'ailleurs, habitait chez lui. Nous fréquentions aussi Jacques Doniol-Valcroze, Jean Douchet, et surtout Éric Rohmer. Maigre, long, silencieux, on aurait dit un moine jésuite, avec un regard à la fois fuyant et empreint d'une terrible détermination.

Tous, ou presque, partageaient une rigueur qui confinait au puritanisme, une morale assez sévère et peu de sentiments pour les marginaux. Cocteau seul échappait à leur jugement. Ils avaient beaucoup de tendresse pour lui, et je me souviens que Truffaut et Godard lui vouaient une véritable admiration. Ils étaient tout à la fois égoïstes et individualistes, chacun avait des idées originales mais bien arrêtées ; ils supportaient mal la contradiction. Mais ils partageaient une passion, le cinéma, et avaient la volonté commune de le renouveler, de le réinventer, avec une énergie, une fougue, une détermination semblables à celles des révolutionnaires. Leur personnalité, on le voit aujourd'hui, ne pouvait les conduire qu'à suivre chacun leur chemin, mais vivre avec eux le temps qu'ils transforment le cinéma, vivre au milieu de ces continents appelés à se séparer, fut pour moi une expérience fascinante et inoubliable.

Une nuit chez Jacques Demy

J'avais été promu « leur acteur », j'étais leur chouchou, leur récréation, leur petite musique de jour et de nuit. Je les faisais rire, et ils me promettaient tous de me donner le rôle de ma vie. Lorsque nous regardions un film ensemble et qu'un acteur leur plaisait particulièrement, ils me disaient : « Tu vois, tu pourrais faire cela. » Ils me comparaient à Cary Grant, à Jack Lemmon.

Un jour qu'ils devaient rencontrer un jeune réalisateur, j'en profitai pour aller voir une comédie, histoire de me détendre un peu des films sérieux auxquels ils me conviaient ! Comme prévu, je les rejoignis plus tard rue Lepic. Je sonnai et entrai dans une pièce immense qui servait à la fois de chambre, de salle à manger, de salon, de bibliothèque et de bureau. Ils fumaient tous comme des pompiers, et un garçon que je ne connaissais pas, le propriétaire des lieux, fendit le brouillard pour venir à ma rencontre. Avec un sourire de collégien, il me tendit la main.

« Demy ! »

Et moi, du tac au tac :

« Brialy ! »

Puis, d'une voix très douce, il me dit :

« Je n'ai pas grand-chose à vous offrir, vous avez mangé ?

– Pas encore...

– Si vous voulez, il reste un morceau de poulet et un peu de mousseux. »

Pour les autres, mon arrivée sonna l'heure de la récréation. Ils me demandèrent ce que j'étais allé voir, et en guise de réponse je leur rejouai le film en le caricaturant. Cela dura un bon quart d'heure, et, après avoir bien rigolé, ils retournèrent à leur conversation. Vers minuit, la soirée s'éternisant – ils parlaient du symbolisme au cinéma –, je me levai et demandai un pyjama à Demy. Surpris, croyant d'abord que je plaisantais, il me montra un tiroir dans lequel je trouvai mon bonheur. Sans plus attendre, j'enfilai le pyjama, me couchai et m'endormis illico. Le lendemain matin, lorsque je me réveillai, ils étaient tous partis. Demy, n'osant pas me réveiller, avait passé la nuit recroquevillé dans un fauteuil. Complètement ankylosé, il parvint tout de même à m'apporter un petit déjeuner. C'est ainsi que je fis sa connaissance et, peut-être à cause de cette nuit terrible pour lui, ne tournai-je pas *Les Parapluies de Cherbourg*, moi, jeune premier pourtant idéal !

Stagiaire sur *French Cancan*

François Truffaut, qui avait noué de vraies amitiés avec les metteurs en scène qu'il admirait, me fit trois lettres de recommandation, une pour Jean Renoir, l'autre pour Max Ophüls et la troisième pour Jacques Becker, que je rencontrai quelque temps plus tard. Très élégant, habillé comme un lord anglais, très drôle, toujours en train d'écrire, il préparait alors un scénario sur les mésaventures d'un marchand de canons qu'Orson Welles devait interpréter. Becker voulait que je joue non pas le héros, rôle qu'il réservait à Delon, mais son copain marrant et sympathique. J'allais chez lui l'après-midi, rue de la Faisanderie, et il me lisait les pages qu'il avait écrites. Malheureusement, le film ne se fit pas. Je ne vis Max Ophüls qu'une fois, mais cela suffit pour que je tombe complètement sous le charme. Il était chauve, un peu rond, très viennois, pas commode du tout. Il préparait alors *Lola Montès* et me promit, par amitié pour Truffaut, de me dénicher un rôle dans un prochain film. Hélas, il mourut trop tôt. Jean Renoir, lui, m'embaucha comme stagaire assistant sur le tournage de *French Cancan*. Sur le plateau, il était incroyable. Il montait sur les chaises, dansait, mimait chaque mouvement d'acteur, endossait tous les rôles. Après chaque scène, il criait que c'était épatant mais qu'il faudrait peut-être refaire encore une prise, pour voir. Il bougonnait ensuite dans son coin, se penchait discrètement vers son assistant, lui murmurait à l'oreille qu'Untel était maladroit puis félicitait le même acteur avec une emphase qui n'avait d'égale que sa mauvaise foi. Il mentait comme il respirait, magnétisant tout le monde. Avec Jean Gabin, ils se regardaient et se comprenaient immédiatement, sans avoir à prononcer aucune parole. Un seul regard suffisait à Renoir pour faire savoir à Gabin ce qu'il attendait de lui tant la complicité entre les deux hommes était grande. C'était étonnant à observer.

Avec toutes ces nouvelles fréquentations, ma solitude, en cette année 1955, se dissipa peu à peu, d'autant que je continuais à fréquenter le monde du théâtre. C'est alors que Jean, qui me prêtait sa chambre rue de Maubeuge, termina son armée. Il me fallait trouver un autre point de chute. Pierre Lhomme, que je voyais beaucoup à cette époque, me proposa de venir vivre avec lui dans l'appartement que lui louait son oncle rue d'Enghien. Nous aurions chacun notre chambre et pourrions disposer d'une cuisine et d'une salle de bains. Il travaillait déjà comme assistant opérateur et gagnait sa vie, moi, j'essayais de me rendre utile en faisant le ménage et les courses...

Cette même année 1955, j'appris par des comédiens qu'une audition avait lieu pour *Le Barbier de Séville*, monté par Douking. Je me rendis au Studio des Champs-Élysées où plus de cinquante personnes attendaient déjà pour le rôle. Je réussis de justesse à m'inscrire dernier sur la liste. N'ayant pas de partenaire pour me donner la réplique, je demandai à une fille qui passait dans le couloir de jouer avec moi. Douking me trouva épatant et me signa un contrat... sur la rampe de la scène ! Quatre cent cinquante francs par mois, c'était mon premier contrat de théâtre. Les répétitions commencèrent dans un hangar, puis, Douking ayant été nommé directeur de la Comédie de Paris, il céda la mise en scène de la pièce à son assistant, qui convoitait depuis le début mon rôle de Figaro. Le jour du départ de la tournée, lorsque j'arrivai au lieu de rendez-vous, mon baluchon sous le bras, prêt à vivre trois ou quatre mois d'aventure, le car était parti sans moi. L'assistant m'avait volontairement donné la mauvaise heure pour pouvoir récupérer mon rôle ! Dans un état de dépression et de rage épouvantables, je courus au syndicat pour dénoncer le non-respect de mon contrat et cette terrible entourloupe. On me prit mon contrat et, après six mois de silence, malgré de constantes réclamations, on m'annonça qu'on avait perdu mon dossier...

À la même époque, je revis au centre de la rue Blanche Jean-François Adam, que j'avais connu quand il était au festival d'Angers. Il avait douze ans, alors, et jouait le petit prince de Galles dans *Richard III.* À présent, il en avait dix-sept et était passionné de cinéma. Nous devînmes très amis et décidâmes de monter des spectacles avec des élèves de la rue Blanche. On joua ainsi *Les Caprices de Marianne*, *La Peur des coups* et *La Paix chez soi.* Je n'ai pas oublié ma partenaire de *La Peur des coups*, une jeune élève blonde, provinciale, très timide, très douce et ravissante : elle s'appelait Marie Dubois.

Quelque temps plus tard, grâce à Jean-François Adam, je fis mes glorieux débuts sur scène dans une pièce un peu simplette, *Mirzou*, dont les deux vedettes étaient Robert Burnier, homme d'opérette très connu à l'époque, et Nathalie Nattier, belle femme aux pommettes russes, que j'avais vue dans *Les Portes de la nuit.* La première eut lieu au théâtre de

Rouen devant un public bon enfant. Après le spectacle, dans le placard qui me servait de loge, j'eus la surprise d'y trouver douze roses rouges accompagnées d'une carte : « le directeur ». Je n'avais jamais vu cela de ma vie ! Mon premier théâtre, mon premier directeur, mes premières roses !

Rencontre avec Boris Vian et Albert Camus

En 1956, je fis un peu de figuration, mes premiers pas à l'écran, sous la direction de Jean Delannoy, la bête noire de mes amis des *Cahiers* ! J'avais déménagé de chez Pierre Lhomme et, grâce à l'argent gagné pendant des tournées et à la complicité de mon copain Sacha Briquet, j'avais pris une chambre de bonne plus confortable square Moncey. À cette époque, je sympathisai avec Virginie Vitry, sœur de Judith Magre, jeune fille blonde, ravissante, au corps de sportive, qui voulait se lancer dans la chanson. Grâce à elle, lors de soirées complètement folles, je rencontrai des êtres merveilleux, tel Boris Vian, qui était l'un de ses intimes. Doux, très pâle, mesuré et calme, il était fascinant comme un serpent et nous racontait des histoires étranges et surréalistes. Son appartement ne désemplissait pas de copains peintres, musiciens qui jouaient de la clarinette ou du saxo, c'était à la fois bohème et politique, intellectuel, toujours très drôle.

Virginie était aussi une amie d'Albert Camus, qu'elle me présenta. Nous buvions souvent des verres ensemble ; je ne me rendais pas très bien compte de son talent et de sa grande notoriété. Albert me faisait rire, il adorait les blagues et aimait passionnément le cinéma, les artistes et les acteurs. En fait, je voyais plus en lui l'éternel étudiant que l'auteur immense de *La Peste*. Son visage était étonnamment changeant : lorsqu'il prenait un air grave, il avait tout de l'écrivain sérieux et engagé qu'il était, mais, quand il riait, il avait vraiment quatorze ans ! Il adorait les canulars et pouvait se montrer le plus déchaîné d'entre nous. Je me souviens que pour s'amuser il monta même sur scène lors d'une de nos tournées ! J'avais décidé d'aller en Allemagne pour jouer *Les Amants terribles*, une pièce de Noel Coward, avec Virginie Vitry, Sacha Briquet et Geneviève Cluny. Albert Camus lut l'adaptation de Coward et la remania quelque peu, sans évidemment la signer. Il nous donna de précieuses indications de mise en scène et exprima le désir de transformer le rôle de la domestique en valet de chambre, afin qu'il puisse lui-même l'interpréter lors de l'une des représentations !

Rentré à Paris, j'appris qu'on passait une audition au théâtre Michel pour *L'Or et la Paille*, une pièce de Barillet et Grédy, mise en scène par Jacques Charon. Je l'avais connu au festival d'Angers, où il avait monté *Richard III*, pièce dans laquelle je faisais de la figuration alors que Jean Marchat tenait le rôle-titre. *Richard III* était une pièce impressionnante pour laquelle on avait engagé des goumiers marocains qui jouaient les gardes et les soldats. Je revois encore Jean Marchat, énorme, aux allures d'inspecteur des finances, personnage imposant que tout le monde respectait et craignait un peu. Le soir de la représentation, les trompettes résonnèrent dans le ciel d'Angers et annoncèrent l'arrivée de *Richard III*. Jean Marchat, qui interprétait le roi bossu, descendit alors les marches de pierre sur chacune desquelles un goumier tendait sa torche à bout de bras. Boitant et la couronne de travers, le roi d'Angleterre stupéfia les petits gardes. En effet, pendant cette descente de l'escalier, Marchat leur palpa le haut des cuisses, les uns après les autres, si bien que, pendant toute la progression jusqu'au parvis, on entendit une série de petits gloussements et d'exclamations étouffées !

Charon était un véritable chef d'orchestre, un homme plein d'énergie et de capacité de travail. Levé très tôt, il courait dans tous les sens, prenait toutes les initiatives, et, malgré cette hyperactivité, il était toujours de bonne humeur et d'une grande générosité. Je me souviens qu'il invitait régulièrement dix à douze personnes à déjeuner ou à dîner ;

c'était la « bande à Charon », une bande d'acteurs, dont le comportement contrastait avec le côté très solennel du festival. Sur scène, ils nageaient en pleine tragédie, mais, dans la journée, ils redevenaient de vrais gamins, prêts à toutes les bêtises, se battant avec des boulettes de pain ou s'envoyant des yaourts à la tête. Si bien que, lorsque j'appris qu'il y avait une audition avec Charon, j'y allai de bon cœur. Je passai ma scène de façon assez décontractée. Charon et Mlle Parisys parlèrent à voix basse, comme de coutume, j'entendis leurs chuchotements, et puis le régisseur vint me dire : « Vous êtes bien, mais vous êtes trop jeune pour le rôle. » Je partis, un peu dépité. Le soir, j'allai attendre Chabrol et Truffaut au café de la Comédie.

Tout à coup, le téléphone de la cabine sonna. Mme Bitsch m'appela et me dit : « Il y a une certaine Mlle Parisys qui voudrait vous parler. » Toute ma vie, je me rappellerai de ses paroles : « Il ne faut pas vous décourager, mon garçon, vous avez du talent, vous êtes jeune, c'est vrai, mais vous allez faire une carrière, moi, je vous le dis, je connais les hommes ! » C'était tellement généreux et inattendu que ces quelques mots me donnèrent du cœur au ventre pour longtemps.

Premiers films, premier doute

À la fin de l'année 1956, Jacques Rivette me fit jouer dans son court-métrage, *Le Coup du berger*, produit par Claude Chabrol. C'était une petite fable très drôle, filmée dans un appartement parisien. Malheureusement, aux rushes, je me trouvai décevant, moche et sans intérêt. Si certains me reconnaissaient du charme dans la vie et sur une scène, il ne semblait pas passer au cinéma. Le doute m'envahit brusquement, bien que tous les autres, indulgents, m'aient jugé parfait. Quelque temps plus tard, en sortant des *Cahiers du cinéma*, je croisai Éric Rohmer, qui m'arrêta.

« Voulez-vous tourner avec moi ?
– Bien sûr !
– Alors, on commence dans trois jours... »

C'était parti pour *La Sonate à Kreutzer*. Rohmer jouait le mari, son épouse, la femme, et moi l'amant. Si, encore une fois, je me trouvai décevant à l'écran, la mise en scène de Rohmer, son intelligence, sa façon de filmer étaient fascinantes. Il me redonna confiance en moi, ce qui me permit de passer avec succès l'audition pour le film *L'Ami de la famille*. Virginie Vitry m'avait averti qu'un de ses amis, Roland Girard, cherchait un jeune homme pour jouer avec Darry Cowl dans un film de Jack Pinoteau. Je me rendis donc avenue Rapp et passai une scène devant la productrice et le réalisateur. Ils rirent beaucoup et finalement nous restâmes cinq en lice... dont Jean-Pierre Cassel et Guy Bedos ! Après réflexion, et sans doute un peu de piston, je fus retenu pour jouer le fils de Raymond Bussières et d'Annette Poivre, le neveu de Micheline Dax, le frère de Pascale Audret et le fiancé de Béatrice Altariba ! *L'Ami de la famille* fut mon premier vrai film, mon premier vrai rôle.

Jean Cocteau, cet astre scintillant

Jean Marais était devenu directeur artistique du théâtre des Bouffes-Parisiens et, cette année-là, il montait *La Machine infernale*, spectacle qu'il avait emmené en tournée avec une nouvelle distribution : Elvire Popesco jouait Jocaste et Jeanne Moreau le Sphinx. Je profitai de l'occasion pour me présenter devant Jean Marais, qui me reconnut et me donna deux places pour voir la pièce. Je fus littéralement enchanté. Popesco était magnifique, imprévisible, mais Jeanne Moreau me toucha au cœur. La voix de Jeanne dans les longs et périlleux monologues était comme un poème, un éblouissement. Je demandai l'autorisation à l'habilleuse de Jean Marais de venir de temps en temps dans les coulisses. Elle dit oui tout de suite parce qu'elle m'aimait bien... et qu'elle me trouvait bien élevé. Je dois avouer que savoir dire bonjour, au revoir et merci m'a toujours beaucoup servi dans la vie !

Je quittai donc la loge des Nouveautés pour m'installer dans celle des Bouffes-Parisiens. J'allais m'y réchauffer et voir passer le Tout-Paris. Je me souviens, dans la loge de Jean Marais, d'une photo de Marlene Dietrich où elle posait en robe de scène avec des éclairages 1930, la bouche entrouverte, les yeux mi-clos, très sophistiquée. Elle avait écrit : « À toi Jeannot. La reine du pot-au-feu, Marlene ». Cette loge ressemblait à une roulotte, la porte toujours ouverte, on pouvait boire, fumer – Jean aimait donner et partager ce qu'il recevait. Moi, dans mon coin, j'assistais, émerveillé, à tout ce va-et-vient. Jusqu'au jour où je vis entrer un magicien. Avec Jean Cocteau, le soleil inondait la loge. Je n'en croyais pas mes yeux : ce physique étrange, maigre, long, taillé à la serpe, il avait des mains très fines, transparentes, un visage anguleux, des yeux fiévreux qui regardaient tout, qui voyaient tout, les cheveux frisés et hérissés sur la tête, superbement élégant, les manchettes relevées sur les poignets. Son intelligence, son extraordinaire connaissance scintillaient comme des morceaux d'étoile ; il possédait le sens du théâtre et de la vie. Où qu'il aille, où qu'il soit, il avait besoin de faire un mot d'esprit, il brillait du lever au coucher, et j'imagine que son sommeil et ses rêves étaient chatoyants... Il m'a complètement enivré. Un jour qu'il pleuvait des hallebardes, il arriva au théâtre à la fin du spectacle et entendit les applaudissements dans les haut-parleurs des coulisses. Je me souviens encore de sa réflexion : « Il pleut, il pleut, cette pièce a beaucoup plu ! »

Il aimait tellement s'amuser ! Il était la grâce personnifiée. On avait sans cesse l'impression qu'il allait sortir de ses poches des mouchoirs de couleur, des pigeons, des colombes. Il avait toujours une histoire aux lèvres, il était à la fois tendre, affectueux, mais aussi capable de vous décocher une flèche empoisonnée. Plus tard, lorsque je le connus mieux, je compris la vraie gravité qui se cachait sous cette fantaisie qui agaçait, qu'on lui reprochait, et qu'on lui reproche encore. Humble et généreux, il était bon et détestait la méchanceté.

Les petits papiers de Godard

Début 1956, je commençai donc *L'Ami de la famille* à Boulogne-Billancourt, avec Darry Cowl, type bourré de charme, très professionnel, inventant un gag toutes les secondes, et fumant cigarette sur cigarette. Jack Pinoteau adorait s'amuser, lui aussi, et le tournage se passa dans une ambiance familiale très décontractée. Je touchai là mon premier cachet de cinéma, deux cent mille anciens francs. Le film terminé, Godard me demanda de jouer dans son court-métrage, *Tous les garçons s'appellent Patrick.* Nous tournâmes rapidement dans les jardins du Luxembourg avec deux filles de rencontre qu'il avait connues chez Marc Allégret, avec qui il habitait. Le tournage m'enthousiasma. Godard ne disait pas « on va faire un court-métrage ou un film », mais « j'ai un truc, là, on va essayer d'en faire quelque chose ». Ses poches débordaient de petits bouts de papier sur lesquels il inscrivait des idées, des « trucs » en gestation, souvent des variations géniales sur un thème tout simple.

Pour *Tous les garçons s'appellent Patrick*, il me confia simplement qu'il avait « un truc sur un mec et deux filles ». Je n'en sus pas plus jusqu'au tournage, il fallait lui faire confiance. D'ailleurs, personne n'aurait eu l'idée de lui parler de psychologie ou de rapports entre les personnages. Il sortait un minuscule papier, pour ne pas dire qu'il le tirait au hasard de sa poche, de son paquet de cigarettes ou de sa boîte d'allumettes, et me le tendait : « Tiens, tu vas dire ça ! » Il suffisait juste de faire ce qu'il disait, rien d'autre, un point c'est tout. Heureusement, il savait parfaitement où il allait. Avec sa Boyard jaune entre les doigts, ses verres fumés qui masquaient son regard et sa voix blanche et traînante, on le sentait à la fois très sûr de lui, complètement à ce qu'il faisait et ailleurs, inaccessible. Étrangeté qui ne me déplaisait pas et que je retrouvai avec plaisir, quelques années plus tard, dans *Une femme est une femme.*

Devant le succès rencontré par *L'Ami de la famille,* Pinoteau m'offrit de tourner la suite avec la même équipe, à Nice, cette fois, aux studios de la Victorine. J'allais voir la Côte d'Azur pour la première fois de ma vie ! Le tournage du *Triporteur* dura huit semaines. Je jouais un grand imbécile qui, dans un camping, tombait amoureux de Béatrice Altariba, qui, évidemment, préférait Darry Cowl, le héros du film. À la ville comme à l'écran, d'ailleurs. Je découvrais Nice, le vieux port, les petits bistros, le poisson, les fruits colorés, la mer, tout ce qui me rappelait un peu l'Algérie. Darry Cowl devint une grande vedette populaire grâce au *Triporteur,* dont le succès fut comparable aux films de Fernandel ou de Louis de Funès. De moi, on dit, au mieux : « Un jeune homme sympathique traverse l'écran. » Je me sentais parti pour une carrière de jeune homme charmant, bien élevé et un peu bourgeois.

Le rôle du « petit amant » de Dany Robin, c'est ce que Jacqueline Audry, la seule femme metteur en scène de l'époque, me proposa pour le remake de *L'École des cocottes.* Cette pièce de théâtre avait été créée et interprétée avant-guerre à l'écran par Raimu, sous la direction de Pierre Colombier. Le film réunissait une distribution éblouissante. Dany Robin, grande vedette de l'époque, jouait le rôle principal et Odette Laure était sa bonne copine. Bernard Blier interprétait le mari bourgeois trompé et moi j'étais l'amant de la belle Dany, le seul homme qu'elle aimait véritablement, mais qu'elle sacrifiait sur les conseils d'un aristocrate roublard joué par Fernand Gravey. L'action se passait en 1920, je portais un costume pied-de-poule avec un petit col en velours, ce qui me ravissait. Je fis surtout la connaissance de Bernard Blier, acteur rare et homme de grande qualité. On le disait d'un caractère difficile, mais je me souviens qu'il aimait boire, manger, faire des blagues, qu'il fut véritablement charmant avec moi et me donna beaucoup de conseils.

Fernand Gravey et sa nounou

Fernand Gravey, lui, me fascina littéralement. C'était un acteur typique de l'avant-guerre, très distingué, très anglais, une copie de Cary Grant, avec de petites moustaches et des sourcils qui se levaient à la moindre occasion. Il était très élégant, avait beaucoup d'esprit, portait admirablement le costume et se servait naturellement de la canne et du monocle devant la caméra. Sitôt la scène finie, il redevenait un homme modeste et effacé. Le couple qu'il formait avec Jeanne Renouart, ancienne actrice de théâtre de vingt ans son aînée, était étonnant à observer. Elle ne le quittait pas d'un pouce. À peine avait-il regagné son fauteuil qu'elle l'empêchait de fumer, et pratiquement de bouger ! Au déjeuner, elle lui apportait une simple tranche de jambon avec un peu de purée qu'elle préparait toujours elle-même. Ancienne directrice du théâtre Daunou, elle avait vu un jour arriver un jeune régisseur belge, Fernand Gravey, dont elle était immédiatement tombée amoureuse. Elle ne l'avait plus lâché pendant quarante ans et avait organisé toute sa carrière. Il l'admirait et se sentait redevable envers elle, ce qui expliquait sans doute qu'il acceptât tous ses excès. Son changement de comportement en sa présence me laissait sans voix. Il était comme un bébé devant cette vieille dame au petit nez pointu et au regard perçant, habillée comme une dame patronnesse. On racontait qu'elle se vantait de lui avoir sauvé la vie, ayant fait opérer l'acteur, gravement atteint à l'estomac selon elle... Raison pour laquelle elle surveillait strictement sa nourriture ! Le cher Fernand et son infirmière en chef se vouvoyaient, ce qui donnait lieu à des échanges incroyables, du style : « Faites attention,

Fernand, vous allez vous tacher. Enlevez votre veste, vous avez chaud... Couvrez-vous, il fait froid. » C'était insensé !

Quoi qu'il en soit, le film eut un beau succès à sa sortie. J'étais ravi d'avoir un peu trempé dans cette atmosphère d'avant-guerre de la grande époque du cinéma, où le troisième assistant allait frapper à la porte des acteurs en leur disant : « Monsieur, on vous attend sur le plateau ! »

5.

La splendeur d'Alain Delon

C'est cette même année que je découvris le festival de Cannes, grâce à Sylvaine Pécheral, que j'avais connue à Europe 1 lors d'un passage éclair à la station où je postulais – en vain – pour un job de meneur de jeu. À Cannes, elle m'ouvrit les portes des soirées, des cocktails, et je me laissai étourdir par le tourbillon des fêtes, des dîners, des rencontres, des vedettes et des scandales. Cocteau, qui était président d'honneur du festival, flottait au-dessus de cette agitation comme une divinité. Un après-midi que je prenais un verre à la plage sportive, je remarquai, dans le groupe de jeunes gens qui s'amusaient, un garçon magnifique, avec un regard, un rire, des gestes fascinants, un charme magnétique. J'interrogeai la patronne, Madeleine, qui s'occupait de la plage, mais elle ne le connaissait pas. Au bout d'un moment, je tentai d'engager la conversation avec l'inconnu, mais il m'envoya immédiatement balader. Têtu, je revins à la charge, différemment, cette fois, en faisant un vrai numéro de clown sur la plage. Et, là, victoire, il se mit à rire et me lança quelques boutades auxquelles je répondis aussi sec.

On devint copains tout de suite et il me raconta qu'il était à Cannes pour faire un peu la fête et qu'il traînait avec des amis de rencontre. C'est ainsi que je rencontrai Alain Delon. À partir de ce moment, on ne se quitta plus, sillonnant les rues de Cannes avec la petite MG verte décapotable que lui avait prêtée son amie, la comédienne Brigitte Auber, avec qui il vivait à Paris. Nous allâmes à Nice, à Monte-Carlo, écumant les boîtes de la Côte et les soirées dans toutes les villas des environs. Il connaissait tout le monde, les femmes et les hommes étaient fous de lui.

Alain, qui n'avait aucune envie d'être acteur, était à l'aise partout, décontracté, bohème, insouciant. Avec quelque chose d'insolent, voire d'inquiétant, un caractère bien trempé, cassant, capricieux, que sa beauté et sa générosité faisaient oublier. J'ai vécu avec lui dix jours de folie non-stop – Alain était de plain-pied dans la vie, n'avait aucune contrainte, aucune limite, et cette façon d'être déteignait sur moi, pourtant habitué à un rythme plus confortable, plus bourgeois. Il recherchait avant tout les moments d'exception et les rencontres magiques. Sa franchise et sa spontanéité étaient d'autant plus remarquées dans la ville du faux-semblant et du paraître ! Son charisme, son authenticité lui faisaient traverser toutes les situations à la manière d'un ange. À la fin du festival, nous étions amis et nous savions déjà que nous nous retrouverions à Paris.

Naissance des *Cousins* et du *Beau Serge*

Dès mon retour, je repris mes habitudes avec les copains des *Cahiers*. Chabrol arriva un jour au café de la Comédie, un peu plus excité que d'habitude, et nous dit qu'il avait pondu un scénario pendant la nuit qui relatait les aventures de deux garçons de vingt-cinq ans. Évidemment, je tendis l'oreille. Et j'entendis, comme dans un rêve, Chabrol dire qu'un des deux rôles, celui de Paul, était pour moi, qu'il s'était inspiré de mes qualités, de mes défauts, d'histoires que je lui avais racontées, de mes imitations d'Erich von Stroheim ! L'histoire des *Cousins* nous enthousiasma : c'était très moderne, « très nietzschéen », disaient mes amis, tout le monde était ravi. Claude n'avait bien sûr pas un sou pour tourner son histoire, ce qui ne l'empêcha pas de consigner sur la nappe en papier de la table du café : « Moi, Claude Chabrol, le plus grand metteur en scène du monde, engage Jean-Claude Brialy, le plus grand acteur du monde, pour tourner *Les Cousins.* »

Il ne mit pas de date mais signa et me donna le papier. Restait maintenant à trouver quelqu'un pour financer le film d'un inconnu, avec des acteurs débutants. Au même moment, à l'occasion de la sortie de *L'Ami de la famille*, François Truffaut fit un grand article très élogieux dans *Arts*, m'intronisant le Cary Grant français et disant que j'étais l'acteur moderne par excellence, drôle, spirituel, élégant. Cet article, bien malgré moi, m'attira les foudres d'un jeune acteur, Gérard Blain, qui venait de triompher dans *Voici le temps des assassins*, le film de Julien Duvivier, aux côtés de Jean Gabin et Danièle Delorme. Truffaut avait descendu ce film qu'il trouvait classique, du pur cinéma « à la papa », en consacrant une ligne à « un jeune homme parfait dans le rôle le plus difficile », seul point positif du massacre. Gérard Blain, grand admirateur de Truffaut, lui écrivit pour le remercier mais lui dit aussi que c'était scandaleux de faire une page entière sur un débutant dans un film aussi médiocre que *L'Ami de la famille* !

Lorsque je vis *Voici le temps des assassins*, je reçus un véritable choc devant la prestation de Blain : non seulement il était très beau, ressemblant plus à un acteur américain qu'à un acteur français, mais il avait une véritable personnalité, une intensité et une vérité rares. Chabrol, ne trouvant pas d'argent pour *Les Cousins*, était déjà parti sur une autre de ses innombrables idées : *Le Beau Serge*, un film à budget modeste qu'il tournerait dans la Creuse, dans la maison de ses grands-parents. Il nous raconta l'histoire d'un jeune campagnard un peu ivrogne, lié d'amitié avec un Parisien, une variation sur le thème de l'homme de la ville et l'homme des champs. Et il y avait à nouveau deux rôles : le problème de l'acteur qui jouerait le beau Serge se posait encore une fois. Je lui racontai alors la forte impression que m'avait faite Blain et lui proposai d'entrer en contact avec cette perle rare. Je me débrouillai pour dénicher le numéro de Blain et j'appelai. Une voix bourrue me répondit. Je le reconnus tout de suite !

« Pardon de vous déranger, je m'appelle Jean-Claude Brialy.

– Ah...

– Oui, je suis comédien moi aussi, et j'aimerais vous rencontrer car je vous ai vu dans *Voici le temps des assassins* et je vous ai trouvé formidable...

– Ah bon.

– Je voudrais vous parler d'un projet... »

Et, là, j'entendis :

« Je n'ai pas le temps, je n'aime pas les pédés ! »

Et il raccrocha. Sans me démonter, je rappellai illico.

« Vous savez, ce n'est pas une blague, j'ai un copain qui est metteur en scène, c'est d'ailleurs un copain de Truffaut...

– Ah, eh bien, j'aimerais bien le rencontrer, celui-là !

– Il s'appelle Claude Chabrol et vous devriez faire sa connaissance... »

Il se radoucit et me fixa rendez-vous dans un bar de Saint-Germain-des-Prés. Très méfiant, il me regardait de biais, avant que mon enthousiasme et ma passion ne le ramènent à de meilleurs sentiments. Il accepta une entrevue avec Chabrol, qui lui raconta le sujet du film. Il fut séduit et fut d'accord pour le jouer avec moi. Plus tard, il me confia qu'il avait quitté sa femme, la comédienne Estella Blain, pour une très jeune fille, originale et belle, qu'il avait connue à Nîmes et qu'il allait épouser. Il s'agissait de Bernadette Lafont, qui rêvait déjà de faire du cinéma, mais Gérard, jaloux et amoureux fou, ne voulait pas la perdre. Quand je vis Bernadette, je fus immédiatement séduit par sa beauté, son humour, sa liberté et son intelligence, et j'insistai auprès de Gérard pour que Chabrol la rencontre. Évidemment, Claude l'engagea immédiatement pour jouer la petite bonne, Bardot en herbe avec sa jolie moue boudeuse et sa voix qui semblait déguster les mots.

Deux hérissons pour Jeanne Moreau

En attendant le tournage du *Beau Serge*, prévu pour le début de l'année 1957, je continuai à hanter les coulisses des Bouffes-Parisiens, où se jouait alors *Pygmalion*, avec Jean Marais et Jeanne Moreau. La générale fut un triomphe, Jeanne Moreau connut un succès immense. Quelques jours plus tôt, j'avais fait un court séjour chez mes parents en Forêt-Noire, d'où j'avais rapporté pour Jeanne deux peluches en forme de hérisson, avec des cheveux rouges, un nez en trompette, très marrantes. Je demandais à Jean, à l'habilleuse, à tous ceux que je connaissais qu'on me présente Jeanne Moreau. C'était toujours : « On verra demain. » Mort de trac, je me rendis donc à la fin de la pièce devant sa loge, mon cadeau à la main. Elle arriva comme un tourbillon, suivie d'une bande d'amis et d'admirateurs venus la féliciter. Pris dans le flot de ses courtisans, je me retrouvai dans sa loge sans comprendre comment. Jeanne leva les bras en riant. « Allez, du champagne pour tout le monde ! »

Et moi j'étais là, sans voix, comme pétrifié. Elle sortit de derrière le paravent où elle s'était démaquillée et commença à embrasser tout le monde. Au moment de passer devant moi, elle s'arrêta et me demanda en souriant :

« Mais qui êtes-vous, vous ?

– Madame, je suis... »

J'expliquai, je balbutiai, je bafouillai :

« Je vous ai apporté un petit souvenir. »

Et je lui posai le cadeau dans les mains avant de partir en courant ! Le lendemain, m'ayant remarqué avec Jean et pensant que j'entretenais avec lui une relation particulière, elle lui demanda qui j'étais. Je revins dans sa loge, elle me fit asseoir, me remercia pour les hérissons. Elle fut adorable, elle espérait qu'on deviendrait amis et qu'on tournerait un jour ensemble. J'étais sur un nuage. Je sortis de sa loge avec des ailes, fou amoureux d'elle.

À l'époque, il était indispensable pour obtenir ma carte d'acteur professionnel d'avoir les signatures d'un parrain et d'une marraine symboliques. Je demandai donc à Jean Marais et à Jeanne Moreau de signer et ils m'acceptèrent comme filleul. Par la suite, je revis souvent Jeanne, nous parlions, je buvais parfois un verre dans sa loge où je voyais passer Cocteau. Jean adorait Jeanne. Il y avait entre eux quelque chose de magique, comme entre un père et une fille. Cocteau avait connu Sarah Bernhardt, Réjane, des monstres sacrés dont Jeanne, pensait-il, prenait le relais. Il l'appelait d'ailleurs souvent « ma Ré-jeanne ».

Jeanne venait alors de rencontrer un jeune metteur en scène, fils de famille aisée, Louis Malle. Il ne faisait pas partie du clan de la nouvelle vague mais avait remporté la palme d'or à Cannes pour un documentaire réalisé avec Jacques-Yves Cousteau, *Le Monde du silence*. Il était beau, charmeur, intelligent et très talentueux. Il avait engagé Jeanne pour le film qu'il préparait, *Ascenseur pour l'échafaud*. Elle me proposa de faire une apparition dans le film, juste un petit plan, plus un porte-bonheur qu'un véritable rôle. Je jouais un gigolo efféminé en couple avec Hubert Deschamps, ce qui m'avait rempli de rage. Jeanne et Louis avaient pensé à ce rôle pour moi, ils devaient donc me voir un peu comme ça, un p'tit mec sans véritable envergure, un marginal égaré. Moi, j'attendais avec impatience le tournage du *Beau Serge*, où j'avais enfin un vrai et grand rôle, où je pourrais prouver à Jeanne et à tous ce que je savais faire.

Les virées avec Delon

À Paris, je revis très vite Alain Delon. Il m'invita à venir dîner chez Brigitte Auber. Elle habitait dans un petit appartement du XVe qui donnait sur une cour intérieure avec de la mosaïque au sol et un jet d'eau marocain. Delon y vivait bien entendu comme un pacha et Brigitte était très amoureuse de lui. Après ce premier dîner à trois, Alain insista pour aller boire un dernier verre. Il était plus de minuit, je travaillais tôt le lendemain matin, j'aurais préféré aller me coucher. Mais il n'y eut rien à faire : « Toi, tu ne m'emmerdes pas, on va aller en boîte chez des copains, ce sera très bien. »

Comment résister à un fauve ? Brigitte prit son manteau pour nous accompagner, mais Alain l'arrêta.

« Non, toi, tu restes là, tu m'attends. »

Ils commencèrent à s'engueuler. La dispute durait. Au bout d'un moment, Alain se tourna vers moi et me jeta :

« Allez, on y va ! »

Nous sortîmes. Il retourna demander les clés de la voiture à Brigitte, qui, bien entendu, refusa de les lui donner.

« Ma voiture n'est pas un taxi ! »

Il revint rapidement vers moi, sortit de sa poche un petit revolver et tira tranquillement dans la serrure avant d'ouvrir la porte, de mettre le moteur en marche en trafiquant les fils et de me lancer :

« Alors, tu montes ? »

J'étais effrayé, ce type était fou ! On fit la fête toute la nuit, comme des dingues. Puis nous nous revîmes très souvent. Nous traînions ensemble. Quand j'avais des places pour l'Olympia ou pour le cinéma, il venait avec moi. Nous allions surtout à l'Élysée-Matignon, lieu de rendez-vous du tout-cinéma, où Marc Dantzer, un ex-jeune premier du cinéma français qui adorait les jeunes acteurs, m'offrait à boire. Yves Montand, Pierre Brasseur, Henri Vidal, Gérard Oury et Michèle Morgan s'y retrouvaient régulièrement. Un soir, vers minuit, je vis arriver un garçon d'environ dix-sept ans avec une veste de trappeur, des cheveux longs, les jambes un peu arquées. Il lui manquait le colt et le chapeau, on cherchait son cheval. C'était Johnny Hallyday ! Il venait de faire son premier gala et déjà toutes les femmes ne voyaient que lui. C'est dans ce bar que je fis la connaissance de Michèle Cordoue, la femme d'Yves Allégret. Elle se mit à me parler, mais c'était plutôt Alain qui l'intéressait. Tous deux sympathisèrent très vite, et au bout d'un moment j'entendis Michèle dire à Alain : « Écoutez, je suis la femme d'Yves Allégret. Il prépare un film et cherche un garçon comme vous. »

Alain rencontra donc Allégret, qui lui proposa de jouer dans *Quand la femme s'en mêle.* Ce fut son premier rôle, aux côtés de la grande Edwige Feuillère.

Le tournage épique du *Beau Serge*

Le tournage du *Beau Serge* commença au début du mois de janvier 1957. Il devait durer neuf semaines. Nous tournions dans la maison de famille de Chabrol, l'équipe était réduite au minimum, car il avait économisé autant qu'il le pouvait. Henri Decae, l'opérateur de Melville, un grand monsieur du cinéma en disgrâce à cette époque pour ses opinions de droite, épaulait Chabrol. Philippe de Broca, avec qui j'avais fait l'armée et qui sortait de l'IDHEC, était le premier assistant.

Sardent était un petit village rude et triste, avec une place et quatre cafés autour. La maison de Chabrol était haute de trois étages, confortable et silencieuse... en tout cas en début de tournage. Le couple Chabrol, Gérard Blain et Bernadette Lafont s'installèrent au premier étage. Ma chambre était au deuxième, à côté de celle de Philippe de Broca, qui était devenu l'amant de Michèle Meritz, la femme de Gérard Blain dans le film. Au troisième étage logeaient le régisseur, Jean Lavie, le second assistant, notre ami Charles Bitsch, et l'assistant de Decae, Alain Levant. Il régnait dans cette maison, comme sur le plateau, une vraie joie de vivre, une vraie complicité. Chabrol découvrait avec bonheur la pratique du cinéma au fil des plans qu'il tournait. Il était toujours très sûr de lui en dépit de son manque d'expérience. Le monde extérieur semblait ne plus exister, seul le film comptait pour nous. Les neuf semaines furent extraordinaires de concentration, de complicité et de passion.

Je n'ai pas oublié non plus la température sibérienne de ce village, en plein hiver ! Il neigeait sans cesse, ce qui rendit le tournage physiquement très dur. Mais rien ne nous arrêtait. Chabrol suivait fidèlement le scénario qu'il avait écrit en fonction des lieux et des gens du village qu'il connaissait bien. Tous jouaient leur propre rôle, étonnants de naturel. Avec quatre ou cinq jours de décalage, nous allions voir les rushes à Guéret. Ces plans muets, mal tirés, me désespéraient. Mon personnage me faisait l'effet d'un scout prude, jésuite, hypocrite sur les bords, totalement dévoré par celui de Blain. Lui avait une présence physique évidente, et il faisait passer une vraie tension intérieure extrêmement émouvante.

Bernadette et les garçons

Bernadette Lafont était la vie et la jeunesse incarnées. Elle avait une personnalité surprenante, complètement délirante. Très belle, infiniment drôle, l'insensée se promenait sur le tournage vêtue d'une blouse sans rien dessous, alors que tout le monde se gelait autour d'elle. Elle était la sensualité même, avec un corps de déesse, des rondeurs où il fallait, elle avait la beauté du diable. Nous nous amusions beaucoup ensemble. Très vite, Charles Bitsch tomba amoureux de Bernadette. Il n'y avait plus qu'elle au monde. Il maigrissait à vue d'œil, son visage était d'un joli vert pâle, elle l'avait totalement envoûté ! Malheureusement pour lui, Blain était maladivement jaloux et possessif, elle lui appartenait, personne ne devait la convoiter sous peine de l'offenser..., attitude qui se mariait mal avec l'indépendance naturelle de Bernadette. Elle était très amoureuse de lui mais ne supportait absolument pas d'être cloîtrée. Plus il lui posait des interdits, plus elle avait envie de faire le contraire : c'était sa nature, sa liberté passait avant tout.

Gérard montait régulièrement à Paris pour ses affaires, et, lors de ses absences, Bernadette s'ennuyait beaucoup. Un samedi, nous décidâmes d'improviser une surprise-partie et je fus chargé des disques et de l'animation. Les lumières tamisées, des groupes et des couples se formèrent. Charles, qui ne savait absolument pas danser, mobilisa l'attention de Bernadette en lui parlant de ce qu'il connaissait le mieux, le cinéma. Il lui fit une cour éperdue ! Il était plutôt du style à parler d'amour absolu, à faire vibrer les cordes romantiques de son âme. Tout le contraire de Blain ! Un peu par jeu et par désœuvrement, Bernadette invita son soupirant à danser. Le pauvre Charles se cramponnait à elle, il y eut un échange furtif de caresses, tout au plus un petit baiser, rien de bien méchant, en tout cas.

Lorsque Gérard revint, les machinistes, un peu bêtement, ne purent s'empêcher de lui raconter la scène de la veille. Blain devint tout d'un coup très grave et nous interrogea les uns après les autres. Nous essayâmes d'en plaisanter, mais lui, totalement insensible à notre humour, qui, au contraire, décuplait sa fureur, prit Bernadette par le bras, la traîna dans leur chambre et lui flanqua une raclée mémorable. Il redescendit et vint vers moi, plus violent que jamais. J'étais son ami, je lui devais la vérité. Avec toutes les précautions du monde, je tentai de lui expliquer qu'elle avait effectivement un peu rigolé avec Charles, mais de façon tout à fait innocente, comme elle l'aurait fait avec moi. À ce moment-là, Charles s'avança vers Gérard et lui dit solennellement : « Voilà, je suis fou de ta femme, je comprends que la situation soit invivable, je quitte donc le film ! »

Les semaines qui suivirent furent un enfer. Bernadette ne voulait plus partager la chambre de Gérard, qui se mit à boire tout ce qui lui tombait sous la main. Les rapports des deux personnages devenant, dans l'histoire, de plus en plus tendus et violents, cela n'arrangea pas l'atmosphère passablement crispée ! Complètement éméché, Gérard faisait de véritables crises d'hystérie, il voulait tuer Bernadette au couteau parce qu'elle se refusait à lui, personne ne pouvait le calmer. Chabrol me demanda alors de l'héberger dans ma chambre. « Tu sauras le calmer, me dit-il, il t'aime beaucoup, et puis tu vas le faire rire, le détendre, et, comme vous tournez ensemble tout le temps, ce sera bon pour le film... »

Gérard s'installa dans ma chambre, sur un grand lit en

bois qu'on lui avait monté, dans lequel il passait ses nuits, recroquevillé, à pleurer comme un enfant. Le jour, il assumait son personnage, homme de la campagne viril et fort, et, la nuit, il craquait et se confiait à moi. J'essayais de distraire son attention, mais il n'y avait rien à faire.

Deux journalistes vinrent de Paris pour nous interviewer, deux égarés, sans doute, tant l'aventure du *Beau Serge* semblait peu intéresser la capitale ! Gérard Blain étant le « moins inconnu » d'entre nous, c'est lui qui répondrait aux questions de la presse. La veille, je lui avais demandé de ne pas être violent, d'être aussi courtois que possible avec eux. Les types arrivèrent au moment où nous tournions la fameuse scène du bal. Je crois que je m'en souviendrai toute ma vie. Blain était allé boire en cachette, il revint, l'air fermé, les journalistes le saluèrent, il ne répondit pas. Ils voulurent prendre des photos du bal, et il accepta. La musique démarra, Gérard attrapa violemment Bernadette par le bras, l'entraîna dans une valse chaloupée et, tout d'un coup, baissa son pantalon pour saluer l'assistance. J'ai cru que le photographe allait s'évanouir ! Puis il partit en courant se réfugier dans une grange. Ivre mort, il s'était emparé d'une serpe et menaçait tous ceux qui tentaient de s'approcher. Chabrol essaya de le raisonner à distance, puis Michèle Meritz, en vain. Alors je m'approchai de lui comme on le fait avec un fauve enragé, il avait des yeux de fou, je m'assis près de lui et lui dis tout ce que je pensais : qu'il était un acteur formidable, qu'il se détruisait, qu'il allait foutre le film en l'air. Mon laïus dut l'émouvoir, il lâcha sa serpe et nous revînmes vers les autres.

Le soir, il m'avoua la vérité : il ne pouvait plus supporter la solitude, la vie sans Bernadette l'angoissait. Il me fit promettre de venir vivre avec lui après le tournage, en attendant *Les Cousins*, qui devaient, si tout allait bien, démarrer l'année suivante, avec nous deux dans les rôles principaux.

Durant cette même scène du bal, Gérard devait, dans un moment de colère, m'envoyer un coup de poing. Par peur de me faire mal, il n'arrivait pas à me frapper vraiment, il me ratait chaque fois. Chabrol multipliait les angles de manière que le spectateur puisse croire à un vrai coup de poing, mais ce n'était jamais crédible. J'eus alors la très mauvaise idée de faire boire Gérard, pensant qu'une fois ivre il deviendrait violent et arriverait à m'envoyer valser. Je crois que je reçus, ce jour-là, le plus grand coup de poing de ma vie ! On me retrouva par terre à dix mètres, évanoui sur le sol gelé. Le médecin du village, appelé pour me réanimer, se contenta de prescrire des massages au Synthol, mais on dut interrompre le tournage pendant trois jours. En fait, deux vertèbres avaient été fortement endommagées, ce qui me valut plus tard une belle opération et une année entière dans une carapace de plâtre !

Malgré tout, *Le Beau Serge*, mon premier rôle important au cinéma, est certainement le tournage que j'ai le plus aimé de toute ma carrière. Chabrol fut la bonhomie même, toujours drôle et détendu. Il écouta les confidences de chacun, raccommoda les uns avec les autres, je crois qu'il aurait donné des leçons de diplomatie et de navigation à Talleyrand ! C'était son premier film et il se coulait avec une aisance et un instinct incroyables dans la peau du metteur en scène. D'emblée, il trouva ses marques. Nous fêtâmes la fin du tournage avec tous les gens du village, dans tous les cafés. Puis Chabrol prit ses bobines sous le bras et nous remontâmes à Paris avec une tranquillité étonnante. Claude avait notre confiance absolue, on était persuadés qu'il tirerait le meilleur parti de notre travail.

De retour à Paris, j'emménageai chez Gérard Blain, comme je le lui avais promis. Malgré son caractère difficile, Gérard était un type plein de qualités, intelligent, sensible, très droit, et j'étais heureux de lui rendre ce service. Rue des Sablons, il habitait une très grande pièce dans laquelle il avait installé deux lits. Nous partagions les frais et nous nous répartissions les travaux ménagers. Pour préserver notre vie sentimentale – ou purement sexuelle, les deux n'allant pas toujours de pair –, nous étions convenus d'un signal : lorsque le géranium était sorti sur le balcon, il valait mieux aller faire un tour et revenir un peu plus tard !

Gérard était obsédé par sa virilité. Il voulait absolument entretenir sa réputation de don Juan, d'homme à femmes. Il draguait les filles partout, dans les rues, dans les cafés, même au téléphone. Il lui arrivait d'ouvrir l'annuaire et de poser au hasard son doigt sur la page. S'il tombait sur un prénom féminin, il appelait et disait : « Allô ! Sabine, c'est Gérard Blain, est-ce que vous voulez venir prendre un verre avec moi ? » Le plus incroyable c'est que neuf fois sur dix ça marchait !

Christine : la rencontre d'Alain Delon et de Romy Schneider

Quelque temps plus tard, je reçus un coup de fil de Delon, qui me demanda quand je commençais le tournage des *Cousins.* Je lui expliquai que ce n'était pas pour tout de suite et il me coupa en disant : « Très bien. On me propose de tourner *Christine*, un remake de *Liebelei*, d'Ophüls, mis en scène par Pierre Gaspard-Huit. Le film se fera à Vienne. J'ai été choisi par la jeune première qui est une grande star là-bas, Romy Schneider. Je dois faire des essais pour le rôle principal. Il y a un rôle pour toi dans le scénario, il faut que tu viennes avec moi. » Évidemment, je lui répondis que le producteur et le metteur en scène avaient déjà dû choisir la distribution, mais il insista : « Tu vas voir. Je vais leur parler de toi, ils vont te prendre. »

Il me traîna devant le producteur, me présenta comme un acteur exceptionnel, la révélation à ne pas manquer. L'autre ne voulait pas entendre parler de moi. Peu après, Alain m'informa que Romy Schneider était attendue à Paris pour des essais de costumes et qu'on lui avait demandé d'aller l'accueillir à Orly. « Tu parles allemand, moi pas, viens avec moi ! » Je le suivis donc à l'aéroport, il me colla dans les bras le bouquet de roses que la production avait préparé et l'on attendit. Romy descendit de l'avion, dit bonjour à Alain, puis le producteur et le metteur en scène se précipitèrent sur elle et l'emmenèrent. Elle serra trois secondes les roses sur son cœur pour les photos et me rendit le bouquet !

L'après-midi, Alain et Romy répétaient la scène du bal. Alain était raide comme un manche à balai, il ne savait absolument pas danser. En revanche, Romy était très gracieuse. Ce jour-là, j'assistai à la naissance d'une passion : Alain, gauche et maladroit, Romy, légère et rieuse, la valse viennoise, leurs premiers regards, il se passait vraiment quelque chose de magique entre eux. Romy demanda à Alain s'il voulait bien lui faire visiter Paris le soir. Elle avait dix-huit ans, ne parlait pas le français, lui ne comprenait rien à l'allemand, je faisais l'interprète, je traduisais et lui recevait les baisers ! Alain accepta donc et l'invita à dîner. Elle s'imaginait déjà à Montmartre, dans un petit bistro romantique, quand Alain trancha brusquement : « On va aller tous les trois au Lido ! »

Je le traitai de fou, elle avait manifestement envie d'être seule avec lui, et puis la note du Lido serait très au-dessus de nos moyens ! Rien à faire, le prince avait décidé. Nous voilà donc partis pour le Lido dans nos costumes du dimanche. Alain commanda évidemment ce qu'il y avait de plus cher : champagne, foie gras, langouste... J'étais terrorisé ! Il allait danser avec Romy, revenait, buvait, repartait, moi, j'étais bloqué sur ma chaise en attendant le couperet de la guillotine. Vint le moment tant redouté, Alain se tourna vers moi et me dit : « Demande l'addition. »

Ce que je fis. Bien entendu, le serveur me la mit devant le nez. Discrètement, je soulevai la moitié de la note et je lus une somme astronomique, l'équivalent d'un mois de salaire ! Alain avait beau connaître Guérin, le directeur du Lido, il fallait quand même payer.

Il me dit alors : « Ne fais pas cette tête-là, tu n'as pas passé une bonne soirée ? Tu n'es pas bien, ici ? »

Romy riait, heureuse, étrangère à mon problème. Je montrai alors discrètement la note à Alain pour qu'il prenne conscience de l'ampleur des dégâts, mais lui, d'un geste impérial, prit l'addition, jeta un regard méprisant sur le total et lança : « Et alors ? »

Romy comprit tout à coup, elle regarda l'addition et signa la note pour nous sauver. Nous repartîmes tous les trois en taxi. Arrivé devant le Regency, l'hôtel de Romy, Alain me demanda discrètement si j'avais assez d'argent pour le retour, signe que ma mission était terminée et que, pour ce qui suivrait, ils se passeraient d'interprète. Je les laissai donc là et rentrai rejoindre Blain, à qui je racontai nos mésaventures.

Vers la fin de la période d'essai, Alain insista auprès de Romy pour me faire inviter au déjeuner que donnait le producteur. Pendant tout le repas, il vanta mes qualités, persécuta le producteur, le réalisateur, tout le monde. Finalement, il demanda à Romy de m'imposer. La production ne pouvait pas résister à une star et c'est ainsi que, contrainte et forcée, elle m'engagea sur *Christine*. Inutile de dire que j'étais fou de joie ! Le matin, nous faisions les essayages, l'après-midi, nous apprenions à monter à cheval à Neuilly. Je savais à peu près me débrouiller sur un canasson, malgré mon dos qui continuait à me faire souffrir. Alain, lui, apprit en deux jours, et il chevauchait comme un dieu. Même chose pour le tir, il tirait toujours dans le mille. Il se mettait à l'anglais et, en trois mois, il le parlait couramment ! Ces journées étaient évidemment suivies de dîners, de soirées plus folles les unes que les autres. Nous ne nous quittions plus. Alain vivait à l'époque chez Georges Beaume, qui travaillait à *Cinémonde* et à *Jours de France*. Depuis Cannes, ils s'étaient liés d'une solide amitié et Georges finit par héberger Alain, qui n'avait plus de domicile depuis sa rupture avec Brigitte Auber.

Le grand jour arriva enfin et Alain et moi nous envolâmes pour Vienne, où avait lieu le tournage de *Christine*. Là-bas, je retrouvai mon amie Sophie Grimaldi et la mère de Romy. Elle avait joué le rôle de Christine dans le film d'Ophüls, *Liebelei*, et elle était très curieuse de voir comment sa fille interpréterait le rôle. Pour l'heure, elle était très inquiète des bruits qui circulaient sur les rapports de Romy avec le jeune premier français et voulait se rendre compte par elle-même de la valeur du spécimen en question. En deux temps, trois mouvements, Alain se la mit dans la poche ! Le soir, comme il ne voulait pas rester seul avec la belle-famille, il me demandait de l'accompagner. La mère de Romy décidait du restaurant, et c'était parti. À peine étions-nous dans l'établissement que tous les regards convergeaient vers nous, les applaudissements fusant d'un peu partout. Les Autrichiens ne faisaient pas la différence entre Sissi et son interprète et considéraient Romy comme la reine du pays ! Sa mère était l'impératrice et les orchestres attaquaient immédiatement les musiques des films dans lesquels Magda Schneider avait joué. Ensuite, nous allions danser. Alain enlevait Romy, et moi, galant, je faisais valser l'inépuisable belle-mère. Le petit vin blanc viennois rythmait l'ensemble de la soirée et chaque soir je tombais dans mon lit, épuisé et défait.

Alain et Romy, deux sacrés caractères !

Autant les relations entre Romy et Alain étaient merveilleuses le soir, autant elles étaient difficiles sur le tournage. Romy attachait beaucoup d'importance à ce rôle créé par sa mère. Elle portait sur ses épaules la responsabilité du film dont elle était la vedette, et qui était essentiel pour la suite de sa carrière. Elle avait cette impétuosité et ce caractère typiques des jeunes stars. Comme Alain voyait surtout dans ce tournage un bon prétexte pour faire la fête, il leur arrivait de se prendre un peu le bec. Un samedi, un peu las de ces tensions et de la présence incessante de la famille, Alain me fit part de son intention d'aller passer la journée à Salzbourg pour retrouver une amie danseuse qui devait s'y produire.

La semaine avait été éprouvante – entre le tournage et les sorties, j'étais crevé. De plus, Salzbourg était à quatre cent cinquante kilomètres, et je craignais la réaction de Romy. Je fis mon possible pour le dissuader de partir, mais il avait déjà tout organisé : « Tu ne discutes pas. J'ai loué une voiture pour demain, on emmène Sophie avec nous, on partage les frais, et le reste, on s'en moque ! »

Le dimanche, nous partîmes aux aurores. Alain était d'une humeur épouvantable, comme toujours le matin, et il faisait une chaleur étouffante. Le bonheur ! Nous arrivâmes à Salzbourg à deux heures de l'après-midi et déjeunâmes dans une charmante guinguette. J'avais calculé au centime près l'argent qu'on pouvait dépenser, mais Alain fit d'emblée exploser notre budget en invitant deux Allemandes de rencontre qui commandèrent un riesling hors de prix ! Puis Alain prit les deux filles sous le bras et nous demanda d'aller directement à l'hôtel de son amie danseuse où il nous rejoindrait plus tard. Sophie et moi fîmes donc la connaissance d'une danseuse éplorée, Arlette, folle amoureuse d'Alain, qui guettait son prince charmant depuis dix heures du matin. Il ne nous restait plus qu'à patienter ensemble ! Finalement, à dix-huit heures, Alain n'étant toujours pas là, la fille partit au théâtre et nous cria, à bout de nerfs :

« Ce n'est pas la peine qu'il vienne ! »

Nous décidâmes quand même de l'accompagner. C'était le seul moyen de remettre la main sur Alain. Des coulisses, on assista au ballet. De temps en temps, la danseuse passait près de nous et nous lançait : « Eh ! vous ne l'avez pas vu, ce salaud ? » Puis elle repartait en virevoltant, elle était vraiment incroyable. À vingt-deux heures trente, le spectacle se termina et l'on vit se pointer celui qu'on n'attendait plus, décontracté, très à l'aise. La danseuse fonça alors dans les coulisses et se jeta dans ses bras. Il fit l'étonné puis lui décocha un sourire magique dont il avait le secret. Elle était folle de joie.

À présent, elle voulait nous présenter à tout le monde. Il était onze heures du soir, on tournait le lendemain et nous avions quatre cent cinquante kilomètres de route à faire ! Je n'en pouvais plus. Comme j'insistais, Alain finit par accepter de rentrer. Mais, pour s'excuser de son retard, il demanda à la danseuse de venir avec nous jusqu'à Vienne, sans penser à Romy, dont la réaction m'empêchait à l'avance de respirer ! Je pense n'avoir jamais fait de ma vie un voyage aussi épouvantable que celui de notre retour à Vienne. Installé à l'arrière, Alain s'était fait un petit coussin avec un pull et dormait tranquillement sur les genoux d'Arlette. Il avait invoqué la nécessité d'être frais le lendemain pour les gros plans ! Je croyais rêver ! Moi qui déteste conduire, je pris donc le volant et m'engageai sur une route qui n'était qu'une suite de travaux et de déviations. Tout cela, naturellement, sous une pluie diluvienne ! J'allais à vingt à l'heure. À côté de moi, Sophie essayait de me guider, me prévenant de tous les dangers, et il y en avait tous les dix mètres ! Évidemment, Alain, qui voulait dormir, n'en pouvait plus des commentaires incessants de ma copilote et lui ordonna de se taire sous peine de recevoir une tarte. Dans un virage raide et glissant, la voiture fit soudain une embardée et Sophie poussa un cri qui réveilla Alain. Comme promis, il lui envoya une superbe claque. Sophie sauta illico de la voiture et se mit à courir dans la nuit sous une pluie battante ! Tout cela à trois cents kilomètres de Vienne ! Je courais derrière elle pour essayer de la raisonner, mais rien à faire. Jusqu'au moment où Alain arriva, s'excusa et exigea de prendre le volant. Pour se tenir éveillé, il ne trouva rien de mieux que d'ouvrir sa vitre en grand. Derrière, Sophie et moi recevions toute la flotte, on était frigorifiés et réduits au silence. Un rêve ! Alain conduisit à un train d'enfer et mit deux heures pour rejoindre Vienne.

En arrivant, à six heures du matin, j'avais la trace de mes ongles dans la paume ! Une douche rapide à l'hôtel et nous filâmes au maquillage. Le chef maquilleur eut toutes les peines du monde à me redonner un visage humain ; quant à Alain, deux coups de pinceau suffirent : il était frais comme un gardon ! Sur le plateau, Romy nous attendait. La pluie de la nuit ne fut qu'une plaisanterie face à l'orage viennois qui s'abattit sur nous ! Romy s'enferma d'abord dans un silence de plomb. L'ambiance sur le plateau était étouffante. Tout le monde semblait nous reprocher notre escapade qui mettait la journée de tournage en péril. Le soir, Alain parvint sans problème à décoincer Romy, dont la colère se

1961. L'hymne à l'amour. Édith et ses boys : Belmondo, Cassel et moi.

Mes chers grands-parents paternels.

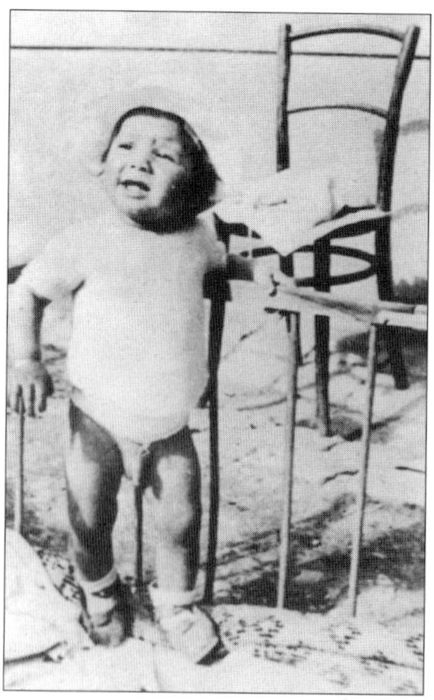

À cet âge,
je suis sans pudeur.

Ma mère. Son dernier sourire,
elle avait l'air heureuse.

1935. Mon père est beau, jeune, heureux et nous sommes accrochés à son cou.

Je cherche Dieu
en premier communiant.

1946. Au Prytanée militaire, la tenue
numéro un ; la grande tenue.

À seize ans, ma première photo d'artiste,
un peu floue.

Le fameux Ruisseau des singes.
Le Paradis pour moi...

1946, en cinquième, je n'étais pas le plus grand.

1952. *Le Barbier de Séville*.
Mon premier rôle à l'armée : *Figaro*.

1957. *Le Triporteur* avec Béatrice Altariba et l'ami Darry Cowl.

1961. Brigitte Bardot, la reine, Alain Delon, le prince
et Jacques Prévert, à droite, le poète à la cigarette.

1958. *Le Beau Serge* de Claude Chabrol avec Gérard Blain et Bernadette Lafont.
Mon premier grand film.

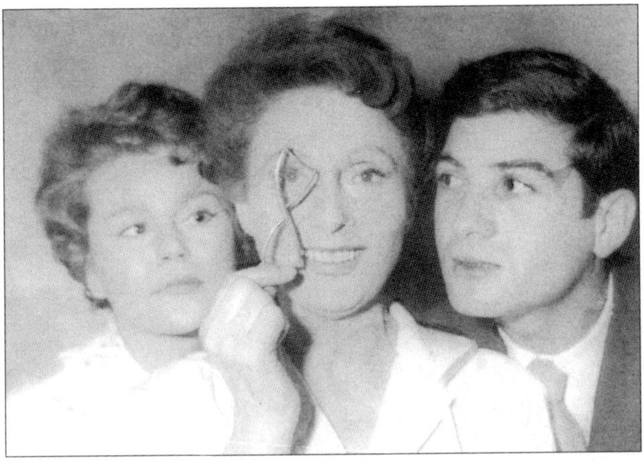

1958. La rencontre avec Mademoiselle Arletty et Sophie Grimaldi dans *Et ta sœur*. Attention ! Pas chef-d'œuvre.

1958. *L'École des cocottes* avec la ravissante Dany Robin.

Christine, le sourire de Romy et de ses amoureux.

1959. Laurent Terzieff et moi,
à Rome, dans *Les Garçons*
de Bolognini/Pasolini.

1960. *Une femme est une femme*,
de Jean-Luc Godard,
avec Anna Karina
et Jean-Paul Belmondo.

1964. Ma fiancée éternelle,
Françoise Dorléac,
dans *La Chasse à l'homme*.

1962. Le jeune premier chic chez Harcourt.

D. R.

1964. Natalie Wood, une de mes fiancées...

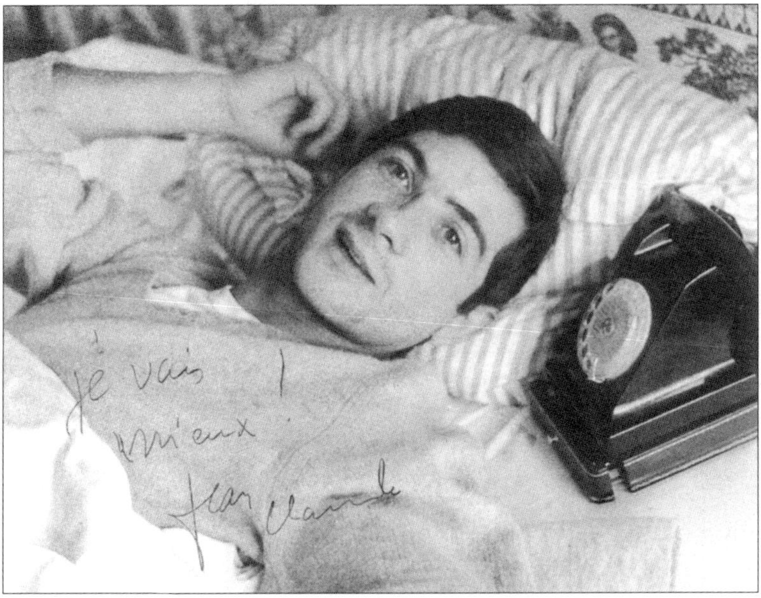

1958. À Saint-Cloud, dans le plâtre, avec le téléphone heureusement.

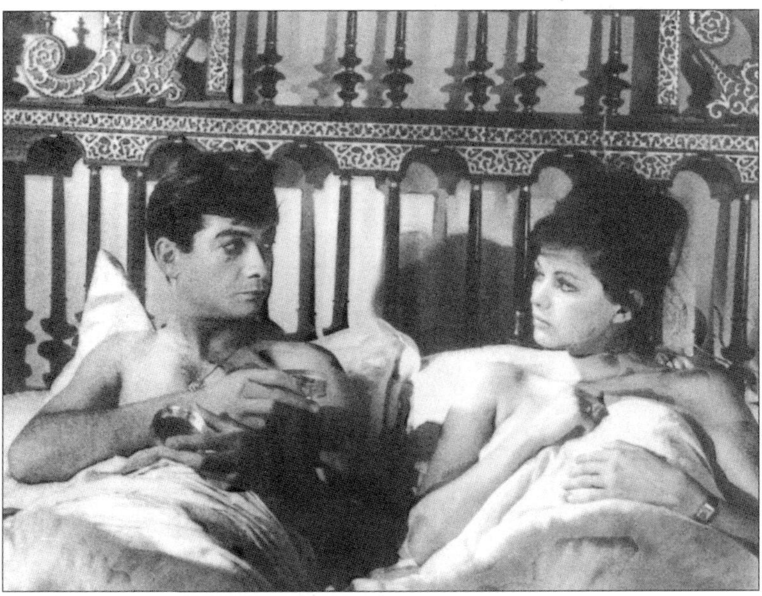

1961. Au lit, sans téléphone, avec Claudia Cardinale, dans *Les Lions sont lâchés*.

D.R.

1965. Ma merveille,
Marie Bell, la tragédienne
qui m'a tant fait rire.

Le Fantôme de la liberté.
Don Luis (Buñuel) nous parle,
Monica Vitti l'écoute
et moi je l'admire.

D.R.

1966. Mon vieux Pierre Brasseur,
mon idole. Je pleure de bonheur
dans *Le Roi de cœur*.

30 mars 1959. Nussbaum, le jardinier à Monthyon : les premiers travaux d'Hercule.

© B. Rindoff

On ne triche jamais avec Romy. Elle m'appelait Papa, je l'avais baptisée Puppele.

reporta sur moi. Elle était convaincue que j'étais l'initiateur de cette virée ! Finalement, tout rentra dans l'ordre, et nous terminâmes le film à Paris, aux studios de Saint-Maurice. Alain et Romy étaient plus amoureux que jamais. C'était le bonheur.

Des fleurs pour Yvonne Printemps

Après *Christine*, Margot Capelier, qui avait découvert en Amérique le système du casting et commençait à l'adapter en France, me proposa une audition. Elle avait remarqué ma « gueule marrante » et me conseilla de me rendre au théâtre de la Michodière, où avait lieu l'audition pour un film intitulé *Et ta sœur*, mis en scène par Maurice Delbez et interprété par le couple Yvonne Printemps-Pierre Fresnay. Si je connaissais assez mal Yvonne Printemps, hormis ses chansons et sa vie tumultueuse avec Guitry, Fresnay était pour moi le plus grand acteur du monde. Je passai brillamment l'audition avec Sophie Grimaldi. Restait, à présent, à être agréé par Mlle Yvonne Printemps. Je me rendis donc aux studios d'Épinay, où la grande dame était en train de faire des essais devant ce merveilleux opérateur de cinéma qu'était Christian Matras. Il savait faire briller les yeux d'Edwige Feuillère et de Michèle Morgan comme personne. Avec lui, les regards vagues ou un peu ternes se remplissaient d'étoiles. En plus de son talent, qui avait éclaté dans *La Grande Illusion*, c'était un homme charmant, avec qui je fis une vingtaine de films.

Les essais cinématographiques consistent d'ordinaire à marcher devant la caméra avec le maquillage, la coiffure, à aller de droite à gauche, afin de se faire une idée du rôle. Yvonne Printemps, elle, se comportait comme si elle chantait le soir même à la Scala de Milan ! Elle était accompagnée d'une quinzaine de personnes, coiffeuse, maquilleuse, secrétaire... Tout le monde était autour d'elle. Elle essayait les toilettes créées par Mme Lanvin, ne quittait pas un petit fox anglais qu'elle appelait Imbécile, tournait dans tous les sens, testait tous les angles. Je ne réussis même pas à l'approcher ! Le producteur me flanqua dans les bras une énorme plante et me dit de l'apporter dans sa loge. La pièce était à peu près vide, hormis des milliers de fleurs blanches. On aurait dit qu'Yvonne Printemps était morte ! Cela m'a beaucoup impressionné. Pour de simples essais de cinéma, je n'avais jamais vu ça ! Il y avait des fleurs jusque dans le couloir, des monceaux de bouquets qui saluaient son retour au cinéma.

J'arrivai donc avec ce truc très lourd et, à travers le feuillage, j'aperçus une dame assise, coiffée d'un chapeau à voilette. Je m'approchai d'elle et j'entendis quelqu'un lui dire : « C'est le jeune premier qui vient au nom de la production vous remercier d'être là... »

Je voulus balbutier : « Madame, quel bonheur... », mais on étouffa ma voix, et elle, levant sa voilette, se mit à chanter : « Là, là, là, comme il est charmant ! »... et l'on me poussa vers la sortie ! J'eus à peine le temps de lui baiser la main et de déposer ma plante comme devant un monument aux morts. C'était terrifiant ! La porte me claqua au nez, c'était fini, j'avais vu Yvonne Printemps. Trois jours après, on me convoqua à nouveau et l'on m'annonça que le film ne se ferait sans doute pas. En effet, lorsque Yvonne Printemps vit les essais qu'elle avait tournés, elle se leva à l'issue de la projection et dit : « Elle, elle est finie. » Puis elle se retourna vers le producteur et ajouta : « Je ne tourne pas le film, la lumière ne veut plus de moi. J'arrête tout. » Effectivement, jamais plus elle ne fit de cinéma.

Les producteurs, qui avaient vendu le film sur les noms de Fresnay et Printemps, étaient aux abois. De plus, Yvonne Printemps avait fait stipuler dans le contrat de Fresnay qu'il ne tournerait aucune scène d'amour et ne partagerait la vedette avec aucune autre femme qu'elle ! Quinze jours plus tard, nouveau coup de fil. Pierre Fresnay, menacé de procès par la production, avait trouvé une autre actrice, et non des moindres : Arletty, la seule en qui Yvonne Printemps avait une réelle confiance. Comme si Fresnay, qui était la fidélité et la droiture incarnées, avait pu avoir l'idée de tourner autour d'une autre femme qu'elle !

La grandeur de Pierre Fresnay

Le film refit donc surface grâce à Arletty, qui accepta la proposition... pour payer ses impôts ! Ce n'était pas un chef-d'œuvre, mais il me permit de faire la connaissance de Pierre Fresnay et d'Arletty, qui devint très vite l'une de mes plus grandes amies.

Arletty était par bien des aspects le contraire de Fresnay. Autant il était distant et austère, autant elle était proche des gens et décontractée. Au début du tournage, elle appela Fresnay « Pierre », mais il répondait immanquablement « mademoiselle Arletty » en la vouvoyant, si bien qu'à la fin elle l'appelait « monsieur Fresnay », avec de grands airs qui n'étaient pas du tout dans sa nature. Arletty était curieuse, vive, très disponible, sans être trop familière, trouvant toujours la distance juste, ce qui lui donnait une grande élégance. Elle me fascinait, d'autant que j'avais été amoureuse de Garance. Sophie et moi allions la voir dans sa loge quand elle ne tournait pas, et nous étions comme deux enfants devant une fée.

Pierre Fresnay était un acteur remarquable. Il réussissait à créer un véritable personnage d'un rôle parfois très caricatural. Peu importait ce rôle, il l'étudiait, l'analysait, l'enrichissait, l'intériorisait avec cette science du travail, cette austérité et cette précision toutes protestantes. Sur le plateau, on ne pouvait pas lui parler d'autre chose que du film. Cet homme travailleur, intelligent, presque froid à force d'être rigoureux, se transformait en un autre être fou d'amour et d'attention pour Yvonne Printemps. Où qu'il soit, il l'appelait toutes les demi-heures. « Je vais appeler Mourée », disait-il. Il s'inquiétait d'elle, mais, chaque fois, elle l'envoyait promener, et il raccrochait avec un vrai grand sourire, heureux comme un petit garçon ! François Périer me raconta qu'un jour il avait entendu Yvonne Printemps insulter Fresnay : « Vos grosses mains de boucher ne me toucheront pas, vous avez joué comme un ringard, je n'aime pas les culs-terreux. » François était gêné d'être le témoin de cette scène de ménage plus violente qu'à l'ordinaire mais soudain il entendit Fresnay murmurer de cette voix magnifique : « Dites-moi, mon cher François, vous entendez bien comme moi : “Je vous aime, je vous aime, je vous aime” ? »

Comment Pierre Fresnay subtilisa Yvonne Printemps au nez de Sacha le séducteur

Avant de se faire voler la belle Yvonne Printemps, Sacha Guitry avait osé séduire Charlotte Lysès, la maîtresse de son père, Lucien, et il l'avait épousée ! Elle avait vingt-quatre ans, lui dix-neuf, ils tombèrent amoureux et se marièrent. Furieux, Lucien Guitry en voulut à son fils pendant treize ans et ne lui pardonna cette trahison que lorsque Sacha écrivit en 1919 *Mon père avait raison*, pour lui exprimer toute son admiration, son affection et sa tendresse.

Charlotte était non seulement une comédienne belle et élégante, mais aussi intelligente et cultivée. Curieuse de tout, elle sortait beaucoup pour découvrir de nouveaux talents, et elle avait remarqué aux Folies-Bergère une jeune fille blonde, aux yeux bleus et au petit nez retroussé qui chantait, dansait et jouait la comédie. Quelques années plus tard, lorsque Sacha eut besoin d'une jeune comédienne pour sa nouvelle pièce, *Jean de La Fontaine*, aux Bouffes-Parisiens, Charlotte lui rappela la demoiselle blonde qui triomphait alors dans une revue au Palais-Royal. Sacha alla l'applaudir, tomba instantanément amoureux d'elle et l'engagea sur-le-champ.

Jean Cocteau, très ami du couple Guitry, me raconta que Charlotte, inquiète de l'intérêt que portait Sacha à la jeune fille, s'était confiée à lui :

« Sacha a parfois des faiblesses, mais là je crois que c'est sérieux...

– Et comment le savez-vous ?

– Eh bien, lui qui ne raffole pas des animaux, je sais qu'il descend trois fois par jour, et depuis une semaine, le bâtard d'Yvonne pour lui faire faire pipi sur le trottoir ! Il est amoureux, il n'y a pas de doute...

– Et quel est le nom de cette Yvonne ? demanda Cocteau, amusé.

– Printemps... », répliqua Charlotte.

Cocteau lui sourit gentiment.

« Rassurez-vous, c'est une saison qui ne dure pas... »

Yvonne Printemps partagea pendant dix ans la vie de Sacha Guitry. Et c'est lui qui engagea Pierre Fresnay pour jouer dans *Franz Hals*, alors que ce dernier venait de quitter la Comédie-Française en y laissant sa femme, Berthe Bovy. Pierre Fresnay, protestant pudique, tomba amoureux fou d'Yvonne et ils vécurent une liaison secrète et passionnée. Ils se retrouvaient chez Mme Karinska, la célèbre couturière de théâtre, et faisaient l'amour dans le salon d'essayage.

Sacha, qui était jaloux, faisait suivre Yvonne en tout lieu. Mais cela ne décourageait pas nos tourtereaux ! Pierre grimpait sur l'arbre qui faisait face à la chambre où Yvonne était prisonnière, dans l'hôtel particulier de Sacha. Et là, sur sa branche, avec la braise de sa cigarette, il lui disait « je t'aime » en morse !

Un soir, Berthe Bovy entra dans la loge de Sacha qui, trop fier pour avouer son infortune, feignait d'ignorer cette liaison. En refermant la porte, elle annonça : « Sacha, nous le sommes ! » Le couple mythique était détruit. Tout Paris commenta l'événement. Berthe fit dresser un constat d'adultère et obtint de Fresnay une énorme pension. Cependant, elle refusa de divorcer pour empêcher « l'autre » de se marier. En fait, elle ouvrit un compte bancaire au nom de Pierre et versa intégralement le montant des pensions pour qu'il ait de quoi vivre le jour où Yvonne le plaquerait. Car, elle en était sûre, cette histoire ne durerait pas !

Mais, là aussi, ce fut une belle et longue histoire d'amour. Lorsque Pierre fut victime d'une congestion cérébrale qui lui sera fatale, Yvonne Printemps le veilla jour et nuit et finit par se laisser mourir après trois ans de chagrin. Elle demanda à son régisseur, devenu son secrétaire et ami, qu'il veille bien à ce que, le jour de sa mort, elle soit revêtue du tailleur noir de chez Lanvin qu'elle portait aux obsèques de Pierre. « Pour qu'il me reconnaisse en arrivant au Paradis ! » précisa-t-elle.

Un mois après le décès de Pierre Fresnay, en janvier 1975, je me rendis au théâtre de la Michodière pour voir Bernard Haller, que Pierre avait engagé pour un one-man-show. On m'informa qu'ayant été prévenue que je passerais ce soir-là, « la patronne » m'attendait chez la concierge du théâtre. Assise avec elle dans la cuisine, Yvonne buvait un verre de bordeaux. Elle portait sa capeline, la voilette de tulle posée sur ses yeux bleu porcelaine, des gants de coton qui cachaient ses mains, et fumait en faisant étinceler un énorme diamant jonquille qui rappelait son passé. Yvonne me serra sur son cœur, elle embaumait *Heure bleue* de Guerlain et son visage, grave et pâle, était magnifique. Elle parla de Fresnay avec passion et tendresse ; il était redevenu le capiston de *La Grande Illusion*. Soudain, elle m'attrapa le bras et, dans un souffle, elle murmura : « Brialy, j'ai tout eu dans ma vie, la beauté, la voix, la gloire, l'argent, Paris et les hommes les plus beaux à mes pieds. Mais je ne méritais pas ça ! Il y a des femmes qui peuvent pleurer, moi je ne peux pas. Je suis en colère ! »

Je n'ai jamais entendu plus belle formule pour dire non à la mort.

Blain et moi, acteurs de la nouvelle vague : *Les Cousins*

Il était temps pour moi de retrouver Claude Chabrol et le tournage des *Cousins*, avec Gérard Blain. S'il avait le beau rôle dans le film précédent, cette fois, c'était à mon tour de briller. Chabrol reprit beaucoup d'acteurs du *Beau Serge* et convia quelques nouvelles têtes, dont Juliette Mayniel, une jeune inconnue qui ressemblait à Ingrid Bergman et à qui il confia le rôle principal. J'habitais toujours chez Gérard Blain, rue des Sablons. Le soir, il me rejouait la scène de la journée avec de multiples variantes ! Sur le tournage, Chabrol était toujours aussi détendu. *Le Beau Serge* était en boîte, il en était content, il avait un distributeur pour *Les Cousins*, tout allait bien ! La première scène fut tournée à Neuilly, rue des Dames-Augustines où habitait Chabrol, près d'un arbre, juste devant chez lui. Aujourd'hui encore, il m'arrive de passer près de ce tilleul comme un amoureux vient y relire ses initiales gravées sur le tronc. Je me souviens avec émotion de ce premier jour à l'origine de mon succès, de ma carrière. Nos rôles étaient superbes, Paul Gégauff les avait écrits avec beaucoup de talent et de précision.

Les rapports avec Chabrol sur le tournage étaient toujours aussi idylliques, mais nous nous affrontâmes tout de même sur la fin du film. Il en avait écrit deux, l'une gaie, l'autre triste. C'était la seconde que Blain et moi préférions. Nous la trouvions belle, romantique, audacieuse. Un coup de feu meurtrier qui partait sur du Wagner, c'était beau comme un opéra ! Trop pour le producteur, qui aimait mieux nous voir courir, réconciliés, dans les champs de blé d'Auvers-sur-Oise ! Nous tournâmes cette fin optimiste, que nous jugions un peu bébête mais que Chabrol aimait bien. Puis Blain et moi menâmes une véritable guerre des nerfs à Chabrol pour qu'il accède à notre vœu. Il ne le regretta pas, cette fin étant la grande scène du film, celle dont on me parle encore aujourd'hui, fin ambiguë qui suscite toutes les interprétations possibles.

À la fin du tournage, un phénomène étrange se produisit.

Françoise Giroud avait lancé le terme « nouvelle vague », Truffaut et Godard tournaient leur premier film, on parlait partout des garçons des *Cahiers*, bref, nous étions devenus un véritable phénomène de mode et les journalistes envahirent par dizaines le plateau des *Cousins*. Du jour au lendemain, Blain et moi fûmes projetés sur le devant de la scène pour donner interview sur interview : nous étions les acteurs dans le vent, les symboles du nouveau cinéma ! Et tout le monde attendait avec impatience la sortie du film de Chabrol. Obsédé par le désir d'être parfait, Blain travailla sans cesse son rôle, me réveillant à trois heures du matin pour me faire part d'une idée nouvelle sur l'interprétation, à cinq, parce qu'il était angoissé, et à sept, parce qu'il avait changé d'idée ! Épuisé, je finis par déserter son appartement pour m'installer dans celui de Chabrol, pensant ainsi m'éloigner des tensions. Erreur fatale ! Chabrol avait quelques problèmes de couple. Il venait de rencontrer Stéphane Audran, et sa femme, Agnès, sentait qu'il lui échappait. Elle lui fit des crises de jalousie terribles et je devins le prétexte à ces crises ! Claude et moi ne pouvions pas parler dans son dos sans qu'elle s'imagine quelque complot. L'atmosphère devenait si tendue que je finis par revenir chez Gérard.

Lorsque Gérard Philipe vous complimente...

La première projection privée des *Cousins* eut lieu dans une petite salle des Champs-Élysées. Je guettais les réactions des invités dans le couloir, en faisant les cent pas, comme un père qui attend la naissance de son enfant. Quand la lumière se ralluma, j'entrai dans la salle. Et, là, j'eus droit à un concert d'éloges : « Oh, c'est formidable ! Merveilleux ! Quelle autorité ! On dirait Jules Berry, Pierre Brasseur..., mais si ! » Et je baissais la tête en remerciant maladroitement. Tout d'un coup, j'entendis une voix reconnaissable entre toutes me dire : « Mais non, vraiment, vous êtes formidable, vous allez devenir un grand acteur. » Je levai la tête, c'était Gérard Philipe. Coup au cœur ! Je regardai cet homme qui ressemblait à un adolescent, tout sourires, les yeux brillants, lui qui pour moi était le plus grand acteur de sa génération, je le regardai me dire cela... Puis je baissai la tête et lui dis : « Je vous ai vu dans *Le Cid.* » Mais il me coupa : « Ne parlons pas de moi, parlons de vous, vous êtes très bien. » Et nous avons ri ensemble.

Puis arriva la première officielle des *Cousins* au Colisée. J'étais passé plusieurs fois devant le cinéma pour contempler mon nom et celui de Blain qui clignotaient au néon. Le jour de la première, le mien était éteint. Surpris, je questionnai la caissière, qui me toisa et répondit : « Le vôtre est en panne. » Le soir, il était rétabli. Je savais que dans la salle il y aurait des acteurs que j'admirais, Simone Signoret, Yves Montand, Jeanne Moreau, Michèle Morgan, une foule de personnalités connues qui, ce soir-là, allaient m'accepter parmi elles ou me rejeter. Hélas, ce même soir, je jouais *Les portes claquent* au théâtre et je ne pouvais pas être dans la salle avec eux. Je demandai à Delon d'y aller à ma place puis de venir me raconter les réactions une fois la projection terminée. J'étais sur scène lorsque, tout à coup, je vis comme par enchantement une tête sortir d'une fenêtre du décor. En pleine représentation ! C'était Delon, qui, visible par une bonne moitié des spectateurs, me criait sans complexe et sans gêne : « Tu es une vedette, ma poule, tu es une vedette, ça y est, tu es une vedette ! »

J'étais en province pour présenter *Les Cousins* au public du Mans, lorsqu'on m'annonça la mort de ma tante Germaine. Ainsi que je l'ai dit, ma tante était une femme originale, curieuse et libre qui adorait faire la fête. Je lui dois en particulier ma rencontre avec Joséphine Baker et d'avoir pu applaudir Jean Gabin dans *La Soif*, de Bernstein. Comme moi, elle quitta la province pour s'installer à Paris, mais sa vie fut hélas moins heureuse que la mienne. Ses affaires marchèrent difficilement, sa vie sentimentale fut très décevante et le cancer du sein qui la terrassa eut raison de son moral. Le 15 mars 1959, elle se suicida en utilisant le gaz de son chauffe-eau. Elle avait quarante-six ans. J'en fus d'autant plus profondément bouleversé que ma tante Germaine était la seule personne de la famille à avoir compris et encouragé mes aspirations. Mais, pour ma grand-mère, le choc se révéla terrible. Elle arriva à Paris, entra en larmes dans la chambre de sa fille et commença à l'engueuler sur son lit de mort : « Qu'est-ce que tu as fait, ma pauvre fille, tu te rends compte ? Tu n'as pas honte ? Tu es méchante, ce n'est pas juste, tu avais tout pour être heureuse. Regarde ta sœur, elle est sage et raisonnable, elle... » Puis mon aïeule raconta à tout le monde que Germaine s'était fait renverser par un autobus, afin que le curé d'Issoire fasse une messe et que sa fille, à l'instar des suicidés, ne soit pas privée de l'absoute. Je ne sais pas si l'on crut vraiment à cette histoire, mais ma tante eut un enterrement de première classe, sans la moindre fausse note.

Bourvil et Ventura sur *Le Chemin des écoliers*

Je fus très heureux de retrouver Alain Delon sur le tournage du *Chemin des écoliers*, le très joli film de Michel Boisrond. Entre-temps, Alain était devenu une immense vedette. Dans le film, il jouait le fils de Bourvil et moi celui de Lino Ventura. Françoise Arnoul était l'autre grande vedette de l'époque. Je la revois, grimpée sur une table, Delon et moi en train de lui peindre des bas sur les jambes avec de la chicorée et de lui dessiner la couture avec un crayon gras ! Nous demandâmes discrètement à Boisrond de couper la scène le plus tard possible pour avoir une chance de monter jusqu'aux cuisses. Et puis il y avait Bourvil ! Il plaisantait tout le temps, il s'amusait, mais il était timide, un peu secret. Il éprouvait une admiration amoureuse pour Sandra Milo, une actrice italienne aux seins en obus, aux hanches rebondies et à la taille fine. Elle avait complètement vampé Bourvil, qui ressemblait à un teckel amoureux d'une levrette. Il la suivait partout du regard. De temps en temps, il lui adressait une plaisanterie et elle riait, ce qui le rendait fou de joie.

Et il y avait Lino Ventura, trapu, avec son air de lutteur, et toute sa sensibilité, Lino, la voix rauque et douce à la fois. Il était la terreur de l'ingénieur du son ! Quand Lino entendait le technicien lui dire : « On ne vous entend pas bien, monsieur Ventura... », il tournait la tête avec ce regard incroyable et murmurait froidement : « Quoi ? » L'autre, terrorisé, bredouillait : « Non, non, ça va bien, c'est parfait. » Avec nous, Lino était formidable, il adorait s'amuser. Je faisais des blagues plus ou moins légères qui le faisaient se tordre de rire. Avec Alain, il parlait essentiellement voitures, football ou boxe.

Premier rendez-vous avec Danielle Darrieux

Je fus alors contacté par Bertrand Javal, un jeune producteur rond comme une bille : « J'ai un très joli sujet, c'est Michel Audiard qui me l'a adapté et qui en a fait les dialogues. Le film s'appelle *Les Yeux de l'amour*. La vedette est Danielle Darrieux, il y a aussi Françoise Rosay qui joue le rôle de sa mère, Bernard Blier, et je cherche un jeune garçon pour jouer l'amant de Danielle. »

Il faut croire qu'Alain Delon n'était pas libre ! C'était un rôle dramatique alors que, jusque-là, je n'avais joué que des rôles comiques, des jeunes premiers sympathiques, des fils de famille, des dégénérés... Denys de La Patellière, le metteur en scène, était d'accord pour me prendre, mais je devais encore passer l'épreuve ultime : un essai avec Danielle Darrieux. Comme elle était en tournée pour *Le Chandelier*, d'Alfred de Musset, Bertrand me dit : « La semaine prochaine, on va aller retrouver Danielle, on déjeunera avec elle et puis l'après-midi on fera des photos pour voir si vous allez bien ensemble et si elle est d'accord. » Ce programme de rêve m'empêcha de dormir pendant trois jours, le temps s'arrêta, je passais de la joie à un état de panique, je n'étais plus moi-même. Finalement, nous arrivâmes dans une auberge, et le producteur demanda au portier de prévenir Mme Darrieux de notre présence.

Un quart d'heure plus tard, je vis Danielle descendre l'escalier, mince, jolie, sans aucun maquillage, d'une fraîcheur inouïe. Elle était belle ! Elle avait quarante ans, des pommettes roses, un teint superbe, pas de rides. Magnifique ! Soudain, mes jambes se mirent à trembler, je n'avais plus de salive, impossible de sortir un son. Nous partîmes déjeuner et je me tapai un bon coup de rouge pour me donner du courage. Danielle s'adressait à Denys de La Patellière, à Javal, mais pas à moi. Je pense qu'elle avait vu mon émoi et qu'elle ne voulait pas m'impressionner davantage. Georges, son mari, fut charmant et me fit un peu la conversation. L'après-midi, nous allâmes faire des photos, on me plaça à côté d'elle et nous fîmes des essais. « Mets-toi à gauche, mets-toi à droite, prends-la dans tes bras... » Les ordres fusaient et moi je ne savais plus ce que je faisais. Danielle riait de notre timidité mutuelle et j'ai commencé à raconter n'importe quoi pour la faire encore et encore éclater de rire. Le tournage des *Yeux de l'amour* fut un vrai bonheur. Danielle m'a appris beaucoup de choses. Jamais je n'ai rencontré quelqu'un d'aussi joyeux, d'aussi vif et d'aussi bien disposé. Tout allait toujours pour le mieux ! Je me souviens d'une très belle scène écrite par Michel Audiard, où Danielle devait pleurer et où ses yeux se remplissaient peu à peu de larmes. On fit huit prises consécutives. À chaque prise, Danielle avait les larmes qui lui montaient aux yeux et elle pleurait pour de vrai. Après la huitième, Denys demanda à Danielle d'en faire une dernière. Et, là, petit problème technique, Danielle sourit et, sans se démonter, lui dit : « D'accord, mais je n'ai plus d'eau. »

Tout le monde l'a regardée. On est allé lui chercher un verre d'eau, elle l'a bu et a recommencé à pleurer !

J'étais tellement sous le charme que j'osai lui mentir en

lui demandant une photo dédicacée pour un petit neveu inventé de toutes pièces. Elle prit l'une de ses photos et me la signa. Le soir, en rentrant, je comparai la dédicace avec celle qu'elle me fit quinze ans plus tôt. C'était bien la même signature, elle ne m'avait pas menti.

Sur ce film, je fis aussi la connaissance de Françoise Rosay. Quel personnage ! Elle ressemblait à Toutankhamon et m'intimidait beaucoup. Les premiers jours, elle m'observa silencieusement en fumant un petit cigare... Je ne savais plus où me mettre ! Dans notre première scène, elle devait m'engueuler assez violemment. J'étais tellement impressionné que je me plantais sans arrêt dans mon texte. Soudain, elle s'arrêta, me fixa des yeux et j'entendis : « Mais dites-moi, jeune homme, on ne vous a pas dit qu'il fallait apprendre votre texte ? »

Alors là, ce fut terminé. Je ne pouvais plus articuler tellement j'avais peur. La Patellière, qui avait tout compris, me défendit comme il put : « Mais non, il le sait, son texte, vous ne vous rendez pas compte ce que c'est que de jouer avec vous, Françoise ! »

Françoise Rosay réalisa à quel point elle me troublait, et, pour se faire pardonner, elle fut un amour jusqu'à la fin du film. Et mon amie jusqu'à la fin de sa vie.

Le jour où j'ai présenté Jeanne Moreau à François Truffaut

Pendant ce temps je voyais beaucoup François Truffaut. J'avais un vrai coup de cœur pour lui, pour son intelligence limpide, qui semblait contagieuse lorsqu'on le côtoyait. De plus, il écrivait les plus belles lettres du monde, il avait un don véritable pour la langue française. Peut-être eut-il le pressentiment de ne pas vivre longtemps, toujours est-il qu'il avait envie de dire tout, tout de suite. Aucune femme, évidemment, ne résistait à ses déclarations enflammées, à un tel romantisme. Un jour, il m'appela : « Pour *Les Quatre Cents*

Coups, tu vas venir faire un petit plan, pour porter bonheur au film. »

Bien entendu, j'acceptai immédiatement et il m'en dit un peu plus : « C'est la nuit, tu es un gigolo qui fait semblant de siffler un chien et qui lève une jeune femme. Pour la fille, je voudrais Jeanne Moreau. Seulement, je ne la connais pas, et, comme tu la connais, tu vas me la présenter... »

Jeanne avait entendu parler de Truffaut comme critique. Elle accepta de le voir et je les présentai l'un à l'autre. Nous tournâmes dans la nuit cette petite scène délicieuse. Je sifflais un chien en draguant Jeanne qui sortait du théâtre où se jouait *La Bonne Soupe*. Jean-Pierre Léaud nous croisait et je lui donnais un coup de pied de colère parce que lui aussi regardait Jeanne Moreau. Ce petit rôle de trois minutes reste pour moi un grand souvenir, la rencontre de Jeanne et de François... puis la naissance de *Jules et Jim*. Jeanne resta la meilleure amie de François jusqu'au bout de sa vie. Je crois qu'il lui a écrit les plus belles lettres qu'on ait jamais écrites à une femme.

Pasolini et *Les Garçons*

Mon imprésario de l'époque était André Bernheim, un personnage hors du commun qui avait été l'ami de Joseph Kessel et de Sacha Guitry. André Bernheim avait emprunté au dernier son esprit et sa curiosité, ainsi que son élégance. Il était également l'imprésario de Jean Gabin, Lino Ventura, Danielle Darrieux, Michel Audiard... et l'ami de Pierre Lazareff. C'était vraiment le pape des imprésarios. Alors que je jouais *Les portes claquent*, il me téléphona : « Il faut absolument que vous alliez faire un film en Italie, parce que ce pays travaille beaucoup avec la France et que, pour vous, c'est important. »

L'Italie ! C'était inespéré ! Autant dire qu'on allait me payer pour partir en vacances ! Le film s'appelait *Les Garçons*, en italien *La Notte brava*. Le metteur en scène était Mauro

Bolognini et le scénariste, Pier Paolo Pasolini. Tous les acteurs étaient italiens à l'exception de Mylène Demongeot, Laurent Terzieff et moi. Je m'envolai donc pour Rome. Je ne sais pas si l'on peut s'imaginer le bonheur que cela représentait, pour un jeune homme comme moi, de découvrir Rome en été, d'être attendu par un chauffeur pour me conduire à l'hôtel, de recevoir de l'argent pour les sorties, les dîners, les excursions ! Le premier soir, Terzieff n'étant pas encore arrivé, le producteur et l'attaché de presse, deux jeunes gars d'à peine trente ans, m'emmenèrent dîner dans un restaurant du vieux Rome. Ensuite, l'attaché de presse me proposa de me faire visiter la ville la nuit dans son Alfa Romeo décapotable blanche. À quatre heures du matin, il me raccompagna devant mon hôtel. J'allais le remercier de son immense gentillesse quand, tout d'un coup, je le regardai et compris le sens de cette promenade : il aimait les garçons ! Alors, je pris un ton pincé et lui jetai : « Je regrette mais je suis amoureux du pape ! » Il rit franchement et, finalement, nous devînmes très amis.

Le lendemain, je rencontrai le metteur en scène Mauro Bolognini, homme corpulent et onctueux. On aurait dit un nonce apostolique. Il parlait comme une machine à écrire qui crépite : « *Come - va ?* Quel - bonheur - de - te - voir ! » Pourtant, quand il me vit, il sembla déçu : « Pour un Romain, vous êtes un peu léger ! Vous êtes si maigre, vous avez l'air d'une plume ! »

Sur la photo qui l'avait décidé à m'engager, il me voyait plus fort ! Idem pour Pasolini, qui avait écrit mon rôle en pensant à un voyou.

Afin de pallier mon manque de carrure, ils firent appel à Piero Tosi, le costumier de Visconti et de Fellini. Ils lui demandèrent d'essayer de m'« étoffer » un peu. Piero Tosi trouva tout de suite la solution : « Il portera une veste et une chemise en toile épaisse, avec des épaulettes dedans pour le rembourrer. On va lui mettre du plomb dans les ailes ! »

Ils me rendirent donc un peu plus costaud. Mes cheveux très noirs furent coupés assez court pour me faire ressembler à un Romain. J'étais devenu un vrai voyou. Et puis Terzieff arriva. Ces huit semaines de tournage en Italie nous ont permis de nouer une amitié profonde. On l'imagine tourmenté, l'esprit tortueux, alors qu'il est très gai, très agréable. Bolognini et Pasolini tombèrent littéralement amoureux de Laurent. Lui, au moins, était costaud et large d'épaules !

Ce tournage fut surtout pour moi l'occasion de rencontrer Pasolini. En lisant le scénario, j'avais trouvé que l'histoire était belle mais je ne parlais pas italien et la traduction que l'on m'en avait faite était un peu floue. Puis je vis ce petit homme à l'œil sombre, taciturne, des fossettes creusées dans son visage et des pommettes très hautes qui lui donnaient l'air d'un paysan russe. Je fus séduit par sa personnalité et son intelligence. Il n'était pas encore un metteur en scène connu, il était poète, journaliste. On sentait qu'il avait beaucoup traîné dans les terrains vagues, dans les rues sombres de Rome et sur les remparts, lieux de rendez-vous les plus glauques. Il fréquentait les prostituées et les voyous... comme Baudelaire. Lui aussi avait connu le fumier d'où éclosent les fleurs magiques. Pasolini avait parcouru la moindre ruelle des bidonvilles, il connaissait tout le monde. Des enfants de la rue, des gosses de quinze à vingt-cinq ans, à qui il offrait des cigarettes ou des coups à boire, le suivaient. Il allait dans un café avec eux et revenait un moment après. La vie de cet intellectuel qui ne se sentait bien qu'avec la canaille était fascinante et, on le comprendrait quelques années plus tard, assez effrayante...

Je rentrai fin août à Paris pour reprendre *Les portes claquent*, non sans avoir réalisé mon rêve : acheter une Alfa Romeo blanche décapotable. C'était ma première voiture neuve. Je décidai d'aller de Rome à Paris, avec mon bolide immatriculé *Roma*. J'imaginais déjà mon arrivée : « Rue Daunou, face au théâtre : quand Yvonne Clech va voir la voiture, la plaque *Roma*, moi bronzé, habillé comme un Italien, la chemise rose rayée et le pantalon blanc, elle va tomber ! »

Malheureusement, je ne réfléchis pas une seconde à la bêtise que j'étais en train de faire : deux mille kilomètres dans une belle voiture de sport à la suspension approximative et les problèmes de dos que j'avais depuis *Le Beau Serge*, c'était une folie. J'arrivai à Paris complètement défait. Et, un mois après, je dus tout arrêter pour me faire opérer d'urgence : j'avais deux vertèbres effondrées et mes jambes menaçaient d'être paralysées...

6.

Six mois sans bouger !

Je ne pouvais plus marcher. Les trois médecins que je consultai me dirent chacun à leur manière : « Il faut vous opérer, il vous faut une greffe..., il y en a pour cinq ou six heures d'opération..., un an d'immobilité..., et peut-être que vous boiterez. » Dur d'entendre cela quand on a vingt-cinq ans et que la carrière commence à peine ! L'attitude rébarbative de ces grands professeurs me déprima : peu chaleureux, ils me reçurent entre leurs patients fortunés, sans un sourire et sans me donner beaucoup d'espoir. Par bonheur, Françoise, la sœur de Sophie Grimaldi, faisait des études de médecine et me conseilla de voir le professeur Judé, un spécialiste du dos. Michel, mon copain, m'accompagna donc à l'hôpital de Garches. On me fit des radios, puis il me fallut attendre les résultats. Là-bas, au moins, je fus reçu par un jeune médecin de trente ans, passionné de cinéma, le docteur Lord, bras droit du professeur Judé. Il était direct, clair et en même temps très chaleureux. Il me dit : « On va voir ce qu'on peut faire, ne vous inquiétez pas... Alors, moi, j'ai beaucoup aimé *Les Cousins*, et... » Et l'on se mit à parler du film. Puis il revint avec les radios et m'annonça avec gravité : « Vous avez attendu trop longtemps, il faut faire vite... Vous ne partez plus. » Il se tourna vers mon copain : « Vous allez lui chercher un pyjama et des affaires de toilette, il faut que je l'opère d'urgence, sinon, dans quinze jours, je ne réponds plus de rien. »

En clair, cela voulait dire que je pouvais rester paralysé. On prévint immédiatement le théâtre pour que ma doublure me remplace. Voyant mon air angoissé, le docteur me rassura gentiment : « Ne vous inquiétez pas, vous aurez l'une des deux chambres individuelles réservées aux gens importants, aux ministres. L'une est déjà occupée par Paul-Émile Victor, qui s'est cassé la jambe, vous occuperez l'autre. » On me donna un calmant et je m'endormis.

Le lendemain matin, le médecin m'annonça le programme des festivités : « Voilà, je vais vous mettre dans une coque de plâtre pendant quinze jours pour ne plus bouger et on va vous faire des examens très approfondis parce que c'est une intervention assez grave et il ne faut pas prendre de risques. Après l'opération, il faudra six mois de convalescence. Si on fait ça, vous n'aurez pas de problème, vous marcherez normalement. Ici, on va s'occuper de vous, vous ne serez pas malheureux. »

On m'opéra trois semaines après mon arrivée à Garches et j'y restai deux mois, période qui fut marquée par deux mauvaises nouvelles : la mort de Gérard Philipe, le 24 novembre 1959, et celle d'Henri Vidal, huit jours après. On savait que Gérard était malade, mais il venait de sortir de l'hôpital, il était en convalescence, et, brusquement, à trente-six ans, mon ami, mon idole, mourait d'une hépatite ! Je reçus la nouvelle comme un coup au cœur. Huit jours après, Henri Vidal mourut d'une crise cardiaque à quarante ans. Superstitieux comme je l'étais, je me disais : « Le troisième, ça va être moi. » Il faut dire que des journalistes délicats n'avaient pas manqué de m'appeler pour savoir comment j'allais !

Je vécus ces deux mois à Garches entouré de médecins compétents, d'infirmières et d'internes talentueux et patients... et avec six ou sept piqûres par jour ! Je souffrais, mais autour de moi on prit mille précautions pour que je ne sois pas seul. J'avais des amis, dont Michel, mon copain, qui venaient trois fois par jour. Delon débarqua avec une télévision portative japonaise. À l'époque, c'était très rare. Je me souviens qu'il entra dans ma chambre en disant : « Ma poule, je t'apporte... euh... », et il s'arrêta net. Il ne supporta pas la vision de tous les fils, des perfusions, et il s'effondra dans le couloir. Jeanne Moreau, également, venait me voir souvent. Comme une infirmière en chef, elle prit les choses en main. Tous les trois jours, elle était là, douce, souriante, attentive et généreuse, elle suivait ma courbe de température...

L'opération dura six heures. Elle fut beaucoup plus importante qu'on ne le pensait et je peux dire que le docteur Lord me sauva la vie. Je passai donc Noël à Garches. Le 25 décembre, après ma dernière visite, les internes me firent une belle surprise : ils m'apportèrent un peu de foie gras, du champagne, et ils réveillonnèrent dans ma chambre avec les infirmières. À un moment, l'un d'eux fut appelé pour faire une trachéotomie à un petit garçon. On lui dit : « Il faut que tu ailles ouvrir un petit. » Il partit et revint une demi-heure après pour finir son champagne. Je trouvais ça extraordinaire d'avoir autant de distance avec la vie, la souffrance et la mort.

Cette opération, l'immobilisation qu'elle impliqua me marquèrent énormément et depuis je suis heureux de me réveiller, de me lever sans problème. Je pense souvent aux hommes, aux enfants paralysés à vie que j'ai pu entrevoir pendant mon séjour à Garches. Quel courage ! Quelle force ! Quelle belle leçon de vie ! Je sais que certains disent de moi : « Il veut toujours s'amuser, sortir, rigoler... » Eh bien, oui, mille fois oui ! Quand on a la chance, comme moi, de pouvoir aller et venir, de regarder les autres, de profiter de la lumière, du soleil, d'un tableau, de manger, de boire, de danser, d'écouter de la musique, de voyager, pourquoi ne pas vivre cette merveilleuse liberté ?

Nouvel An avec Pierre Brasseur... et à la maison !

Autre surprise de fin d'année, Pierre Brasseur vint me voir l'avant-veille de Noël. Des poches de sa veste dépassaient deux bouteilles de champagne, une flasque de whisky et un flacon de Pernod. Il avait déjà beaucoup bu et il traversa tous les couloirs en pinçant le derrière des infirmières qui couraient dans tous les sens. Il arriva dans ma chambre, ouvrit la porte et, avec cette voix profonde, grave, superbe, il me dit : « Allez, ma vieille, c'est Noël, tu sors. » J'avais des perfusions, un drain, des tuyaux partout. Le Centre Beaubourg à moi tout seul ! Je ne souffrais pas, mais je ne pouvais pas bouger du tout. Pierre s'impatientait.

« Allez, lève-toi, ma vieille, tu en fais toujours trop. Maintenant, c'est fini, t'es guéri...

– Mais, Pierre, tu vois bien que je ne peux pas bouger... »

Alors, il releva son pantalon et me montra une cicatrice au genou en s'écriant : « Moi aussi, j'ai été opéré. Je t'en parle, moi ? »

C'était clair, il ne voulait pas me laisser là pour le soir de Noël. C'était adorable, mais je fus obligé de me fâcher. Il resta un moment à mes côtés et il partit en me laissant avec les internes. Le 31 décembre, le docteur Lord me dit : « Comme vous êtes vraiment raisonnable, on va vous laisser rentrer chez vous. Vous aurez tous les soins à la maison. On vous libère pour le réveillon. » C'était le plus beau cadeau de fin d'année qu'on pouvait me faire ! On me ramena en ambulance et je me mis dans mon lit. Michel m'avait préparé un petit réveillon, Pierre Brasseur et Lina, sa femme, vinrent me tenir compagnie. C'était délicieux, j'avais l'impression de ressusciter. Ensuite, je passai cinq mois dans ma coquille, comme un escargot, dans l'appartement du parc de la Bérengère à Saint-Cloud, et je ne me relevai véritablement qu'au mois de mai.

Pendant ces cinq mois, l'appartement vit défiler tous mes copains et copines qui, à tour de rôle, me tinrent compagnie. La presse avait raconté ce qui m'était arrivé et tout le monde s'occupait de moi. Un après-midi, un journaliste de radio me demanda comment je passais mes journées. « Le matin, je me réveille vers sept heures, et tout de suite j'écoute de la musique. D'abord, *La Vie parisienne* d'Offenbach pour me mettre de bonne humeur, puis la plus belle chanson d'amour qui soit, *Ne me quitte pas.* »

On était en 1960, Brel venait de l'enregistrer, on l'entendait partout. Un jour, après la diffusion de l'émission, Colette, la petite femme de ménage qui m'aidait pendant ma convalescence, entra dans ma chambre et m'annonça :

« Monsieur, il y a un homme bizarre dans l'entrée, il n'a pas rendez-vous. Il dit qu'il voudrait vous voir, mais je me méfie...

– Vous voyez trop de films de gangsters... Qu'il entre. »

Je vis alors venir vers moi le grand type en question, vêtu comme un curé : veste noire, chemise ouverte... C'était Jacques Brel... la guitare à la main ! « J'ai eu beaucoup de mal à vous trouver. Je vous ai entendu dire à la radio que vous écoutiez tous les matins *Ne me quitte pas*. Moi, je vous ai vu dans *Les Cousins*, vous étiez épatant, alors je suis venu vous la chanter. » Puis il s'assit sur le bord du lit et m'offrit *Ne me quitte pas*.

J'étais rempli d'émotion, de bonheur. Nous sympathisâmes immédiatement et nous revîmes beaucoup par la suite, jusqu'au dernier moment, jusqu'à son ultime message quelques jours avant de mourir. Il habitait alors un palace parisien assiégé par la presse. Je lui proposai ma maison pour être plus tranquille, mais il dut bientôt entrer à l'hôpital de Villejuif, où il mourut quelque temps après. Je n'oublierai jamais cet homme ni ce moment de bonheur que fut notre rencontre.

Quelques jours après sa venue, une admiratrice m'offrit

un petit teckel de six mois, Isis, du nom de la déesse de la Médecine. En une seconde je tombai sous son charme. Elle se couchait contre moi en faisant bien attention de ne pas me faire bouger. Elle était unique ! Nous avons vécu cette grande complicité pendant quatorze ans. Quand elle me regardait, elle ne voyait que moi. Elle « sentait » sans doute que j'étais le plus intelligent, le plus grand acteur du monde, le maître le plus extra... Je dois avouer que, certains soirs, ça faisait du bien !

Je me souviens qu'à cette époque je téléphonais souvent à Brigitte Bardot, qui était enceinte et restait cloîtrée. Nous étions un peu dans la même situation, mais, elle, elle se relèverait avec un beau bébé contrairement à moi... à moins d'un miracle ! Quoi qu'il en soit, nous étions aussi impatients l'un que l'autre de connaître la délivrance.

Comment acheter un château... sans le voir !

Marie-José Nat était comme une sœur pour moi. Je lui avais confié que mon médecin préconisait la campagne pour ma convalescence. Moi, j'avais horreur de la campagne. Mais puisqu'il fallait que je respire... Un jour, Marie-José entra dans ma chambre très excitée et me dit : « J'ai trouvé la maison de tes rêves ! Il faut que tu l'achètes, elle est formidable. C'est pas loin, à quarante kilomètres de Paris, avec un grand jardin. J'ai fait des photos. Regarde ! »

Je me penchai sur la première photo et, surprise, je vis un château !

« Tu es complètement folle !

– Je t'assure, il est fait pour toi ! »

Le lendemain matin, après avoir gambergé toute la nuit, je contactai le propriétaire, mais la maison venait d'être vendue. Je lui laissai quand même mon téléphone. À tout hasard. Quinze jours plus tard, sa femme m'appela et me dit d'emblée :

« Je vous admire beaucoup... J'ai vu deux fois *Les Cousins*...

– Bien, merci, madame.

– Et je voulais vous dire aussi que la maison est toujours à vendre... »

J'avais cinq mille francs en banque, quatre contrats signés sur des films à venir... Pourquoi pas ? « Écoutez, madame, pour l'instant, je ne peux pas bouger, mais je vais vous envoyer deux de mes amis. »

Le dimanche suivant, Michel et Sophie Grimaldi revinrent de la visite enthousiastes et prudents : « C'est merveilleux, mais tu serais complètement fou de te mettre ça sur le dos, il y a tout à refaire. C'est abandonné, il y a un très beau jardin, la maison est superbe de l'extérieur. C'est tout ce que tu aimes. C'est la maison de la comtesse de Ségur, mais toi qui n'aimes pas la campagne, tu ne vas jamais y habiter... »

Peut-être plus par esprit de contradiction qu'autre chose, le lendemain, j'appelai le directeur de ma banque, le Crédit Lyonnais. Après examen de ma situation, on m'accorda un prêt. Claude Chabrol, à qui j'expliquai l'affaire, proposa de me prêter de l'argent. Truffaut et Godard cassèrent leurs tirelires. Si bien que le 30 mars, le jour de mon anniversaire, sans même l'avoir vue, j'achetai ma maison ! (J'ai tourné cent quatre-vingt-cinq films, ils sont tous là.) Au mois de mai, je louai une DS et l'on m'y emmena. J'étais comme un enfant à Noël ! Je découvris une maison superbe avec deux larges tours qui avaient l'air de deux pattes d'éléphant. La façade XVIIIe était très simple, très pure. On me porta à l'intérieur de la maison, et je traversai deux belles pièces, dont l'une avec des poutres, et un salon, ancienne chambre d'orgue qu'on avait démontée, avec de la paille et des poules, une véritable basse-cour !

La salle à manger sentait le moisi, mais les boiseries Louis XV étaient superbes. Au-dessus du buffet, il y avait un tableau d'inspiration romantique, déchiré en son milieu. La cuisinière, qui me fit visiter la maison, m'expliqua que c'était le coup de sabre d'un officier allemand, sans doute saoul, qui avait crevé la toile. Un charme indescriptible émanait de la pierre. Elle cachait ses secrets depuis 1776, date à laquelle M. de Monthyon avait restauré ce petit rendez-vous de chasse, juste avant la Révolution. On disait qu'un fantôme se promenait la nuit dans le château, une jeune femme en robe de bal... Il y avait un parc avec des arbres centenaires et un potager, véritable jardin de curé.

Je fis alors la connaissance du jardinier, M. Nussbaum, un Suisse allemand. Cet homme était très attaché à la maison. Passionné par la nature, les plantes et les jardins, il entretenait seul toute la propriété. Il est resté vingt ans à mes côtés ! Jusqu'à l'âge de quatre-vingts ans, il a été là tous les jours de la semaine. Il avait parsemé toute la propriété de lézards géants, de crocodiles et autres bestioles, réalisés en plantes grasses et en pierre. Il en était très fier. Je mis un certain temps à le convaincre de faire de simples parterres de fleurs ! Il avait le visage anguleux, de tout petits yeux et un teint brûlé par le soleil. Nous sommes devenus rapidement très complices. Nous étions deux artistes, chacun dans sa spécialité. Il ne m'avait jamais vu ni au cinéma ni au théâtre, on lui avait dit que j'étais quelqu'un de connu, ça lui était bien égal. C'est lui qui donna son vrai visage à la propriété, qui la chérit, et je fus très triste le jour où il partit.

Blanche, la cuisinière, était, elle aussi, quelqu'un de rare. Quand j'arrivai, elle m'avertit d'emblée :

« Monsieur, bien entendu, je ne resterai pas.

– Ah bon ! Pourquoi ?

– Parce que je ne sais pas bien faire la cuisine. La dame avant vous ne mangeait pratiquement rien ! Mais vous, vous êtes jeune, vous devez être difficile. »

Devant mon insistance, elle accepta de différer son départ et elle vécut près de moi pendant quinze ans ! Blanche devint peu à peu une vraie gouvernante, comme la Céleste de Proust, vivant à mon rythme. Elle me faisait des tartes, des feuilletés aux pommes, aux poires, des terrines de lapin, des blanquettes de veau, des daubes onctueuses. Par souci de me faire plaisir, elle devint une cuisinière hors pair !

Les enfants que je n'aurai pas

Un jour, Claude, qui fut pendant ma convalescence mon secrétaire et confident, me dit : « Dis-moi, ça ne t'ennuie pas si j'invite mes neveux pour Pâques ? Ils vivent au Mans mais ils viennent à Paris et je ne sais pas quoi en faire. » Évidemment, j'acceptai tout de suite. Tout le monde était fou de joie ! Ce qui manquait à cette maison, c'étaient justement des rires d'enfants. Comme la maison n'était pas encore installée et que les enfants étaient au nombre de cinq, on aligna des matelas par terre pour faire un dortoir. Le plus petit d'entre eux avait cinq mois et l'aîné douze ans. Jérôme, petit garçon de cinq ans, semblait très mélancolique alors que les quatre autres étaient heureux et expansifs. Il ne jouait pas avec ses frères et sœurs. Un jour, je lui demandai :

« Qu'est-ce que tu as ? Tu ne te plais pas ici ? Tu n'es pas bien ?

– Si, si...

– Mais pourquoi es-tu triste comme ça ?

– Je ne suis pas triste.

– Si, tu n'as pas l'air de t'amuser comme les autres. Tu as vu, eux, ils poussent des cris, ils courent, ils remuent... Et toi ? »

Il finit par m'apprendre qu'il n'était pas le frère des quatre autres, mais leur cousin, et qu'il vivait avec eux. Il ajouta que sa mère travaillait à Paris et qu'il avait un petit frère de dix-huit mois en nourrice là-bas. Claude m'expliqua tout.

« J'ai une sœur au Mans qui a quatre enfants et une autre à Paris qui en a deux. Ma sœur parisienne a eu le petit Jérôme avec un médecin déjà marié. Il ne l'a pas reconnu et elle s'est retrouvée seule avec le petit. Cinq ans après, elle a eu un deuxième enfant, Raphaël, avec un étudiant très amoureux d'elle mais dont elle n'a pas voulu. Elle a mis son deuxième enfant en nourrice pour pouvoir travailler. »

Cette histoire me bouleversa. Je décidai de faire quelque chose pour ces petits : « Écoute, Claude, je suis célibataire et je suis en train de commencer ma carrière. J'ai la chance de travailler, de gagner de l'argent. Je veux partager ce bonheur avec tes neveux. Je n'ai rien demandé, eux non plus, c'est le destin qui me les envoie. Je veux bien, si ta sœur est d'accord, les prendre à la maison tous les deux. Ils ne se connaissent presque pas alors qu'ils sont demi-frères ! Ça serait bien qu'ils soient élevés ensemble. Blanche et Louise pourront s'occuper d'eux. Ils seront choyés et bien soignés. Et puis la vie à la campagne, il n'y a rien de mieux. On va s'en occuper. Et ta sœur pourra venir les voir autant qu'elle veut puisqu'elle travaille à Paris. »

Claude était d'accord : « Ce serait très bien, c'est vrai, mais ma sœur a un certain caractère. Je ne sais pas si elle acceptera cette solution. Elle a sa fierté. Il faut que tu la rencontres. »

Je pris rendez-vous avec elle et je vis arriver une petite femme, plutôt ronde, avec un très joli visage. Je sentis tout de suite qu'elle était décidée, intelligente, cultivée. Elle me regarda, un peu méfiante.

« Claude m'a raconté. Mais vous voulez faire comment avec les enfants ?

– Il n'est pas question de les adopter, de me faire appeler papa ou quoi que ce soit de cet ordre. Disons que je pourrais être comme leur parrain. Moi, j'ai une grande maison, la personne avec qui je vis adore les enfants, et, si vous voulez, on peut s'arranger pour que je vous aide à les élever. Vous viendrez les voir quand vous voudrez. Vous êtes ici chez vous. Je peux même les emmener en vacances au mois de juillet, et, si vous voulez venir avec nous, vous serez la bienvenue.

– Pourquoi pas ? Essayons. En tout cas, merci pour eux... »

Elle arriva donc le dimanche suivant à Monthyon avec Jérôme et Raphaël, puis elle revint régulièrement les voir. Le premier Noël fut merveilleux. Il n'y avait pas grand-chose dans la maison, un meuble ici et là au milieu de pièces vides. Le camping au château, en quelque sorte, mais on décora quand même un grand arbre de Noël et l'on déposa les chaussures dans la cheminée. Nous les adultes étions devenus complètement gâteux ! On avait dévalisé les grands magasins pour faire une montagne de cadeaux aux enfants. Tout allait bien. Les années passèrent, les enfants grandissaient, ils restèrent avec nous. Le matin, je leur faisais l'école. J'essayais de leur apprendre à lire... et de leur faire entrer un peu de mathématiques ! Évidemment, j'en avais tellement bavé avec mon père que je m'étais dit : « Ne reproduisons pas les scènes de torture ! » Jérôme, l'aîné, n'était pas très doué et il se fermait très facilement, alors que Raphaël était malin, il pigeait tout très vite. De plus, il avait un charme fou et il s'en servait. Quand il faisait une bêtise, il nous regardait avec ses grands yeux noirs et nous craquions les uns après les autres.

Pendant cinq années, nous partîmes passer le mois d'août à Ischia, dans une petite maison en pierre blanche, toute simple, avec des volets bleus et des carreaux au sol. J'avais ma chambre, les enfants la leur, trois amis solitaires, la mère de Sophie, Pierre-Louis, dit Pilou, directeur de la boutique Balmain, et Jacqueline, un ancien mannequin, étaient mes invités. La mère des enfants nous avait également rejoints. Le ciel était pur et la mer transparente dansait au pied des rochers. Le matin, après avoir donné leur cours aux enfants, j'allais faire le marché. J'adorais ça, faire le marché. C'étaient des vraies vacances, avec les espadrilles, le pantalon de toile, la chemise ouverte. Ici, personne ne me connaissait, j'avais une paix royale ! Et puis j'étais en Italie, tout allait bien. Les enfants avaient une vie de rêve. On pique-niquait, on se gavait de lasagnes au parmesan, on se baignait, c'était le farniente, une vie proche de la nature. Pendant cinq ans, ce mois de vacances à Ischia fut synonyme de paix et de bonheur absolus.

Le reste de l'année, les enfants allaient à l'école communale puis ils jouaient dans la propriété. Le petit Raphaël avait la fâcheuse manie de dérober tout ce qu'il pouvait, cinq sous dans le portefeuille ou des crayons à l'école. La maîtresse, assez préoccupée, ne cessait de m'en parler. Je prévins donc Raphaël, le menaçai d'appeler les gendarmes, rien à faire, il recommençait. Jusqu'au jour où j'appelai réellement les gendarmes. Au téléphone, je leur exposai mon plan : il fallait absolument faire peur à l'enfant pour qu'il prenne conscience que c'était mal de voler, avant que la situation n'empire. Après cette rapide consultation, j'attrapai Raphaël par le col et le conduisis à la gendarmerie. Sur le chemin, il pleurait, s'excusait, c'était le drame. Le gendarme qui s'était mis en grande tenue eut beau tenter d'impressionner le gamin à coups de froncements de sourcils et de grondements, tout cela sonnait terriblement faux, on n'y croyait pas une seconde ! Je pris donc les choses en main et demandai qu'on me montre le cachot. Le gendarme commenta l'endroit comme un guide ferait visiter les oubliettes d'un château médiéval ! Je promis à Raphaël que ce serait là qu'il dormirait à la prochaine incartade. Il me sembla que le petit avait vraiment la frousse car il me jura qu'il ne le referait plus. J'étais assez fier de moi, j'étais un bon acteur !

En arrivant à la maison, il alla rejoindre son frère, et j'entendis Raphaël raconter son aventure de la façon la plus décontractée du monde, lui faisant le récit de la visite de la prison comme d'une promenade touristique ! Je n'en revenais pas ! Le grand acteur, c'était lui. Heureusement, sa manie lui passa assez vite. Il était bourré de charme, très séducteur, à la fois insolent et adorable, sachant exactement la limite à ne pas dépasser. Un véritable enjôleur ! Avec, pour couronner le tout, un humour incroyable : pas un jour ne se passait sans qu'il ne nous fasse tous rire à gorge déployée par le récit de ses aventures.

Lorsque Jérôme eut douze ans, je l'inscrivis au collège. Cette année-là, leur mère n'était pas venue avec nous en vacances. Elle m'annonça qu'elle avait quelqu'un dans sa vie et que sa situation financière s'était nettement arrangée. Quelques jours avant la rentrée, je la vis arriver, elle venait reprendre ses enfants. Jérôme et Raphaël firent leurs valises... et on ne les revit plus jamais ! Du jour au lendemain, ils disparurent. Pas une lettre, pas un coup de téléphone, plus rien. Ils n'ont plus jamais donné signe de vie ! Même Louise, qui les avait élevés et soignés comme une mère, n'a jamais reçu un mot de leur part. Ce fut un des moments les plus durs de ma vie, parce que je m'étais vraiment attaché à eux, et je ne compris pas ce silence. Je dois dire que cette disparition brutale me secoua. Et m'endurcit. Plus tard, j'appris que Raphaël, qui était ma faiblesse, s'était tué à dix-huit ans en faisant une manœuvre en bateau. On me dit que Jérôme était pharmacien en province. J'avais mis toute ma générosité, toute ma spontanéité en œuvre et l'on m'avait donné une terrible leçon. Depuis ce jour, je n'ai jamais repris de vacances, les petits m'auraient trop manqué. Les vacances, comme le jour de Noël, deviennent tristes sans rires d'enfants.

Quelque chose s'était brisé en moi.

Retour vers Chabrol : *Les Godelureaux*

Rien ne pouvait davantage me requinquer que de retrouver Chabrol et Paul Gégauff pour un film au titre étrange : *Les Godelureaux*, d'après un livre d'Éric Ollivier. Gégauff avait mis dans mon personnage énormément de lui-même et de sa folie. Sept ans avant les événements de 1968, ce film déconcerta le public, qui ne s'attendait pas à voir une image aussi bizarre, presque inquiétante de la jeunesse. Dans cette histoire, à la fois insolente et moderne grâce à la grande liberté de Paul, étaient évoqués la drogue, l'alcool, le mal-être, et les spectateurs trouvèrent dans cette liberté quelque chose de satanique. La bourgeoisie fut très choquée, ce qui nous réjouit énormément. Pour Paul et Claude, c'était même l'essentiel ! Paul Gégauff était un type superbe et complètement allumé. Il mourut assassiné par sa très jeune femme, ce qui ne surprit pas ses amis. Ce coureur invétéré, qui buvait énormément, portait la tragédie en lui. Comme Pasolini, il était promis à une mort violente. Il était fasciné par l'Allemagne, par la culture allemande. Il parlait fort, aimait les scandales, les engueulades, le bruit. Et, malgré son côté très sûr de lui, il semblait parfois comme égaré.

Paul avait une influence assez électrisante sur Claude Chabrol. Il tirait ses films vers le vice, l'étrangeté, le morbide, qui étaient ses domaines de prédilection.

Roger Nimier, que j'ai bien connu, était le contraire de Paul. Timide et effacé, il avait une allure de notaire de province et s'habillait comme un fonctionnaire. Avec son cartable sous le bras, on aurait pu facilement le prendre pour un étudiant ou un jeune professeur de lettres. Mais, dès qu'il ouvrait la bouche, c'était un festival d'humour, d'intelligence, de précision. Il ne parlait jamais pour ne rien dire. Tout l'inverse de Gégauff. Autant l'un était baroque et fou, autant l'autre était classique et sage. Les deux plaisaient aux femmes pour des raisons opposées. On avait envie de se laisser emporter par Gégauff et de prendre Nimier dans ses bras pour le consoler.

7.

L'amoureux d'Anna

Pendant ma convalescence, j'avais reçu un coup de téléphone de Godard.

« Écoute, l'année prochaine, je vais faire un film qui s'appellera *Une femme est une femme.* Je ne te raconte pas l'histoire, mais ça sera avec Brigitte Bardot, Jean-Paul Belmondo et toi. Ça te va ?

– Ben, oui.

– Bon, voilà. Alors, salut. »

Jean-Luc avait des idées toutes les cinq minutes. J'ai pensé qu'il venait d'écrire un début de scénario et qu'à sa façon il voulait me dire qu'il pensait à moi. Six mois plus tard, Jean-Luc me rappela et me dit :

« Voilà, tu te souviens, je t'avais parlé d'*Une femme est une femme.* On tourne, si tu es libre..., si tu n'es pas trop cher..., enfin, si tu ne nous emmerdes pas, dans deux mois, avec Jean-Paul Belmondo...

– Et Brigitte Bardot ? le coupai-je d'un ton gourmand.

– Ah non ! Ce n'est plus Brigitte Bardot, c'est Anna Karina.

– Qui c'est, ça ?

– Elle est très bien, formidable... »

Avec Jean-Luc, il n'y avait pas à discuter. On se rencontra donc et il me dit deux mots du scénario.

« Voilà, tu seras marié avec Anna Karina..., enfin, tu

vivras avec Anna Karina dans un appartement. On va tourner ça à la porte Saint-Martin où tu tiendras un kiosque. C'est une histoire à trois où un type, qui est ton copain, vient et veut sauter ta femme... Tu feras du vélo dans l'appartement...

– Pourquoi ?

– Parce que... Voilà, c'est tout. Bon. Salut. »

On alla donc repérer l'appartement en question, qui appartenait à de vieilles personnes très charmantes. C'était un endroit assez tarabiscoté et exigu donnant sur le boulevard Saint-Martin. Jean-Luc leur dit qu'il allait repeindre leur porte en bleu, ou le mur, qu'il allait faire passer des fils ici, ou bien par là... Il avait envahi leur logement comme pendant l'Occupation. Les propriétaires ne savaient même plus s'ils pourraient encore y habiter après le tournage. Malgré la coquette somme que le producteur leur proposait, ils préférèrent renoncer. Mais Godard n'en démordait pas : « Moi, cet appartement me plaît, on va donc le reconstituer en studio. » On a donc reconstruit et décoré un studio exactement comme l'appartement, au moindre détail près. Mais tous les emmerdements qu'on aurait pu éviter en studio, où les murs et les plafonds sont amovibles pour pouvoir bouger sans problème avec les caméras et la lumière, demeurèrent, car Jean-Luc voulut mettre aussi le plafond et les murs ! Résultat, on ne pouvait plus bouger, on ne pouvait d'ailleurs même pas accéder à l'appartement ! Il était construit en plein milieu d'un grand studio à Saint-Maurice et seul Jean-Luc avait la clé. Finalement, nous dépassâmes ces problèmes techniques, le film fut tourné en trois semaines et demie, avec une équipe très légère.

À l'époque, Anna Karina était complètement inconnue, c'était son premier film, un véritable cadeau pour elle. Et l'on comprend le choix de Jean-Luc tant Anna était belle, avec sa voix un peu rauque, ses grands yeux noirs. Et cette fragilité qui émanait d'elle ; elle me faisait penser à une feuille qui se détache de l'arbre. Jean-Luc était amoureux et c'était touchant de les voir. Très vite, ils mélangèrent rapports professionnels et personnels. Ils se déchiraient, s'engueulaient, s'aimaient, se détestaient, se hurlaient dessus... C'était aussi passionné sur le plateau que dans la vie ! Elle partait, il la rattrapait, on attendait, ils revenaient. C'était par moments difficile à suivre. C'était leur façon de s'aimer. J'étais parfois surpris d'entendre cette fille jeune, belle comme le jour, se mettre à abreuver de mots très crus ce cher Godard, ce type brillant, intouchable, que j'admirais, qui m'impressionnait. Puis l'orage passait et l'on continuait à s'amuser.

Un jour, Jean-Luc arriva au studio, il ouvrit la porte de l'appartement devant lequel nous attendions, et nous entrâmes pour nous préparer. Il fit un ou deux plans puis il dit : « Je n'ai plus d'idées, on s'en va. » Et c'était fini. D'habitude, il arrivait à midi moins cinq et nous tournions de midi à dix-neuf heures trente. Personne n'avait de scénario, lui seul savait : « Alors, voilà, aujourd'hui... » Il avait tout inscrit sur ses petits bouts de papier que personne n'arrivait à déchiffrer et qu'il nous lisait avec son accent suisse. Il marmonnait, on ne comprenait rien, on lui faisait répéter, ce qui l'énervait prodigieusement.

Il s'adressait ensuite à chacun de nous : « Toi, tu dis ça, tu dis ça... »

Moi, qui ai une mémoire visuelle, je l'arrêtais :

« Il faut que tu me l'écrives pour que je sache un peu ce que je raconte...

– Non, non, je te les dis.

– Mais j'ai rien compris.

– Alors, recommence... »

La même chose pour Belmondo et Anna. C'était assez agaçant. Comme cette façon qu'il avait de nous ignorer, Jean-Paul et moi, lorsqu'il arrivait sur le plateau. Il ne nous disait jamais bonjour. Il était très attentif à Anna, mais Belmondo et moi faisions partie des meubles. Un jour, nous nous sommes rebiffés : « Écoute, tu pourrais quand même nous dire bonjour ! »

Il se retourna vers nous.

« Mais pourquoi vous me dites ça ?

– Parce que tu n'es pas très gentil avec nous. On est là,

et c'est comme si on ne comptait pas, on a l'impression d'être des objets. »

Silence de Godard. Le lendemain, on le vit arriver avec deux bouquets de fleurs : « Est-ce que comme ça, ça va ? Est-ce que je vous ai bien dit bonjour, les stars ? »

C'était tout lui : il se moquait de nous ouvertement. Au-delà de ses façons de faire parfois déconcertantes, j'eus raison de lui faire confiance. Lorsque je vis le film, je fus ébloui par les cadrages, par la photo, par cette inventivité magnifique, par la poésie d'*Une femme est une femme*. C'était un film tendre, drôle, baroque, intelligent. Et très en avance sur son temps. Aujourd'hui encore, il a gardé toute sa fraîcheur. Et puis, surtout, ce fut un magnifique cadeau d'amour à Anna. Nous étions ravis, Jean-Paul et moi, d'avoir été les deux porteurs d'une si touchante danseuse...

Les herbes et les tisanes de Michèle Morgan

La vraie raison de ma participation au film *Le Puits aux trois vérités*, indépendamment du fait qu'Henri Jeanson, le magnifique dialoguiste d'*Hôtel du Nord*, avait écrit, là aussi, un dialogue très serré, très beau, était la présence de Michèle Morgan. Comme tous les garçons, j'étais amoureux d'elle. Elle était la plus grande vedette du cinéma français et, malheureusement, sans doute la plus sage ! Elle symbolisait la tranquillité, la beauté, elle était rassurante et lumineuse, aussi belle à l'intérieur qu'à l'extérieur. J'avais vu tous ses films et au moins cinq fois *La Symphonie pastorale*.

Je me souviens que Michèle avait découvert l'écologie, la phytothérapie et les médecines douces bien avant l'heure ! Elle avait installé dans sa loge de cinéma, à Boulogne-Billancourt, une véritable pharmacie. Elle se servait d'une bombe à oxygène pour respirer, de temps en temps, un peu d'air pur avec un masque. Dans sa loge, elle avait des herbes, des tisanes, elle avait de tout. Il suffisait de lui dire : « J'ai mal à la tête, j'ai mal à l'estomac, j'ai mal au foie... », elle sortait la racine, la fleur ou la poudre magique de ses tiroirs ! Quand je rencontrai Michèle, elle venait de perdre Henri Vidal six mois plus tôt. Il avait été le grand amour de sa vie. Ce garçon turbulent, qui fréquenta les bordels, abusa d'alcools et de drogues et fit les quatre cents coups, avait un charme inouï. Robert Dalban partageait, d'ailleurs, son goût pour la vie tumultueuse. « Vidal et Dalban », c'était un peu don Juan et Sganarelle. Le second suivait l'autre partout, il était sa conscience. Dalban lui faisait parfois la morale : « On a été trop loin hier soir, il faut arrêter, sinon, on va avoir des problèmes. » Mais Henri donnait l'impression de courir au suicide. Il se jetait à corps perdu dans toutes sortes de folles aventures. Si bien qu'on le découvrit un jour, dans un hôtel, mort d'une crise cardiaque.

Sur la fin, Michèle s'était un peu éloignée de lui. Elle ne pouvait plus supporter cette vie malgré l'amour qu'elle lui portait. Elle eut un chagrin fou à la mort d'Henri. La douleur la faisait se replier sur elle-même. Pendant le tournage, elle ne se confiait pas, ne partageait pas les plaisanteries ou les moments de pause, elle se concentrait sur son personnage. Je réussis peu à peu à la mettre en confiance et même à la faire rire. Tant et si bien qu'on devint très copains. Dès que Michèle ne tournait pas, elle montait dans sa loge prendre un peu d'oxygène et manger ses légumes cuits à la vapeur. Elle ne buvait, bien sûr, pas de vin mais de l'eau minérale... et tempérée ! Je sentis, en passant du temps près d'elle, qu'elle avait malgré tout envie de sortir de ce tunnel de tristesse et je pense qu'à travers moi elle retrouvait un peu de la bonne humeur d'Henri, de son rire merveilleux. Lui aussi, il adorait raconter des blagues, faire le fou. Elle m'avait donc pris en affection et recherchait ma compagnie. De là est née mon amitié pour Michèle, faite d'admiration et d'affection.

Après tant de douceur au contact de Michèle, le rappel à l'ordre de Godard me fit l'effet d'une douche froide ! En effet, le film était produit par la Gaumont, ce qui me valut une belle lettre de reproches de Jean-Luc. J'avais commis le crime ultime : tourner pour le diable, la Gaumont ! C'était comme une lettre de rupture, une lettre terrible, j'avais « pactisé avec l'ennemi », j'avais « trahi tous les espoirs que la nouvelle vague avait mis en moi » !

Les Petits Matins, film à sketches qui suivit, ne bouleversa pas ma carrière, mais je me souviens d'une anecdote qui me fit réfléchir quant à la vanité de notre métier. Le tournage se passait dans le sud de la France et j'habitais Marseille. Un jour que je prenais un café sur la Canebière, je vis arriver droit devant moi une jeune fille qui m'apostropha.

« Vous êtes bien Jean-Claude Brialy ? Oh ! quelle joie ! Je vous aime beaucoup, vous êtes un merveilleux acteur, vous avez fait mon bonheur ! Ma mère aussi vous adore ! *Les Cousins*, *Le Beau Serge*, tout ça... Je peux m'asseoir deux minutes ?

– Oui, mais rapidement, j'attends la voiture du tournage pour me rendre à Cassis.

– Je ne reste pas longtemps. »

Elle s'assit, on commença à parler, et, tout d'un coup, elle me proposa cette chose extravagante :

« Écoutez, j'habite à côté, et j'aimerais tant que vous acceptiez de venir voir une amie à moi qui est poliomyélitique. Elle ne peut pas bouger, mais elle vous adore, vous êtes son acteur préféré, ce serait une bonne action si vous veniez la voir. Ça la ferait sourire, la pauvre...

– Je ne sais pas si j'aurai le temps...

– C'est juste à côté, je vous jure. On m'a tellement dit que vous étiez gentil... »

Je payai les cafés et nous partîmes en direction de l'immeuble voisin. On grimpa sept étages à pied, la jeune fille sonna à une porte. Personne. Elle insista. Personne. Elle me regarda.

« Elle doit être sortie.

– Vous vous foutez de moi ! Vous m'avez dit qu'elle était poliomyélitique !

– Oui, mais de temps en temps on la descend pour la faire respirer. »

Je n'insistai pas. Il fallait en finir. « J'ai compris, ça va.

On redescendit. » Arrivée au quatrième étage, elle me dit : « Une seconde. »

Elle alla sonner à une porte, une dame nous ouvrit avec un tablier en plastique et des gants en caoutchouc, visiblement occupée à faire la vaisselle. C'était sa mère. Et, sur le palier, j'entendis cette conversation surréaliste entre la mère et la fille : « Maman, regarde, c'est Jean-Claude Brialy. Maman, tu sais bien, l'acteur. Tu te souviens de Jean-Claude Brialy ? *Le Beau Serge*..., *Les Cousins*..., tout ça. On en a tellement parlé. »

Visiblement, pas tant que ça, car la mère ne me reconnaissait pas du tout. J'étais planté là comme un imbécile, les minutes passaient, c'était de plus en plus embarrassant. Enfin, à mon grand soulagement, la mère me libéra.

« Bon, monsieur a du travail, laisse-le.

– Mais, maman, je te dis que c'est Jean-Claude Brialy...

– Oui, j'ai compris, tu me l'as déjà dit trois fois. Et après ?

– Rien... mais maintenant tu me crois quand je te dis que j'ai vu Belmondo, la semaine dernière ? »

Et, là, je compris tout. La gamine avait vu Jean-Paul Belmondo à Marseille, et, comme sa mère ne l'avait pas crue, elle m'avait pris en otage, huit jours plus tard, pour prouver qu'elle ne mentait pas ! Sur le coup, je fus un peu vexé, mais en racontant cette histoire à mes copains de tournage je rigolai aussi fort qu'eux !

Alexandre Astruc, le magnifique

Le film *L'Éducation sentimentale* allait peut-être me permettre d'incarner un personnage romantique, tendre et fragile, alors que, jusque-là, j'avais plutôt joué des fils de famille dégénérés et sans consistance. Le producteur cherchait encore le metteur en scène et un adaptateur. Je proposai donc mon ami Jacques Demy, qui venait de réaliser le merveilleux *Lola*. Ma proposition emballa la production, et j'appelai tout de suite Jacques à Nantes.

« Jacques, est-ce que tu connais *L'Éducation sentimentale*, de Flaubert ? Est-ce que tu veux le relire, parce qu'on me propose une adaptation et j'aimerais que tu la fasses avec moi. »

Entre-temps, Ribadeau-Dumas, le producteur, avait déniché l'adaptateur idéal, Roger Nimier, écrivain magnifique. Malheureusement, Jacques Demy ne s'entendit pas avec la production. Le producteur voulait faire un film moderne, qui se déroulait de nos jours. Demy et moi voulions rester très proches de l'œuvre, en garder le côté romantique, respecter l'époque à laquelle se passait le roman. Hélas, les films en costumes faisaient peur. Et Demy, fier, intransigeant et honnête, se retira du projet. J'aurais dû ne pas céder et partir avec Demy, mais je restai, moins par faiblesse que pour l'admiration sans bornes que j'avais pour Nimier. Concernant la mise en scène, je proposai Alexandre Astruc, dont j'avais adoré *Une vie*, l'adaptation de Maupassant. Dumas rencontra donc Astruc, Astruc et Nimier se connaissaient. Restait à distribuer le rôle d'Anne. Il nous fallait une femme mystérieuse, belle, un peu perverse. J'étais amoureux d'Anouk Aimée depuis que j'avais vu *Les Amants de Vérone* et j'étais tombé sous son charme en la croisant sur le plateau des *Mauvaises Rencontres* qu'elle tournait avec Jean-Claude Pascal. Elle était ravissante et secrète, c'était tout à fait le personnage. Anouk lut le scénario, le trouva formidable et donna son accord. Michel Auclair fut engagé pour jouer le rôle de Didier. Tout allait bien. Le tournage était prévu au mois de juin. Et, là, stupeur, quinze jours avant le début du tournage, plus d'Anouk ! Disparue ! On appela son imprésario, ses amis, impossible de savoir où elle était. Nous finîmes par apprendre qu'elle était partie dans le désert avec l'homme qu'elle aimait ! Et pas question qu'elle rentre. Elle n'avait pas signé son contrat, nous nous retrouvions sans actrice. Elle était tellement le personnage que je voulus attendre son retour. Mais le producteur était pressé, il avait déjà programmé la sortie. Il fallait donc tourner à la date prévue. Finalement, c'est Marie-José Nat qui remplaça Anouk Aimée. Marie-José était belle et émouvante mais certainement trop jeune pour le rôle. Dawn Adams jouait l'autre femme. Elle avait l'âge, le charme, le mélange d'innocence et de violence qui convenaient. Nous tournâmes pendant huit semaines, ce fut un tournage heureux et passionnant, notamment grâce à Astruc.

Alexandre est l'un des hommes les plus intelligents et les plus cultivés que j'aie croisés. Une sorte d'Orson Welles français, un type brillant, curieux de tout, épris de littérature, de politique, de peinture et de musique. À l'époque, il était amoureux de Dawn Adams, à l'évidence inaccessible car mariée et heureuse. Lorsqu'il voulait lui donner des indications, il bafouillait, se congestionnait, s'énervait, les mots n'arrivaient plus à sortir, ça se bousculait au portillon et, au portillon, ça postillonnait ! Elle riait, il était touchant de maladresse et de tendresse. Malheureusement pour lui, elle le trouvait passionnant mais elle ne céda pas pour autant à ses ardeurs, et il termina le film sans avoir appris d'elle aucun mot d'anglais. Je me souviens de la façon insensée qu'il avait de crier « moteur ! ». C'était un cri étranglé, comme s'il s'asphyxiait, ça tenait vraiment du goret qu'on égorge, d'un homme sanguin à la dernière extase ou de quelqu'un qui va rendre l'âme. C'était un cri d'exaltation, un cri d'animal sauvage. Il n'avait plus de voix tellement il hurlait. Chaque fois, les uns après les autres, cela nous faisait pouffer. Nous étions partagés entre la moquerie et l'angoisse devant ce type qui allait rendre ses tripes.

Sur le tournage, Alexandre imaginait toujours des travellings très compliqués, des mouvements d'appareils pour lesquels il m'arrivait de devoir prendre quatre-vingt-dix places différentes tout en disant mon texte. Il n'aimait pas les scènes courtes, il ne jurait que par les longs plans bien touffus, bien alambiqués ! En extérieur, c'était pis que tout : rien n'était audible à cause d'un moteur de voiture, d'une scie, d'un chien qui aboyait, d'un train qui passait. Parfois tout en même temps ! Mais quand Alexandre disait « moteur ! » c'était si beau que, pour l'entendre à nouveau, on acceptait de recommencer la séquence une fois de plus. Il adorait les acteurs, il les écoutait, les mangeait des yeux. Mais dès que quelque chose n'allait pas, une bêtise, un accessoire qui manquait ou le cadreur qui décadrait, il hurlait. Ahhhhhh ! Il piétinait, il devenait hystérique. Ensuite, il était tout penaud comme un gros bébé. Nous nous sommes tous défoncés pour *L'Éducation sentimentale*, dont le résultat fut modeste.

Plus tard, je tournai un autre film avec lui pour la télévision, *Arsène Lupin*. Alexandre s'était calmé, il avait pris de la distance, mais son intelligence et sa sensibilité restaient intactes.

Dans le film *Les lions sont lâchés*, d'Henri Verneuil, je revis Michèle Morgan et Danielle Darrieux, mes deux amours. Je les appelais maman et mamie, ce qui faisait beaucoup rire Verneuil. Michel Audiard avait écrit les dialogues. La troisième partenaire féminine était Claudia Cardinale, qui arrivait tout droit d'Italie. Elle était belle, avec des yeux immenses, un teint de pêche et une peau comme jamais je n'en ai vu. Elle avait vingt ans, son corps était comme un fruit mûr, tout explosait en elle. Inconnue en France, elle était une vedette dans son pays et vivait avec le producteur Franco Cristaldi. Son habilleuse, sa secrétaire et son chauffeur italiens ne la quittaient pas d'une semelle. En fait, son amant producteur était tellement jaloux qu'il avait engagé ces trois personnes pour espionner Claudia ! C'était étouffant, et, comme elle aimait beaucoup s'amuser, elle compensait avec moi, le joyeux luron, le loustic qui la faisait rigoler. D'ailleurs, ce film fut un véritable enchantement, entre Michèle Morgan, Danielle Darrieux, Claudia Cardinale, Verneuil, Audiard, et mon cher Lino Ventura que je retrouvai après *Le Chemin des écoliers*. Cette fois, nous devînmes de vrais amis.

Les angoisses de Louis de Funès

Moi qui aimais les ambiances décontractées et joyeuses, je fus gâté en rencontrant Louis de Funès sur le tournage du film *Le Diable et les Dix Commandements*, de Julien Duvivier.

Duvivier était un homme à l'air sévère, toujours assis sur une chaise d'arbitre de tennis. Elle avait été fabriquée sur mesure pour qu'en toute circonstance il domine la situation ! Il grimpait sur son perchoir et n'en bougeait jamais. Je le revois encore sur son promontoire se désaltérer avec sa petite gourde qui ne le quittait pas. Il nous regardait en plissant les yeux sans dire un mot. On avait sans cesse l'impression d'être des collégiens sous la surveillance d'un pion ! Le visage impassible, le regard impénétrable derrière ses verres épais, aucune émotion ne passait, un vrai bouddha ! Il avait pourtant de l'humour, mais il fallait du temps avant de le dérider. Il était capable alors de se montrer charmant.

De Funès était mon partenaire sur le film. Il n'était pas encore une grande vedette, mais on devinait déjà son génie comique. Il avait une imagination incroyable et pouvait inventer un gag à chaque seconde. Tout l'inspirait. Dans la scène que nous devions faire ensemble, j'étais dans une banque, derrière un guichet, et il venait me braquer. À la répétition, je fis tous les gestes mécaniquement, froidement, et surtout très sérieusement. Mais quand Duvivier cria « moteur ! », Louis arriva devant moi et se transforma en une espèce de caoutchouc, avec les mimiques irrésistibles que l'on sait ; c'était extravagant ! Évidemment, je pleurai de rire, et même Duvivier, du haut de sa chaise, commença à se gondoler. J'entendis : « Coupez »... et la voix de Duvivier.

« Brialy, tâchez de vous retenir...

– Je vous assure, cette fois, je vais faire attention. »

La scène suivante, Louis inventa un gag encore plus drôle et c'était reparti...

En dépit de son apparente confiance en lui et de son incroyable sens du comique, Louis était quelqu'un de terriblement inquiet, angoissé, dépressif parfois, ce qui ne l'empêchait pas d'être formidablement généreux et attentif aux autres. Je me souviens d'un clin d'œil qu'il me fit, des années plus tard, preuve de cette angoisse permanente. Il était alors une vedette consacrée et venait de recevoir, outre un césar d'honneur, un mémorable baiser sur la bouche de Jerry

Lewis ! Le lendemain de cette cérémonie à laquelle j'assistais, je reçus un petit mot charmant. C'était Louis qui me confiait que la veille au soir il m'avait vu dans la salle en entrant sur scène, et lui, l'immense star, pris d'un trac fou, ne m'avait plus quitté des yeux. Ma présence, m'écrivait-il, l'avait rassuré, tranquillisé, il avait saisi un visage ami dans la foule, quelqu'un à qui s'adresser et il m'en remerciait. Je n'y étais bien sûr pour rien, mais cette confidence me bouleversa.

Dans la caravane d'Anthony Perkins

Le Glaive et la Balance, qui suivit, est un film important dans ma carrière car il fut un grand succès public. André Cayatte, qui le mettait en scène, était un homme généreux, humaniste, obsédé par la justice. Avant les autres, il s'intéressa à la jeunesse délinquante, aux causes perdues, à la misère sociale, aux grands faits de société. Avec ses allures de professeur, Cayatte était un homme entier, très franc, très droit, parfois assez autoritaire. Avec lui on ne badinait pas, on s'attaquait à de vrais problèmes. Cet ancien avocat filmait sans doute de façon un peu trop didactique et démonstrative, mais il voulait avant tout faire avancer les choses, bouger la société et réduire les injustices. À l'époque, ils furent tous de grands succès.

Je n'avais jamais rencontré mes deux partenaires, Renato Salvatori et Anthony Perkins, qui était, lui, une vedette internationale. Renato était adorable, gentil et drôle. Il aimait beaucoup jouer aux cartes, boire, rigoler, charmer les filles et organiser des virées entre copains. Évidemment, lui et moi, nous nous reconnûmes ! On commença le tournage à la Victorine, à Nice et à Cannes. Le premier jour, Renato et moi arrivâmes sur le port et vîmes deux roulottes, l'une immense, blanc immaculé, avec l'air conditionné, une salle de bains, une cuisine et un salon superbe, bref, la limousine des caravanes ! À côté, une petite roulotte tristounette, style

Les Vacances de M. Hulot. Le régisseur vint vers nous et nous dit :

« Je vais vous conduire à votre caravane pour vous préparer et vous maquiller. »

Bien entendu, je fis exprès de filer vers le palace blanc, mais il m'arrêta.

« Oh ! là, là ! Non, non ! Ça, c'est la caravane de M. Perkins !

– Ah bon ! Et où est la mienne ?

– Eh bien, à côté..., avec M. Salvatori... »

Tout de suite, avec Renato, l'idée nous est venue de faire une bonne blague à Anthony, dont la stature de star hollywoodienne le faisait bénéficier, bien à son insu, de ce privilège. Le temps de s'habiller, et l'on alla frapper à sa porte. Il était en train de boire un verre et essayait d'apprendre phonétiquement son texte avec un coach. Il vit alors débouler deux énergumènes fous de jalousie. Nous commençâmes à ouvrir tous les placards, à regarder partout, à fouiller, à nous émerveiller. Le pauvre Anthony ne parlait pas le français et ne comprenait rien. Il se taisait, souriait gentiment, mais nous prenait pour de véritables folingues. Quand nous lui avons montré la cabane que la production nous réservait, il a saisi la blague et a éclaté de rire. Il nous a immédiatement proposé de partager sa caravane. Il était vraiment très simple, même si sa manière d'aborder le rôle était particulièrement déconcertante. Il posait toujours des questions. « Quand je prends la fourchette de la main droite en tenant les dents en l'air, est-ce que ça ne montre pas de l'agressivité ? Ou, au contraire, si les dents sont vers le bas, est-ce que cela veut dire que j'ai un besoin d'affection ? » Lui aussi était un inquiet, un sacré angoissé. Il était très marqué par Marlon Brando, par James Dean, par tous ces grands acteurs. Renato et moi ne cessions de le mettre en boîte. Nous devînmes vite inséparables. Le film eut un grand succès. L'histoire de ces trois hommes soupçonnés d'avoir assassiné un enfant et qui mouraient sans dévoiler leur secret intrigua beaucoup les spectateurs, qui, du coup, devaient eux-mêmes trouver le meurtrier. À chaque projection, j'expliquais que j'étais innocent, que Cayatte me l'avait dit pour orienter mon jeu, ce qui agaçait Renato et Anthony, qui, à leur tour, plaidaient leur innocence !

De la roulotte au *Château en Suède*

Le rôle de Sébastien dans *Château en Suède*, la pièce de Françoise Sagan, est sans doute celui que je regrette le plus de ne pas avoir joué. D'autant qu'il avait été question de moi dans la distribution lorsque la pièce fut montée au théâtre de l'Atelier. Malheureusement, à l'époque, j'étais cloué au lit à cause de mon dos. C'est donc Claude Rich qui créa la pièce. Je me sentais extrêmement proche de Sébastien, ce grand enfant terrible, tendre, aimant faire de l'esprit, léger, insolent. Un rôle en équilibre entre la comédie et le drame. Heureusement, Roger Vadim a tenu à moi pour l'adaptation cinématographique.

Le producteur n'avait pas beaucoup d'argent et me proposa, pour compenser, de garder le produit de la vente du film... au Japon ! Peu m'importait, j'étais trop content de participer à cette aventure ! Une pièce que j'adorais, avec Vadim le charmeur, que demander de plus ? D'autant que les autres interprètes avaient de quoi m'enthousiasmer : Monica Vitti, Curd Jürgens, Jean-Louis Trintignant, Suzanne Flon et Françoise Hardy, qui faisait ses débuts au cinéma. Dès la première seconde, je me liai d'amitié avec Monica Vitti. Elle vivait à ce moment-là avec Antonioni et lui téléphonait chaque matin, chaque midi, chaque soir. Je me souviens comme elle hurlait au téléphone : « *Michelangelo, amore, amore... Ti amo.* » Peut-être voulait-elle ainsi décourager Vadim de lui faire la cour. C'était sa grande peur. Elle me disait sans cesse : « Ne me quitte pas, parce que ce Vadim, c'est le diable. »

Curd Jürgens était plus distant, à la manière des grands rapaces. Toujours debout, très raide, l'œil bleu acier, on aurait dit un officier supérieur. Il pouvait tout jouer : la tragédie, la comédie ; il était élégant et ironique. Original jusque dans ses goûts culinaires, je me souviens qu'il aimait particulièrement le mélange de bière et de vodka ! Il parlait admirablement le français, c'était un homme du monde, grand seigneur mais aussi très généreux. On avait toujours l'impression qu'il était en visite sur le plateau, mais son interprétation fut superbe. Au milieu de nous, Françoise Hardy détonnait un peu : un petit oiseau tombé par hasard dans un poulailler d'acteurs ! Elle avait vingt ans, un visage très fin, un corps long et mince, tel un lys. Elle était adorable, mais, détestant les familiarités, elle ne se laissait pas apprivoiser facilement. Une petite radio portative collée à l'oreille, elle écoutait « Salut les copains », la nouvelle émission pour la jeunesse. Je la revois déambuler sur le plateau, plongée dans cette musique avec ravissement, complètement étrangère au monde. Ce qui ne l'empêcha pas d'être très juste dans son rôle d'Ophélie.

Château en Suède fut reçu froidement. Peut-être le décor trop imposant avait-il étouffé les comédiens... La fraîcheur de la pièce, sa spontanéité s'étaient engluées dans l'apparat et je fus déçu par l'accueil du public et des critiques. Je tins tout de même à immortaliser cette jolie aventure en donnant à deux animaux que l'on m'offrit à ce moment-là les prénoms de Sébastien et d'Ophélie ! En effet, à la même époque, un jury me remit le prix de l'élégance, dont le trophée était une agnelle toute blanche ! Je l'installai à la campagne et bientôt lui recherchai un compagnon. Jean Richard me donna gentiment un petit bouc à barbichette de son zoo d'Ermenonville. En fait, Sébastien et Ophélie formaient un drôle de couple, car, si le bouc était tout petit, mon agnelle était devenue énorme ! Ils vécurent quinze ans chez moi, entretenant ainsi le souvenir du *Château en Suède*. C'était extraordinaire, ils ne se quittaient pas. Elle marchait devant, décidant de tout toujours, et lui suivait derrière. Elle s'arrêtait, il s'arrêtait. Elle s'asseyait, il s'asseyait. Et puis, un soir d'hiver, le cœur du pauvre Sébastien s'est arrêté et Ophélie est morte huit jours plus tard.

Françoise Dorléac voulait qu'on se marie...

C'est la même année, sur le tournage de *La Chasse à l'homme* d'Édouard Molinaro, que je retrouvai Françoise Dorléac, la sœur de Catherine Deneuve. De façon incompréhensible, Françoise, qui est assurément l'une des femmes les plus belles que j'aie pu rencontrer, ne se trouvait pas jolie. Elle pouvait rester trois heures au maquillage. Souvent je m'en étonnais : « Enfin, tu te rends compte, le temps que tu mets ! »

Elle me répondait invariablement : « Mais je ne suis pas belle, il me faut beaucoup de temps pour me préparer. »

Inimaginable ! Elle adorait danser, s'amuser. Expansive, bruyante, joyeuse, elle avait une véritable soif de vivre. En comparaison, Catherine était timide et réservée, une petite fille silencieuse, tout le contraire de sa sœur. Françoise était excessive : quand elle avait du chagrin, elle pleurait deux fois plus que les autres. C'est l'une des femmes qui m'ont le plus touché : elle me faisait rire, elle était imprévisible et un peu folle, je l'adorais. Souvent, je lui disais : « Le jour où tu en auras assez de tous tes fiancés, on se mariera tous les deux et on habitera à la campagne. »

Le tournage de *La Chasse à l'homme* dura huit semaines, entre Athènes et Rhodes. Le décor naturel grandiose et magnifique incitait à la promenade et aux excursions, mais Françoise restait dans sa chambre sous mille prétextes : elle était fatiguée, elle ne savait pas quoi se mettre, elle devait téléphoner. Elle n'a jamais mis le nez dehors sauf pour tourner. Peut-être devait-elle se reposer de sa vie sentimentale tumultueuse... Je crois que je l'ai toujours connue amoureuse. Le soupirant officiel de l'époque, le mieux coté en Bourse, si je puis dire, était Jean-Pierre Cassel. Il l'avait séduite par sa gentillesse, sa générosité, son goût pour la fête et son talent de danseur. Lui aussi était très amoureux et il lui passait toutes ses fantaisies, ses caprices, ses sempiternels retards. Il l'attendait des heures, elle se décommandait au dernier moment, et il ne disait rien. Elle, très excitée : « On va aller au théâtre, j'ai très envie de voir cette pièce. » Et puis, tout d'un coup, à huit heures moins cinq, elle lui téléphonait : « Je suis fatiguée, j'ai mal à la tête, je ne sors pas. » Françoise était fantasque, mais tellement délicieuse. Elle avait gardé la spontanéité de l'enfance. Sa maison et sa famille lui importaient beaucoup. Elle avait ses habitudes et un besoin énorme d'être rassurée, protégée. Elle aimait beaucoup sa mère et nourrissait une vraie passion pour son père. Lorsqu'elle sortait, elle lui laissait des petits mots sur son oreiller : « Je pars, mais je ne rentre pas trop tard, je te le promets. Je serai sage, je serai gentille, je te raconterai demain matin ce qui s'est passé dans ma soirée. »

Au cours du tournage de *La Chasse à l'homme*, Françoise me parla de ses amours contrariées.

« Jean-Pierre et moi, c'est fini. Maintenant, je veux vivre une autre vie, plus mouvementée. Je vais lui écrire pour lui expliquer que j'ai tourné la page, mais il faut que tu m'aides, il comprendra, il est sympa.

– Mais tu réalises ce que tu me demandes ? C'est mon ami, c'est mon copain, et tu comptes sur moi pour lui annoncer que c'est fini !

– Mais oui, je suis abrupte et toi très délicat, on va s'équilibrer. »

On se colla donc à la composition française. Sujet : « Séparation, avec précautions d'usage ». Françoise prenait toute la responsabilité sur elle, s'accusait d'inconstance et d'égoïsme. Elle ne souhaitait qu'une chose, qu'ils restent bons amis. On écrivit tant bien que mal cette singulière missive et la lettre partit pour Athènes le soir même.

Deux jours plus tard, elle me dit :

« Tu sais, j'ai bien réfléchi, j'étais heureuse avec Jean-Pierre, je l'aime beaucoup quand même...

– Alors, qu'est-ce que tu fais ?

– Je ne sais pas... »

Il fallait prendre une décision, nous n'en sortirions pas.

« Tu es vraiment frappée ! Si tu l'aimes, si tu penses que c'est l'homme de ta vie, toi qui ne réfléchis à rien, tu dois le lui dire. Tu lui as envoyé une lettre de séparation imbécile, mais les lettres, ça se déchire. Appelle-le maintenant et dis-lui tout ça.

– Oui, oui, tu as raison. »

Et elle appela Jean-Pierre.

Le lendemain, lorsque je descendis dans le hall de l'hôtel, au milieu du va-et-vient des touristes, je vis Jean-Pierre avec ses valises. J'étais fou de bonheur ! Nous parlâmes cinq minutes, puis je partis visiter Le Pirée et il monta comme un fou rejoindre la femme de sa vie. Le soir, en rentrant de promenade, je tombai à nouveau sur lui avec les mêmes valises, qui se dirigeait cette fois vers la sortie. Je lui demandai ce qu'il se passait : « On s'est engueulés, elle est impossible. Elle ne sait pas ce qu'elle veut, c'est invivable, je me tire. »

Il avait fait le voyage Paris-Athènes dans la journée et repartait le soir même. Je le vis exactement deux minutes à l'arrivée et trois minutes au départ. Je ne sais pas ce qu'il y avait eu entre eux, mais c'était tout Françoise, à la fois passionnée et inconséquente. Je me souviens aussi d'un voyage au Liban. À cette époque, Beyrouth était une ville de rêve où la vie était facile entre la mer, le soleil, les orchestres, les casinos, les palaces. Nous étions invités là-bas pour présenter le film. C'était l'Orient tel que je le rêvais, la nonchalance, les hôtels d'avant-guerre, les femmes en robe du soir, les hommes en smoking. La gentillesse, l'hospitalité et la générosité des Libanais pour les Français étaient merveilleuses. Il y avait dans la phrase : « Vous êtes français » une intonation qui voulait tout dire. « Vous êtes français », c'était le sésame, tout était permis et nous profitions de cette cote d'amour. Françoise n'aimait pas le soleil trop violent pour sa peau blanche et ses taches de rousseur adorables qu'évidemment elle détestait. Elle n'allait pas sur la plage, mettait des moustiquaires, s'enveloppait de gazes et de voiles, on se serait cru en 1910 à Biarritz ! En revanche, la nuit seyait à son teint de porcelaine, elle était resplendissante de beauté et d'élégance. Je me rappelle qu'un soir un homme très riche vint lui offrir une bague sertie d'une émeraude. Il l'admirait, voulait la séduire et allait droit au but. Françoise se sortit de cette situation délicate d'une façon admirable. Elle regarda l'émeraude et éclata de rire : « Trop petite ! Trop petite ! »

Je me rappellerai toujours la tête du soupirant. Il était jeune et beau, un vrai prince d'Orient au visage cuivré. On l'imaginait avec un faucon sur la main en seigneur du désert. Le prince blêmit ! Cela me fit hurler de rire.

Quelques années plus tard, nous nous retrouvâmes à Orly ensemble. Un nouveau fiancé marchait à son bras, un fils de famille, beau garçon, gentil.

Elle me dit :

« Je vais à Saint-Paul-de-Vence dans la propriété de mon fiancé. »

Moi, j'allais à Saint-Raphaël. On fit donc le voyage ensemble, l'un près de l'autre. Elle avait un petit chien sur les genoux, un yorkshire très remuant. Au moment de nous quitter, elle me demanda :

« Tu remontes dans combien de temps ? Moi, je reviens dans quatre ou cinq jours.

– Moi aussi, cinq jours.

– Si tu veux, appelons-nous. Je n'aime pas beaucoup l'avion, j'ai tellement peur ! Nous pouvons revenir ensemble.

– Très bien. »

Je lui donnai mon numéro de téléphone, et nous nous séparâmes. Quatre jours plus tard, elle me téléphona de Saint-Tropez.

« Alors, tu rentres quand ?

– Demain.

– Moi aussi, je prends donc l'avion avec toi à seize heures. On se retrouve à l'aéroport. »

Le lendemain, elle m'appela à midi.

« Il fait si beau que je reste encore. J'ai juste un rendez-vous demain soir avec des Anglais pour dîner et je veux profiter de cette journée. Je prendrai l'avion en fin d'après-midi !

– C'est dommage, j'aurais bien pris l'avion avec toi. Je t'embrasse, on s'appelle. »

Je m'envolai donc à seize heures, comme prévu. Je me

souviens qu'à Orly Régine était venue attendre Françoise, qui, évidemment, avait oublié de prévenir qu'elle ne prenait plus l'avion avec moi. Elle était assez énervée, mais, avec Françoise, ces déconvenues étaient fréquentes.

Le soir, je rentrai à la campagne. C'était l'été, il faisait beau. J'allai me coucher de bonne heure, sans écouter les informations. Le lendemain matin, à huit heures et demie, je descendis pour le petit déjeuner. Blanche, la cuisinière, était en train de filtrer le café et sanglotait. Je lui demandai :

« Qu'est-ce qu'il se passe, Blanche ? Vous avez l'air complètement bouleversée... »

Elle pleurait tellement que je compris mal ce qu'elle me répondit :

« Mademoiselle..., l'amie de Monsieur... est morte... »

J'étais à vingt mille lieues de penser qu'il s'agissait de Françoise. Je n'avais pas amené beaucoup d'actrices chez moi, mais Françoise et Catherine étaient venues au mariage de mon frère. Elles étaient mes préférées. Françoise avait totalement charmé Blanche, qui l'avait vue à la télévision et au cinéma et l'avait trouvée très gentille, très simple. Dans un brouillard, j'entendis Blanche dire : « Elle est morte dans un accident de voiture... Brûlée vive. »

J'étais tellement choqué que je n'arrivais pas à le croire. Je téléphonai tout de suite à Gérard Leibovici, l'imprésario de Françoise et le mien, il me confirma la nouvelle. Françoise avait loué une voiture à Saint-Tropez, une petite R8 rouge, et elle était partie comme une folle, parce qu'elle était en retard, comme toujours, pour prendre son avion. Elle avait son petit chien sur les genoux. Il se mit à pleuvoir sur la route entre Cannes et Nice – il n'y avait pas d'autoroute à cette époque –, et, dans un grand virage, la voiture dérapa, elle en perdit le contrôle et alla se fracasser contre un pylône. La portière était fermée de l'intérieur, le moteur explosa et tout s'enflamma. Il semble que Françoise ait voulu sortir, mais, prisonnière du métal, asphyxiée par la fumée et les gaz, elle est morte en très peu de temps.

C'était épouvantable. Bien sûr, je pensai tout de suite à Catherine et aux parents de Françoise, à la troisième petite sœur, à cette famille si unie. Cette journée fut sans doute l'une des plus cruelles de ma vie. Je suis allé à l'enterrement à Seine-Port, un joli petit village près de Melun où j'avais passé des vacances avec Jean-François Adam. Michèle Hamon, la femme du producteur Bob Hamon, qui était très copine avec Françoise et Catherine, avait tout organisé pour la famille. Il y avait énormément de monde. Catherine, avec son petit visage si joli, était absente, comme figée, merveilleuse de dignité. Françoise avait dit un jour : « Je déteste le noir. Si jamais il m'arrivait quelque chose, je ne voudrais pas que vous soyez en noir. » La consigne était passée. Catherine et sa mère portaient des robes colorées et fleuries, des tenues printanières. Nous avions tous beaucoup de chagrin, et Catherine nous donna ce jour-là une belle leçon de courage. Elle mit longtemps avant de pouvoir évoquer sa sœur, et, lorsque l'on prononçait le prénom « Françoise », son visage changeait et elle s'éloignait. Je crois que la mort de Françoise lui fut tellement insupportable qu'il lui a été impossible d'en parler pendant près de dix ans.

8.

Un prince pour ami : Jean Cocteau

Après le succès de la pièce *Les portes claquent*, le célèbre producteur Lars Schmidt me proposa *Un dimanche à New York*. La pièce n'avait pas marché aux États-Unis, plusieurs acteurs l'avaient refusée, la jugeant trop « boulevard ». Moi, j'en aimais la modernité et la construction. Barillet et Grédy l'adaptèrent en pensant à moi. J'aurais voulu Jacques Charon pour la mise en scène, mais il n'était pas libre à ce moment-là, alors j'appelai Jacques Sereys, qui avait mis en scène un Marivaux que j'avais beaucoup aimé. Il fallut ensuite trouver la jeune première. Je pensai tout de suite à Marie-José Nat, qui, après s'être disputée avec Robert Lamoureux pendant les répétitions de *Turlututu*, au théâtre Antoine, venait de se faire remercier. Marcel Achard, auteur charmant et délicat, n'osa pas contester le renvoi de Marie-José, qui en fut désespérée. Dégoûtée par le théâtre, elle commença par refuser le rôle que je lui proposais. Devant mon insistance, elle finit par m'écouter et l'accepta. Marie-José apporta au personnage un charme délicieux et une grâce toute particulière. La générale reste l'une des plus grandes émotions de ma vie. Cette pièce, dont personne ne voulait, nous la jouâmes cinq cent cinquante fois, à guichet fermé !

En cette fin d'année 1962, Jean Cocteau habitait au 36, rue de Montpensier, près du théâtre. Alors que nous entamions la deuxième saison, j'appris qu'il venait d'avoir un deuxième accident cardiaque et devait rester alité pendant six mois. Édouard Dermit me confia qu'on lui cherchait une infirmière de nuit. Je pensai alors à cette jeune femme élégante, gentille, discrète, nièce du maréchal de Lattre de Tassigny, qui m'avait soigné à Saint-Cloud. Je la mis au courant de la situation et, très enthousiaste, elle me dit : « J'adore Jean Cocteau, j'ai une passion pour cet homme, quel bonheur ce serait d'être près de lui ! »

Elle se présenta bientôt chez le poète, qui accepta immédiatement ses services. Pour me remercier, Jean Cocteau demanda à me voir. On s'était croisés aux Bouffes-Parisiens, il savait que je connaissais un peu Jean Marais et Jeanne Moreau et que j'avais joué *Les Parents terribles* à la télévision... J'arrivai donc chez lui et spontanément l'appelai « monsieur Cocteau », mais il me coupa. « Non, tu vas m'appeler Jean et on va se tutoyer. » Évidemment, j'eus beau essayer, le « vous » revenait systématiquement, alors que lui me tutoya dès la première seconde. Nous fîmes ainsi plus ample connaissance et, pendant toute la saison, de janvier à juin, je le vis tous les jours, en deux temps : une heure avant le spectacle puis je revenais après la représentation, encore pendant une heure. Je lui relatais ma journée, les films que je tournais, les gens que j'avais rencontrés, je faisais le petit journal de Paris, les nouvelles, les histoires, les potins... Et lui riait. Et il me parlait de Proust, Mauriac, Gide, Picasso, Satie, tous ces artistes qu'il avait fréquentés, l'amitié de Jean Marais, sa tendresse pour Édouard Dermit. Sa chambre donnait juste sur ma loge au théâtre. Parfois il s'amusait à taper sur le mur pour que je l'entende du Palais-Royal ! Il me racontait la pièce telle qu'il l'avait perçue à travers le mur, brodait sur le sujet et inventait une nouvelle pièce. Je me suis revu, vingt ans plus tôt, l'oreille collée à la cloison de ma chambre mitoyenne de la salle de cinéma... J'ai passé chez Jean Cocteau des moments merveilleusement privilégiés, et sans ambiguïté aucune. Jean était l'élégance et la correction mêmes.

Un jour que nous discutions après la représentation, il

m'avoua qu'il avait du mal à respirer. Je m'inquiétai un peu, mais il me dit : « Cela m'arrive souvent, j'ai eu beaucoup de visites aujourd'hui, je suis un peu fatigué, mais je suis content que tu sois là, tu es calme et gentil, donne-moi la main. »

Je lui tendis la main. Les siennes étaient longues, blanches, des mains de pianiste, de peintre, d'orfèvre. Des mains somptueuses. Il portait cet anneau qu'il avait dessiné pour Cartier, les doubles et les triples alliances. Nous restâmes un long moment, les mains mêlées, silencieux. Sa pâleur ressortait davantage dans cette chambre écarlate. J'étais un peu gêné, soudain très intimidé je ne savais pas quoi faire. Tout d'un coup, sa voix rompit le silence : « Donne-moi un peu de vie. »

J'avais les mains chaudes, les siennes étaient glacées. Les minutes s'écoulèrent, j'eus l'impression de lui faire une transfusion d'énergie. J'aurais voulu lui donner ma force, ma jeunesse, ma vie. Après un long moment, il murmura : « Ne ferme jamais ta loge au théâtre, laisse toujours la porte entrouverte, la jeunesse peut s'y glisser... »

Depuis ce jour, dans quelque théâtre que ce soit, je laisse toujours la porte de ma loge entrouverte. Et lorsque la jeunesse y pénètre pour me demander des conseils, pour me parler, me dire merci, j'ai la sensation d'un rayon de soleil qui passe à travers une fenêtre et je comprends ce que Jean voulait dire. Lui éprouvait un amour inconditionnel pour la jeunesse, il était sans cesse entouré de filles ou de garçons de vingt ans. Il aimait la compagnie, toujours humble et disponible. Bien entendu, quand il peignait, quand il écrivait, il s'isolait. Mais, entre deux œuvres, il restait à l'écoute et à la portée de tous. Près de lui, lorsque je lui parlais, j'avais la sensation d'avoir tout lu, de tout savoir, de tout comprendre. Tout devenait clair avec lui, la vie, la peinture, la musique, l'opéra, le théâtre, la danse... À son contact, tout était magique.

Souvenir d'une grande frayeur : *Les Parents terribles* à la télévision

Les Parents terribles, que nous jouâmes pour la télévision, restent un souvenir mémorable ! Il faut dire qu'à l'époque nous n'avions pas droit à l'erreur : les pièces étaient données en direct ! Jany Holt jouait ma mère, Simone Renant ma tante, Nelly Vignon ma fiancée, et Julien Bertheau mon père. C'était une belle distribution. Jean Cocteau était venu aux Buttes-Chaumont voir les dernières répétitions. Il nous racontait de sa voix un peu coupante et chantante, avec ses mains qui virevoltaient dans l'air, tous les précédents interprètes des *Parents terribles*. Yvonne de Bray et Gabrielle Dorziat, sublimes, Alice Cocéa, qui avait tout donné au personnage, Marcel André, tellement juste, Jean Marais, drôle, fragile, touchant, merveilleux. Après quoi, il nous fixa de son regard perçant et chuchota : « À vous, maintenant, je vous écoute... » Évidemment, on était terrorisés ! Jean connaissait le texte par cœur, il parlait haut, en même temps que nous. On avait l'impression d'être collés à sa voix. Après la répétition, il nous complimenta en nous conseillant de ne pas nous laisser impressionner par ces affreuses machines.

Le soir du direct, Simone Renant était glacée et claquait des dents. De ma vie je n'ai vu quelqu'un avoir aussi peur ! Jany Holt avait posé discrètement, sur la table de nuit du décor, la photo d'Yvonne de Bray, en disant : « Elle me protège, je l'ai toujours aimée, je l'adore, elle me protège. »

Avant le premier acte, nous étions tous comme dans une fusée au moment du compte à rebours ! « *Three, two, one, zero...* » Finalement la fusée décolla, elle n'explosa pas, elle traversa le ciel, direction la Lune. Nous avions cinq caméras autour de nous, guidées par des pilotes. On entendait : « Attention, trente secondes, quinze secondes, ça va être à vous, 10, 9, 8, 7, 6, 5... 0, partez. » Nous nous jetâmes à l'eau, avec tous les gens, tous les bruits alentour, la pagaille habituelle d'un plateau. On essayait de dire notre texte le plus naturellement possible, et en même temps on entendait : « Mais non, serre sur lui, non, pas elle, merde..., on s'en fout d'elle, va sur lui... » C'était délirant. Bien sûr, il n'y avait pas d'entracte. J'eus une frayeur épouvantable entre les deux premiers actes, au moment de changer de costume. J'avais posé mes vêtements sur une chaise près du décor. Au début du deuxième acte, j'étais dans la salle de bains, Madeleine dans le salon, et nous échangions quelques répliques. La caméra étant sur elle, je pouvais, tout en parlant, en profiter pour me changer. Et, là, stupeur ! Plus de chaise, plus de pantalon, plus de veste ! J'ai cru mourir. Il a fallu que je continue à parler naturellement tout en cherchant mes affaires comme un fou dans les coulisses. Heureusement, j'ai pu chasser celui qui s'était confortablement assis sur mes vêtements, me changer et revenir à temps devant la caméra. J'en ris aujourd'hui mais j'ai vraiment cru que mon cœur allait s'arrêter !

« Je reste avec vous... »

La dernière image que j'ai gardée de Jean Cocteau, c'est lui au travail, dans le jardin de Jean Marais. Un jour, Jean me demanda de venir déjeuner chez lui à Marnes-la-Coquette. Il faisait beau. Jean Cocteau était en convalescence de son deuxième infarctus. J'arrivai donc à Marnes, dans la magnifique allée, en plein mois de juillet. La nature avait explosé partout, c'était superbe, cette demeure toute blanche au milieu des arbres, les rosiers, le parc, c'était vraiment la maison du bonheur. Et je vis sur la pelouse une dame, assez forte, assise sur un pliant en train de taper à la machine à une petite table. Jean Cocteau lui dictait une lettre ou un télégramme. Sa silhouette se détachait sur cette pelouse verte, il était en babouches, avec son éternel long peignoir d'éponge blanc immaculé, les manches relevées, ses cheveux mousseux, argentés, dansant au vent. Ses grandes mains virevoltaient dans le ciel bleu, il faisait des allers et retours devant cette grosse dame. On aurait dit un ange.

Pour ne pas le déranger, et pour mon plaisir, je les observai un moment en silence. Jean Marais et les autres invités étaient dans la maison.

Au bout d'un moment, Cocteau me vit et s'exclama :

« Mon chéri !

– Je vous dérange, Jean ?

– Mais non, pas du tout, le pape Jean XXIII vient de mourir et je suis en train de dicter un télégramme au cardinal Tisserand, de l'Académie française ! »

À la fin du déjeuner, Jean Cocteau me dit : « Maintenant que j'ai passé un mois chez Jeannot, je veux retourner chez moi, à Milly, rester un peu tranquille avec Doudou, j'ai tellement de choses à faire ! Appelle-moi quand tu rentreras pour qu'on se voie en septembre. »

Je l'appelai fin septembre. « Je suis un peu fatigué, me dit-il, je ne parviens pas bien à travailler, je vais me remettre doucement. En tous les cas, viens déjeuner avec moi à Milly, Doudou sera content de te voir et on pourra bavarder tranquillement. »

On n'a pas fixé de jour, et je lui ai proposé : « Je rappellerai quand vous serez reposé. »

Le samedi 10 octobre 1963, en arrivant chez Édith Piaf, qui venait de disparaître et que je voulais embrasser une dernière fois, quelqu'un m'annonça : « Jean Cocteau vient de mourir, Henri Varna aussi. »

C'était faux pour Varna mais vrai pour Cocteau, qui était mort à dix heures du matin, après avoir donné une interview par téléphone sur la mort d'Édith. Bien entendu, ce n'est pas la disparition d'Édith qui l'a tué, mais je pense que l'émotion et le chagrin précipitèrent la troisième attaque, qui lui fut fatale. Je me rendis immédiatement à Milly. C'était l'automne, le soleil était pâle. On avait exposé Jean dans son habit d'académicien, son épée au côté, comme un chevalier. On avait l'impression d'une mise en scène. Il avait tellement flirté avec la mort dans toutes ses œuvres, l'avait tellement évoquée, tellement dit que les poètes et la mort se parlaient ! Il avait l'air d'un prince. Il était beau. À lui qui ne cessait de bouger, de faire danser ses mains, ses yeux, de faire jouer sa voix, la mort n'allait pas. Elle lui était étrangère malgré tout ce qu'il en avait dit. L'immobilité n'était pas de son monde et il le quitta dans un dernier geste pour ses amis, une ultime pensée pour ceux qui l'aimaient et qui n'imaginaient pas la vie sans lui. Sur sa tombe, il fit graver cette petite phrase : « Je reste avec vous. »

Dans l'antre d'Édith Piaf

J'avais fait la connaissance d'Édith Piaf en 1958 après avoir demandé maintes fois à Claude Figus, son secrétaire, de me la présenter. L'appartement d'Édith, boulevard Lannes, était très grand avec un petit jardin qui donnait sur le boulevard, dans un immeuble bourgeois, cossu, d'apparence tranquille. On aurait pu se croire dans la résidence d'un notaire, mais, quand on entrait chez Édith, on comprenait tout de suite qu'on était chez une nomade. Il y avait toujours un bruit infernal, de la musique, tout le monde parlait en même temps. La moquette était maculée de taches d'urine des animaux de la maison, couverte de traces de café et de vin, c'était incroyable. On pénétrait dans un capharnaüm de tableaux assez laids, de souvenirs de voyages, de livres, de photos froissées. Il y avait dans la pièce principale un piano à queue et un canapé marron en velours, usé jusqu'à la corde et complètement défoncé. Quand on s'asseyait dedans, on avait les jambes en l'air ! Les coussins étaient avachis, les rideaux n'avaient plus de couleur – Édith se foutait complètement des apparences.

Quand je suis arrivé la première fois dans ce salon, elle était assise sur le canapé, qui la rendait minuscule. Ce qui frappait, c'étaient ses yeux, ses yeux immenses qui avaient été aveugles quand elle était petite fille. Ses yeux bleus faisaient une grande partie de son charme, sa voix et son rire se chargeaient du reste... Elle avait une voix claire et une articulation extraordinaire. Tout était modulé, chaque syllabe de chaque mot. J'avais, face à moi, un phénomène vêtu d'un vieux peignoir et de pantoufles, mais au premier regard, à la première phrase, je fus totalement envoûté. Sa beauté surgissait ainsi, d'un coup, et l'on était hypnotisé. Et ce rire ! C'était d'ailleurs ce qu'elle aimait le plus au monde, rire. Rire de tout, tous les prétextes étaient bons. Elle aimait les blagues, les ragots, dire n'importe quoi de n'importe qui, raconter des histoires. Cela nous a immédiatement rapprochés. Nous avons beaucoup ri ensemble. J'aimais regarder son visage où la souffrance et le malheur inscrits depuis toujours s'effaçaient dès qu'elle éclatait de rire. Entre nous, c'était magique. Elle m'adopta donc très vite.

Je me rappelle ses paroles : « Au fond, tu vois, l'idéal, pour moi, ce serait de sortir en ville avec Delon parce qu'il est le plus beau, de rire avec toi parce que tu es le plus drôle, et de rentrer le soir avec Belmondo parce qu'il doit être champion au lit. »

Je devins rapidement un intime d'Édith. Je me souviens d'un jour où nous étions ensemble, avec Claude Figus et Théo Sarapo, le nouvel élu. J'étais assis à côté d'Édith, comme d'habitude en train de raconter des bêtises. Danièle, la secrétaire, nous interrompit.

« Dis donc, il y a Charles Dumont, dehors, ça fait quatre fois qu'il vient, tu ne le reçois jamais. Il t'apporte des chansons... »

Édith répondit :

« Non, non, je suis fatiguée. Qu'il repasse ! »

Charles Dumont avait été son amant, elle faisait un caprice.

« Non, qu'il revienne demain, là, je m'amuse, on rigole. »

Théo d'abord et moi ensuite plaidâmes la cause de Charles.

« Écoute, Édith, tu ne peux pas lui faire ça, laisse-le entrer. »

Finalement, elle céda. Et Charles entra, un peu surpris de voir Édith si bien entourée, ce qui n'était pas les conditions idéales pour présenter ses œuvres. En nous poussant du coude, Édith l'apostropha. « Alors, vas-y, vas-y, fais-nous voir un peu ce que tu as pondu. »

Charles était un peu déconcerté face à ces quatre rigolos qui ne demandaient qu'à se moquer, mais il s'assit tout de même au piano et commença à jouer les premières mesures de la chanson *Mon Dieu.* En une seconde, le regard d'Édith devint fixe. Comme pour une femme qui voit un bijou dans une vitrine ou un chasseur qui entend du bruit dans un fourré, nous n'existions plus ! Il n'y avait plus que la musique et elle. Édith se raidit, toute son attention se concentrant sur Charles, se hissa hors du vieux canapé, et à petits pas, sans bruit, s'accouda au piano.

Quand il eut fini de chanter, elle dit : « C'est bon, ça. Je vais l'essayer. »

Elle prit la partition, la déchiffra et lui l'accompagna. Nous en avions des frissons dans le dos tellement c'était beau ! La magie opérait ! Tout de suite, Édith comprit que la chanson était pour elle, que Charles lui faisait un magnifique cadeau, et elle voulut le lui rendre en l'interprétant. Elle la chanta une deuxième fois en s'arrêtant régulièrement pour préciser : « Là, il faut mettre des violons, là, il faut mettre des chœurs. »

Sa voix trouva instantanément l'émotion, la vérité, la simplicité, la grâce, c'était magnifique !

Son retour à l'Olympia fut bouleversant. Sa voix l'angoissait terriblement, elle se posait des questions sur ses capacités physiques. Bruno Coquatrix l'accompagna jusqu'au micro, le rideau s'ouvrit sur le refrain de *L'Hymne à l'amour*, et ce fut un triomphe absolu. Debout face à cette minuscule silhouette noire, le public hurlait, applaudissait à tout rompre. L'orchestre était sur scène, et non dans la fosse, comme le voulait la tradition ; elle se mit à chanter et ce fut un délire pendant tout le spectacle ! Ensuite, je la rejoignis dans les coulisses, elle était comme ressuscitée. Puis nous rentrâmes boulevard Lannes où elle avait organisé un dîner pour quelques amis. Édith, qui avait eu une occlusion intestinale, ne pouvait rien manger. Elle n'avait pas le droit de toucher aux plats délicieux qu'elle nous offrait. Alors Théo et moi l'avons accompagnée dans la cuisine et nous lui avons fait quelques pâtes à l'eau. Je la vois encore assise, comme ratatinée, devant son assiette, lorgnant ces pâtes dont elle ne voulait pas, parce que sans sel, sans poivre et sans beurre, cela ne devait pas être très bon ! Ce régime la torturait. On essaya de la faire manger en lui disant : « Une bouchée pour Bécaud, une bouchée pour Brassens... » et, pour l'encourager, nous avons fini par y goûter aussi, à ces infâmes pâtes froides et collantes ! Avoir vu cette femme vivre un tel triomphe et la retrouver assise entre deux benêts à la table de sa cuisine reste l'un de mes plus chers souvenirs.

De temps à autre, elle nous parlait d'Yves Montand, de Félix Marten ou de Paul Meurisse. Mais jamais de Cerdan. Elle aimait beaucoup Charles Aznavour, qu'elle considérait comme un petit génie. Et puis elle avait une affection et une tendresse infinies pour Théo.

Un jour, après avoir ressuscité une fois de plus d'une maladie, elle me dit : « S'il m'arrive quelque chose, occupe-toi de Théo, ne le laisse pas tomber. Tout le monde lui tournera le dos. On ne l'aime pas. Il a une belle voix, il devrait chanter. Il a appris avec moi, je l'ai bien formé. Il est gentil, travailleur. Occupe-toi de lui... »

Édith et ses amants, c'était un sacré roman ! Elle les quittait toujours parce qu'elle ne supportait pas d'être abandonnée. Comme cadeau d'adieu, elle leur offrait une montre Cartier. Un jour, elle invita tous ses anciens fiancés à déjeuner et ils eurent l'élégance et l'humour d'être tous présents ! Au dessert, pour s'amuser, elle demanda l'heure. Ils avaient tous la même montre ! Lorsqu'elle rompait avec un amant, elle déménageait, changeait de mobilier, repartait de zéro. C'est la raison pour laquelle elle ne possédait pratiquement rien. Elle riait : « Allez, suivant ! On repart dans du neuf ! » Avec elle, la vie était toujours à venir !

Quelques jours avant la mort d'Édith, Théo m'appela. Elle était dans le Midi, en convalescence, et elle n'allait pas très fort. Il me confia qu'elle n'avait pas bon moral parce que sa voix ne revenait pas, et elle avait toujours dit qu'elle préférerait mourir plutôt que de ne plus chanter. Théo et moi devions déjeuner ensemble avant qu'il n'aille la rejoindre, mais, ce jeudi matin, il téléphona à neuf heures : « Ne m'en veux pas mais je ne peux pas déjeuner avec toi parce que Édith ne va pas très bien. Je prends l'avion tout de suite. »

Il devait me rappeler le soir pour me donner des nouvelles, mais il ne le fit pas. Et, le lendemain, on m'informa qu'Édith était morte dans la nuit. Les ambulanciers la ramenèrent le vendredi chez elle pour dire qu'elle était morte à Paris. Le samedi, les amis vinrent s'incliner une dernière fois devant elle. J'arrivai vers midi, le boulevard Lannes était noir de monde ! Des gendarmes m'aidèrent à entrer, et c'est là que j'appris, comme je l'ai dit, la mort de Cocteau.

Édith était dans son lit, dans cette chambre qui ressemblait à une chambre d'hôtel, un crucifix entre les mains parce qu'elle était très croyante. On aurait dit que sa tête avait diminué de volume, sa peau était très mate et elle semblait en colère. La pièce était encombrée de fleurs, et quelques intimes tentaient difficilement de s'y recueillir. Je préférai me sauver comme un voleur. Jean et Édith partis pratiquement en même temps ! Je ressentais des brûlures dans la poitrine comme si l'on m'avait tiré deux fois dessus. En sortant, je dis à Théo qu'il pouvait compter sur moi, et il me demanda de rester avec lui le lundi à l'enterrement, qui s'annonçait comme un cauchemar.

Effectivement, au Père-Lachaise, ce fut l'émeute. Comme son cercueil avait une petite fenêtre qui laissait voir son visage, tout le monde se bousculait pour la contempler une dernière fois. J'accompagnais Marlene Dietrich, sa plus grande amie. Après la cérémonie, j'emmenai Théo chez moi, à Monthyon, pour le protéger des journalistes. Je le laissai en paix et il resta enfermé une quinzaine de jours. Pour me remercier, il me fit trois cadeaux : les *Mémoires* de Casanova, en édition originale, toute la collection de disques d'Édith depuis ses débuts, et l'une de ses robes de scène, la célèbre petite robe noire avec le cœur dessiné par Balmain.

Cette robe a une drôle d'histoire. Après que Théo me l'eut offerte, je la pliai dans un carton et la rangeai précieusement dans le grenier. Quelque temps plus tard, des amis vinrent dîner. Nous parlâmes d'abord de Pierre Brasseur, qui était un grand ami d'Édith, puis nous en vînmes à Piaf, et, tout naturellement, j'eus envie de leur montrer cette robe mythique. J'étais dans l'escalier pour aller la chercher lorsque le téléphone sonna. Je redescendis, décrochai, et l'on m'annonça la mort de Pierre Brasseur ! J'étais effondré. Du coup, j'oubliai la robe pour penser à Pierre et à sa famille. Peu après, je me retrouvai dans le même contexte, avec des amis, à Monthyon. On parla d'Édith, et, à nouveau, je dis : « Tiens, je vais vous montrer la petite robe noire. » À ce moment, le téléphone sonna : Théo Sarapo venait de se tuer en voiture !

L'hommage de Marie Bell à Jouvet

Quand j'évoque les femmes que j'ai aimées, je repense inévitablement à celle qui aujourd'hui encore me manque cruellement, ma chère Marie Bell. Entre elle et moi, ce fut un vrai coup de foudre. Je suis devenu son fils spirituel. Je crois qu'elle m'a beaucoup aimé... mais, moi, je l'ai adorée.

Marie, c'était la vie. J'ai travaillé avec elle, j'ai joué avec elle, je l'ai fait tourner, mais simplement déjeuner avec Marie, dîner avec Marie, voyager avec Marie, c'était magique. Elle était extrêmement gaie, sortait tout le temps, passant du salon des Rothschild au bistro de Coluche, elle adorait s'encanailler. La première fois que je la vis, elle jouait Agrippine dans *Britannicus*, de Racine, à Orange avec Jean

Marais. J'étais à la répétition, en haut des gradins, quand je vis arriver cette petite dame avec son chapeau. Déjà, elle était Agrippine. Elle commandait, avec autorité et ardeur, la lumière, le son, la musique. Elle décidait de tout. Le soir, j'assistai à la représentation. La voix merveilleusement grave de Marie Bell montait au ciel. Je la croisai de nouveau à l'occasion d'un hommage à Louis Jouvet, fait par Jean-Louis Barrault et Madeleine Renaud à l'Odéon. La soirée était présentée par Henri Jeanson, François Périer et Bernard Blier. Chaque acteur l'ayant connu devait faire quelque chose : Edwige Feuillère lisait une lettre de Giraudoux, François Périer et Danielle Darrieux jouaient une scène de *Jean de la Lune*, de Marcel Achard, créé par Jouvet. Jean Marais lisait un hommage de Cocteau à Jouvet, le tout entrecoupé d'extraits de films. J'ai oublié ce que fit Pierre Fresnay, mais il était là également. La salle était comble, il y avait le tout-théâtre. On me proposa une scène de *Knock* avec Bourvil et je me souviens de mon effroi de jouer ce rôle après mon maître. Bourvil remporta un triomphe dans le rôle du tambour, extraordinaire de vérité, de drôlerie, de simplicité. Dans les coulisses, Marie Bell attendait, assise sur une chaise de pompier, visiblement en froid avec Madeleine Renaud, la patronne du lieu. Ce soir-là, elle était particulièrement en beauté. Elle portait la robe noire de *La Bonne Soupe*, une robe courte, moulant son corps, ses fesses et sa poitrine. Elle avait les jambes croisées, des jambes admirables. Je m'approchai d'elle : « Madame, qu'est-ce que vous jouez ce soir ? »

Elle me regarda, dégagea sa mèche de ses yeux et me répondit : « Moi, rien. » Je pensai : « Bon. Elle ne veut pas me le dire... »

La soirée suivait son cours jusqu'au moment où l'on annonça un extrait de *Carnet de bal* et, plus précisément, la scène de la rencontre entre Louis Jouvet et Marie Bell. L'extrait fut très applaudi.

Puis Henri Jeanson reprit le micro : « Et, maintenant, j'ai la joie, le plaisir et l'honneur de vous annoncer Mlle Marie Bell. »

Et Marie entra en scène comme une fille de joie, dans

cette robe légère, collante, la main gantée de blanc posée sur une jambe, l'épaule un peu relevée. Elle fit un malheur. Jeanson s'adressa à elle.

« Merci, chère grande Marie Bell, d'être là. Nous allons parler avec vous du partenaire Jouvet, de ce grand acteur que vous aimiez et avec lequel vous avez fait ce film si beau. »

Elle regarda Jeanson, un silence, puis lâcha :

« Non. »

Stupeur dans la salle. Elle tendit alors sa main gantée et fit signe à quelqu'un de venir. On vit arriver de la coulisse un maître d'hôtel en habit, portant un seau de champagne et trois verres. Elle en tendit un à Jeanson, un au maître d'hôtel, elle prit le troisième pour elle et servit le champagne. Elle leva son verre vers le ciel et lança : « À toi, Louis ! » Elle but le verre cul sec puis repartit comme elle était venue ! Les gens étaient médusés !

Le charme d'une aventurière

J'ai tout de suite voulu en savoir plus sur cette femme intrépide et fantasque. Des amis communs m'ont alors présenté à elle et, petit à petit, j'ai découvert ce personnage hors du commun qu'était Marie Bell.

Elle fut une véritable aventurière et sa vie comportait de multiples zones d'ombre. Elle avait le chic pour embrouiller les dates, les noms, on ne pouvait connaître son parcours que par déductions et recoupements. Au fil des années, je finis par comprendre qu'elle était née à Bordeaux, qu'elle avait été danseuse et qu'elle avait vécu longtemps à Londres. Impossible de savoir son âge exact, d'autant qu'elle prétendait qu'à quinze ans on lui avait donné cinq ans de plus pour qu'elle puisse entrer au Conservatoire ! En fait, j'appris plus tard qu'elle était née en 1900. Elle avait été sociétaire de la Comédie-Française, à l'époque où les femmes pouvaient y entrer grâce à un ministre ou à un ami influent ! Elle n'avait pas eu besoin de cela.

On ne pouvait pas lui parler du passé, elle en avait horreur. Elle ne concevait pas, par exemple, qu'on aborde les événements d'avant-guerre. C'est presque par hasard que j'appris son passé de résistante, qu'elle avait fait passer des gens en Angleterre, caché d'autres résistants, aidé des Juifs. Il ne lui serait jamais venu à l'idée de l'évoquer. Sa carrière, sa vie étaient faites de mystères, d'amitiés et d'inimitiés, d'amours et de haines. Parfois un pan du voile se levait quelques secondes sur certaines zones d'ombre. Je me souviens que lors de la première de *Lawrence d'Arabie*, en présence de Richard Burton et de Liz Taylor, nous étions dans une loge et soudain je l'entendis murmurer : « Moi, je l'ai bien connu, Lawrence. Il m'a donné un bout de désert. Je n'en ai pas voulu... » Et voilà, c'était tout. Elle avait sans doute rencontré Lawrence d'Arabie. Lui avait-il réellement donné un bout de désert ? Le voile retombait, le mystère restait entier.

Madeleine Renaud et Marie Bell suivirent le même parcours professionnel. Elles débutèrent ensemble dans *À quoi rêvent les jeunes filles ?* Je les ai toujours connues fâchées. La querelle datait de leur passage à la Comédie-Française ; je n'ai jamais pu en découvrir la cause. Toujours est-il qu'il était impossible de parler de l'une à l'autre. Quand elles se croisaient, elles s'ignoraient. C'est grâce à Marie Bell que Raimu entra à la Comédie-Française en 1943. Elle comprit la première, lorsqu'ils tournèrent ensemble *Le Colonel Chabert*, l'importance de la venue de Raimu pour la grande maison. Marie Bell me raconta que, pendant la guerre, en pleine période de restrictions, il lui envoyait du charbon, du bois pour qu'elle puisse se chauffer. Elle m'avoua également que Raimu était un véritable fétichiste des pieds de femme, et quand elle voulait lui faire plaisir elle envoyait valser sa chaussure et lui présentait son pied. Ça le rendait littéralement fou de joie !

Au Français, Marie Bell tomba amoureuse de Jean Chevrier, un jeune sociétaire. Il était beau, talentueux, et jouait souvent les séducteurs. Un soir qu'ils descendaient tous les deux à Monte-Carlo pour donner un spectacle au casino, elle attendit que le train démarre puis entra dans son compartiment couchette, ferma la porte à clé... et le dévora tout cru. Il en fut très heureux et resta fou amoureux d'elle jusqu'à la fin de sa vie.

Rien ne résistait à Marie. Je l'ai vue côtoyer les plus grands, des écrivains, des artistes, des princes – elle était partout chez elle. Elle savait toujours quoi dire ou ne pas dire, elle jouait des silences comme d'un instrument de séduction. Elle avait un charme fou et une manière incomparable de bouger grâce à des années de danse. Et elle utilisait sa voix de façon merveilleuse. Elle n'était pas très grande mais elle savait mettre en valeur ce qu'elle avait de plus beau, ses jambes longues et fines et ses épaules délicates. Elle ne perdait pas une occasion de les dénuder.

« J'aurais voulu avoir deux enfants : Françoise Sagan et toi... »

Marie avait une façon étrange de découvrir une pièce : elle lisait le texte avec une mimique perplexe, le déchiffrant mot à mot, comme un enfant qui apprend à lire, en suivant la ligne du bout de l'ongle. On aurait dit qu'elle ne comprenait rien à ce qu'elle lisait, elle semblait perdue. Puis, peu à peu, elle s'emparait du rôle, y mettait son instinct et son intelligence, investissait le personnage, et, quand elle l'avait envahi, elle et lui ne faisaient qu'un. Elle était l'intuition féminine personnifiée. Dès qu'elle rencontrait quelqu'un, elle pouvait dire immédiatement ses failles, ses travers, ses qualités. En amitié, elle était d'une fidélité extraordinaire. Si le courant passait, c'était « à la vie, à la mort », mais, dans le cas contraire, c'était sans espoir. Sur la fin de sa vie, elle me confia un jour qu'elle aurait souhaité avoir deux enfants, Françoise Sagan, avec qui elle entretenait une complicité formidable, et moi. Je crois que l'on ne m'a jamais fait plus beau compliment.

Marie aimait l'argent, le luxe, elle vivait comme au

XIXe siècle, avec cuisinier, femme de chambre, maître d'hôtel et secrétaire, ce qu'elle estimait tout à fait normal. À la fin de sa vie, j'allais souvent déjeuner avec elle dans son appartement des Champs-Élysées. Elle était très diminuée et ne voyait presque plus. Huit jours avant sa mort, elle me recevait encore avec un grand chapeau de paille, son voile sur les yeux, ses nombreuses chaînes en or, ses bijoux et ses bagues. Elle était maquillée comme au théâtre. Elle ne voulait pas avouer qu'elle était fatiguée et refusait catégoriquement de rester au lit. Le lit, disait-elle, c'est l'endroit où l'on fait l'amour et pas le lieu de la maladie et de la mort. C'était touchant de naïveté. Ensuite, elle ne voulut plus aller dans sa chambre, elle préférait rester dans son salon, recroquevillée dans un fauteuil rempli de coussins, près de la fenêtre qui donnait sur les Champs-Élysées. Sans doute dans l'espoir de retarder le terrible moment.

Elle formait un couple étrange avec Jean Chevrier. Elle l'oubliait un peu, sortait souvent sans lui, omettait de le présenter quand il était là. Elle le menait un peu à la baguette : l'homme, dans le couple, c'était elle. Je l'entends encore demander à Jean : « Tu vas bien, ma poupée ? » J'avais connu Jean Chevrier avant elle, sur le tournage du *Gigolo*. Il était bourré d'angoisse. Je me pris très vite d'amitié pour lui. On dînait souvent tous les deux. Je lui répétais combien je l'avais trouvé formidable au théâtre, c'était un acteur généreux, délicat, discret. Alors, il reprenait confiance. Un jour, je lui demandai : « Jean, il y a une chose qui me ferait plaisir, c'est que tu me présentes ta femme, Marie Bell. J'ai une admiration, une vraie passion pour elle, elle m'impressionne beaucoup. Elle est formidable, c'est une grande actrice. » Il me sourit et me dit presque à mi-voix : « Le jour où tu rencontreras Marie, tu ne me verras plus. » Sur le coup, je ne compris pas, mais, quelque temps plus tard, je reconnus qu'il avait un peu raison.

Il n'empêche qu'elle fut particulièrement présente quand il tomba malade ; elle le soigna, s'occupa de lui comme une mère peut gâter son enfant. Il habitait au-dessus de chez elle. Elle lui avait déniché un petit studio relié à son appartement par un escalier en colimaçon, comme on en voit dans les bateaux, lui avait installé ses livres, ses disques, toutes ses affaires. Le matin, il lui servait le petit déjeuner et ils passaient les après-midi ensemble à écouter de la musique, en silence. C'est en lui apportant son thé du matin qu'une crise cardiaque le foudroya. Il mourut dans ses bras. Elle fut cruellement meurtrie par cette disparition, et, pendant deux mois, elle se retira comme une bête sauvage pour cacher sa douleur. Le chagrin ne la quitta pas, jusqu'à sa mort, dix ans plus tard.

La belle histoire de *Madame Princesse*

Avec cette femme merveilleuse, j'ai vécu de multiples aventures de théâtre et de tournées, mais j'ai une tendresse particulière pour le spectacle que nous jouâmes ensemble et dont le titre lui allait comme un gant : *Madame Princesse.* Un jour, elle me téléphona pour me parler d'une pièce de Félicien Marceau. C'était l'histoire de deux escrocs qui enlevaient une femme du monde avec qui ils finissaient par s'associer pour faire des affaires. Elle voulait la jouer avec moi. Félicien Marceau m'envoya la pièce. Je la lus et elle me sembla un peu longue, mais très drôle et pleine de charme. Je dis à Marie que j'étais d'accord pour la jouer avec elle, mais elle m'avoua que Félicien Marceau avait un autre acteur en tête et qu'il fallait qu'elle éclaircisse tout cela.

Un matin, je reçus une lettre de Félicien Marceau, qui me disait combien il me trouvait sympathique, cependant, il pensait que le rôle n'était pas pour moi, il l'avait écrit pour Serge Reggiani. Je m'inclinai donc devant le choix de l'auteur et téléphonai à Marie pour lui faire part du courrier et lui dire combien je comprenais la réaction de Félicien Marceau. Reggiani était un acteur rare et insolite. Je l'admirais beaucoup.

Elle m'écouta sans m'interrompre et tout d'un coup j'entendis sa voix grave et posée : « Écoute-moi. La pièce commence ainsi : il est minuit, je suis dans mon pavillon de Neuilly. On sonne, j'ouvre la porte et je tombe sur l'homme qui vient me proposer une affaire. Si c'est Reggiani, je referme tout de suite la porte et il n'y a pas de pièce. Quelle bourgeoise laisserait entrer un type pareil ? En revanche, si c'est toi, je te trouve charmant, rigolo, séduisant, et je te fais entrer pour savoir ce que tu veux. C'est aussi évident que cela et je vais le dire à Félicien. »

Elle lui répéta ce qu'elle m'avait dit, mais il jugea cette réaction un peu infantile. Elle prétexta alors le côté trop dramatique de Reggiani. Il ne convenait pas à une comédie. À bout d'arguments, Félicien Marceau demanda que je passe une audition. Butée, Marie accepta à condition que Serge Reggiani passe aussi l'audition. Tout cela devenait ridicule, Reggiani et moi étions connus, nous ne passions plus d'audition depuis longtemps.

Finalement, lui et moi jouâmes chacun une scène, et Félicien Marceau se rangea à l'avis de Marie ! Je fus engagé. Les répétitions débutèrent. C'était l'auteur qui mettait en scène. Marie ne respectait aucune indication de mouvement. Elle se trouvait toujours bien là où elle était. Même chose pour le texte. Il lui paraissait trop long, trop explicatif. Un jour où Félicien insistait pour qu'elle fasse un déplacement qu'il jugeait essentiel, elle se mit à gronder et lui lança : « Dis donc, Félicien, Claudel et Racine ne m'ont jamais emmerdée, ce n'est pas toi qui vas commencer ! »

Heureusement, Félicien, intelligent et fin, arriva à la convaincre. La veille de la générale, je priai Simone Signoret, mon amie, ma complice, d'assister aux répétitions pour me donner son avis. L'après-midi, pour la dernière répétition, Félicien me demanda s'il pouvait à son tour inviter un ami. Plus tard, je vis sortir de l'ombre un petit monsieur voûté et je reconnus Henry de Montherlant. Il m'avait trouvé formidable, ce qui me rendit fou de joie tant il m'impressionnait, et il me proposa sur-le-champ de jouer le rôle de l'abbé de Pratz dans *La ville dont le prince est un enfant.* Hélas, les premières répétitions débutaient quinze jours après et je commençais la pièce de Félicien. À moins que *Madame Princesse* ne soit le bide de l'année et que nous ne fassions que trente représentations...

Pour la première, j'avais un trac épouvantable. Il y avait toute la presse dans la salle, tous nos amis et le Tout-Paris. J'avais beaucoup de texte, ce qui m'angoissait d'autant plus. Dans sa loge, Marie me répétait : « Est-ce que j'ai peur, moi ? C'est à l'auteur d'avoir peur, pas à ses instruments. On n'est rien d'autre ! Allons, tout va bien se passer, il n'y a rien à craindre. Si tu as besoin de réconfort, regarde-moi, appuie-toi sur moi, je suis là, je te protège ! »

Lorsque les trois coups martelèrent la scène, j'eus l'impression d'entendre les trois derniers battements de mon cœur ! J'aurais tout donné pour être ailleurs. J'avais l'impression d'avoir du sable plein la bouche, mon ventre n'était qu'une boule de nœuds serrés. La salle se tut peu à peu, le rideau allait se lever. Je me dis alors : « Il faut que je regarde Marie, j'ai besoin d'un coup de pied aux fesses, elle va me le donner ! »

Au moment où le rideau s'envola, je lui jetai un coup d'œil pour m'encourager, et je la vis livide, les jambes flageolantes, en train de faire signe de croix sur signe de croix ! Je ne sais pas pourquoi, au lieu de me sentir complètement perdu, une force invincible s'empara de moi. Elle aussi avait peur. Je me mis alors à jouer comme un bélier, comme un battant, donnant tout ce que j'avais. Je rattrapai même Marie, qui fut prise d'un trou de mémoire, comme on rattrape une partenaire au trapèze. Tout le monde n'y vit que du feu ! J'étais heureux.

Après la pièce, nous évoquâmes la représentation. Jamais elle ne voulut reconnaître qu'elle avait eu un problème ! C'était un « test », me dit-elle, elle voulait juste m'éprouver ! Sa mauvaise foi pouvait parfois être royale ! La pièce plut beaucoup au public, nous la jouâmes trois cents fois à Paris et cent fois en tournée.

Au cours de ces représentations, nous eûmes souvent la visite de Michel Simon. Il buvait un verre avant ou après la représentation dans la loge de Marie. Il retrouvait chez elle ce mélange de canaille et d'aristocrate qu'il aimait chez les prostituées. Michel Simon était en adoration devant l'esprit, le charme et l'humour de Marie. Je le surpris souvent en train de reluquer ses jambes nues en soufflant : « Ah, quel dommage ! Quel dommage ! » Et il ajoutait : « Une femme comme toi, c'est une femme qu'on épouse. »

Nous partîmes ensuite en tournée à travers la France, la Belgique et la Suisse. C'était ma première tournée de ce type. Marie, elle, avait déjà fait le tour du monde – Moscou, Londres, New York, Rio...

Avant de partir, elle me dit : « Nous prendrons ta voiture. Nous partagerons les frais. Il nous faudrait quand même un chauffeur... Bon, laisse-moi faire, je m'en occupe. »

Elle convoqua des jeunes gens dans son théâtre, le Gymnase, et fit passer des auditions aux chauffeurs ! Son choix s'arrêta sur Jean, le fils du jardinier de Cécile de Rothschild. Elle m'assura qu'il serait l'homme de la situation.

Jean était un grand gaillard de vingt-cinq ans, assez costaud, un peu timide, habillé en chauffeur grand style : costume bleu, casquette, gants de cuir et petites moustaches. J'avais l'impression d'être dans un film d'avant-guerre ! Marie l'impressionnait et il était d'une docilité à toute épreuve. Je lui posai, néanmoins, quelques questions.

« Est-ce que vous savez changer une roue ?

– Oh non, monsieur !

– Est-ce que vous connaissez les moteurs Mercedes ?

– Oh non, monsieur ! »

Je me retournai alors vers Marie, un peu inquiet.

« Ce n'est pas grave. Jean sort d'une grande maison, on l'engage ! »

Nom, prénom : Bell, Marie. Née : OUI !

Et nous voilà partis, tous les trois, sur les routes, dans mon coupé. La voiture n'était pas très spacieuse. Jean et moi étions devant, littéralement plaqués contre le pare-brise,

Marie nous ayant fait avancer nos sièges au maximum pour pouvoir mieux s'étaler à l'arrière. Elle avait disposé autour d'elle un plaid, deux oreillers et une plante grasse qu'une admiratrice lui avait donnée ! Elle ne voulait s'en séparer pour rien au monde et la portait comme le saint sacrement ! Derrière nous, un car de soixante places suivait avec quatre acteurs, leurs petites valises... et tous les bagages de Marie ! Elle avait, entre autres, quatre grandes malles Vuitton qui renfermaient ses affaires et des paires de draps, parce qu'elle ne supportait pas les draps des hôtels. Il fallait toujours prévenir les femmes de chambre en arrivant pour qu'elles lui installent ses draps à fleurs. Première étape : Clermont-Ferrand. Tous les hôtels étaient pleins à cause d'un congrès. Nous descendîmes au Vercingétorix.

Le concierge me reconnut et me dit : « Monsieur Brialy, c'est un honneur de vous avoir, votre famille est auvergnate... Nous vous avons trouvé une grande chambre, n'ayez aucune crainte, vous serez très bien installé. »

Tout cela sans un mot pour Marie Bell, qui s'impatientait déjà.

« Euh... je suis avec Mlle Marie Bell... »

Le nom lui disait vaguement quelque chose, il ne voulut pas commettre d'impair et lui donna une suite. Il me tendit ensuite les traditionnelles fiches qu'il fallait alors remplir dans tous les hôtels. Je remplis la mienne en vitesse et commençai celle de Marie. Première ligne : Nom, prénom... Tout va bien. Deuxième ligne : Née... Je regardai Marie, l'interrogeai pour savoir la mystérieuse date, et là je l'entendis, imperturbable, me dire : « Mets : OUI ! » Ce fut mon premier fou rire d'une tournée qui se passa comme un tourbillon de bonheur.

Marie était unique. Petit à petit, elle me confia quelques petits secrets et m'avoua, par exemple, qu'elle n'avait jamais dormi avec un homme, même avec ses grands amours. Et jamais un homme ne l'avait vue au réveil.

« Le soir, me disait-elle, tu rentres, tu es étourdie d'alcool, de désir, d'amour, tu ne te rends compte de rien, tout est magnifique. Mais, si tu restes trop longtemps, tu l'entends ronfler et quand tu te réveilles, alors là, c'est le cauchemar ! Tu t'es endormie avec un prince, tu te retrouves avec un crapaud. Toute la magie s'est envolée dans le sommeil. Je préfère garder une belle image de l'amour. »

Je me souviens du soir où nous jouâmes à Vevey ; nous allâmes ensuite prendre un verre chez Charlie Chaplin. Ce fut émouvant de voir ce tout petit homme très fatigué avec son teint de bébé et ses yeux noirs et profonds. Le corps s'effondrait, mais l'âme était toujours là, et l'on aurait dit qu'elle s'était entièrement réfugiée dans ce regard merveilleux.

Un autre soir, après avoir joué à Rennes, nous prîmes rapidement la direction de Nantes, où nous devions dormir et jouer le lendemain soir. Nous y arrivâmes vers minuit. Exténué par la route, Jean nous abandonna et partit se coucher. Tous les restaurants étaient fermés, il ne nous restait plus que le buffet de la gare. Nous nous installâmes dans une salle déserte et mal éclairée. Un vieux garçon maître d'hôtel sommelier marchait en traînant la jambe. Un torchon sous le bras, il évoluait sous une lumière sinistre. Il nous présenta la carte avec dédain et lassitude. Au vu de ses ongles, je me décidai rapidement : « On va prendre une omelette, une salade, une crème caramel et une bouteille de bordeaux. »

Il repartit en haussant les épaules. Me déranger pour ça ! Je regardais Marie assise en face de moi : on avait joué, on venait de faire une heure et demie de voiture, on était crevés et elle se comportait comme si elle était chez Maxim's ! Son chapeau léopard sur l'œil, avec encore son maquillage de scène, elle avait enlevé son gant à bouton et fumait sa cigarette comme une femme du monde. Elle me parlait, et malgré la fatigue on rigolait bien. Au fond de la salle, deux soldats du contingent nous jetaient des regards curieux. Ils attendaient leur train en buvant bière sur bière. L'un d'entre eux somnolait déjà et l'autre luttait contre le sommeil en soliloquant. Tout d'un coup, il donna un coup de coude à son copain : « Dis donc, c'est pas Brialy ? » et il se mit à énumérer deux ou trois films que je n'avais pas faits. Il était très excité. Il réveilla l'autre, le traîna jusqu'à notre table et me dit, entre deux hoquets :

« C'est toi, Brialy ?

– Oui.

– Salut ! On est contents de te serrer la main. »

Il me tapa sur l'épaule.

« On va s'asseoir et boire un coup avec vous. »

Tout de suite, je sentis la galère.

« Non, vous êtes gentils, mais nous venons de loin, nous sommes fatigués et nous n'avons qu'une envie, c'est de manger vite, d'être tranquilles et puis d'aller nous coucher...

– Dis tout de suite qu'on n'est pas assez bien pour toi. »

Il commençait à devenir agressif. Je tentai de plaisanter, de calmer le jeu, quand j'entendis celui qui était à moitié endormi dire à Marie Bell : « Il est sympa, ton fils, il est vraiment sympa. »

Je vis alors le visage de Marie Bell changer. En une seconde, nous basculâmes de la comédie à la tragédie. Elle fixa l'impudent des yeux et, de sa voix grave, rectifia :

« Non, monsieur, je ne suis pas sa mère, je suis sa tante. »

Elle voulait bien supporter leur présence avinée mais pas, en plus, être ma mère !

Dans la même veine, je me souviens qu'un soir, à Monte-Carlo, un homme assez âgé grimpa en soufflant jusqu'à la loge de Marie et la salua d'une voix mourante : « Marie, chère petite Marie ! » Marie, qui l'avait regardé monter l'escalier, me dit doucement : « Qu'est-ce que c'est que ça ? » Évidemment, elle avait horreur des vieux. Elle était myope comme une taupe et clignait des yeux pour tenter de le reconnaître, quand brusquement elle s'écria : « Oh, docteur Legrand ! » Et lui, dans un râle : « Non, je suis son fils. »

Elle crut mourir. L'idée qu'un tel vieillard était le fils d'un homme qu'elle avait connu lui était insoutenable !

La dernière ville dans laquelle nous jouâmes fut Marseille, en matinée et en soirée, au Gymnase. Entre les deux, Marie me dit : « Puisque c'est la dernière, on va se taper un petit coup de champagne. » On a donc bien arrosé la dernière avant de la jouer et nous sommes arrivés au théâtre un peu paf. Elle devait entrer en scène de dos et sa première réplique était : « Comment, vous êtes encore là ? » Cela faisait quatre cent cinquante fois qu'on jouait cette scène. Et soudain l'idée que depuis quatre cent cinquante fois elle me disait : « Comment, vous êtes encore là ? » déclencha chez nous un fou rire incroyable. Marie était très professionnelle et très sérieuse dans le travail. Elle ne supportait pas les blagues, la plus petite négligence d'un machiniste, d'un technicien, d'un régisseur ou d'un acteur. Elle respectait trop le public. Ce soir-là, ce fut l'horreur ! Elle entra en scène et me regarda brusquement en chevrotant : « Oh, oh, oh ! » Et moi, de la voir rire, j'ai littéralement explosé. Je sanglotais, je glissais ma main dans mon pantalon et, pour ne pas rire, je me pinçais les fesses, les cuisses au sang. Plus je me pinçais et plus je riais. Quant à elle, elle suffoquait. On joua tout l'acte, qui durait une heure, dos à dos. Nous ne pouvions plus ni avancer ni reculer et nous avons sangloté notre texte.

À la fin de la pièce, on a baissé la tête en demandant pardon au public qui avait compris et nous a applaudis. Ce fut le plus beau fou rire de ma carrière, une tornade qui nous fit chavirer la tête, le cœur, et perdre pied. Ce fut merveilleux.

Lorsque Marie reprit *Phèdre* au Gymnase, tout le monde fut ahuri par son audace. Elle eut l'idée géniale et très moderne de « parler » les vers, ce qu'elle faisait à la fois avec le sens du rythme et une émotion très intériorisée. Elle joua la fin de la pièce à mi-voix, comme si le poison avait déjà fait son effet. Tout était murmuré, à peine audible, dans le souffle, c'était d'une beauté antique. Conquis par son interprétation, André Malraux lui envoya une lettre sublime de six pages. Il y louait son sens de la musique et des vers, son intensité, lui disait qu'elle était l'inspiratrice de Racine ; un texte très lyrique. C'était très beau, très exalté, une lettre d'amour pour l'actrice, pour la tragédienne. Marie me la lut et me dit : « Le plus difficile va être de lui répondre. » Soudain, elle eut cette idée magnifique : elle contempla les six pages de Malraux puis elle prix six pages de son papier à lettres et, sur chacune d'entre elles, écrivit : « Merci, Marie Bell. » Ils devinrent très vite de grands amis.

Un jour que je déjeunais au Berkeley avec mon imprésario, Gérard Leibovici, je vis au fond de la salle Marie Bell, Louise de Vilmorin et André Malraux, alors ministre d'État à la Culture. Je me levai pour embrasser Marie et Louise et saluer le ministre. Marie s'était cassé le fémur quelque temps auparavant. On lui avait posé une broche, elle marchait avec une canne et claudiquait légèrement. Louise, elle, avait une malformation de naissance, une jambe plus courte que l'autre. Je restai quelques instants avec eux. Malraux était en train d'expliquer les merveilles de l'Égypte. Louise suivait la conversation avec beaucoup d'attention. Marie restait rêveuse, les fouilles dont parlait Malraux la fatiguaient un peu. Je les laissai donc tous les trois avec l'Égypte et rejoignis Leibovici. Au milieu de notre déjeuner, les trois convives se levèrent et se dirigèrent vers la sortie. Malraux tenait Marie et Louise par le bras. En passant devant nous avec l'une qui boitait à droite et l'autre à gauche, il me souffla : « Vous voyez, j'ai enfin trouvé mon équilibre ! »

À la mort de Louise de Vilmorin, nous allâmes au château de Verrières, où elle avait vécu. Les pneus de la voiture crissaient sur le gravier de la cour de cette maison d'habitude si joyeuse. Il pleuvait. Nous avons aperçu Malraux, le front appuyé contre la fenêtre du salon. Il pleurait. L'eau ruisselait le long de la vitre, le visage de cet homme meurtri, son front immense, cette mèche de cheveux, ce regard blessé, ses larmes qui coulaient..., c'est l'image que je me fais du chagrin, l'image simple et très violente d'un homme fort, fier, pudique, digne mais brisé. Louise avait demandé qu'on l'enterre dans son jardin et Marie avait trouvé cela formidable : « Louise était fantasque et elle dort à jamais au milieu de ses roses, un banc de pierre marque l'endroit où ses amis peuvent se reposer et penser à elle. »

Mort de ma belle Marie

Marie ne supportait pas la mort – elle en avait peur. Les derniers mois, elle ne sortait plus, se contentant de recevoir ses amis chez elle et de passer des heures au téléphone. Elle me confia qu'elle désirait se faire enterrer au Trocadéro plutôt qu'à Monte-Carlo, où reposait son mari, près de la tombe de Joséphine Baker, et elle ne savait pas à qui s'adresser. Je m'en occupai et obtins cette concession, heureux d'avoir pu lui rendre cet ultime service. Elle choisit l'emplacement qu'elle voulait et les travaux commencèrent. Elle avait demandé à son décorateur de théâtre de lui faire son caveau en le tapissant de miroirs pour ne pas étouffer ! Malheureusement, la mort l'emporta avant la fin des travaux.

Elle mourut la nuit du 15-Août, c'était la Sainte-Marie, alors que je tournais *L'Effrontée.* Je suis allé la voir dans sa chambre, les bras chargés de roses jaunes dont elle raffolait. Marie était recroquevillée sur son petit lit. Germaine, sa fidèle femme de chambre depuis quarante-cinq ans, la veillait en compagnie d'un grand garçon.

Je m'approchai de lui : « Monsieur, j'étais très ami avec Marie Bell. Si vous avez besoin de moi, je suis à Paris. Germaine a mon téléphone, si je peux vous aider... »

Mais il m'observa avec dédain : « Je suis son fils, nous n'avons besoin de personne pour les formalités. »

Huit jours plus tard, j'appris que son théâtre, le Gymnase, était repris par son administrateur, M. Bertin. Par superstition, Marie n'avait laissé aucun testament. Tout l'héritage allait à ce garçon inconnu que Marie Bell et Jean Chevrier avaient adopté des années auparavant et dont elle ne parlait jamais. Il y eut peu de monde à l'enterrement de Marie, les amis étaient en vacances... En dépit de ses derniers vœux, l'inhumation eut lieu à Monte-Carlo. La tombe disparaissait sous les fleurs blanches, ses préférées. Françoise Sagan et les intimes de Marie, ainsi que Jean-Louis Barrault (sans Madeleine Renaud) étaient venus. Coluche fit porter une énorme gerbe de roses blanches. Elle et lui s'adoraient.

Un soir de 31 décembre, alors que je jouais *Madame Princesse* avec Marie, je reçus un appel de Marlene Dietrich.

« Qu'est-ce que tu fais ce soir ?

– Eh bien, je joue.

– Oui, mais après ?

– Je vais dîner chez deux copines, Yvonne, qui s'occupe du Livre de Poche, et une amie à elle. Elles ont un appartement rue du Vieux-Colombier. Je déteste les réveillons et j'irai me coucher tôt, j'ai matinée demain. Pourquoi me dis-tu ça ? Tu n'es pas seule, j'espère ?

– Si, si, si. Je devais partir pour la Suisse voir ma fille et mes petits-enfants, malheureusement, c'est annulé.

– Écoute, Marlene, je t'emmène avec moi. Je passe te prendre avenue Montaigne vers dix-neuf heures. Tu resteras dans ma loge, tu boiras un peu de champagne, et après nous irons chez mes amies. »

Elle accepta et j'appelai mes deux copines en leur disant que je viendrais avec une amie, sans leur dire qui c'était.

Dix-neuf heures, avenue Montaigne, Marlene m'attendait, ponctuelle, tout de blanc vêtue, tailleur blanc, chapeau blanc, sublime de beauté. Je la traînai dans la loge de Marie Bell, qui était en train de se préparer : « Regarde, Marie, je t'amène une surprise. » Marie se retourna et vit Marlene. Son visage s'illumina. Elles tombèrent dans les bras l'une de l'autre. Marie demanda du champagne à son habilleuse, et je dis à Marlene : « Tu regardes la télé et moi je vais me préparer. » Quelques minutes plus tard, je les retrouvai toutes les deux devant une grande glace, les robes retroussées : elles se regardaient les cuisses et les fesses en se complimentant réciproquement : « On est encore pas mal ! » Elles avaient des hanches très minces, très étroites, des fesses fermes, bien pommelées. Elles contemplaient leurs jambes admirables et riaient comme deux gamines.

Après le spectacle, nous laissâmes Marie rejoindre Jean Chevrier. Ils réveillonnaient toujours tous les deux, c'était leur souper d'amoureux. Rue du Vieux-Colombier, quand Yvonne ouvrit la porte, elle eut le souffle coupé. Marlene entra dans le salon, très détendue, et, après avoir pris un verre, nous avons soupé. Puis Marlene s'allongea sur un canapé et de sa voix inoubliable nous raconta Hollywood. Ce fut un moment magique. Dans les studios, disait-elle, la réalité était bien différente de l'image que l'on en a. Elle et Greta Garbo étaient soumises au même régime. Elles se levaient vers cinq heures du matin, on les enfermait dans des loges salons avec un essaim autour d'elles pour les préparer, les coiffer, les maquiller. Personne de l'extérieur n'avait le droit de les voir. On les « descendait » ensuite sur le plateau dans de grandes chaises en osier avec un tulle blanc transparent pour que le mystère reste entier. L'opérateur avait réglé les lumières sur la doublure, les stars ne sortaient que pour se placer sous des projecteurs chargés de sublimer leur beauté. Les machinistes, les électriciens, tous les régisseurs ne les voyaient que dans ces lumières diffuses admirablement travaillées. Seul le metteur en scène pouvait s'approcher d'elles pour leur parler. On entretenait le mythe et le secret, ce qui les obligeait à vivre leur légende. Il n'y avait bien sûr ni familiarité ni amitié. Marlene était d'un caractère plus ombrageux que Garbo, et il lui arrivait parfois de se révolter contre un tel traitement.

« Quand je pense que maintenant les acteurs se plaignent quand ils tournent deux heures de suite. Nous, nous étions debout vers quatre heures du matin, hiver comme été. Parfois, on devait attendre pendant douze heures et les heures supplémentaires n'existaient pas. Il fallait toujours recommencer, car les appareils étaient fragiles et souvent en panne. C'était vraiment une épreuve. »

Marlene était merveilleuse. Elle avait l'esprit « Berlin », le Berlin des années 20, de la fête, avec un humour vif, cruel, un esprit frondeur. Gabin l'appelait « la Prussienne ». Comme beaucoup de gens d'Europe centrale, elle avait la passion de la vie, l'amour des autres, une immense générosité, une grande fidélité, avec toujours ce côté glacé et une retenue en toute circonstance. Je la voyais souvent, elle me faisait la cuisine chez elle, avenue Montaigne. Vêtue d'un blue-jean et d'un chemisier ouvert, Marlene me concoctait des écrevisses à la nage et, sa grande spécialité, des pot-au-feu. Qu'elle ait un ou plusieurs invités, elle se mettait à ses fourneaux dès six heures du matin, il lui fallait la meilleure viande, les meilleurs poissons. Elle préparait tout.

Son appartement était impeccable, elle faisait le ménage, les parquets. Dans son séjour qui donnait sur l'avenue Montaigne, deux immenses pianos noirs trônaient, souvenir d'un show à Berlin-Est dont ces deux Steinway furent le cachet. Sur une grande table à tréteaux, devant la fenêtre, étaient posés des lampes, trois machines à écrire, des lunettes de toutes les couleurs et des papiers. À l'époque, elle écrivait beaucoup, tapait à la machine, envoyait des télégrammes longs comme des jours sans pain. Il y avait aussi trois photos : une de Hemingway, une de Gabin dans *La Bête humaine* et une de Fleming, l'homme qui inventa la pénicilline. À la photo dédicacée, « C'est à toi que je le dois », il avait accroché un petit tube en verre de laboratoire.

Trois photos, trois hommes qui comptèrent beaucoup dans sa vie. Mais, quand Marlene évoquait Gabin, on comprenait tout de suite qu'il avait été et resterait le grand amour de sa vie. Elle en parlait avec autant de tendresse et de respect que de regrets et de nostalgie. Elle avait choisi l'Amérique plutôt que Gabin, qui, lui, ne pouvait pas vivre loin de la France. Ils s'étaient donc séparés. Et, en 1949, Jean avait épousé Dominique, qui était alors le sosie de Marlene Dietrich. Dominique aimait rire, aimait la vie, aimait Gabin, à qui elle donna trois enfants magnifiques. Quand on lui parlait de Marlene, il était mal à l'aise et se contentait de dire : « C'est le passé. » Marlene, obstinée, attendait son retour. Elle me demandait si je voyais Jean, ce qu'il devenait, s'il était heureux. Elle était encore très attachée à lui, alors que lui avait tourné la page. J'étais avec Jean le jour où elle se cassa le fémur en Australie. Elle avait du mal à s'en remettre.

Je me souviens que j'avais dit à Jean :

« Vous savez, Marlene a eu un accident. Je lui envoie un télégramme, est-ce que vous permettez que j'écrive que je joue avec vous et que vous lui dites bonjour ?

– Bien sûr... »

Alors je lui écrivis que Gabin lui faisait ses amitiés et lui souhaitait une bonne convalescence. Ces mots simples lui firent un plaisir incroyable. Jean était sa faiblesse, il représentait Paris et la France qui l'avaient adoptée. Gabin me raconta plus tard que, pendant la guerre, partout où il allait, elle était là, devant lui. Elle était parachutée grâce au général Eisenhower, qu'elle connaissait bien. Il arrivait dans un camp perdu, personne ne savait où il se trouvait, et elle surgissait, tombant du ciel comme un ange, habillée en soldat. L'Ange bleu.

9.

Une semaine au lit avec Jane Fonda

En 1961, je tournai *La Ronde*, sous la direction de Roger Vadim, un remake du film magnifique de Max Ophüls. Je reprenais le rôle de Daniel Gélin, avec Jane Fonda et Anna Karina comme partenaires. Jane Fonda n'était pas aussi connue qu'aujourd'hui, je l'avais vue dans un ou deux films et j'étais à la fois heureux et un peu angoissé d'avoir à jouer avec un membre de la prestigieuse famille américaine. Quelques jours avant le début du tournage, Roger Vadim m'invita à déjeuner avec elle. La rencontre se passa bien, elle était charmante, agréable, très drôle. Puis le premier jour du tournage arriva et Vadim me dit : « Tu te déshabilles, Jane aussi, et vous vous mettez au lit. » C'est ainsi que j'ai passé une semaine au lit avec Jane Fonda ! Je jouais un étudiant qui tentait de satisfaire une femme du monde. Jane, qui était aussi pudique que libérée, était à mes côtés complètement nue dans les draps ! Elle avait tout enlevé. Au-dessus de nous, les techniciens allaient et venaient sur les passerelles, se contorsionnaient dans tous les sens pour essayer de voir un peu de son corps splendide. Le tournage du film fut un très bon moment, et je restai ami avec Jane Fonda, dont je pus admirer, quelques années plus tard, les prises de position courageuses qui auraient pu anéantir sa carrière.

Le film de Pierre Grimblat, *Cent Briques et des tuiles*, réunissait Jean-Pierre Marielle, Marie Laforêt, Daniel Ceccaldi, Julien Guiomar et moi. Le souvenir marquant de ce film fut le tournage, la nuit, aux Galeries Lafayette. Cela m'enivrait ! Je pouvais enfin déambuler dans un grand magasin tranquillement, sans être dévisagé. Mais, surtout, l'ambiance, la nuit, dans cet immense magasin, d'ordinaire rempli de bruits et de lumières, était très étrange. J'ai toujours eu une relation particulière avec les supermarchés, qui sont pour moi comme des cavernes d'Ali Baba. Non pas que je souffrais de la faim dans ma jeunesse, mais, lorsque je déprimais à mon arrivée à Paris, il m'arrivait d'entrer dans une grande surface et d'acheter une multitude de petites choses peu chères, des gommes, des crayons, de l'encens, des Kleenex, n'importe quoi. J'avais l'impression d'être milliardaire. Aujourd'hui encore, quand je suis fatigué, stressé, que tout me pompe, je dévalise parfois les rayons.

Autre souvenir un peu moins superficiel de ce tournage : ma rencontre avec Jean-Pierre Marielle. À l'époque, il était fou amoureux. Un jeudi soir, il me demanda à voix basse :

« Toi, qui es vedette, est-ce que tu peux demander à Pierre Grimblat de me laisser partir demain soir plus tôt parce que j'ai rendez-vous avec une jeune femme à Lyon dont je suis très amoureux. Je ne voudrais pas arriver trop tard.

– Pas de problème, je vais parler à Pierre. Lui qui est toujours amoureux, il devrait comprendre ! »

J'expliquai donc la situation à Pierre Grimblat, qui accepta de le libérer plus tôt. Le lundi matin, je retrouvai Jean-Pierre plus sombre encore que d'habitude. Il avait souvent la tête de celui qui vient de perdre sa maison dans un incendie avec toute sa famille à l'intérieur ou sur qui deux contrôles fiscaux viennent de tomber. Mais, ce lundi-là, il était particulièrement sinistre. Je m'approchai de lui :

« Alors, ça s'est bien passé, ton week-end ? »

De sa voix profonde, il me répondit :

« Comment, quel week-end ?

– Mais, enfin, tu voulais partir plus tôt, tu allais rejoindre une jeune femme à Lyon...

– Écoute, c'est terrible. J'ai pris ma voiture et sur l'autoroute j'ai eu un doute. Je me suis dit : "Elle ne m'aime pas, si elle m'aimait, elle aurait appelé et ce matin elle ne m'a pas appelé. Donc il ne faut pas que j'y aille."

– Alors, qu'est-ce que tu as fait ?

– J'ai rebroussé chemin, je suis reparti chez moi. Cette femme ne veut pas de moi.

– Mais tu aurais dû l'appeler !

– Finalement, elle m'a téléphoné samedi et elle a confirmé mon impression : elle m'a engueulé parce que je n'étais pas venu à Lyon... Tu vois, j'ai eu raison de ne pas y aller. »

Je restai muet. Quel fou magnifique !

C'est au cours de ce tournage que je croisai, dans Paris, un copain qui avait fait le centre de la rue Blanche. Il venait de terminer son service militaire et rentrait de la guerre d'Algérie. Il me sauta dans les bras et me dit : « Tu sais que tu m'as sauvé la vie, en Algérie ? » Je ne voyais pas comment, mais il me raconta : « Figure-toi que j'étais de garde devant une guérite, je m'ennuyais et je rêvais de Paris. Soudain, j'aperçois dans le kiosque à journaux, de l'autre côté de la rue, ta gueule en couverture de *Cinémonde*. Je me pince et je décide de traverser la rue pour acheter vite fait le canard. J'étais à peine arrivé devant le kiosque que ma guérite a explosé : une bombe venait de la faire sauter. Tu vois, je l'ai échappé belle, grâce à toi ! »

Les histoires de Toto et les caprices de Rosanna Schiaffino

Alberto Lattuada, que j'admirais beaucoup, m'appela quelque temps plus tard sur le tournage de *La Mandragore*. Parmi les comédiens du film, il y avait Toto, qui était une immense vedette, très populaire en Italie. On le comparait un peu à Fernandel, à cause de son visage anguleux, de son menton en galoche, un peu comme Buster Keaton. L'action de *La Mandragore*, tirée de Machiavel, se situait au Moyen Âge. Toto jouait un moine pervers, roublard, entremetteur, escroc. Il était déjà bien vieux et à demi aveugle. Son épouse, une ravissante jeune femme de trente-cinq ans, l'accompagnait ainsi que sa voiture à chauffeur, une Cadillac, aux vitres teintées. Il en sortait le matin, vêtu très élégamment, pour revêtir sa vieille robe de bure, reprisée et sale. Nous nous sommes très bien entendus. Il ne cessait d'improviser, de faire des grimaces, de raconter des histoires. Et il profitait abusivement de sa vue déficiente : quand des jeunes filles lui demandaient des autographes, il leur disait de sa voix éraillée : « *Viene* », et se mettait à les peloter de ses magnifiques mains d'aristocrate, pour, disait-il, voir de quoi elles avaient l'air ! Tout le monde s'amusait de cette manie, y compris sa femme..., et même les jeunes victimes ne lui en voulaient pas tant il était drôle et malicieux.

Rosanna Schiaffino était la vedette féminine du film. Je l'avais connue sur *Les Garçons*, avec sa mère et sa sœur qui la suivaient partout pour la surveiller. À présent, elle était mariée au producteur ! Elle en profita pour nous rappeler son statut de star, elle fit des caprices, elle avait chaud, elle avait froid, elle avait trop d'air, pas assez... Un jour, Romolo Valli et moi décidâmes de nous venger. Elle tournait une scène dans une baignoire d'époque, une cuve en bois, et nous devions verser de l'eau dans son bain à l'aide de brocs. Évidemment, nous nous fîmes un plaisir de remplacer l'eau tempérée par de l'eau glacée, que nous lui versâmes copieusement sur la tête. Elle cria comme une diablesse, mais Lattuada, très amusé et séduit par son interprétation, conserva la scène dans le film !

« Quand on s'appelle Pierre Brasseur, on joue ! »

Les deux films qui suivirent sont très importants dans ma carrière et dans ma vie. Il s'agit du *Roi de cœur*, de Philippe de Broca, où je retrouvai Pierre Brasseur, et d'*Un homme de trop*, de Costa-Gavras.

Il y avait longtemps que je n'avais pas lu un scénario de

la qualité du *Roi de cœur*. L'auteur en était Daniel Boulanger sur une idée de Philippe de Broca – un film qu'ils imaginèrent tous les deux. L'action se passait à la fin de la guerre 14-18 dans un village envahi par les Allemands. Dans la confusion de la libération, les fous de l'asile avaient envahi le village et y avaient organisé une petite société. Les Anglais débarquaient et découvraient ce groupe extravagant, avec tous les malentendus et les quiproquos que l'on peut imaginer. Françoise Christophe jouait ma femme, moi le duc de Trèfle – on portait tous des noms bizarres – et Pierre Brasseur faisait le général des pompiers. Nous tournâmes à Senlis pendant huit semaines. Comme ma maison était à une quinzaine de kilomètres du lieu du tournage, je proposai à l'équipe de venir y habiter. Tout le monde vint donc camper chez moi, Micheline Presle, Françoise Christophe, Geneviève Bujold et Alan Bates.

Le premier soir, cela commençait bien, Pierre Brasseur, ivre mort, cassa deux objets auxquels je tenais beaucoup. Pour marquer ma colère, je l'envoyai à l'hôtel. Dieu sait, pourtant, l'admiration que je lui vouais depuis *Quai des brumes* et *Les Enfants du paradis* ! Pierre Brasseur était un personnage et un comédien comme il en existe peu par siècle. J'avais vu *Kean* et *Ornifle* au théâtre. Je ne manquais aucune de ses prestations. Quand le film *Les Cousins* est sorti, la presse me compara à Pierre Brasseur. C'était sans doute excessif, mais rien ne pouvait me flatter davantage. Malheureusement, Pierre avait une faiblesse, un penchant qui devint un vice : il buvait. Et il suffisait de très peu d'alcool, à peine deux verres de vin, pour qu'il perde tout contrôle. Pendant le tournage du film, il me faisait presque pitié lorsque je le retrouvais le matin, après sa nuit passée à l'hôtel. Il accepta très bien cet exil forcé, comprenant qu'il n'avait ni le même rythme de vie ni les mêmes aspirations que le reste de l'équipe. Contrairement à nous, qui avions besoin de nous reposer, il ne pensait qu'à faire les quatre cents coups !

Le matin, il me guettait, et, lorsqu'il me voyait arriver, il disait :

« Alors, ma vieille, vous avez fait les cons, hier soir.

– Non, on a dîné tranquillement, on a regardé la télé, joué aux cartes... Et toi, qu'est-ce que tu as fait ?

– J'ai bu un peu, je me suis effondré. J'ai dormi.

– Ça va, ce matin ?

– Impeccable. Tu vas me faire dire mon texte. »

Et je le faisais réciter comme à l'école. Sa conscience professionnelle était très grande, il voulait être sûr de savoir parfaitement son rôle. Avant de se rendre sur le tournage, il mettait tout son argent sur la table de sa loge en disant : « Prends mon argent, comme ça je n'aurai pas la tentation d'aller me payer un coup. »

Je ramassais toute sa monnaie et la cachais dans un coin de la pièce. À l'heure du déjeuner, il refusait d'aller à la cantine pour ne pas être tenté par le vin. Je restais donc avec lui, faisant l'impasse sur mon petit coup de bordeaux habituel. Nous ne buvions que de l'eau. Cela dura huit à dix jours, puis Pierre me dit : « Oh ! ma vieille, c'est pas la peine que tu restes avec moi, je suis fatigué, je ne vais même pas déjeuner, je vais dormir un peu. »

Je pensai : « Au fond, c'est vrai, je suis toujours là, sur son dos, j'ai l'air de le surveiller, ce n'est pas sympa. » J'allai donc à la cantine rejoindre les autres, laissant Pierre libre de ses mouvements. Quelques jours plus tard, un après-midi, en tournant la première scène, je trouvai Pierre un peu bizarre. Au moment de répéter, je m'aperçus qu'il ne savait plus un mot de son texte. Nous fîmes plusieurs essais, mais, chaque fois, il se trompait, il bafouillait. Évidemment, il avait bu à midi. Au bout d'un moment, il s'effondra par terre, prétextant une subite rage de dents. Il nous joua si bien la comédie (on aurait pu se méfier...) que de Broca l'emmena immédiatement chez un dentiste. Arrivé là-bas, il avoua bien entendu qu'il n'avait rien aux dents mais qu'il avait eu une « petite faiblesse ». Il se confondit en excuses ; on aurait dit un enfant. Cette scène me bouleversa.

Le lendemain, il revint tout honteux sur le plateau, tête baissée, comme si on l'avait surpris la veille en train de voler un portefeuille. Il s'excusa auprès de tout le monde, offrit un petit cadeau à chacun ; il était incroyablement touchant.

Quoi qu'il en soit, jouer avec lui était passionnant parce qu'il était imprévisible et perpétuellement inventif. Il pouvait être très bon ou très mauvais, mais il n'était jamais médiocre, jamais tiède. Sur scène, dans *La Famille écarlate* ou *Le Retour*, il avait une présence, une voix, un regard, une démarche qui hypnotisaient la salle.

Un jour, alors qu'il jouait *Kean* en province, j'allai lui rendre visite dans sa loge. En arrivant, je vis l'administrateur qui faisait les cent pas : « Je suis embêté, on ne trouve plus Pierre, il n'a pas couché à l'hôtel, on ne sait pas où il est. »

On appela la police, qui le découvrit à la gare, dans la salle d'attente, en train de dormir comme un clochard, pas rasé et sale. Je le ramenai à l'hôtel, où je lui fis faire sa toilette. C'était une épave. On lui fit boire deux cafés, mais il n'arrivait pas à revenir sur terre, il était complètement détruit. Il devait donc jouer *Kean* le soir, un rôle très lourd, très important. La pièce d'Alexandre Dumas, adaptée par Jean-Paul Sartre, était toute centrée sur Pierre Brasseur, qui y excellait. Doutant de son aptitude à jouer dans cet état, l'administrateur et moi l'accompagnâmes au théâtre et il s'endormit dans sa loge. Il ronflait comme un sonneur. À huit heures, on le réveilla. Il reprit un café mais il ne sortait toujours pas de son coma. L'administrateur me dit : « Je vais faire une annonce pour dire qu'il a eu un petit malaise, on remboursera les places... »

Il allait sortir de la loge, lorsque nous entendîmes la voix grave et empâtée de Pierre : « Vrai con, de quoi je me mêle ? Je vais jouer ce soir, quand on s'appelle Pierre Brasseur, on joue. »

J'essayai de l'arrêter.

« Pierre, tu es très fatigué, laisse tomber. Tu vas t'effondrer sur scène, ça va être affreux. Et ce n'est pas prudent !

– Toi, tu m'emmerdes. De quoi tu te mêles ? Tu n'as rien à voir avec ça. »

Je n'insistai pas, sachant combien il pouvait être terrible. L'habilleuse et moi l'aidâmes à revêtir son costume, il se maquilla et descendit sur scène en titubant. Il courait à la catastrophe. J'osais à peine regarder. Il insista violemment pour taper lui-même les trois coups. Cela me sembla durer des heures, il tapa cent fois. Enfin, il alla prendre sa place en trébuchant. L'administrateur et moi attendions le désastre et il préparait déjà son texte pour expliquer à la salle que Pierre venait d'avoir un malaise, que les places allaient être remboursées. Le rideau se leva, nous bloquâmes notre respiration, et il entra en scène. Quelque chose comme une force supérieure s'empara alors de Pierre et il joua pendant trois heures d'une façon magistrale. Ce fut miraculeux. Mais, en sortant de scène, il alla directement se coucher ! On m'a raconté que, dans un état similaire, il ouvrit un jour sur scène une fenêtre du décor qui donnait sur un mur et un faux arbre peint, en disant : « Il faut que je respire ! » Il prit une grande bouffée d'air comme s'il était à la campagne puis revint jouer, comme requinqué !

Il pouvait tout jouer, la comédie, la tragédie, le drame, les hommes veules ou les héros. Dans la vie, il était aussi théâtral qu'il était naturel sur scène. Il m'a dit qu'un soir il dînait dans une grande maison bourgeoise, et, au café, la maîtresse de maison, comme pour lui faire payer l'addition, lui demanda : « Brasseur, vous allez bien nous dire un poème... » Genre : « Faites-nous rire. » Il avait horreur de ça. Il répondit donc à cette dame :

« Non, je ne peux pas faire ça, mais je vais vous faire un tour de prestidigitateur.

– Oh ! quelle merveille, c'est formidable ! »

Il se leva, prit la nappe sur laquelle reposaient les cristaux de baccarat, les verres fins, les carafes, et il la tira d'un coup. Tout tomba, tout se brisa, et il lâcha : « Raté ! »

Il inventait des blagues incroyables, était irrésistible, extravagant. Tout était prétexte pour lui à la folie, à l'ivresse. Avec Pierre, tout semblait possible, rien ne l'arrêtait, il agrandissait la vie.

Venez dîner chez moi... à L'Orangerie

J'ai créé le restaurant L'Orangerie à peu près à cette époque. Jamais je n'aurais imaginé acheter un restaurant, mais l'idée me vint à force de jouer tous les soirs au théâtre. Après chaque représentation, la grande question se posait : « Où pourrions-nous aller dîner ? » Après avoir été dans un état d'excitation et d'énervement pendant deux heures, il faut décompresser, on ne peut pas rentrer chez soi tout de suite. J'aimais aller à La Régence, près du Palais-Royal, où tous les acteurs se retrouvaient le soir. Il y avait Jean Le Poulain, Jacques Charon, Robert Hirsch. On rigolait, on se détendait. Puis La Régence ferma ses portes. Aujourd'hui, il n'existe plus vraiment de rendez-vous d'amitiés.

J'avais gardé quelques contacts avec Arlette, la danseuse amoureuse d'Alain Delon, pour qui nous avions fait le voyage apocalyptique à Salzbourg lors du tournage de *Christine*. Elle venait souvent chez moi. Un jour, elle me présenta son boy. C'était un garçon plus jeune qu'elle, enjôleur, le regard malin, très rusé. Il avait fait quelques petits métiers, travaillé Chez Régine comme barman, puis dans un restaurant. Un jour, alors que nous réfléchissions à un endroit où aller déjeuner, ce jeune garçon nous proposa de préparer un menu rapide à la maison. Nous le laissâmes faire et il nous servit un repas absolument délicieux. Bien meilleur que ce que je mangeais régulièrement au restaurant. À partir de rien, il faisait des merveilles. Il avait le don. Évidemment, il prit l'habitude de nous faire la cuisine jusqu'au jour où je lui parlai sérieusement : « Gérard, tu as de l'or dans les mains. Tu devrais tenir un petit restaurant, je t'aiderai s'il le faut, mais tu dois faire profiter les autres de ce talent inné. »

Il choisit la ville de Cannes pour ouvrir son établissement. J'y amenai tout le monde, de Noureev à Eddie Barclay. Très vite on s'y bouscula et l'endroit ne désemplit pas. Tout était de bon goût, soigné, excellent. Un jour, il me proposa : « Et si nous ouvrions un restaurant à Paris ? »

J'étais un peu sceptique. Delon avait tenté l'expérience d'un restaurant à Nice qui n'avait pas très bien marché. Cela m'avait refroidi. Un peu plus tard, Gérard revint à la charge : « J'ai trouvé un endroit à Paris, sur l'île Saint-Louis. C'est un bougnat, une salle tout en longueur, un lieu plutôt vieillot, mais on peut l'arranger et en faire quelque chose. »

C'était un vieux bistro du début du siècle, sans le charme du passé. Michel, mon ami, était décorateur, il vit tout de suite qu'on pouvait faire de ce couloir sombre un restaurant charmant. Et c'est ce qu'il fit. Il cassa tout à l'intérieur, changea la façade, nettoya et couvrit la petite cour qui était derrière le café pour agrandir la salle. J'ai travaillé un peu plus, demandé l'aide d'une banque et, en 1966, j'ai acheté l'affaire. Gérard s'associa à moi. Michel trouva le nom, L'Orangerie, et je dénichai les tableaux. Et, bien sûr, Gérard s'occupa de la cuisine. Il monta l'équipe, engagea un cuisinier, un jeune chef de La Tour d'Argent, qui est toujours là, un directeur, le même depuis trente ans, et des garçons qui servent depuis le début. Nous ouvrîmes en décembre, juste avant Noël.

Pour le lancement, j'invitai un ami, Edgar Schneider, journaliste qui rapportait avec humour et humeur les petits potins de la capitale dans *Paris-Presse-L'Intransigeant*. Il adora l'endroit et nous fit, dès le lendemain, une demi-page dans son journal. C'était parti ! Tous les soirs la salle était pleine. Gérard tint le restaurant pendant dix ans avec beaucoup de soin, beaucoup de talent. Et L'Orangerie acquit sa réputation. Peu à peu, le restaurant devint même plus important que moi. Aujourd'hui, quand je vais aux États-Unis, au Japon ou au Mexique, on me parle d'abord de L'Orangerie. La réputation du restaurant est internationale.

Puis, un jour, Gérard décida de partir créer un restaurant à Hollywood. Il vendit ses parts et ouvrit son propre établissement. Je sais qu'il a réussi au-delà de toute espérance. L'Orangerie vit défiler des gens plus extraordinaires les uns que les autres. Les artistes du monde entier y sont venus. Marlene Dietrich commandait toujours une assiette de crudités. Je revois Maria Callas en compagnie de Pasolini, Visconti. Romy Schneider se maria à L'Orangerie. Le président Pompidou et sa famille s'y arrêtaient tous les dimanches soir en rentrant de la campagne. La duchesse de Windsor réservait le vendredi, une fois par mois, pour donner ses dîners. Elle m'appelait « *my little butterfly* ».

Jacques Chazot y allait très tard, vers une heure du matin, chercher des partenaires pour jouer au poker. La princesse Grace venait avec Rainier. Liza Minnelli est une fidèle. Yves Saint Laurent, Hubert de Givenchy, Woody Allen, Marlon Brando me firent l'honneur de leur visite. Beaucoup de personnalités sont passées à L'Orangerie, mais je me suis toujours opposé à ce qu'une seule photo soit prise à l'intérieur. Cette discrétion a peut-être aussi contribué à la réputation du restaurant. On sait qu'on sera tranquille chez moi. L'Orangerie fut le lieu de rencontres extravagantes dont les journaux ne parlèrent pas. Un soir, le duc et la duchesse de Windsor vinrent dîner avec Richard Burton et Elizabeth Taylor. Ils burent beaucoup, et, à la fin du repas, je leur offris une bouteille de cognac 1937, année de la rencontre du duc et de la duchesse. Ils vidèrent la bouteille joyeusement. Au moment de s'en aller, ils ne pouvaient plus se lever ! On dut les aider à rejoindre la voiture qui les attendait !

À chaque réveillon, je réunis à L'Orangerie mes amis solitaires, ceux qui n'ont pas de famille, et nous fêtons la nouvelle année ensemble. Deux personnes étaient invitées à vie au restaurant, Arletty et Jacques Chazot, qui n'y allèrent jamais sans moi. Un soir de réveillon, il était minuit pile, tout le monde s'embrassait lorsque la porte s'ouvrit. Je vis entrer Anouk Aimée, splendide. Je m'approchai d'elle pour l'embrasser. Et elle me dit : « Je suis venu avec des amis. Je te présente Steven Spielberg, Francis Coppola, Robert De Niro et Jack Nicholson. »

Ils venaient réveillonner à L'Orangerie, emmenés par Anouk. La vie de cet établissement est passionnante, pleine de vie, d'anecdotes, de secrets, de drames. Depuis trente ans, le directeur, le cuisinier, les garçons sont devenus ma famille. Ils aiment cette maison de tout leur cœur. Ils la font évoluer comme si elle leur appartenait. Il y a entre nous une grande complicité, de vrais moments de bonheur et de crises aussi, quelquefois, comme dans toutes les familles.

Un électron libre bien attachant : Jacques Chazot

Paris a toujours eu ses grands incontournables, ses baromètres de la bonne et de la mauvaise humeur, des femmes, des hommes connus de tous, et qui ont un avis sur tout. Des personnalités que le milieu mondain recherche à la fois pour leur chic et leurs extravagances. Jacques Chazot était l'un d'eux. Il fréquentait les derniers vestiges d'un monde en train de disparaître, des gens d'argent, des gens d'esprit, les riches héritiers des vieilles familles, les derniers rescapés de l'œuvre de Proust. Dans ces cercles, on pouvait croiser Louise de Vilmorin, Marc Doeniltz, Pomme, Mme Dreyfusis, qui habitait la Maison-Rose avenue Foch, Marie-Louise Bousquet, qui recevait des intellectuels et des artistes près des Invalides, les Rothschild, Marie-Laure de Noailles et ses célèbres déjeuners place des États-Unis, Florence Gould et ses rendez-vous de l'hôtel Meurice. Des Charlus, des Guermantes, des Albertine. Des originaux qui avaient de l'argent, qui ne craignaient pas de le montrer et de le dépenser. C'est Marie Bell qui m'introduisit dans ce monde de gens riches, élégants, cruels, cultivés, fous. J'y allais comme au spectacle. Et, parmi eux, traînait un personnage libre, quelqu'un qui n'avait rien à voir avec les autres, qui dénotait, Jacques Chazot.

Jacques Chazot était d'une élégance rare, toujours tiré à quatre épingles – je crois que je ne l'ai jamais vu en tenue décontractée. Il était reçu partout parce qu'il était drôle, brillant, un peu vachard, très cultivé et plein de bonnes manières. Mais surtout parce qu'il était une star de la conversation. Il racontait tout ce qu'il avait vu, tout ce qu'il connaissait avec un talent incroyable. Il faut dire qu'à cette époque les gens dont on parlait n'étaient pas ceux de la télévision, mais les écrivains, les artistes, les peintres... Avec lui la conversation ne retombait jamais, c'était un jaillissement perpétuel, un éblouissement. D'où la tentation pour certains d'appeler Jacques lorsqu'on craignait qu'un dîner soit un peu terne : il rehaussait l'éclat de toutes les fêtes. Jacques n'était pas dupe et n'allait aux invitations que s'il en avait vraiment envie. On ne pouvait jamais le contraindre à rien. Il mettait sa liberté au-dessus de tout.

On aurait pu penser qu'il volait de relation en histoire, mais, si Jacques était à ce point disponible, c'est qu'il vivait très seul. Contrairement aux gens qu'il fréquentait, il avait toujours eu besoin de travailler pour vivre. Il avait d'abord été danseur à l'Opéra, à l'Opéra-Comique puis au Châtelet. Dès qu'il gagnait un franc, il le dépensait, il achetait des cadeaux, il le partageait avec ses amis. Il avait la délicatesse de ne jamais montrer quand il était dans le besoin. Suite à un contrôle fiscal, il se retrouva un jour complètement ruiné. À part quelques amis intimes, Françoise Sagan, qui était comme sa sœur, Marie-Hélène de Rothschild, Mme Chirac ou Mme Pompidou, tout le monde le lâcha.

Jacques avait pris la décision de ne jamais s'ennuyer dans la vie, quoi qu'il arrive et quels que soient ses problèmes. Il avait donc un emploi du temps très rempli. Il ne se couchait jamais avant six heures du matin, passait ses soirées dans des dîners, allait en boîte de nuit, dans les bars, jouait aux cartes, traînait d'un endroit à l'autre jusqu'au petit matin. Comme s'il avait peur de rentrer chez lui et de retrouver sa solitude. Il se levait tard, en début d'après-midi. Il allait grignoter, visitait quelques expositions, allait voir des collections, faisait une sieste, s'habillait et ressortait pour la soirée.

Personne ne le sait, mais Jacques s'occupait beaucoup des malades ou des enfants handicapés. Il le faisait discrètement, presque en cachette, il ne voulait pas qu'on en parle. Je l'ai dit, il avait table ouverte à L'Orangerie. Il passait quelquefois, vers une heure du matin, un peu avant la fermeture, buvait un whisky et se mettait à jouer au poker jusqu'à trois heures avec le personnel. Puis il prenait un taxi et allait finir la nuit Chez Castel ou Chez Régine. Et il rentrait seul. On m'avait raconté qu'il avait failli être victime d'un attentat contre le roi du Maroc. Après la fusillade, les invités, les journalistes coururent téléphoner à leur famille en France pour les rassurer. Quelqu'un demanda à Jacques Chazot :

« Et vous, vous ne téléphonez pas ?

– À qui ? » demanda-t-il.

Hormis Françoise Sagan et Thierry Le Luron, il n'avait personne à prévenir. J'ai beaucoup fréquenté Jacques au début des années 60, lorsque je suivais Marie Bell dans les dîners qu'il fréquentait. Puis, quand je me suis lassé de cet univers, je l'ai moins vu. Nous nous croisions de temps en temps, il passait au restaurant, nous rigolions ensemble. Peu à peu, il devint une vraie vedette populaire. La France l'avait adopté grâce à quelques émissions de télé ou de radio grand public. Les gens l'adoraient parce qu'il était libre, se foutait des convenances, des discours obligés ; il assumait tout, ne cachait rien.

Lorsqu'il se sut atteint d'un cancer de la gorge, il ne dit rien à personne, négligea de se soigner, et, quand on l'opéra, il était trop tard. Je le voyais beaucoup à cette époque. Il était d'une dignité et d'un courage exemplaires. Lui si bavard et si brillant ne pouvait plus parler. Durant les deux dernières années de sa vie, il correspondit par écrit, des petits messages à son image, spirituels, piquants, sans jamais le moindre apitoiement sur lui-même. Il passa les six derniers mois de sa vie chez moi, à la campagne. Les gens qu'il voulait voir, Françoise Sagan, Pierre Bergé, Mme Chirac ou Mme Pompidou, pouvaient y venir facilement. Il était incapable de manger quoi que ce soit de solide, on le nourrissait au goutte-à-goutte. Il souffrait atrocement, mais jusqu'au dernier moment il resta élégant. Il était abîmé physiquement, mais il le cachait, se forçait à marcher, à descendre de sa chambre sans jamais se plaindre ; ne voulant pas laisser la maladie le submerger. Il mourut brusquement, un 12 juillet. Je venais de rentrer du festival d'Anjou. Il faisait beau. Marie-José Nat était venue déjeuner à la maison. Nous mangions dehors, Jacques faisait des arabesques, des plaisanteries sur le balcon de sa chambre. Il vint nous rejoindre puis alla se reposer un moment. Il descendit le soir, vers dix heures. Ensuite il remonta se coucher. À deux heures du matin, j'entendis le téléphone intérieur sonner. C'était Jacques qui faisait une crise. Il mourut quelques minutes après. Il avait soixante-sept ans. Il a voulu être enterré à Monthyon, dans le village. Jusqu'au bout de sa vie, il est resté curieux, spirituel, d'une élégance à toute épreuve, fidèle à sa volonté impressionnante de ne jamais se laisser atteindre et diminuer par le malheur.

Marc Porel, la beauté d'un météore

Pour son film *Un homme de trop*, Costa-Gavras, metteur en scène pour lequel j'ai une affection toute particulière, me proposa un superbe contre-emploi. En effet, je jouais le rôle d'un résistant, un capitaine de l'armée de libération, baroudeur, sec et autoritaire. Un personnage très complexe qui m'intéressait. Pour une fois, je n'étais pas un fils de famille bien élevé, bien habillé. La distribution était exemplaire, il y avait Charles Vanel, Michel Piccoli, Jean-Louis Trintignant, Gérard Blain, Jacques Perrin, Claude Brasseur, Bruno Cremer. Pour compléter la liste, Costa-Gavras cherchait un garçon pour jouer le rôle crucial d'un jeune résistant. Il avait vu quelques acteurs, aucun ne lui convenait. Il me demanda de l'aider à chercher l'acteur idéal pour le rôle.

À l'époque, j'étais en train de synchroniser un film à La Garenne-Colombes. Un jour, entre deux séances, j'allai au bar du studio pour prendre un café. Et, là, je vis un garçon superbe. Âgé d'une vingtaine d'années, il avait une beauté sauvage. En riant, je m'approchai de lui.

« Vous voulez faire du cinéma ? »

Il me regarda, un peu surpris, et me répondit par une amabilité du style : « Va te faire cuire un œuf, tu n'es pas mon genre. »

En plus, il avait du caractère. Très bien pour le rôle ! J'insistai donc...

« Je ne blague pas. Costa-Gavras est en train de préparer un film et nous cherchons quelqu'un comme vous... »

Il devint tout de suite plus attentif.

« Ah bon ?

– Oui, oui, vraiment. Téléphonez, demain, à ce numéro. Comment vous appelez-vous ?

– Marc Porel. »

Il était le fils de Jacqueline Porel. Costa le reçut, l'engagea tout de suite, et il fut formidable dans le film. Il avait une fougue, une rage, un vrai tempérament d'acteur. Je le vois encore arriver au studio sur sa moto avec sa petite amie – ils étaient magnifiques. Je l'imaginais parti pour une grande carrière d'acteur. Son rôle dans *La Horse* aux côtés de Jean Gabin lui valut tous les éloges. Il y avait en lui quelque chose d'un Delon jeune, la même insolence, la même allure. Hélas, la mort le faucha en plein vol, cet ange fut emporté par une overdose. Pierre Clementi, magnifique acteur qui jouait dans le film le rôle d'un milicien, avait, lui aussi, des problèmes avec la drogue, et sa carrière en souffrit énormément. Sa vie aussi, je suppose. Et, pourtant, il avait en lui tous les atouts, une élégance, une aristocratie, une majesté naturelles et une intelligence de jeu indéniable. Je les revois tous les deux, superbes, l'air perpétuellement ailleurs, les joues creuses, qui traversaient l'existence comme des somnambules. Aujourd'hui, ils ne sont plus là et ce souvenir me révolte.

Au cours de ce tournage, Jacques Perrin obtint le prix d'interprétation masculine à Venise pour le film *Un homme à moitié* de De Seta. Toute l'équipe était à l'hôtel de la Tour d'Auvergne, à Alès, lorsqu'on nous annonça la bonne nouvelle. Toute l'équipe... sauf Jacques Perrin ! À l'époque, il était très secret, timide et solitaire, et il avait préféré louer une petite maison isolée en plein milieu de la forêt. Il voulait être tranquille, écrire, écouter de la musique classique. Nous partîmes donc en plein milieu de la nuit, à cinq ou six, Claude Brasseur et moi en tête, avec des lanternes de pêcheur, chercher la maison de Jacques au cœur de la forêt. On se serait cru dans un conte de Perrault, Petits Poucet à la recherche de la maison de Blanche-Neige ! Dans cette immense forêt, avec nos lanternes qui la rendaient encore plus impressionnante, nous nous époumonions : « Hou, hou, Jacques, tu as le prix ! Jacques ! » Quand nous finîmes par le trouver, il prit la bonne nouvelle avec un calme absolu, une sérénité étonnante. Aucune démonstration de joie. La vie, les choses importantes étaient ailleurs.

La mariée était en noir

Je n'ai joué que dans un seul film de François Truffaut, *La mariée était en noir*. À Cannes, avec Jeanne Moreau, Claude Rich et Charles Denner, nous avons tourné dans une ambiance de calme, de sérénité et de bonheur. Ce film reste pour moi un grand et beau souvenir, comme des vacances de rêve que l'on aurait voulues éternelles, en compagnie de ses meilleurs amis. François était calme, attentif, chaleureux. S'il s'entourait d'une technique précise – cela le rassurait –, il laissait pourtant à ses interprètes une liberté joyeuse ; il aimait qu'ils l'épatent. La complicité avec Jeanne était profonde, unique, comme s'ils appartenaient à la même famille. Ils s'apportaient mutuellement sensibilité, humour et... cruauté, puisque le sujet du film était la vengeance froide. Je me rappelle François scrutant Jeanne de son regard sombre et brillant. Il dévorait des yeux cette actrice intelligente et racée, cette femme fatale au rire enfantin. Le charme de sa voix, cette capacité à passer de la comédie au drame avec une légèreté impressionnante, tout nous fascinait en elle. Jeanne était comme notre maîtresse bien-aimée et dangereuse.

Chez le marquis de Bestegui

Je n'avais pas revu Marc Allégret depuis onze ans lorsqu'il m'appela pour me proposer de jouer dans *Le Bal du comte d'Orgel.* Cette proposition me rendit doublement heureux : je vénérais le roman de Radiguet et j'étais enchanté de tourner avec Marc. En arrivant à Paris, en 1956, j'avais passé une audition devant lui avec Guy Bedos pour un second rôle, mais il choisit Guy.

Je lus l'adaptation du livre de Radiguet et la trouvai un peu fade, un peu courte dans les sentiments. J'acceptai quand même de faire le film pour Marc Allégret. Il n'avait pas travaillé depuis quatre ans, un accident cardiaque l'ayant considérablement affaibli. Il m'annonça que le lieu de tournage serait un endroit extraordinaire : la propriété à Montfort-Lamaury d'un certain Bestegui, milliardaire chilien qui avait bien connu Étienne de Beaumont, dont Radiguet s'était inspiré pour le livre. Jusqu'ici, personne n'avait pu pénétrer dans la propriété ni même y faire des photos, et seule l'amitié que portait Bestegui à Radiguet avait permis d'obtenir son autorisation. Il était très malade et savait que toutes ses collections n'allaient pas tarder à être dispersées. Il avait accepté qu'on filme sa maison et son domaine avant que tout cela ne disparaisse définitivement.

À Montfort-Lamaury, je découvris un endroit exceptionnel. Un château magnifique, un parc immense avec des pelouses, des grands arbres centenaires, des biches, des cerfs qui couraient en liberté, un étang avec des carpes. Et, surtout, des reconstitutions de monuments du monde entier essaimés partout dans le parc. Il y avait le pont des Soupirs de Venise, un petit pont japonais de Kyoto, un mausolée du Maroc, tout ce que le propriétaire avait vu et aimé au cours de ses voyages ! Tout était reconstruit en miniature, à l'identique. Nous tournions dans une aile du château, Charles de Bestegui habitait l'autre, où il avait installé un véritable hôpital. Trois ambulances étaient prêtes à l'emmener en cas d'alerte, quatre infirmières passaient leur temps autour de lui, il y avait des bombes à oxygène, du matériel médical partout. De notre côté, pour les besoins du tournage, nous donnions des bals, des fêtes – la musique n'arrêtait pas. C'était très étrange : la vie et la mort de part et d'autre du château.

René, le chauffeur du marquis, jouait le rôle de mon chauffeur. On eut beau lui expliquer que je n'étais pas le vrai comte d'Orgel mais que je jouais son personnage, il n'y avait rien à faire, il m'appelait sans cesse « Monsieur le comte ». Sylvie Fennec jouait ma femme dans le film. Un soir, nous devions monter l'imposant escalier en pierre du château. Nous refîmes la prise plusieurs fois. Entre deux prises, je vis le chauffeur arriver vers moi et il me glissa, l'air catastrophé : « Oh, là, là, Madame la comtesse ne monte pas les escaliers comme Madame la comtesse ! » Il me raconta ainsi la vie tumultueuse de Monsieur Charles, ses multiples conquêtes, ses rapports amoureux. Il était très déçu qu'aucune de ces dames ne soit jamais venue visiter son maître depuis que la maladie l'avait frappé. Il mourait solitaire.

« Et pourtant les conquêtes ont été nombreuses ! me confia le chauffeur. J'avais des problèmes, car parfois il ne me donnait que le prénom de la femme chez qui il allait : "Nous allons chez Suzanne." Comme il connaissait plusieurs Suzanne, je n'osais pas lui demander de laquelle il s'agissait. Alors je me permettais de dire à Monsieur le marquis : "C'est bien au sixième étage ?" Et c'est d'après l'étage que je retrouvais le nom et l'adresse de la dame ! »

À sa demande, j'allai un jour saluer M. de Bestegui. C'était un vieux monsieur, encore très charmant et très élégant. Il avait les cheveux gominés, l'œil noir perçant, comme les Latino-Américains. Il était allongé sur un lit, dans une pièce étonnante, avec une table immense, une chaise au bout, un couvert, un rond de serviette et des pilules de toutes les couleurs. Ce décor baroque, la mort qui rôdait..., on se serait cru dans *La Splendeur des Amberson*. Je rendis compte de ma visite au chauffeur, qui me demanda :

« Est-ce que vous avez vu Germaine ?

– Non, je n'ai pas vu Germaine, qui est-ce ?

– C'est une des femmes de chambre du marquis. Cela fait quarante-cinq ans qu'elle est à son service. Elle a été amoureuse de lui et il ne l'a jamais regardée. Il l'a fait souffrir, il l'a tourmentée et maintenant qu'il est à moitié paralysé elle se venge. Quand il lui demande un peu d'eau, elle lui dit : "On va voir..." »

J'avais l'impression d'être dans un film de Hitchcock.

Bruno Garcin, autre acteur de la distribution, n'avait rien à envier au marquis en matière de séduction. Tous les matins, le directeur de production demandait : « Où dort M. Garcin ce soir ? » On ne savait jamais où il passait la nuit ! En revanche, on comprit qu'il avait des maîtresses suédoises, norvégiennes, danoises dans tout Paris ! Il y avait Elga, Helena, Ingrid. Sur la feuille de service, en face du nom de Bruno, on écrivait « Ingrid » pour que le chauffeur de production puisse aller chercher M. Garcin à la bonne adresse.

Le tournage se passait sans trop de problèmes, mais, au bout d'une quinzaine de jours, nous sentîmes que le film commençait à prendre l'eau. Marc Allégret avait présumé de ses forces, il manquait d'autorité, n'arrivait pas à enrichir par les scènes ce scénario trop faible. À tel point qu'il fut même question de le remplacer au milieu du tournage. J'essayais de le protéger comme je pouvais, sachant qu'une telle décision le tuerait. Nous finîmes tant bien que mal le tournage et le film ouvrit le festival de Cannes.

La conférence de presse qui suivit la projection fut un cauchemar ! Certains journalistes agressèrent Marc Allégret comme s'il était le pire des réalisateurs. Ils l'insultèrent, décrétèrent que ce film était nul et que c'était un scandale d'avoir présenté ce navet au festival. Je fis mon possible pour contrer cette agressivité incroyable, prenant les choses en main, luttant, défendant mon metteur en scène, me révoltant, m'énervant et finissant par gueuler contre la violence excessive et insultante de ces critiques chez qui l'amertume et le fiel remplaçaient trop souvent la création ou la reconnaissance. Cette conférence houleuse, où je sortis de mes gonds, reste assurément mon pire souvenir de Cannes.

Le triomphe de ma carrière : *La Puce à l'oreille*

Heureusement, pendant cette période, je continuais à fréquenter assidûment Jacques Charon et sa bande. Il me conviait à des dîners où chacun se déguisait, chantait, inventait des sketches, laissait cours à son imagination la plus délirante. Il circulait là une énergie débordante, le talent coulait à flots et c'est dans ce genre de réunion que je rechargeais mes accus. Charon régnait sur tout son petit monde avec une bonhomie royale. Il faisait sans cesse de nouvelles rencontres, allait à tous les spectacles, notait les performances des jeunes acteurs ; le travail, le rire et l'amitié ne faisaient qu'un. La générosité de Charon était invraisemblable. Il ne comptait jamais, ne souffrait pas que l'on soit dans le besoin. Contrairement à ce que l'on disait, les personnes qui gravitaient autour de lui n'avaient rien d'une cour pour la bonne raison que Jacques était très lucide et qu'il avait la flatterie et l'hypocrisie en horreur. Je fus très touché, après la pièce *Un dimanche à New York*, lorsqu'il m'envoya une lettre d'encouragement. Les compliments factices n'étaient pas dans ses habitudes.

Un jour, Jacques me téléphona.

« J'ai envie de monter un spectacle avec toi. Qu'est-ce que tu aurais envie de jouer ?

– Il y a une pièce à laquelle je pense depuis longtemps, c'est *La Puce à l'oreille*, de Feydeau.

– C'est une bonne idée, mais tu n'es pas du tout le personnage. Chantebise a plutôt quarante-cinq, cinquante ans, il est gros, chauve et ventru, ce serait amusant que tu le joues. Le seul problème, c'est que la pièce est au répertoire de la Comédie-Française.

– Peut-être pourrait-on faire sortir la pièce puisqu'elle n'a pas été jouée depuis longtemps ?

– Je m'en occupe. Si tu peux donner un coup de fil à Maurice Escande, l'administrateur, ça nous aiderait... »

J'appelai donc Escande, qui me dit : « Pas de problème, pour toi et pour Jacques. Je vais voir comment on peut faire avec le comité. »

Le comité accepta. La pièce fut jouée au théâtre Marigny, chez Elvire Popesco, Hubert de Malet et Robert Manuel, qui en étaient les trois directeurs. Tous étaient ravis de monter cette pièce avec nous. Restait la distribution. Je rêvais de Micheline Presle pour jouer ma femme, je voulais aussi Françoise Fabian, Roger Carel, Daniel Ceccaldi..., bref, une belle distribution que ne contesta pas Hubert de Malet, qui tenait pourtant les cordons de la bourse. Le seul point noir, c'était Gérard Lartigau, que j'avais proposé pour le rôle de Camille, le bègue. C'était un très bon copain et un excellent acteur. Mais Charon ne voulait pas en entendre parler car il avait eu des problèmes avec lui au Français. Gérard avait, disait-il, un caractère impossible ! Même réaction chez Hubert de Malet.

J'insistai tellement que les deux finirent par accepter à condition que Lartigau se tienne tranquille et qu'il n'y ait pas le moindre incident avec lui. Je fis donc la leçon à Gérard, qui promit, en levant les yeux au ciel, d'être bien sage ! Tout s'annonçait normalement lorsque le ciel nous tomba sur la tête. Brusquement, les fils héritiers, Jean-Pierre et Jacques Feydeau, s'opposèrent à ce que je joue dans *La Puce à l'oreille*. Ils avaient entendu dire que Jean-Paul Belmondo voulait jouer le rôle avec Annie Girardot, Jean-Pierre Marielle et Jean Rochefort, et, évidemment, ils trouvaient la distribution plus intéressante. Je savais que Jean-Paul brûlait d'envie de revenir sur scène avec cette pièce. Comme j'avais, au même moment, d'autres projets, je décidai de m'effacer pour lui laisser la place.

Je l'annonçai à Elvire Popesco, qui, tout de suite, contacta l'imprésario de Jean-Paul Belmondo. Ce dernier tournait avec Jean Becker à la Guadeloupe. Finalement, Jean-Paul fit dire par son imprésario qu'il était d'accord pour jouer le rôle, mais seulement pour cinquante représentations ! Les choses devinrent immédiatement très compliquées. Le spectacle était lourd à monter, la production ne pouvait espérer rentrer dans ses frais qu'à partir de la quatre-vingtième représentation. Grosses discussions, donc, et négociations à n'en plus finir. Au bout de trois semaines, Elvire Popesco, très énervée, me convoqua avec Charon dans le salon de son appartement, en bas des jardins du théâtre Marigny, en présence de la famille Feydeau.

Et j'entendis Elvire dire aux fils Feydeau, en roulant les « r », cette phrase extraordinaire : « Messieurs, je ne comprends pas votre raisonnement. Puisque, avec Brialy, je fais le plein, avec Belmondo, je ne ferai pas plus plein que plein ! »

Finalement, Jean-Paul renonça au rôle et Jacques Charon reprit la distribution initiale : Micheline Presle, Françoise Fabian, Daniel Ceccaldi, Jean Marsan, Roger Carel, Marco Perrin, Dominique Davray, Christiane Muller, Max Montavon... et, bien sûr, le merveilleux Gérard Lartigau dans le rôle de Camille. Nous répétâmes six semaines au Marigny dans la meilleure ambiance qui soit. La première représentation fut donnée lors d'un gala de bienfaisance.

Nous commençâmes à jouer et je restai paralysé d'étonnement : dans la salle, pas un rire, pas le moindre rire. Rien. Un silence épouvantable. En revanche, dans les coulisses, les réflexions se faisaient entendre : « Ça, je vous l'avais dit, comment choisir Brialy pour jouer Chantebise, il est trop jeune, il ne fait pas le poids, ce n'est pas son emploi... » Et patati, et patata.

Ce silence glacial pour une pièce si drôle, personne n'avait jamais vu cela ! Le lendemain, nous jouâmes devant quelques invités, la mécanique fut meilleure, les réactions aussi, progressivement, les choses se mirent en place jusqu'à la répétition générale, où nous arrivâmes en pleine forme, bien rodés. Ce soir-là, devant la presse et les quelques mondains habituels, nous jouâmes tous formidablement bien. Tout le monde fut applaudi, mais Lartigau eut un triomphe : la salle scandait son nom, oubliant Micheline, Françoise et moi.

Cette réaction me laissa songeur : j'avais trente-trois ans, j'étais en forme, ma carrière au cinéma était à son plus haut niveau... Était-ce la représentation de trop, celle où l'on vous fait payer votre réussite, où, pour un soir, ça ne passe plus ?

Le succès que l'on fit à Gérard Lartigau me réconforta, j'avais eu raison d'insister pour l'imposer. Cette récompense me toucha bien davantage que les critiques, dont l'injustice était aussi flagrante qu'elle serait éphémère.

En revanche, Mme Popesco fut réellement blessée par mon humiliation, si bien qu'après la représentation elle se précipita dans ma loge, comme une furie, avec sa canne, et me dit : « Chéri, quand tu entres, tu es si beau ! Quand tu dis : "Bonjour, docteur", on ne voit que toi ! » Elle voulait à tout prix me rassurer : « Et parce que ce jeune homme fait "gnagnagna", on lui fait le triomphe ? T'inquiète pas, chéri, toi tu es magnifique, ça va être un succès... et comme tu es au pourcentage, tu vas gagner beaucoup ! »

On se consolait comme on pouvait !

Finalement, ce fut un tel triomphe qu'il resta inscrit dans les annales du théâtre. J'ai joué *La Puce à l'oreille* six cents fois à Paris, et plus de cent fois en province. Les gens riaient avant que le rideau ne se lève tant le bouche-à-oreille avait bien fonctionné. Même pendant la scène d'exposition, pourtant assez neutre, les rires fusaient de partout. Ensuite, c'était la cavalcade ! Nous courions, cavalions, déboulions de tous côtés, avec l'extraordinaire rapidité propre aux pièces de Feydeau, encouragés par les rires et les applaudissements. Le rôle était tellement physique que Georges Pompidou, qui était venu voir la pièce, me surnomma le « Killy du théâtre » ! Toute la saison 1967 se passa ainsi sur un nuage.

« Allô, chérie, c'est Madame... »

De sa Roumanie natale, Elvire Popesco avait hérité d'une grande générosité, d'élégance et de beaucoup d'extravagance. Chemin faisant, elle rencontra des hommes exceptionnels et charmants. Mariée pendant des années au comte

Foy, elle était possessive et extrêmement jalouse. Craignant en outre les femmes légères, elle ne supportait pas qu'il sorte, lui qui adorait le jeu et les courses de chevaux. Il lui arriva ainsi de jeter dans la baignoire tous les pantalons de son mari et de les arroser d'eau afin qu'il ne puisse quitter la maison. Elvire était, comme on dit, « un sacré tempérament » !

Lorsque son mari tomba gravement malade, elle fut très affectée et le soigna, jusqu'à la fin, avec un dévouement et une affection absolus. Je répétais alors *L'Hôtel du libre échange* de Feydeau, et Elvire jouait *La Voyante* d'André Roussin. Sa pièce faisait un véritable triomphe. Lorsque le comte de Foy mourut, un dimanche, elle appela la caissière pour faire annuler la matinée et lui recommanda de reporter les places pour la semaine suivante. Le dialogue fut assez surréaliste :

« Allô, chérie, c'est Madame. Combien on aurait dû faire aujourd'hui ?

– Quarante-cinq mille francs.

– Quelle tristesse. Le public comprend mon chagrin ?

– Mais oui, Madame...

– Tu les préviens ?

– Oui, Madame.

– Et ce soir, nous sommes à combien ?

– Quatre-vingt-dix mille francs, Madame.

– C'est bon, n'annule pas, j'arrive. »

C'était tout Elvire : loin des réalités et « la tête près du bonnet » ! Un jour, *Paris Match* vint faire un reportage sur Jacques Charon et *La Puce à l'oreille*. Jacques était à l'époque le metteur en scène à succès, avec trois triomphes à l'affiche, et le journal avait envoyé un reporter et un photographe. Elvire entra par le fond du théâtre en s'appuyant sur sa canne ; s'avançant vers moi et me montrant les journalistes du menton, elle me demanda doucement :

« Qui sont ces gens ?

– Des journalistes.

– Nous n'en avons pas besoin, la salle est pleine tous les soirs...

– Mais non, c'est un reportage sur Charon, c'est *Paris Match.*

– Présente-les-moi... »

Je présentai donc aux journalistes la majestueuse directrice du Marigny, puis les laissai discuter pour aller répéter. À la fin de l'acte, je cherchai Elvire des yeux, mais elle avait disparu avec la presse. Nous finîmes donc la répétition sans elle. Quinze jours plus tard, ouvrant *Paris Match* pour lire l'article sur Jacques Charon, quelle ne fut pas ma surprise d'y voir, également, une photo sublime d'Elvire en double page ! Le soir, je la croisai dans le couloir du théâtre :

« Eh bien, Elvire, je vous ai vue dans *Match*, vous êtes très belle...

– Royale ! J'ai profité, chéri, j'étais coiffée !... »

Avant d'être aux commandes du Marigny, elle avait dirigé le Théâtre de Paris avec Hubert de Mallet. Tandis qu'Elvire se chargeait de séduire acteurs et actrices pour qu'ils viennent jouer dans « sa maison », Hubert se débattait avec les soucis propres à la gestion d'un théâtre. Il lui reprochait souvent d'être insouciante, inconsciente, de manger du caviar et boire du champagne sans se préoccuper des problèmes financiers. Blessée dans son amour-propre, Elvire se renseigna plus précisément sur la nature des ennuis de son associé et décida de téléphoner directement à Antoine Pinay, alors ministre des Finances. On imagine la stupéfaction du ministre lorsqu'il reconnut la voix de la célèbre actrice :

« Alors, Antoine, qu'est-ce que tu fais, tu me voles mon argent ? Nous allons être saisis, le théâtre est en danger. Je t'en prie, arrange ça... Je t'aime beaucoup, et toi tu m'adores... »

Je ne sais pas précisément ce qu'Antoine Pinay fit pour le Théâtre de Paris, mais, à compter de ce jour, Elvire et lui devinrent de grands amis.

Son humour était devenu légendaire. À quatre-vingt-neuf ans, elle partit en tournée avec la pièce d'André Roussin, *La Mamma*, qui fit un triomphe dans toute la France. Après avoir joué une dernière fois à Lyon, elle se rendit directement à Genève pendant la nuit. À la frontière suisse, elle présenta son passeport. Sur la photo, Elvire avait trente ans, elle était blonde, souriante, et tenait des épis de blé entre les bras ! Le douanier se pencha sur le passeport avec sa lampe électrique, éclaira le visage fané d'Elvire, puis, revenant à la photo du passeport, il laissa tomber :

« C'est qui, là ?

– C'est moi, monsieur », répondit Elvire, imperturbable.

Troublé et craignant l'incident, le chauffeur crut bon de renchérir.

« Mais oui, monsieur le douanier, c'est Mme Elvire Popesco. »

Silence. Prenant conscience de sa gaffe, le fonctionnaire laissa repartir l'automobile dans la nuit. Au bout de quelques kilomètres, la voix à l'accent roulant d'Elvire se fit entendre :

« Tu vois, Léon, je le dis toujours : les tournées, ça fatigue !... »

Mai 68 au balcon

En 1968, on reprit *La Puce à l'oreille*, et, patatras, arrivèrent les événements. J'ai vécu Mai 68 dans la pièce de Feydeau ! Nous étions quatorze acteurs et chacun d'entre nous avait son idée sur ce qu'il se passait. Micheline Presle, Françoise Fabian et Gérard Lartigau étaient de gauche. Révolutionnaire dans l'âme, Gérard allait sur les barricades taper sur les CRS, Françoise Fabian était devenue une pasionaria avec son béret rouge. Micheline et Françoise avaient souvent joué des rôles de bourgeoises convenant bien à leur physique et voilà qu'elles se révélaient être des tricoteuses !

De son côté, Roger Carel militait pour la légitimité et la permanence de la République, il était assez calme et tentait de raisonner les uns et les autres. Ceccaldi, plutôt de droite, était prudent, attendant, pour se prononcer, que le vent prenne une direction définitive. Il était un peu comme Louis-Philippe ou Charles X, entre la république et la royauté, entre la révolution et l'abolition des privilèges – il nageait entre deux eaux.

Et puis il y avait notre chère Dominique Davray, qui était gaulliste, une gaulliste convaincue, naïve et caricaturale. Elle avait un drapeau tricolore et, chaque fois que les autres revenaient de la rue, elle sortait son drapeau.

Jean Marsan, avec ses airs d'abbé de cour, ne comprenait absolument rien à ce qu'il se passait. Il faisait même exprès d'en rajouter pour énerver tout le monde, avec son air innocent : « Il paraît qu'il se passe des choses dans la rue, qu'est-ce qu'il se passe ? J'ai entendu chez mon boucher... »

Ça rendait les autres hystériques ! Tout cela en plein théâtre. Chaque soir, vers dix-neuf heures, certains arrivaient des barricades, couverts de poussière, échevelés, excités, et Davray les attendait avec son drapeau bleu, blanc, rouge. Lartigau lui annonçait : « Ah ! je suis content, j'ai encore eu deux CRS aujourd'hui », comme il aurait dit : « J'ai tué deux canards à la chasse. »

Davray devenait folle de rage. Elle sortait dans le couloir à moitié maquillée, les yeux crayonnés, la bouche peinte et la perruque rouge de travers, et, son drapeau à la main, elle se mettait à chanter *La Marseillaise*. Nous nous retrouvions ensuite sur scène, joyeux et complices, pour jouer le remue-ménage de Feydeau. Caractéristique aussi de l'ambiance de ce mois de mai, une anecdote qui m'amusa beaucoup. Pour jouer la jeune bonne, un petit rôle, mais très important dans la pièce, on avait vu une vingtaine de jeunes filles débutantes, étudiantes, apprenties comédiennes. Notre choix s'arrêta sur France Roussel, jolie brune au caractère bien trempé. Quinze jours après le début de la pièce, elle vint me voir : « Je suis embêtée de te demander ça, mais je vis avec un étudiant et nous avons des problèmes d'argent. Est-ce que tu crois que je peux demander une augmentation ? »

Hubert de Malet avait été très honnête pour les salaires. Il n'avait pas tout donné aux vedettes et chacun était satisfait, les cachets étaient convenables. Elle demanda carrément une augmentation de 50 pour 100 ! Je montai donc avec elle voir Hubert de Malet, et je lui expliquai : « Hubert, excuse-moi, je suis avec France. Elle a un problème, elle est mariée avec un étudiant, elle aurait besoin d'une augmentation... »

Il me regarda d'un air de dire : « Si chacun me fait ça tous les jours... »

J'insistai, je plaidai la situation de la jeune femme travailleuse et sympathique. Finalement, Hubert céda et déclara devant la jeune fille : « C'est d'accord, on va lui donner dix mille, et dans deux mois douze mille. »

Elle était ravie. Arrive Mai 1968. Quelle ne fut pas ma surprise d'entendre, un jour, la même France brailler comme une furie : « À mort tous les patrons, il faut aller casser la gueule au directeur ! Il nous exploite ! »

Cette anecdote illustre assez bien le tourbillon de folie qui s'empara de nombre d'entre nous qui, enhardis par Mai 1968, oublièrent beaucoup de choses, entre autres la reconnaissance. La jeunesse avait raison de se montrer vivante. Nous avons fini par interrompre les représentations. Il y a d'abord eu un piquet de grève, puis des manifestations, enfin, carrément, la révolution. Je me souviens de certaines scènes à la fois comiques et pathétiques, comme cette réunion du Syndicat des acteurs où des pseudo-comédiens, qui n'avaient jamais travaillé, trouvaient là leurs premiers rôles en devenant des Fouquier-Tinville ou des petits Robespierre. Je me souviens aussi de ces hordes d'actrices qui quittaient leurs appartements cossus du XVIe avec une pancarte à la main pour réclamer dans la rue l'abolition de l'argent, avant de rentrer se changer pour un dîner en ville où l'on parlerait de la France ! Et de ce garçon qui sauta devant moi à la gorge de Jean Le Poulain en lui criant : « À bas les vedettes, à bas les vedettes ! »

Jean Le Poulain était enchanté – c'était la première fois qu'on lui disait si nettement qu'il était une vedette –, et il lui répondit en souriant : « Merci, merci... »

Tous ces règlements de comptes me firent penser à ce qu'avait dû être l'atmosphère de la Libération, quand de nombreux acteurs ratés s'en étaient pris à Arletty, à Ginette

Leclerc, à Pierre Fresnay ou à Sacha Guitry, plus par jalousie de leur réussite que parce qu'ils avaient continué à faire leur métier pendant la guerre au lieu de prendre le maquis.

Lassé de cette folie furieuse, je décidai de me retirer à la campagne en attendant que les choses s'apaisent. De toute façon, il n'y avait plus rien à faire au théâtre : dès qu'on commençait à jouer une scène, on était immédiatement interrompus par un groupe d'excités qui vous menaçaient du Tribunal révolutionnaire si vous osiez dire un mot de plus ! Heureusement, les choses se calmèrent, la paix revint peu à peu, et je garde de Mai 1968 le souvenir de la troupe de *La Puce à l'oreille* qui se déchirait en coulisses avant de se réconcilier devant les rires provoqués par Feydeau.

10.

Dans l'éblouissement du *Genou de Claire*

Pendant que je jouais *La Puce à l'oreille*, je reçus un coup de fil d'Éric Rohmer.

« Je voudrais faire un film avec toi, me dit-il. Cela s'appellera *Le Genou de Claire*. Tu n'as rien contre le fait de passer quelques jours au bord d'un lac ?

– Non, pas du tout. Quel sera le sujet ?

– Je suis en train d'y penser. Je vais l'écrire bientôt. Mais j'ai besoin de ton accord de principe.

– Avec toi, pas de problème. Tu l'as.

– Bon, laisse-moi une année. »

Quelques mois plus tard, nouveau coup de fil d'Éric.

« Je vais commencer *Ma nuit chez Maud* avec Jean-Louis Trintignant, mais, avant, j'ai besoin de te parler du *Genou de Claire*.

– Viens donc au théâtre, ce soir, tu verras le spectacle puis nous dînerons ensemble.

– Je ne sais pas, je vais voir. »

Connaissant le tempérament un peu sauvage de Rohmer, je n'insistai pas. J'avertis tout de même la concierge du théâtre Marigny : « Un de mes amis, M. Rohmer, va peut-être passer ce soir. S'il demande à me voir avant le spectacle, merci de le conduire à ma loge. »

Je l'attendis sans l'attendre, le temps passa. À l'heure de la représentation, il n'était pas là. Je descendis donc jouer, et, au moment de l'entracte, Françoise Fabian vint vers moi.

« J'ai eu la visite d'Éric Rohmer.
– Ah bon ? J'avais justement rendez-vous avec lui !
– Oui, il te cherchait. Mais il s'est trompé de loge. Il est entré dans la mienne, nous avons parlé de ses projets, et il m'a engagée pour son prochain film, *Ma nuit chez Maud*.
– Mais où est-il, maintenant ?
– Il est reparti ! »

Après le tournage de *Ma nuit chez Maud*, Éric me fit lire le scénario du film qui était une sorte de nouvelle, magnifiquement écrite. J'avais des monologues souvent longs et superbes. La production voulait imposer un autre acteur à ma place, Éric insista, et, grâce à lui, j'obtins l'un de mes plus jolis rôles. Nous tournâmes le film en plein été, à Talloire, aux environs du lac d'Annecy. J'arrivai sur le tournage en Rolls-Royce décapotable ! Une folie !

Quelques jours plus tôt, j'avais reçu l'étrange coup de fil d'une dame : « Monsieur Brialy, mon mari est mort il y a six mois. C'était un fou de voitures et il m'avait offert une Rolls décapotable. Comme il y tenait beaucoup, je ne veux pas la vendre à n'importe qui et j'ai pensé à vous. Elle vous irait très bien ! Nous pourrions nous arranger pour le prix ! »

J'allai la voir par curiosité, et je tombai sur un véritable bijou aux fauteuils de cuir rouge. Le prix, très intéressant, était encore lourd pour moi. La dame me proposa de la payer sur un an. Je ne résistai pas. Fier comme Artaban, je partis donc sur le tournage avec ce petit joyau. Je quittai Paris à neuf heures le matin et fus à Talloire à minuit ! Quinze heures pour faire Paris-Annecy, un record ! Éric Rohmer m'avait donné rendez-vous dans une maison qu'il avait louée pour le tournage où il souhaitait loger toute l'équipe du film, pour des raisons à la fois d'ambiance, d'économie et de pénurie d'hôtel. J'arrivai donc en pleine nuit devant une villa un peu désuète, je sonnai à la porte, et un garçon à l'accent anglais vint m'ouvrir avec une lampe à pétrole à la main. Il se présenta : « Je suis le directeur de production. »

J'étais exténué par le voyage et un peu désorienté par cette apparition dans l'obscurité.

« Mais, dites-moi, il n'y a pas d'électricité, ici ?
– Pas pour l'instant. Les plombs ont sauté. On finira bien par les réparer. »
Il me fit entrer et je me retrouvai face à une grande table couverte de reliefs de nourriture.
« Je vais vous conduire à votre chambre, me proposa-t-il.
– Mais je n'ai rien mangé de la journée, est-ce qu'il vous reste un petit quelque chose ?
– Ah non ! Il n'y a plus rien ! »
Ça commençait bien ! Je le suivis donc jusqu'à la chambre. Il ouvrit la porte sur une pièce sinistre avec un vieux lit de grand-mère et un gros édredon. Pas d'armoire, ni de chaise, ni de table, rien. Il me dit : « Il y a un cabinet de toilettes à côté. C'est la salle de bains commune. »
J'y jetai un œil, il y avait là un lavabo et une baignoire qui devaient dater de Louis XVI.
« Ne soyez pas surpris si vous voyez du mouvement, me prévint-il alors, les gens sont obligés de passer par votre chambre pour aller dans la salle de bains. »
Je ne suis pas snob mais tout de même ! Sans être un adepte de la vie de château, la perspective de camper ainsi pendant plusieurs semaines ne me réjouissait pas. De mauvaise humeur, rongé par la faim et la fatigue, je m'allongeai sur le lit où les ressorts d'un matelas défoncé veillèrent à ce que je ne ferme pas l'œil de la nuit.
Le lendemain matin, le dos, les reins, les jambes, le ventre, tout me faisait souffrir. J'appris que Rohmer n'était pas encore arrivé et je fis la connaissance de mes partenaires. D'abord Aurore Clément, toute vêtue de noir, avec son beau visage slave, ses pommettes saillantes, ses yeux clairs, le côté à la fois très chaleureux et complètement allumé des Russes. Il y avait également Béatrice Romand, une toute jeune fille, un petit brugnon noiraud, au regard perçant, nerveuse, très effrontée. Tout de suite, j'eus l'intuition que j'aurais du mal avec elle. Ce qui se confirma par la suite. Laurence de Monaghan jouait Claire, la jeune fille avec qui j'entretiendrais des rapports assez troubles. Elle avait un côté très comme il faut, très XVIe. Après avoir vu mes partenaires,

je partis à la recherche du directeur de production : pas question de passer une deuxième nuit dans cette maison hantée ! Bien entendu, il me renvoya sur Éric Rohmer, qui n'était pas encore arrivé. Enfin il apparut. Je lui expliquai la chose avec les précautions d'usage.

« Écoute, Éric, ton texte est superbe et j'ai besoin de concentration pour ne pas le gâcher, il me faut du calme, du silence, j'ai l'impression que cette maison n'est pas appropriée, je préférerais aller me terrer seul dans un trou pour pouvoir travailler en paix.

– Mais pas de problème, Jean-Claude ! »

J'étais sauvé ! On me trouva un petit hôtel tranquille un peu à l'écart. Et le tournage commença. Ce fut extraordinaire. Éric Rohmer est un homme délicieux, charmant, plein d'humour et d'esprit, d'une politesse exquise avec toute son équipe. Je l'avais connu alors qu'il était professeur et travaillait aux *Cahiers du cinéma*. Sur le plateau, il se métamorphosait en chef scout complice et bienveillant, une sorte de grand frère idéal. Pendant le tournage, il menait une vie de moine, d'ascète : il dormait dans la grange de la maison sur une litière qu'il s'était faite et se lavait dans une cuvette d'eau glacée. Il mangeait un peu de salade, s'accordait un œuf dur les jours de bombance, se levait avant tout le monde, à cinq heures du matin, allait courir seul dans la montagne, au bord des rivières. Et il était en pleine forme.

Il avait le film entièrement dans la tête, faisait une prise, parfois deux. Le texte était tellement beau que nous n'aurions pas imaginé en changer un seul mot ; tout se déroulait de façon rapide, efficace. Sa précision et son perfectionnisme le rendaient parfois extravagant. Je me souviens qu'un jour, alors que nous allions tourner dans un champ, il s'énerva parce qu'une maison était en train de se construire à l'endroit qu'il avait repéré un an avant. Il demanda qu'on arrête immédiatement les travaux, qu'on lui rende son paysage ! Lors des repérages, il était venu spécialement ici planter des fraisiers afin que les fruits éclatent au moment du tournage ! Sur le plateau, Laurence de Monaghan était gentille, polie, patiente, travailleuse, mais timide et maladroite. Elle voulait donner le meilleur d'elle-même. Le film l'intéressait, mais ce qui la préoccupait par-dessus tout, c'était que son soupirant puisse venir jouer au tennis avec elle le dimanche ! Ils se tenaient par la main, parfois par la taille, s'embrassaient, au pis, dans le cou, on se serait cru au XIXe siècle ! C'était adorable et très innocent. Laurence m'avait pris en affection, j'étais devenu le tonton complice, le parrain. C'est moi qui devais téléphoner à sa mère pour la convaincre de ne pas débarquer sur le tournage, que ce n'était pas nécessaire, que tout allait bien, afin que Laurence et son chéri aient les mains, et juste les mains, libres.

Aurore Clément avait un jeu superbe mais n'arrivait pas à se familiariser avec la technique du cinéma et à se plier aux exigences très concrètes d'un tournage. Elle avait du mal à retenir son texte, et Éric, après quelques essais, s'était résolu à lui expliquer le contenu et le sens de la scène sur laquelle elle improvisait brillamment. Ensuite, elle ne respectait pas la gestuelle que Rohmer demandait. Il mettait en place une scène où nous devions marcher pendant quelques mètres, nous arrêter le temps qu'il fasse un travelling et repartir. Aurore ne parvenait pas à respecter les marques d'arrêt. Pour l'aider, je lui proposai :

« Écoute, je vais discrètement te tenir la manche et quand il faudra qu'on stoppe je tirerai dessus.

– Ah non, si tu me tiens par la manche, ça va me troubler ! »

Finalement, après avoir essayé le sac de sable, les branches et les pierres posées sur le chemin, Éric fut obligé de mettre un tronc d'arbre pour qu'elle s'arrête vraiment !

Béatrice Romand jouait la petite peste du film. Ce n'était pas pour elle un rôle de composition tant elle était capricieuse ! Elle posait mille questions, et Éric notait tout ce qu'elle disait, la moindre de ses réflexions, la façon dont elle parlait, afin de les utiliser dans le film. Il se servait de sa jeunesse pour affiner le scénario. Ce rôle imprévu d'assistante lui monta soudainement à la tête. Du coup, elle pensa que le film tournait autour d'elle, n'existait que par elle. Et elle nous parlait comme si elle était un Rohmer *bis*. Je me souviens du premier incident entre elle et moi : je devais marcher à ses côtés dans le jardin, en monologuant longuement, et je me concentrais particulièrement sur le texte. Éric nous avait abondamment expliqué chacun de nos mouvements, les différents gestes et attitudes à prendre. Tout était clair et précis. Nous étions en place, et nous voici partis. Je commençai donc à interpréter mon monologue en marchant près d'elle et soudain je l'entendis me dire tout bas : « Regarde-moi, regarde-moi ! »

Évidemment, cela me troubla dans mon texte et je m'arrêtai net. Éric cria : « Coupez ! » et vint voir ce qui se passait. Je lui expliquai et elle renchérit : « Mais oui, il ne me regarde pas ! Ce n'est pas normal ! On dirait que je suis laide ! Il doit me regarder pour que je joue avec lui. »

Alors, je me suis mis en colère en demandant qui était le metteur en scène entre Rohmer et la demoiselle ! Avec toute sa diplomatie, Éric réussit à me calmer et à raisonner la petite : « Tu n'as pas à parler à Jean-Claude pendant qu'il joue, il sait ce qu'il a à faire. »

Nous parvînmes ensuite à tourner la scène, mais la guerre était déclarée entre elle et moi. Durant tout le tournage, nous eûmes des tensions, elle me prenant pour un vieux con, et moi la prenant pour une petite peste. Tous les prétextes étaient bons pour nous chamailler ! Je me souviens même que, lors d'une scène qui aurait dû être tendre, elle me mordit sérieusement au lieu de me donner un baiser !

Luchini, le magicien

Heureusement, Fabrice Luchini me réconcilia avec l'adolescence. À vingt ans, il était déjà comme aujourd'hui : intelligent, vif, brillant, très, très drôle. À peine arrivé, il fit des ravages dans le camping d'à côté, avec deux Allemandes rencontrées sous une tente. Le récit de son aventure nous fit tous rire comme des bossus, Rohmer le premier. Fabrice avait déjà cette diction singulière, sa belle voix et son œil malin. J'étais sûr qu'il deviendrait un grand acteur, cela sautait aux yeux. Très vite, il me fit des confidences : « Elle m'excite beaucoup, la petite Béatrice, je ferais bien un petit truc avec elle ! »

Je le mis en garde : « Fais attention, elle est spéciale et elle pourrait t'attirer des ennuis. Je te conseille plutôt de retourner voir tes Allemandes. »

Le lendemain, j'avais une scène à tourner avec Béatrice sur le lac : une promenade en bateau. Rohmer, aidé de son fantastique chef opérateur, Nestor Almendros, mit tout en place, nous attendîmes l'heure où la lumière sur le lac était la plus belle, et, au moment de tourner, Mlle Romand était absente. On nous apprit qu'elle était restée à la maison, qu'elle ne viendrait pas. Pourquoi ? Mystère ! Éric me dit alors : « Viens avec moi, il y a quelque chose de bizarre. »

Il m'entraîna jusqu'à la maison, monta seul dans la chambre de Béatrice et en redescendit décomposé. Il était littéralement choqué. D'une voix dramatique, il me raconta :

« Luchini est un drogué. Il est entré dans la chambre de Béatrice cette nuit, il a voulu la violer, il l'a à moitié étranglée ! Elle est couverte d'ecchymoses au cou. Je ne peux pas garder un tel désaxé dans l'équipe, je vais devoir le renvoyer !

– Tu es sûr de ce que tu avances ?

– Oui, elle est complètement traumatisée ! »

Je me rendis à mon tour dans la chambre de Béatrice.

« Alors, ça ne va pas bien ? »

Pas de réponse. Elle me jeta un regard soupçonneux comme si je venais mettre en doute sa version des choses. Je m'approchai donc un peu plus près.

« Fais voir un peu tes marques... »

Elle s'éloigna, j'insistai en m'approchant encore et je vis les marques sur son cou : il s'agissait de suçons ! Des marques de baisers !

« Qu'est-ce que c'est que cette histoire ? Tu as dit à Éric que Fabrice a voulu t'étrangler ?

– Oui, c'est un fou !

– Mais comment est-il entré dans ta chambre ? Il a forcé la porte ?

– Oui, c'est ça... »

Je redescendis voir Rohmer : « Écoute, tout cela me paraît louche. Avant de prendre ta décision, je pense qu'on devrait entendre la version de l'étrangleur ! »

Je rejoignis Luchini et lui demandai de m'expliquer ce qui s'était vraiment passé. Il me confia qu'il avait fumé un petit joint la veille, mais la suite des événements était tout autre : « Elle est venue m'allumer hier soir, me provoquer jusque dans ma chambre. Je l'ai suivie dans la sienne, on a bavardé, écouté de la musique, et... nous avons fait ce que tu imagines ! Ensuite, elle est devenue comme folle et elle m'a foutu dehors ! »

Je savais qu'Éric avait un faible pour cette jeune fille, la version de Fabrice ne pourrait que le choquer. J'allai donc lui expliquer les choses : « J'ai vu Fabrice, il ne se drogue pas. Ils se sont disputés, mais il ne l'a pas violentée. En tout cas, il promet de se tenir tranquille à l'avenir. À part ça, c'est un acteur formidable, ce serait vraiment bête de se passer de lui à cause de cet incident ! »

Finalement, je réussis à le convaincre. Le lendemain, tout était rentré dans l'ordre. La petite baissait le nez, elle avait compris qu'elle était allée trop loin. Fabrice se tint à carreau et fit une composition inouïe. Béatrice également, d'ailleurs, il faut au moins lui rendre cette justice. Quant à nos relations personnelles... En rentrant à Paris, j'eus la demi-surprise de lire une interview d'elle dans *L'Express* où elle confiait qu'elle avait joué sous la direction d'un être extraordinaire, Éric Rohmer, mais avec, comme partenaire, « un vieux con bourré de tics, faisant sans cesse des grimaces et jouant comme on jouait au début du siècle » ! Des années plus tard, alors qu'on n'entendait plus parler d'elle, nous nous croisâmes à nouveau et elle s'excusa, reconnaissant qu'elle avait eu une attitude un peu infantile. Je la rassurai immédiatement : « Maintenant, il y a prescription ! »

Ce fut la seule ombre de ce tournage. Le soir, après notre journée de travail, je quittais tout ce petit monde pour aller faire la fête à Annecy. J'avais rencontré Emilio, un fou charmant qui tenait un restaurant, Le Pré-Carré. Nous devînmes tout de suite très complices. Il était farfelu, distrait, passionné de théâtre et de cinéma. Il a fini par diriger la Brasserie de l'Alma, à Paris, le rendez-vous des gens du théâtre et du cinéma. Le dimanche, j'allais à Genève déjeuner chez des amis. Ma vie était ainsi très bien organisée entre le tournage, Emilio et Genève.

L'amitié de tous ces gens, dans ces différents décors, me permit de me sortir de la crise sentimentale que je traversais à l'époque. J'étais seul, en effet, et je frôlais la dépression. L'amitié, la complicité et le travail, la joie de vivre de mon entourage et la beauté de la région me remirent sur les chemins de la joie, me prouvant, si besoin était, que je n'étais pas doué pour le malheur. Grâce au perfectionnisme, à la gentillesse de Rohmer et à la tendresse d'Emilio, *Le Genou de Claire*, qui fut certainement l'un de mes meilleurs rôles au cinéma, reste mon plus beau souvenir de tournage. Le film eut un succès à la fois critique et public. J'adorerais tourner à nouveau avec Rohmer. Même s'il m'imposait Béatrice Romand... qui aujourd'hui jouerait certainement ma mère !

Verlaine en Éthiopie

C'est en Italie, sur le tournage d'un film sans grand intérêt, que j'avais accepté uniquement pour le voir, que je fis la connaissance d'Edward G. Robinson, une véritable légende vivante. Ce type adorable, à l'humour dévastateur, passait son temps à me raconter ses aventures avec les actrices et à me parler des impressionnistes dont il possédait une collection de tableaux inestimables. Dans son regard, je voyais passer Humphrey Bogart, John Wayne, Gary Cooper, tout Hollywood. Et c'est moi qui avais des étoiles dans les yeux. J'avais décidé de partir en Italie avec ma Rolls-Royce décapotable, ce qui, juste après Mai 1968, au milieu des attentats des Brigades rouges, était plus une folie qu'une provocation. Mon ami Michel, craignant l'accident ou l'attentat à la bombe, me proposa de m'accompagner. À hauteur de

Turin, bercé par le charme du paysage et par une chanson d'Aznavour, je perdis le contrôle de la voiture. Elle alla se fracasser sur une dalle de béton, rebondit de l'autre côté de la route et passa par-dessus le parapet avant d'échouer dans l'herbe. Heureusement, je fus éjecté immédiatement, je me relevai tant bien que mal, du sang plein la chemise, cassé de partout, et je repartis en titubant à la recherche de Michel.

Lorsque je vis la voiture, ramenée au rang d'une sculpture de César, je faillis m'évanouir. J'étais persuadé que Michel était coincé dedans et qu'elle allait exploser d'un instant à l'autre. Heureusement, je l'aperçus à ce moment-là, étendu dans l'herbe, les bras en croix, à quelques mètres de la Rolls. Il était en sang, encore plus sonné que moi.

Je courus tel un mort vivant sur la route, arrêtai une voiture qui nous conduisit à l'hôpital. Je n'avais rien, on craignait en revanche un traumatisme crânien pour Michel. Il ne voulut pas rester dans cet hôpital, et, devant mon insistance, les médecins nous laissèrent partir. La voiture était littéralement massacrée ! Nous cherchâmes ce qui restait de nos bagages, et je vis, sur le siège du chauffeur, unique rescapé de ceux que j'avais emportés, un livre, une biographie de Verlaine, que je ramassai précieusement en me disant que le poète m'avait peut-être protégé d'un choc fatal.

Huit jours après mon arrivée à Rome, le téléphone sonna ; c'était Nicole Stéphane, l'interprète féminine des *Enfants terribles*. Elle me posa alors cette question incroyable : « Est-ce que cela te dirait d'interpréter Verlaine ? » Après l'accident et le livre miraculé, je n'en croyais pas mes oreilles ! « Je vais produire *Une saison en enfer*, poursuivit-elle, avec Terence Stamp dans le rôle de Rimbaud. »

Superstitieux comme une majorité d'acteurs, je dis oui tout de suite. Quelques années auparavant, j'avais beaucoup vu Melville, qui travaillait alors sur *Le Deuxième Souffle* et avait d'autres projets.

« J'ai une idée formidable, disait-il. Je vais faire la vie de Rimbaud et de Verlaine avec Delon et toi ! »

Cette idée, qui ne vit jamais le jour, ne cessa de me hanter.

Verlaine me passionnait, sa vie était à la fois tragique et merveilleuse. Je mis toute mon énergie et mes espoirs dans ce nouveau film. Je lus tout ce que je pouvais trouver sur Verlaine, j'essayai d'imaginer un personnage conforme à la réalité et non à la légende, c'est-à-dire un jeune homme qui n'avait que vingt-huit ans lorsqu'il rencontra Rimbaud, et pas ce vieil alcoolique, les yeux mi-clos, que l'on voit d'habitude. Avec l'aide du coiffeur de l'équipe, je me composai un visage ressemblant le plus possible à celui du poète : on m'avait teint en blond-roux et rasé la moitié du crâne, je m'étais laissé pousser la moustache.

Hélas, le producteur italien avait une vision très fantaisiste de l'histoire et le film fut un échec autant artistique que public ! Pour faire jouer l'amie de la coproductrice, il avait tout bonnement remplacé le boy de Rimbaud par une jeune et belle Brésilienne ! Cela escamotait le thème de l'homosexualité, sauvait la morale puritaine de ce monsieur et faisait plaisir à une petite amie.

Heureusement, il y avait Terence Stamp ! Dans le rôle de Rimbaud, il planait au-dessus de toutes ces bassesses comme un ange noir. Nous nous entendîmes très bien tous les deux. Pour me remercier d'avoir fait le film contre un cachet médiocre, la production me convia à passer une semaine en Éthiopie. Terence Stamp y tournait les dernières scènes du film, et j'étais ravi de le revoir. J'allais enfin réaliser le vieux rêve de Verlaine : aller en Éthiopie rejoindre Rimbaud ! Mais, au moment où mon avion se posait à Addis-Abeba, celui de Terence en décollait. Il avait terminé le film, nous nous croisâmes donc une dernière fois dans le ciel.

Là-bas, on m'invita à venir assister à la dernière journée de tournage du film, qui était une grande scène avec l'armée éthiopienne. Je me retrouvai parmi dix mille soldats debout dans le désert, sous un soleil écrasant. Ça sentait le fauve, la sueur, l'air était étouffant. Voyant tous ces soldats écrasés de chaleur, je m'approchai du producteur italien, un type gras et vulgaire, transpirant à grosses gouttes, la mine aussi sympathique que Mussolini, et lui dis :

« Ces pauvres types crèvent de soif, on ne peut rien leur donner à boire ? »

Et je l'entendis me faire cette réponse hallucinante :

« Mais ils ont déjà eu à boire hier ! »

L'empereur Hailé Sélassié régnait encore à cette époque, et je me souviens que l'on ne pouvait pas visiter son palais, gardé par des lions en liberté dans le parc ! Le palais était un vrai paradis entouré d'un jardin extraordinaire, couvert de fleurs. De l'autre côté des grilles, dans la ville, ce n'était que dévastation. Un jour, je me promenais dans la grande avenue qui menait au palais, une avenue bordée d'arbres à moitié morts sur laquelle des gens décharnés marchaient, courbés et sombres. C'était la désolation sous une chaleur tropicale. Soudain, tout le monde autour de moi se mit à plat ventre. Le long de l'avenue, les gens, les choses s'affaissaient comme par enchantement. Je crus à des coups de feu, à un attentat, lorsque je vis arriver une Mercedes 600 avec l'empereur à l'intérieur. Ces gens se prosternaient devant cet homme minuscule, dont on ne voyait que le haut d'une casquette chamarrée d'or et la main par-dessus la vitre qui saluait. On se serait cru dans un film de Chaplin. En beaucoup plus tragique.

Connaissant mon amour pour Verlaine, mes amis Paola et Charles de Rohan-Chabot me firent un jour un cadeau exceptionnel, unique, puisqu'ils m'offrirent la seule aquarelle de Verlaine représentant Rimbaud. Sur ce petit tableau, Rimbaud, en bonnet de nuit, est agenouillé sur un prie-Dieu. Une moquerie tendre de Verlaine qui m'alla droit au cœur.

Églantine, pour l'amour de Chambellay

J'ignore si c'est la déception d'*Une saison en enfer* qui me poussa à réaliser mon propre film, mais, dès mon retour en France, je m'attachai à ce nouveau projet. J'avais rencontré beaucoup de metteurs en scène nettement moins enthousiastes et passionnés que moi et qui tournaient des films médiocres. Mes amis m'encourageaient en me disant que j'étais fait pour raconter des histoires. Au fond, me suis-je dit, pourquoi ne pas essayer ? Jacques Charrier avait alors monté une petite boîte de production qui lui servait à faire des films documentaires. Il accepta de m'aider.

J'ai déjà évoqué le décès de ma grand-mère en 1954. Après la mort de sa femme, mon grand-père se retrouva seul pour la première fois de sa vie. En 1957, lorsque mon premier film sortit, *L'Ami de la famille*, il vit mon nom dans le journal, ce qui lui fit très plaisir. Il m'envoya d'ailleurs un peu d'argent en cachette, pour m'aider ! Il fut la seule personne de ma famille à me soutenir dans la voie que j'avais choisie. Il est mort en 1959, à quatre-vingt-un ans, en tombant d'un arbre. Il ne dit rien à personne, mais, rentré chez lui, la douleur s'amplifia et le médecin diagnostiqua un problème aux reins. Je le vis pour la dernière fois un mois avant qu'il ne meure. Il ne souffrait pas mais était considérablement diminué. Puis je dus partir en Italie tourner le film de Bolognini. Je savais qu'il allait mal. J'étais allé au Vatican acheter quelques petits souvenirs pieux pour la petite sœur Marie-Paule qui soignait mon grand-père, et je les lui avais envoyés par la poste, mais, en revenant à mon hôtel, un message m'annonça la mort de mon aïeul.

Une semaine après, j'étais toujours à Rome, je reçus un coup de téléphone de ma mère : « Maintenant que ton grand-père a rejoint ta grand-mère, on va vendre la maison. Puisque ton oncle et ta tante ne veulent pas la garder, ni nous, d'ailleurs, on ne peut pas faire autrement. »

Je ressentis cette décision brutale comme une deuxième mort. C'était la fin de mon enfance, de mon passé, des jours heureux, des vacances, la fin de tout ! Évidemment, je tentai de protester.

« On pourrait attendre un peu...

– On voit bien que ce n'est pas toi qui paies les réparations ! répliqua-t-elle. Le toit est abîmé, la maison a besoin d'être entretenue ! »

Bref, je me fis remettre copieusement à ma place par ma

mère. Je ne comprends toujours pas pourquoi je n'ai pas eu le courage d'acheter la maison à ce moment-là. Ils la vendaient un prix ridicule, et, depuis *Les Cousins*, je gagnais bien ma vie. Je crois que l'idée d'acheter la maison de mes grands-parents à mes parents me semblait un peu déplacée. On me donna quelques babioles et la maison fut morcelée et vendue en deux parties. Le facteur du village en acheta une. Comme à cette époque j'étais déjà connu, sa femme et lui gardèrent le papier du mur de ma chambre. Ils montraient à leurs amis « la chambre de Jean-Claude Brialy ! » et, quand je passais dans le village, ils me permettaient d'y monter et de retrouver quelques minutes un peu de mon enfance.

Lorsque je fus nommé à la direction du festival d'Anjou, je partis en repérages pour choisir des châteaux dans la région, de beaux endroits pour monter des spectacles. Je passai à Chambellay et allai saluer la veuve du facteur qui gardait la maison pour ses trois filles. Puis je vins voir le maire du village : « Écoutez, je vais monter mon premier spectacle au château de Brissac. Et j'aimerais y inviter les gens du village, ce sera mon cadeau à moi d'ouverture du festival, en souvenir de mes grands-parents. »

Nous finissions notre discussion sur le perron de la mairie lorsque mon assistant attira mon attention : « Vous avez vu ? Il y a une maison à vendre derrière vous... »

Je me retournai et vis une petite maison mignonne comme tout, avec une façade Renaissance, que je n'avais jamais remarquée bien qu'elle soit à deux pas de la maison de mes grands-parents. Il y avait une pancarte avec l'adresse du notaire. Sans réfléchir, je notai ses coordonnées. Ensuite, je repartis vers Angers afin de prendre la route pour Paris. Sur le chemin, cette maison ne cessait de me trotter dans la tête.

Je décidai d'aller directement chez le notaire qui était aussi celui de mon grand-père. Dans son bureau, je regardai le plan, et demandai le prix. C'était convenable. Je dis au notaire :

« J'achète cette maison !

– Mais vous ne voulez pas la voir avant ?

– Non, je n'ai pas le temps, mais voilà un acompte. »

J'ai fait un chèque et je suis rentré à Paris. C'était un peu fou, mais j'étais heureux d'avoir une maison à Chambellay, dans ce village qui me rappelait tant de choses. C'est dans ce même esprit de retour à l'enfance, de mémoire des jours heureux, de souvenirs de vacances, que j'eus l'idée de faire un film sur Chambellay, sur le seul vrai bonheur familial dont je me souvienne. Il me fallait faire revivre mes grands-parents et l'atmosphère qui régnait autour d'eux en réalisant un film. Je crois que c'est à ce moment précis qu'est née *Églantine.*

Jacques Charrier ayant été séduit par l'idée, je me mis à écrire un synopsis. La perte de mon grand-père étant trop proche, trop difficile à évoquer, je décidai de parler de ma grand-mère. Afin de prendre un peu de distance, je déplaçai l'action à la fin du siècle dernier. Tous les personnages étaient inspirés par les membres de ma famille. Un père militaire, une mère un peu coquette, deux autres personnages modelés sur mon oncle et sur ma tante, et surtout une grand-mère et des petits-enfants. Et toute l'histoire tournait autour d'une maison remplie de soleil, de vie, d'enfants.

À la rencontre de Valentine Tessier

Je demandai à l'écrivain Éric Ollivier, dont j'aimais l'univers, de m'aider à construire le scénario. J'évoquais devant lui mes souvenirs, il les adaptait, les couchait sur le papier, et, au fil des jours, nous écrivîmes tous les deux *La Maison d'Églantine*, qui, plus tard, devint tout simplement *Églantine.* Pour la distribution, je pensai à Roger Carel, avec qui je jouais dans *La Puce à l'oreille*, pour interpréter mon oncle. Tous les deux avaient en commun la même bonté, la même gentillesse généreuse. Micheline Luccioni s'imposait pour le rôle de ma tante, une femme gourmande, ronde, drôle, pleine de vivacité. Jacques François et Odile Versois feraient des parents idéaux.

Il me restait le personnage de la grand-mère. Tout de suite, je pensai à Valentine Tessier. Elle avait été l'égérie de Giraudoux, la partenaire de Jouvet et de Jean Marais. Elle n'avait plus fait de cinéma ni de théâtre depuis longtemps, mais elle avait encore un agent et je la savais en bonne santé. Elle était retirée dans le Poitou, où elle vivait une retraite tranquille dans une belle et grande maison. Je lui fis donc passer un exemplaire du scénario que Truffaut avait annoté, par-ci, par-là, de petites indications, « trop court » ou « trop long ». Puis Serge Rousseau, son imprésario, m'appela : « Valentine adore ton histoire. Elle veut te rencontrer. Mais, comme elle ne vient jamais à Paris, il faut que tu ailles chez elle ! »

Nous voici donc partis avec Jacques Charrier chez Valentine Tessier. Sans nous consulter, nous nous étions habillés en dimanche pour rendre visite à notre grand-mère ! Et nous fûmes accueillis par une femme très, très belle et au sourire enchanteur ! Elle nous avait préparé un bon petit déjeuner. Je commençai à parler du film, haussant un peu la voix car elle était sourde depuis l'âge de cinquante ans.

« Valentine, l'histoire se passe en 1890, j'ai demandé à un ami italien très doué, le costumier de Visconti, Piero Tosi, de me faire les costumes. Il faudra selon moi que vous interprétiez le rôle avec une perruque blanche.

– Mais pourquoi une perruque blanche ?

– Parce que, à l'époque, seules les dames de mauvaise vie se teignaient les cheveux, pas les bonnes grands-mères. De la même façon, vous ne serez pas maquillée du tout.

– Comment cela ? Mais vous êtes fou ! Au cinéma...

– Écoutez, ça a bien changé, les pellicules sont beaucoup plus sensibles qu'avant.

– D'accord, on verra. »

Téméraire, Valentine accepta, malgré toutes mes exigences, de relever le défi et de participer au film. Entre-temps, mauvaise nouvelle de Jacques Charrier : « Catastrophe ! On ne peut plus faire le film. Les distributeurs se défilent. Tout le monde trouve l'histoire désuète et dépassée. On veut de la drogue, du sexe et de la révolution, pas des grands-mères et des petits-enfants ! »

Désespéré, je me résolus à m'adresser personnellement à UGC. Je pris donc rendez-vous avec Philippe Helmann. Je débarquai dans son bureau, remonté comme une pendule, fougueux et enthousiaste pour vendre mon film. Je crois que je lui ai tout fait : le soleil, la maison, je lui ai mimé la grand-mère, les enfants, j'en ai rajouté, il était écroulé. Le lendemain, il téléphona à Charrier en lui disant qu'il allait l'aider à financer le film et qu'UGC le distribuerait.

Autre problème à régler : la maison. Après de nombreuses investigations, j'eus un coup de cœur pour un vieux château vide et abandonné, en vente depuis des lustres, près de Compiègne. Je décidai Jean-Daniel Simon à m'aider à le décorer. Nous y arrivâmes avec trois camions entiers de meubles et Jean-Daniel ressuscita cet endroit endormi. Pour les extérieurs, je restai dans la région, en utilisant le potager de Monthyon, le marché de Monthyon, la promenade d'un collège près de Meaux, des lieux qui m'étaient familiers.

Tout avançait bien, il me restait à trouver les enfants et en particulier un petit garçon qui sache jouer du violon. Je me rendis au Conservatoire de musique, classe de violon, et commençai à regarder les élèves âgés de neuf, dix ans. Un petit rouquin adorable, plus vieux que celui que je cherchais, passa dans le couloir.

« C'est toi que je veux pour mon film !

– Oh non !

– Comment ça, non ?

– Non, je n'ai pas envie. Vous feriez mieux de prendre mon frère. »

Plus tard, il me présenta son petit frère, mignon comme tout, avec de grands yeux tristes, tout à fait le personnage que je désirais, mais il jouait du violoncelle et j'ai adapté le scénario à l'instrument.

Un ciel de lit au pas de course !

En pleine préparation de mon film, je reçus un coup de fil affolé de Jean-Michel Rouzière, un vieux copain, directeur du Palais-Royal. Il était trois heures du matin, il avait une voix d'outre-tombe.

« Jean-Claude, j'ai besoin de toi. Il faut que tu me sauves, c'est la catastrophe.

– Qu'est-ce qu'il se passe ?

– La pièce de Guitry, *L'Amour masqué*, que j'ai montée avec Jean Marais, ne marche pas du tout. Ça m'a coûté une fortune et c'est un échec. Il faut que je remonte tout de suite autre chose ou je suis ruiné ! Aide-moi...

– Mais mon pauvre, moi, je ne peux pas ! Je suis en train de...

– Si, tu peux !

– Mais je commence mon film cet été, je suis en pleine préparation...

– Tu ne peux pas me laisser tomber ! Je t'en prie, trouve une idée !

– Écoute, j'y pense et je te rappelle demain matin. »

J'aimais beaucoup Rouzière. Nous nous étions fâchés et réconciliés à plusieurs reprises, mais c'était quelqu'un d'extrêmement fidèle en amitié, et surtout un passionné de théâtre. Je passai la nuit à gamberger et le rappelai le lendemain comme promis.

« Jean-Michel, je veux bien te donner un coup de main, mais je ne pourrai pas jouer plus de cinquante fois puisque je dois tourner mon film. J'ai pensé au *Ciel de lit* de Jan de Hartog, adapté par Colette. Qu'en penses-tu ?

– Très bien, très bonne pièce, c'est une très bonne idée !

– Mais écoute, je pose tout de même trois conditions. Je veux Caroline Cellier pour jouer ma femme, Jacques Charon pour la mise en scène et André Levasseur pour le décor.

– Je m'en occupe, je te rappelle dans l'après-midi ! »

J'aimais cette pièce originale qui mettait en scène toute

une vie. Les acteurs avaient vingt ans au premier acte, quatre-vingts au dernier. Nous commençâmes à la jouer au mois de mai, un mois avant le tournage de mon film ! Ce qui frisait l'inconscience devint folie furieuse lorsque, devant le succès incroyable que la pièce remporta, les cinquante représentations prévues passèrent à deux cent cinquante ! Je n'avais pas d'autre solution que de tourner le film dans la journée et jouer le soir. Voici le rythme que je connus pendant près de six semaines : une voiture m'attendait à onze heures du soir à la sortie du théâtre pour m'emmener à Compiègne. Je dînais légèrement et me couchais aussitôt. Je me relevais à six heures du matin, tournais jusqu'à dix-neuf heures, sautais dans une voiture qui me ramenait au théâtre ! Malgré cette cadence infernale, cette période de tension fut une des plus heureuses de ma vie ! Si la pièce me fatigua physiquement, elle me permit de prendre vis-à-vis du film la distance qu'il fallait.

Des grands-parents chéris : Claude Dauphin et Valentine Tessier

Il faut dire que le tournage se passa délicieusement. Nous avions un temps superbe, tous les acteurs prenaient du plaisir à travailler, les costumes étaient somptueux, tout se faisait rapidement, sans problème important. J'avais engagé un jeune opérateur, Alain Derobe, à qui j'avais demandé une photo dans l'esprit de Renoir. Je me souvins d'un film que j'avais fait en Italie où l'opérateur avait réussi à obtenir le type d'image que je voulais pour *Églantine*. Je l'appelai donc et lui demandai son secret. Il me répondit : « Il suffit de mettre un bas de soie blanc comme filtre, un vrai bas de mariée... »

Pour mon grand-père, j'avais d'abord pensé à Pierre Fresnay. Je lui avais fait lire le scénario, il m'écrivit une lettre de refus délicatement argumentée : *Mon cher Brialy, vous êtes très gentil de me proposer un rôle dans votre film mais je ne fais plus de cinéma depuis longtemps et je voudrais un rôle plus important pour faire mon retour. Le personnage est charmant mais secondaire. Surtout, il y a dans le film un baiser sur la bouche avec Valentine Tessier qui me gêne beaucoup !*

Le baiser était évidemment un prétexte. Il ne trouvait pas le rôle assez consistant. Je fis donc appel à Pierre Richard-Willm, qui était la beauté et l'élégance personnifiées. Hélas, lui non plus ne faisait plus de cinéma et se sentait trop las pour se risquer à recommencer. J'eus alors l'idée de proposer le rôle à Claude Dauphin, qui accepta immédiatement. Il avait à cette époque une superbe barbe blanche qui le faisait ressembler à Monet. Je l'habillai d'un petit costume blanc et d'un chapeau de toile, il était magnifique. Claude traînait derrière lui une existence remplie de femmes, d'alcool, de fêtes, exactement ce qu'il fallait pour mon personnage qui était censé faire entrer la vie parisienne, et un peu d'Offenbach, dans la maison.

Dans le film, Claude devait participer à une farandole endiablée. Comme il souffrait d'une pneumonie, je lui dis :

« Écoute, je sais que tu es un peu fatigué, nous n'allons pas prendre de risques, je filme la farandole une seule fois avec toi puis, pour la suite, je tricherai un peu, je ferai des raccords avec les autres prises.

– Mais je ne suis pas malade, c'est hors de question ! » me répondit-il avec fougue et orgueil.

Et je le vis prendre la tête de la farandole et sauter, danser avec les autres comme un dératé, jusqu'au bord du malaise.

Ce tournage fut un dimanche perpétuel, j'avais l'impression d'être toujours en famille. Valentine Tessier était adorable. Gagnée sans doute par la beauté du lieu et des costumes, elle jouait dans la vie comme devant la caméra son rôle de grand-mère affectueuse. Je me souviens de l'avoir entendue citer au petit garçon une phrase de Fontenelle, selon moi la plus belle de la langue française.

« "De mémoire de rose, on n'a jamais vu mourir un jardinier."

– Mais qui a dit ça ? demanda le petit garçon.

– Fontenelle.

– Qui c'est ?
– Un poète qui est mort à cent ans.
– C'est joli. Toi aussi tu mourriras à cent ans ! »

Je m'angoissais un peu pour la scène où Valentine reposait, morte, sur son lit, dans cette grande maison plongée, pour l'occasion, dans l'obscurité. Afin de ne pas trop bouleverser Valentine, j'avais gardé le plan pour le dernier jour de tournage. Et pendant six semaines, chaque fois que Valentine se mettait en colère contre les enfants parce qu'ils étaient parfois bruyants et turbulents, les deux mignons venaient me voir, l'air excédé : « Alors, c'est bientôt qu'elle meurt, la grand-mère ? »

Finalement, le dernier jour arriva. Valentine mit sa très jolie robe de soie et on la hissa sur le lit de la chambre, au milieu des roses blanches. Elle faisait ce qu'elle pouvait pour ne pas respirer le temps de tourner, il n'y avait rien à faire, on voyait tout de même sa poitrine se lever et elle finit par étouffer. Après quelques essais, nous réussîmes la prise et je demandai à Valentine :

« Ça ne vous a pas impressionnée de jouer votre mort ?
– Pas du tout ! Apprenez que, quand une actrice fait la morte, elle prolonge sa vie de dix ans ! »

Je ne sais pas ce qu'il faut croire, mais Valentine mourut dix ans après avoir tourné cette scène...

Trois semaines avant la fin du tournage, elle insista pour visionner certaines scènes que nous avions tournées. J'étais contre, évidemment, sachant, par expérience, que chaque pièce du puzzle ne prend sa valeur réelle qu'une fois celui-ci entièrement terminé. Mais, devant son insistance, je cédai. Nous nous rendîmes à Épinay, dans les studios Éclair, où je faisais développer le film. Elle s'assit dans la toute petite salle de projection, et nous lui passâmes quelques scènes que j'avais choisies, des extraits où elle rayonnait de bonheur. La projection commença, et au bout de dix minutes, je vis Valentine se mettre à sangloter, doucement tout d'abord, puis de plus en plus fort. Je posai la main sur son épaule, elle la serra très fort, se calma et sortit sans dire un mot. Je la retrouvai dans le couloir. « Vous voyez que c'était une mauvaise idée. Il ne faut pas voir un film en cours de réalisation ! »

Pas de réponse. On regagna la voiture, elle s'assit auprès du chauffeur, moi seul derrière, posant à nouveau la main sur son épaule pour l'apaiser. J'étais désespéré, je pensais que les trois semaines de tournage qui restaient allaient être épouvantables. En arrivant à la maison, elle monta le perron et dit à un assistant : « Apportez-moi un double whisky, s'il vous plaît ! »

On lui apporta son double whisky qu'elle but d'un trait et peu à peu reprit visage humain. Je lui demandai alors :

« Vous allez m'expliquer ce qu'il se passe, maintenant ?

– Jean-Claude, quand je me suis vue sur l'écran... j'ai cru voir ma mère !

– Mais c'est très bien, Valentine, c'est une très belle émotion que vous avez eue là... Pleurer parce que vous revoyez votre mère.

– Mais ce n'est pas à cause de cela que j'ai pleuré ! Pas à cause d'elle, mais à cause de moi ! Vous vous rendez compte, le matin, quand on fait sa toilette, on ne voit que le visage, mais là j'ai vu mon corps, et ça veut dire que pour moi les hommes c'est fini ! »

Extraordinaire ! À quatre-vingts ans, elle regrettait le temps des amours ! Les hommes avaient beaucoup compté dans sa vie, elle fut la maîtresse de Gaston Gallimard, de Pierre Renoir, dont elle disait : « J'étais très amoureuse de lui, mais il n'était vraiment pas gai ! Il était gentil, ça, oui, et intelligent, mais alors pas gai du tout ! »

Après avoir terminé le montage du film, je fis quelques projections pour des amis comédiens. Les résultats dépassèrent mes espérances. Ils entraient dans la salle un peu ironiques et dubitatifs, en faisant quelques mots d'esprit. Mais, quand les lumières se rallumaient, ils avaient tous les larmes aux yeux. Barbara m'avait fait cadeau d'une très jolie chanson.

La tendre *Églantine* m'avait mis l'eau à la bouche, et, un an plus tard, je décidai de renouveler l'expérience. Je fis appel à mon ami Remo Forlani pour l'écriture du scénario de mon deuxième film, *Les Volets clos*. L'histoire se passait dans un bordel et réunissait des femmes, jeunes et moins jeunes, qui, toutes, rêvaient secrètement du grand amour. Un marin débarquait par hasard dans cette ruche et déclenchait les ardeurs de toutes les pensionnaires. Pour le rôle d'Adélaïde, la vieille prostituée qui régnait sur le bordel, je voulais absolument Arletty. Elle m'avait dit, un jour, qu'elle désirait tourner son dernier film avec moi et nous avions écrit le rôle spécialement pour elle. Puisqu'elle ne pouvait plus se déplacer seule à cause de sa vue, nous avions imaginé une dame qui passait son temps dans un grand lit à donner des ordres à toutes les pensionnaires. Arletty aimait l'idée, mais le rôle d'Adélaïde ne lui convenait pas. La raison qu'elle me donna était très belle : « J'ai toujours été vainqueur au cinéma, ça m'ennuierait de partir sur une image de vaincue. »

Pour le rôle du « capitaine », celle qui prenait les ordres de la patronne, les répercutait et menait la maison à la baguette, j'avais songé à Marie Bell. Lorsque je lui portai le scénario, elle me dit : « Non. Je n'ai pas fait de cinéma depuis longtemps, ça me gêne de revenir dans le rôle d'une patronne de bordel, tu aurais pu me trouver autre chose ! Ce rôle ne me plaît pas du tout. »

Malgré mon insistance, rien à faire, elle ne voulait pas. Pour la remplacer, je songeai à Suzy Prim. Juste avant de la contacter, je tentai une dernière fois de persuader Marie.

« Tu as bien réfléchi ? Je fais le film sans toi ?

– Oui. Je veux bien tourner avec toi, mais pas ça.

– Tu as tort. Ce n'est pas du tout un rôle vulgaire, mais au contraire très délicat, tendre, émouvant. Je vais demander à Suzy Prim, peut-être qu'elle verra, elle, toute la poésie du personnage !

– Suzy Prim ? Tu n'y penses pas ! Elle est peut-être morte ! D'ailleurs, elle porte malheur ! Suzy Prim... Laisse-moi réfléchir jusqu'à demain ! »

Le lendemain, elle se décida : « J'ai réfléchi, je ne veux pas te laisser tomber. Je vais le jouer, ton rôle..., mais vraiment pour te faire plaisir ! »

J'étais heureux. Maintenant, il fallait remplacer Arletty. J'eus l'idée d'appeler Lucienne Bogaert. Je l'avais admirée au théâtre dans *Les Papiers d'Espern*, au cinéma dans *Les Dames du bois de Boulogne*. Elle était merveilleuse, avec sa petite voix et son visage de chat. Je me renseignai pour savoir si elle était en forme et je l'appelai. Je reconnus avec émotion son magnifique petit filet de voix.

« Bonjour, madame, je suis Jean-Claude Brialy, je prépare un film qui va s'appeler *Les Volets clos*. Je vous dis la vérité, j'ai écrit le rôle d'Adélaïde, la patronne d'un bordel, pour Arletty, mais elle ne peut pas le faire pour des raisons de santé, alors j'ai pensé à vous.

– Oui..., me fit-elle de sa petite voix.

– Voulez-vous que nous nous rencontrions ? Je vous expliquerai de quoi il s'agit exactement.

– Non.

– Bien... Acceptez-vous au moins de lire le scénario ?

– Oui.

– Voulez-vous que je vous l'apporte ?

– Non.

– Ah... mais, alors, comment fait-on ?

– Laissez-le à ma concierge.

– Et après ?

– Après, on verra. »

Un peu dubitatif, je fis déposer le manuscrit. Le lendemain, le téléphone sonna. Je décrochai, et une toute petite voix me dit aussitôt : « Je suis Adélaïde ! »

J'étais fou de bonheur. Je lui fis donc part de mon enthousiasme.

« Il faut qu'on se voie, que l'on parle du rôle, des costumes, de tout ça. Vous préférez peut-être venir chez moi ?

– Oui. »

Le lendemain, je lui envoyai une voiture et je la vis arriver, toute petite et menue, bien coiffée et endimanchée. J'étais très ému de la recevoir chez moi. Je lui proposai de s'asseoir et lui demandai comme il se doit :

« Voulez-vous boire quelque chose ?

– Ah... ça se sait déjà ! » me répondit-elle en souriant.

J'ai éclaté de rire et suis immédiatement tombé amoureux d'elle. Elle était vive, intelligente, très drôle, très rusée aussi. Nous avons tourné le film en Bretagne et à Paris. Marie Bell arriva au Conquet avec sa secrétaire et son chauffeur, comme si elle débarquait à Hollywood. Elle s'entendit très bien avec Lucienne Bogaert. Ginette Leclerc vint avec sa mère. Elles étaient inséparables. Chaque fois que l'on posait une question à Ginette, c'était sa mère qui répondait, et elle avait appris le rôle de sa fille par cœur. Lucienne restait souvent seule. Elle dînait de bonne heure, buvait une ou deux bières et allait se coucher. Un soir, je l'interrogeai :

« Mais pourquoi ne venez-vous pas dîner avec nous ?

– Je joue un rôle de solitaire, je m'habitue. »

Pour les autres pensionnaires, j'avais choisi Dominique Davray, jolie rousse au cœur d'or, l'adorable Laurence Badie, qui riait beaucoup avec Marie Bell, Pascale Rivaux, à l'époque la petite amie de Robert Hossein, Marie-France Mignal, Catherine Rouvel et Catherine Allégret, qui avait en permanence le rire aux lèvres. Et, bien sûr, ce cher Marco Perrin dans le rôle du maquereau amoureux de Marie.

Nous habitions tous dans une pension de famille avec vue sur la mer, que nous avions louée hors saison, tout près du lieu de tournage. Je n'avais pas beaucoup d'argent pour ce film et, dès le premier jour, je réunis tous les habitants du village pour les engager comme figurants et reconstituer, à bon marché, une ambiance 1930. Je leur demandai de regrouper toutes les charrettes, les vieilles toiles de tente, les chapeaux, les tréteaux, les vêtements dont ils disposaient. Au début, ils étaient un peu méfiants. Très croyants, ils se demandaient s'ils n'allaient pas, en m'aidant, prêter main-forte au diable. Heureusement que je n'avais parlé à personne du sujet du film ! Le lendemain de notre installation, le curé du village vint me voir.

« Monsieur Brialy, très heureux de faire votre connaissance ! J'ai adoré votre film *Églantine*, que c'était pur, que c'était beau ! J'espère que vous ferez la même chose chez nous !

– Euh... c'est un peu autre chose, mais c'est tout de même charmant et poétique... »

Et le lendemain, à l'église, il pria les paroissiens de m'apporter leur soutien. Ce fut magique, tout se débloqua aussitôt. J'espère qu'en voyant le film ce brave curé ne fut pas trop choqué !

Puis nous rentrâmes tourner le reste du film à Paris. Tout se déroulait bien jusqu'au jour où Marie me demanda :

« J'aimerais bien voir quelques images.

– Oui, Marie.

– Il faut que je voie comment je suis. »

Nous étions à huit jours de la fin du film. Fort de l'expérience Valentine Tessier, je dis à l'opérateur : « Choisissons une ou deux scènes où elle est éblouissante. »

Alain Derobe l'avait très bien photographiée. Après avoir vu la projection, Marie me téléphona.

« J'arrête de tourner.

– Comment ? Qu'est-ce que tu as ?

– Ton opérateur est amoureux d'une des filles. Il ne fait attention qu'à elle et moi je suis éclairée n'importe comment, c'est scandaleux ! J'ai l'air d'avoir cinquante ans ! »

Elle en avait soixante-quinze. J'essayai de la calmer.

« Moi, je te trouve très belle et très bien photographiée.

– Non, non, je suis marquée, j'ai des rides, je n'ai jamais eu ça dans la vie ! »

Puis, dans l'emportement, elle me fit cette sortie extravagante : « Tu n'as qu'à retirer mon nom du générique et me découper sur la pellicule partout où je suis ! »

Ça devenait de la folie. Je commençai moi aussi à perdre mon calme : « Marie, attends que le film soit achevé. Quand tu l'auras vu monté, on retirera ton nom du générique si tu ne t'aimes pas. Mais, s'il te plaît, laisse-moi une chance. »

Elle accepta, revint sur le tournage sans m'adresser la parole et termina son rôle sur la pointe des pieds. Une fois le film monté, je lui proposai, comme promis, de venir le voir, mais elle refusa. *Les Volets clos* firent l'ouverture du festival de Los Angeles. Il y avait Al Pacino, Paul Newman, Dustin Hoffman et bien d'autres vedettes dans la salle, c'était assez impressionnant. À la fin, tout le monde se leva et applaudit longuement. J'envoyai un télégramme à Marie pour lui faire part de ce succès et d'autres amis l'appelèrent pour la féliciter. Du coup, elle revint à de meilleurs sentiments et nous nous réconciliâmes.

Dans une scène du film, Marie, chapeau sur la tête, est plongée dans une baignoire à l'ancienne, avec toutes les filles autour d'elle qui lui massent les épaules. J'adore cette scène car, lors de notre tournée au Maroc pour *Madame Princesse*, j'ai assisté à un spectacle identique où Marie Bell, nue dans une baignoire des *Mille et Une Nuits*, était entourée de trois princesses, les cousines du roi, dont elle avait fait, grâce à son charme et à son magnétisme, ses esclaves attentionnées !

Je me suis même inspiré de ses propres expressions. Dans le film, à un moment, Marie-France Mignal s'exclame :

« Oh ! madame, vous avez une peau merveilleuse ! »

Marie relève la tête, regarde la fille et répond, royale :

« Les mains de banquier, cela ne fait pas de rides ! »

Arletty : un vrai gentleman !

Je dois reconnaître que je fus très déçu de ne pouvoir faire tourner Arletty dans *Les Volets clos* puisque le film était en partie écrit pour elle. Je l'ai vue pendant trente ans, une fois par semaine, comme un rituel, un rendez-vous amoureux. J'apportais chez elle un panier-repas et nous déjeunions. Elle était très élégante, toujours vêtue de blanc, sans aucun bijou, le visage mangé par d'épaisses lunettes. Son appartement était très modeste, mais on n'y sentait pas la pauvreté. Il y avait énormément de livres. Des amies lui faisaient la lecture de romans classiques et contemporains. Elle me recevait allongée, blottie sur son divan, je posais une petite caisse de bois entre elle et ma chaise, un plateau dessus, et nous déjeunions en buvant un verre de bordeaux ou de champagne. Elle mangeait avec ses doigts. On parlait de tout et de rien, des nouvelles, de l'actualité, des potins.

Sa vie était parfaitement réglée. Elle dînait très tôt, vers dix-neuf heures, se couchait tout de suite après, se réveillait à quatre heures du matin et écoutait, jusqu'à huit heures, la radio, toutes les radios. Elle était au courant de tout ce qui se passait dans le monde, elle savait tout. Elle me parlait des concerts, des pièces à l'affiche. Un jour, elle me dit :

« Vous qu'on voit partout aux baptêmes, aux mariages, aux enterrements, vous irez au mariage de Mourousi ?

– Non, je ne peux pas y aller.

– Dommage, vous m'auriez raconté. Il épouse une demoiselle d'Alençon, non ?

– Oui, elle s'appelle Véronique d'Alençon !

– Ça ne m'étonne pas de Mourousi ! D'Alençon, c'est un point à l'endroit, un point à l'envers ! »

Parfois, elle pouvait être cruelle. Lorsqu'elle me parlait d'une actrice qu'elle n'appréciait pas, elle ajoutait : « Elle, on sent qu'elle n'est jamais seule ! Elle sort toujours accompagnée de sa connerie ! »

Mais, quoi qu'il arrive, elle était toujours enjouée et drôle. Arletty et Joséphine Baker avaient cette même politesse de la vie. Ni l'une ni l'autre ne laissaient jamais rien paraître de leurs peines. Arletty, aveugle pendant plus de trente-cinq ans, qui aimait tant la vie, les gens, les paysages, la vitesse, la lecture, ne s'est jamais plainte. De ses épreuves, elle ne retenait que les bons côtés, ses amis qui étaient là, près d'elle. Elle était très énigmatique sur sa vie privée, très mystérieuse. Difficile de savoir qui elle recevait, ce qu'elle faisait. Elle aimait les gens un peu blessés par l'existence, elle leur remontait le moral. Elle avait été très liée avec Marcel Herrand, auprès de qui elle se recueillit lorsqu'il mourut. « Lui, je l'aimais, me disait-elle, parce que c'était un perdu ! »

Quand j'étais en tournée et que l'on ne pouvait pas

déjeuner, je l'appelais régulièrement. Elle était toujours assez brève, assez sèche au téléphone. Elle m'expliqua que depuis qu'elle était aveugle elle avait l'impression qu'au téléphone ses amis étaient doublement absents. J'entends encore son rire de petite fille, d'une fraîcheur incroyable. Jusqu'à la fin de sa vie, sa voix resta la même, son phrasé était pur, précis, inimitable. Ses intonations aussi. Je me souviens qu'un jour je déjeunais chez elle avec un ami qui, au cours du repas, lui demanda, un peu maladroitement :

« Est-ce que vous pouvez me faire plaisir, me redire "Atmosphère ! Atmosphère !" ? »

Le visage d'Arletty devint plus grave, et elle lui répondit :

« Je ne peux pas ! Il appartient au public, maintenant. Il le dit mieux que moi. »

Elle n'avait plus prononcé ces mots depuis la scène mythique d'*Hôtel du Nord*. Cette réplique fabuleuse n'était pas dans le livre de Dabit. C'est Jeanson, le dialoguiste, qui l'écrivit pour elle. Devant la surprise de Carné, qui n'en voyait pas l'intérêt, Jeanson expliqua : « Je l'ai inventée spécialement pour Arletty. Parce qu'il y a des mots qu'elle rend magiques. Tu verras... »

Elle me racontait toutes les anecdotes de tournage. À propos de Jean-Louis Barrault, qui était beaucoup plus petit qu'elle et que Carné dut faire monter sur une caisse pour le fameux baiser des *Enfants du paradis*, elle me raconta, le rire dans la gorge : « Au moment du baiser, il monta sur sa caisse, et je dis ma réplique : "Paris est toujours petit pour tous ceux qui s'aiment." Tu imagines la rigolade ! »

Elle souhaitait à toutes les actrices d'avoir un Prévert dans leur vie. Un jour, pendant que nous parlions, quelqu'un lui apporta un petit paquet. C'était une bande enregistrée par Jacques Prévert. Il lui disait : « Puisque tu ne peux plus me lire, que je ne peux plus t'écrire, alors je vais te parler. Je t'envoie une lettre d'amour parlée. »

C'était un texte magnifique. Il avait une voix éraillée, un peu essoufflée, une véritable splendeur. On aurait dit un message d'adieu, une bouteille jetée à la mer. Arletty adorait l'écouter. Elle me parlait aussi souvent de Sacha Guitry. Il l'avait même demandée en mariage !

« Je lui ai dit : "D'accord, à condition que ce soit le pape qui nous marie !" Puis, dans ses yeux, j'ai vu qu'il en était capable ! Alors j'ai dit non. »

Elle avait également été l'amie de Jacqueline Delubac, une amie-rivale. Un jour, je lui dis :

« À propos, j'ai vu Jacqueline Delubac dernièrement, elle était très en forme, je l'ai trouvée très belle ! Très élégante !

– Élégante ?

– Oui, très !

– Élégante de Lyon ! »

Dans le même registre, je déjeunais avec elle dans un restaurant, lorsqu'une dame très chic lui fit des signes de loin. Je me penchai vers Arletty.

« Mme Untel est là-bas, elle vous salue de la main !

– Mme qui ? »

Quand elle faisait répéter, la griffe n'était pas loin.

« Mme Untel.

– Ah ? Elle est encore sur le marché, cette poule-là ? Je la croyais en solde ! »

En 1972, j'étais en repérages pour *Les Volets clos*. Jacques Prévert était mort deux ans avant. Je suis passé par hasard dans le petit village breton où il avait sa maison. Je me suis arrêté, puis je suis allé sur sa tombe. Il y avait deux rosiers magnifiques. J'ai cueilli une rose sur chacun d'eux et, le lendemain, je les ai apportées à Arletty, qui fut très émue. Jacques Prévert et Céline étaient les deux seules personnes dont Arletty ne disait jamais de mal ; pour eux, pas de coup de griffe ! Ils étaient ses dieux et ses frères en même temps.

Quand Arletty se racontait sur Europe 1

Maurice Siégel, qui était alors le rédacteur en chef d'Europe 1 et adorait Arletty, me demanda un jour :

« Je sais qu'elle vit très modestement. Qu'est-ce qu'on pourrait faire pour elle ?

– Pourquoi pas une émission de radio sur sa vie ? Elle a tant à dire ! Une série d'entretiens en la payant un peu.

– D'accord. On va bien la payer, même », me répondit-il.

L'émission se fit, et elle reçut un très bon cachet. Ignorant le privilège qui lui était accordé, elle s'exclama : « Mais dis donc, ça paie, la radio, je ne savais pas ! Si j'avais su, ce n'est pas du cinéma que j'aurais fait, mais de la radio ! »

Pendant six semaines, je l'enregistrai à raison de deux heures par jour pour ne pas la fatiguer. Je l'interrogeais, elle parlait de sa vie, des gens qu'elle avait connus, des anecdotes de tournages... L'émission fut diffusée pendant un an, dix minutes par jour. Elle s'appelait « Arletty raconte ». On avait coupé mes questions et on l'entendait retracer son parcours. C'est l'émission de radio dont je suis le plus fier. Je me souviens encore de ma première question.

« Arletty, vous êtes née à Courbevoie, votre père était conducteur de wagons, votre mère blanchisseuse...

– Lingère, c'est plus joli ! La Seine a été mon premier miroir... »

Nous parlâmes ensemble de ce qu'elle aimait, de ce qu'elle détestait. Elle avait en horreur l'armée, l'esprit de conquête, l'appétit de pouvoir, la politique. À ma question : « Quel est votre personnage historique préféré ? » elle répondit en souriant : « Les rois fainéants ! »

Elle avait des reparties incroyables. Ainsi, avant la guerre, elle était très, très liée avec la duchesse d'Arcourt, une femme étonnante, androgyne, à la voix grave, toujours habillée en homme. Dans Paris, on disait même que la duchesse était amoureuse d'Arletty. Un soir, les deux amies allèrent à un dîner. Arletty était à côté d'un homme très entreprenant mais qui ne lui plaisait pas du tout. Il la bombardait de questions sur sa vie privée, elle éludait, ne répondait pas et restait très distante. Quand il s'aperçut qu'il n'avait aucune chance, il changea de ton et devint carrément grossier.

« Alors, il paraît que vous êtes amie avec la duchesse

d'Arcourt..., et même très amie... On prétend partout que vous êtes très liées, c'est vrai ? »

Arletty, lassée, se tourna vers lui et lui jeta :

« Monsieur, je ne peux rien dire, je suis un gentleman ! »

Le dénuement dans lequel elle vivait me révoltait. Un jour, j'en parlai à Jack Lang.

« Écoutez, on projette plusieurs fois par an des films avec Arletty à la télévision, et elle ne reçoit pas un centime pour ces rediffusions ! »

Jack Lang ignorait cette situation et il s'occupa de lui obtenir par le Centre du cinéma une petite rente mensuelle afin qu'elle puisse vivre. Jamais elle ne voulut signer les papiers. Elle s'étonnait :

« Qu'est-ce que ça veut dire ? Je ne fais pas l'aumône !

– Mais ce n'est pas de l'aumône ! C'est un dû ! Un dû pour tous vos films qui passent et repassent à la télévision, pour tout le bonheur que vous continuez à nous donner ! »

Elle n'a jamais touché sa rente. De la même façon, elle refusa la Légion d'honneur que Jack Lang lui proposa. De ma vie je n'oublierai le déjeuner au cours duquel je les présentai. Depuis toujours, il rêvait de la rencontrer. Le ministre était venu avec son épouse, et Arletty se mit à lui effleurer le visage en disant : « Mais il est beau, ce petit-là, il a une belle gueule ! Et puis il travaille bien ! »

Elle lui parlait comme on félicite un collégien pour ses résultats. Et lui avait l'air d'un petit garçon, il était impressionné, il rougissait !

Un an avant sa mort – elle avait quatre-vingt-treize ans –, Arletty tomba chez elle et se brisa le poignet. Elle ne s'en remit pas et à partir de ce moment sa santé légendaire se dégrada. D'ailleurs, elle ne voulait plus vivre. « Ça suffit comme ça, maintenant, j'ai fait mon temps ! » me disait-elle.

L'année suivante, le 15 mai, avec quelques amis nous fêtâmes ses quatre-vingt-quatorze ans et elle mourut deux mois après. J'étais en tournée avec *La Jalousie* pour un festival Guitry. Je roulais en voiture vers le festival. On traversait l'Auvergne, la campagne était magnifique, il était quatre heures de l'après-midi, il faisait un temps exceptionnel. C'est dans ce cadre enchanteur que la radio m'apprit la disparition de mon amie. Un 29 juillet, en allant à un festival Guitry, qui était mort, lui, un 27 juillet...

Quand je suis rentré à Paris, j'ai appris que par testament elle demandait à être vêtue d'un pyjama blanc et incinérée au Père-Lachaise. Sur son cercueil, le drap n'était pas noir mais blanc. Elle adorait le blanc. « C'est le deuil des reines », disait-elle. Ses cendres furent déposées à Courbevoie, avec celles de son père, de sa mère et de son frère. À ma grande surprise, j'ai découvert qu'elle avait mis deux tableaux au coffre, l'un d'Utrillo et l'autre de Segonzac, et placé de l'argent. Pour qui, puisqu'elle n'avait pas d'héritier ? Avait-elle oublié cet argent et ces toiles ? Encore un de ses multiples petits secrets...

Envie de *Désiré*

Après mes deux premiers films, j'eus envie de tourner une comédie consacrée à un valet de chambre. En fait, je pensais à *Désiré*. J'adorais la pièce de Guitry, que j'ai jouée plus tard. Je trouvais les personnages de valets de chambre fascinants. Ils vivaient dans l'intimité de leurs maîtres, connaissaient d'eux leurs caractéristiques les moins avouables, des secrets sur la maîtresse de maison que le mari ignorait et réciproquement, alors que leurs maîtres ne savaient absolument rien d'eux. Il y avait là, à coup sûr, prétexte à un joli scénario. Je demandai à Pierre Philippe, un poète talentueux et sympathique, de m'aider à écrire une histoire. Nous eûmes l'idée de mettre en scène un valet de chambre, que j'interprétais et qui changeait cinq fois de maison, ce qui donnait lieu chaque fois à un sketch différent.

Pour le premier sketch, je m'inspirai d'une mésaventure qui m'était arrivée lorsque, jeune homme catapulté dans la capitale, j'avais été convié à un dîner, avenue Foch, par une dame du meilleur monde. J'étais ravi d'avoir l'occasion de dîner en ville, gratuitement, et de rencontrer des originaux. Je ne fus pas déçu ! Nous étions au milieu du repas quand le maître d'hôtel nous dit : « Maintenant, Madame va donner son tour du monde. »

Les convives, apparemment habitués, prirent aussitôt leurs chaises et s'installèrent en rang comme au théâtre. Le maître d'hôtel tira une grande porte coulissante et nous vîmes apparaître un piano avec une très vieille dame couchée dessus, qui se mit péniblement à l'instrument. Puis vint la maîtresse de maison, une femme d'une cinquantaine d'années, bien en chair, en tutu, qui se lança dans une danse surréaliste, rythmée par la vieille pianiste, qui de temps en temps annonçait « l'Afrique » ou « l'Amérique » et se mettait à jouer un air traditionnel. C'était irrésistible, pathétique et totalement effrayant ! Cette ancienne danseuse avait mis fin à sa carrière en épousant son milliardaire de mari et, de temps en temps, elle réunissait quelques amis pour leur prouver que, fondamentalement, elle restait une artiste. J'en fis une comédie dans mon premier sketch, et c'est Micheline Presle qui interpréta la danseuse folle.

Le deuxième sketch était inspiré par une châtelaine que l'on m'avait présentée. Elle habitait un petit village et s'était mariée avec un polytechnicien pataud et boutonneux dont elle avait eu quatre enfants. Le mari était toujours absent, et, pour tromper le temps, cette femme s'envoyait tous les garçons du village qui lui tombaient sous la main. Plus personne n'osait aller seul au château, par peur de se faire violer par la châtelaine ! Anny Duperey accepta d'interpréter ce rôle, qu'elle joua sans aucune vulgarité et avec beaucoup d'esprit.

Pour le troisième sketch, je demandai à Jacqueline Maillan de jouer une secrétaire d'État aux Sports, très masculine, très autoritaire, avec un côté adjudant qui mène tout le monde à la baguette. Le ton de cet épisode était presque burlesque, il y avait un gag toutes les secondes. Puis, le soir, lorsqu'elle rentrait seule chez elle, la secrétaire d'État révélait sa vraie nature. Elle écoutait des airs mélancoliques et rêvait de Fred Astaire en soupirant. Je jouais le maître d'hôtel qui recueillait ses confidences et essayait, tant bien que mal, de résister à ses assauts soudains.

Barbara et Maria Callas réunies

Ensuite, il y avait le sketch avec Barbara. Depuis longtemps, je rêvais de la faire tourner. Le public l'appréciait comme poète, écrivain, chanteuse évidemment, mais il ignorait son côté comique et fantasque. Elle était si rigolote dans la vie que je voulais absolument faire connaître à ce public cette facette inconnue. Pour cet épisode, je puisai dans les souvenirs que j'avais de Maria Callas. Je l'avais rencontrée grâce à Visconti, qui m'avait fait l'immense plaisir de pouvoir assister aux répétitions de *La Traviata*, à la Scala de Milan. Je me souviens de la Callas, de ses grands cheveux tirés en arrière, de ses yeux qui lui mangeaient le visage, écoutant la voix rauque et parfois violente de Luchino. Visconti pouvait aussi bien être distingué, élégant et aristocrate que tigre sauvage rugissant des insanités. Il était à la fois un homme délicieux et un despote absolu. Je regardais ces deux fauves s'affronter, elle attentive, soumise comme une enfant à ce monstre passionné, exalté, démesuré.

Après ces séances exceptionnelles, je sympathisai avec la Callas. Et, un jour, elle m'invita à dîner chez elle. Depuis sa séparation d'avec Onassis, qui fut pour elle un déchirement, elle vivait recluse. Elle ne chantait plus. Elle habitait seule entre un chauffeur et une femme de chambre dans un grand appartement de l'avenue Mandel. La cantatrice voyait beaucoup de monde, mais, malgré ses efforts, rien ni personne ne comblait sa solitude. Elle était comme abandonnée. Ce soir-là, je dînai donc chez elle avec quelques amis italiens. Après le repas, tout le monde alla en boîte de nuit, sauf Maria et moi. Elle me dit alors : « Sois gentil, reste un peu avec moi, j'attends un coup de fil de New York. »

Cet appel était important pour elle. Elle avait des problèmes de voix mais elle pouvait, malgré tout, chanter certaines œuvres simples. Elle attendait un engagement de New

York. Au cours de la soirée, elle me montra des photos et me fit entendre des enregistrements inédits. De temps en temps, elle murmurait : « Tu te rends compte, c'est moi qui ai réussi à faire cela, à chanter comme ça... »

Elle s'étonnait elle-même. Nous restâmes ensemble jusqu'à deux heures du matin à remonter le temps, quand le téléphone nous sortit de nos songes. New York !

Le visage de la Callas s'illumina quelques secondes, elle enleva ses lunettes, parla un peu, et soudain son visage s'assombrit. Je ne saisis pas tout de la conversation en anglais, mais je compris que les nouvelles étaient mauvaises. Elle raccrocha et remit ses lunettes. Son visage faisait peine à voir. Je lui demandai doucement si je pouvais encore faire quelque chose pour elle, elle me répondit non d'une voix étouffée. Je sentais qu'elle préférait rester seule et je partis. Je sus plus tard qu'au lieu du récital qu'elle espérait on lui proposait de donner des cours de chant dans un grand institut. Ce qui signifiait qu'on ne voulait plus d'elle sur une scène. On la mettait à la retraite.

Maria Callas mourut six mois plus tard d'un arrêt du cœur, dans cet appartement. Je me suis inspiré de ce souvenir triste et émouvant pour le sketch de Barbara. Il mettait en scène des moments de la Callas chez elle, au milieu de ses photos, de ses souvenirs, écoutant des disques, s'occupant de ses fleurs, guettant le moment où elle pourrait à nouveau chanter.

Barbara fut séduite par le rôle mais elle voulait l'interpréter à sa manière : « S'il te plaît, ne me demande pas de dire le texte exact, laisse-moi faire, laisse-moi improviser, ce sera plus facile pour moi. »

Je cherchai un lieu un peu fou pour servir de décor. On me signala un appartement derrière les Champs-Élysées, complètement baroque, rempli de statues, de dorures, de rouge et d'ors. Les occupants acceptèrent de me le louer le temps du tournage. Je leur demandai la permission de faire quelques transformations, de changer quelques meubles de place, d'apporter des plantes vertes. Ensuite, Barbara vint visiter l'appartement. Et, là, j'assistai à une scène insensée. Elle regarda tout dans les moindres détails, comme si elle venait acheter la maison, voulut savoir quel était le type de chauffage, où passaient les fils électriques, bref, en dix minutes, elle s'appropria les lieux. Puis elle se retourna vers la propriétaire, qui, un peu affolée, nous suivait partout : « Bien entendu, je vais habiter ici le temps du tournage. Il est important pour mon rôle que je puisse m'y sentir comme chez moi. Avez-vous un autre endroit où aller vivre avec votre famille ? »

La dame était ahurie. Elle répondit : « Je suis désolée, mais ce n'est pas possible. En revanche, comme je l'ai dit à M. Brialy, je suis prête à vous laisser une partie de la maison. Le temps du tournage, nous habiterons dans l'autre partie. »

Nous avons fixé les dates de tournage puis Barbara est partie en tournée en Suisse. Deux jours avant que nous commencions, un samedi, il était trois heures du matin, Barbara m'appela de Lausanne.

« Mon chéri, j'ai bien réfléchi, je ne pourrai pas venir lundi.

– Comment ?

– Non, ce n'est pas possible. C'est ridicule, je ne vais pas faire du cinéma à mon âge. Demande à une autre de tes amies de me remplacer. Bernadette Lafont sera très bien. Moi je ne peux pas, je ne peux pas. Ne crie pas, ne te mets pas en colère, n'en parlons plus. »

J'étais sans voix. Le temps de récupérer, et je lui dis :

« Mais tu ne peux pas me faire ça, tu ne te rends pas compte. C'est une catastrophe.

– Ne t'inquiète pas, je paierai tout.

– Mais il n'est pas question de ça ! On tourne lundi, viens au moins faire un essai, laisse-moi le temps de trouver une autre actrice, je ne sais pas, comprends-moi. »

Je ne savais plus quoi faire ni quoi dire ! On finit par convenir de se rappeler le lendemain. Bien entendu ma nuit était finie, il me fallait une solution de toute urgence. Soudain, j'eus une idée de génie. J'appelai Ali, un de mes stagiaires, un jeune Marocain adorable : « Mission spéciale : tu vas à Lausanne et tu me ramènes Barbara. Tu lui donnes mon message, ensuite tu te débrouilles comme tu veux ! Tu la mets dans le train et tu ne la quittes plus. Kidnappe-la s'il le faut ! »

Ali était charmant et très débrouillard. Il était ravi de se voir confier cette mission impossible. Il partit pour la Suisse, et, le lundi, je vis arriver Barbara sur le plateau. Elle avait été séduite par mon assistant. Ali l'avait charmée et elle ne voulait plus le quitter. Ma lettre l'avait touchée, mon désespoir aussi... et Ali avait fait le reste. Mission accomplie ! Barbara a complètement récrit son texte, nous avons joué tous les deux en nous amusant comme des enfants. Elle était vraiment délirante ! Elle commandait des pois chiches, du couscous, puis, au moment de manger, elle n'en voulait plus. Je lui demandais :

« Mais pourquoi les as-tu commandés ?

– Je ne sais pas... Pour faire plaisir à Ali ! »

Et elle se jetait sur son menu personnel : Zan et cornichons ! Grâce à elle et à Nestor Almendros, qui l'éclaira comme personne, nous avons fait le plus beau sketch du film. Barbara dans le rôle de la Callas était époustouflante. J'aurais pu tourner un long métrage tant elle y mit d'invention, d'émotion et de poésie. Elle investit dans ce rôle des caractéristiques assez graves de sa vie personnelle, mais toujours avec une distance et une drôlerie telles qu'il fallut refaire les prises tant je riais, tant j'étais ému. Elle m'a émerveillé !

Nous avions écrit le dernier sketch pour Michel Simon. Je m'étais inspiré de Paul Léautaud, l'histoire d'un vieil écrivain entouré de chats qui ne voulait pas quitter sa maison menacée de destruction. Son valet de chambre faisait tout ce qu'il pouvait pour éviter à ce vieil original d'être expulsé. Michel Simon avait consenti à faire le rôle mais au dernier moment, comme à son habitude, il se désista. Il se défila par paresse, je crois. Là, je ne pus rien faire. Il ne m'aurait servi à rien d'envoyer Ali. Et je n'avais pas le temps de chercher la prostituée idéale qui aurait su le décider ! Je choisis donc de le remplacer par Pierre Bertin, qui trouva l'histoire formidable et accepta de jouer le rôle. Le tournage fut également un grand moment de bonheur. Pierre Bertin avait juste quelques petits trous de mémoire et, au moment où nous commencions à tourner, il disait :

« Mais cette scène-là, on l'a déjà tournée !

– Non, Pierre, on l'a simplement répétée.

– Ah oui ! »

Et il enchaînait avec le texte d'une autre scène. Il était d'une distraction adorable.

Michel Simon et l'hommage à Jules Berry

Depuis mon plus jeune âge, j'ai été enchanté par Michel Simon. Michel Simon était avec Pierre Brasseur, Arletty et Gabin l'acteur que j'avais le plus envie de rencontrer. Et j'eus ce bonheur alors que je jouais au théâtre du Gymnase avec Marie Bell. Michel Simon avait un tout petit studio à la porte Saint-Denis où il vivait lorsqu'il était parisien. Il était lié à une prostituée qui habitait dans le coin. Un dimanche, Marie Bell, qui le connaissait, l'invita à boire un verre de champagne dans sa loge. C'était un géant d'une puissance incroyable, avec un visage de boxeur mais avec un charme fou, des yeux incroyablement enjôleurs. Ce qui m'a le plus frappé, c'était peut-être sa façon de s'exprimer. Comme Gabin, il choisissait ses mots, les plus colorés qui soient, des images toujours justes, en un langage véritablement délicieux. Je m'attendais à quelqu'un d'un peu rude, pas du tout, il était la délicatesse même. Il me faisait penser à Charles Laughton, cet immense acteur anglais, très distingué, précieux. Des années plus tard, Michel est venu à la première d'*Églantine*. Il adorait Valentine Tessier. Après la projection, nous sommes allés dîner à L'Orangerie avec quelques amis et il a chanté *Mémère* à Valentine, un peu sourde mais souriante. Jean-Jacques Debout l'accompagnait au piano. Nous nous sommes revus de temps en temps. Il était très généreux, il voulait toujours inviter tout le monde.

Lucienne Bogaert avait été mariée dix ans avec Michel Simon. Ils avaient en commun le goût des guenons ! Le jour de la générale des *Papiers d'Aspern*, à une demi-heure du début du spectacle, Lucienne Bogaert n'était pas arrivée. Tout le monde la cherchait. Un quart d'heure avant le lever du rideau, on la découvrit à son domicile.

« Mais enfin, qu'est-ce que vous faites ?

– Je ne viens pas.

– Mais comment cela ? C'est impossible ! Pourquoi ?

– Ma guenon ne veut pas que je sorte. Elle est mélancolique ! »

Et, aussi incroyable que cela puisse paraître, la générale fut annulée à cause de la guenon de Lucienne Bogaert.

Après *Les Volets clos*, elle me dit : « Ça me ferait plaisir que vous montriez le film à Michel Simon. J'aimerais qu'il me voie dans ce rôle. En plus, c'est un spécialiste des bordels, il sera de bon conseil. »

J'organisai donc une projection avec Michel Simon et Paul Meurisse, deux connaisseurs ! Ils jugèrent d'ailleurs mon observation des mœurs assez juste, ce qui me fit bien plaisir. Je sais que Michel appela Lucienne pour lui dire qu'il l'avait trouvée merveilleuse dans le rôle d'Adélaïde.

Lorsqu'elle fut seule après la mort de Michel Simon, de qui elle était restée très proche, je décidai d'aller déjeuner de temps en temps en sa compagnie. Ces jours-là, j'apportais un panier rempli de foie gras, de saumon et de champagne dans sa petite chambre et nous pique-niquions en amoureux. Lucienne habitait un appartement au quatrième étage d'un immeuble modeste de la rue Fléchier, sans ascenseur, ce qui ne la dérangeait pas, elle qui aimait faire de l'exercice, et, selon ses mots, c'était une façon d'« entendre encore battre le cœur de ses amoureux » ! Un jour, je la trouvai encore couchée dans son lit, appuyée sur ses oreillers, les yeux mi-clos, entourée de journaux vantant la carrière de Michel et de tous les cadeaux qu'il lui avait offerts : horreurs gagnées à la foire, bagues, bracelets de pacotille ainsi qu'une poupée peinturlurée...

Je lui versai un verre en la grondant gentiment de se laisser aller ainsi avant de trinquer « à Michel qui aimait tant la vie ! ». Tournant son visage vers moi, ses yeux clairs noyés de larmes, elle murmura : « Pour l'instant, ça va, mais, quand je serai guérie, comment vais-je prendre la nouvelle ? »

Lucienne mourut quelques années plus tard, à quatre-vingt-dix ans passés, totalement démunie et oubliée de tous. Georges Neveux, l'auteur dramatique, et moi fîmes en sorte qu'elle n'aille pas dans la fosse commune et qu'elle repose dans une sépulture décente.

La dernière fois que j'ai vu Michel Simon, c'était à l'enterrement de Joséphine Baker. Il était très malheureux et très fatigué. Il avait quatre-vingts ans, et, pour la première fois, il me parut vieux. Après le service funèbre, nous allâmes au café. Lui qui se plaignait tout le temps, qui pleurnichait, qu'on ne prenait jamais au sérieux, avait vraiment l'air mal en point. Brusquement, il me regarda et, l'air très grave, il me dit cette phrase terrible : « Tu sais, cette fois, je crois que je vais mourir parce que je ne bande plus ! »

J'essayai de plaisanter sur ses capacités physiques, mais il n'avait pas du tout envie de rire. Il ajouta : « Comprends bien ce que je veux dire. Je n'ai plus envie de rien, je suis las. Je n'ai plus de désirs. Les hommes sont tous des salauds, les femmes valent moins que des guenons. La vie est moche. »

Il mourut trois mois plus tard. Curieusement, il n'y avait personne à son enterrement. Le public n'est pas venu. Il vivait seul, il est mort seul. Cet homme attachant, cet acteur magnifique, est mort dans l'indifférence. Sans famille, sans public. Et pourtant, quel génie !

Michel Simon était souvent imprévisible, fuyant et inconséquent. Lors de l'émission de télévision « Carte blanche », où je pouvais inviter qui je voulais, j'avais décidé de rendre un hommage à Gérard Philipe et un autre à Jules Berry. Michel Simon m'avait souvent parlé de Jules Berry, avec qui il était très ami. Je l'appelai donc pour qu'il vienne évoquer cette amitié lors de mon émission. Je lui enverrais une voiture, lui dis-je, son passage sur le plateau durerait dix minutes et on le ramènerait chez lui juste après l'hommage à Berry. Michel accepta, puis, la veille, il m'appela : « Ne m'en veux pas, mais je ne peux pas venir. Je suis malade. »

Je n'insistai pas : il avait des tas de qualités, mais on ne pouvait pas compter sur lui ! Je n'avais plus que quelques heures pour me retourner, il me fallait absolument quelqu'un pour parler de Jules Berry. J'appelai Jane Marken, qui avait été sa femme et que je connaissais bien. Elle m'avait raconté que, lorsqu'ils vivaient ensemble, il rentrait tous les matins à six heures, après avoir tout perdu au jeu. Il la réveillait et lui annonçait : « Je vais t'épouser. » Tous les matins. Puis, un jour : « Regarde par la fenêtre. »

En face de l'immeuble, elle vit une superbe voiture décapotable.

« Cette fois j'ai gagné. Fais tes valises, je vais chercher deux témoins, on se marie, on monte dans la voiture et on part en voyage de noces. »

Ils se marièrent ainsi, à la sauvette, avec deux passants pour témoins et un maire somnolent. Après cette cérémonie ultrarapide, le temps qu'elle boucle ses bagages, il alla faire une course et, quand il revint, il avait tout perdu. L'argent et la voiture. Ils ne partirent jamais en voyage de noces ! Ils vécurent ensemble pendant dix ans, et, un beau jour : « Jules, je pars. J'ai assez ri. »

C'était Jane Marken. Je l'appelai donc et lui demandai de bien vouloir évoquer son mari. Elle me répondit aussitôt : « Ah, ça, jamais ! Il m'a assez emmerdée de son vivant, il ne m'emmerdera plus maintenant qu'il est mort ! »

Je ne savais plus quoi faire. Heureusement, j'eus l'idée d'appeler René Lefèvre. Je ne le connaissais pas du tout mais je savais qu'il avait souvent joué avec Jules Berry et qu'ils avaient été amis. Il était six heures du soir, je cherchai son numéro, il habitait en banlieue.

« Bonjour, monsieur, je suis Jean-Claude Brialy, je sais

que vous étiez très ami avec Jules Berry, je fais une émission demain et j'aimerais que vous veniez parler de lui. »

Silence au bout du fil.

« C'est payé ?

– Mmais... non... C'est une émission amicale, en direct, cela durera un quart d'heure, on vient vous chercher et on vous raccompagne ensuite. »

Finalement, il accepta. Le lendemain, il arriva au studio. Il était mal à l'aise, je lui dis deux mots gentils mais je le sentais un peu amer, aigri, comme s'il me reprochait, à moi, de ne plus travailler depuis longtemps. L'émission commença, et je présentai René Lefèvre. Puis je m'adressai à lui : « Cher monsieur, vous qui avez été l'ami intime de Jules Berry, pouvez-vous nous parler un peu de lui ? »

Et, là, je vis le visage de Lefèvre se transformer. Il se tourna vers la caméra tranquillement, et j'entendis cette phrase surréaliste : « Jules, tu me dois cinq cents francs ! »

Berry était mort depuis dix ans ! Complètement sidéré, je répétai ma question. Imperturbable, Lefèvre fixa à nouveau la caméra et remit ça : « Jules, tu me dois cinq cents francs ! »

C'est tout ! Rien de plus ! Il était uniquement venu réclamer en direct l'argent que lui devait Jules Berry. Inutile de préciser que l'enchaînement n'a pas été des plus simples...

La folie du jeu poussa Jules Berry à emprunter d'autres « cinq cents francs »... et je doute qu'il les ait tous rendus ! L'un de ses amis, qui n'était autre que Monsieur André, l'oncle de Lucien Barrière, propriétaire des casinos de Deauville, Cannes et La Baule, offrit à Jules une suite à l'hôtel George V. Lorsque les huissiers menacèrent de saisir l'acteur de ses biens, ce dernier leur fit visiter une misérable chambre sous les combles, meublée en tout et pour tout d'un lit-grabat et d'une chaise, si bien que les « hommes noirs » durent repartir bredouilles ! Mais il en fallait plus pour arrêter Jules Berry dans sa frénésie de la roulette ! Un jour qu'il avait tout perdu au Cercle, à Paris, il envoya un télégramme à Monsieur André : « Cher André, envoie-moi d'urgence cinq mille francs, je le dirai à tout le monde. »

Monsieur André répondit par retour du courrier : « Cher Jules, voilà cinq cents francs. Ne le dis à personne... »

Dalio, qui connaissait et aimait Jules Berry, avait trouvé, en parlant de lui, la plus belle définition d'un grand comédien au théâtre : « Lorsque Jules entrait en scène, on ne voyait que lui et on ne le voyait jamais sortir. » Mon rêve !

11.

Romy Schneider, le cristal brisé

Depuis longtemps, je rêvais de faire un film avec Romy Schneider, qui était mon amie, ma sœur, la femme et l'actrice que j'ai sans doute le plus aimée avec Françoise Dorléac. En 1973, j'ai donc imaginé pour elle une histoire d'amour mélodramatique, celle d'une femme qui accompagne sa fille dans une ville d'eaux pour y faire une cure. Elle rencontre un jeune homme avec qui elle vivra une folle passion avant de retourner auprès de son mari, pendant que sa fille, de son côté, connaîtra son premier amour. Histoire de cœur, mais aussi conflit de générations entre une mère trop jeune pour s'endormir à la vie et une fille qui ne la comprend pas. Il ne fut pas si facile de convaincre Romy qu'elle pourrait jouer la mère d'une fille de quinze ans. Je l'entends encore me dire :

« Mais... elle ne peut pas avoir dix ans ?

– Non, parce qu'à dix ans elle ne peut pas vivre d'histoire d'amour avec ce type, il faut qu'elle ait au moins quinze ans. »

Et elle éclata de rire. Elle accepta tout de suite de jouer dans le film, sans avoir lu le scénario, car elle me faisait confiance. Pour m'aider à écrire cette histoire, il me fallait quelqu'un de jeune, de sensible. Or, à cette époque, je lisais un roman tendre et poétique d'un jeune chanteur, Yves Simon. Quitte à me faire envoyer balader, je décidai de l'appeler. Un peu méfiant au début, ce jeune homme de vingt-neuf ans eut l'air heureux que je fasse appel à l'écrivain plutôt qu'au chanteur à succès. Il consentit donc à travailler avec moi. Yves adorait les femmes et savait en parler. Il fallait à présent dénicher la perle rare pour jouer le jeune homme amoureux de Romy. Nous avions une coproduction avec l'Italie et je me souvins de Nino Castelnuovo, qui était le partenaire de Catherine Deneuve dans *Les Parapluies de Cherbourg.* Un soir, à L'Orangerie, je croisai Georges Moustaki en tête à tête avec une magnifique jeune fille qui ressemblait à Simone Simon adolescente. Une vraie merveille. Avait-elle envie de faire du cinéma ? Elle en rêvait ! J'avais trouvé la fille de Romy ! Pour jouer son jeune compagnon, je fis appel à Mehdi El Glaoui, un jeune comédien vif et très attachant. Enfin, pour tenir le rôle de la patronne de l'hôtel, une femme originale, ancienne chanteuse, délurée et aventurière, j'avais songé à Suzy Delair, mais ce ne fut pas possible. Alors, je pensai à Suzanne Flon, qui connaissait bien le milieu de la chanson pour avoir été la secrétaire de Piaf.

Comme j'avais très peu d'argent pour tourner le film *Un amour de pluie*, nous partîmes à Vittel, où était installé le Club Méditerranée. Gilbert Trigano m'aida beaucoup. Nous logions dans un grand palace qui servait de lieu de cure au Club. J'avais un appartement au dernier étage pour Romy afin qu'elle soit tranquille. Pierre-Jean, le chef du village, avait bien fait les choses : il lui avait réservé une vraie suite de princesse, magnifiquement fleurie et décorée. J'allai attendre Romy au petit aéroport de Vittel. Elle devait atterrir vers six heures du soir, il faisait encore très beau, c'était l'été. Je regardais, très ému, le petit point dans le ciel, c'était ma star qui arrivait ! L'avion se posa, Romy était l'unique passagère. Elle me parut fatiguée, un peu triste, le visage chiffonné, meurtri.

« Tu as eu le mal de l'air ?

– Non, non. »

Elle me semblait étrange, silencieuse. Le pilote me confirma pourtant que le voyage s'était bien passé. Elle venait de tourner *Le Train*, avec Jean-Louis Trintignant ; je pris des nouvelles du tournage. « Ç'a été très bien. » Et rien d'autre ! Elle n'avait visiblement guère envie de parler, je n'insistai pas.

Dans la voiture, elle me dit :

« J'espère qu'on va commencer à tourner tout de suite !

– On commence lundi. »

Nous étions un vendredi, elle avait deux jours pour se reposer. Pendant le week-end, je réalisai vite qu'elle était en plein chagrin d'amour. Elle sortait d'une histoire avec un acteur célèbre, fort séduisant mais marié. Il lui avait promis qu'il quitterait sa femme, ce qu'il ne fit pas, mais elle l'avait cru pendant les deux ou trois mois que dura leur passion. Elle comprit qu'elle s'était fait des illusions, une fois de plus, et elle se retrouvait seule et détruite. Sur le tournage, elle ne dormait plus, buvait un peu trop de champagne, était nerveuse, grognon, restait prostrée, bref, l'inverse de son personnage, une femme fraîche, nette, reposée. Heureusement, notre opérateur était un as capable d'aller chercher la lumière au plus profond d'un visage. J'avais espéré un moment que le beau Nino Castelnuovo pourrait séduire Romy, lui faire oublier son chagrin. C'était raté. Elle préférait être seule et, d'ailleurs, me disait-elle, il n'y aurait plus jamais d'homme dans sa vie ! Tout cela débutait bien !

Le tournage d'*Un amour de pluie* fut épuisant, physiquement et moralement. Le matin, je me levais vers cinq heures pour tout préparer ; le soir, je restais avec Romy, qui avait envie de compagnie, besoin de parler, et qui ne s'endormait pas avant trois heures du matin. Heureusement, mes efforts pour la rapprocher de Nino ne furent pas vains. Peu à peu, ils devinrent amis et complices, cela détendit un peu l'atmosphère. Puis le secrétaire de Romy, Daniel Biasini, vint la rejoindre avec son fils, David, qui passait ses vacances avec nous. Il avait un visage d'ange, c'était un bon petit diable. Au cours d'une scène, Romy nageait dans la piscine de l'hôtel, et un jeune garçon plongeait sur elle. C'était David, absolument ravi de taquiner sa mère.

Au fil des jours, Romy devint plus gaie, plus détendue.

Elle avait sympathisé avec l'équipe du Club Méditerranée. Nous buvions, rigolions, faisions parfois la fête ensemble, je me réjouissais de voir le sourire revenir sur le visage de ma star. Elle hésita un moment avant d'accepter une scène de nu, trouvant qu'elle était un peu âgée pour cela. Je réussis à la convaincre de tourner dans le clair-obscur. Elle avait une peau de satin, un corps fin et magnifique. Romy s'allongea nue sur Nino, habillé, et fit de ce moment de grâce l'un des plus beaux plans du film. Elle oubliait ses problèmes en s'absorbant dans le film, comme on cherche à s'étourdir. Mais elle continuait à se coucher tard et avait un mal fou à se réveiller. Daniel venait alors me voir et me disait : « Elle ne se lèvera pas ce matin. Il n'y a rien à faire. Toi seul peux la convaincre. »

J'allais donc à sa chambre, qui était fermée à clé, je grattais à la porte comme un petit chat, je miaulais un peu, et lui disais doucement :

« Romynette, c'est papa ! (C'est ainsi qu'elle m'avait baptisé.)

– Non, non, je ne t'ouvrirai pas, tu vas encore me faire du charme, tu vas me faire rire et je vais me lever. Je veux rester au lit ce matin ! »

C'était devenu un jeu, tous les matins. Elle finissait évidemment par venir m'ouvrir, courait se remettre dans son lit comme une petite fille, je sautais sur le lit, faisais des galipettes, des grimaces, des imitations, elle riait puis finissait par se lever et aller au maquillage de très bonne humeur. Une fois sur le plateau, elle était irréprochable : elle connaissait son texte, son rôle, jouait son personnage à la perfection. Elle était devenue très copine avec la merveilleuse Suzanne Flon. Quant à Mehdi et à Bénédicte Bucher, je les laissais très libres, ils pouvaient faire tout ce qu'ils voulaient, je leur demandais simplement d'être au lit avant minuit afin d'être d'attaque le lendemain. Au bout de quelques jours, je remarquai le teint fatigué de la jeune première. Elle avait des cernes, elle était toute pâle. Je crus un moment qu'elle était souffrante, puis j'eus une intuition ; je montai dans sa chambre et découvris de quoi constituer un bon nombre de joints. Elle fumait tous les soirs et avait contaminé son jeune partenaire. Je leur fis donc un peu la morale, en leur expliquant qu'ils faisaient ce qu'ils voulaient mais que j'avais besoin d'eux en pleine forme. Mehdi fut touché et arrêta aussitôt. Ce fut plus dur avec Bénédicte qui pensait avoir besoin de ce stimulant pour faire l'actrice.

Quelques jours après cette mésaventure, un assistant me confia que Mehdi rentrait seul tous les soirs dans sa chambre et qu'il restait enfermé toute la soirée, ce qui était assez étrange étant donné son caractère joyeux. Je lui fis donc une petite visite.

« Tu vas bien ?

– Oui, oui...

– Tu ne t'ennuies pas ?

– Non, non...

– Mais pourquoi restes-tu seul tous les soirs, tu ne veux plus sortir ?

– Non, non. »

Estimant que sa chambre sentait un peu le renfermé, j'allai ouvrir la fenêtre et je vis sur le rebord quatre bouteilles de whisky, deux de cognac, trois de vodka. Je lui demandai, surpris :

« C'est quoi tout ça ?

– Rien, bredouilla-t-il, c'est quand des copains viennent, on fait la fête ici... »

Effectivement, j'appris par la suite qu'il recevait des copains pour faire la bamboula. J'aimais beaucoup Mehdi, j'étais un peu triste de le voir s'isoler, mais il me répéta que tout allait bien, qu'il ne fallait pas que je m'inquiète. Le seul réel accrochage du tournage eut lieu un matin où Bénédicte arriva complètement dans la semoule, de mauvaise humeur, ne connaissant pas son texte. Elle tournait une scène avec Romy. Elles devaient donner à manger à des cygnes, ce qui était simple sur le papier mais un vrai cauchemar à réaliser. Les cygnes n'étaient jamais dans le champ ! Ils étaient parfaits aux répétitions et, dès que la caméra tournait, ils s'enfuyaient. On leur donna des kilos de pain, tout ce qui pouvait les attirer, rien à faire, ils étaient gavés et n'en faisaient qu'à leur tête de cygne. Et brusquement, miracle, les cygnes allèrent au bon endroit, le mouvement de caméra se fit normalement, tout coulait, mais, au moment de dire son texte, Bénédicte se tut. Je me précipitai vers elle.

« Mais qu'est-ce qu'il se passe ?

– C'est l'autre, là !

– Qui ça, l'autre ?

– Elle, elle ne sait pas sa réplique !

– Mais qui ?

– Ma mère !

– Tu veux dire Romy...

– Oui ! Elle pense à autre chose ! »

Romy, qui, jusque-là, avait tout accepté, d'avoir une fille de quinze ans, de se lever tôt le matin, de jouer nue, d'avoir une partenaire hésitante, explosa : « Mais qu'est-ce qu'elle a, cette pisseuse, elle commence à m'emmerder... »

Quand Romy se mettait en colère, les mots français se bousculaient, ses paroles atteignaient une violence qui dépassait sa pensée. Elle piqua une crise de nerfs magistrale et la petite éclata en sanglots. Voyant cela, Romy comprit qu'elle y était allée un peu fort, elle s'excusa et nous reprîmes le travail.

J'ai gardé des liens privilégiés avec la ville de Vittel, où tout le monde s'était réellement mis en quatre pour nous faire plaisir. Je devins le parrain de la foire des antiquaires et revins régulièrement dans cette ville. Et c'est justement à Vittel, presque dix ans plus tard, que je reçus le dernier coup de téléphone de Romy. Elle vivait à l'époque des moments affreux. Elle venait, en effet, de perdre son fils David dans des conditions horribles et était séparée de son mari. Il lui restait Sarah, sa petite fille, qu'elle avait eu tant de mal à avoir et dont elle était folle. Ses enfants étaient vraiment le seul bonheur de sa vie. Elle avait laissé David à ses beaux-parents pour qu'il puisse avoir une vie équilibrée, une scolarité normale pendant qu'elle travaillait. Leurs rapports étaient passionnés et ils se disputaient comme deux amoureux. David avait un caractère très fort, il lui reprochait de ne pas assez s'occuper de lui ou, quand elle était là, de ne pas lui laisser assez de liberté.

La disparition accidentelle de David blessa Romy à mort. Tous ses amis s'occupèrent d'elle. Nous avons essayé non pas de la distraire, c'était impossible, mais de l'aider à survivre. Pour Romy, tout devenait bien trop lourd à porter : le père de David, Harry Meyen, un intellectuel, homme de théâtre assez froid, s'était suicidé quelque temps auparavant par pendaison, son fils s'en allait, on l'avait opérée d'un rein, et, pour couronner le tout, la presse allemande se déchaînait contre elle, l'accusant presque de la mort de ses proches ! Je lui offris de venir se réfugier à la campagne et elle passa trois mois à la maison avec Laurent, son compagnon, un jeune homme charmant et très attentionné. Pendant ces trois mois, j'ai vu Romy s'accrocher à la vie, à ses amis, tenter de retrouver le goût des choses. Malheureusement, un paparazzi réussit à s'introduire chez moi et la photographia dans la piscine. Du coup, tout le monde savait où elle était, alors qu'elle n'avait qu'une seule envie, être au calme, cachée, pour mieux se rétablir. Elle décida donc de rentrer à Paris.

Au mois de mai, je partis au festival de Cannes et lui proposai de me rejoindre dans la maison isolée que j'occupais, où elle pourrait se reposer, voir des amis, rendre visite à Simone Signoret à Saint-Paul-de-Vence... Mais elle refusa mon invitation : « Non, papa, je suis très heureuse à Paris, je me remets doucement, je suis tranquille avec ma fille. Ne t'inquiète pas. »

De retour à Paris, je l'appelai pour prendre de ses nouvelles et elle me dit :

« J'ai envie de dîner avec toi à L'Orangerie, à la petite table ronde...

– Si tu veux. Le temps de faire un saut vendredi à Vittel et on dîne samedi...

– Formidable ! »

Elle avait l'air d'être en forme, je partis donc à Vittel rasséréné. Le vendredi, j'inaugurai la foire aux antiquaires sur les lieux où nous avions tourné le film. Rien n'avait changé, je revis la piscine où s'amusaient Romy et David, et ce souvenir heureux m'attrista tout d'un coup. Finalement, ce retour sur les lieux du film était plus lourd à supporter que je ne le pensais... J'appelai Romy pour lui dire que j'étais à Vittel et elle me confirma le dîner du lendemain soir à L'Orangerie. Elle semblait détendue, heureuse. Puis je rentrai à Paris en avion. En arrivant, je téléphonai au restaurant pour retenir la petite table ronde et je me couchai tout de suite. Je me réveillai de bonne heure et, en préparant mon café, j'allumai la radio comme d'habitude. Il était huit heures, le flash tomba comme un couperet : Romy s'était suicidée. Complètement assommé, j'appelai immédiatement la rédaction d'Europe 1 pour avoir confirmation de l'atroce nouvelle. C'était bien vrai. Je ne pouvais y croire. Que Romy soit morte, qu'elle se soit suicidée, surtout, c'était impensable ! C'est vrai, elle prenait souvent des somnifères, buvait parfois de l'alcool en même temps, mais elle m'avait toujours dit que, pour sa fille et la mémoire de son fils, elle ne ferait jamais cela, qu'elle se battrait jusqu'au dernier jour. Et elle se battait. Elle avait de formidables projets de films, sa santé s'améliorait, elle était amoureuse de Laurent, elle voulait remonter la pente. Alors un suicide, non, ce n'était pas possible !

Mon intuition fut confirmée lorsque j'appris la vérité. Romy et Laurent étaient allés dîner, le vendredi soir, avec des amis. Elle était en forme, plutôt gaie. Puis ils étaient rentrés vers trois heures du matin. Laurent était allé se coucher et elle avait préféré « rester seule avec son fils », comme elle disait, afin de communiquer avec lui. Elle avait écouté un peu de musique, Laurent s'était endormi. À six heures du matin, il se réveilla en sursaut, Romy n'était pas à ses côtés. Il se leva et la trouva dans le salon, la tête penchée sur la table comme si elle dormait. Elle avait écrit un petit mot à un journaliste pour décommander la séance de photos prévue le lendemain parce qu'elle se sentait fatiguée. Et elle était morte en écrivant ces quelques lignes, son stylo avait glissé lentement le long de la page alors qu'elle s'inclinait sur la table. Son cœur s'était brisé. À quarante-quatre ans.

Je me rendis plus tard dans le petit appartement de Tarak Ben Amar où elle vivait. Laurent m'accueillit, entouré de sa sœur et de quelques amis, puis j'allai me recueillir auprès de Romy. Elle était couchée dans sa chambre, belle, détendue, souriante. Elle portait une robe indienne de Saint Laurent, une robe qu'elle adorait – on aurait dit qu'elle dormait. Alain Delon arriva tout de suite après moi dans la chambre et me prit la main. Les voir tous les deux ainsi face à face, après tant d'amour, de disputes, de réconciliations, fut un moment d'une intensité presque insupportable. Alain murmura : « Laisse-nous », et je sortis de la chambre pour qu'ils soient ensemble une dernière fois. Dans un flash, je la revis en 1958, jeune star autrichienne, lors de la sortie de *Christine* à Bruxelles où elle était adulée, avec deux grands dadais inconnus à ses côtés, que la speakerine belge présenta comme « l'un, très, très beau, qui est le héros du film, l'autre, sympathique, chouchou de la nouvelle vague, Alain *Belon* et Jean-Claude *Branly* » !

L'enterrement de Romy, dans son petit village, fut très digne. Tous ses amis étaient là. Je pense souvent à elle, qui repose dans ce petit coin de campagne toujours fleuri, à nos fous rires, à son caractère incroyablement déconcertant. Je me souviens, par exemple, du jour où elle m'appela pour me dire :

« Un certain M. Téchiné me propose un film, *Les Mots pour le dire.* Je ne le connais pas, tu peux me le présenter ?

– Bien sûr. »

Je jouais alors *Madame est sortie*, de Pascal Jardin. J'appelai Téchiné pour lui demander de nous retrouver avec Romy dans un restaurant, après la pièce. Il était ravi et un peu effrayé à la fois. Romy patientait dans les coulisses et nous partîmes ensemble pour le rendez-vous. Il était tranquillement installé avec des amis. Romy entra devant moi dans le restaurant, marcha dans la direction de Téchiné et se planta devant lui : « Bonjour. Vous êtes tous des voleurs, vous voulez prendre le meilleur de moi ! » lui déclara-t-elle. Le pauvre André, déjà timoré et un peu effacé de nature, était recroquevillé sur sa chaise, ne sachant plus où se mettre ! Romy avait sans doute bu un peu de champagne en m'attendant et, en quelques secondes, elle ruina toute possibilité d'entente avec le metteur en scène. Elle était tellement exaltée, elle ne se rendait pas compte des dégâts qu'elle pouvait causer ! Résultat : Téchiné eut tellement peur devant un tel déferlement qu'il ne fit pas le film. Romy lui envoya un énorme bouquet de roses pour lui demander pardon ! Et c'est Nicole Garcia qui joua le rôle plus tard avec un autre metteur en scène.

Romy, la rebelle amoureuse

En dehors de ces crises imprévisibles et incontrôlables, Romy était la personne la plus attentive aux autres que j'aie rencontrée. Je l'avais connue très capricieuse à ses débuts. Elle était issue d'une famille d'artistes où l'argent comptait beaucoup. Puis la France l'avait adoucie, transformée. Elle avait cessé d'être une poupée égoïste pour devenir tout simplement une femme généreuse et vulnérable. Avec toujours ses accès de colère brusques qui venaient du plus profond d'elle-même et qu'elle maîtrisait très difficilement. La succession de chagrins, de malheurs et de revers sentimentaux qu'elle avait subis l'avait rendue à la fois beaucoup plus humaine et beaucoup plus rebelle. Elle était extrêmement belle, personne n'a oublié son visage mobile, changeant, ses yeux où tous les sentiments pouvaient se lire à livre ouvert. Elle était charmeuse, séductrice, adorée du public, en apparence inaccessible, et, malgré tout cela, combien de fois est-elle venue dormir chez moi, place des Vosges, parce qu'elle ne trouvait pas le sommeil ou ne supportait plus la solitude ? Elle paya très cher le prix de sa réussite, de son succès, en premier lieu, en n'ayant jamais rencontré l'homme idéal.

Je me souviens qu'elle était tombée follement amoureuse de Patrice Chéreau, avec qui elle devait faire un film. Lui vivait avec une personne qu'il n'avait pas du tout envie de quitter. Et cela rendait Romy si excessive qu'elle finissait par lui faire peur. Un soir, à L'Orangerie, je tombai sur eux en train de dîner en tête à tête. Ne voulant pas les déranger, je m'éloignais déjà lorsque Patrice me souffla : « Ne m'abandonne pas ! » Je m'assis donc à leur table. Romy nous demanda ce que nous complotions et je lui répondis en plaisantant de nous laisser un peu tranquilles, qu'elle avait « son » metteur en scène, « son » copain, que tout allait bien, qu'il ne fallait pas qu'elle commence à nous pomper l'air. Cela la fit rire. À une heure du matin, le restaurant allait fermer, et, connaissant Romy, je décidai d'aller me coucher. Romy refusa net ; prenant Patrice par le bras, elle insista pour venir boire un verre chez moi, place des Vosges. Nous y allâmes, j'ouvris le champagne. Elle jeta ses chaussures et alla mettre un disque de Marlene Dietrich. Chéreau et moi titubions de fatigue, nous devions nous lever tôt le lendemain matin. Romy, elle, pouvait dormir jusqu'à quatre heures de l'après-midi. Patrice se leva et dit qu'il rentrait. Romy saisit son sac.

« Moi aussi !

– Mais non, toi, tu restes là avec Jean-Claude.

– Non, je prends le taxi avec toi ! »

Je le vis blêmir : un jour, ils avaient pris le taxi ensemble et elle s'était jetée du véhicule en marche parce qu'elle trouvait qu'il n'était pas assez tendre avec elle !

Sentant le drame poindre, je m'adressai à Romy : « Calme-toi, reste dormir avec moi, il faut vraiment qu'on se repose. »

Elle accepta, comme un enfant puni. Je m'effondrai sur mon lit quelques minutes plus tard. Tout d'un coup, le bruit d'un disque qui se rayait me réveilla en sursaut, je me levai et cherchai Romy. Elle avait disparu ! J'allai dans le salon et me heurtai à Patrice, endormi dans un fauteuil. Visiblement, elle l'avait retenu.

« Tu n'as pas vu Romy ?

– Non. »

Assez effrayés, nous nous précipitâmes dans la salle de bains, elle n'y était pas. Dans la cuisine non plus. Nous descendîmes sur la place des Vosges comme des fous, il tombait des hallebardes, et nous la vîmes dans le jardin, trempée comme une soupe ! Elle avait enjambé la barrière et marchait sous la pluie, au milieu de la nuit, dans ce petit parc fermé. Je la ramenai, la séchai, Chéreau en profita pour s'éclipser discrètement, et elle finit la nuit avec moi.

Quand Romy aimait quelqu'un, c'était un cyclone, il le lui fallait tout de suite, rien ne pouvait se mettre en travers de ses sentiments. Un autre soir, nous discutions à L'Orangerie quand elle me demanda :

« À propos, comment va Marlene Dietrich ?

– Elle va très bien.

– Tu l'as vue il y a longtemps ?

– Non, il y a trois jours. On a beaucoup parlé de toi. Elle t'aime beaucoup.

– Je l'adore aussi. »

Après un instant de silence, elle reprit :

« Elle habite toujours avenue Montaigne ?

– Oui. »

Elle demanda alors une feuille de papier et se mit à écrire à Marlene, demanda une autre feuille, puis une autre encore, jusqu'à pondre une lettre enflammée de quatre pages. Puis elle enleva une superbe chaîne en or qu'elle portait au cou, la mit dans l'enveloppe et donna le tout à son chauffeur en le priant de porter le paquet avenue Montaigne, chez Marlene Dietrich. J'essayai vaguement de protester.

« Mais enfin, tu es folle !

– J'ai besoin de lui dire que je l'aime ! »

Nous finissions de dîner lorsque le chauffeur revint et lui remit une réponse de quatre pages en allemand, signée « Marlene », avec la chaîne en or de Romy et une autre chaîne, appartenant à Marlene. À la fin de sa lettre, elle avait écrit : « Merci, ma chérie, de me donner ta chaîne, mais c'est moi qui t'aime plus que tout, c'est à moi de te faire cadeau de la mienne. »

Romy était ainsi, elle laissait des petits mots partout, juste pour vous dire qu'elle vous aimait, que vous lui manquiez. Elle arrivait avec l'air d'une noyée, triste, mélancolique, ayant peur de déranger ou, au contraire, insupportable, nerveuse, cassante, puis, deux minutes après, elle s'effondrait, s'excusait, ne savait que faire pour que vous lui pardonniez, s'en voulait de ses propres contradictions. Malgré tout, je crois qu'elle a laissé chez tous ses partenaires, chez tous les metteurs en scène un souvenir tendre, passionné, amoureux, aussi bien chez Philippe Noiret que chez Michel Piccoli ou Michel Serrault. Il me semble que j'ai été l'un des seuls avec lesquels elle ait eu, durant vingt-cinq ans, une amitié sans le moindre orage. Jamais nous ne nous sommes disputés. Nos chamailleries étaient celles d'un frère et d'une sœur. Je crois que, si je devais résumer en une phrase la personnalité de Romy Schneider, je dirais ceci : elle avait la grâce.

Les bonnes blagues de Luis Buñuel

En 1974, le producteur Serge Silberman, un ami de Luis Buñuel, me téléphona. « M. Buñuel prépare *Le Fantôme de la liberté*, un film à sketches, il t'a pressenti pour jouer dans l'un d'eux. »

J'étais ravi de rencontrer Luis Buñuel. Jeanne Moreau, Michel Piccoli, tous ceux qui avaient tourné avec lui m'avaient raconté combien il était drôle, délicat, intelligent. Buñuel vivait alors au Mexique, ayant quitté l'Espagne franquiste. Je fis sa connaissance à la production. Il avait une tête inoubliable : des yeux ronds et globuleux avec un œil qui lorgnait à gauche, des dents écartées, un gros appareil auditif, et surtout un charme diabolique et un étrange sourire enfantin. Il me regarda et me dit de sa grosse voix rocailleuse :

« Je ne sais pas pourquoi on m'a demandé de vous voir. Je vous connais, je vous ai choisi, et, si je vous ai choisi, c'est que je vous trouve bon comédien. N'en parlons plus. Vous avez quelque chose à me dire, vous ?

– Euh... non..., répondis-je, un peu décontenancé, je suis très heureux de pouvoir tourner avec vous.

– Très bien. Alors, à lundi au studio, au revoir. »

Le lundi suivant, j'arrivai donc à Billancourt et je me

retrouvai tout de suite dans le décor. C'était une chambre à coucher. On me présenta ma partenaire, Maria Angela Melato, une jeune comédienne italienne, et Buñuel nous demanda de nous mettre tous les deux dans le lit en nous expliquant qu'on jouait le mari et la femme, que moi je n'arrivais pas à dormir et que je faisais des cauchemars où je voyais passer des autruches ! Je sentis qu'il ne fallait pas poser de questions et je me couchai sagement avec la jeune femme. Je fis semblant de m'endormir, patientai quelques minutes et décidai à tout hasard d'ouvrir un œil. Je vis alors passer devant le lit des autruches, de vraies autruches, immenses, énormes, à la queue leu leu ! Et Buñuel, très content de lui, qui se tordait de rire ! Je jouai pendant une semaine et, mon rôle terminé, j'allai remercier Buñuel et lui dire combien j'avais été enchanté de tourner avec lui.

La semaine suivante, je reçus un coup de fil de son assistant : « M. Buñuel a vu les rushes, il n'est pas du tout content de la Melato, c'est une question de physique, il veut tout refaire, il a pris une autre actrice italienne. »

Assez troublé, je revins à Billancourt ; c'était le même décor, le même lit, avec les autruches qui attendaient de faire leur passage, mais sans partenaire. Au bout d'une heure, j'étais toujours seul au lit, et je commençais à sentir une certaine effervescence sur le plateau.

Buñuel m'expliqua : « On n'a pas de chance, Jean-Claude, l'actrice que j'ai choisie et venue, elle est très belle, merveilleuse, tout ce que je veux, mais elle a appris que Melato avait joué le rôle et refuse de la remplacer. Revenez demain. »

Je sortis du lit, me rhabillai, embrassai les autruches avec qui j'avais eu le temps de sympathiser et rentrai chez moi. Le lendemain, nouveau coup de fil. Buñuel désespérait de me trouver quelqu'un et me dit en riant : « Vous serez veuf. » Finalement, Monica Vitti accepta et l'on put tourner ! Me revoici donc dans le lit, avec Monica, cette fois, que j'étais ravi de revoir depuis *Château en Suède*. Elle, toujours angoissée sur la place de la caméra, ne voulant jamais être filmée de profil, fut tout à fait docile et décontractée. Le tournage se passa très bien.

Le dernier jour, je vis Monica se diriger vers Buñuel : « Vous savez, don Luis, moi, j'adore assister au montage. J'aime choisir les plans avec le metteur en scène, ça m'amuse follement. C'est comme ça que je fais avec Michelangelo Antonioni, et... », et elle se lança dans un grand laïus pour expliquer le pourquoi du comment... Buñuel la regardait, absent et distrait ; soudain, je le vis très discrètement porter la main à l'oreille et éteindre son appareil auditif. Monica n'avait rien vu, elle continuait à parler en souriant, et lui l'observait d'un air amusé et intéressé. Sachant que j'avais saisi la manœuvre, il se détourna un instant et me fit un imperceptible clin d'œil complice.

Buñuel était coquin et malicieux comme le sont les enfants et les vieillards. *Le Fantôme de la liberté* eut énormément de succès en France, et l'on me proposa d'aller le présenter au Mexique, où il habitait. Je m'envolai pour le Mexique ; arrivé à l'hôtel, on m'informa que Luis Buñuel m'appelait au téléphone. J'étais ravi, car, depuis la fin du tournage, il était injoignable, personne n'avait de ses nouvelles, on ne savait pas où il était. « Jean-Claude, me dit-il, je suis à Mexico, ça me ferait plaisir de vous voir, est-ce que vous voulez venir déjeuner avec moi ? »

Je sus plus tard que c'était un privilège rare, qu'il n'invitait chez lui que ses intimes. Je pris donc un taxi et allai déjeuner avec Buñuel. Ce fut un moment merveilleux. Il me fit beaucoup rire, sa drôlerie était continuelle.

Après déjeuner, il m'annonça : « Cet après-midi, je vais aller voir le film. » Et, devant moi, il sortit une perruque, des lunettes noires, un imperméable. Il aimait aller voir ses films en salle, incognito. Au moment de partir, il me demanda :

« Quand vous rentrerez à Paris, pouvez-vous dire à Serge Silberman que j'ai une congestion cérébrale, que vous m'avez trouvé paralysé ?

– Mais comment, don Luis...

– Écoutez, m'expliqua-t-il en me jetant un coup d'œil

amusé, il me poursuit pour faire un autre film, il me téléphone tous les jours pour savoir si j'ai écrit, si j'ai le sujet et où j'en suis du scénario. Ça le calmera ! »

On aurait dit un gamin de douze ans.

« Mais il ne va pas me croire !

– Vous êtes un acteur, prouvez-le ! »

En rentrant à Paris, j'appelai Silberman. Je ne pouvais pas aller le voir, j'aurais éclaté de rire. Je pris un air de circonstance et lui annonçai :

« Je rentre du Mexique, il est arrivé un accident à don Luis...

– Mais comment cela, qu'est-ce qu'il se passe ? Je l'ai eu au téléphone la semaine dernière !

– Il a eu une congestion cérébrable, il a une partie du visage paralysé, il ne peut pas travailler pour l'instant, mais les médecins sont optimistes. »

Silberman était complètement affolé. Son ami, son collaborateur, était malade, il ne savait plus quoi faire. Un peu effrayé par cette mystification, je raccrochai aussi vite que je pus. Je sais que la femme de Buñuel joua la comédie pendant quelques jours avant que don Luis ne dévoile lui-même la vérité au producteur dans un grand éclat de rire. C'était vraiment une plaisanterie à la Buñuel, drôle, avec toujours un brin de cruauté. Il était à sa façon un très grand humoriste à la Buster Keaton, le visage sérieux et fermé, seuls ses yeux se plissaient. Il ne bougeait pas, lâchait une plaisanterie et, quand il sentait qu'il avait un témoin complice, il l'emmenait dans sa folie, au bout de son imagination.

Les p'tits gars du *Jeanne-d'Arc*

Je quittai Buñuel pour retrouver Pierre Kast, qui tournait *Un animal doué de déraison*. Autant Buñuel était précis, clair et immédiat, autant Pierre était explicatif, avec un esprit rhétorique. Je l'aimais beaucoup, mais, pour nous exposer quelque chose de simple, il lui fallait consulter quinze dictionnaires, trois encyclopédies, évoquer sept savants grecs et dix philosophes. Il mettait une heure à nous faire comprendre un plan, alors que cinq minutes auraient largement suffi. Dans le film, il était question de rapports entre les civilisations avec des dialogues aussi simples que la *Critique de la raison pure*. Nous tournions au Brésil avec Alexandra Stewart, la petite sœur de la nouvelle vague, avec qui j'avais joué *Le Bel Âge*, le premier film de Pierre. Elle non plus ne saisissait pas un traître mot ni du scénario ni de nos textes, et cela nous amusait autant l'un que l'autre. Nous étions sur des plages de rêve, nous marchions comme dans un film de Duras, elle me disait des phrases incompréhensibles, je lui répondais d'autres phrases encore plus obscures, bref, il faisait beau, c'était le bonheur. On avait l'impression de jouer dans une langue étrangère ! Que de fous rires !

Nous logions au Copacabana Hotel. Nous avions retrouvé à Rio la très jolie Odile Rodin, qui avait interrompu sa carrière de comédienne pour épouser le play-boy milliardaire Porfirio Rubirosa et s'était installée au Brésil. Elle avait fréquenté la jet-set internationale mais était restée très simple, très généreuse, et organisait des fêtes pour nous. On soupait à minuit, on s'amusait, on dormait quatre heures, et l'on passait la journée à déchiffrer notre texte en bronzant sur une plage – c'était merveilleux ! Nous eûmes même droit à une visite du *Jeanne-d'Arc*, le bateau-école d'officiers qui venait d'arriver à Rio. Le pacha, nom donné au commandant de bord, nous avait invités, Alexandra et moi. Nous fûmes reçus comme des hôtes de marque sur ce croiseur où travaillaient mille marins. Le pacha était un homme très sympathique, très jovial. Il nous servit le champagne dans son salon d'acajou aux boiseries raffinées et nous fit visiter le bateau. Au moment où nous descendions, tous les marins étaient dans les couloirs à moitié nus ou dans leurs cabines, en train de se changer pour aller s'amuser en ville.

Sur la passerelle, une quinzaine d'officiers nous attendaient pour savoir où faire la fête à Rio. Ils avaient dû sentir en nous les bons vivants ! Alexandra leur conseilla de nous appeler dans la soirée au Copacabana, nous aurions certainement dégoté quelque chose. Ce soir-là, Odile Rodin donnait une fête. Elle fut ravie à l'idée de voir venir un groupe d'officiers français en goguette. On leur donna rendez-vous à l'hôtel, ils arrivèrent vêtus de blanc, superbes, on prit tous des taxis, et en route pour l'appartement d'Odile ! Chez elle, nous découvrîmes une faune cosmopolite faite de demimondaines, de femmes richissimes esseulées, d'écrivains, de peintres, d'artistes, d'hommes politiques, de marchands d'armes et de financiers. Quelques belles créatures aussi, évidemment.

L'heure tournait, les officiers s'amusaient, certains étaient partis, je commençai à sentir la fatigue de ces derniers jours et décidai, pour une fois, de rentrer assez tôt. Au moment de s'en aller, l'un des officiers s'approcha de moi, visiblement gêné.

« Euh..., nous avons un problème..., nous sommes avec des filles... En uniforme, nous n'avons pas le droit d'aller à l'hôtel..., et aucun de nous n'a envie d'aller sur la plage... »

J'avais compris le message.

« Écoutez, je veux bien vous prêter ma chambre une heure ou deux, pas plus. Vous êtes combien ?

– Six... mais il n'y en a que deux qui ont des filles ! »

Je rentrai à l'hôtel et j'attendis, en regardant la télévision, le coup de fil des officiers qui devaient me suivre. Finalement, je m'assoupis dans le fauteuil, et, au milieu de la nuit, le téléphone me fit sursauter.

« C'est Bernard, du *Jeanne-d'Arc*. Écoutez, euh..., ça ne se passe pas comme on veut avec les filles. Bref, on est seuls, à la rue, et on ne peut pas retourner au bateau avant sept heures du matin. Il est trois heures, on ne sait pas où aller, est-ce qu'on peut venir prendre un verre avec vous ?

– Vous savez l'heure qu'il est ? Vous êtes combien ?

– Cinq.

– Bien, je vous attends ! »

Et, dans un demi-brouillard, je vis les types arriver. Deux étaient déjà bien faits, les trois autres aussi crevés que moi. On s'assoupit les uns après les autres, comme des masses, un sur le canapé, un autre dans le fauteuil, le reste par terre ou sur le lit. Quand, le lendemain matin, je descendis avec les cinq officiers en uniforme, l'air complètement endormi, je lus dans les yeux admiratifs du concierge : « Quand même, ce Brialy, quelle santé ! Je savais qu'il avait du succès, mais alors là, chapeau ! » En riant, je lui fis signe que j'avais le mal de mer !

Jour de chagrin sur le tournage du film *Le Juge et l'Assassin*

C'est un beau cadeau que me fit Bertrand Tavernier en me proposant le rôle d'un procureur dans sa merveille de film *Le Juge et l'Assassin.* Cette histoire d'un homme un peu simple, accusé sans preuve d'un meurtre atroce, était une satire en creux de la justice et de l'argent, au siècle dernier. Michel Galabru jouait l'accusé, Philippe Noiret le juge et moi le procureur, un homme secret, nostalgique de l'Indochine, vivant dans un décor colonial et entretenant des relations troubles avec un jeune Chinois. Le personnage était superbe ; je m'étais laissé pousser la barbe pour mieux ressembler à Louis Salou. J'étais inquiet et heureux, je voulais séduire Tavernier. Arrivé à l'hôtel, je trouvai dans ma chambre une bouteille de champagne avec un petit mot : « Je suis fier de tourner avec toi. Philippe Noiret. »

Michel Galabru, qui avait l'occasion de montrer dans ce rôle dramatique toute l'étendue de son génie, s'investit dans son personnage comme jamais il ne l'avait fait. Il se couchait le soir à huit heures, se faisait apporter à manger dans sa chambre, comme quelqu'un qui va passer un examen le lendemain. Il était prisonnier de son rôle. Personne ne pouvait lui parler, même pas sa femme, qu'il refusait de prendre au téléphone. Sa prestation fut d'ailleurs récompensée par un césar du meilleur acteur ! Et, moi, je voulus tellement bien faire dans ce rôle secondaire, avec ces géants à côté de moi et cette histoire magnifique, que je fus littéralement paralysé par le trac. Je me trompais dans mon texte, j'étais nerveux, angoissé. La gentillesse, l'attention et l'infinie patience de Tavernier me délivrèrent de mes doutes, et il réussit à tirer le meilleur de moi.

Tavernier m'avait demandé de m'occuper moi-même du décor de mon appartement. J'avais déniché de très beaux rotins, des bambous XIXe, de quoi constituer un salon colonial. J'adorais la mort romantique de mon personnage : il se tirait une balle dans la tempe, et on le retrouvait, inerte, assis sur une banquette, en uniforme, avec sa Légion d'honneur, un filet de sang lui sortant de la bouche. Tavernier fit un admirable travelling commençant sur mon visage et se terminant sur un miroir où j'avais écrit avec un bâton de rouge à lèvres : « C'est l'heure. »

Ce film reste l'un de mes plus beaux souvenirs, un grand ciel bleu déchiré par un éclair atroce. J'étais à la cantine, tout le monde s'amusait, il y avait beaucoup de bruit, on sentait une gaieté dans l'air ; tout d'un coup, quelqu'un arriva vers notre table et nous annonça : « On vient d'apprendre à la radio la mort de Jacques Charon. Un arrêt du cœur. » Le silence se fit instantanément. Un silence glacial. C'était un vendredi à treize heures, je ne l'oublierai jamais.

Vie privée

Que celles et ceux que j'ai croisés dans ma vie sachent bien que je ne les ai pas oubliés. Comme le disait Alphonse Allais : « J'ai une mémoire admirable, j'oublie tout. »

12.

Au début était Jean Gabin

Parmi tous les acteurs que j'ai rencontrés, Jean Gabin est celui qui m'a le plus impressionné. Comme on commence à apprendre à lire en découvrant les lettres de l'alphabet, j'ai appris le cinéma avec Jean Gabin. Je rêvais de croiser son chemin et, en même temps, je redoutais ce moment. Non seulement il était une légende, un mythe vivant, mais les bruits les plus contradictoires circulaient à son sujet. Certains disaient qu'il était aimable et patient, que tourner avec lui était un bonheur tant il respectait les acteurs, d'autres affirmaient qu'il était colérique et qu'il ne fallait pas l'emmerder. La première fois que je l'ai vu, c'était sur *Verdict*, le film d'André Cayatte, avec Sophia Loren. Assis dans son fauteuil d'acteur, la casquette sur les yeux, des lunettes noires, il tenait une Craven au bout de ses doigts. Ses mains étaient petites, trop petites par rapport au reste du corps, et admirablement soignées. À côté de lui, Micheline, son habilleuse depuis toujours, attendait qu'il l'appelle. C'est grâce à elle que je pus approcher le fauve. Elle me présenta à lui, il leva à peine les yeux, j'avais l'impression de dire bonjour à Toutankhamon ! On aurait dit qu'il s'ennuyait, qu'il s'ennuyait sur sa chaise, qu'il s'ennuyait en me disant bonjour... Je continuai donc à rôder autour de lui sur le plateau, jusqu'au jour où il pointa vers moi son regard bleu très clair et me dit bonjour d'une façon plus souriante, me demandant même comment j'allais.

« Très bien, monsieur Gabin, lui répondis-je, au bord de l'évanouissement.

– Ah, quel métier, c'est dur, hein, me dit-il alors. La lumière vous brûle les yeux, il faut attendre, il fait froid, et en plus on mange mal ! »

Pour cette fois, notre conversation s'arrêta là. Je le croisai ensuite dans des circonstances totalement différentes, à Boulogne, avec son ami Fernandel. Autant il semblait de mauvaise humeur sur le plateau de *Verdict*, autant, ici, il était heureux de retrouver son vieux complice. On aurait dit deux gamins. Ils se faisaient des confidences, des messes basses, comme s'ils complotaient. Gabin n'avait plus du tout l'air méfiant, ce qui me rassura un peu sur la vraie nature du personnage. Puis le grand jour arriva. Florence Gabin, que j'avais connue comme script-girl et qui était devenue une amie, me téléphona et me dit : « Papa va tourner un film avec Jean Girault, *L'Année sainte*, sur un scénario de Jacques Wilfrid. Il devait avoir Pierre Perret comme partenaire, mais il se méfie des chanteurs. Il veut un acteur. J'ai pensé à toi, et papa est très emballé par cette idée. »

Avant même de lire le scénario, de connaître les dates, je dis oui. Tourner en covedette avec Gabin était plus qu'un bonheur, c'était un rêve de gosse. Jean Girault, que je connaissais depuis *L'Ami de la famille*, s'était fait un nom en tournant les *Gendarmes* avec de Funès. Contrairement à ce qu'on aurait pu imaginer, il faisait très sérieux, on aurait dit un notaire ou un médecin de province. Il adorait les femmes et avait un tas d'aventures avec de jeunes actrices qui souhaitaient faire carrière et dont on n'entendait très vite plus parler. En fait, je crois qu'il avait un vrai coup de cœur pour ces demoiselles, il leur proposait un rôle, faisait des essais, et les engageait en espérant qu'elles ne soient pas trop mauvaises !

J'étais dans les bureaux de la production, Girault était penché avec Wilfrid sur le plan de travail du film qui les absorbait totalement, lorsque, soudain, une porte s'ouvrit, et je vis arriver le producteur accompagné de Jean Gabin. Hormis mon face-à-face avec les lions du gala de l'Union, je crois ne jamais avoir ressenti une telle émotion de ma vie ! Un fauve qui fondait sur moi ! Heureusement, il avait un sourire et un regard étincelants, vraiment magnifiques, qui firent tomber une partie de ma peur. Il me serra la main. « Je suis content de tourner avec vous ! »

À ce moment-là, deux stagiaires apportèrent la maquette de l'affiche du film. Tout le monde se planta devant. Il y avait en haut un énorme JEAN GABIN, le titre, et, en dessous, Jean-Claude Brialy. Silence. On attendait la réaction de la légende vivante.

De sa voix profonde, Gabin laissa tomber : « Oui, c'est pas mal. » Un silence, puis il reprit : « Mais le môme Brialy, il faut le mettre avant le titre, avec moi. On est un couple. »

Le producteur ne pipa mot et déplaça mon nom à l'endroit que Gabin avait indiqué.

« C'est pas tout ça, on va becqueter.

– Quand vous voulez, Jean, j'ai retenu une table dans un très bon restaurant à côté. »

Et nous voilà partis tous les cinq. Jean menait la troupe. Nous entrâmes dans un restaurant élégant, nappes blanches, beaux couverts, et l'on nous installa à une table ronde, dans un coin isolé, pour que M. Gabin puisse être tranquille. Il s'assit, dos à la salle, et m'intima : « Vous vous mettez à côté de moi. »

Un kir en apéritif, puis la patronne nous apporta de grandes cartes. Silence de mort, Gabin plongea dans son menu : « Ah, des pieds de veau ! Je vais commencer par ça. Puis une andouillette farcie pour continuer ! »

J'hésitai, un peu perdu dans ma carte, quand Gabin se tourna vers moi. « Alors, vous l'apprenez par cœur ? »

Je choisis en vitesse et demandai un foie de veau. Les sourcils froncés, Gabin me regarda, l'air mauvais : « Ça va pas commencer, l'abbé ! »

Dans le film, je jouais un gangster déguisé en abbé et lui un bandit déguisé en évêque ! Dès le premier jour, il me colla ce surnom, « l'abbé », et je le gardai jusqu'à la fin.

C'était parti : « Il ne va pas commencer à nous emmerder,

l'abbé, il va pas prendre trois fois rien pour nous faire remarquer qu'on mange trop ! Il va manger comme moi, l'abbé ! »

Je n'avais plus le choix, je fus contraint moi aussi de prendre deux énormes plats ! Pendant que le producteur commandait du gros-plant, vin blanc de la région de Nantes, le préféré de Jean Gabin, ce dernier passa avec moi du vouvoiement au tutoiement pour me brosser un peu le tableau du film : « Girault, c'est pas Ophüls, et Wilfrid, c'est pas Molière. Toi et moi, on va donc assister tous les jours au tournage... pour voir ! Messieurs, l'abbé et moi, on sera là et chaque jour on vous surveillera, parce que, à nous deux, on connaît le cinéma ! »

Les autres n'osaient ni rire ni protester, ne sachant pas si Gabin plaisantait vraiment.

Le tournage commença début janvier. Jean Gabin arriva dans une vieille Mercedes, conduite par un chauffeur de production, et il s'approcha de moi avec sa casquette, ses lunettes et son loden. Il me demanda : « Dis, l'abbé, où est-ce que tu t'habilles ? »

Il y avait une grande roulotte prévue pour Jean Gabin, la star, et une petite pour moi.

« Viens t'habiller avec moi, comme ça, on pourra parler. »

Je le suivis dans sa roulotte, où l'attendait un vieux maquilleur russe. Jean se mit à l'aise, s'assit devant la glace, et je vis le maquilleur le barbouiller d'un fond de teint épais et jaune. Je gardai le silence, effrayé à l'avance du résultat, et je pensai à moi ! Pour ne pas blesser l'artiste ni jouer la star auprès de Jean, je ne dis rien et subis le même régime. Puis vint le moment de se changer. Je me dirigeai vers la porte.

« Je vous laisse vous changer, je vais faire un tour dehors.

– Tu ne vas pas descendre ! Il fait froid ! Reste là, mais tourne-toi, on ne sait jamais ! » me dit-il en rigolant.

En parlant, il défit son pantalon pour enfiler un caleçon long ; je fus surpris par ses jambes frêles et blanches. Cet homme, qui avait des épaules de déménageur et un nez de boxeur, avait aussi de toutes petites mains et des jambes fragiles ! Je le suivis sur le plateau. Profitant de l'obscurité, je me frottai le visage énergiquement pour enlever la couche de maquillage que le Russe m'avait collée. C'était tellement énorme que je me résolus à en parler à Jean, qui avait vraiment une drôle de bobine.

« Écoutez, Jean (il m'avait demandé de le tutoyer mais je ne pouvais pas. Comme avec Cocteau, je le vouvoyais en l'appelant Jean et lui me tutoyait), je me mêle sans doute de ce qui ne me regarde pas, mais je trouve que vous êtes... un peu trop maquillé ! »

Que n'avais-je pas dit là ! Après avoir lui-même constaté les dégâts, il entra dans une rage folle contre le pauvre maquilleur, dont j'essayai en vain de prendre la défense.

Jean fit appeler le directeur de production, me prit à témoin, engueula le maquilleur, rugit de tous côtés comme un fauve... J'étais catastrophé. Évidemment, le directeur de production se tourna vers moi et me lança un regard noir. Je ne savais plus où me mettre ! Finalement, un autre maquilleur fut engagé dès le lendemain.

Après le deuxième jour de tournage, Jean me prit par le bras : « Viens, on va à la projection ! »

L'horreur pour moi, qui détestais et déteste toujours me voir et regarder les premières images du film. On ne peut rien changer, on ne voit que les défauts et l'on essaie de se corriger, ce qui est pis que tout. Là, j'étais coincé. On arriva donc dans la petite salle d'une cinquantaine de places, on s'assit au premier rang, le producteur, l'opérateur et le metteur en scène s'installant tout au fond. Les rushes défilèrent, sans grand intérêt, avec deux ou trois gros plans de Jean. Puis les lumières se rallumèrent. Silence de plomb. Je sentais la tension qui montait à mes côtés. Jean se retourna vers le fond de la salle.

« Où c'est qu'il est, l'opérateur ?

– Je suis là, Jean, lui répondit une toute petite voix perdue dans les fauteuils.

– Dis-moi, Suzuki, j'ai fait toute ma carrière sur mes yeux bleus, où ils sont, là, mes yeux bleus ? »

L'autre essaya d'expliquer l'effet voulu de clair-obscur,

mais, dès le lendemain, un petit projecteur faisait briller les yeux bleus de Jean.

Les neuf semaines de tournage qui suivirent passèrent comme dans un rêve, parce que, chaque jour, j'avais rendez-vous avec Jean Gabin et que, pendant des heures, j'étais avec lui et qu'il me racontait sa vie. Il m'avait à la bonne, voyait que je l'écoutais avec une vraie passion, que j'étais curieux, sincère et sans manières. Je le faisais rire, je le bousculais un peu de temps en temps, ce qu'il aimait bien. Il ne me quittait plus. C'était merveilleux et terrible à la fois. Il me demandait tout ! Il ne parlait plus qu'à moi. Je lui servais d'intermédiaire : « Dis-moi, l'abbé, toi qui connais tout le monde, tu peux pas me demander un café ? »

Quand Jean passait dans les couloirs, les gens s'écartaient avec respect et déférence. Il impressionnait énormément. Puis, peu à peu, je compris que la réserve, la distance qu'il affichait tenaient plus de la timidité, de l'autoprotection que du mépris ou de l'orgueil. Jean ne désirait rien d'autre que de vivre tranquillement ; il ne fallait pas le déranger car l'animal était lourd et pouvait se montrer désagréable, mais, sinon, il pouvait être charmant et dévoilait alors toute sa délicatesse et sa sensibilité.

Une petite anecdote illustre parfaitement la lassitude qu'il ressentait à être sans cesse sollicité. Un jour, je le vis traverser le restaurant à toute allure, tête baissée comme un taureau – c'était d'ailleurs son signe astrologique, puisqu'il était né le 17 mai –, et je lui demandai :

« Pourquoi marchez-vous si vite ?

– Pour pas qu'on me parle, ça me fatigue de répondre. »

Dans le film, Jean devait retrouver une femme avec qui il avait vécu une belle histoire d'amour. À l'origine, le rôle devait être tenu par Mony Dalmès. Jean me demanda :

« Tu la connais, toi, Mony Dalmès ?

– Oui, c'est une merveilleuse comédienne.

– Je ne la connais pas.

– Elle a beaucoup d'esprit...

– Si tu le dis.

– Néanmoins, si vous me permettez un avis, je trouve que

dans ce rôle il aurait été préférable d'avoir une actrice de cinéma avec laquelle vous avez un passé. Comme vous n'avez que quatre scènes ensemble, cela installerait immédiatement une nostalgie entre vous, ce serait très beau et très fort.

– T'as raison, l'abbé ! À qui tu penses ?

– À Danielle Darrieux !

– Évidemment ! Ces imbéciles ne lui ont pas demandé ? »

Le producteur contacta Danielle Darrieux, qui accepta de tourner ce rôle secondaire pour une somme modeste. Le jour où elle arriva, nous déjeunâmes ensemble avec Jean. Comme à son habitude, Jean avait commandé un plat léger, dans le genre boudin aux pommes, et son vin, un gros-plant. Nous étions en train de bavarder tous les trois lorsque, en plein milieu du repas, un assistant arriva en s'excusant d'exister. Prudemment, il s'adressa d'abord à Danielle, lui dit qu'on avait besoin d'elle pour faire la première scène. Puis, tout de suite, il s'adressa à Jean.

« Vous pouvez rester là, monsieur Gabin, vous avez le temps. »

Alors Jean le fusilla du regard et lui lança :

« Quand Mlle Darrieux fait son premier plan dans un film où je suis, Gabin est sur le plateau ! »

Il se leva donc, abandonnant son assiette pour accompagner Danielle. Je les suivis, un peu comme un enfant suivrait ses parents. Jean l'attendit, cigarette au bec, puis nous revînmes finir notre repas.

Jean et Marlene à Los Angeles

Mes meilleurs souvenirs de ce tournage restent les moments où Jean me racontait sa carrière. J'étais comme un enfant insatiable, réclamant sans cesse une anecdote, un détail. Il se confiait avec humour et pudeur. Sa façon de conter les histoires était magnifique. Il avait la passion des mots et de la formule exacte, une science étonnante des couleurs, de la description et de l'évocation. Il me parla de son père, grand acteur de music-hall, et de sa mère, actrice elle aussi.

Ses parents n'ayant pas le temps de s'occuper de lui, il avait été placé en nourrice à la campagne. Très jeune, il prit l'habitude du travail, de l'effort. Et, toute sa vie, il conserva le goût de la nature, des grands espaces, des paysans. C'est aussi pour cela qu'il aimait tant la France, autant la capitale que la province.

Lorsqu'il partit pour l'Amérique pendant la guerre, il rencontra Marlene Dietrich, avec qui il eut cette merveilleuse et intense histoire d'amour. Mais elle lui avait proposé de vivre là-bas avec elle et il n'en avait pas eu le courage. Les copains, les bistros, Paris et la campagne française lui auraient trop manqué. Il ne pouvait s'en passer. Il est vrai qu'on a du mal à imaginer Gabin au bord de la piscine d'une somptueuse demeure de Hollywood, entourée de gazon artificiel ! Il savait aussi qu'en Amérique il n'aurait été qu'un acteur de plus, parmi cent autres, alors qu'il rêvait d'une carrière à la Spencer Tracy, qui était pour lui le plus grand des acteurs. À Los Angeles, Jean et Marlene louaient la maison de Greta Garbo, qui, chaque fin de mois, venait elle-même chercher le chèque du loyer ! Après quelques mois de cette vie aseptisée, il rentra en France, dans un univers où il se retrouvait, qu'il connaissait et qu'il aimait. Puis il rencontra Dominique, mannequin chez Lanvin, et fit sa vie avec elle, lui étant, jusqu'à la fin, d'une fidélité absolue.

Il me confia ainsi les différents épisodes de sa vie, de sa carrière, ses souvenirs, ses amitiés. *La Grande Illusion* est un film qui a énormément compté pour lui. Je m'étais fait raconter le film et son tournage par Dalio, par Jean Renoir, par Françoise Giroud également, qui avait participé à l'aventure. J'eus droit à la version Gabin. Le point commun à tous leurs récits, la seule chose qu'aucun ne démentit, c'est qu'ils étaient ronds comme des queues de pelle la moitié du temps ! À tous, je demandais :

« Vous aviez conscience d'être en train de tourner un chef-d'œuvre ?

– Eh bien... euh... on se rappelle surtout qu'on a rigolé ! Qu'est-ce qu'on a bu..., tous ces vins, d'Alsace, de Moselle, du Rhin, on était beurrés du matin au soir ! »

La bouche ouverte, j'écoutais Gabin me raconter à sa manière les difficultés de Renoir pour trouver un producteur, personne, en 1938, ne croyant à la guerre ni à l'urgence de faire un film sur la fraternité entre les peuples ! Les refus successifs de Jouvet, intéressé par le projet au début, mais pris ensuite par *Amphytrion*, de Giraudoux, de Pierre Blanchar, puis de Pierre Richard-Willm, avant que le rôle ne soit attribué, en désespoir de cause, à Pierre Fresnay, comédien célèbre au théâtre. Le comportement de von Stroheim, oublié de tous avant que Renoir ne le contacte, modeste d'abord, reconnaissant, remerciant tout le monde d'avoir pensé à lui, puis ayant des idées sur tout, sur son personnage, décidant de porter des gants et une minerve, refaisant son rôle et commençant même à récrire le scénario ! Gabin me raconta l'engueulade terrible entre les deux hommes pour savoir qui était maître sur le plateau. Von Stroheim, comprenant qu'il était allé trop loin, ne la ramena plus..., mais Renoir lui piqua au passage l'essentiel de ses idées pour les mettre dans le film. J'en profitai pour demander à Jean comment s'était passée sa rencontre avec Jouvet sur *Les Bas-Fonds*, comment un acteur aussi instinctif que lui avait vécu la confrontation avec un acteur aussi intellectuel et cérébral que Jouvet. Il me répondit : « Je me souviens d'une chose, l'abbé. Le Louis, il avait fait des études de pharmacie. Et comme pendant le tournage je souffrais d'hémorroïdes, il m'a dégoté une crème miracle. Alors, tu vois, Jouvet, c'était quelqu'un ! »

Gabin appelait Carné « le môme », Renoir « le gros », et Duvivier « Dudu » ; grâce à lui, j'avais l'impression de les connaître depuis toujours. Il avait tourné avec les plus grands. Il sentait les choses avec l'instinct des paysans et fit toujours les meilleurs choix, préférant les risques, les auteurs les plus modernes, les plus maudits, même de son temps, que les succès faciles. Avec la même franchise, il me parla de la partie de sa carrière la plus chaotique. On l'avait vu avant la guerre jeune premier, blond et rose, il revenait avec les cheveux blancs et les marques visibles que la guerre avait laissées sur son visage et son corps. Il s'était engagé dans la 2e D.B., avait été contremaître dans la marine : « Je me demandais chaque fois ce que Humphrey Bogart aurait fait à ma place ! » rigolait-il.

En 1946, il fut engagé au théâtre pour jouer *La Soif*, d'Henry Bernstein. C'était un véritable défi pour lui. Il avait besoin d'épater tous ceux qui croyaient qu'il était fini. Il me racontait, encore ému : « Le jour de la générale, ma langue est devenue énorme tellement j'avais la trouille. Je ne pouvais plus parler. Puis j'ai pensé à mon père, il aurait été fier de moi, et je suis entré en scène. »

J'avais vu la pièce quand j'avais dix ans, et je me souviens à quel point il était impressionnant, en particulier dans sa crise d'épilepsie. Il donnait tout sur scène, et il fit un véritable triomphe. Le théâtre le prenait tellement qu'il préféra y renoncer pour sauvegarder sa vie de famille, sa vie tout court. En revanche, le cinéma, à la Libération, ne voulut plus de lui. Il fut donc obligé d'accepter des films médiocres pendant une dizaine d'années, jusqu'à ce que les producteurs l'appellent pour *Touchez pas au grisbi*. Un coup du destin puisque François Périer, qui devait jouer le rôle, était pris au théâtre ! Après ce film, tout s'enchaîna et il redevint le premier acteur français.

Jean Gabin et Arletty : vingt-cinq ans après...

Un jour, Jean me dit brusquement :

« Dis donc, il paraît que tu as un bistro ?

– Oui, j'ai un restaurant.

– J'aimerais bien aller y faire un tour..., voir de quoi il a l'air. »

J'étais blême. Il était tellement exigeant qu'il allait tout critiquer, ne rien aimer. Je pris donc les devants.

« Que voulez-vous pour dîner ?

– Toi tu es mondain, tu sors partout, tu dois savoir ce qui se fait dans le monde. Tu as plus l'habitude que moi !

Au gala de l'Union, à l'Opéra, un des grands bides de ma carrière.
Heureusement, il y avait Brigitte Bardot, la magnifique.

Claude Chabrol adore se déguiser.
Il me donne la réplique
dans *Les 10 Commandements*.

D. R.

1970. Terence Stamp est Rimbaud
et je suis Verlaine.

1972. Robert Hossein.
Après le service militaire,
on se retrouve face à face dans
Un meurtre est un meurtre.

Ma légende : Marlène à Londres. Mes mains sont au premier plan. Jean Cocteau écrivait : « Son nom commence comme une caresse et se termine comme un coup de cravache. »

Je danse à Monte-Carlo avec Joséphine Baker. Deux amours : Paris et Monte-Carlo.

1969. *Le Genou de Claire.*
Le genou de Laurence est bien joli.

1976. Mon ami Philippe Noiret dans *Le Juge et l'Assassin.*
Dommage que manquent sur la photo Michel Galabru et son génie.

Ma confidente, mon exemple, mon amie.
Simone Signoret, l'instinct, l'intelligence et la générosité.

1986. La plus belle, la plus fidèle, ma sœur... Catherine Deneuve.

1986. Mon idole, Cary Grant. Je voulais lui ressembler, c'est trop tard, seuls les cheveux blancs, peut-être...

La Diva fait ses adieux, Callas, l'éternelle, la voix de Dieu.

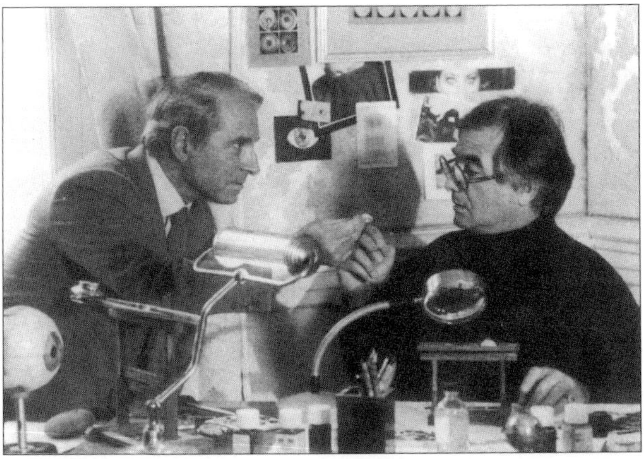

1986. *Inspecteur Lavardin*,
avec l'irrésistible Jean Poiret.

1985. *L'Effrontée,* avec Charlotte
Gainsbourg, la bien-aimée.

1976. *L'Année sainte*.
Le Vieux, le Patron,
Monsieur Jean, le Patriarche,
mon acteur préféré, mon ami
Jean Gabin.

© D. Angeli

Mon premier rendez-vous,
mon amour de jeunesse
et d'aujourd'hui,
Danielle Darieux.

© L. Roux

Isabelle Adjani,
ma petite princesse de cœur
dans *La Reine Margot*.

© Kipa

Jean Renoir reçoit la rosette de la
Légion d'honneur, seul souvenir
agréable de Los Angeles,
au gala de l'Union des artistes.

1996. Liza Minelli *loves me* et moi je l'admire et je l'aime.

Jacques Chazot à Monthyon.
Il a l'air serein.

D.R.

1983. *Le Bon Petit Diable*.
Alice Sapritch et Philippe Clay,
deux figures...

1981. *Les Malheurs de Sophie*.
J'adore les enfants
et ils m'aiment bien.

1986. Le nouveau chevalier de la Légion d'honneur et ses compagnons : François Périer, Jean Le Poulain, Suzanne Flon, Jacqueline Maillan, Michèle Morgan, Pierre Barré, Jean Carmet, Lino Ventura, Alain Delon, Elvire Popesco, Francis Perrin, Jacques Cerrès.

1993. J'ai soixante ans déjà et beaucoup d'amis célèbres parmi lesquels : Marie-José Nat, Régine, Jean-Luc Moreau, Anny Duperey, Philippe de Rotschild, Jean Marais, Claudia Cardinale, Françoise Dorin, Line Renaud, Jean-Pierre Cassel, Caroline Cellier, Yves Bernard, Pierre Mondy, Maritie Carpentier, Marie-Hélène de Rotschild, Sylvie Joly, Pierre Palmade, Josiane Balasko, Guy Préjean, Micheline Presle, Ginette Garcin, Michou, Évelyne Bouix, Richard Berry, Henri Salvador, Bernadette Lafont.

Ma chérie, ma Longue Dame brune, Barbara.

D. R.

1986. Je présente Delon à Coluche. Ils avaient confiance, je venais d'avoir la Légion d'honneur.

Mon Jeannot, l'exemple de la bonté, de la beauté et de la joie de vivre.

1998. Françoise Sagan. J'aimerais avoir son intelligence.

1964. Jeanne Moreau et moi au temps du bonheur et de notre jeunesse.
Nous étions sur le bateau de la Nouvelle Vague.

– Oui, mais je ne veux pas vous décevoir, je vous connais, Jean, et je n'ai pas envie que vous fassiez la gueule...

– T'inquiète pas, choisis, ça sera parfait ! »

J'organisai donc le dîner avec Lino Ventura et sa femme, Danielle Darrieux et son mari, et Suzanne Flon, qui avait souvent été l'épouse de Jean au cinéma. Puis je dis à mon partenaire évêque : « Je vous ai réservé une petite surprise ! »

Le jour arriva enfin, un vendredi, à dix-neuf heures. Jean était déjà là. Et il se mit à marmonner : « Pourquoi c'est éclairé avec des bougies, l'abbé ? On va rien voir dans les assiettes ! Et ces nappes blanches, on pourra pas faire de taches... »

À vingt heures se présentèrent les autres convives. Ils s'installèrent, se mirent à boire le petit blanc de Jean que j'avais fait venir exprès pour lui. Et ma surprise arriva. C'était Arletty. Dès qu'il la vit, Jean se leva, enleva sa casquette qu'il avait gardée et courut vers elle. Il la prit dans ses bras en lui disant : « Mon Arlette ! » Ils étaient fous de bonheur de se retrouver. Ils ne s'étaient pas revus depuis vingt-cinq ans. Ils s'assirent côte à côte et commencèrent à évoquer leurs souvenirs en riant.

Je revois encore le moment où ce monsieur qui avait soixante-treize ans dit à cette dame qui en avait presque quatre-vingts :

« Tu te souviens, Arlette, *Le jour se lève*, quand tu étais toute nue derrière le paravent ! T'étais bien faite ! J'avais le béguin, j'aurais bien eu un petit coup avec toi !

– En extérieur ! Je t'avais dit “d'accord, mais seulement quand on tournera en extérieur !”.

– Mais on n'a *jamais* été en extérieur ! »

C'était fascinant ! On aurait dit deux gamins qui se racontaient leurs vacances ! Bien entendu, les autres n'existaient plus. Il n'y avait plus qu'Arletty et Jean qui ne cessaient de parler. Il la dévorait des yeux, de ses superbes yeux bleus, et elle, qui ne voyait déjà plus, lui touchait le visage, les mains ; ce fut vraiment un moment magnifique.

L'Année sainte s'acheva par trois jours de tournage à Rome. Jean, qui, déjà, pour aller en Côte-d'Or, mettait son casque colonial en disant : « Je vais chez les Zoulous », partit pour l'Italie comme pour Tombouctou, avec moustiquaire, saharienne et des tonnes de bagages. J'allai saluer Luchino Visconti, mais je le trouvai très malade, au point d'interrompre le montage de son dernier film. Je le vis donc très vite pour ne pas le déranger, dans son superbe appartement dominant Rome. Il était à demi allongé et avait un mal fou à respirer. Son œil était vide. Revoir ainsi un homme qui avait été si brillant, si fascinant, me bouleversa. Lorsque je lui dis que j'étais en Italie pour finir un film avec Gabin, son œil s'alluma. Il fut l'assistant de Renoir sur *Une partie de campagne* et rêvait à l'époque de faire un film avec Gabin. Nous tournâmes, Jean et moi, notre scène à Rome puis je rentrai à Paris en avion. Le soir, j'allai dîner chez Carole Weisweiller. En arrivant, elle m'annonça : « On vient d'apprendre par la télévision que Luchino Visconti est mort d'une crise cardiaque. »

Une soirée fut organisée à l'Opéra-Garnier pour rendre un dernier hommage à Luchino et visionner quelques extraits de ses films. Ses amis, ses collaborateurs vinrent saluer une dernière fois ce prince de l'image, amoureux de la France, qui avait débuté avec Renoir. J'accompagnai Romy Schneider vers le magnifique escalier de marbre lorsque Alain Delon arriva au bras de Mireille Darc. Tout de suite les photographes entourèrent Romy et Alain, le couple mythique, et Mireille vint discrètement me rejoindre pour laisser la meute des journalistes faire son travail. Nous étions en haut des marches quand un brouhaha se fit entendre depuis l'entrée. Devant les photographes qui mitraillaient en tous sens surgit soudain Helmut Berger criant comme un dément : « C'est moi la veuve ! C'est moi la veuve ! » J'eus du mal à retenir Alain qui voulait lui casser la figure, mais nous pûmes finalement admirer et applaudir les images magnifiques et inoubliables de Visconti.

J'eus la chance d'être l'un des premiers à voir *Mort à Venise*. Luchino m'avait convié à la projection d'une copie de travail avec sa scénariste Suso Cecchi d'Amico et son monteur. Le film n'était pas encore mixé et Visconti, debout derrière nous, s'amusait avec la musique de Mahler. Le visage de Dirk Bogarde se superposait au sien et je tombais dans les bras de Luchino, bouleversé par ce chef-d'œuvre. Silvana Mangano, portrait fidèle de Mme Visconti mère, était royale et Piero Tosi avait conçu des costumes somptueux. Ce film était la beauté à l'état pur. Ce fut l'une des plus grandes émotions de ma vie.

Luchino Visconti, avec son regard sombre qui pouvait en un instant devenir lumineux et sa voix rauque qui faisait rouler les mots comme des pierres, avait un pouvoir exceptionnel de fascination. Il m'appelait affectueusement Jovanni-Claudio. Lorsque je tournais à Rome, j'allais dîner chez lui, via Salaria, dans son hôtel particulier à la décoration baroque. Après le dîner, je me souviens que Luchino nous invitait à jouer avec lui au jeu de la vérité. Nous nous retrouvions alors à une trentaine de femmes et d'hommes, artistes, architectes, avocats, entourant le maître. Et les questions, souvent intimes et indiscrètes, fusaient comme un feu d'artifice. Tout y passait : la vie privée, le sexe, l'amour, l'argent, la trahison, l'hypocrisie... Je n'aimais pas beaucoup ces soirées qui parfois tournaient à l'aigre lorsqu'une femme ou un mari apprenait devant tout le monde la vie secrète de son conjoint ! Un soir, Anna Magnani demanda à Visconti pourquoi, alors qu'il était président du jury au Festival de Venise, il ne vota pas pour que le prix d'interprétation féminine lui fût attribué. « Parce que tu étais mauvaise », répondit-il, laconique. Anna devint blême, se leva et sortit. Ils restèrent fâchés pendant dix ans. Le jour des obsèques d'Anna, Visconti envoya un coussin de violettes avec une petite carte : « Pardon. Je t'aime. Lucas. »

Je me souviens d'avoir assisté à la naissance de *Rocco et ses frères* sur la plage de Fregène, où Luchino possédait des paillotes. Nous étions sur le sable, au soleil. Luchino, coiffé d'un chapeau de paille, astiquait l'argenterie pendant que le valet de chambre nous servait des boissons glacées et que je faisais rire le maître en imitant Esther Williams dans des numéros aquatiques burlesques. Visconti venait de terminer l'écriture du scénario et m'avoua qu'il n'avait pas de rôle pour moi dans le film, mais qu'Alain Delon et Renato Salvatori en seraient les vedettes. Il pensait à Jeanne Moreau pour l'interprète féminine, mais c'est Annie Girardot qu'il fit venir sur le tournage, laquelle tomba amoureuse de Renato peu de temps après.

Le soir venu, sous les lanternes qui tremblaient, caressées par la brise, Luchino me lisait le scénario en commentant les plans d'Alain, et mes regrets de ne pas faire partie de l'aventure se mêlaient au délice d'écouter cet artiste inspiré et parfois délirant qui visualisait, image après image, chaque scène du futur chef-d'œuvre.

Les amants éternels : Michèle Morgan et Jean Gabin

Quelque temps après le tournage du film *L'Année sainte*, Georges Cravenne me demanda de convaincre Jean Gabin de présider la cérémonie des Césars. Je lui avais déjà demandé, et il avait répondu : « J'aime pas les commémorations. Et puis les mondanités, c'est pas mon genre ! Je ne sors jamais, je n'ai même pas de smoking ! »

Il finit tout de même par donner son accord lorsque je lui dis que tous les machinistes, les électriciens le demandaient, que le personnel technique et les ouvriers avaient un immense respect pour lui. Sophia Loren devait remettre un césar avec lui mais elle était retenue à l'étranger. Georges Cravenne proposa à Michèle Morgan de la remplacer et elle accepta tout de suite. Je déjeunai avec Jean, puis nous allâmes ensemble aux répétitions. J'avais pris toutes les précautions nécessaires, lui ayant promis qu'il pourrait partir quand il voulait. Je pensais qu'il resterait un quart d'heure. Il s'assit au premier rang et resta tout l'après-midi à regarder les répétitions comme un enfant. Je lui demandais régulièrement :

« Ça va, Jean ? Vous ne voulez pas rentrer ?

– Mais non ! Je m'amuse ! »

Et il s'amusait vraiment ! Il était attentif, curieux de tout. Des acteurs, des gens de cinéma venaient le saluer, lui parler, il était comme un poisson dans l'eau ! Il fut, je me souviens, très heureux de rencontrer Henri Virlojeux, qu'il considérait comme un « acteur de première ».

Pour la soirée, et surtout pour le remercier, je lui offris une cravate bleue Yves Saint Laurent. Nous arrivâmes à la cérémonie ensemble. Pendant qu'il répondait aux questions de la télévision, il me glissa discrètement : « Va en repérage pour savoir où je peux aller lourder, que je ne sois pas perdu si j'ai envie de pisser ! »

Puis la soirée commença. Je le précédai en scène pour dire deux petits mots d'introduction, un compliment. J'avais à peine commencé qu'il me rejoignit, me prit le micro en me disant : « Ça va, ça va ! »

Et, tout de suite, la salle se leva et applaudit pendant au moins un quart d'heure. Lui murmurait « merci... merci ». Il était tellement heureux que, sous ses lunettes, je vis ses yeux s'embuer. Sa voix d'ordinaire si grave, et que l'on a connue dans tous les registres, de la colère à la tendresse, était blanche. Il semblait très ému devant tant d'amour et de spontanéité. Puis Michèle Morgan arriva, superbe dans sa robe du soir, le visage radieux, visiblement émue, elle aussi, de revoir Jean, et le couple mythique du cinéma français ressuscita devant nous. C'était magique. Ils avaient vieilli, bien sûr, mais ils étaient beaux ensemble, et, lorsqu'il la serra dans ses bras, la salle entière et moi le premier avons frissonné de plaisir.

Après la cérémonie, nous allâmes dîner chez Maxim's. Jean ne voulait plus aller se coucher ! Il croisa Romy Schneider, ils se regardèrent, très impressionnés, et il lui murmura en souriant un « *ich liebe dich* » tendre et intimidé. Jean sortait peu de chez lui, sauf pour aller sur les champs de courses, il rencontrait rarement les gens du métier. Mais, ce soir-là, il fut heureux. Il passa une soirée merveilleuse à la table de Michèle Morgan et de Gérard Oury.

En novembre de la même année, en 1976, je préparai le Gala des artistes de Los Angeles et croisai Lino Ventura, qui devait me rejoindre là-bas quelques jours plus tard. Je lui dis en riant :

« On se retrouve à Hollywood, n'oublie pas !

– Oui, mais je suis soucieux car le vieux ne va pas bien du tout.

– Comment ça, pas bien du tout ?

– Vraiment pas bien. Depuis deux jours il ne fume plus, il ne veut plus manger. On lui a fait des analyses, on ne lui trouve rien. On l'a envoyé à l'Hôpital américain pour passer des examens. »

Je devais partir pour l'Amérique le dimanche suivant. La veille de mon départ, j'allumai la radio et j'entendis la belle chanson de Jean-Loup Dabadie, *Je sais*, on annonça que Jean Gabin venait de mourir. Je n'arrivais pas à le croire. Il était si solide, si fort, c'était si soudain ! Le lendemain, j'allai à l'hôpital. On l'avait vêtu de son costume bleu, celui qu'il portait aux césars. Il ressemblait à la statue de marbre d'un empereur romain.

Pendant le tournage de *L'Année sainte*, il m'avait confié : « Je voudrais être enterré sur mon champ de courses, debout, pour entendre passer les chevaux. Mais ils sont capables de me faire un mausolée. Je préfère finir dans l'océan. »

Pour jeter un corps à la mer en temps de paix, la loi exige qu'il soit incinéré, et Jean avait horreur du feu. La famille respecta tout de même ses volontés. Grâce à l'amiral André Gélinet, le président de la République donna son accord pour que les cendres de Jean soient jetées à la mer depuis un croiseur. Seul Alain Delon accompagna Dominique et ses enfants. Des coups de canon furent tirés au moment où un marin envoya l'urne à la mer.

Aujourd'hui, Jean me manque énormément. Je pense à lui comme au père Noël du cinéma français, qui avait dans sa hotte les plus beaux chefs-d'œuvre de l'histoire du cinéma. Je projetais de tourner, pour la télévision, un film sur sa vie qui aurait montré tous les lieux où il avait vécu et les plus beaux de ses rôles commentés par lui. Il avait accepté l'idée mais n'eut, hélas, pas le temps de le faire. Toutes les belles histoires qu'il m'a racontées de sa voix magnifique resteront donc dans ma tête. Tous ses souvenirs, certains graves, d'autres insignifiants, révélateurs de son caractère, comme sa haine de la chaleur, son amour du vent, sa façon singulière de conduire à cinquante à l'heure en se laissant doubler par tout le monde, et tant d'autres choses encore...

Dans la fosse aux lions !

Durant trois ou quatre années, j'avais été président du gala de l'Union des artistes, cette fête de la fraternité donnée au profit des maisons de retraite pour les anciens. Chaque acteur devait réaliser une performance de cirque. Le plus beau numéro que j'y avais vu était celui de Jean Marais sur un réverbère. Il arrivait en frac, un peu ivre, cherchait du feu pour sa cigarette et décidait d'aller l'allumer à un réverbère haut de près de trente mètres. Il jetait sa cape et son chapeau et grimpait comme un singe. Le réverbère était flexible et ployait sous son poids. Jean Marais avait quarante-cinq ans à l'époque. Il se tenait accroché par les pieds en lâchant les mains – c'était magnifique. On avait fait un triomphe à son courage et à son inconscience du danger.

Un jour, un copain me dit avec humour : « Personne ne veut "faire" les lions ; moi je ne peux pas parce que j'ai deux enfants, mais pourquoi pas toi, puisque tu es célibataire ? »

J'avais déjà fait de l'équilibre sur un fil balancé, fait tourner des assiettes japonaises sur des baguettes de bambou et réalisé un numéro de malle mystérieuse. Rien de bien difficile. J'allai donc voir Joseph Bouglione, qui réglait les numéros afin de commencer à travailler avec les lions. Il me demanda :

« Vous n'avez pas peur ?

– Non.

– Bien. D'abord, pendant trois semaines, il va falloir que vous leur donniez à manger pour qu'ils s'habituent à votre odeur et à votre voix. »

Tous les matins, muni d'une fourche, j'allais donc donner d'énormes morceaux de viande sanguinolente à deux lionnes et à un lion en leur criant : « Couché ! Debout ! » Ils se jetaient sur la viande sans m'écouter et j'étais assez content d'être de l'autre côté des barreaux. L'après-midi, j'apprenais à manier un fouet souple qu'il fallait faire claquer d'un petit bruit sec sans que la lanière touche la croupe ou la tête du fauve.

Puis vint le moment de me familiariser avec les lions dans l'arène. Le dompteur disposa les trois tabourets ronds des fauves et l'on me fit entrer dans la cage avec lui. M. Bouglione avait son chapeau de cow-boy incliné en arrière comme il l'avait vu sur la tête de John Wayne, et je remarquai deux revolvers à sa ceinture. Je l'interrogeai.

« C'est pourquoi ?

– On ne sait jamais ! »

Il y avait aussi des pompiers armés de lances à incendie pour asphyxier les fauves s'ils s'énervaient. Quand tout le monde fut en place, on me demanda si j'étais prêt, et je répondis oui en comprenant pour la première fois ce que signifiait le mot « regret ». Un des garçons tira l'une des deux trappes du tunnel, le dompteur dit « *go* », j'entendis les cliquetis, comme les armes d'un peloton d'exécution, et je vis arriver trois fauves qui fonçaient dans ma direction au pas de charge. J'eus vraiment l'impression qu'ils allaient se jeter sur moi et je fis trois pas en arrière. Je me collai contre la grille, mes jambes se dérobaient sous moi, j'avais envie de faire dans ma culotte, j'avais froid, je tremblais. Bref, la honte. Heureusement, les trois fauves freinèrent devant moi et s'installèrent gracieusement sur leurs tabourets. Je repris peu à peu ma respiration. Alors le dompteur me déclara : « Il va falloir les faire se lever. Tant qu'ils sont sur leur territoire, ils ne vous feront rien, mais, dès qu'ils seront dérangés, il faudra être plus vigilant. »

Ne voulant pas continuer à faire le coquillage accroché à son rocher, je me détachai de la cage et, à petits pas prudents, je rejoignis le dompteur au milieu de l'arène. J'étais incapable de tenir mon fouet tellement je tremblais. Il fit descendre les lions de leurs tabourets et les fauves tournèrent autour de moi. J'opérai seul à plusieurs reprises, puis il dit : « Bon, ça suffit pour aujourd'hui », et on les renvoya dans leur cage. Tout en travaillant, le dompteur m'expliquait que le développement de la patte d'un lion était de deux mètres soixante-dix, et nous n'étions qu'à un mètre cinquante. Et moi, je pensais : « Il suffit qu'ils fassent ça et ils m'arrachent la tête. »

Je passai quinze jours de répétitions épouvantables, mais, peu à peu, ma peur s'atténua. Le cœur s'emballait parfois, mais mes jambes étaient plus solides et mes gestes plus précis. Je les fis sauter dans un cercle de feu. Je sentais le poil de leur ventre sur ma main. Ensuite ils se roulaient par terre dans la sciure comme des gros chats, marchaient sur un fil et sautaient d'une caisse à l'autre. À la fin du numéro, ils étaient tous les trois debout pour saluer, et moi je me tenais derrière avec le fouet.

Le jour de la représentation, on me mit en fin de programme. Évidemment, les lions, qui n'avaient pas l'habitude de travailler si tard, s'étaient à moitié endormis. Du coup, le dompteur dut les exciter un peu et ils arrivèrent passablement grognons. Tout ce qu'il fallait pour me mettre à l'aise ! André Levasseur m'avait fait un très beau costume blanc en latex avec une grosse ceinture et un lion d'acier sur l'estomac. À l'époque, j'étais mince comme un haricot et j'avais plus l'air d'un danseur du *Lac des cygnes* que d'un dompteur. Mon costume étant assez serré, en entrant sur la piste, comme d'autres font le signe de croix, je fis le geste élégant de me prendre et de remonter ce que vous imaginez ! Finalement, les lions furent parfaits et mon numéro eut un grand succès.

« Qu'allais-je faire dans cette galère ? »

Ensuite, on me proposa d'organiser le Gala des artistes dans la ville de Los Angeles. Fonceur et enthousiaste comme je suis, je me lançai tête baissée, comme un bon bélier, dans le pari le plus fou de ma carrière. Le plus fou et le plus catastrophique, il faut bien le dire. Yvette Mallet, qui était chargée des relations publiques aux Affaires étrangères, organisait le gala avec moi. Elle était installée à New York et travaillait à Unifrance Film où elle s'occupait de l'exportation des films et des rencontres entre metteurs en scène, auteurs, acteurs, journalistes, distributeurs, exploitants français et américains. Elle connaissait tout le monde et parlait un anglais admirable. Elle m'avait dit : « Je t'aiderai, ne t'inquiète pas, ça va être formidable. »

Nous commençâmes donc par lancer quelques jalons. Première idée : demander un peu d'argent à tous les ministères parce que, au ministère de la Culture, il n'y en avait jamais ! Deuxième idée : faire ce gala sous un chapiteau, avec, pour y accéder, une rue en décor de cinéma qui se serait appelée rue de la Paix, remplie de vitrines de grands couturiers, de parfumeurs, de représentants de la gastronomie, où l'on rappellerait l'histoire de France avec le Louvre, le musée Carnavalet, Versailles... Je demandai à Alexandre Trauner, le merveilleux décorateur du film *Les Enfants du paradis*, de m'aider : il connaissait beaucoup de monde à Hollywood.

J'allai donc voir tous les ministres, en commençant par le Premier et le président de la République pour leur demander à chacun deux millions et demi d'anciens francs, le prix que me coûtait chaque vitrine de ma rue reconstituée. Et tous m'aidèrent.

Puis je rencontrai Marcel Dassault. Je voulais en effet qu'au bout de cette rue il y ait le cinéma Le Paris, sa propriété, comme sur les Champs-Élysées, des photos, des affiches des grands films de Renoir avec projection de ses chefs-d'œuvre pendant les trois jours. Au siège de *Jour de France*, le célèbre journal, un maître d'hôtel en veste et gants blancs me fit entrer dans un salon où étaient servis champagne, whisky et petits toasts. Le général de Bénouville, par ailleurs bras droit de Marcel Dassault, me dit d'entrée que l'idée avait plu à M. Dassault. Quelques minutes plus tard, Marcel Dassault entra, vêtu d'un costume gris foncé, une écharpe de laine autour du cou. Il marchait lentement. Je fus frappé par son regard très perçant et très brillant. Il me dit, d'une voix nasillarde et très lente :

« Alors, racontez-moi. »

Je fus le plus bref possible, et, au moment où j'allais parler de la rue de la Paix, il m'arrêta.

« Bon. Combien voulez-vous, Brialy ?

– Je demande deux millions et demi d'anciens francs à chaque partenaire. »

Il s'adressa au général de Bénouville.

« Faites un chèque de cinq millions tout de suite. »

Et il se leva.

« Mais vous ne voulez pas que je vous explique..., lui demandai-je.

– Non, c'est très bien, j'ai compris. »

Dassault me raccompagna jusqu'à l'ascenseur particulier. Avant de nous séparer, il me dit :

« J'ai bien aimé votre film *Églantine*, il y avait de jolies couleurs, de beaux sentiments.

– Oui, c'était un peu mon enfance, tout le monde a eu une grand-mère...

– Mais pourquoi la grand-mère meurt-elle à la fin ? » murmura-t-il.

Je répondis d'un sourire. Il continua :

« Vous préparez quoi, en ce moment ?

– *La Dame aux camélias*, pour le cinéma, avec Vladimir Pozner, le poète, et Jean Aurenche, sur une biographie de Marie Duplessis. Je rêve d'Isabelle Adjani pour le rôle...

– C'est pas gai, Brialy », me rétorqua-t-il laconiquement.

L'ascenseur se referma sur le commandeur et je repartis avec mon chèque.

En France, tout s'organisait doucement mais sûrement. J'avais réussi, grâce au comité Colbert, à contacter tous les fabricants de produits de luxe. La Sopexa, un organisme qui protégeait les vins, les foies gras, les fromages, me donnait de quoi nourrir tous mes invités, et les chefs, Bocuse, Chapelle, Trois-Gros étaient d'accord pour venir faire les déjeuners et les dîners de prestige pendant les trois jours du gala. Je rejoignis Yvette à Los Angeles pour rencontrer Stevenson, notre contact sur place. Elle m'avait dit : « Je vais te présenter à un type qui sera notre antenne ici, il va entrer en relation avec CBS, NBC pour qu'on ait de l'argent. »

J'allai donc voir ce Stevenson, qui travaillait dans un building très moderne avec une secrétaire à l'entrée, le genre de producteur de variétés qui a à la fois des danseuses, des acteurs, des montreurs de singes et des avaleurs de sabre, tout et n'importe quoi, sur catalogue. On commença à échanger nos idées, à contacter Cadillac, Ford pour avoir des voitures et les beaux hôtels, Beverly Hills, Beau-Rivage, pour la centaine d'invités. Puis je me mis en relation avec les artistes américains. Liza Minnelli était d'accord pour être la présidente et m'avait dit : « Je vais demander à Paul Newman d'être le M. Loyal américain. » De mon côté, je demandai à Delon d'être le Loyal français.

Quant aux acteurs français, je commençais à sentir une hésitation, un doute qui auraient dû me mettre la puce à l'oreille. Montand me dit « peut-être », Belmondo devait réfléchir. Quelques fous comme Marie-Christine Barrault et Guy Marchand dirent oui tout de suite.

Et je continuai mon périple. Je proposai à Françoise Giroud, ministre de la Culture, de remettre la rosette de la Légion d'honneur à Jean Renoir, dont elle avait été la script-girl dans *La Grande Illusion.* Je réussis à convaincre des acteurs qui jouèrent sous la direction de Renoir, Michel Piccoli et Françoise Arnoul dans *French Cancan*, Paulette Dubost et Dalio pour *La Règle du jeu*, Jean Marais, qui avait tourné dans *Le Général Boulanger*, Claude Brasseur, Jean Carmet, Jean-Pierre Cassel, acteurs dans *Le Caporal épinglé*, et Valentine Tessier pour *Madame Bovary*, de participer à l'hommage rendu au maître. Enfin, je me préparai à remettre un chapeau de scène de Maurice Chevalier à Fred Astaire de la part de la France. Ce devait être en quelque sorte le coup de chapeau de la France à l'Amérique.

Je multipliais les aller-retour pour Los Angeles en avion charter. Quand j'arrivais, je retrouvais Yvette Mallet et son carnet d'adresses magique. Nous allâmes voir Cary Grant, Fred Astaire, Gene Kelly, Groucho Marx, qui, je me souviens, ne cessait en nous parlant de toucher la poitrine de sa secrétaire ! J'ai même vu Mae West. Nous avions prévu de rencontrer John Wayne, Henry Fonda, Bette Davis, Tina Turner. J'avais obtenu un accord de toutes ces grandes vedettes pour qu'elles soient présentes dans la salle, simplement pour annoncer, comme aux oscars, le numéro suivant.

Armé de cette liste de stars, je retournai en France, persuadé de parvenir à convaincre plus facilement les acteurs français. Mais, à part Romy Schneider et Alain Delon, personne ne se montra très enthousiaste. Et, là, les vrais emmerdements ont commencé.

Un sabotage en règle

De retour à Los Angeles, le fameux Stevenson me déclara tout à trac que ce gala était une entreprise d'intoxication intolérable, que notre véritable objectif était de faire de la propagande française à Los Angeles et de contaminer les esprits américains. Je compris alors, trop tard, à quel point ce type était un fou furieux qui, au lieu de nous aider, passait son temps à nous démolir, à saboter le gala de ces foutus Français qu'il haïssait à peu près autant que les Juifs. À peine remis de cet incroyable revirement, j'appris, huit jours avant le gala, que les hôtels demandaient à être payés d'avance, sinon ils annulaient les chambres. Bien entendu, comme nous n'avions pas encore la recette ni les droits télé, c'était impossible. Puis j'appris que Cadillac se retirait de l'opération parce que nous utilisions également des voitures Ford ! Tout s'enchaînait, c'était le désastre absolu, la débandade. Chaque fois que j'avais en ligne mon assistant Pascal à Los Angeles, il m'annonçait une nouvelle série de catastrophes, toutes plus terribles les unes que les autres. Untel ne venait plus, l'autre se décommandait, un sponsor se retirait, Stevenson nous avait grillés auprès de tous les journalistes.

Entre-temps, le président de la République m'avait aidé

à obtenir un avion d'Air France pour emmener les invités du gala : le professeur Hamberger, plusieurs personnalités politiques, des peintres, des sculpteurs, des artisans, des acteurs de Renoir, les pompiers de Paris qui venaient faire un numéro de gymnastique... Tout se préparait en France, alors que tout se cassait la gueule en Amérique... Je me rongeais les sangs. Cinq jours avant le gala, la rue dont je rêvais n'était toujours pas construite. Il faut dire que les menuisiers se mirent en grève parce qu'ils voulaient, eux aussi, être payés d'avance !

J'ai eu à un moment l'impression que quelqu'un avait tramé un complot pour que le gala soit une catastrophe et qu'une volonté malfaisante se cachait derrière ces enchaînements de désastres, trop incroyables pour être le seul fait du hasard. Je ne parle même pas de notre avion-cargo, qui transportait tout le matériel, la nourriture, les caisses de champagne, les caisses de vin, les foies gras, les fleurs, et qui était bloqué sur l'aéroport de Los Angeles, les douanes nous interdisant d'y accéder. L'ambassade française nous secondait mollement : le voyage du président de la République, trois ou quatre mois plus tôt, ayant été un succès, elle semblait craindre que la réussite du gala ne lui fasse de l'ombre. Le consul général était un garçon charmant et drôle mais qui ne rêvait que d'une chose : jouer au tennis avec Sylvie Vartan ! Il me demandait constamment de ses nouvelles, je devais lui assurer qu'elle viendrait, sinon il ne voulait plus m'aider. Sa grande préoccupation était de savoir quelles vedettes il pourrait inviter à sa résidence. Pour le reste, il était nul.

Et puis, le 17 novembre 1976, une semaine avant le gala, qui était fixé au 24, Jean Gabin nous quitta. Lino Ventura, Belmondo et d'autres me dirent : « On ne peut pas aller faire des grimaces, par respect pour Jean. »

Ce que je compris tout à fait. Arletty confirma sa venue et je fus heureux que les étudiants américains connaissent celle qu'ils avaient vue, à la télévision ou au ciné-club, dans *Les Visiteurs du soir* et *Les Enfants du paradis*.

Il y eut alors un changement de gouvernement en France

et M. Barre devint Premier ministre. Mme Barre accepta de nous accompagner et fit preuve d'une réelle énergie dans cette apocalypse américaine. Nous n'étions pourtant pas au bout de nos peines. En arrivant dans son hôtel, Françoise Giroud se fit voler tous ses bijoux, des souvenirs de famille, et son argent !

Mme Barre, que personne ne connaissait là-bas, fut traitée avec une incroyable légèreté. Heureusement, après les défections en chaîne, Pascal, mon assistant, qui était charmant, débrouillard et qui plaisait aux femmes, put organiser quatre soirées chez des Américaines fortunées qui nous offrirent des dîners de quatre-vingts personnes. Elles relayèrent ainsi, dans leurs propriétés, les dîners que nous ne pouvions plus donner dans les hôtels.

Voyant que je parvenais tout de même à sauver les meubles, ce diable de Stevenson revint à la charge. Il fit une déclaration à la presse, me traitant de mythomane, de malade, et, deux ou trois jours avant l'ouverture, les journaux américains se déchaînèrent contre nous, les télés nous retirèrent leur soutien. L'apothéose étant que Stevenson réussit à me faire interdire l'entrée du gala ! Je passai toute la soirée à parlementer en smoking devant la porte.

Finalement la rue fut montée in extremis. Elle était très belle, avec ses pavés, tous ses faux magasins, Chanel, Saint Laurent, Givenchy, Cardin, Guerlain, Hermès..., une maquette de la Bastille et du musée Carnavalet, des tapisseries, des tableaux. Elle devait être ouverte pendant quatre jours et fut allumée pendant exactement... quatre minutes et demie ! Ils l'éteignirent dès que Mme Barre l'eut inaugurée. Ainsi, on nous a tout cassé, saboté, abîmé. Même la tombola était ratée. Seuls Liza Minnelli et Paul Newman sont venus. Régine chanta son *truc en plumes* avec un vrai boa puis s'assit sur les genoux de Paul Newman, ce qui lui valut la une des journaux. Marie-Christine Barrault exécuta un numéro extraordinaire de trapèze avec Guy Marchand et Anny Duperey fit de l'équilibre sur une corde avec Francis Perrin. Les pompiers de Paris eurent eux aussi un franc succès. Fred Astaire, qui tournait à Londres, n'avait pu se déplacer mais il envoya un petit message. C'est donc Gene Kelly qui reçut le chapeau de Maurice Chevalier des mains de Mme Barre... qui le lui offrit à la sauvette dans un couloir ! C'était n'importe quoi ! CBS filma le spectacle, mais, évidemment, Stevenson l'escroc garda tout l'argent pour lui et ne nous en reversa pas un centime.

Retour amer

À peine rentrés en France, nous fûmes accablés par une série de papiers indignes prouvant que personne n'avait compris notre effort. Les ministres du gouvernement furent très élégants, aucun d'entre eux ne me reprocha d'avoir gaspillé l'argent. Mais les gens du métier rigolaient un peu, certains journalistes employèrent des expressions telles que « organisation catastrophique », « France humiliée ». Cela me servit de leçon. Cette aventure, si elle avait fonctionné, aurait pu être un pont extraordinaire entre l'Amérique et le cinéma français. Henri Langlois, le créateur de la cinémathèque, était du voyage. Lui saisissait l'ampleur des efforts que j'avais faits et, dans l'avion du retour, il essaya de me consoler gentiment : « N'oublie pas que tu as rendu deux personnes heureuses : Arletty et Renoir. »

Jean Renoir... Je le revois, dans sa belle demeure de Beverly Hills inondée de soleil, assis dans son fauteuil, le visage émacié, mais ses fantastiques yeux bleus brillant toujours du même feu. Nous étions tous autour de lui, Daniel Gélin, Michel Piccoli, Valentine Tessier. Elle n'avait pas vu Jean depuis trente ans, et leurs retrouvailles furent très émouvantes. Et puis il y eut Arletty et son passage à l'université américaine. Très élégante, vêtue de blanc, elle trônait dans l'amphithéâtre, toute droite, assise à un pupitre, faisant face à deux mille étudiants cinéphiles émus qui la questionnaient par l'intermédiaire d'un traducteur. Son franc-parler et son insolence les ravirent.

Je me souviens que Jean Renoir m'avait raconté une histoire charmante à propos de son père, le peintre Auguste Renoir. On parlait à l'époque beaucoup de Nadar, ce portraitiste fin et sensible qui sut rendre émouvants les visages de Zola, Victor Hugo, Sarah Bernhardt et bien d'autres. Mais, lorsque l'artiste devint célèbre, les louanges de certains journalistes parisiens furent totalement excessives. Auguste Renoir disait de lui en riant : « Il fait la même chose que moi mais en plus vite. »

Un soir, au cours d'un dîner ennuyeux, une femme du monde se pencha vers le peintre et lui murmura :

« Maître, vous connaissez Nadar...

– Non...

– Mais si ! Nadar, on ne parle que de lui, de ses portraits... »

Et soudain, le vieux Renoir fit mine de se rappeler :

« Ah ! oui, je vois ! Nadar ! Nadar, ce faux peintre, ce faux poète, ce faux-tographe ! »

Cher Jean Renoir... Nous eûmes ainsi, à Los Angeles, des moments d'intimité douce et joyeuse. Heureusement, car ce gala demeure à coup sûr le plus grand bide de ma carrière et j'en ressentis la morsure pendant des mois. Il m'arrive, depuis, de retourner en Amérique, à New York, par exemple, mais je suis incapable de remettre les pieds à Los Angeles, où, contrairement aux apparences, il me reste encore quelques amis !

Sous les paillettes et les strass, le cœur immense de Joséphine Baker

« Moi, j'aime le music-hall », chantait Charles Trenet... Pour ma part, je dois cet amour et cette passion à une Américaine, une femme unique et que j'ai adorée : Joséphine Baker. Ce fut elle qui me donna le goût du spectacle alors que j'étais gamin, un soir, aux Folies-Bergère. C'était un clown, une chanteuse, une danseuse, une acrobate, une contorsionniste – elle avait tous les talents à la fois. Mais elle était aussi l'amie des déshérités et des enfants et, à sa manière, à sa place, elle luttait contre les infamies de façon concrète et simple, avec parfois la maladresse des désespérés. Je me souviens de l'avoir revue à l'Olympia et d'avoir été agacé par ses prières et ses demandes appuyées concernant les enfants. C'était parfois trop.

Puis, un jour, en lisant *Paris Match*, j'appris qu'elle avait été expulsée des Milandes, la propriété où elle vivait avec ses douze enfants. Je vois encore cette photo qui m'avait bouleversée : le visage vieilli, le cheveu rare, courbée sur les marches du château, un fusil dans les mains, et la légende : « Je ne partirai pas, je ne partirai qu'à coups de fusil. » J'étais scandalisé qu'on traite cette femme comme une voleuse et qu'on la salisse ainsi.

Le soir même, un homme s'approcha de moi à L'Orangerie et demanda à me parler. Il me dit qu'il avait acheté un cabaret (aujourd'hui La Belle Époque) et qu'il avait songé à moi pour m'en occuper. Je lui répondis que, certes, j'adorais le music-hall, mais que ce n'était pas mon métier, je ne saurais pas m'occuper d'un tel établissement.

Et, tout d'un coup, je me souvins... et je me dis : pourquoi pas... Joséphine Baker ? Elle était ruinée et devait faire des tournées pour survivre. Pourquoi ne se produirait-elle pas dans un cabaret parisien ? Il fallait lui en parler tout de suite. Je finis par la retrouver dans un hôtel de Stockholm, lui téléphonai et lui racontai toute l'histoire. Elle me parut lointaine et fatiguée, méfiante, sans doute, après tous ses déboires, mais nous prîmes néanmoins rendez-vous à son retour.

Elle m'apparut en toque à fourrure, manteau et grosses lunettes. Tout de suite elle me questionna :

« Pourquoi vous vous occupez de moi ?

– Parce que je crois aux signes et que vous êtes sur mon chemin. »

Petit à petit, elle se détendit. Elle m'écouta et, soudain, elle sourit et me prit la main. Nous allâmes ensemble visiter le cabaret. L'endroit était triste à mourir, mais cette vision n'impressionna pas Joséphine. Tout de suite, elle se renseigna pour savoir où étaient les cuisines, comment se faisait la circulation autour du bar, comment masquer les fenêtres pour qu'on ne voie rien de l'extérieur, et mille choses encore, bref, en quelques minutes, elle m'apprit tout le fonctionnement d'un cabaret. Une fois fait le tour du propriétaire, je lui posai la question cruciale.

« Pensez-vous pouvoir chanter ici ?

– Oui, oui, bien sûr, mes anciens succès, et j'ai de nouvelles chansons. La seule chose, c'est que je n'ai pas de costume de scène...

– Je m'en occupe, mes amis couturiers vous prêteront certainement des robes... »

Les jours suivants, j'appelai tous azimuts mes amis stylistes, mais, déception, aucun des créateurs n'avait le temps, cela semblait trop compliqué, les intermédiaires faisaient barrage, bref, impossible d'avoir l'aide espérée ! Et puis, un jour, miracle au téléphone : « Monsieur Brialy, bonjour, je m'appelle Jeanine Six, et je sais que vous vous occupez de Joséphine Baker. On dit qu'elle cherche un couturier. Moi, je suis un prêt-à-porter de luxe, et si ça ne vous fait pas peur mes cinq ouvrières sont d'accord pour travailler bénévolement jour et nuit pour cette femme merveilleuse. »

Je n'ai aucune mémoire des noms, mais Jeanine Six, je ne l'oublierai jamais. J'ai donc demandé à Joséphine ce qu'elle voulait, et cette adorable couturière a immédiatement fait faire les quatre robes dont la chanteuse avait besoin.

Tout semblait réglé, les travaux allaient bon train dans le cabaret, lorsque Joséphine fit sa troisième alerte cardiaque. À la clinique, malgré le goutte-à-goutte et le matériel médical, elle eut la force d'essayer les robes et de répéter ses chansons avec un petit piano portatif sur lequel venait jouer Pierre Spiers. Je ne pouvais pas attendre qu'elle se rétablisse pour ouvrir le cabaret et je téléphonai à Mireille au Petit Conservatoire de la chanson pour qu'avec moi, elle trouve une solution : « J'ai un gros problème, Mireille, un cabaret à ouvrir et personne à mettre à l'affiche. Pouvez-vous m'aider ? »

Mireille m'envoya trois chanteuses et deux comiques dont l'une n'allait pas tarder à faire parler d'elle : Sylvie Joly. Ensuite, Joséphine se rétablit et elle put monter sur scène. Anna Magnani, qui était son amie, vint spécialement de Rome. Joséphine chanta cinq ou six chansons avec un souffle et une pêche d'enfer malgré son état de santé. Les télévisions étrangères vinrent la filmer. Certains échos français lui furent défavorables, et je lus, ici et là, des phrases telles que « les vieilles, terminé, à la retraite » et autres gracieusetés de ce genre. Mais le public avait gardé tout son amour pour elle et la salle ne désemplit pas. Un soir, nous eûmes le bonheur de voir arriver la princesse Grace de Monaco, qui fut tellement charmée par Joséphine qu'elle l'invita à faire sa revue à l'ancien casino de Monte-Carlo.

Je me souviendrai toujours du premier soir de la revue à Monte-Carlo. Joséphine m'avait prié de présenter le spectacle et je me demandais comment diable elle allait s'y prendre pour se mettre dans la poche un public de réputation glacé ! Pendant cinq ou six chansons, la salle resta muette, et, au bout de cinq chansons, Joséphine s'arrêta net, regarda le public et dit doucement : « En 1925, j'ai dansé quelque chose que vous aimiez beaucoup... »

Et, brusquement, elle releva sa robe et se lança en louchant et en grimaçant dans un charleston endiablé ! Une véritable performance d'acrobate et de danseuse. Les gens étaient éberlués. C'était magique. Lorsqu'elle s'immobilisa, un peu essoufflée, la salle lui fit un triomphe.

Grâce à cette performance, elle partit en tournée à l'étranger et put subvenir aux besoins de ses enfants. Joséphine les avait rassemblés dans une maison monégasque qu'elle avait achetée avec l'aide du prince Rainier et où ils vivaient tous ensemble.

C'est à cette époque que le général de Gaulle l'invita à venir le voir. Il n'oubliait pas que Joséphine avait été une grande résistante dans la 2e D.B. et avait obtenu la croix de guerre et la Légion d'honneur à titre militaire. Elle se rendit à l'Élysée vêtue d'un tailleur très sobre, élégante et simple.

« Madame, je sais que vous avez des problèmes d'argent

avec votre propriété des Milandes. La France va vous donner la main, nous pouvons vous soutenir... »

Mais Joséphine lui répondit d'un sourire :

« Merci beaucoup, mon général, mais j'ai fait des bêtises et la France n'a pas à payer pour mes bêtises. »

Je ne connais pas beaucoup de gens qui auraient réagi ainsi. Elle ne s'est d'ailleurs jamais vantée de cette attitude exemplaire, elle était trop pudique, ce n'est que bien plus tard que j'appris cette anecdote.

Elle m'écrivait presque tous les jours des lettres de quatre pages pour me parler de sa vie à Monte-Carlo, de la princesse Grace, qui l'aidait beaucoup, et des problèmes suscités par ses enfants, insouciants et parfois cruels. Elle ne s'en plaignait pas, mais, certains jours difficiles, elle avait besoin de se sentir épaulée.

En 1974, la princesse Grace proposa à Joséphine d'être la vedette de la revue pour l'inauguration du nouveau casino de Monaco. Nous nous sommes mis au travail et avons imaginé une suite de tableaux retraçant certains épisodes marquants de sa vie et de sa carrière. Je faisais les enchaînements racontant son histoire entre deux tableaux, deux chansons. André Levasseur créa les tableaux, les costumes et la mise en scène. La revue fit un malheur devant un public pourtant blasé, qui avait vu défiler les plus grands : Liza Minnelli, Dean Martin ou Frank Sinatra. Il faut dire que le spectacle était vraiment superbe, les chorégraphies, les décors, le rythme... Joséphine avait soixante-dix ans et, au final, elle était presque nue, en maillot recouvert de brillants, mince et radieuse, acclamée comme à ses plus beaux jours.

Devant le triomphe de la revue, M. Bodson, homme très élégant qui avait réussi dans les affaires, me manifesta son envie de monter la revue à Paris. J'allai voir Roland Petit au Casino de Paris, qui, à ma grande surprise, ne montra aucun enthousiasme, probablement inquiet de vieillir l'image du Casino avec notre spectacle... Les Folies-Bergère, le Palais des Congrès, Mogador..., impossible. Finalement, Bodson proposa Bobino. La salle était belle, mais André Levasseur dut modifier le show pour la scène plus petite de

Bobino. Le spectacle, intitulé simplement « Joséphine », fêterait les cinquante ans de scène de la chanteuse, ses noces d'or avec Paris.

Le jour de la première, j'arrivai à Bobino et j'eus du mal à me frayer un passage jusqu'à la loge de Joséphine tant le couloir était rempli de fleurs, des montagnes de fleurs et de plantes qui dégringolaient sur le trottoir de la rue de la Gaîté. Les télégrammes venaient de toutes parts, les Kennedy, la reine du Danemark, le roi du Maroc, Mme Golda Meir, Onassis, Sadate, la fille de Churchill, des messages des plus célèbres aux plus humbles...

Joséphine vint vers dix-huit heures, l'air épuisée, avec deux cabas remplis de petits cadeaux pour nous tous. Elle regarda longuement ses fleurs, émue et ravie à la fois, et commença la distribution aux musiciens, aux danseuses, au bistro d'en face, aux voisins, à la concierge, des fleurs pour tout le monde. Puis je la laissai seule devant sa table de maquillage car elle n'aimait pas qu'on la voie sans sa perruque. Quand elle ressortit, elle était somptueuse.

Alors le spectacle débuta. Nous n'avions fait aucune publicité, aucun article de presse n'était sorti, et, malgré cela, la salle était pleine à craquer. La princesse Grace présidait le gala, et Alain Delon, Arletty, Sophia Loren, Michel Simon étaient présents. Joséphine commença par la chanson de Francis Lopez, *Me revoilà, Paris...*, elle se trompa dans le texte, reprit et finalement termina en faisant la, la, la, tant l'émotion la bouleversait. Aux dernières notes de la chanson, toute la salle se leva et lui fit une ovation. Un public de rêve.

À la fin du spectacle, j'étais au fond de la salle en train de pleurer d'émotion, lorsque je vis un type se lever de son strapontin et se diriger vers la scène. Fou d'angoisse, je traversai la salle en courant, ceinturai l'intrus, qui, surpris, se retourna – c'était Michel Simon ! Après quelques secondes de panique de la part de Joséphine, qui, myope comme une taupe, ne le reconnut pas, ils se jetèrent dans les bras l'un de l'autre. Puis ils chantèrent ensemble. Ce fut vraiment un moment inoubliable.

Le lendemain, la presse était unanime. « Allez-y, disait-elle, courez-y, c'est magnifique ! Quel bonheur de voir cette femme unique... »

Le spectacle fut un triomphe jusqu'au bout. Joséphine était radieuse mais elle accusait le coup. Tous les jours, je lui conseillais de se reposer, de ménager ses forces, mais elle s'épuisait et ne voulait rien entendre. Un matin, je l'appelai chez elle, avenue Paul-Doumer, vers dix heures pour prendre de ses nouvelles, mais sa sœur me répondit qu'elle s'était réveillée tôt, qu'elle avait pris un café et était retournée se coucher. Enfin, elle m'avait écouté, elle se reposait ! Vers quatorze heures, je rappelai, mais on me dit qu'elle dormait toujours. Je m'étonnai.

« Comment ça, vous ne l'avez pas réveillée ?

– Si, mais elle a grogné... Je ne voudrais pas me faire disputer...

– Ce n'est pas normal, maintenant, il faut la réveiller, dites-lui que c'est moi qui insiste... »

J'attendis au bout du fil, sa sœur revint une minute plus tard, essoufflée.

« Elle ne se réveille pas !

– Quoi ?

– Rien à faire... »

Elle avait l'air inquiète. Je commençai à m'affoler.

« Appelez vite un médecin ! Appelez le cardiologue, je viens ! »

Jamais je n'ai fait la distance Buttes-Chaumont, d'où je téléphonais, à l'avenue Paul-Doumer aussi rapidement ! Le médecin arriva une minute après moi. Il diagnostiqua une congestion cérébrale alors que je m'attendais à un nouvel incident cardiaque. Elle était dans un demi-coma, il fallait l'opérer au plus vite afin qu'elle perde le minimum de facultés. Le Samu l'emporta comme elle était, en robe de chambre et bonnet de nuit. Dans l'escalier, nous croisâmes trois photographes informés je ne sais comment. Les ambulanciers eurent la présence d'esprit de rabattre le drap sur le visage de Joséphine, la sauvant ainsi d'une photo humiliante. Je montai dans l'ambulance avec André Levasseur, arrivé au moment où nous partions.

Le service des urgences de la Salpêtrière s'oocupa de Joséphine immédiatement et André et moi commençâmes à attendre. Au bout d'une heure, un médecin passa, je me jetai sur lui pour avoir quelques informations, mais il me toisa du regard et prit tout son temps pour me répondre. J'ai cru que j'allais le tuer sur place ! Il fallait attendre le professeur, dit-il. Celui-ci arriva quelques minutes plus tard et, d'un ton hautain, demanda où était la famille de Joséphine. Je répondis que c'étaient nous, et, après nous avoir toisés, il finit par lâcher :

« On ne peut plus l'opérer. C'est trop tard et, si elle s'en sort, il ne faut pas vous faire d'illusions, elle restera paralysée. Il faut patienter.

– Combien de jours ?

– Peut-être deux ou trois jours, je ne sais pas. Comme elle a un bon cœur, cela peut durer... »

Après deux infarctus, elle avait encore un cœur qui luttait, qui refusait la mort ! Nous avons donc commencé à nous relayer pour veiller Joséphine dans sa petite chambre. J'envoyai sa sœur chercher la jolie robe de Mme Grès que Joséphine mit le jour du gala, le turban pour ses cheveux, ses chaussures et ses bas. J'ignorais quelle serait l'issue de notre attente, mais, si Joséphine devait nous quitter, je voulais qu'elle parte en beauté.

Aux journalistes qui m'interrogeaient, je répondis que la chanteuse avait interrompu les représentations parce qu'elle était fatiguée, et nous, nous continuâmes à la veiller. Je garde de ces nuits passées à ses côtés, dans le silence de l'hôpital, le souvenir de ses mains, ses longues et jolies mains inertes, que je caressais doucement. Un soir, alors que le prêtre et nous étions à son chevet, la porte s'ouvrit derrière nous. Je me retournai et vis la princesse Grace. Elle était arrivée discrètement par les sous-sols de l'hôpital. Elle s'assit et me prit la main en silence. Grace comprit peu à peu qu'elle allait perdre son amie et ne put cacher son chagrin. Avant de partir, elle me demanda :

« Qu'est-ce que je peux faire, Jean-Claude ?

– Madame, je crois que le vœu de Joséphine était de reposer à Monte-Carlo, elle y a été heureuse.

– Je m'en occupe... »

Joséphine ne m'en avait jamais parlé, mais je crois sincèrement qu'elle aurait aimé être enterrée dans la principauté...

Une nuit, il était deux heures, je dis à sa cousine, qui la veillait avec moi : « Je vais dormir un peu, mais n'hésitez pas à m'appeler, je mets mon téléphone sur le lit. »

Je rentrai et m'effondrai comme une masse. Joséphine mourut une heure après. Le téléphone sonna vers trois heures, mais, épuisé, je ne l'entendis pas. À sept heures, on m'apprit la nouvelle. Curieusement, je me sentis délivré, elle ne souffrait plus, elle était partie entourée d'amis, le succès retrouvé. Quand j'entrai dans sa chambre, elle était vêtue de sa robe magnifique, avec le turban à voilette qui lui arrivait au ras des yeux. On lui avait glissé un bouquet de roses dans les bras. Son visage était incroyablement apaisé, détendu, ses paupières avaient dégonflé et ses rides disparu.

Lors de ses obsèques à la Madeleine, cinq mille personnes suivirent son cercueil. Tous ses enfants étaient là, avec Jo Bouillon, son mari, bien qu'elle m'ait dit qu'elle ne souhaitait pas qu'il soit à son enterrement. Elle avait désiré que l'on fasse un musée Joséphine-Baker, mais, n'ayant rien spécifié chez le notaire, ses biens furent dispersés en vente publique. Là encore, je ne pus rien faire. Aujourd'hui, Joséphine repose dans le cimetière de Monte-Carlo.

Un dernier hommage lui fut rendu à New York avec des musiciens de l'orchestre de Louis Armstrong qui jouèrent pour elle, en souvenir de cette femme qui, dans les années 20, fut chassée de certains hôtels avec ses musiciens, parce qu'ils étaient noirs, et qui dut faire un scandale pour être entendue. Le monde entier reconnaissait le talent et l'humanité de Joséphine Baker, mère éternelle de la fraternité.

La mauvaise conscience de Jean Carmet

1975 fut aussi l'année où je tournai *Les Œufs brouillés*, mis en scène par Joël Santoni, et dont le rôle principal était tenu par Jean Carmet. J'ai des souvenirs extraordinaires sur ce film grâce à lui. Jean était un homme rare et un acteur angoissé, intelligent, très cultivé. Rien ne lui échappait. Dans son métier, il était très professionnel et extrêmement consciencieux. Avant chaque film, sa femme lui faisait sa valise et il partait s'installer à l'hôtel Terminus. Là, dans la solitude, il apprenait son rôle, entrait dans son personnage, notant ses répliques sur des petites fiches qui le suivaient partout. On aurait dit un jeune écolier fébrile. Il fallait le rassurer sans cesse.

Nous allâmes tous les deux présenter le film à Genève. En arrivant à l'aéroport, un gros monsieur très convenable nous attendait avec une Mercedes. Il nous demanda : « La projection a lieu dans deux heures. Est-ce que vous souhaitez passer à l'hôtel avant ? »

Cela m'était égal, mais Jean insista pour aller à l'hôtel. Nous prîmes place tous les deux dans la Mercedes, le gros monsieur sérieux s'assit devant, près du chauffeur. Sur le trajet, tout d'un coup, Jean me prit la main et me dit tout haut : « Oui, tu comprends, il faut qu'on aille tout de suite à l'hôtel, je ne tiens plus ! »

Il me regarda tendrement comme si nous avions une relation particulière et tellement intense qu'il ne pouvait plus patienter ! Bien entendu, je rentrai immédiatement dans son jeu et lui répondis : « Mais, mon Jean, tu ne peux pas attendre ce soir ? Tu veux absolument... »

Et je jetai discrètement un œil dans le rétroviseur. Le gros monsieur était décomposé ! Le plus drôle, c'est qu'il y avait autant de surprise que de mélancolie et de tristesse dans ses yeux !

Moi encore, passe, mais que Jean soit une folle tordue le plongeait dans un abîme de perplexité ! Nous posâmes nos bagages dans nos chambres respectives, discutâmes un peu avec le directeur, la femme de ménage, bref, au lieu de rester un instant dans l'hôtel, nous y restâmes vingt minutes. Devant la porte, le chauffeur et sa Mercedes nous attendaient toujours. Avant de grimper dans la voiture, Jean fit mine de rectifier sa tenue. Le gros monsieur était accablé, et j'avoue que moi-même je n'en pouvais plus. Nous allâmes à la projection. Pendant tout le temps de la conférence de presse qui suivit, je voyais l'homme abasourdi, effondré sur sa chaise, qui regardait Carmet d'un air désespéré ! Vingt fois, j'ai eu envie d'aller lui expliquer notre blague, mais je n'ai pas osé !

L'après-midi se passa, et, fatalement, nous finîmes la soirée dans une boîte de nuit. Comme je déteste les boîtes, je l'accompagnai quelques minutes avant de rentrer. Soudain, une grande blonde qui faisait deux têtes de plus que Jean s'avança vers lui et l'invita à danser. Jean, très content, la suivit et commença à gigoter. Son nez arrivait sous les seins de la superbe créature, il faisait le con, c'était drôle comme tout. J'invitai une femme de notre groupe à danser et, en m'approchant de Carmet, j'entendis la blonde lui roucouler : « Je sais que vous êtes connu, vous êtes bien Marcel Carné, non ? »

Je terminai la danse, dis bonsoir à tout le monde et allai me coucher. Le lendemain, nous partions très tôt, je retrouvai Jean dans le hall de l'hôtel. Il était détruit, vert de fatigue, avec à la main un énorme paquet-cadeau.

« Mais tu as acheté ça quand ? lui demandai-je.

– Cette nuit. J'ai fait une bêtise, j'ai couché avec la blonde. Ça m'a coûté cinq mille francs. Alors, pour me faire pardonner, j'ai acheté cinq mille francs de chocolats à ma femme. Pour rétablir l'équilibre. J'ai le sens du péché, tu comprends ! »

C'était tout lui, ça !

13.

Mon amie, ma petite fille, Isabelle Adjani

Depuis toujours, je rêvais de tourner avec Isabelle Adjani, et je fus fou de joie lorsque André Téchiné m'appela en 1976 pour me proposer un rôle dans son nouveau film, *Barocco*. Il avait alors de graves difficultés de production, du mal à trouver de l'argent, mais était décidé à faire le film. J'avais connu André grâce à Jeanne Moreau, qui me faisait tant d'éloges de ce jeune metteur en scène, avec qui elle était en train de tourner *Souvenirs d'en France*, que je ne résistai pas. Je pris ma voiture et allai voir l'oiseau rare à Boulogne sur le montage du film. André était un peu renfermé, silencieux, extrêmement timide, mais respirait l'intelligence et le charme. Tout de suite je sentis qu'on allait bien s'entendre. Il débarqua chez moi et me laissa le scénario de *Barocco*. Je le lus, le relus et ne compris rien à l'histoire. Mais alors rien du tout ! J'eus beau m'appliquer, me dire que j'avais sauté des pages, rien à faire, j'étais perdu et désespéré ! J'appelai André, qui me demanda de sa voix toute timide : « Alors, ça t'a plu ? »

J'ai brusquement repensé à Marie Bell, qui avait avoué à Claudel qu'elle n'avait rien compris au *Soulier de satin*, ce qui poussa l'écrivain à revoir une partie de sa pièce et à en clarifier des aspects. Avec André, je choisis le parti de la sincérité. Curieusement, mon incompréhension le fit rire. Nous avons pris rendez-vous, parlé de l'histoire et relu le scénario ligne après ligne. Il m'expliqua certains points de l'intrigue, convint que d'autres étaient obscurs et modifia quelques passages.

Je fis la connaissance d'Isabelle sur un écran de télévision, alors que je montais mon film *Églantine* tandis que Nina Companeez montait *Faustine ou le Bel Été* dans le même studio. Un jour que je lui rendais visite, je tombai en arrêt devant le visage d'une très jeune fille, bouleversante de beauté, qui faisait ses premiers pas de comédienne. Je demandai son nom : Isabelle Adjani. Puis je la vis, à la Comédie-Française, jouant Agnès dans *L'École des femmes*. Ce fut la révélation, le coup à l'estomac comme on en a rarement. Elle était la force et la fragilité, la glace et le feu incarnés, bouleversante d'émotion et de grâce. Je me souviens d'en avoir immédiatement parlé à François Truffaut, qui adorait les acteurs et surtout les actrices. Il alla l'applaudir au Français, et l'idée d'*Adèle H.* commença à faire son chemin.

Sur le tournage de *Barocco*, Isabelle et moi devînmes vite amis ; j'étais le confident, pour me transformer au fil des jours en un « deuxième papa ». Elle venait chez moi, à la campagne, j'étais sous le charme devant tant de spontanéité, de grâce, de folie aussi. À l'époque, elle vivait avec André Dussolier. Ils faisaient partie d'une bande très sympathique à laquelle appartenaient Jacques Weber, Francis Huster et Jacques Spiesser. Puis Isabelle et André se séparèrent, ce qui m'attrista vraiment car ils formaient un couple magnifique, et elle se réfugia quelques jours à la maison pour faire le point. Ensuite, sa carrière s'emballa, tout le monde la réclamait. Elle démissionna du Français après quelques beaux succès pour pouvoir rejoindre Truffaut dans *L'Histoire d'Adèle H.*

Le film *Barocco* se tournait à Amsterdam. Quand j'arrivai sur le plateau, je me retrouvai face à une armée de Vikings, une bande de jeunes gens, les cheveux en bas des reins : c'étaient les techniciens qu'André avait engagés. Le premier jour du tournage, je devais dire un texte superbe, je racontais mon testament en marchant dans la rue, au beau milieu d'une circulation d'enfer. C'était un long travelling, de près d'un kilomètre, la caméra m'accompagnant dans mon délire. Je me suis donc glissé dans ce trafic, risquant à chaque instant de me faire écraser au milieu de la route. Devant moi roulait une voiture sur laquelle était fixée la caméra. Bruno Nuytten, ce merveilleux chef opérateur, était aux commandes. Des cheveux de jais qui flottaient sur ses épaules, le nez busqué, l'œil perçant, on aurait dit un aigle, Bonaparte aux Pyramides. Il me regardait, m'écoutait avec une intensité chaleureuse, et, à côté, Téchiné se rongeait les ongles, ne tenait plus en place tant il était anxieux. Autour de nous, la peuplade de Vikings blonds s'activait en fumant des pétards.

Dans cette ambiance un peu déroutante, je décidai de me concentrer sur le visage rassurant du vainqueur d'Arcole. Je m'appuyais totalement sur lui, ce premier spectateur qui avait l'air content de moi. À chacune des prises, l'œil rivé à la caméra, Bruno me faisait des petits sourires complices quand il sentait que c'était bon. Ce premier jour de tournage reste pour moi un moment magnifique et totalement surréaliste, en tout cas, je ne l'ai jamais oublié.

Le tournage dura sept semaines, et je fis de nombreux aller-retour entre Paris et Amsterdam. André errait sur le plateau dans un état comateux, on aurait dit qu'il allait être emporté par l'angoisse ! Isabelle était nerveuse, concentrée, attentive. Une vraie professionnelle. Sauf une fois où elle me mit un peu en colère. Nous devions tourner à huit heures du matin dans un restaurant. J'arrivai à sept heures, à huit heures tout le monde était prêt, Isabelle n'était toujours pas là. À neuf heures, personne, à dix heures non plus, et elle était introuvable. À onze heures, elle se présenta comme une fleur, sans s'excuser. Alors je me suis énervé et l'ai grondée comme une enfant : « Ce ne sont pas des façons de faire, tu fais attendre tout le monde, tu arrives sans t'excuser, c'est trop... » C'était la première fois que je m'énervais ainsi sur quelqu'un que j'aimais tant. Mais, la considérant un peu comme ma fille ou ma filleule, j'avais eu un vrai réflexe de père ! Isabelle, plus inconsciente que star, s'excusa et se recroquevilla sur son siège, complètement perdue. Quelques minutes plus tard, nous tombions dans les bras l'un de l'autre, nous ne pouvions pas rester fâchés plus longtemps.

L'essentiel reste la qualité du travail qu'elle et Gérard Depardieu réalisèrent sur ce film. Ils donnèrent une vérité à ce couple pourtant plongé dans une situation particulièrement obscure. Ils rendirent leur amour vrai, palpable, une réalité dont toute la crédibilité du film dépendait. De *Barocco*, il me reste des images étranges, dans l'atmosphère humide d'Amsterdam, le froid, le brouillard, cette horde de jeunes gens qui vivaient comme des nomades, entre bière et haschisch, titubant de fatigue. Des images comme une nuit passée dans la gare d'Amsterdam, où, assis entre Gérard Depardieu emmitouflé dans son manteau immense et Julien Guiomar racontant des histoires à dormir debout, pour justement ne pas s'endormir, j'assistai au travail fabuleux de Bruno Nuytten, qui, d'heure en heure, transformait le hall en lieu féerique et magique, en univers fellinien.

« Françoise, ta pièce est belle... mais pas pour moi ! »

La pièce *Si t'es beau, t'es con* fut une drôle d'aventure. L'un des deux directeurs du théâtre Hébertot me téléphona un jour pour me demander si j'accepterais de devenir son directeur artistique.

« Qu'est-ce que ça veut dire, "directeur artistique" ?

– Vous m'aideriez à choisir des spectacles, vous connaissez tout le monde, vous pourriez me guider.

– Pourquoi pas ? »

La première pièce que je leur proposai était une œuvre de Françoise Dorin, *Si t'es beau, t'es con.* Je connaissais Françoise depuis longtemps. Elle avait écrit des pièces formidables, parmi lesquelles *Le Sale Égoïste, Le Tournant* et surtout *Comme au théâtre*, qui est un pur chef-d'œuvre. Nous nous étions rencontrés par l'intermédiaire de Jean Poiret, son premier mari. Elle était un peu mystérieuse, un peu secrète. Je lui disais souvent : « J'aimerais bien jouer un jour une de tes pièces. » Et elle répondait toujours oui. Un soir de 1968, au Marigny, où je jouais *La Puce à l'oreille*, entre Noël et le jour de l'an, Françoise vint m'offrir son cadeau : « J'ai écrit une pièce pour toi, *Les Bonshommes*, je crois que tu vas être heureux. »

Nous prîmes rendez-vous, et, au printemps, elle vint me lire la pièce en question. Elle préférait procéder ainsi plutôt que de me laisser le manuscrit. La voici donc devant moi, ses petites lunettes sur le bout du nez, en train d'interpréter son texte, jouant ses propres personnages. L'intrigue était la suivante : trois femmes de cinquante ans vivant ensemble décident de se tenir à l'écart des hommes. Trois caractères qui tombent d'accord pour s'enfermer, grossir sans complexe, ne plus séduire..., la liberté pour trois femmes qui ont beaucoup donné et ont été déçues. Et puis débarque un jeune homme sortant d'une déception amoureuse, en proie au désespoir et au suicide. Les trois femmes ne peuvent résister au désir de lui faire du charme et, peu à peu, redeviennent elles-mêmes. Mais l'homme prépare sa vengeance...

À l'écouter, je trouvais la comédie formidable mais... je ne sentais pas le rôle ! C'était terrible, alors que Françoise me faisait ce cadeau prodigieux d'écrire une pièce pour moi, je devais la refuser. La pièce était excellente, mais je lui avouai ma réticence.

Elle ressentit mon refus comme un coup de poignard : elle l'avait écrite en pensant à moi et s'estimait trahie. Je ne voulus pas l'abandonner tout à fait : « Pourquoi ne demanderais-tu pas à Michel Serrault ? Il faut quelqu'un d'un peu illuminé, qui bouscule tout le monde. »

L'idée lui plut, et Michel joua *Les Bonshommes*. Cette tentative avortée avait, hélas, jeté un froid entre Françoise et moi. Malgré cela, je brûlais toujours d'envie de jouer l'une de ses pièces tant nos univers s'accordaient bien. Elle m'écrivit une autre pièce, *Si t'es beau, t'es con*, en me prévenant qu'elle avait pensé à moi... mais que j'étais si difficile qu'elle n'osait pas croire que je lui ferais le privilège d'accepter cette fois-ci. Je reconnaissais bien là son humour !

Elle vint à nouveau chez moi pour me la lire. C'était l'histoire d'un auteur qui, après avoir eu quelques démêlés avec des gens peu scrupuleux, disait vraiment ce qu'il pensait du monde du théâtre, des acteurs, du théâtre privé et subventionné, du public... Une œuvre moderne, forte, très inspirée, on sentait qu'elle y avait mis tout son cœur. Cette fois, j'acceptai tout de suite.

Nous choisîmes Jacques Rosny pour la mise en scène, Jacques Jouanneau, un acteur pittoresque, cocasse et poétique, et André Falcon pour le rôle du directeur de théâtre. On nous recommanda une jeune inconnue, Sabine Azéma, qui se révéla épatante à l'audition. On l'engagea et l'on reçut trois lettres d'encouragement de la part de Jean-Pierre Marielle, Bertrand Tavernier et Jean Anouilh. Les répétitions commencèrent et je m'aperçus de la difficulté de mon rôle. Je crois que je n'ai jamais eu aussi peur de ma vie tant ce rôle était périlleux. Jean Piat, qui avait lu le texte, m'avait prévenu : « La pièce est très écrite, très construite, tu vas souffrir... » Au fil des jours, les problèmes se succédèrent. Le théâtre avait des ennuis financiers et je me souviens de l'arrivée d'huissiers au milieu d'une répétition pour nous saisir un canapé ! Jacques Rosny avait un petit faible pour Sabine Azéma, qui ne le lui rendait pas, ce qui créait des frictions en répétition. L'ambiance était tendue. Quinze jours avant la générale, Rosny explosa. Il voulait remplacer Sabine Azéma. Françoise Dorin n'était pas loin d'être du même avis. Moi, je n'étais pas d'accord.

« Vous ne pouvez pas changer une actrice quinze jours avant la générale, et puis je la trouve bien.

– Non, non, tu ne te rends pas compte. Vue de la salle, elle est molle, elle est absente... »

Nous eûmes une explication avec Sabine, qui resta dans la distribution. Le soir de la première publique, j'étais tellement nerveux que j'ai cru mourir sur scène. Je ne savais plus mon texte, je vacillais... l'horreur. Malgré tout, *Si t'es beau, t'es con* fut un succès. Un très grand succès. Mais, au fur et à mesure des représentations, Sabine devenait distraite. Elle oubliait de mettre la bague dont je parlais dans mon texte, elle changeait les places. Je lui dis à plusieurs reprises : « Fais attention, Sabine, concentre-toi, tu me fragilises en scène. Ne me trouble pas, mon texte est difficile, tu sais. »

Puis, un jour, je poussai un coup de gueule. À l'époque, elle était mariée à un journaliste, un auteur en puissance, qui, sous le coup de la colère, vint dans ma loge une heure avant le spectacle et me jeta un cendrier au visage en me menaçant de me démolir. Après cette scène, l'atmosphère au théâtre devint épouvantable. Il restait trois mois de représentations, et, pour la première fois de ma vie, je partais au théâtre comme à l'abattoir. Sabine et moi jouions un couple amoureux, on n'arrivait même plus à se regarder dans les yeux tellement on se détestait ! Après cet épisode, nous restâmes fâchés pendant cinq ans. Puis nous nous réconciliâmes : je l'admirais trop, je ne pouvais pas demeurer plus longtemps dans cette animosité.

Heureusement, cette pièce me laissa quelques souvenirs charmants. Je me rappelle que, le soir de la première, Nicole Cholet, grande amie d'Arletty, arriva avec un papier journal froissé dans ma loge : « Voilà, c'est le cadeau d'Arletty. »

Le paquet contenait une petite poule faisane et un coq en ivoire. La poule faisane avait le visage de Mme Simone et le coq celui de Lucien Guitry. Sur le billet qu'Arletty m'avait fait parvenir, je lus : « Sacha copyright Arletty ». Lorsque je l'appelai pour la remercier, elle m'expliqua qu'à la création de *Chantecler* Edmond Rostand avait offert ces deux petits objets en ivoire à Lucien Guitry, qui les avait donnés à Sacha, qui les avait donnés à Arletty... qui me les offrait aujourd'hui. Un cadeau rare que je conserve précieusement.

Le courage de Paul Meurisse

En 1977, après *Si t'es beau, t'es con*, je proposai une pièce de Guitry au jeune patron du théâtre Hébertot. Jean-Laurent Cochet avait été choisi pour la mise en scène de *Mon père avait raison*, avec Paul Meurisse et moi, jouant respectivement le père et le fils. Cela tombait bien : Paul Meurisse était un peu mon père spirituel, j'entends par là mon maître en humour. Il avait un esprit incroyablement caustique qu'il distillait en vous fixant dans les yeux. Son allure de vieux Chinois mystérieux qui semblait s'assoupir et sa belle voix grave séduisirent Clouzot et Melville.

Il était irrésistiblement drôle lorsqu'il racontait ses souvenirs de music-hall. Avant d'être acteur, il poussa la chansonnette, fut danseur mondain et l'ami d'Édith Piaf. Puis il passa dans la catégorie gentleman, portant monocle et costumes anglais. Paul conduisait de splendides voitures et habitait à Neuilly un très bel appartement qui respirait le luxe et le confort bourgeois. Sa femme, Micheline Garry, comédienne, ne faisait rien d'autre que de s'occuper de lui...

La pièce fut un triomphe absolu, le succès de la saison. À l'époque, Paul nous le cacha par pudeur, il était gravement malade. Sur scène, certains soirs, il souffrait le martyre, parfois, il ne pouvait plus s'asseoir ni se lever. Il s'appuyait sur les meubles du décor pour tenir debout. C'était pathétique et terrible. Courageux et fier, il est presque mort en jouant.

Quelques mois avant sa mort, Paul me parla avec beaucoup d'enthousiasme d'une pièce de Pascal Jardin, *Le Calorifère*, qu'il aimerait jouer après *Mon père avait raison*.

J'aimais beaucoup Pascal Jardin. Il était très original, avait un talent fou... et une vie sentimentale totalement débridée, toujours entre deux ou trois femmes et ses enfants qu'il adorait. Comme il écrivait magnifiquement, je ne cessais de lui demander : « Pourquoi ne ferais-tu pas une pièce de théâtre ? » La réponse était la même chaque fois : « Je n'en ai pas envie pour l'instant, je verrai plus tard, peut-être... »

Cette fois, il s'était décidé. Malheureusement, la mort empêcha Paul Meurisse de faire le rôle, et, peu de temps après sa disparition, je reçus un appel de Jean-Louis Livi : « Je vais te faire lire une pièce, *Le Calorifère.* Tu vas me dire ce que tu en penses. Elle a été proposée à plusieurs acteurs qui l'ont tous refusée. Je ne sais pas pourquoi je n'ai pas pensé à toi plus tôt. »

Je me méfiais un peu d'une pièce passée de main en main, mais j'acceptai de voir de quoi il retournait. Un soir, je me décidai et la lus d'une traite. Un vrai coup de foudre ! Il était trois heures du matin, je pris mon téléphone et appelai Pascal Jardin :

« Pascal, je trouve ton texte formidable. Je veux jouer ta pièce. J'ai des contrats au cinéma pour l'instant mais je la jouerai dans un an. Il faut qu'on se voie demain.

– Chez Francis, à l'Alma. C'est là que Giraudoux et Jouvet se rencontraient... »

Cher Pascal, toujours simple !

Sous le soleil de Pascal Jardin

Jean-Louis Livi vint au rendez-vous et je lui fis part de mon enthousiasme. Il nous fallait à présent un metteur en scène. Je venais de voir un spectacle magnifique consacré à Oscar Wilde qu'avait signé Pierre Boutron. Je lui parlai de la pièce, et il accepta de voir Pascal. Ce fut une belle rencontre, le début d'une franche amitié. La pièce racontait l'histoire d'un auteur quitté par sa femme et qui ne voulait plus écrire. Il vivait entre une gouvernante envahissante, autoritaire, et une petite secrétaire nerveuse. Finalement, sa femme revenait et tout repartait. Pour la distribution, nous engageâmes Dominique Blanchar, Thérèse Liotard et Magali Renoir, l'épouse de Pierre Boutron. Le titre me plaisant moyennement, *Le Calorifère* devint *Madame est sortie.*

Nous avions le théâtre, la Comédie des Champs-Élysées, les acteurs, le metteur en scène, la pièce, tout était prêt, lorsque la santé de Pascal déclina brusquement. À mesure des répétitions, son état empirait. Cet homme, gourmand et tellement vivant, amoindri par la maladie, dut s'aliter. Nous lui apportâmes une maquette du décor et des enregistrements de nos répétitions pour qu'il garde tout de même le contact avec sa pièce, avec la vie. Un jour, il nous fit la surprise de venir au théâtre et s'allongea dans la loge du fond, enveloppé de couvertures, pour nous regarder répéter. Quelques jours avant le début de la pièce, mon assistant vint me voir et m'annonça : « Pascal est mort ce matin. »

Je m'y attendais, mais, jusqu'au bout, j'avais voulu croire qu'il verrait sa pièce jouée.

Notre déception et notre chagrin nous donnèrent une énergie incroyable. Il fallait que la pièce soit magnifique, que ce soit un dernier hommage irréprochable. Le soir de la première, la femme de Pascal m'apporta le stylo Montblanc avec lequel il écrivait. Un cadeau superbe. Je crois que je n'oublierai jamais la générale et l'émotion ressentie ce soir-là. Nous étions tous bouleversés, les circonstances dramatiques créaient une proximité, une solidarité entre les critiques, le public et nous.

À la fin de la représentation, les trois enfants de Pascal se sont levés et tout le monde s'est mis à pleurer. L'esprit de Pascal était avec nous, c'était notre façon de lui dire merci, de lui faire comprendre que jamais nous ne l'oublierions.

La pièce fit un succès triomphal, autant public que critique. Nous la jouâmes en France, en Belgique, en Suisse. Le jour où la tournée passa à Lausanne, Françoise Dorner, qui avait remplacé Thérèse Liotard, m'emmena déjeuner en compagnie de Jean Anouilh, avec qui elle était très amie. Jean avait envoyé une lettre à Pascal après avoir lu son texte pour lui dire combien il l'avait trouvé formidable, lui confiant même qu'il aurait aimé l'écrire.

Pascal était mort depuis huit mois lorsque nous allâmes tous les trois mettre des fleurs sur sa tombe avant de rejoindre sa famille, dans sa maison, sur le lac. Une belle maison, inondée de soleil, où tous les membres de sa famille s'étaient réunis, gais et chaleureux, comme Pascal les aimait.

Pour Sacha

À force de lire et de relire son théâtre et tous les ouvrages parlant de lui ou se référant à son époque, je commençais à bien connaître l'œuvre et l'univers de Sacha Guitry. Pourtant, je n'avais jamais osé le mettre en scène. À présent, nous étions en 1984, je me sentais prêt et mon choix s'arrêta sur *Désiré*, chef-d'œuvre de répliques spirituelles et de situations à rebondissement. J'allai voir la directrice du théâtre Édouard-VII, où Sacha avait connu de grands succès, et elle accepta de prendre la pièce. Pour la distribution, je proposai Marie-José Nat pour le rôle de la maîtresse de maison, créé par Jacqueline Delubac ; pour celui de la cuisinière, il me fallait un caractère, un tempérament qui puisse prendre la suite d'Arletty et de Pauline Carton. Je pensai à Bernadette Lafont, qui accepta ce rôle difficile et en fit quelque chose de très original. Pour incarner l'industriel, j'engageai Jacques Morel, qui avait joué avec Sacha. Le premier jour de répétition, il savait son texte sur le bout des doigts, il prenait ses places, c'était magnifique. Alors que Bernadette, elle, se cognait partout et se trompait dans ses répliques. Puis, petit à petit, elle se mit à sentir les mouvements et, là, elle s'envola. Le personnage jaillissait littéralement d'elle.

Bernadette Lafont est le type d'actrice qui ne révèle tout son talent qu'une fois qu'elle s'est pénétrée du rôle, sans contraintes extérieures. C'est en partie pourquoi je ne crois pas du tout aux auditions. Certains acteurs ne peuvent pas prendre leurs couleurs le premier jour, sauf cas exceptionnel, comme Jacques Morel. Ils doivent se faire à la scène, aux partenaires, et restent dans une sorte de gris le temps que dure la mise en place. Alors, peu à peu, le personnage vient, la mise en scène se fait plus naturelle et ils peuvent mettre le rouge, le vert, le bleu, composer tout le tableau.

Après des débuts un peu douloureux, Bernadette fit preuve d'une invention magnifique et la pièce eut un vrai succès, avec, ce qui n'est pas toujours le cas, de très bonnes critiques.

Guitry me portait bonheur. Je décidai donc de lui renvoyer la balle. Il avait créé *Le Diable boiteux* au théâtre Édouard-VII, qui avait été le premier à prendre le risque de le remettre à l'affiche après les tracas qu'il avait connus à la Libération. Je me mis donc en tête d'organiser une exposition Guitry. Puis j'allai voir Jacques Chirac, qui était alors maire de Paris : « Il n'est pas normal que Sacha Guitry n'ait pas son nom associé à un théâtre. Il faudrait que vous m'aidiez à donner son nom au théâtre Édouard-VII. »

Il me répondit qu'il faudrait en parler au conseil municipal et que ce n'était pas gagné d'avance. Ensuite j'allai voir le ministre de la Culture, Jack Lang, à qui je tins les mêmes propos. Tous deux, à leur place, œuvrèrent à cette entreprise qui finit par aboutir. En 1984, le théâtre fut baptisé Édouard-VII-Sacha-Guitry. Suite à cela, je reçus l'un des plus beaux cadeaux de ma vie. Mme Guitry, qu'on ne voyait jamais, était venue assister discrètement au spectacle et, à la fin, elle m'avoua : « Sacha n'a jamais eu de fils, il aurait aimé en avoir un comme vous ! » ce qui me bouleversa et me fit le plaisir qu'on imagine. Son élégance n'avait d'égale que sa reconnaissance. Lors de l'élection d'Alain Decaux à l'Académie française et de la confection de son épée, elle lui offrit la grosse émeraude que Sacha avait l'habitude de porter au doigt. Elle avait écrit à Alain : « Ce sera une façon charmante pour Sacha d'entrer à l'Académie française. » Elle n'avait pas oublié qu'à la Libération Alain Decaux, alors jeune résistant, sauva la maison de Sacha Guitry du feu et des pillages puis défendit Sacha contre ses ennemis. C'était une très belle façon de le remercier.

Un an pour prononcer son nom : Didier Van Cauwelaert

Le coup de fil que me passa, ce matin de 1986, Catherine Rich ne laissa pas de me surprendre : « Je viens de lire une pièce formidable d'un jeune auteur, il faut absolument que tu la lises, je suis sûre que le rôle est pour toi ! »

J'étais étonné qu'elle me contacte, alors que son mari, Claude Rich, avait souvent les mêmes emplois que les miens. Je tâtai un peu le terrain.

« Mais Claude en pense quoi ?

– Il écrit en ce moment. Il ne veut pas jouer. »

Claude est mon ami, c'était tout de même un peu suspect. Peut-être avait-il lu la pièce et ne la trouvait-il pas assez bonne... Mon a priori n'était donc pas très positif. Puis Jacques Rosny me téléphona pour me vanter les mérites de la pièce et de l'auteur : « Écoute, je vais d'abord t'envoyer la pièce, puis tu rencontreras l'auteur. Tu verras, c'est un jeune garçon de vingt-trois ans, charmant et sympathique comme tout ! »

Je lus le manuscrit et fus immédiatement emballé. C'était plein d'insolence, de cruauté mais aussi de tendresse et de poésie. La pièce racontait l'histoire d'un homme payé pour écrire à la place d'un autre. L'ironie était au détour de chaque réplique – ça rappelait Marcel Aymé. J'allais ensuite dîner chez Jacques Rosny avec Catherine Rich, et ils me présentèrent l'auteur, un jeune Niçois aux allures d'étudiant, avec un nom d'origine hollandaise, Didier Van Cauwelaert. Je crois que j'ai mis un an avant de le prononcer correctement ! Il avait un physique nordique, blond, assez froid, mais une façon de s'exprimer toute méridionale, chaleureuse et expansive. Le contraste entre l'apparence et la réalité, entre le feu et la glace était étonnant. Il était surtout d'une vivacité extraordinaire. Je crois que le charme et l'intelligence de l'auteur me conquirent autant que la pièce et je repartis en sachant que j'allais jouer *Le Nègre*. Didier a cette faculté rare, qu'il partage d'ailleurs avec Dabadie, d'être perpétuellement inventif. Comme un chasseur aux aguets, il attend dans la conversation le moindre sujet qui peut devenir prétexte à l'humour, puis se jette dessus et en fait immédiatement un trait d'une drôlerie irrésistible.

J'avais déjà le texte, il me restait à trouver le théâtre. Je constatai alors que je n'avais jamais joué dans un théâtre, pourtant cher à mon cœur, les Bouffes-Parisiens. C'est là que j'avais rencontré Jean Marais, Jean Cocteau et Jeanne Moreau. Il avait la taille idéale pour recevoir la pièce. Je pris rendez-vous avec le directeur, que je ne connaissais pas, et je tombai sur deux hommes, l'un fou de théâtre, l'autre tenant les cordons de la bourse. Ils étaient francs et sympathiques. Je leur confiai *Le Nègre*, qu'ils lurent immédiatement : « Écoutez, la pièce est intéressante, et puis, si vous jouez dedans, nous sommes d'accord. Mais nous avons un service à vous demander. Nous avons quelques difficultés à faire la programmation du théâtre... En fait, il nous faudrait un bon directeur artistique ! »

L'expérience précédente au théâtre Hébertot ne m'avait pas laissé que de très bons souvenirs...

« Vous savez, il n'y a rien de plus frustrant que d'être directeur artistique. On échafaude des projets, et, au bout du compte, le directeur administratif vous les refuse ou les ampute considérablement. Et on se retrouve avec un décor, des costumes, et une distribution qui n'ont plus rien à voir avec ceux dont on rêvait ! C'est gentil de penser à moi, mais non, j'ai déjà donné ! »

Alors, du tac au tac, ils me dirent : « Dans ce cas-là, vous n'avez qu'à acheter le théâtre. Comme ça, vous serez seul maître à bord. »

J'étais troublé. Sur le coup, je leur répondis :

« Vous êtes drôles, je n'ai pas d'argent ! J'ai une maison à la campagne, un appartement à Paris, mais je n'ai aucune liquidité !

– Si ça vous intéresse, on vous fera toutes les facilités de paiement possibles ! »

Évidemment, j'étais chaviré par cette proposition. Je n'avais jamais imaginé avoir un théâtre à moi, c'était de la folie. Or, le soir même, je dînais avec Marie-Laure Reyre, la productrice de *L'Effrontée*, et son mari, Jean, qui avait fait carrière dans la banque. Au détour de la discussion, je repensai à mon rendez-vous de l'après-midi.

« Vous savez quoi ? Cet après-midi, on m'a proposé carrément de me vendre un théâtre !

– Ah bon, lequel ?

– Les Bouffes-Parisiens.

– Et alors, vous l'achetez ?

– Vous plaisantez ? Où voulez-vous que je trouve l'argent ?

– On trouve toujours de l'argent pour faire une bonne affaire, me répondit Jean Reyre. Moi j'ai fait toute ma carrière dans la banque en prenant des paris sur des affaires comme celle-là ! »

Plus tard, on parla un peu plus sérieusement des Bouffes-Parisiens, et il me proposa : « Écoutez, j'ai participé à la fondation de Paribas. Le président est un ami, si vous voulez acheter le théâtre, peut-être acceptera-t-il de vous aider. »

Effectivement, le président de Paribas m'aida et fit en sorte d'étaler les remboursements de façon à ne pas m'assommer d'un coup. Les propriétaires du théâtre m'accordèrent aussi des facilités de paiement, je n'avais plus qu'à racheter le bail.

Chez moi, aux Bouffes-Parisiens

Tout cela se fit à la vitesse de l'éclair. J'ai eu l'impression d'avoir été pris dans un tourbillon, d'avoir été emporté par le vent et reposé quelques kilomètres plus loin avec un théâtre entre les mains ! Les premiers jours, je ne cessais de passer et de repasser devant la façade des Bouffes-Parisiens, qui m'avait tant ébloui lorsque j'avais vingt ans. Je devais me pincer pour y croire !

Le destin, le hasard, ce dîner le soir même, tout s'était conjugué pour que je prenne la tête de ce théâtre, le premier que j'aie vu en arrivant à Paris. J'étais fou, mais fou de joie... et tellement fier de rejoindre Charles Dullin, Louis Jouvet, Pierre Fresnay, François Périer ou Georges Wilson, qui avaient avant moi dirigé un théâtre. Elvire Popesco et Marie Bell me l'avaient prédit. Et j'allais l'inaugurer en jouant la pièce d'un tout jeune auteur, c'était déjà un bon point.

Bien entendu, la famille Offenbach restait propriétaire des murs, mais j'en étais le gérant, c'était à moi de faire marcher la maison. Enfin je devenais sérieux ! Il est vrai que je m'étais mis sur le dos une charge incroyable. Financièrement, la gestion d'un théâtre est quelque chose d'extrêmement périlleux et l'on peut compter sur les doigts d'une main ceux qui en retirent de l'argent. Heureusement, le théâtre était sans dettes. En revanche, il était un peu fatigué. Les derniers travaux dataient d'une bonne trentaine d'années. Il fallait d'urgence lui redonner de l'éclat, de la jeunesse, de la lumière. Pour l'éclairage de la façade, je voulais des petites lampes partout, comme j'en avais vu à Broadway, et comme il en existait au Casino de Paris au début du siècle. Puis ce fut au tour du hall d'entrée. Il y avait deux très belles vitrines qui dataient de 1920, laissées à l'abandon et couvertes de poussière. J'appelai les grandes maisons de couture et je leur offris ces vitrines à condition qu'elles en fassent quelque chose de superbe. Je ne fus pas déçu du résultat. Puis je changeai le bar, les fauteuils, j'arrangeai les loges des acteurs en dénichant au marché Saint-Pierre du tissu bon marché gai et très frais. Je mis la main à la pâte comme si je refaisais ma propre maison.

Le hasard remit sur ma route Raymond Moretti, que je n'avais pas vu depuis vingt ans et que j'avais rencontré en 1955, alors qu'il était un jeune espoir de la peinture, ami de Cocteau et de Picasso. Je l'emmenai voir mon théâtre pour lui demander quelques conseils. Et il prit les choses terriblement à cœur. Il fourmillait d'idées pour les Bouffes-Parisiens. Il fit d'ailleurs un cadeau superbe au théâtre : il me donna les épreuves d'auteur d'une série de dessins réalisés à quatre mains avec Jean Cocteau et que je disposai dans tous les couloirs du théâtre. Le logo des Bouffes-Parisiens est un petit dessin qu'il avait fait avec Cocteau sur le thème du théâtre. Enfin il réalisa une affiche magnifique. Tout cela avec une générosité, une gentillesse inoubliables. Comme un gamin avec son nouveau jouet, j'ai voulu démarrer un spectacle le plus vite possible. J'avais eu le théâtre en avril 1986 et *Le Nègre* était prévu pour septembre. J'étais pressé.

Christian Rist, un jeune metteur en scène cultivé, timide et complètement habité, me proposa un spectacle où il reprenait toutes les scènes d'amour des pièces de Molière. « Les scènes d'amour chez Molière sont toujours un peu au second plan. Or elles sont magnifiques. Il faut absolument, pour une fois, les mettre au-devant de la scène », m'avait-il dit.

Il avait réuni une troupe de très jeunes acteurs, ce qui convenait parfaitement à l'esprit que je voulais donner à ce théâtre. Nous avons donc ouvert avec ce joli spectacle. Ouvrir ses portes avec Molière, le patron, on ne pouvait rêver mieux.

Puis je débutai les répétitions du *Nègre*, avec Ginette Garcin, Françoise Dorner et François Guérin. Nous avons joué cent cinquante fois à Paris et cent fois en province. Ensuite, je me suis retrouvé en demi-saison avec mon théâtre sans spectacle à l'affiche. Et j'ai commencé à comprendre combien ma tâche serait difficile. Il faut savoir qu'un théâtre fermé coûte environ vingt mille francs par jour, on ne peut donc pas se permettre de rester sans spectacle longtemps ! Ni être surpris, comme je le fus, sans aucune programmation au milieu de la saison. Tout cela demande un sens de l'équilibre et de l'organisation. Il me fallait très vite trouver quelque chose à mettre à l'affiche.

J'appelai Victor Lanoux pour lui proposer de reprendre une pièce à deux personnages que j'avais adorée, *Le Tourniquet*. Il accepta, surtout pour me faire plaisir. Restait à lui choisir un partenaire. Il fallait quelqu'un d'étrange, de lunaire. Un acteur bizarre, qu'on n'attendait pas forcément dans le rôle. Je demandai à Pierre Étaix, qui entama les répétitions avant d'être pris d'une crise d'angoisse telle qu'il renonça.

Je demandai alors à Victor :

« Que penses-tu de Sim ? Je viens de le voir dans un film à la télévision, c'est un acteur extraordinaire.

– Pourquoi pas ? »

J'ai donc appelé Sim, qui, après être tombé des nues, accepta avec enthousiasme.

On commença les répétitions, et Sim, par son talent, sa gentillesse et son humour, séduisit Victor, qui était quand même un peu méfiant au départ. Victor et lui ne se quittaient plus ! Ils travaillaient comme des malades, presque vingt-quatre heures sur vingt-quatre, et passaient le reste du temps ensemble. Un vrai coup de foudre ! La pièce plut beaucoup au public, qui fit un succès à Sim, dont on découvrit toute la subtilité, la poésie et la délicatesse. Fellini, qui l'engagea quelques années plus tard, ne s'y trompa pas.

14.

Dans la famille de Claude Lelouch

J'ai connu Claude en 1964 quand il réalisait *Des filles et des fusils*. Il m'avait alors promis que nous tournerions un jour ensemble, comme on se jure de se faire une bouffe... un jour... Cela prit quelques années. Mais il tint sa promesse. Finalement, j'ai participé à quatre de ses films : *Robert et Robert, Les Uns et les autres, Édith et Marcel* et *Un homme et une femme : vingt ans déjà*.

L'une des grandes qualités de Claude étant la fidélité à ses comédiens, il imagine et fait ses films avec les mêmes acteurs, les pousse chaque fois dans une direction différente, en essayant de saisir en eux ce qu'il y a de plus profond, de plus rare. Il m'a fallu attendre mon tour.

Et puis, un jour de 1978, il me téléphona : « Je vais faire un film avec Charles Denner et Jacques Villeret. J'ai un rôle merveilleux pour toi, tu vas jouer un patron d'agence matrimoniale qui tire les ficelles, qui organise des rencontres et règne sur tout un petit monde de célibataires où évoluent Denner et Villeret. »

Il s'agissait de *Robert et Robert*. J'étais évidemment emballé par cette idée. J'adorais Charles Denner et Jacques Villeret, deux personnalités singulières à la limite parfois de l'étrange et de l'inquiétant, et la perspective de jouer avec eux deux réunis me remplissait de bonheur. C'est avec ce film que je fis connaissance avec la « méthode Lelouch », qui est pour un acteur ce qu'il y a de plus beau au monde.

Chaque film de Claude est un cadeau pour ses interprètes tant il les aime, c'est comme une déclaration d'amour suivie chaque fois d'une belle histoire. Tel un amoureux passionné, il suit ses acteurs avec sa caméra en permanence. Il est toujours avec vous, vous vous trompez de porte, vous rentrez dans un placard, la caméra est déjà dans le placard ! Et, si cet imprévu lui plaît, il le met dans le film. Sans cesse aux aguets, à l'affût de la moindre particule de vie, d'inattendu, il a l'habitude de ne donner leurs dialogues aux acteurs qu'à la toute dernière minute, afin de préserver leur spontanéité, d'avoir leurs réactions sur le vif. Il vous glisse ainsi, en situation, un petit bout de papier griffonné, votre texte, et à peine l'avez-vous découvert que déjà la caméra est sur vous.

Sur un tournage, ce diable d'homme est partout, marchant à l'enthousiasme, s'envolant dans des déclarations simples et lyriques à la fois, parlant à tous, faisant des confidences, mettant au final tout le monde dans sa poche, de la star au simple figurant. Il a toujours le mot juste et arrive à vous faire jouer presque à votre insu, en vous déstabilisant parfois, mais en sachant vous rassurer ensuite.

Pour les besoins du film, nous devions aller à Waterloo, voyage que j'attendais avec beaucoup d'impatience. J'ai beau être nul en histoire, Waterloo signifiait tout de même quelque chose pour moi. J'imaginais, un peu naïvement j'en conviens, découvrir un champ de bataille, entendre le galop des chevaux et les coups de feu. On se retrouva dans un grand champ tristounet, avec comme seule animation un vieux restaurant-musée, tenu par un ivrogne déguisé en grognard, à qui l'on fit raconter mille fois de suite la « victoire » de Waterloo. Il évoquait la bataille avec une telle fougue, un tel entrain, à mesure qu'il vidait ses verres, qu'il nous faisait littéralement revivre les combats. Il y était, il réalisait un reportage en direct, et, la bouche ouverte, nous le suivions sur le terrain des affrontements.

Ensuite, en 1981, Claude s'attela à sa grande fresque, *Les Uns et les autres*, film à gros budget, avec une multitude d'acteurs... mais sans rôle pour moi. Jusqu'au jour où le téléphone sonna et où Claude me demanda :

« Est-ce que tu es libre après-demain ?

– Pour quoi faire ?

– Pour tourner dans mon film...

– Mais tu m'as dit ne pas avoir de rôle pour moi !

– C'est vrai, mais j'ai pensé à quelque chose hier soir. Tu sais que je veux traiter toutes les formes d'amour. Et j'ai oublié les amours homosexuelles ! Je tiens beaucoup à ce qu'elles y soient représentées. Et j'ai sous la main, pour quelques jours, James Caan, l'acteur américain. Je vous ai donc écrit quelque chose. »

C'est ainsi que je me retrouvai au Lido avec James Caan pour jouer une scène que Claude avait improvisée. J'étais le patron de l'établissement, et, dans une scène très courte mais très intense, James Caan et moi échangions juste un regard, comme une déclaration d'amour. Scène pour laquelle on me complimenta longtemps et dont on me parle encore aujourd'hui !

Le troisième film, *Édith et Marcel*, en 1983, qui racontait la passion d'Édith Piaf pour Marcel Cerdan, est lié à jamais à un drame terrible. Patrick Dewaere, qui devait jouer le rôle de Marcel Cerdan, se suicida juste avant le tournage. Il fut remplacé au pied levé par le propre fils du boxeur, qui fit d'ailleurs une belle composition. Évelyne Bouix joua le rôle d'Édith, du mieux qu'elle put, mais le défi était trop dur à relever, pour qui que ce soit. Édith était irremplaçable et le public n'accepta pas qu'une actrice prenne sa place.

Quelques années plus tard, lors du festival de Deauville, nous dînions avec Claude et Yves Montand. Une journaliste du coin vint à notre table afin de nous interviewer. Elle passa tout en revue, les films, notre vie, puis vint le moment où elle me demanda mes projets. J'étais un peu pompette, c'était la fin du repas, et je me mis à délirer tout haut : « Voilà, on est ensemble ce soir parce qu'on travaille à la suite d'*Un homme et une femme*. Le film s'intitulera *Un homme et un homme*, avec Yves Montand et moi dans les rôles principaux ! »

La journaliste fut un peu surprise, mais Claude et Yves rentrèrent immédiatement dans le jeu en en rajoutant des tonnes, sur l'histoire, sur les personnages, si bien qu'elle finit par y croire ! Évidemment, cela nous fit beaucoup rire, puis, à un moment, Claude envisagea la chose un peu plus sérieusement. Pourquoi, en effet, ne pas tenter l'aventure ? Yves Montand semblait un peu réticent. Alors, ne sachant comment dire à quel point cette idée le gênait, il nous fit cette sortie superbe avec son accent chantant : « C'est bien, c'est bien... mais quand même... ce serait mieux qu'il y ait aussi une petite dans le film. Pas seulement deux hommes. Ce n'est pas pour moi, mais c'est pour Simone ! »

Bien entendu, le film n'alla pas plus loin que cette soirée bien arrosée, mais lorsque Claude tourna *Un homme et une femme : vingt ans déjà*, peut-être en souvenir de ce dîner un peu fou, il me proposa d'y faire une apparition.

Le dernier film avec Romy : *La Banquière*

C'est en 1980 que Francis Girod m'appela pour me confier le rôle de l'avocat, du confident de Romy dans *La Banquière*. J'étais ravi de la retrouver devant la caméra. Jeanne Moreau et Simone Signoret avaient failli jouer le rôle de cette banquière qui, dans les années 20, avait trempé dans bon nombre d'affaires de corruption et de magouilles politiques. Romy allait assez mal à cette époque-là. Elle montrait des signes d'angoisse qui m'inquiétaient. Mais elle tenait énormément à ce film et voulait donner le meilleur d'elle. Et, parfois, elle en faisait trop. Je me souviens d'une scène où elle devait casser un plâtre fictif qu'elle avait à la jambe. Elle tapa tellement fort qu'elle s'arracha la moitié de la jambe. De même, lorsqu'elle devait tomber sous les balles de Daniel Auteuil, elle se jetait par terre à chaque prise avec une telle violence qu'elle était couverte de bleus. Je sentais que ces folies cachaient un immense désarroi.

Autre scène très difficile pour Romy. Nous tournions dans

les immenses salons de l'hôtel Continental. Cinq cents figurants étaient habillés, maquillés, et dansaient aux airs de l'orchestre. La banquière devait descendre dans la salle et croiser un homme qui avait compté dans sa vie, avec qui elle s'expliquait très rudement. Le rôle était interprété par Jean-Louis Trintignant. Tout le monde était prêt, la scène réglée, les cinq cents figurants du bal en place, on attendait seulement que Romy descende de la chambre d'hôtel transformée en loge. Au moment de tourner, personne. Romy refusait de venir ! Elle s'était enfermée dans sa chambre. On envoya donc tout le monde, du producteur au réalisateur, en vain, et l'on finit par me prier d'aller la voir. J'y allai, elle ne voulut pas m'ouvrir non plus ; j'insistai, elle accepta de me faire entrer. Elle était dans un état indescriptible ! Trois personnes avaient passé deux heures à la maquiller et à la coiffer, je la retrouvai le visage complètement défait, l'air égaré, en larmes, le Rimmel au milieu de la figure. Je lui demandai :

« Mais qu'est-ce qu'il se passe ?

– Je suis trop vieille, je ne veux pas descendre...

– Qu'est-ce que tu racontes ?

– C'est cette robe... »

Elle portait une superbe robe noire, très décolletée, dans le dos.

« Mais tu es folle, c'est toi-même qui l'as choisie ! Elle est sublime ! »

Rien à faire, elle faisait une fixation sur la robe, toutes ses angoisses s'y cristallisaient. J'entrepris de la raisonner en lui faisant un peu la leçon.

« Non, mais tu te rends compte ! Tous ces gens qui t'attendent, cette équipe qui a confiance en toi, tous ces figurants qui n'ont rien bouffé et qui attendent que madame arrête ses caprices de star ! »

Je savais que c'était la seule carte à jouer, la culpabiliser et faire appel à sa sensibilité, à sa générosité.

Peu à peu, elle revint à la raison et me dit : « Mais oui, papa, tu as raison, je suis folle, je ne me rends pas compte... »

Elle me pria de rappeler le coiffeur, le maquilleur, l'habilleur. Les trois pauvres garçons se remirent à l'ouvrage, et, par prudence, je restai auprès d'elle. En discutant, je finis par comprendre que la robe était un prétexte, ce dont je me doutais, que la vraie raison à sa crise était la présence de Jean-Louis Trintignant, avec qui Romy avait eu, quelques années plus tôt, une aventure qui s'était assez mal terminée. Elle ne l'avait pas revu depuis leur histoire et était terrorisée à la pensée de le retrouver à l'occasion d'une scène aussi proche de ce qu'ils avaient vécu ensemble. Elle l'adorait comme acteur, elle était ravie qu'il fasse partie de la distribution, mais l'idée de lui faire une scène, même de cinéma, pour leurs retrouvailles, lui était insupportable !

Je redescendis donc en prévenant tout le monde qu'elle allait venir et qu'on allait pouvoir tourner. Le producteur lui fit monter une coupe de champagne pour lui donner du courage. Elle arriva enfin, je la verrai toujours : les cheveux crantés, coiffée 1930, ses yeux clairs, si beaux, cette robe sublime qui découvrait la courbe de son dos, elle était magnifique. Elle descendit le grand escalier de l'Intercontinental et tous les figurants qui attendaient depuis des heures se mirent spontanément à l'applaudir. Cinq cents personnes la fêtaient comme une reine ! C'était bouleversant. Ils auraient pu la huer ou l'insulter, ils l'applaudirent tellement ils l'aimaient !

Elle s'approcha du metteur en scène et lui dit d'une voix étranglée, saccadée : « Je te demande pardon... », lui tendit la main, et lui, furieux d'avoir patienté si longtemps, lui refusa la sienne ! Romy tourna les talons et remonta aussi sec dans sa chambre ! J'ai cru mourir ! Daniel Mesguich est venu avec moi, et, avec toute la diplomatie dont nous étions capables, l'avons convaincue de revenir. Le bal commença et Jean-Louis Trintignant arriva. Je dois dire que la vision de ces deux anciens amants me bouleversa. Jean-Louis fut adorable, il fit comme si rien ne s'était passé entre eux, parla à Romy de choses anodines après lui avoir dit combien il était heureux de la voir. Tout se passa avec douceur et délicatesse. Devant l'intelligence et l'élégance de Jean-Louis,

Romy se calma et comprit qu'elle n'avait rien à craindre de cette confrontation.

Romy fut, bien malgré elle cette fois, à l'origine d'une autre petite mésaventure que je n'oublierai pas de sitôt. Pour la première de l'une de ses émissions de télévision, en 1980, Michel Drucker avait composé un plateau autour de Romy Schneider. Il m'avait invité, mais, devant jouer le même soir à vingt heures trente au théâtre, je déclinai son offre. Quelques jours après son premier coup de fil, Michel me rappela.

« J'ai un problème, Romy ne veut pas venir si tu n'es pas là ; elle dit que tu es son ami, son frère, qu'une émission qui lui est consacrée n'a pas de sens si tu n'es pas là...

– Mais je ne peux pas me permettre d'arriver en retard à la représentation !

– Peux-tu essayer de la repousser à vingt et une heures trente ? Je te promets que je ne te retiendrai pas, je mets les motards et tout ce qu'il faut à ta disposition, l'essentiel est que tu sois présent au début de l'émission... »

J'en parlai aussitôt à Guy Descaux, le directeur du théâtre, qui, sans perdre le nord, me répondit : « Mais il faut y aller, bien sûr, si ça peut faire un peu de pub pour la pièce ! »

À l'époque, je jouais depuis huit jours dans *Madame est sortie*, de Pascal Jardin.

Me voici donc à l'émission. On fit quelques répétitions, évidemment, rien ne se passa comme prévu à l'antenne, on prit du retard, du retard et encore du retard. J'étais complètement terrorisé en voyant l'heure tourner ! Puis Romy fit son entrée, toute la salle se leva.

Michel Drucker l'accueillit et lui dit : « Merci, Romy, de me faire l'amitié... »

Mais, sans le laisser terminer sa phrase, elle lui prit le micro des mains, m'attrapa par la manche, me serra contre elle et annonça : « Je ne suis pas venue pour vous, je suis venue pour lui, pour mon frère, parce qu'il joue en ce moment une pièce formidable de Pascal Jardin, et... »

Et elle se mit à faire des éloges de la pièce et de moi, bref, une publicité incroyable pour le spectacle, doublée d'un magnifique cri d'amitié pour moi. J'en oubliai mon retard tant j'étais ému. Lorsque j'arrivai au théâtre, j'eus droit à un savon mémorable. Malgré l'aide des motards, je fis mon entrée à dix heures moins dix ! Le directeur du théâtre n'avait pas fait l'annonce prévue et les spectateurs n'eurent droit pour toute explication qu'à un rideau baissé. Ils étaient furieux, sifflaient, tapaient dans leurs mains, c'était atroce. J'enfilai mon pantalon et entrai sur scène sans maquillage. J'étais seul au début de la pièce, assis à mon bureau. Le rideau se leva et je fus hué, sifflé, injurié. Le public manifestait une telle colère que je ne savais plus si je devais quitter la scène, lui rentrer dedans en justifiant mon retard ou commencer à jouer. J'étais totalement égaré.

Maria Callas m'avait confié que lorsqu'elle avait à subir les sifflets, ce qui ne se produisit pas souvent, elle se mettait à chanter tout bas, le moins fort possible pour que les gens tendent l'oreille et se taisent. C'est ce que je fis. J'attaquai à voix basse, comme si de rien n'était, parlant dans un souffle, murmurant, en oubliant les huées qui s'arrêtèrent peu à peu. Les gens firent silence pour entendre ce que je racontais. Plus tard, je profitai de l'entracte pour monter sur scène et, devant le rideau, je donnai les raisons de mon retard, demandant au public de me pardonner. Il y eut un ou deux sifflets, puis le calme revint et nous pûmes terminer la pièce normalement.

Dans le carrosse d'Ettore Scola

Depuis longtemps, j'avais en tête l'idée de réaliser un film sur la fuite de Louis XVI et son arrestation à Varennes. Ma rencontre, en 1981, avec Didier Decoin, que je trouvais sympathique et talentueux, fit resurgir ce projet.

Cette fuite, préparée de longue date par Marie-Antoinette, me semblait tragi-comique, voire surréaliste. J'étais fasciné d'abord par le destin des personnages. Par Marie-Antoinette, en premier lieu, choisie à quatorze ans, « sur catalogue », pour devenir la femme du roi de France. Puis par sa vie à Paris, son amour de l'art et de la culture, sa frivolité, ses aventures, le monde totalement irréel et déconnecté du peuple dans lequel elle vécut... Jusqu'à ce que la réalité la rattrape avec ce périple qui l'obligea, pour la première fois, à agir en femme responsable, à peine sortie du rêve et obligée d'affronter la réalité. On imagine ce que furent les deux jours que dura le voyage : la peur d'être reconnus et arrêtés en chemin, bien sûr, mais aussi la découverte de leur pays, de leur peuple, de la campagne et des paysans. Comme si le roi et la reine n'avaient pas pu mourir avant de contempler le pays, et ses beautés, en ce premier jour de l'été. Ils n'avaient pas dû en voir souvent, des villages, des fermes et des gens au travail en pleine nature ! Et, même si la reine aimait jouer à la bergère, elle était tout d'un coup très loin du Petit-Trianon !

Didier et moi nous étions donc mis au travail, en pensant à Romy Schneider pour interpréter Marie-Antoinette et à Philippe Noiret pour jouer le roi. Romy était enchantée, elle était bien la seule. Tout le monde accueillit cette idée en rigolant. C'était une folie, me disait-on, c'était infaisable. Les portes se fermant les unes après les autres, je décidai de proposer mon scénario, intitulé *La Nuit de l'été*, à la télévision. Je me mis donc en quête d'un nouveau casting, offrant le rôle de la reine à une Brigitte Fossey peu enthousiaste et celui du roi à Bruno Crémer, qui ne se voyait pas du tout en perruque. J'envisageai même d'appeler Raymond Devos pour Louis XVI ! Finalement, sa ressemblance physique avec le roi m'ayant frappé, j'en parlai à Henri Tisot, qui accepta, et à Marina Vlady, qui s'enflamma pour le rôle de Marie-Antoinette. Nous tournâmes ce film ensemble avec beaucoup de plaisir.

Au même moment, Daniel Toscan du Plantier, alors directeur de la Gaumont, à qui j'avais proposé l'idée de scénario pour le cinéma, se mit en quête, sans rien me dire, d'un metteur en scène plus qualifié que moi. En effet, à défaut de ma personne, l'idée de cette fuite à Varennes l'avait enchanté. Ce fut Ettore Scola qui accepta. Ayant appris que j'en avais déjà parlé à Toscan et que je tenais vraiment à ce sujet au point de vouloir le réaliser, Ettore Scola eut l'élégance et la courtoisie de me passer un coup de fil d'Italie pour me demander, en quelque sorte, la permission de faire le film. Ettore Scola n'avait évidemment pas besoin de mon autorisation pour s'attaquer à ce sujet et je ne pouvais pas la lui refuser. Mais, dans ce monde où chacun est à l'affût des idées des autres et prêt à les piquer sans prévenir, cette délicatesse avait quelque chose d'exceptionnel ! Je tournai donc mon film avec de faibles moyens pour la télévision et me fis accrocher au passage par quelques historiens mécontents de la légèreté avec laquelle j'avais traité le sujet. De la même façon, pour *Cinq-Mars* que je tournai ensuite, on nous reprocha de nous intéresser aux personnes et à leur destin plutôt qu'au contexte historique. Mais ce qui nous intéressait, Didier Decoin et moi, était de faire se rencontrer de grands et beaux personnages et d'analyser leur personnalité plus grande que nature, en faisant ressortir leur caractère romanesque et passionné.

À Cannes, je tombai par hasard sur Ettore Scola, qui me raconta son scénario : il avait imaginé mettre dans le carrosse l'écrivain Restif de La Bretonne et Casanova, ainsi que d'autres personnages inédits, une veuve arriviste, un commerçant, etc. Brusquement, il me regarda et me dit : « Il y aura aussi Jacob, le coiffeur de la reine, obligé de fuir avec eux par peur d'être exécuté. C'est un pauvre type un peu baroque, homosexuel, à la fois excentrique et tragique. Son rôle est un peu secondaire par rapport aux autres, mais il existe. Voulez-vous l'interpréter ? »

Il avait ce don, propre aux Italiens, de se laisser porter par son enthousiasme, au point de vous faire croire que votre personnage, même s'il est tout à fait secondaire, est presque le pivot du film, une pièce maîtresse. Et, généralement, on se retrouve avec une scène de douze secondes dans le film ! Certains y voient du mensonge, de la tromperie, mais je sais depuis longtemps qu'il s'agit de cette exaltation débordante, propre aux créateurs, qui se laissent emporter par l'inspiration et l'amour qu'ils portent au moindre de leurs personnages. Évidemment, charmé par Scola, j'acceptai ce rôle court que Michel Serrault et Michel Piccoli avaient refusé. J'attendais le scénario avec impatience, à la fois heureux et fier d'interpréter Jacob dans ce film qui, avec Marcello Mastroianni dans le rôle de Casanova et Hanna Schygulla, promettait d'être une merveille.

Le scénario arriva, énorme, et je me jetai dessus avec avidité pour cerner mon personnage. Je feuilletai donc le gros manuscrit, page après page, lisant par moments : « Jacob disparaît derrière une porte », puis, plus loin : « Jacob est dans la pièce, silencieux », puis « Jacob, présent lui aussi, s'en va en silence ». C'était incroyable ! Je n'avais pas un mot, pas une ligne de dialogue, rien ! C'était presque un gag : « On voit une ombre se faufiler et disparaître en silence dans la nuit, c'est Jacob. » Je devais interpréter un fantôme, un muet, une apparition ! J'étais désespéré, abattu. Je pris rendez-vous avec Ettore et lui dis : « Écoute, malgré tout l'amour, toute l'admiration, le respect que j'ai pour toi, je ne peux pas faire le rôle. Il n'y a rien... Qu'est-ce que tu veux que je fasse de ce personnage ? Il n'existe pas ! »

Et, là, il me fit une réponse que seul un très grand metteur en scène pouvait me faire.

« C'est vrai, il n'y a rien, parce que je n'avais personne en tête pour le rôle. Maintenant que je sais que c'est toi, il y aura tout. Jacob existe depuis quelques jours seulement, c'est toi. Fais-moi confiance.

– Je veux bien te faire confiance, mais donne-moi au moins une chose à dire, quelques lignes, que je sache à quoi m'en tenir !

– Non. On va le faire exister ensemble, sur le plateau, en tournant. On va l'installer petit à petit, je sais comment, mais je ne peux pas encore l'écrire sur le papier. Fais-moi confiance. »

Peut-on refuser quoi que ce soit à Ettore Scola quand il vous demande de lui faire confiance ? J'étais persuadé que je venais de me faire avoir, une fois de plus, qu'il m'avait eu au charme, mais, tout de même, je sentais que le voyage serait de toute façon excitant aux côtés d'une telle distribution et avec un metteur en scène aussi genial. Bref, j'étais un muet heureux !

Le film se tourna principalement dans le carrosse, et malgré mon petit rôle, je devais être présent tout le temps. Le tournage dura dix semaines. Sachant bien que pour travailler avec Scola nous étions prêts à tous les sacrifices, la production nous proposa une rémunération véritablement humiliante. Nous nous retrouvâmes dans la campagne romaine en plein été, il faisait cinquante degrés à l'ombre, le maquillage était long, les vêtements étouffants.

Pour interpréter ce personnage excentrique, maniéré, voyant, j'avais demandé à Gabriella, la costumière, de me faire un habit le plus sobre possible. Elle eut l'idée géniale de me confectionner une soutane ! J'avais une perruque noire, très frisée, beaucoup de poudre blanche sur le visage, du rose aux joues, une allure insensée qui au fil des jours donna véritablement vie à Jacob.

Je fis mille propositions à Scola, un dialogue, une intervention, un geste, il écouta avec attention et construisit mon personnage avec moi, comme il me l'avait promis. Pendant le tournage, je le sentis me faire naître, exister, sans jamais bouleverser l'équilibre du film. Cette métamorphose reste pour moi l'un de mes plus beaux souvenirs de comédien.

Le résultat dépassa toutes nos espérances, Jacob étant, depuis, devenu un modèle, une référence de personnage secondaire utilisé au mieux de ses possibilités. Beaucoup de spectateurs furent marqués par cette figure, à la fois discrète et omniprésente, burlesque et pathétique, légère et pesante. Lors de la sortie du film aux États-Unis, je reçus même un mot d'Elia Kazan, qui m'avait remarqué dans le rôle et me dit combien il m'avait trouvé bon, ce qui, pour moi, valut bien mieux que certaines critiques élogieuses mais attendues.

Le baiser de Marcello

Et que dire du bonheur fou de tourner avec Marcello Mastroianni, l'acteur que j'aurais aimé être... dans l'idéal ! L'homme avait un charme exceptionnel, un humour, une ironie incroyables, et surtout une formidable distance avec ce qu'il faisait. Lui, qui eut toujours un instinct fou pour choisir les plus beaux rôles et interpréta les personnages les plus éblouissants, de *La Dolce Vita* aux *Yeux noirs* en passant par *Une journée particulière*, resta toujours très modeste, sans doute parce qu'il ne prenait pas vraiment le spectacle au sérieux. La seule chose qui lui importait, c'était la vie. Elle lui souriait et il lui rendait ses sourires. Il aimait la vie, comme il aimait les femmes, le soleil, le temps qui passe. C'était un séducteur-né, on le sait, mais, disait-il, un « séducteur séduit ». Un séducteur malgré lui. Il était passionnant à regarder, à écouter. On avait toujours l'impression qu'il était perdu, qu'il ne savait pas sur quel film il était, qu'il ne connaissait pas son rôle. Mais, tous les matins, il arrivait sur le plateau à l'heure et, dès que les caméras tournaient, son œil, qu'on aurait pu croire endormi, s'illuminait et il jouait avec subtilité et intelligence, sachant toujours parfaitement son texte. La scène terminée, il retournait à sa nonchalance, allait écouter la radio, faire du courrier ou recevoir quelques copains, toujours heureux et joyeux.

Sa principale activité dans la vie, disait-il, consistait à éviter les problèmes, à éloigner les emmerdements. Il voulait être tran-quille ! Sa vie privée avait été mouvementée. Les femmes s'étaient succédé près de lui, il était toujours entre deux, et cela ne semblait jamais lui poser le moindre problème psychologique... ou d'organisation ! Il jouait, il mentait, il racontait des histoires aux unes et aux autres à la façon d'un enfant. Il n'y avait pas une goutte de cynisme dans tout cela, jamais de froideur, c'était l'inverse du don Juan, du collectionneur, il était toujours amoureux, réellement amoureux, ne trichait pas et essayait de se tirer des éventuels faux pas comme il pouvait.

En plus de toutes ses qualités, je peux dire, et certaines ne me démentiront pas, qu'il embrassait à la perfection ! Nous avons, en effet, échangé tous les deux un long baiser qui a débuté à Senlis et s'est achevé à Rome. Un jour que nous tournions à Senlis, dans une chapelle médiévale, j'entendis Scola dire tout d'un coup :

« Cela serait bien qu'au moment de partir Casanova t'embrasse sur la bouche !

– Comment ?

– Oui, Casanova, à la fin de sa vie, ayant connu toutes les amours, ayant tout vécu, exprimerait ainsi son amitié pour Jacob, en l'embrassant comme on embrasse quelqu'un qu'on aime ! »

Évidemment, ce fut le début de longues scènes de rigolade. Tout le monde sur le plateau, Marcello et moi les premiers, attendait en riant le baiser fougueux ! Scola nous fit faire cinq prises, par pure perversité et par amusement. Marcello, encore plus décontracté que d'habitude, en rajoutait et déclenchait les rires. Et, à la fin des cinq prises, toute l'équipe nous applaudit, comme si nous venions de faire une cascade formidable. Quelques semaines plus tard, nous tournions à Rome la suite de l'histoire. Un soir, lors du dîner, Scola me dit :

« Écoute, j'ai une bonne nouvelle pour toi. J'ai vu le baiser à la projection, il n'est pas assez long. Il faut recommencer et faire durer.

– Tu te fous de moi ?

– Non, non, je te jure, il faut le refaire ! »

Les décorateurs reconstituèrent à Rome le mur de Senlis, et, comme Lana Turner et Tyrone Power, nous nous remîmes à la tâche. J'avoue que le plus difficile fut de garder son sérieux, tant Marcello et moi, chacun notre tour, ne cessions de faire des commentaires sur l'action. Et, tandis qu'il me susurrait que j'embrassais mieux que Piccoli et me retenait pour que le baiser dure plus longtemps, moi je pouvais, pendant quelques secondes, m'imaginer dans la peau de Catherine Deneuve...

Toutes ces émotions me donnèrent une envie de pureté et d'innocence... et je décidai en 1981 de réaliser un film destiné aux enfants pour leur offrir autre chose à voir que des lasers et des combats interstellaires. Un peu de fraîcheur et de poésie dans ce monde de brutes ! Je soumis à Antenne 2 l'idée de réaliser *Les Malheurs de Sophie*. Je voulais montrer la fin d'un monde et une société en pleine évolution telle qu'elle était à l'époque du récit. On commença d'abord par me rire au nez en me disant que la comtesse de Ségur, c'était niais et que ça n'intéressait personne. Finalement, après maintes discussions, j'arrivai à les convaincre de me laisser faire une adaptation avec Luc Béraud.

Nous tournâmes le film en Anjou, dans deux châteaux magnifiques, avec des acteurs inconnus. Et *Les Malheurs de Sophie* firent un tabac. Le film devint un classique de la télévision.

Je me souviens d'anecdotes assez drôles concernant la propriétaire, très « Ancien Régime », du château dans lequel nous étions. Quand je lui disais : « Mais, madame, vous n'avez pas peur de rentrer toute seule dans votre château, au milieu de cette immense propriété, la nuit tombée ? » elle me répondait : « On a coupé la tête de nos ancêtres, que peut-il m'arriver de pire ! »

Chaque matin, elle me demandait :

« Bonjour, Brialy, qu'est-ce que vous tournez aujourd'hui ? »

Moi, je lui répondais :

« Madame, nous tournons le goûter, ou bien le pique-nique. »

Et, invariablement, elle s'exclamait :

« Oh ! c'est roulant ! »

Puis elle partait dans les frondaisons avec son grand chapeau de paille et son sécateur couper ses rosiers. Elle était aussi charmante qu'extravagante.

« Je voudrais faire un pot pour toute votre équipe. Tout le monde est si gentil ! » me proposa-t-elle un jour.

Pourquoi pas ? Elle fit préparer un buffet campagnard, avec des petits pâtés, des rillettes, du vin... Elle évoluait, ravie, au milieu des machinistes, des techniciens, des maquilleurs, des acteurs, en les complimentant.

Je profitai de l'occasion pour lui présenter mes interprètes, les uns après les autres : « Je vous présente Sophie Deschamp, qui joue la mère, Mme de Réan, Monique Annaud, Mme de Fleurville, voici Michel Larivière, qui joue M. de Réan... » Elle leur serrait la main en souriant. Lorsque j'arrivai devant Annie Savarin, je dis à la châtelaine : « ... Annie Savarin, qui joue la bonne... »

Et, là, elle ne bougea pas, ne lui serra pas la main, parce qu'elle interprétait la bonne ! Sans aucune méchanceté, instinctivement, elle ne toucha pas la main d'une domestique ! J'avoue que, pendant quelques minutes, Annie et moi restâmes confondus...

Tendre Mme Mac'Miche : Alice Sapritch

Le succès des *Malheurs de Sophie* nous poussa, Didier Decoin et moi, en 1983, à travailler à l'adaptation d'*Un bon petit diable*, de la même comtesse de Ségur. Je voulais des paysages sauvages comme en Irlande – la Bretagne était idéale pour le tournage. Je persuadai Alice Sapritch de jouer le rôle très antipathique et très méchant de Mme Mac'Miche. Je ne connaissais pas très bien Alice, et je découvris, pendant le tournage, une femme courageuse, intelligente, généreuse, un vrai caractère. Elle eut une vie étonnante et difficile. Grâce aux peintres pour qui elle avait posé, elle fréquenta Jean-Paul Sartre, Boris Vian, à Saint-Germain-des-Prés. Pendant la guerre, elle fut inquiétée à cause de ses origines arméniennes, beaucoup de gens profitèrent abusivement de son grand cœur, mais, malgré tout, il n'y avait rien de revanchard ni d'amer chez elle. Alice était, comme on dit, une « belle personne ». Je découvris derrière la caricature un peu lourde qu'on fit d'elle une femme tendre, seule, assez malheureuse, mais toujours prête à aider les autres.

Elle avait rendu son personnage de sorcière très émouvant, réussissant à montrer que si cette femme faisait souffrir c'est qu'elle-même avait beaucoup souffert. Je me rappelle qu'elle devait donner une fessée au petit garçon et qu'elle n'y arrivait pas. Elle n'osait pas. Il fallut refaire la prise une dizaine de fois car elle s'arrêtait brusquement, incapable de passer à l'acte. Au bout d'un long moment, je lui demandai gentiment mais fermement de se forcer ; le petit garçon voulait lui aussi en finir, et je criai « action ! ». Alors, Alice se déchaîna. Elle attrapa l'enfant et lui donna une fessée royale, en frappant de toutes ses forces. Le môme était en larmes, il criait tant il avait mal ! Puis Alice s'effondra en sanglots, elle était inconsolable, voulait quitter le plateau, cesser de jouer cette horrible femme. À côté d'elle, le gamin hurlait en nous traitant de cinglés. On ne savait plus qui consoler !

Pendant le tournage d'*Un bon petit diable*, Alice était souvent essoufflée, avait quelques problèmes de mémoire, mais elle ne se plaignait pas. C'est plus tard, en 1989, que j'appris la gravité de sa maladie. Elle se savait condamnée et ne voulait ni se soigner ni se faire opérer. Elle fumait trois paquets de cigarettes par jour... Il lui restait un an à vivre. Je la vis, pour la dernière fois, trois mois avant sa mort. Nous dînions ensemble à L'Orangerie, et brusquement elle m'annonça : « Jean-Claude, je vais mourir ! »

Elle me dit cette phrase terrible comme seule une grande actrice peut le faire, avec une vérité, un tragique et une émotion extrêmes. Mais, cette fois, elle ne jouait plus. J'étais bouleversé. Elle n'avait pas envie de mourir, elle adorait tellement la vie, les autres, son travail ! J'ai vu la terreur de la mort sur son visage. C'était pathétique. Elle me demanda de faire son éloge funèbre à l'église Saint-Germain-des-Prés. Ce lieu était pour moi un symbole de gaieté, de lumière, de toute une époque, Les Deux Magots, le jazz – c'était une joyeuse église de village. Depuis la mort d'Alice, je ne la regarde plus de la même façon. Il y avait beaucoup de monde le jour de ses funérailles. J'avais écrit un petit texte pour lui dire au revoir, quelques lignes graves ponctuées de pirouettes, mais en le lisant j'ai craqué, je sentais les sanglots m'étouffer et je me suis littéralement effondré.

L'espion qui venait du... cinéma

C'est pour pouvoir réaliser le rêve d'enfant de sa femme, la comédienne Anémone, que Philippe Galland réalisa *Le Mariage du siècle*. Anémone a toujours été à la fois fantasque et passionnée. Petite fille, elle rêvait d'être une princesse et avait imaginé une histoire de roi et de reine pour pouvoir donner corps à son rêve.

Le film fut tourné à Budapest, en 1985, en pleine période communiste. L'environnement n'était donc pas très gai. Nous étions logés au Hilton. Il y avait toujours quelques prostituées au bar qui attendaient le client. Autour de l'hôtel, je voyais des magasins d'alimentation devant lesquels s'allongeaient des files d'attente comme je n'en ai jamais vu ailleurs. Le régime politique était terrible. On venait nous chercher le matin à l'hôtel pour nous conduire sur le plateau, puis nous roulions sur une grande avenue uniquement accessible avec laissez-passer. Sinon, elle était interdite. Les gens étaient muets, ils ne parlaient que lorsqu'ils étaient chez eux ou chez des amis, hors de portée de micros ou de policiers. On sentait partout une surveillance perpétuelle, pesante.

Je faisais régulièrement des aller-retour entre Paris et Budapest, en fonction du planning de tournage. Et, pour donner un peu de gaieté aux amis hongrois que je croisais, j'avais décidé de rapporter de France des films qu'ils ne pouvaient pas voir là-bas. Avec la complicité de l'ambassadeur, grâce à la valise diplomatique, je fis donc passer tout un tas de films en Hongrie. Puis je les présentai à l'Institut français, dans une petite salle de projection. Le bruit se répandit immédiatement, et les étudiants hongrois vinrent de plus en plus nombreux. Ils pouvaient voir des films interdits, débattre ensuite librement sans crainte d'être espionnés. Pour eux, c'était un espace de liberté inespéré.

Un jour, alors que j'étais à Paris, une journaliste qui avait appris que je tournais à Budapest me demanda mes impressions sur le pays, sur le régime. Sans me méfier, je répétai ce que j'avais vu, ce que tout le monde savait, que les gens étaient surveillés, qu'ils n'avaient rien pour vivre, que les produits de base étaient inaccessibles, qu'il y avait du marché noir, bref, je décrivis la situation telle que je l'avais vécue, sans agressivité aucune. Comme souvent, la journaliste ne garda que le plus virulent de mes propos et fit un papier presque militant dans le style « Jean-Claude Brialy prisonnier des bolcheviks ». À le lire, on pouvait croire que j'appelais les Hongrois à se révolter et à renverser le régime.

Suite à cela, je pris l'avion pour rejoindre le tournage. Une fois à l'aéroport, je vis tout de suite deux hommes en noir qui m'attendaient à la sortie de l'avion, avec une grosse voiture. On se serait cru dans un film d'espionnage au temps de la guerre froide. Sur le coup, je crus que c'étaient des gens envoyés par la production. J'étais presque content. Je montai dans la voiture. Les hommes qui m'accompagnaient ne parlaient pas un mot de français. Nous démarrâmes et, au bout de quelques minutes, je m'aperçus que nous ne prenions pas du tout la direction des studios. Je commençai à m'inquiéter, posai des questions, pas de réponse.

La voiture s'arrêta devant un bâtiment de béton gris, on me fit descendre et l'on me conduisit dans un bureau. Je me retrouvai devant un gros type à l'air mauvais qui me dit, en français cette fois : « Vous avez fait des déclarations mensongères sur notre pays. Nous vous avons accueilli, vous nous avez trahis. »

Tout cela d'un ton dur, inquiétant. J'étais mort de trouille. Personne ne savait où j'étais, ni la production ni l'ambassade ; il pouvait m'arriver n'importe quoi.

J'essayai donc de m'expliquer, jurant que jamais je n'avais critiqué le pays, je me justifiai ; lui menaçait d'interrompre le film, moi, je plaidais ma cause, et cela dura un bon moment. Finalement, il me dit qu'il acceptait de passer l'éponge pour cette fois, à condition que je fasse une déclaration à la télé hongroise pour revenir sur mes propos. Il n'y avait pas d'autres moyens de m'en sortir, j'ai donc accepté ce passage télé. Les caméras de la chaîne nationale vinrent sur le tournage, un journaliste à la solde du gouvernement me posa d'abord des questions sur le film, puis, comme prévu, sur le régime, la vie des gens en Hongrie, etc. Je parlai de la nature, de la beauté des paysages, de la gentillesse des habitants, bref, je trouvai toutes les phrases et les images pour contourner soigneusement ses questions, et finalement je réussis à m'en tirer sans faire l'éloge du régime. Je me sentis bon pour une carrière diplomatique !

Quand le film fut achevé, nous donnâmes une grande fête sur un bateau-mouche qui descendait le Danube. Je garde en mémoire la vision, à la fois belle et triste, d'amis buvant beaucoup pour oublier dans les rires, l'amitié, l'amour, leur malheur quotidien. On devinait toute la détresse que cachaient ces rires, c'était terrible, ça donnait envie de pleurer.

Je n'en avais, d'ailleurs, pas tout à fait terminé avec la politique répressive des pays d'Europe de l'Est. Il y a quelques années, en 1986, j'étais à Vienne pour y jouer la pièce *L'Illusionniste* de Sacha Guitry au Petit Théâtre anglais. J'habitais l'hôtel Hilton, dans un grand appartement au dernier étage. Un jour, le téléphone sonna dans ma chambre. C'était le réceptionniste.

« Il y a un monsieur qui demande à monter dans votre chambre.

– De qui s'agit-il ?

– Il ne veut pas me le dire.

– Ne le faites pas monter, c'est moi qui descends. »

J'arrivai dans le hall et vis un jeune garçon qui s'exprima dans un très bon français : « Je vous connais comme acteur. Je sais que vous connaissez du monde. Est-ce que vous pouvez m'obtenir des faux papiers ? » Ce qui avait le mérite d'être direct ! J'étais stupéfait. Il me raconta alors son histoire. Il était avec quelques amis polonais, bulgares et roumains. Ils avaient tous fui leurs pays et tentaient de gagner la France pour y travailler. La police les recherchait. Ils étaient perdus, ne savaient plus à qui s'adresser et venaient vers moi en désespoir de cause. Je ne voulus pas les décevoir et contactai immédiatement le conseiller culturel de l'ambassade, à qui je racontai tout. Il fut extraordinairement chaleureux et efficace car il m'obtint tous les papiers que je lui réclamais.

Cet épisode, qui aurait pu s'arrêter là, marqua le début de la période « résistance » de mon existence ! Les réfugiés se retrouvaient pour des réunions clandestines dans mon appartement. Chaque fois, il en venait un nouveau, qui avait besoin, lui aussi, de faux papiers. Deux ou trois dormaient dans le salon, sur le canapé, ils n'avaient nulle part où aller. Je leur fournis les visas, les papiers, leur donnai des tuyaux sur la France. J'avais l'impression d'être Marlene Dietrich pendant la guerre et de faire passer des résistants en Angleterre. Les nouvelles allaient vite. Pendant un mois, j'eus une avalanche de filles et de garçons qui me demandèrent de les faire passer en France ! Je fis le relais entre eux et les gens de l'ambassade qui, à la longue, ne furent pas fâchés de me voir partir !

Rentré à Paris, quelques mois plus tard, je reçus un coup de téléphone d'un jeune type qui voulait me remercier de son arrivée en France grâce aux faux papiers. J'habitais alors place des Vosges, il vint accompagné de deux amis clandestins et me pria de les héberger. C'était reparti ! Pendant quelques mois, j'ai encore caché trois ou quatre personnes chez moi, à la campagne.

Les larmes de la p'tite Charlotte

Après *La Nuit de Varennes*, dont le succès international fut un vrai bonheur, je tournai *L'Effrontée* en 1985. Je connaissais Claude Miller, j'avais depuis longtemps envie de travailler avec lui, et je fis une brève apparition dans *Mortelle Randonnée* pour lui faire plaisir. Ma rencontre avec Charlotte Gainsbourg fut un enchantement. Je découvris une actrice incroyablement douée et d'emblée professionnelle. Serge

Gainsbourg et Jane Birkin l'avaient confiée à Claude Miller. Jamais ils ne vinrent sur le plateau à Annecy, pour ne pas perturber le travail de Charlotte. Elle passait de longues heures à relire le scénario avec Claude Miller et sa femme, à apprendre, à comprendre son rôle, qu'elle jouait ensuite avec une aisance et un naturel stupéfiants. Je me souviens d'elle prenant son goûter, s'arrêtant au milieu pour aller jouer une scène d'émotion, fondant en larmes devant la caméra, puis retournant manger le reste de sa tartine en rigolant. Et j'eus la joie de lui remettre le césar du meilleur espoir, au cours d'une soirée émouvante où Charlotte sanglotait de joie et où Serge, debout dans la salle, dévorait son enfant du regard, les yeux remplis de larmes.

Les bonheurs de Claude Chabrol

Je ne sais pas par quel phénomène un coup de fil de Claude Chabrol, la simple évocation de son nom déclenchent en moi une sensation joyeuse et font immédiatement remonter une flopée de souvenirs d'énormes rigolades. Je dois tout à cet ami, à ce réalisateur hors pair : d'avoir été une vedette à vingt-quatre ans et d'avoir joué des rôles qui comptent parmi les plus beaux de toute ma carrière.

Nous avons tourné cinq films ensemble, il a été présent à chacune des étapes de ma vie, avec toujours autant de chaleur, de talent et d'amour. Jamais Claude ne m'a déçu, tant sur le plan professionnel qu'humain. Nous nous sommes toujours beaucoup amusés ensemble, et au fil des années il a su construire une œuvre exceptionnelle. Les critiques lui reprochent souvent un manque de sérieux. Claude a la sagesse de suivre sa nature, sa formidable énergie, son immense capacité de travail, de ne jamais se brider, ce qui lui permet de faire une œuvre diverse, mais unique et originale. Aussi riche que lui. Pour toutes ces raisons, le jour où il me proposa de tourner dans *L'Inspecteur Lavardin* avec, dans le rôle principal, Jean Poiret, que j'adorais également, je fus fou de joie. Heureux à l'avance du travail que nous allions y faire ensemble et surtout du plaisir que nous y prendrions. Et je ne fus pas déçu !

En 1986, nous tournâmes *L'Inspecteur Lavardin* à Dinan. Comme toujours, Claude avait dégoté un petit hôtel-pension de famille avec des chambres très simples et un cuisinier fabuleux. Le patron de l'hôtel était un cordon-bleu qui accommodait les viandes et les poissons comme personne. Avec Claude Chabrol et Jean Poiret, je compris ce qu'était l'esprit rabelaisien. Ils rivalisaient de pantagruélisme ! Dès le matin, à l'heure où l'on sort du coma pour plonger le nez dans son café, Chabrol et Poiret faisaient le menu du dîner du soir : moules à la crème, tête de veau vinaigrette, andouille grillée et autres mets légers, tout y passait. J'étais au bord de l'écœurement, eux salivaient déjà du plaisir du soir. Puis nous allions sur le plateau. En cinq minutes, Chabrol expliquait son plan, plaçait sa caméra, ensuite il allait s'asseoir dans un coin, sortait sa pipe et observait tout son petit monde avec ses yeux malicieux. Il faisait une ou deux plaisanteries, taquinait un peu sa femme, qui faisait office de script, et allait s'installer près de la caméra. Une ou deux répétitions et l'on tournait. Deux prises, parfois trois, et la scène était en boîte. La technique, les acteurs, tout était en phase, réglé comme du papier à musique. Tout cela avec simplicité et légèreté.

L'après-midi, après le déjeuner, il allumait la télévision de la maison dans laquelle nous tournions et, entre deux prises, se régalait d'émissions plus bêtes les unes que les autres. « La roue de la fortune », « Tournez manège », plus l'émission était idiote, plus il rigolait, plus il y prenait du plaisir. Les différentes manifestations de la médiocrité le renseignaient sur la nature humaine. Il y était très attentif et puisait une partie de son inspiration dans les jeux télé !

Je garde un souvenir heureux de ces jours passés avec ma copine Bernadette Lafont et de l'incroyable complicité des deux fines gueules. Au dîner, Claude et Jean dégustaient les meilleurs crus, les viandes et les poissons les plus délectables, et se réveillaient le lendemain, frais et diserts, prêts à attaquer une nouvelle journée de tournage et un nouveau festin le soir. Ils s'entendaient comme larrons en foire.

Un autre de leurs plaisirs était le concours d'opérettes ringardes. Ils connaissaient par cœur les paroles de tous les airs d'avant-guerre et les chantaient à tue-tête dès qu'ils avaient cinq minutes, reprenant chaque fois les refrains en chœur. C'était irrésistible.

Dans la peau d'un travesti

1986, autre tournage, autre ambiance : je me retrouvai bientôt sur le plateau de *Lévy et Goliath* avec Gérard Oury. Je connaissais Gérard depuis longtemps, depuis que j'avais tourné *Le Puits aux trois vérités*, avec Michèle Morgan, à une époque où il n'était encore que comédien. Nous nous aimions beaucoup. J'avais suivi sa carrière avec intérêt et admiration, et, le jour où il fit appel à moi pour un film qu'il allait réaliser avec Richard Anconina et Michel Boujenah, je fus ravi. Je le fus un peu moins lorsqu'il m'apprit la nature du rôle. Je devais en effet jouer un inspecteur de police qui se déguisait en travesti pour espionner le milieu. Jouer un homosexuel ne m'a jamais gêné, en revanche, jouer un travesti après la performance de Michel Serrault dans *La Cage aux folles* ou de Dustin Hoffman dans *Tootsie* était une autre paire de manches. Le scénario de *Lévy et Goliath* ne m'avait pas convaincu bien que certaines répliques m'aient fait beaucoup rire. Mais je ne résistai pas à la persuasion de Gérard, qui balaya vite toutes mes réticences.

Vint alors le choix du costume. Ce fut une véritable épreuve. Je devais avoir une robe de « travail » et une robe du soir. Le costumier me dessina les deux robes en question, et, quelques jours après, j'allai à l'essayage. C'était insensé, la totale ! Je dus enfiler un collant, un corset avec les baleines et les lacets afin que je me tienne droit(e), une robe moulante, des talons hauts... et une perruque ! J'en avais déjà coiffé une dans le film de Scola, mais c'était une perruque d'homme. Là, je dus porter une chose en poils roux, absolument effrayante. Le maquilleur commença par me mettre un bas de soie sur les cheveux, puis il me farda et posa la perruque. Lorsque je me vis la première fois dans la glace, je fus effrayé. J'étais devenu une espèce de monstre, une sorte de grosse pouffiasse rouge, outrageusement maquillée. Toutes les particularités de mon visage devenaient des laideurs au féminin. Je ne pouvais plus me regarder. J'eus un cafard abominable pendant toute la journée. Je ne me sentais pas capable de jouer, d'être à l'aise dans la peau d'une telle horreur. Je ne m'y suis d'ailleurs jamais fait et j'ai tourné le film en évitant scrupuleusement tous les miroirs et les reflets !

Le plus difficile pour moi était d'avoir à côtoyer toute la journée de vrais travestis. Ces garçons étaient très gentils, touchants, sensibles et généreux. Ils arrivaient le matin, après avoir joué leur spectacle la nuit dans un cabaret, ils étaient blêmes, le cheveu triste, pas maquillés. Je les entendais parler entre eux de leurs problèmes quotidiens, de leurs amants, de leurs menus tracas, on sentait en eux un désespoir, un malaise permanents. Ils semblaient vraiment seuls, abandonnés. Et, malgré toute leur gentillesse et leurs attentions, je me sentais sur une autre planète, je ne parvenais pas à être à l'aise.

Je me souviens d'un épisode terrible un jour que nous étions à Barbès. Comme lors de chaque tournage qui a lieu dans la rue en pleine journée, une foule de curieux, de badauds nous entouraient. La police veillait à l'ordre et tenait ce public derrière des barrières. Les gens faisaient des commentaires, essayaient de reconnaître les acteurs. Évidemment, avec ma robe, mes talons hauts, mon chapeau et ma voilette, au milieu d'une bande de travestis, personne ne m'avait reconnu. On ne faisait pas attention à moi, j'étais tranquille. Jusqu'au moment où, épuisé par la chaleur et martyrisé par les talons, je demandai un siège à un assistant qui ne trouva rien de mieux que de m'apporter le fauteuil au dos duquel mon nom était écrit en grosses lettres. Je n'y pris pas garde, mais, dès que je m'assis, ce fut un tollé ! Tout le monde me montra du doigt : « Regardez, le travesti, là, c'est Brialy ! » J'entendis quelques remarques sympathiques, mais, surtout, beaucoup de grossièretés. Tout le monde se défoulait dans la plaisanterie grasse et pleine de sous-entendus. Une véritable haine, une cruauté, une intolérance se déchaînèrent alors que je jugeai révoltantes. Pour moi. Pour les autres travestis. Pour tous les gens différents.

Fin de la séquence humiliation. D'une façon générale, je n'aime pas revoir mes films. A fortiori celui-là. En 1987, lorsque *Lévy et Goliath* sortit, je n'étais pas en France, donc je ne le vis pas. Je n'ai jamais voulu le voir par la suite.

Un césar en toute innocence

André Téchiné est la seule personne dont j'aime entendre la voix mélancolique au téléphone ! J'ai chaque fois l'impression qu'il va mourir, qu'il est déjà mort, et cette voix d'outre-tombe vous annonce les bonnes et les mauvaises nouvelles sur le même ton. En l'occurrence, c'était une excellente nouvelle, un cadeau magnifique que de me proposer, en 1987, de jouer dans *Les Innocents* ! André me parla de son nouveau film et me proposa de m'envoyer le scénario, alors que d'habitude il fait régner un certain secret sur ses histoires. Je le lus et fus enthousiasmé par la beauté et la simplicité du sujet, par la sobriété avec laquelle il traitait des thèmes difficiles comme les conflits de générations ou le racisme. Je devais jouer un chef d'orchestre un peu paumé, raté, alcoolique, homosexuel, coincé entre un fils perdu et une femme hystérique. Un rôle superbe. Et, en face de moi, il y avait Sandrine Bonnaire, une actrice que j'admirais et qui m'impressionna par sa volonté et son incroyable détermination. Au fil des jours, je la vis se fondre dans le rôle, avec un naturel et une vérité étonnants. On aurait dit qu'en dehors de ce personnage qu'elle faisait exister de façon magnifique elle n'était plus rien ; elle fut d'une discrétion absolue, presque secrète. Je n'ai absolument rien pu savoir d'elle, ni avec qui, ni comment elle vivait, ni quels étaient ses goûts, ses passions, rien. Elle était très patiente, très courtoise, elle parlait avec Téchiné, se consacrait entièrement, exclusivement à son rôle. Elle faisait son travail, voilà tout, sans exigences ni caprices, dans une totale complicité avec André.

Celui-ci m'aida beaucoup pour composer mon personnage pathétique. Et, comme je voulais mettre toutes les chances de mon côté, je jouai avec une barbe, ce qui, depuis le début de ma carrière, des *Cousins* au *Genou de Claire*, m'a toujours porté bonheur. Et en beauté, cette fois, puisque le césar du meilleur second rôle me revint cette année-là. Je fus particulièrement heureux de recevoir ce trophée pour mon interprétation dans un film aussi beau que *Les Innocents*, sans hésitation, l'un des meilleurs de ma carrière. C'est d'ailleurs un des rares films dans lesquels je joue que je prends plaisir à revoir !

Curieusement, après ce césar, je restai un an sans tourner. Les propositions n'arrivaient plus. On ne me demandait plus rien. J'avais déjà connu cela lorsque *Le Genou de Claire* eut le prix de la critique américaine : cette récompense me valut deux ans de désert absolu. On ne m'envoyait même plus les histoires médiocres, les scénarios mal ficelés que je recevais d'habitude par dizaines ! Ni bon ni mauvais, je n'avais plus rien. Jusqu'au jour où, sortant d'Europe 1, je croisai Daniel Vigne sur le trottoir devant la station.

« Tu fais quoi en ce moment ?

– Rien.

– Tu es libre cet été ?

– Oui.

– Je vais faire un film avec Maruschka Detmers, *Comédie d'été*, et maintenant, en te voyant, il me semble évident qu'il y a un rôle pour toi. »

Et je repartis pour de nouvelles aventures ! De ce film dans lequel je jouais un père bourgeois, conventionnel et très autoritaire, il me reste le souvenir de l'acteur Rémi Martin, qui tenait le rôle de mon fils. Cet adolescent n'était pas un garçon facile. L'alcool et la drogue perturbaient son humeur. Plus la journée passait, plus il s'angoissait, se déséquilibrait, pour finir parfois dans une très grande violence. Le lendemain matin, sincèrement navré, il venait respectueusement s'excuser de ses frasques de la veille. Est-ce parce que je jouais son père..., toujours est-il qu'il ne se calmait qu'avec moi et, dans son rôle, il était épatant. Il faisait preuve de sensibilité, de tendresse et d'une rare générosité. Je me rappelle qu'il exécutait toutes les cascades dangereuses de façon outrée, se mettant constamment en péril, traquant ses limites, à la fois pour nous impressionner et se prouver qu'il était capable de le faire.

Pour ce tournage, nous logions tous dans de magnifiques maisons de familles bourgeoises ruinées qui avaient accepté de faire de la figuration dans le film. Je revois ces notables respectables et respectés des villageois, couverts de haillons pour interpréter de pauvres paysans. Ils passaient la journée dans leurs guenilles à attendre les quelques scènes de foule et rentraient le soir dans leurs superbes demeures, après, nous disaient-ils, s'être « follement amusés » ! Leurs réflexions me laissaient toujours très songeur. Mais quelle opinion pouvaient-ils avoir de nous, les saltimbanques ?

15.

La nuit de mes soixante ans

Je n'aime pas beaucoup les commémorations ni les anniversaires. Mon ami Bruno, lui, adore les fêtes et, pour célébrer mes cinquante-neuf ans, il organisa un souper-surprise. La veille, je lui avais pourtant recommandé : « Dînons dans un endroit discret », mais il insista néanmoins pour aller à L'Orangerie, où je me rends tous les soirs. Je cédai et, lorsque j'arrivai dans mon restaurant, une tablée d'amis m'attendait : Catherine Deneuve, Jean-Loup Dabadie, Philippe Noiret, Michel Sardou, qui me chantèrent « Happy Birthday ». Touché et heureux de recevoir leurs cadeaux, leurs baisers, leurs sourires tendres, je reconnus qu'il était plutôt bon d'avoir une année de plus dans ces conditions.

Pour mes soixante ans, je fus particulièrement gâté. Pourtant, quelques jours plus tôt, j'avais été impitoyable. Je prévins Bruno que tout était prêt : « Nous allons chez nos amis Martine et Patrick qui nous ont gentiment invités à Marrakech et nous serons dans l'avion le 30 mars, à neuf heures du matin, l'heure de ma naissance. Ce chiffre rond qui voudrait me faire entrer dans l'âge de la retraite est vraiment sans appel ! » La veille de notre départ, Bruno m'annonça que Patrick était à Paris pour affaires et, comme il souhaitait m'emmener dîner avec Marie-Josée Nat dans un nouveau restaurant assez chic, il valait mieux porter le smoking. Je trouvai l'idée un peu snob mais, sans rien soupçonner, je m'habillai et quittai mon appartement de l'île Saint-Louis. Face à la porte cochère, au bas de l'escalier qui conduisait aux quais, une vedette de la police maritime semblait m'attendre. Très mystérieux, Bruno me fit signe de monter et m'emboîta le pas. Je commençai à flairer une arnaque mais me laissai porter par le courant, si je puis dire, guettant la suite des événements. Comme la vedette s'arrêtait à hauteur d'un bateau-mouche, je grimpai sur le pont avant d'ouvrir la porte du salon. Brusquement la lumière s'alluma et je vis deux cent cinquante personnes masquées, souriantes, qui me chantaient « Joyeux anniversaire » ! En quelques jours, Bruno et notre amie Anne-Marie Boëll avaient réuni tout le théâtre, le cinéma, la télévision et le music-hall en mon honneur. Ébahi, j'avançai au milieu des invités qui, l'un après l'autre, ôtaient leurs masques, leurs loups, et je pus reconnaître Michèle Morgan, Claudia Cardinale, Françoise Dorin, Annie Girardot, toute ma famille d'amis. Henri Salvador, Pierre Perret, Line Renaud et Régine chantèrent ; Pierre Palmade nous fit bien rire tandis que Michel Legrand, au piano, accompagnait les bonnes volontés. Barbara m'appela et chanta pour moi au téléphone ; des Pays-Bas, Alain Delon me souhaita une longue vie ; de Los Angeles, où elle assistait à la remise des Oscars, Catherine Deneuve m'envoya des baisers. Ce fut une nuit de joie, d'émotions, de surprises. En passant sur le quai de l'île Saint-Louis, je vis les garçons de L'Orangerie qui agitaient leurs serviettes en signe de bonheur. Enfin mon ami Gaston Lenôtre confectionna un énorme gâteau de soixante bougies que nous allâmes déguster sous la tour Eiffel. J'avais soixante ans. En vérité, j'avais surtout l'impression de fêter mes six ans et d'être aimé.

Depuis quelques années, j'enchaînais les téléfilms, *Les Petits Boulots*, *Les Ferbac*, *Lucas*, avec plus ou moins de succès quand je décidai de faire une pause. J'eus peur brusquement de lasser les gens. Cela arrive à beaucoup d'acteurs que l'on retrouve sans cesse sur le petit écran. Les téléspectateurs n'ont plus du tout envie de se déplacer pour les voir à l'extérieur, que ce soit au théâtre ou au cinéma. Malheureusement, j'aurais dû m'arrêter avant le feuilleton *Sandra, princesse rebelle*, qui est dans ma carrière ce que j'appellerai gentiment le « rôle en trop » ! Le scénario était faible et je me suis laissé convaincre de jouer dans le film. J'ai eu tort. De plus, le tournage fut pénible. Tout le monde était sympathique mais je me demandais vraiment ce que je faisais là.

Le seul souvenir qui me reste de ce film est particulièrement morbide ! Mon personnage mourait, et, dans la dernière scène, j'étais étendu dans un cercueil au beau milieu d'une chapelle. Je n'étais pas rassuré parce qu'on devait fermer le couvercle du cercueil sur moi, qui suis un peu claustrophobe. J'étais donc allongé en priant le ciel que cette scène se termine, quand il y eut un problème de lumières. Le metteur en scène me demanda de ne pas bouger le temps de le régler. J'étais donc « tranquillement » dans mon cercueil, il faisait une chaleur d'enfer, si je puis dire, et je ne trouvai rien de mieux à faire que de m'endormir ! Jusqu'au moment où l'on vint me secouer pour commencer à tourner. Quand je repris conscience, je ne savais plus où j'étais et j'eus la peur de ma vie !

Le théâtre à la télévision

Pendant des années, je me suis battu avec la télévision pour qu'elle filme les grandes pièces de théâtre, afin de conserver des traces de ces moments uniques. Hélas, on m'a presque toujours refusé de le faire sous prétexte d'Audimat et parce que, me disait-on, ça ne servait à rien d'enregistrer les performances de Pierre Dux, de Suzanne Flon, de Jean Marais ou de Michèle Morgan, car ils étaient trop vieux et n'intéressaient plus personne ! Je démarchai à droite et à gauche, mais sans succès. Un jour, j'en ai eu assez et j'ai décidé de m'y coller tout seul.

Je me suis vite aperçu qu'il était impossible de restituer par le biais des caméras l'émotion ressentie dans une salle.

Les caméras fixes figeaient toutes les scènes, et l'atmosphère du théâtre, le silence ou les réactions du public, la respiration des acteurs, toute cette magie se perdait. Cela me donna l'envie de filmer les pièces en décor naturel, d'enlever le carton-pâte des décors qui ne passent pas à l'écran et de réinstaller les acteurs dans des endroits vivants, sans toucher au texte évidemment. Peut-être pourrais-je ainsi redonner à certaines pièces une dimension qu'elles n'avaient pas sur scène. Alfred de Musset, par exemple, qui écrivait plus pour être publié que pour être joué, situe l'action de ses pièces dans de multiples lieux, un salon, un champ, sur la place d'un village, ce qui oblige toujours les metteurs en scène à modifier la pièce et à concentrer l'action dans un, deux ou trois lieux au maximum. En décors naturels, j'avais une chance de rafraîchir le texte en le faisant jouer dans tous les endroits imaginés par Musset.

En 1995, je débutai l'expérience par une pièce de cet auteur que j'adore : *Il ne faut jurer de rien.* C'est une belle comédie à six personnages, une magnifique histoire d'amour. Nous tournâmes la pièce en Anjou, dans le château où j'avais réalisé *Les Malheurs de Sophie.* J'eus la chance d'avoir une équipe extraordinaire avec moi et une distribution exemplaire. Jacques Sereys jouait le baron, Annick Alane la baronne. Isabelle Carré, débutante à l'époque, jouait Cécile, et, pour le rôle de Valentin, j'avais pris Christian Vadim, qui, avec son physique romantique, jouait Musset de façon très moderne. Nous travaillâmes comme des fous, en cinq jours le film fut terminé et le résultat dépassa mes espérances.

Fort de ce succès, un an plus tard, j'allai voir Albert Mathieu à Canal Plus et lui proposai de tourner de la même façon *George Dandin,* la pièce de Molière. Cette histoire pathétique d'un homme âgé et d'une jeune femme me plaisait beaucoup. Je demandai à Jacques Villeret s'il voulait interpréter le rôle principal, qui me répondit : « Je n'aime pas beaucoup Molière..., la seule pièce que j'aime, c'est *George Dandin.* »

Parfait ! Parfait ! Je pus commencer la distribution autour de Villeret. Je me souvins du tempérament et de la grande liberté de Mathilde Seigner, elle serait parfaite pour le rôle d'Angélique. Puis j'appelai Jean-Pierre Darras et Annick Blancheteau. Pour le valet, plutôt que de choisir comme d'habitude un homme un peu âgé et malin, je voulus rendre le personnage innocent et un peu naïf. Alexandre Brasseur me dit oui tout de suite. J'avais envie de soleil, de chaleur sur cette pièce. Un ami me prêta sa maison dans le Midi, une propriété superbe. Grâce au talent de tous ces acteurs, nous tournâmes très vite, en douze jours. Le film passa sur Canal Plus et sur France 3... à minuit, l'heure à laquelle on s'intéresse enfin au théâtre à la télévision publique. Et, encore une fois, les critiques furent bonnes.

Une éternité auprès de la Dame au camélias

Canal Plus se prenait au jeu et voulut renouveler l'expérience avec une nouvelle pièce. Le personnage de Marguerite Gautier, *La Dame aux camélias*, me hantait depuis toujours. J'avais vu la pièce avec Edwige Feuillère, le film avec Garbo, j'avais même assisté à la représentation mythique de *La Traviata* avec la Callas, mise en scène par Visconti à la Scala de Milan, bref, je connaissais bien le texte. Et je suis sûr qu'Isabelle Adjani sera bouleversante dans la mise en scène de Robert Hossein à la prochaine rentrée. Il y a vingt-cinq ans, j'avais eu le projet de faire un film pour le cinéma sur la vie de Marie Duplessis, qui inspira Dumas pour son personnage. Elle eut une vie très romanesque et très courte, puisqu'elle mourut à vingt-trois ans, depuis la Normandie, où elle fut violée très jeune par son père, jusqu'à Paris, dont elle devint la reine, après y avoir été une prostituée magnifique. C'était un vrai destin tragique et passionnant. Dumas, qui avait été amoureux d'elle, la sublima et en fit un très beau personnage.

En 1976, Jean Aurenche et Alexandre Pozner m'écrivirent

une petite merveille de scénario d'une centaine de pages. Je parlai du rôle à Isabelle Adjani, qui était pour moi l'interprète idéale de Marie Duplessis. Isabelle fut séduite par le personnage, peut-être moins par moi comme metteur en scène. Je lui proposai de me retirer, de confier le film à un autre réalisateur tant je tenais à ce projet, tant j'avais peur de l'abîmer. Isabelle hésita, puis accepta, et le lendemain elle refusa. La situation était bloquée. Je reçus alors un coup de fil du grand metteur en scène Joseph Losey.

« Jean-Claude Brialy, j'ai lu votre scénario, il est très bon, j'ai envie de faire le film !

– Mais avec plaisir, avec joie, je suis sûr qu'avec vous Isabelle acceptera de le tourner ! »

Rien à faire. Elle refusa même à Losey. Daniel Toscan du Plantier hérita ensuite du bébé, sur lequel il travailla avec Isabelle Huppert. La mise en scène fut confiée à Mauro Bolognini, qui mélangea le texte avec l'opéra, ce qui me déçut beaucoup tant je croyais au projet initial.

Pendant des années, je lus tout ce que je trouvais sur Marie Duplessis et je suivis sa vie pas à pas. J'allai au cimetière Montmartre où elle repose. Dans ce cimetière sont enterrés Sacha Guitry, Georges Feydeau, Eugène Labiche, Louis Jouvet, Jacques Charon, Jean Le Poulain, François Truffaut, mes maîtres et mes amis. La tombe de Marie Duplessis est une pierre blanche, une tombe très simple, toujours fleurie par des admirateurs de la Dame aux camélias. Je trouve charmant que cent cinquante ans après sa mort on prenne encore soin d'elle.

Alors que je consultais le registre, le conservateur du cimetière me dit : « Vous ne voulez pas acheter la concession d'à côté ? Elle est à vendre ! »

Un peu surpris, je lui répondis qu'il était encore un peu tôt, me semblait-il, pour prendre ce genre de précaution. Mais, sur le chemin du retour, je me dis que c'était peut-être un signe du destin, que je ne serais après tout pas si mal auprès de Marie Duplessis ! Le cimetière de Monthyon me paraissait tristounet, et je pensais à Romy Schneider, enterrée loin de Paris, qui ne recevait pas beaucoup de visites. C'est ainsi que j'achetai la concession à côté de celle de Marie Duplessis.

Je suis retourné au cimetière Montmartre après la mort de François Truffaut, en 1984. Je n'avais pas pu aller à son enterrement parce que je tournais ce jour-là. J'y allai donc le lendemain des funérailles. Il y avait eu un orage dans la nuit, et, sur la tombe de François, les fleurs étaient complètement détruites. Il était dix heures du matin, c'était au mois de novembre, il y avait une très belle lumière, un beau rayon de soleil, je me recueillais devant sa sépulture lorsque je vis arriver une jeune fille. Cette demoiselle était très jolie, brune, mystérieuse, avec un petit air sage, comme les aimait Truffaut. Elle s'arrêta près de moi et se recueillit en silence devant la tombe de François. Au bout d'un moment, le conservateur nous appela de loin : « Qu'est-ce que vous faites là ? Le corps n'est pas dans la tombe, il est toujours au dépositoire ! »

J'ai pensé que c'était encore une bonne blague de François : nous étions là, comme deux idiots, à nous recueillir devant une tombe vide alors que lui était quelques mètres plus loin ! Nous allâmes donc au dépositoire et je parlai un peu avec la jeune fille, qui n'avait pas connu personnellement Truffaut mais qui l'adorait. J'ai trouvé cela très émouvant, très beau, cette jeune fille inconnue, venue passer un petit moment avec François. Cela lui aurait plu. Elle avait de jolies jambes.

Alors que j'allais repartir, le conservateur me rappela et me dit : « Je voulais justement vous voir. Figurez-vous que la concession qui est juste à côté de la vôtre, de l'autre côté de Marie, est à vendre. Si vous voulez l'acheter, cela vous fera plus de place ! »

Cela commençait à devenir assez comique, et, comme je n'aime pas être à l'étroit, j'achetai aussi l'autre concession. Désormais, j'ai deux mètres à côté de la Dame aux camélias ! Le jardinier m'a assuré que je pourrai, d'où je suis, l'entendre tousser... Cocasserie de l'existence, quelques jours après, je fis connaissance chez Michou d'un entrepreneur de tombeaux. Le dernier endroit où j'aurais imaginé faire ce genre de rencontre ! Quoi qu'il en soit, il s'est occupé de ma dernière demeure et je sais que je reposerai près d'une belle fenêtre de pierre en forme d'arc, ouverte sur le monde...

Finalement, en 1997, Canal Plus me proposa de réaliser *La Dame aux camélias.* J'avais en tête une jeune femme belle et brune, au regard clair, romantique et volontaire, avec de l'autorité et de la grâce : Cristiana Réali me semblait idéale pour ce rôle. Elle accepta, se mit au travail d'arrache-pied, et elle fut formidable. Nous avons tourné en dix-sept jours, dans le Berry, cette fois. J'eus encore la chance d'avoir autour de moi des gens généreux, travailleurs, talentueux comme Michael Cohen, Laurence Badie, que j'adore. Elle a été formidable et surprenante, apportant toute sa générosité et son émotion à son personnage. Le film plut beaucoup aux téléspectateurs et je le dédiai à Edwige Feuillère, elle qui avait joué le rôle si longtemps.

La mort de mes parents

Mon père venait de fêter ses quatre-vingts ans quand, après un examen, on lui découvrit un cancer à la prostate. Il avait mené une vie saine et sage, il ne voulut pas croire à sa maladie. Ma mère et lui habitaient alors Cagnes-sur-Mer dans une maison neuve et impersonnelle. J'appelai tous les professeurs que je connaissais, ils firent des examens, le soulagèrent mais ne purent le sauver. Pendant deux ans, il vécut avec sa maladie, dignement, sans être diminué. Dans l'épreuve, ma mère me surprit énormément. Elle qui avait passé sa vie sous la protection de mon père témoigna d'une force inattendue. Je n'étais pas très proche de ma famille, les tensions de l'enfance n'ont jamais été réglées, mais, avec la maladie de mon père, nous nous rapprochâmes. Je téléphonais tous les matins pour prendre des nouvelles de mon père, et tous les soirs, de ma loge, avant d'entrer en scène.

Le 29 décembre 1986, j'appelai juste avant le spectacle,

quand ma mère me dit : « Ton père ne va pas bien du tout, il faudrait que tu viennes maintenant. »

La représentation allait commencer, le public était là, les acteurs aussi, on m'attendait. Je lui annonçai que je prendrais le premier avion du matin.

« Ce sera trop tard, me répondit-elle.

– Mais je joue dans un quart d'heure, je ne peux pas m'en aller comme ça ! »

Elle rétorqua :

« Ah bon, si tu préfères ton théâtre à ton père... »

Elle lâcha l'appareil et me passa mon frère, qui renchérit :

« Si tu préfères tes millions... »

Mon père mourut dans la nuit, à deux heures du matin. Personne ne m'appela. Le lendemain matin, je téléphonai à neuf heures. « Ton père est mort », me dit ma mère.

Elle m'annonça la nouvelle d'une façon brève, froide, comme si je n'étais pas de la famille. Je m'y attendais depuis des mois, mais je n'imaginais pas autant d'incompréhension et de dureté ! J'étais bouleversé. J'arrivai le lundi à Cagnes dans cette maison que je n'aimais pas, qui n'avait aucune âme, aucun passé. Ma mère avait beaucoup maigri, elle ressemblait à son ombre. Mon père était allongé dans sa chambre. Il avait l'air apaisé. Il était superbe. Pour la première fois de ma vie, je l'ai vraiment regardé et j'ai vu combien il était beau. Il voulait être enterré au nouveau cimetière de Cagnes. Pendant la mise en terre, ma mère me prit la main. Je repartis le soir même avec le sentiment qu'il s'était tout de même passé quelque chose de tendre entre nous. L'enterrement avait eu lieu le lundi, jour de relâche au théâtre. Je ne parlai à personne de ce qui m'arrivait, personne ne sut que mon père était mort, que j'étais allé à son enterrement. Le lendemain, je jouai normalement, je ne voulais pas qu'on me parle ni que l'on me fasse des condoléances, je désirais garder ma douleur pour moi. Et la vie reprit son cours.

Ma mère vendit très vite la maison de Cagnes, qui lui rappelait trop de souvenirs. Elle prit un logement en ville. Mais la solitude, après tant d'années de vie à deux, était trop lourde à supporter. Lorsqu'elle se retrouva seule, je décidai de l'accueillir à Paris et cherchai un lieu dans lequel elle pourrait avoir sa chambre. Je réussis à dénicher un appartement dans l'île Saint-Louis composé de petites pièces, assez tarabiscoté, mal foutu, mais plein de charme. Et avec quatre grandes fenêtres qui donnaient sur la Seine. Ma mère me rejoignit aussitôt et vécut ses dernières années près de moi dans une ambiance sinon harmonieuse, du moins paisible, partageant sa solitude entre mon frère à Saint-Cloud et moi.

L'Illusionniste

La vie de mon théâtre les Bouffes-Parisiens nécessitant une attention constante, après y avoir monté quelques spectacles audacieux, j'eus envie – et besoin – d'y jouer une comédie. Puisque Guitry m'avait porté bonheur avec *Désiré*, je me devais de revenir vers lui. Mais, cette fois, il fallait que je cherche une œuvre moins connue que ses grands succès, qui avaient tous été repris au moins une fois à Paris. C'est ainsi qu'en 1989 je tombai sur *L'Illusionniste*, qui n'avait pas été joué depuis au moins cinquante ans. Guitry adorait la magie, son père lui avait appris de nombreux tours de cartes et, dans cette pièce, il s'était fait plaisir en se mettant lui-même en scène en magicien.

Le directeur du casino de Monte-Carlo me présenta un jeune magicien épatant pour m'enseigner les tours que je devais exécuter sur scène. Il avait eu le prix du meilleur prestidigitateur de France, et, après les leçons qu'il me donna, on aurait pu lui attribuer le prix de l'homme le plus patient de France ! En effet, depuis toujours, j'ai un vrai problème avec les objets, qui semblent se liguer contre moi dès que je les approche. Ainsi, j'évite les marteaux et les pinces, je ne touche pas à l'électricité, et un jeu de cartes me laisse dubitatif. Grâce au talent de mon professeur, je réussis tout de même à apprendre quelques trucs, suffisamment pour faire le spectacle.

L'Illusionniste remporta partout un joli succès et fit un triomphe qui dépassa toutes mes espérances aux Bouffes-Parisiens. Je pus, grâce à Guitry, une fois de plus, payer les dettes laissées par les spectacles précédents.

Ma mère tomba malade pendant que je jouais cette pièce. L'un des multiples médicaments qu'on lui donnait lui provoquait des hallucinations. Pendant deux ou trois jours, elle avait des obsessions, et l'on aurait pu penser qu'elle perdait la tête. Un matin, elle me dit cette chose surprenante : « Ton père est venu me chercher. Il s'impatiente. Il m'attend avec ses colombes. »

En fait, comme je ressemblais à mon père et qu'elle m'avait vu dans la pièce avec des colombes de magicien, elle devait superposer nos visages, d'où sa confusion. Le plus étrange est que ma mère m'a transmis cette image et qu'à sa mort je l'ai rêvée, au ciel, avec mon père et des colombes.

Comme son éternelle lassitude m'inquiétait, je pris rendez-vous pour elle avec un grand médecin de Nice, qui lui fit faire des analyses très poussées. Il me demanda de le rappeler pour connaître les résultats. Toute ma vie, je me souviendrai de cet appel téléphonique. J'étais en tournée, il était sept heures du soir, j'allais bientôt entrer en scène. Je l'appelai donc, et il me dit, d'un seul jet : « Ah, Jean-Claude Brialy, comment allez-vous ? J'ai sous les yeux les résultats des examens de votre mère. Pauvre petite femme, elle va mourir dans six mois, vous savez ! Elle a un cancer à l'œsophage, on ne peut pas l'opérer, il n'y a rien à faire ! »

Il m'annonça la nouvelle de cette façon ! Comme s'il me parlait d'un animal ! D'une manière presque badine, il me donna le programme : six mois, le coma et la mort. J'étais effondré. Il ne fallait pas qu'elle l'apprenne. Je mis d'ailleurs quelque temps à le dire à mon frère. Du coup, que pouvais-je faire d'autre que d'essayer de rendre les derniers mois de ma mère aussi agréables que possible ? Nous sommes sortis ensemble, j'ai tenté de la distraire. Elle ne savait pas qu'elle était si malade. Elle avait de grands moments de fatigue, mais elle ne souffrait pas. Elle vécut encore une année, et elle mourut en douceur, trois ans après mon père.

On est toujours trahi par les siens. Cette maxime, je devais l'apprendre à mes dépens et l'attitude de mon frère Jacques, en ces moments d'extrême tristesse, me blessa terriblement. Le chagrin aurait dû nous rapprocher, mais son comportement indélicat, sa brutalité contribuèrent à nous séparer. Avant sa mort, mon père m'avait demandé la permission de donner à mon frère son appartement de Saint-Cloud. J'étais riche et célèbre, j'acceptai volontiers. Quand il décéda, Jacques et moi devions hériter chacun de la moitié du patrimoine, ma mère en conservant l'usufruit. Lorsqu'elle décida d'abandonner Cagnes pour me rejoindre à Paris, Jacques et sa femme vinrent l'aider à emporter quelques affaires. Plus tard, ma maman me raconta que sa bru avait alors déjà repéré certains meubles ou jolis objets qui l'intéressaient et ma pauvre mère, en bonne Auvergnate, s'était écriée avec un sourire un peu forcé : « Attendez, attendez, ça je le garde ! Je ne suis pas encore morte ! » Trois ans après, elle nous quitta. Le jour de l'enterrement à Cagnes, venu de Paris, je me rendis directement à l'appartement. Non seulement mon frère et sa femme y campaient depuis trois jours mais ils avaient déjà rangé, étiqueté les caisses et les cartons pour les emporter dans leur chalet. Les tapis étaient roulés, les meubles enveloppés dans des couvertures, les bibelots empaquetés, répertoriés, prêts à partir dans la nuit. Le premier moment de stupeur passé, j'entrai dans une rage folle devant tant de froide détermination, d'inélégance et de manque de tact.

« Tu as dit aux parents que tu n'avais besoin de rien, que tu ne prendrais rien », avança prudemment mon frère.

Effectivement, ma mère m'avait offert royalement les bottes, le sabre et l'uniforme avec épaulettes de mon père ! Écœuré, je ne voulus plus rien entendre. La bataille entre avocats et experts-comptables commença. J'exigeai la moitié de l'héritage pour le donner à qui bon me semblait, et surtout pas à ces membres de ma famille aux esprits si calculateurs et bassement intéressés. Bien que les rapports avec mes parents fussent difficiles et tendus pendant une grande partie de ma vie, je dois dire que, ce jour-là, mon frère me porta l'estocade ! Je décidai de rompre avec lui et de réserver ma sensibilité aux mouvements de cœur de mes amis ; ma vraie famille.

Dans la cour de la reine Margot et du roi Patrice

Il est vrai que je n'avais pas tourné depuis longtemps. Mon agent, mon ami, Dominique Besnéhard, m'avait appelé : « Il faut qu'on te voie un peu au cinéma. Il faut absolument que tu fasses un film maintenant... »

Je savais que Patrice Chéreau préparait *La Reine Margot.* Je demandai à Dominique de se renseigner pour savoir s'il y avait un rôle pour moi. Quelque temps plus tard, Dominique m'appela : « Il y a un petit rôle mais très intéressant. Un vieil amiral autoritaire. C'est une dizaine de jours de tournage. Michel Piccoli aurait aimé le faire mais il estime le rôle trop court et Patrice refuse de changer le scénario. C'est donc à prendre ou à laisser. J'ai parlé de toi à Patrice, il réfléchit, il n'est pas convaincu. »

Finalement, Patrice décida de me prendre pour le rôle. Nous nous vîmes et il me parla de la façon dont il voyait le personnage. Il me fit faire une tête hallucinante en me donnant un air de vieux coq déplumé, avec des cheveux qui partaient dans tous les sens. J'étais enchanté de retrouver Isabelle Adjani sur ce film. Il y avait beaucoup de jeunes acteurs magnifiques, Daniel Auteuil, Jean-Hugues Anglade, Pascal Greggory, Vincent Perez. J'étais le doyen du plateau. Tous ces jeunes gens, garçons et filles, s'amusaient, faisaient la fête, allaient en boîte et moi je rentrais me coucher de bonne heure, épuisé par la journée de travail. Car les tournages avec Patrice sont toujours aussi passionnants qu'éprouvants. Il demande le maximum à ses acteurs. Nous entrions dans le studio à Épinay le matin et nous n'avions plus le droit d'en sortir jusqu'au soir. Patrice avait besoin d'avoir tous ses acteurs sous la main, il voulait que l'on reste sur le plateau, sous tension, dans l'ambiance. L'atmosphère était lourde. Pendant que certains jouaient leur scène, les autres étaient dans un coin, en silence, concentrés. Puis venait leur tour, et ainsi de suite.

Je garde un souvenir magnifique de *La Reine Margot.* À cause de cette tension qui régnait sur le plateau – le travail incessant, fiévreux, l'énergie de Patrice, qui ne dormait jamais, premier sur le plateau, dernier parti. Les costumes, les décors étaient splendides, et le travail de Philippe Rousselot, le chef opérateur, absolument inoubliable. Je me rappelle d'un moment superbe, l'illumination de la cathédrale d'Amiens au milieu de la nuit, avec cinq cents figurants en costumes, c'était féerique. Tout le monde avait envie de se dépasser. Jean-Hugues Anglade était habité par son personnage ; seul dans son coin, on aurait pu croire qu'il somnolait, mais, dès qu'il marchait sur le plateau, sa folie éclatait. Tous les matins, je me retrouvais au maquillage à six heures et demie, dans les odeurs désagréables de colle et d'éther, avec Virna Lisi, qui jouait magnifiquement le rôle difficile de Catherine de Médicis. Je voyais arriver, les uns après les autres, les jeunes gens du film qui avaient fait la java toute la nuit. Ils étaient censés interpréter des personnages remplis de fougue et d'énergie ; ils étaient pâles et défaits après une nuit de danse et de rigolade et les maquilleurs devaient faire des exploits pour leur redonner figure humaine ! Dès que le maquillage était terminé et qu'ils avaient cinq minutes, ils s'endormaient les uns sur les autres, épuisés. Mais, quand ils entendaient la voix de leur maître, ils sautaient sur le plateau et se défonçaient pour lui.

Comment j'ai raté *Le Dernier Métro*... et autres déceptions

François Truffaut me disait toujours : « Je te connais bien. Je veux surprendre tout le monde avec toi. On te voit mondain, survolté, rigolo, je veux montrer autre chose de toi. Je te trouverai le sujet, le rôle. »

Cela ne s'est jamais fait. C'est ma plus grande déception de cinéma.

Un jour, François m'appela : « Je suis en train d'écrire un film, il y a un rôle pour toi. »

J'étais fou de joie. Plus tard, j'appris qu'il faisait sa distribution, mais personne ne me contacta. Je me demandais ce qu'il se passait. Truffaut n'était pas le genre à promettre sans tenir. J'appelai donc mon agent, qui me dit : « Il a pris Depardieu, Deneuve. Son film s'intitulera *Le Dernier Métro*. Il y a un rôle qui te serait allé à merveille, mais je crois que c'est Jean Poiret qui le fait. »

Quelques jours plus tard, je rencontrai Truffaut. J'étais tellement déçu que je ne pus m'empêcher de lui en parler. Il me répondit : « Pardonne-moi, mais le personnage en question, c'est trop pour toi. C'est trop toi. Il fallait que je surprenne, alors j'ai pris Jean Poiret. »

Jean Poiret fut à l'aune de ma déception, c'est-à-dire immense.

Puisque j'en suis au chapitre des regrets, je repense à Pierre Philippe, un poète, scénariste, un homme très secret, que j'adore. Je lui avais demandé de m'écrire l'histoire d'un personnage que je rêvais de jouer au cinéma depuis toujours : Lacenaire. Il commença par écrire une pièce, puis il fit un long scénario, très littéraire, très beau. Hélas, jamais nous ne réussîmes à le monter ! Et, quelques années plus tard, Francis Girod le tourna avec Daniel Auteuil dans le rôle principal. Rendez-vous manqué !

Troisième et (j'espère) dernière grande déception : il y a quelques mois, je rencontrai Éric-Emmanuel Schmitt, auteur talentueux qui écrivit *Variations énigmatiques*, une pièce réunissant Alain Delon et Stéphane Freiss. Je lui exprimai toute mon admiration pour son écriture et lui dis combien je serais ravi de monter un jour une de ses pièces aux Bouffes-Parisiens et, pourquoi pas, qu'il m'écrive un rôle. Il me répondit alors : « Oui, bien sûr, pourquoi pas ? Je viens d'écrire une pièce pour Belmondo. Il va interpréter Frédéric Lemaître. »

Ô rage ! Ô désespoir ! Frédéric Lemaître était l'autre

grand personnage qu'avec Lacenaire j'avais toujours rêvé de jouer !

Voilà pour mes grands crève-cœur. Pour être complètement franc, il faudrait ajouter le rôle de Jean Rochefort dans *Tandem*. Mais Jean était tellement magnifique, passionnant, tellement juste et original que je ne regrette rien. C'est plus une petite jalousie qu'une véritable déception. On le serait à moins tant il fut génial dans ce personnage !

L'ouragan Dayan

Mes expériences de téléfilms ne furent pas que de mauvais souvenirs, loin de là. Le tournage de *La Grande Béké* en Guadeloupe, avec mon amie Line Renaud, fut un très beau moment de travail et de rencontres. Et l'aventure des *Héritiers*, de Josée Dayan en 1997, est l'une des plus passionnantes de ma vie d'acteur. Josée est un personnage extraordinaire, une femme wellesienne, avec son énorme cigare au bec, très originale, pleine de talent. Les tournages avec elle sont toujours un plaisir, tant elle est attentive, précise et rapide, toujours adorable.

Je fus donc particulièrement heureux qu'elle m'appelle quelques mois après *Les Héritiers* pour la rejoindre sur le tournage du *Comte de Monte-Cristo*, adapté par Didier Decoin. Parmi tous les metteurs en scène avec qui j'ai tourné, Josée Dayan est vraiment un personnage à part, une personnalité hors norme et hors du commun ! Elle vit à cent à l'heure, elle filme comme un ouragan, rien ne semble l'embarrasser et chaque problème avec elle trouve immédiatement une solution. C'est un monstre de chaleur et de générosité, de talent et de travail. Son ennemi principal et permanent, c'est le temps. Il faut faire vite, se battre, avancer, toujours. Autour d'elle une bande de fidèles collaborateurs et de techniciens efficaces est rompue à son rythme, à ses impatiences, à ses foudres. Ils la connaissent, ils savent comment elle travaille, combien les acteurs sont essentiels pour elle et passent avant tout le reste.

Qui n'a jamais assisté à l'un de ses tournages est affolé quand il débarque sur le plateau : ça bouge dans tous les sens, ça hurle, ça gueule, tout le monde est réquisitionné, c'est un véritable ballet furieux. Le tournage de *Monte-Cristo* avait lieu à Malte. Cette île magnifique et très austère semblait immobilisée dans le temps. Nous aurions pu aussi bien être au XVe ou au XVIIIe siècle, rien ne semblait avoir changé. Le jour où je suis arrivé sur les lieux, j'ai eu l'impression de me retrouver dans une superproduction hollywoodienne. Sur le port, il y avait des vieux bateaux partout, des figurants en costumes, des carrosses, les gens s'agitaient en tous sens, et, au milieu de ce remue-ménage, Josée, perchée sur sa chaise d'arbitre de tennis, un porte-voix à la main, faisait le chef d'orchestre ! Le spectacle était saisissant.

Mon rôle était assez court, mais le personnage, celui d'un armateur acculé à la ruine, était très émouvant. Et, surtout, j'avais une longue et belle scène avec Gérard Depardieu, ce qui est le bonheur ultime pour un comédien. Gérard est un véritable monstre, il allie une santé de fer, une fragilité d'enfant et une immense sensibilité. Et quelle énergie ! Il était sans cesse en mouvement. Quand il ne jouait pas, il avait l'oreille collée à son portable pendant qu'un second téléphone vibrait dans sa poche. Il appelait des copains, traitait de ses affaires, demandait à son correspondant de patienter cinq minutes, il allait tourner sa scène en étant d'une justesse incroyable, et revenait comme si de rien n'était terminer sa conversation téléphonique. La plupart du temps, les acteurs sont nerveux avant leurs scènes, ils stressent, ils ont besoin de se concentrer pour entrer dans leur rôle, lui pas du tout, il le fait de façon toute naturelle et avec un talent fou. Je n'avais jamais vu ça !

Un soir, nous allâmes dîner chez le consul français de Malte. L'ambiance était étrange, on se serait cru dans un film de Duras ou un roman de Fitzgerald. La maison était magnifique, avec de superbes jardins suspendus comme au siècle dernier. Gérard ne voulait pas venir, mais il changea d'avis au dernier moment. Il arriva comme une tornade. C'était le renard dans la basse-cour. Ce consulat à moitié endormi n'avait pas dû voir un tel diable depuis des années ! Gérard faisait la conversation à des dames de la haute société, se levait, gagnait la cuisine, revenait dans le salon, parlait fort, bougeait sans cesse, pour le plus grand plaisir de tous. On aurait dit qu'il était chez lui.

Les Acteurs... selon Bertrand Blier

Ainsi que je l'ai dit, je rêve de tourner à nouveau avec Chabrol, Tavernier et Téchiné. De la même façon, pendant des années, chaque fois que je croisais Bertrand Blier, je lui posais invariablement la même question : « Alors quand est-ce qu'on tourne ensemble ? » Je l'admirais et il m'impressionnait terriblement. J'avais un immense respect pour le cinéaste qu'il était devenu, j'aimais son univers, son sens très particulier des personnages, des caractères, des situations. Je l'avais connu très jeune avec Bernard Blier, son père, mais jamais nous n'avions travaillé ensemble. Jusqu'à l'année dernière où nous nous retrouvâmes en vacances dans la même région et où nous fîmes plus ample connaissance. Bertrand me confia avoir envie de faire du théâtre, pensant que l'auteur y était mieux servi, que l'on perdait moins de temps et d'énergie que dans l'industrie du cinéma où les budgets sont énormes et toutes les démarches compliquées. Il n'envisageait de retour sur le grand écran qu'avec un sujet original, atypique, fort, et qui l'éloigne un peu de son univers habituel. Quelques mois plus tard, il me téléphona pour me parler du sujet de son film et du scénario... et il me demanda de faire partie de l'aventure. J'attendais cela depuis si longtemps !

« Ne te réjouis pas trop vite, poursuivit-il, c'est un film bizarre, et peut-être que le personnage va te gêner. Voilà : tu joues un homo en ménage avec Arditi. »

Sur le coup, j'ai beaucoup ri. Moi en ménage avec Arditi ? C'était extravagant !

Puis je reçus le scénario. Les textes, les dialogues de Bertrand sont un véritable cadeau pour un acteur, qui y trouve toujours une consistance, une nécessité, quelle que soit l'importance du rôle. Je fus extrêmement touché que Bertrand m'appelle quelques jours plus tard pour me demander mon avis sur le scénario. Le sujet était particulièrement original, qui mettait en scène la plupart des acteurs connus du cinéma français y jouant leur propre rôle dans le film. Il s'agissait en fait d'une suite de partitions courtes, mais toutes plus belles les unes que les autres. Je parlai de mon rôle à Bertrand :

« Écoute, moi je te fais une confiance absolue. Je sais que tu ne trompes pas les acteurs. Que mon personnage soit celui d'un homosexuel ne me gêne pas le moins du monde. Mais il y a quelque chose qui me chiffonne : je lui trouve de temps en temps une aigreur que je n'éprouve pas. Il n'a pas fait la carrière qu'il aurait dû faire, peut-être que je suis comme lui, mais moi je n'en ai aucune amertume. Et l'ambiguïté me fait peur, les gens font si vite le rapprochement entre l'acteur et son personnage...

– D'accord. Si tu estimes devoir changer quelque chose, change-le », me répondit Bertrand.

J'étais stupéfait. Qu'un auteur accepte que l'on bouge une ligne de son scénario est rare, mais, quand il s'agit de quelqu'un d'aussi brillant que lui, cela tient du miracle ! Quelques semaines plus tard, je le rejoignai pour le début du tournage. Sur le plateau, Bertrand est assez intimidant : j'ai constamment l'impression d'avoir un surdoué en face de moi, avec ce regard qui vous scrute au plus profond, ce front haut et bombé, cette voix à la fois nette, précise, parfois cassante. Finalement, je lui proposai deux ou trois idées pour atténuer l'aigreur du personnage et il dit oui tout de suite.

Cette anecdote me fit penser à ce que m'avait raconté Jean Gabin à propos de l'un de ses dialogues dans le film *Quai des brumes*. Il avait un long monologue écrit par Prévert et ne sentait pas ces trois pages de déclaration d'amour. Il téléphona à Prévert pour lui faire part de son problème, et le poète lui répondit immédiatement :

« Coupe tout ce que tu veux... »

Et de ce long monologue, Gabin, instinctif comme personne, ne garda qu'une seule ligne : « T'as d'beaux yeux, tu sais... », qui devint sans doute la réplique la plus célèbre du cinéma français.

Ainsi que je m'y attendais, le tournage avec Bertrand fut un véritable enchantement. L'ambiance du plateau me rappela que, lorsque je tournais *Les Garçons* de Bolognini, j'étais allé sur le plateau d'à côté où Fellini dirigeait *La Dolce Vita*. Je me souviens de l'impression étrange, indéfinissable que j'avais éprouvée alors, la sensation d'assister au tournage d'un film capital, d'un genre tout à fait nouveau. J'ai retrouvé la même impression sur le plateau de Bertrand, et je ne pense pas me tromper en disant que son prochain film, *Les Acteurs*, sera un événement dans l'histoire du cinéma français.

Jouer un homosexuel ne me posa aucun problème. D'ailleurs, je n'ai jamais, dans ma vie ou dans mon travail, eu à souffrir d'intolérance ou de discrimination. Sans doute, étant plus jeune, fus-je attiré par les interdits qui tranchaient avec le milieu bourgeois et confiné dans lequel je vivais... Quoi qu'il en soit, jamais je ne me suis vanté ni n'ai eu honte de mes penchants homosexuels. Certains m'ont questionné sur ma discrétion concernant ma sexualité, avec un peu de reproche dans la voix pour mon manque d'engagement militant. Sans doute faut-il faire bouger les mentalités mais je déplore que, sous l'étendard des homosexuels, se regroupent souvent les furias de tous bords. En fait, si je suis discret sur ce sujet, c'est qu'il relève de la vie intime, qu'il ne regarde que moi et, surtout, qu'il n'y a pas grand-chose à en dire ! Mes parents étaient au courant, mais jamais nous n'en parlâmes ensemble, nous réfugiant, de part et d'autre, dans un silence hypocrite. Il y avait suffisamment de tensions entre nous pour chercher d'autres motifs de discorde ! À leur décharge, ils furent toujours courtois et plutôt bienveillants avec les garçons que je leur présentais.

Parfois, évidemment, ainsi que je le disais plus haut, je pense aux enfants que je n'aurai pas. Jérôme et Raphaël gambadent encore dans ma tête, eux que je vis grandir pendant près de dix ans... Alors, je me console en me disant que le métier d'acteur n'est peut-être pas l'activité idéale pour s'occuper au mieux de ses enfants, et que je ne voudrais pas, comme je le vois si souvent autour de moi, sacrifier l'éducation de mes petits à ma carrière. On se rassure comme on peut...

Il ne faut jamais dire... *Mon père avait raison* !

J'avais toujours pensé que je terminerais ma carrière sur *Mon père avait raison*, pièce écrite par Sacha Guitry en 1919, dans le but de se réconcilier avec son père, à qui, une dizaine d'années auparavant, il avait ravi la maîtresse. Cette pièce est omniprésente dans ma vie : déjà, il y a vingt ans, il avait été question que Paul Meurisse joue le rôle du père et moi celui du fils. Le projet n'a, hélas, pas vu le jour. Aussi, quand je suis devenu directeur artistique du théâtre Hébertot, j'ai tout de suite demandé à Paul Meurisse de bien vouloir la jouer. Ce fut un triomphe mais aussi le dernier rôle de Paul, qui, je l'ai dit, était malade. Je me souviendrai toute ma vie de ce jour où je suis entré dans la loge alors qu'il était en train de se démaquiller. J'ai surpris dans le miroir le visage d'un homme fatigué, brisé, alors qu'il venait de triompher quelques minutes auparavant. Il a croisé mon regard et, sans se retourner, il m'a dit : « Tu devrais jouer cette pièce, Jean-Claude, elle est pour toi. » Trois mois plus tard, il nous quittait. Cette scène du comédien, de l'homme usé enlevant son maquillage m'ayant beaucoup marqué, je m'étais fait la promesse d'arrêter ma carrière après avoir joué *Mon père avait raison.*

Depuis deux ou trois ans, j'étais en quête d'un rôle de théâtre. Je cherchais dans les œuvres un peu obscures et oubliées, chez Achard, Salacrou, Mauriac, sans rien trouver qui me plaise vraiment. Jusqu'au jour où Pierre Palmade me confia qu'il voulait écrire une pièce pour moi traitant des rapports entre un père retombé en enfance et son fils. Malheureusement pour moi, et heureusement pour lui,

Pierre eut beaucoup de succès, beaucoup de travail, et différa l'écriture de la pièce.

Je poursuivis mes recherches avec toujours dans la tête quelque chose qui tournait autour des rapports père-fils, et je relus *Mon père avait raison.* J'avais oublié à quel point cette pièce est bien construite et d'une sincérité rare chez Guitry. Je ne pus résister à ce texte plus longtemps et succombai à la tentation ! En dépit de mon serment, je décidai de la monter et de jouer le rôle du père. J'espère seulement, aujourd'hui, que ma carrière ne finira pas sur ce rôle...

Vous serez les bienvenus à Monthyon

Il faudrait être vraiment ingrat pour ne pas apprécier les cadeaux qui m'ont été faits tout au long de ma vie, pour ne pas reconnaître les amis merveilleux qui supportèrent mon caractère entier, impatient et colérique, les amoureux et les amoureuses qui cheminèrent quelque temps à mes côtés, les rencontres autour des films, et puis ma chère maison de campagne, que certains appellent pompeusement « château » à cause des deux tours rondes qui la surplombent. François Truffaut, Jean-Luc Godard y travaillèrent ; Romy, Marlene, Isabelle, Anna Magnani vinrent s'y reposer ou oublier leurs chagrins. Cette maison joyeuse, calme et heureuse protège mon intimité depuis quarante ans et j'ai voulu en faire don aux artistes après ma mort. J'aimerais qu'elle continue à vivre avec tous les tableaux, les livres, les meubles, les souvenirs, et les cent quatre-vingt-cinq films dans lesquels j'ai joué. (Je repense tout à coup à Sacha Guitry qui avait ouvert les portes de son hôtel, l'Élysée-Reclus, en disant au public : « Venez voir tout ce que vous m'avez donné ! ») Je n'ai pas d'enfant, on sait les rapports conflictuels que j'entretiens avec ma famille. Seul Bruno, qui s'occupe de l'immense jardin, aime la maison autant que moi.

Après avoir consulté deux présidents de la République qui m'ont expliqué la difficulté de bâtir une fondation en France, j'ai trouvé la solution en offrant tout simplement Monthyon à la ville de Meaux. Elle se chargera de l'entretien de la maison et la Société des auteurs choisira les artistes qui viendront y séjourner. À présent, je peux mourir tranquille. Je sais que Bruno pourra continuer à soigner ses roses et que les comédiens, scénaristes, metteurs en scène, peintres, musiciens pourront se réfugier, à cinquante kilomètres de Paris, dans un lieu chaleureux. S'il n'y a pas de place pour tous, ils y seront toujours les bienvenus.

Avant de tourner la page...

Je relis encore une fois ces pages et je me demande qui peut, aujourd'hui, s'intéresser à toutes ces histoires... Peut-être, au terme de ce chemin, quelqu'un me dira-t-il qui je suis ? La vision que l'on a de soi est toujours approximative. Au fil des ans, on a plus ou moins apprivoisé son physique, bien que les images soient souvent trompeuses, mais, même si l'on veut bien se reconnaître quelques défauts et quelques qualités, on ne se connaît jamais vraiment. Après ce retour sur mon passé, j'ai l'impression de me cerner encore moins bien qu'avant !

Il faut dire que le rapport des acteurs à la mémoire ou au souvenir est souvent compliqué. Certains d'entre eux, comme Greta Garbo, ont voulu être figés à jamais dans leur splendeur, d'autres ne supportent pas de vieillir, d'avoir un passé, aussi riche soit-il. D'autres, enfin, se sont admirés du temps de leur jeunesse, s'aiment comme ils sont aujourd'hui et n'en finiront jamais de se trouver beaux. Et, pourtant, ne nous faisons pas trop d'illusions ! En quarante-cinq ans de carrière, combien ai-je croisé, connu, admiré d'acteurs qui sont à présent totalement tombés dans l'oubli, cette seconde mort, cette seule véritable mort ? Leur visage, leur nom même ont disparu, plus personne ne sait qui ils sont. Je me souviens ainsi d'acteurs qui furent des stars vénérées par leur public et qui ne sont plus que des noms sur une plaque de marbre froid. Je pense, par exemple, à Pierre Fresnay, qui fut, pour moi et pour ceux de ma génération, un véritable monument et dont la jeunesse actuelle ignore quasiment tout. De même, Jacques Charon, Louis Jouvet, et Marie Bell, dont les noms s'effacent peu à peu. Certains, grâce à un metteur en scène ou à un dialoguiste de génie, sont entrés dans la légende. Tous n'eurent pas cette chance. Il est essentiel pour un acteur d'avoir cette conscience-là, de ne pas espérer en la postérité, mais d'essayer de donner en jouant le plus de bonheur autour de soi. Cocteau appelait cela la « politesse de la vie », cette façon de ne pas s'arrêter sur ses propres problèmes, de ne pas faire peser sa douleur sur les autres. Et, en écrivant cette phrase, je ne peux m'empêcher de penser à l'exquise politesse de mes amis Alice Sapritch et Jacques Chazot.

La vie continue sa course. J'en veux pour preuve cette anecdote étrange qui m'est arrivée il y a peu. En me rendant, un matin, sur le tournage de *La Bicyclette bleue*, j'ai soudain pensé à Simone Signoret et à la place Dauphine, où elle habitait. Depuis la mort de Simone, je n'étais jamais retourné là-bas pour ne pas remuer des souvenirs trop douloureux. Ce matin-là, je me suis dit qu'il serait bien que j'aille me promener bientôt du côté de cette petite place, toujours superbe sous le soleil d'automne. Quelques jours plus tard, l'assistant vint à nouveau me chercher et m'emmena sur les lieux de tournage du jour... place Dauphine ! Je ne sais plus quel écrivain a dit que le temps béni était celui des coïncidences heureuses. J'ai tout retrouvé place Dauphine : l'appartement de Simone, transformé aujourd'hui en galerie d'art et devenu ce jour-là, pour les besoins du film, une librairie, ce qui lui aurait beaucoup plu, elle qui adorait les livres... J'ai retrouvé le petit restaurant Chez Paul où nous allions régulièrement déjeuner ensemble, Simone et moi. Tout était à la fois intact et différent.

Laetitia Casta, l'héroïne du film, était là, belle comme le jour, simple, passionnée, humble et volontaire. Elle au commencement de sa carrière, et moi, près d'elle, comme je l'avais été avec Romy Schneider, pour accompagner ses premiers pas. Voir ainsi Laetitia fraîche et disponible, légère comme un ange malgré la pression folle qui pèse sur ses épaules... à l'endroit précis où je me trouvais avec Simone, au moment où je rédigeais déjà mes Mémoires..., c'était tout à la fois étrange et cohérent, comme un signe amical du destin. Ce destin qui m'a gâté puisqu'il m'a donné la chance de passer ma vie à faire ce que j'aimais auprès de ceux que j'admirais. Tous mes films ne furent pas des chefs-d'œuvre, loin de là, mais le plus raté d'entre eux a donné lieu à de superbes souvenirs. Sur cent quatre-vingt-cinq films, je peux dire que je me suis amusé cent quatre-vingts fois. Ce qui n'est pas si mal ! Les tournages offrent toujours des instants privilégiés. Le cinéma a cette vertu de combler votre curiosité, par toutes sortes de rencontres qui peuvent transformer votre vie.

Au moment de mettre un point final à ces souvenirs, je pense à deux répliques de Guitry que je dis tous les soirs dans la pièce *Mon père avait raison* et qui résonnent énormément en moi : « Je viens d'avoir soixante ans, donc je suis à la moitié de ma vie » : tout l'optimisme de Guitry ! Tout son tragique aussi, lorsqu'il demande à son père s'il pense quelquefois à la mort et que son père lui répond : « Oui, le matin, parce que le soir ce serait trop triste. »

Je ne résiste pas au plaisir de partager avec vous les billets que certains de mes amis m'ont envoyés.

Jean-Claude, je t'aime parce que je t'admire et je t'admire pour ton immense talent, ta générosité, ta disponibilité, ta brillante intelligence, ta culture, ta sensibilité, ton charme, ta gaieté, ta joie de vivre, ta vitalité, ta présence bénéfique et surtout ton sens de l'amitié. Que tu sois mon ami fait partie de ma chance. Bien entendu je suis le tien et j'en remercie mon destin.

Jean MARAIS

Jean-Claude Brialy est acteur du matin au soir et quand il rêve, il rêve qu'il joue. Il aime ce métier pour ce qu'il a de profond mais aussi pour ce qu'il a de brillant.

Oui, Jean-Claude aime Molière, les autographes, Stanislavsky, le bar du studio, les télégrammes d'encouragement, les films de Jean Renoir, les flashes, les inédits de Claudel, la canne de Sarah Bernhardt, les mots de Pierre Brasseur, la montée de l'escalier au Festival de Cannes, les grands acteurs et pas seulement ceux qui sont morts, il aime les bons manuscrits, les ouvreuses, le guichet de location, une loge bien décorée, il aime le trac, les trois coups, les applaudissements, il aime le théâtre, il aime les gens, il aime la vie à condition de pouvoir la vivre et la jouer dans la même journée.

Alors écoute-moi, Jean-Claude, tu n'es pas un acteur, tu l'es l'Acteur. Joue, Jean-Claude, ils te regardent tous, joue Jean-Claude, je te regarde ce soir, joue, Jean-Claude, « tu seras toujours un prince ».

François TRUFFAUT

Il y a le talent. Il y a la présence. Il y a le charme. On peut avoir l'un sans les autres et les autres sans l'un. Pour Jean-Claude Brialy, c'est tout simple : il y a les trois.

Dès sa première réplique, il intéresse. Dès la deuxième, il séduit. Dès la troisième, il nous entraîne.

Derrière ce jeu si naturel, il y a tout ce dont Jean-Claude Brialy le nourrit : sa générosité, son intelligence, son travail, cette maturité peu à peu acquise et qui lui ouvre tous les rôles, son respect du public, sa constante bonne humeur fait partie du talent et enfin ce qui résume tout, cette passion qui le brûle, cette passion qui, de toutes, est la moins égoïste, la passion du théâtre.

Félicien MARCEAU

Jean-Claude Brialy possède ce trésor qui réside, à la fois, dans sa nature et dans sa façon d'exprimer ses dons. Je crois le connaître, qu'il obéisse à son humour ou aux exigences de son talent, il me surprend toujours en se montrant à moi sous des traits insoupçonnés qui le métamorphosent. J'attends une boule de feu et je vois un glaçon. Sera-t-il l'animation ou l'immobilité ? Le rire ou la gravité ? La mélancolie ou la sérénité ? Mystère.

L'Attendu Inattendu, c'est ainsi que j'appelle Jean-Claude Brialy.

Louise DE VILMORIN

On pourrait presque diviser les comédiens en deux grandes catégories :

Les guitrolâtres et les guitrophobes, ces derniers étant les malheureux artistes dont l'aspect physique, l'âge ou la corpulence interdisent d'avoir l'illusion de désirer faire le rêve d'incarner un jour les personnages de Sacha, donc Sacha lui-même – ce sont des jaloux.

Parlons plutôt des premiers.

Voilà quelques années – trop, hélas, pour être décemment dénombrées – le jeune Jean-Claude, alors quasi débutant, prêchait des convertis (Truffaut, Rivette, quelques autres et moi-même) en vantant la finesse et la grâce du théâtre guitrysien.

On sentait en lui l'impatience d'avoir l'âge des artères du grand Sacha pour se coltiner ce prodigieux souvenir.

Il y est maintenant en plein. Et chaque fois qu'il a la bonne idée de s'introduire dans un des personnages de ce théâtre prestigieux, nous sommes assurés du même enchantement. Un indice ne trompe pas : meilleure est la pièce, meilleur est le Brialy.

Mais en restant fidèle à lui-même, tout en respectant la musique guitriesque.

Pas d'imitation, ni de parodie, non, jamais. Mais tout simplement la finesse et la grâce.

Claude CHABROL

Penchons-nous une seconde, voulez-vous, sur l'étrange cas de ce jeune homme qui fait courir tout le monde... mais pas toujours dans le même sens.

Pourquoi Brialy agace-t-il ? Tout simplement sans doute parce qu'il est agaçant.

Oh ! Oui, il l'est.

Rien de plus agaçant de nos jours que la légèreté, rien de plus déplacé que la désinvolture, rien de plus irritant que la facilité.

Jadis jonché de poètes et d'énergumènes, le monde du spectacle est aujourd'hui pavé de docteurs.

Il organise des divertissements. Et parmi ses divertissements : celui de jouer la comédie.

Ce garçon-là ne se force en rien. Ce n'est pas le genre de la maison.

C'est pourquoi je pense qu'il faut remercier cet individualiste primesautier d'avoir choisi un sport d'équipe.

Ironique par pudeur, élégant par défi, intelligent parce que c'est comme ça, Brialy aurait donné de l'honneur à Monsieur Thiers et fort irrité Monsieur Prud'homme.

Je crois en revanche qu'il aurait enchanté Monsieur de Beaumarchais.

Michel AUDIARD

TÉLÉVISION

1954 *Chiffonard et Bon Aloi* - Pierre LHOMME
1962 *Arsène Lupin contre Arsène Lupin* - Édouard MOLINARO
1990 *C'est quoi ce petit boulot ?* - Michel BERNY
Ferbac : mariage mortel - Marc RIVIÈRE
1991 *Ferbac : les bains de jouvence* - Marc RIVIÈRE
Échec et mat - José-María SANCHEZ
Lucas - Nadine TRINTIGNANT
Ferbac : péché de jeunesse - Bruno GANTILLON
1993 *Ferbac : le mal des ardents* - Roland VERHARVERT
Ferbac : carnaval des ténèbres - Sylvain MADIGAN
Ferbac : le festin de miséricorde - Christian FAURE
Sandra, princesse rebelle - Didier ALBERT
1997 *Les Héritiers* - Josée DAYAN
La Grande Béké - Alain MALINE
Le Comte de Monte-Cristo - Josée DAYAN
Les Jolies Colonies de vacances - Stéphane KURK
1998 *L'Homme de ma vie* - Stéphane KURK
Ils sont tous nos enfants - Pasquale SPUITIERI
1999 *La Bicyclette bleue* - Thierry BINISTI

CINÉMA

1956 *La Sonate de Kreutzer* - Éric ROHMER
Le Coup du berger - Jacques RIVETTE

Éléna et les hommes - Jean RENOIR
Tous les garçons s'appellent Patrick ou Charlotte et Véronique - Jean-Luc GODARD
1957 *Une histoire d'eau* - François TRUFFAUT - de Jean-Luc GODARD
L'Ami de la famille - Jack PINOTEAU
Les Surmenés - Jacques DONIOL-VALCROZ
Tous peuvent me tuer - Henri DECOIN
Le Triporteur - Jack PINOTEAU
Ascenseur pour l'échafaud - Louis MALLE
Un amour de poche - Pierre KAST
Cargaison blanche - Georges LACOMBE
1958 *L'École des cocottes* - Jacqueline AUDRY
Et ta sœur - Maurice DELDEZ
Christine - Pierre GASPARD-HUIT
Le Beau Serge - Claude CHABROL
Paris nous appartient - Jacques RIVETTE
Les Cousins - Claude CHABROL
1959 *Les Quatre Cents Coups* - François TRUFFAUT
Le Bel Âge - Pierre KAST
Le Chemin des écoliers - Michel BOISROND
Les Yeux de l'amour - Denys de LA PATELIÈRE
Les Garçons - Mauro BOLOGNINI
1960 *Le Gigolo* - Jacques DERAY
Les Godelureaux - Claude CHABROL
Une femme est une femme - Jean-Luc GODARD
1961 *Le Puits aux trois vérités* - François VILLIERS
Les Petits Matins - Jacqueline AUDRY
L'Éducation sentimentale - Alexandre ASTRUC
Les lions sont lâchés - Henri VERNEUIL
Les Amours célèbres - Michel BOISROND
Aimez-vous Brahms ? - Antoine LITVAK
1962 *La Chambre ardente* - Julien DUVIVIER
Cléo de 5 à 7 - Agnès VARDA
Les 7 Péchés capitaux - Claude CHABROL
Le Glaive et la Balance - André CAYATTE
Le Diable et les 10 Commandements - Julien DUVIVIER
La Banda Casaroli - Florestano VANCINI

1963 *Carambolages* - Marcel BLUWAL
La Bonne Soupe - Robert THOMAS
Adieu Philippine - Jacques ROZIER
1964 *La Ronde* - Roger VADIM
La Chasse à l'homme - Édouard MOLINARO
Château en Suède - Roger VADIM
Tonio Kruger - Rolf THIELE
Un monsieur de compagnie - Philippe DE BROCA
Comment épouser un Premier ministre ? - Michel BOISROND
1965 *Cent Briques et des tuiles* - Pierre GRIMBLAT
La Mandragore - Alberto LATTUADA
1966 *Le Roi de cœur* - Philippe DE BROCA
Un homme de trop - Costa GAVRAS
I Nostri Mariti - Luigi ZAMPA
1967 *Le Plus Vieux Métier du monde* - Philippe DE BROCA
Lamiel - Jean AUREL
La mariée était en noir - François TRUFFAUT
Au diable les anges - Lucio FULCI
Caroline chérie - Denys DE LA PATELIÈRE
1968 *Manon 70* - Jean AUREL
1969 *Le Bal du comte d'Orgel* - Marc ALLÉGRET
Le Genou de Claire - Éric ROHMER
Cose de Cosa Nostra - Roger VADIM
Tonio Kruger - STENO
L'amour tel qu'il est - Antonio PIETRANGELI
1970 *Une saison en enfer* - Nello RISI
Côté cour, côté jardin - Guy GILLES
1972 *Un meurtre est un meurtre* - Étienne PÉRIER
1973 *Dreyfus ou l'Intolérable Vérité* - Jean CHÉRASSE
1974 *Comme un pot de fraises* - Jean AUREL
Le Fantôme de la liberté - Luis BUÑUEL
1975 *Un animal doué de déraison* - Pierre KAST
Catherine et compagnie - Michel BOISROND
Les Onze Mille Verges - Éric LIPMANN
1976 *Le Juge et l'Assassin* - Bertrand TAVERNIER
Les Œufs brouillés - Joël SANTONI
L'Année sainte - Jean GIRAULT
Barroco - André TÉCHINÉ

1977 *Julie pot de colle* - Philippe DE BROCA
L'Imprécateur - Jean-Louis BERTUCELLI
Le Point de mire - Jean-Claude DRAMONT
Enquête à l'italienne - Doppio DELITTO
1978 *La Chanson de Roland* - Franck CASSENTI
Robert et Robert - Claude LELOUCH
1979 *Le Maître nageur* - Jean-Louis TRINTIGNANT
L'Œil du maître - Stéphane KURK
Hooray for Hollywood - Édouard SHAW
Bobo Jacco - Alter BAL
1980 *Bobo la tête* - Gilles KATZ
La Banquière - Francis GIROD
1981 *Les Uns et les autres* - Claude LELOUCH
Pinot simple flic - Gérard JUGNOT
1982 *La Nuit de Varennes* - Ettore SCOLA
Notre Dame de la Croisette - Daniel SCHMID
La Fille de Trieste - Pasquale PESTA CAMPANILE
1983 *Édith et Marcel* - Claude LELOUCH
Mortelle Randonnée - Claude MILLER
Cap Canaille - Juliet BERTO - Jean-Henri ROGER
Le Démon dans l'île - Francis LEROI
Stella - Laurent HEYNEMANN
Sarah - Maurice DUGOWSON
La Crime - Philippe LABRO
1985 *Le téléphone sonne toujours deux fois* - Jean-Pierre VERGNE
Tueur de fous - Guillaume PEROTTE
Le Quatrième Pouvoir - Serge LEROY
Le Mariage du siècle - Philippe GALLAND
L'Effrontée - Claude MILLER
1986 *L'Inspecteur Lavardin* - Claude CHABROL
Le Débutant - Daniel JANNEAU
Hypothèse d'un soir - Marie-Christine FIENI
1987 *Grand Guignol* - Jean MARBŒUF
Lévy et Goliath - Gérard OURY
Le Moustachu - Dominique CHAUSSOIS
Un homme et une femme - vingt ans déjà - Claude LELOUCH
Les Innocents - André TÉCHINÉ
1989 *Comédie d'été* - Daniel VIGNE

Ripoux contre ripoux - Claude ZIDI
1990 *Faux et usage de faux* - Laurent HEYNEMANN
S'en fout la mort - Claire DENIS
1991 *Août* - Henri HERRE
1993 *La Reine Margot* - Patrice CHÉREAU
1994 *Le Monstre* - Roberto BENIGNI
Une femme française - Régis WARGNIER
1995 *Portraits chinois* - Martine DUGOWSON
Beaumarchais - Édouard MOLINARO
1998 *Kennedy et moi* - Sam KARMANN
1999 *Les Acteurs* - Bertrand BLIER

THÉÂTRE

1959 *Les portes claquent*
1962 *Un dimanche à New York* - Normann KRASNA
1965 *Madame Princesse* - Félicien MARCEAU
1968 *La Puce à l'oreille* - Georges FEYDEAU
1971 *Le Ciel de lit* - Jean DE HARTOG
1974/75 *L'Hôtel du libre échange* - Georges FEYDEAU
1977 *Si t'es beau, t'es con* - Françoise DORIN
1980 *Madame est sortie* - Pascal JARDIN
1984 *Désiré* - Sacha GUITRY
1986 *Le Nègre* - Didier VAN CAUWELAERT
1989 *L'Illusionniste* - Sacha GUITRY
1992 *La Jalousie* - Sacha GUITRY
1995/96 *Monsieur de Saint-Futile* - Françoise DORIN
1998 *Mon père avait raison* - Sacha GUITRY - Mise en scène de Jean-Claude BRIALY

TÉLÉVISION
en tant que réalisateur

1981 *Les Malheurs de Sophie*
1983 *Un bon petit diable*
La Nuit de l'été

Cinq-Mars
Il ne faut jurer de rien
1995 *Vacances bourgeoises*
1996 *George Dandin*
1997 *La Dame aux camélias*

CINÉMA
en tant que réalisateur

1972 *Églantine*
1973 *Les Volets clos*
L'Oiseau rare
1974 *Un amour de pluie*

normandie
roto
impression
s.a.s.
groupe maury-imprimeur

61250 Lonrai

Reproduit et achevé d'imprimer en septembre 2003
N° d'édition 03115 / N° d'impression : 031872
Dépôt légal : octobre 2003
Imprimé en France

ISBN : 2-7382-1746-X